만주이민의
국책문학과
이데올로기

근대동아시아의
제국, 식민지, 이동

지은이

안지나(安志那, Ahn Jina)_ 숙명여자대학교 국어국문학과를 졸업했다. 석사과정을 마치고 2014년 도쿄(東京)대학교 총합문화연구과 언어정보과학전공에서 「「満洲」移民の「国策文学」とイデオロギー－日本, 朝鮮, 中国をめぐって」로 박사학위를 받았다. 현재 숙명여자대학교 인문학연구소 연구교수로 재직 중이다. 한일 근대문학과 만주, 노년문학과 미디어를 연구하고 있다. 저서로 『帝国の文学とイデオロギー―満洲移民の国策文学』, 『기억과 재현』(공저), 『문화산업시대의 스토리텔링－OSMU를 중심으로』(공저) 등이 있다.

만주이민의 국책문학과 이데올로기 **근대 동아시아의 제국, 식민지, 이동**

초판 1쇄 발행 2018년 12월 17일 **초판 2쇄 발행** 2019년 11월 26일
지은이 안지나 **펴낸이** 박성모 **펴낸곳** 소명출판
출판등록 제13-522호 **주소** 서울시 서초구 서초중앙로6길 15, 1층
전화 02-585-7840 **팩스** 02-585-7848
전자우편 somyungbooks@daum.net **홈페이지** www.somyong.co.kr

값 51,000원
ISBN 979-11-5905-304-7 93830

만주이민의 국책문학과 이데올로기

안지나 지음

근대 동아시아의 제국, 식민지, 이동

THE PROPAGANDA LITERATURE AND IDEOLOGY REGARDING MIGRANTS TO MANCHURIA

THE EMPIRE, COLONY AND MIGRATION IN MODERN EAST ASIA

범례

1. 이 책에 등장하는 국호는 시기에 따른 명칭을 사용한다.
2. '만주', '만주국', '비적', 만어', '만인' 등의 용어는 현재 적절하지 못한 용어이나 이 책에서는 역사적인 용어로 사용한다. 인명, 사건, 지명, 조직명 등은 원전에 따른다.
3. 일본에서 만주이민의 관련 표기는 「만주개척정책 기본요강」(1939)에 따라 모든 용어가 만주 "개척"으로 변경되었다. 이 책은 인용문을 제외하고 "이민"으로 표기한다.
4. 원칙으로 연호는 서력을, 숫자는 아라비아 숫자를 채용했다. 단, 인용은 원전을 따른다.
5. 본문의 동일한 장(章) 내에서 동일 인물이 등장할 때는, 성(姓)으로 간략히 표시하나 성만으로 구별하기 어려운 경우는 예외로 한다.

서장

팽창하는 제국의 문학

1. 만주이민의 국책문학

이 연구는 '대륙문학' 혹은 '개척문학'이라 불렸던 만주이민을 제재로 한 문학, 특히 국책단체 농민문학간화회(農民文学懇話会, 1938)와 대륙개척문예간화회(大陸開拓文芸懇話会, 1939)에서 창작된 문학 작품을 '만주이민의 국책문학'으로 정의하고 검토하였다. 두 간화회에 참가한 문학자들이 모두 스스로의 문학 활동을 '국책(國策)문학'이라고 주장한 것은 아니다. 또한 '대륙문학'이나 '개척문학'이 반드시 만주이민만을 제재로 삼은 것도 아니다. 하지만 이러한 작품들은 당시 '일만(日満) 양국의 중요 국책'이었던 만주이민 정책 선전 활동의 일환이었으며, 시국에 영합하는 어용 문학이기도 했다. 따라서 이 연구에서는 만주이민 정책을 장려한다는 목적하에 창작된 만주이민에 관한 일련의 소설을 '만주이민의 국책문학'으로 보고, 이를 비판적으로 파악하고자 한다.

하지만 국책문학이 전시체제하에서 추진된 제국 내 인적 이동의 역동성과 이에 기인한 변화를 강요받았던 사람들의 삶을 직시하고 있었던 것도 사실이다. 이는 제국의 팽창에 연동하는 '제국의 문학'이기도 했던 것이다. 그러므로 이 국책문학을, 국책문학이기에 가질 수밖에 없는 한계를 지적하면서, 제국의 이데올로기가 내포한 균열과 도착성을 증명하는 문학으로 다시 읽는 행위는 다양한 '삶'을 민족이나 계층으로 집어삼키는 담론의 해체로 이어진다. 또한 제국과 식민지를 둘러싼 지배와 피지배의 현실에서 문학이 어떠한 역할을 했는지 검증하려는 시도이기도 하다.

1939년 5월, 『문예(文芸)』에 아사미 후카시(浅見淵)의 「대륙문학에 대하여(大陸文学について)」라는 글이 실렸다. 이 글은 유진오와 장혁주의 대담에 관한 감상이었다. 여기서 아사미가 주목한 것은 조선인 작가가 스스로 "조선문학이 내지(内地, 일본 본토)에 일단 받아들여지고 있는 것은 그 로컬 컬러(지방색)에 기인한 것이지, 정신적인 공통성이나 깊이를 인정받았기 때문은 아니다"라고 분석했다는 점이었다.

특히 장혁주는 도쿄문단에서 일본어로 집필 활동을 한 조선인 작가였다. 장혁주가 직접 『개조(改造)』의 현상창작모집에 투고하여 당선됨으로써 도쿄문단에 데뷔(1932)했다는 사실은, 식민지문학자가 종주국 문단에 직접 등장하게 되었다는 사실을 보여준다. 이처럼 식민지문학자가 일본어를 매개함으로써 제국의 언어인 일본어와 식민지 언어인 조선어 사이에 존재하는 비대칭 관계가 부분적으로나마 사라졌고, 식민지는 문학적으로도 종주국 문학에 포섭되기 시작했다. 즉, 유진오와 장혁주가 논의한 '조선문학'이란, 조선인 작가가 일본어로 쓴 문학, 혹은 일본어로 번역된 문학을 의미한다고 볼 수 있다.

실제로 장혁주의 문단 데뷔 이후, 조선인 작가나 대만인 작가 등 식민지문학자의 일본문단 유입이 가시화되었다. 또한 여행, 거주 등의 형태로 '외지(外地, 제국일본의 내지 외의 통치 지역)' 생활을 경험한 일본인의 일본어 창작이나 번역을 포함하는 '식민지문학'이 형성되었다. 이것은 제국의 팽창과 연동하여 본래 이질적인 외부가 제국의 내부로 역류하는 현상으로 이해할 수 있다.

아사미는 조선인 문학자의 대담에서 "문학의 부가물(附加物)에 불과한 로컬 컬러가 아니라 본질적인 것으로 인정받고 싶다"는 식민지문학자 측의 '항의'를 읽었다. 이는 식민지를 향한 종주국의 호기심에 기대어 주변부에 존재하던 '식민지문학'이 종주국과의 "정신적인 공통성이나 깊이"를 획득함으로써, 주변으로부터 중심으로 이동하려는 의도를 밝힌 것이었다.

이 글에서 아사미는 그러한 '식민지문학' 측의 항의가 부분적이나마 정당하다고 인정했다. 그 개인의 경험에 비추어 보아도 일본 독자가 조선문학, 재만 일본인 작가, 일본인 작가가 창작하고 있는 현재의 '대륙문학'에 기대하는 것이 바로 지방색과 그로 인한 "현실도피적 쾌감", 그리고 특수한 분위기이기 때문이다. 그는 바로 그렇기 때문에 현재 '대륙문학'의 문학적 위치가 유행에 휩쓸리고, 유동적이며, 좀처럼 정착하지 못하고 있다고 지적한다. 그러한 문제를 해결하기 위해서는 '대륙문학'이 더욱 제재 내부로 뛰어들어 개성과 문학성을 획득해야 한다는 것이다. 그때 비로소 "무슨 무슨 문학이라는 틀이 벗겨지고, 독자 측의 특수 취급도 해결된다"는 것이다. 하지만 아사미는 '대륙문학'의 피상적인 지방색에만 눈길을 주는 일본인 독자 쪽에 변화를 요구하지는 않는다. 그는 조선인 작가가 일본 독자와의 정신적인 공통성을 추구해야 한다고 지적하는 것과는 반대로, 오히려 '대륙문학'이 더욱 '개성'에 깊이 파고들 것을 권한다. 그 '개성'과 문학성이 일본 독자를 납득시켰을 때, 비로소 '대륙문학'의 특수성이 해소된다는 것이다.

이와 같은 아사미의 조언은 실로 기묘한 것이라고 할 수 있다. 하지만 여기서 그가 조선문학을 '대륙문학'의 일부로 인식하고 있으며, '대동아공영권'이 나날이 확대되고 있던 당시에 이미 만주나 중국만이 아니라 남방을 주제로 하는 작품이 출현할 것이라고 예측하고 있다는 점에 주목해야 한다.

> 나는 두 사람의 대담 기사에서 이 부분을 읽고 반성하며, 조선문학만이 아니라 소위 대륙문학에 대해서도 여러 모로 생각했다. 특히 대동아공영권이란 것이 확대되고 있는 오늘날, 만주, 지나(支那)에 멈추지 않고 남방을 주제로 한 작품도 머지않아 속속 출현할 것이 틀림없기 때문이다. 실제로 남방에 종군하고 있는 작가들이 연이어 현지보고를 보내오고 있고, 이들 작가들이 돌아오면 당연히 한동안 남방물이 범람할 것은 자명한 일이다. 앞으로 점점 확대될, 이러한 경향도 같이 생각하게 되는 것이다.[1]

1 浅見淵, 「大陸文学について」, 『文芸』, 1939.5, p.104.

아사미는 제국의 팽창과 문학의 팽창이 동시에 이루어지고 있는 점에 대해 아무런 모순도 느끼지 않는다. 그는 한반도, 만주, 중국, 나아가 남양(南洋)으로 이어지는 문학의 팽창을 하나의 추세로 인식했다. 그러한 문학이 제재의 특수성만이 아니라 개성과 문학성을 확보하고, 일본 독자가 이를 인정한다. 이는 일본어를 통해 제국 내의 무수한 타자성과 다양성을 포섭하는 '제국의 문학'의 성립을 의미한다. 즉, 아사미는 '대륙문학'이 일본문학이라기보다 '제국의 문학'을 형성할 것이라고 상정했다고 생각할 수 있다.

그러나 제국이 계속해서 팽창한다면, 제국의 문학도 또한 계속 팽창할 수밖에 없다. 그것은 필연적으로 제국의 내부와 외부 사이의 경계를 애매하게 만들고, 그 내부에 타자성과 다양성을 유입시킨다. 이러한 관점은, 1930년대 근대일본문학에 일어난 두 개의 문학현상을 새롭게 해석할 수 있는 계기를 제공한다.[2] 즉, 일본 낭만파 등의 '일본회귀(日本回帰)'에 나타난 '일본'이나 '일본적인 것'으로의 경도(傾倒)와 '대륙문학' 내에서도 농민문학간화회나 대륙개척문예간화회를 중심으로 한 '개척문학'의 대두이다.

이 시기의 '일본회귀'는 주로 급격한 서구화와 근대화에 대한 반동 혹은 회의 때문에 일본 고유의 것, 특히 일본 고전이나 전통미로 '회귀'

---

2 '대륙문학'과 동시대 일본 낭만파의 '일본회귀'의 관계에 주목한 선행연구로 와카마쓰 신야(若松伸哉)의 논문을 들 수 있다. 와카마쓰는 만주이민을 제재로 한 '대륙문학'이 만주에 이민자의 고향을 '창조'할 수 있다고 여긴 점에 주목하고, 거의 동시대 일본 국내 문단에서도 고향의식이 고조된 점을 지적한다. 그는 다니자키 준이치로(谷崎潤一郎), 고바야시 히데오(小林秀雄), 하기와라 사쿠타로(萩原朔太郎)가 드러낸 '고향상실'의 현실인식과 '고향 희구(希求)' 욕구, 또한 일본 낭만파의 '일본회귀'가 드러낸 고향의식을 강조했다. 若松伸哉, 「「満洲」へ移される「故郷」―昭和十年代・大陸「開拓」文学と国内文壇にあらわれた「故郷」をめぐって」, 『国語と国文学』 第1000号, 2007.4.

하고자 한 것으로 간주되었다. 하지만 1930년대는 만주국 건국(1932)을 계기로 일본제국이 매우 빠르게 팽창하고 있었던 시기라는 점을 상기해야 할 것이다. 제국의 팽창은 이전에는 자명한 것으로 여겨졌던 '일본'과 '일본적인 것'에 대한 불안과 회의를 야기했다. 동시에 '개척문학'의 대두는 협소한 일본문학에서 광대한 대륙으로 뻗어나간다는 전망을 제시하고 있었다. '일본회귀'가 근대화, 도쿄, 서양, 보편과 같은 가치 체계에서 일본, 지방, 고유, 전통이라는 가치 체계로의 전환이었다고 한다면, 이 두 문학현상은 일견 상반되는 것처럼 보인다.

그러나 조선이나 대만, 만주와 같은 '외지'가 일본의 한 지방으로 포섭되고 일본문학이나 문화가 대륙으로 '이식' 혹은 '확장'되고 있었다고 본다면, '일본회귀'와 '대륙문학'은 결코 상반되는 것이 아니다. 서양중심주의적 근대화에 피로를 느낀 일본 지식인들이 '일본회귀'를 내걸고 애매한 '일본'을 찾아 헤매고 있을 때, '대륙문학'은 근대일본이 획득한 근대성으로 실행하고 있던 '대륙진출' 혹은 '개척'을 고무하고 있었기 때문이다. 이렇게 볼 때 두 문학현상은, 근대화와 일본을 축으로 한 제국의 팽창에 대한 문학적인 반응이었다. 그리고 '대륙문학'은 바로 제국에 편입된 식민지를 문화적으로도 제국의 일부로 '포섭'하고자 하는 문학현상이었다.

그러한 '대륙문학' 중에서도 타자성의 '포섭'이라는 특징이 가장 현저하게 나타난 것이 바로 농민문학간화회와 대륙개척문예간화회를 중심으로 한 소위 '개척문학'이었다. 이 '개척문학'이라는 명칭이 가리키는 것은 '대륙개척'의 문학, 주로 '일만 양국의 중요 국책'으로서 추진되고 있던 '만주개척이민'을 제재로 한 문학이었다. 물론, 근대일본문학에서 만주가 이 시기에 처음 등장한 것은 아니다.

근대일본에서 만주(満洲)라는 지명은 청일전쟁(1894) 보도에서 처음 등장하여 러일전쟁(1904)의 전쟁터로, 그 다음에는 제국의 '생명선'(1931)으로 인식되었다.[3] 이 지명에는 중국 동북부를 중국에서 분리시키려는 제국주의의 정치적 의도가 각인되어 있는 것이다. 이러한 정치적 의도와 더불어, 일본 내부에서는 심정적인 측면으로도 만주의 독자적인 이미지가 확립되었다.

이 점에서 류젠휘(劉建輝)가 제시한 근대일본의 만주 이미지 형성 과정에 관한 고찰은 중요하다. 그는 전쟁터로서의 만주와 막대한 수의 전사자가 발생한 러일전쟁의 인적 희생이 결합하여 만주가 "어느 사이엔가 감상(感傷), 나아가 향수의 대상으로 변모해갔다"[4]고 지적한다. 그러한 감상적인 만주 이미지에 일부 일본인 청년 사이에 퍼진 대륙웅비(大陸雄飛)라는 정신적 지향성과 대륙 낭인(浪人)의 존재를 통한 로맨티시즘이 주입되면서 만주 환상의 토대가 형성되었다.[5] 또한 남만주철도주식회사의 설립(1906.11)은 일본인 청년에게 새로운 취직 기회를 제공하였다.[6] 이렇게 만주는 근대일본인의 심상 속에서 전쟁터에 대한 감상과 모험을 향한 동경, 새로운 희망을 주는 장소로서 독특한 위치를 확보했던 것이다.

일본 근대문학에서 만주의 이미지는 특히 나쓰메 소세키(夏目漱石)의 기행문 「만한 여기저기(満韓ところどころ)」(『朝日新聞』, 1909.10~12), 소설 『문

3 劉建輝, 「「満洲」幻想の成立とその射程」, 『アジア遊学』(44), 2002.10, pp.5~6.
4 위의 글, p.7.
5 위의 글, p.8.
6 위의 글, pp.11~12.

(門)』(1910)이나 『피안 지날 때까지(彼岸過迄)』(1912) 등에 등장하여 주목을 받았다.[7] 고모리 요이치(小森陽一)가 지적했듯이, 이 소설들에는 "'대일본제국' 국내의 엘리트 코스에서 낙오한 사람이 모이는 식민지로서의 '만주'와 '조선'"[8]이 등장한다.

어떤 형태로든 '내지'에서 내몰린 사람들이 모이는 식민지라는 만주의 이미지는, 당연히 부정적인 측면을 가질 수밖에 없다. 류는 소세키 문학이 "'만주'를 '위험'과 '문명(다롄(大連) 전기공원 등)'이 동거하는 장소로 인식하고, '내지'의 평범한 생활을 위협하는 것에 공포감을 느끼면서도 모험심을 자극하는 '신천지'로서 동경하는" 만주관의 성립에 "대단히 기여했다"고 지적한다.[9] 그러나 일본인 농민의 만주이민과 정착을 장려하는 국책문학 측에게는 이와 같은 만주관이야말로 극복의 대상이었다.

정치적으로 만주를 향한 관심과 중요성을 환기하는 데 가장 크게 기여한 것은 역시 만주국의 건국과 중일전쟁의 발발이었다. 이는 『만몽시보(滿蒙時報)』(滿蒙時報社, 1932.12)나 『대륙(大陸)』(改造社, 1938.6)과 같은 잡지가 창간되었다는 사실로도 쉽게 짐작할 수 있다.

이러한 동시대의 흐름 속에서, 두 간화회는 문학 작품을 통해 중요 국책인 만주농업이민 정책을 지지하고 장려한다는 명확한 목적을 가진 반관반민(半官半民)의 국책단체로서 설립되었다. 실제로 간화회는 각각 농림성과 척무성(拓務省)의 지원을 받아, 작가를 만주의 이민촌, 훈련소 등의 시찰, 여행, 견학에 파견했다. 이 작가들은 그 경험과 조사에 기초

---

7 위의 글, pp.12~13.

8 小森陽一, 『ポストコロニアル』, 岩波書店, 2001, p.66.

9 劉建輝, 앞의 글, p.14.

하여 만주이민에 관한 기행, 수필, 소설, 희곡, 평론 등을 발표했다. 식민지문학자의 중개 없이 '내지' 문단 작가들이 직접 만주를 체험하고, 연구하여, 표상한 것이다. 이것은 식민지를 제국 문학의 일부로 포섭하려고 한 직접적인 시도였다고 볼 수 있다.

이와 같은 시도는 포섭하려는 상대와 혼종이 일어나는 계기가 될 수 있다. 하지만 간화회에 속한 작가는 물론, 당대 평가나 전후의 평가에서도 그러한 관점은 거의 찾아볼 수 없다. 그 주요 이유 중 하나는 두 간화회가 창작한 문학 작품이 어디까지나 시국에 영합하는 국책문학으로 간주되었다는 점이다.

중일전쟁 발발(1937) 이후, '국책협력'이라는 명분으로 일반 국민과 문화인을 동원하는 총동원체제가 실시되었고, 실제로 많은 국책문학이 창작되었다. 공공연히 전쟁협력이 발표의 조건이 되는 상황에서, 문학 작품이 노골적으로 제국일본의 정책이나 이데올로기를 뒷받침하는 것은 당연하게 여겨졌다. 실제로 두 간화회의 문학 작품은 중일전쟁, 태평양전쟁이라는 시대배경 속에서 만주이민 정책을 적극적으로 장려, 촉진하기 위해 창작되었다. 때문에 이 작품들은 지금까지 거의 연구 대상이 되지 못했다. 또한, 작품의 창작이 만주이민 자체의 성립과 전개, 만주국 국내 문제와도 복잡하게 얽혀 있었다는 점을 지적할 수 있다.

1932년, 중국 동북부에 '괴뢰국가' 만주국이 건국되었다. 만주국의 건국은 건국이데올로기인 민족협화(民族協和)와 왕도주의(王道主義)를 기치로 내세운 동양적 유토피아의 건설로서 미화되었다. 만주국은 실질적으로 제국일본의 식민지였지만, 이론상으로는 민족협화와 왕도주의를 건국이념으로 내세운 다민족국가의 독립국이라는 형식을 취했기 때문이다.

그러나 만주국의 인구 구성에서 압도적인 다수를 차지한 것은 당시 일본인에게 만인(満人) 혹은 만계(満系)라 불리던 중국인이었다. 때문에 건국 당시부터 '일만불가분(日満不可分)'을 내세워 영향력을 강화하고 그 지배의 영속화를 꾀한 제국일본에게, 일본인 이민의 증가와 정착은 중요한 정치과제였다. 또한 '내지'에서는 미국의 소위 배일이민법(排日移民法, 1924) 이래 일본인의 해외 이민이 정체되었고, 쇼와공황(昭和恐慌) 이후 심각한 사회 문제로 대두한 농촌의 과잉 인구와 경지 부족 등 농촌 문제의 해결이 절실한 상황이기도 했다.

관동군 내부에서는 '북변진호(北辺鎮護)', 즉 최대의 가상 적국인 소련에 대항하기 위한 예비 병력과 신뢰할 수 있는 후방지원을 확보하기 위해 둔전병(屯田兵)안을 중심으로 하는 만주이민안이 부상했다. 일본에서 가토 간지(加藤完治) 등 재야 농본주의자들은 만주이민을 통한 농촌 문제 해결을 주장하며 미온적인 태도를 취하는 정부에 압력을 가했다. 그 결과, 만주국 건국 직후에서 종전까지 14년에 걸쳐 공식적인 일본인의 만주집단 이민이 시행되었다.

특히 만주이민은 히로타(広田) 내각이 발표한 「만주농업이민 백만 호 계획안(満洲農業移民百万戸移民計画案)」(1936), '20개년 백만 호 송출계획(20ヶ年百万戸送出計画)'이 실시(1937)되면서 대규모로 확대되었다. 루이즈 영이 지적했듯이, 이는 "당시 농업인구의 5분의 1"[10]에 해당하는 백만 호를 만주로 이주시키려는 장대한 계획이었다. '내지' 농촌에서 만주 농촌으로, 국가의 정책에 따라 집단 이민이 지속적으로 이루어진 것이다.

---

10 ルイーズ ヤング, 加藤陽子・川島真・高光佳絵・千葉功・古市大輔, 『総動員帝国』, 岩波書店, 2001, p.191.

여기서 주목할 점은, 이 '국책이민'에서 일본인 이민자는 어떤 의미로든 '일본'에서 이탈하는 것이 아니었다는 점이다. 만주국은 붕괴할 때까지 국적법이 실시되지 않았고, 일본인의 이중국적이 인정되었다.[11] 더욱이 만주이민 정책은 노골적으로 일본인 이민자에게 '대륙정책' 수행의 쐐기 역할을 수행하는 '일본인'이기를 요구했다.

1939년 12월 22일, 내각 회의에서 훗날 '만주개척의 헌법'이라 불린 「만주개척정책 기본요강(滿洲開拓政策基本要綱)」이 결정되었다. 그 기본 방침은 "만주개척정책은 일만 양국의 일체적 중요 국책으로, 동아신질서 건설을 위해 도의적(道義的) 신대륙정책의 거점을 배양 확립하는 것을 목표로 하며, 특히 일본 내지 개척농민을 중핵(中核)으로 삼아 각종 개척민 및 원주민 등과의 조화를 꾀하고 일만불가분 관계의 공화(鞏化), 민족협화의 달성, 국방력 증강 및 산업진흥을 기하며, 더불어 농촌의 갱생 발전에 이바지하는 것을 목적으로 한다"[12]는 것이었다. 이 기본 요강을 계기로, 기존 만주 "이민"에 관련된 호칭은 모두 만주 "개척"으로 바뀌게 되었다.

그리고 "일본 내지 개척농민"은 대량 이민의 송출 대상으로서 '일만불가분'이라는 특수 관계의 강화, 만주국 건국이데올로기인 민족협화의 달성, 관동군의 증강 등 대륙정책의 거점으로서의 역할을 떠맡았다. "일본 내지 개척농민"의 역할이란 제국일본의 지배와 영향력의 안정화 및 영속화를 꾀하기 위해 만주 농촌에 심어진 '일본인'이었던 것이다. 그러나 이러한 만주이민 정책 측의 구상은, 일본인 이민자가 자연환경,

---

11 만주국 시기 국적법 및 이중국적에 대해서는 제3장 제5절 참고.

12 大東亜省総務局調査課編, 『調査資料第8号 滿洲開拓政策関係法規』, 大東亜省総務局調査課, 1943, p.1.

문화, 민족이 다른 만주 농촌에 정착하고서도 '일본인'으로서의 언어, 문화, 풍습 등을 유지할 것이라는 인식을 전제한다. 만주이민 정책에서 '일본인'이란 곧 혈통에 기초한 균일한 문화공동체로서의 '일본민족'과 거의 동일한 뜻이었다.

제국일본의 만주이민 정책은 각 민족의 생활공간 분리가 '일본민족'의 유지를 가능하게 할 것이라고 여겼다. 민족에 따라 분리하여 생활하면 충분히 '일본민족'을 유지할 수 있다고 생각했기 때문이다. 이민 정책 측은 "일본 개척민과 현주민이 뒤섞여 잡거(雜居)하여 동일한 환경과 생활 조건을 통해 융화하고 민족협화를 여실히 구현하는 것이 이상"이라고 하면서도, "언어, 풍속, 습관 및 각종 시설 등을 전혀 달리 하는 양 민족이 금방 그러한 경지에 도달할 것이라고 기대하는 것은 어렵"[13]다고 주장하였다. 때문에 각 민족은 분리하여 생활해야 한다는 것이다. 이와 같은 이민 생활의 실현은 명백히 '국책이민'의 물적 기반하에서만 가능하다.

만주이민 정책에 관한 선행연구에서 이미 지적되었듯이, 일본인 농민의 집단 이민을 위해 확보한 광대한 입식지는 종종 중국인, 조선인 농민의 기경지(既耕地)를 포함하고 있었다. 때문에 현지에서는 중국인, 조선인 농지의 강제 매수가 이루어졌다. 그 결과, 많은 현지 농민이 일본인 이민단의 소작농이 되거나 만주국 내 미경지(未耕地)를 개척하는 '내국개척민(內國開拓民)'이 되었다. 이와 같은 토지정책은 당연히 현지 농민의 반발이나 만주국 내 만계 주민의 불만을 샀고, 중국 측은 일본

13 満洲国通信社編, 『満洲開拓年鑑 昭和16年版』(『満洲移民関係資料集成』 第7回配本(第31巻~第35巻, 1941), 不二出版, 1992, p.68.

제국주의가 행하는 '토지 수탈'의 예로서 반일선전의 표적으로 삼았다.[14] 만주이민 정책 초기부터 '미이용지주의(未利用地主義)'는 중요한 원칙이었지만 이상에 불과했고, 일부의 예외를 제외하면 여전히 기경지 매수가 계속되었다. 그리고 일본인 이민자들은 '내지' 농촌에서 만주 농촌으로 이주하여 이상적인 '일본' 농촌을 구축해야 했다.

간화회의 문학자들이 조사하고 연구하여 문학 작품으로 형상화한 것은 바로 이런 '만주개척'이었다. 일본인의 만주이민을 제재로, 일본어로 쓰여, '내지'의 일본인 독자가 읽는 것이 대부분의 '개척문학'이었다. 이때 대륙은 후경(後景)으로 물러나고, 현지 중국인은 '비적(匪賊)'이나 일본인의 지도가 필요한 '만인'으로 묘사되었다. 간화회에 속한 작가들이 흥미를 느낀 것은 만주 그 자체라기보다 그곳에서 이루어지는 일본인 농민의 '만주개척'이었고, 그 과정에서 겪는 여러 시련을 극복하는 성공담을 '내지 동포'에게 들려주는 것이었다. 만주이민 정책의 이해를 심화시키고 지원하는 '개척문학'은 그야말로 '국책문학'이었던 것이다.

그러나 만주이민의 국책문학은 단순히 문학자의 시국영합이나 전시동원으로만 볼 수 없는 측면을 내포한다. 그것은 간화회를 결성한 문학자의 문학론, 개별 문학 작품, '내지' 농촌의 현실, 만주이민 자체의 모순 등 여러 층위에서 지적할 수 있다.

우선, 간화회를 결성한 문학자들이 체제에 협력하는 대신 그들의 문학 활동에 관한 편의나 보호를 요청했다는 점을 들 수 있다. 때문에 그

14 満洲開拓史復刊委員会, 『満洲開拓史』(復刻版), 全国拓友議会, 1980, p.339.

들의 문학 활동은 동시대의 일본 문학자에게조차 '시국영합'이라는 비판을 피할 수 없었다. 실제로 두 간화회의 결성과 활동 경위는 반관반민의 국책단체에 어울리는 것이었다. 역설적이게도, 이 사실은 두 국책단체가 제국의 사상적, 정치적 배경 속에서 잉태되었다는 사실을 의미한다.

두 간화회에서 활동한 후쿠다 기요토(福田清人), 곤도 하루오(近藤春雄), 와다 덴(和田伝)처럼 만주이민을 일본민족의 '대륙진출'로 인식하고, 그 '개척정신'이 옳다고 믿어 의심치 않는 문학자도 있었다. 하지만 대부분의 작가들은 젊은 세대의 전향 작가였다. 중일전쟁을 계기로 문화 통제가 강화되는 가운데, 그들은 전향 작가로서 시대적인 긴박감을 현실적인 위협으로 느끼고 있었다. 전향 작가에게 국책단체 참가나 국책에 협력하는 문학 활동은 국책에 대한 공감보다도 보신으로서의 경향이 강했다. 두 간화회는 분명 국책단체였지만, 모두가 동일한 사상이나 신념을 공유하는 굳건한 조직은 아니었던 것이다.

또한 이 시기에 만주이민 정책이 농촌경제갱생운동의 일환으로 재편되었다는 사실이, 전향한 좌익 작가나 농민문학 작가에게 자신들의 국책협력을 정당화하는 대의명분을 제공했을 것이라고 추측할 수 있다. 당시 만주이민의 주요 모집 대상은 주로 '내지' 농촌의 소작농이나 빈농을 상정하고 있었다. 만주이민 정책의 목표는 농가 부채와 경지 부족, 흉작에 고통 받는 일본인 농민을 만주이민에 참가시켜 약 20정보(町歩)[15]의 비옥한 경지를 제공하고 보조금이나 조성금 등의 우대 및 지

15 1정보가 3,000평(坪)이므로 20정보는 약 60,000평에 해당한다.

원정책을 시행하여 자작농으로 육성하는 것이었다. 1937년에 농림성이 '내지' 농가 경영에 적정한 표준경지면적으로 산출한 토지 규모가 1정(町) 6반(反)이었다는 사실[16]을 고려한다면, 만주이민자에 대한 물적 지원의 정도를 추측할 수 있다. 농업공황(1930) 이후, 농민과 농촌의 고통을 호소해온 농민 문학자들은 충분히 만주이민을 농촌 문제의 합리적인 해결책으로서 받아들일 수 있었다. 또한 전향한 좌익 작가에게 국책에 협력함으로써 사회적 약자인 빈농을 도울 수 있다는 논리도 어느 정도 납득할 만한 것이었으리라고 추측할 수 있다.

그러나 간화회가 가장 활발하게 활동한 1939년 전반, '내지' 농촌의 현실은 급속히 변화하고 있었다. 농업공황 이후, 오랫동안 계속된 농촌의 불경기는 쌀과 생사 가격(糸価) 반등 등의 영향으로 1938년부터 회복세로 돌아서고 있었다. 또한 농촌의 과잉 인구는 중일전쟁 발발과 함께 징병 및 군수 산업의 노동력 흡수로 빠르게 감소했다. 당시 '내지' 농촌은 군대, 군수 산업, 만주이민을 위한 인적 자원의 제공만이 아니라 전쟁 수행을 위한 농업생산력 증강까지 요구되었다. 그럼에도 불구하고 만주이민 정책은 오히려 대폭 확장되었다. 자연히 만주이민은 매우 빠른 속도로 침체되기 시작했다. 그러자 이를 보충하기 위해 성인 이민을 대신하는 청소년 이민이 고안되었고, 이민단은 분촌이민(分村移民)이나 분향이민(分郷移民) 등 집단 이민 형태로 전환되어 농촌 내부의 특정 계층만이 아니라 남녀노소 모두 함께 만주이민에 참가하는 형태를 장려하였다.

---

16 1정 6반은 약 4,800평에 해당한다. ルイーズ ヤング, 앞의 책, p.211.

간화회에 모인 문학자들이 만주이민을 제재로 무수한 국책문학을 창작한 것은, 이처럼 만주이민 정책이 대중동원의 양상을 보이며 추진되던 시기라고 할 수 있다. 만주이민 정책이 현실적 근거를 상실하고 대중동원으로 전환되는 시기에, 만주이민을 장려하기 위한 국책문학이 등장했다. 만주이민의 국책문학은 만주이민에 관한 제국일본의 이데올로기를 재생산한다는 구체적인 목적을 가지고 태어난 것이다.

그러나 이들 국책문학이 재생산해야 할 제국일본의 이데올로기가 반드시 작품 속에 명확하게 제시된 것은 아니었다. 제국 내부에서 만주이민을 정당화하는 논리는 농본주의를 배경으로 하는 '내지' 농촌의 과잉인구와 토지 부족 등 농촌 문제의 해결이었고, 나아가 아시아를 지도해야 할 일본민족의 '대륙진출'이라는 팽창주의의 실현이기도 했다. 사회적 약자인 농민과 농촌 사회의 '갱생'을 주장한 농본주의는 제국 내부의 사회적 모순을 식민지로 이전함으로써 해결한다는 제국주의의 기획과 결합한 것이다. 나아가 제국 내에서는 상대적으로 열등하다고 여겨진 농민이, 식민지에서는 '우수한 일본민족'의 일원으로서 이민족을 지도하는 존재가 될 수 있다고 여겨졌다.

그러나 정작 대량의 일본인 농민을 받아들여야 하는 만주국에서는 정치적 이데올로기가 매우 복잡한 양상을 보이고 있었다. 우선 만주국의 건국은 건국이데올로기인 민족협화와 왕도주의를 내세운 동양적 유토피아의 건설로서 미화되었다. 하지만 이 건국이데올로기는 사상적 발전을 이루지 못하고, 점차 '오족협화'와 '왕도낙토'라는 슬로건으로 바뀌었다. 이러한 정치적 이유로, 제2차 세계대전 이후에 민족협화와 왕도주의는 제국일본이 '괴뢰국가'를 창출하기 위해 만들어낸 기만적인 이데올로기로 평가되었다.

선행연구에서도 민족협화와 왕도주의가 만주국의 건국공작 과정에서 중국내셔널리즘에 대한 사상적 방어나 현지 중국인의 협력을 얻는다는 구체적인 목적을 위해 만들어진 이데올로기라는 사실은 이미 지적되었다. 본래 민족협화는 중국내셔널리즘의 위협에 직면한 만주청년연맹을 비롯한 재만 일본인이 소수민족의 입장에서 구축한 이데올로기였다. 왕도주의는 전통적인 중국 농촌 사회의 자치능력을 중시하는 맹자의 왕도론에서 유래하는 것이었다.

그러나 중국인을 지도하는 원리를 "공자의 도(道)에서 찾는" 것은, "그들의 선조가 낳은 사상인 이상, 그 지도적 지위는 전화(轉化)될 수밖에 없을 것"이라는 우려를 낳았다.[17] 왕도주의나 민족협화는 엄밀하게 말하자면 만주사변 이전부터 만주국의 건국공작까지, 재만 일본인의 정치적, 사회적인 입장에 따라 부상한 이데올로기였다. 만주국의 건국공작 과정에서 재만 일본인은 적극적으로 관동군에게 협력하였고, 만주국 건국을 위한 사상적 도구이자 대의명분으로서 왕도주의와 민족협화를 제공했다. 그러나 재만 일본인의 이데올로기는 만주국 건국을 계기로 만주국을 정당화하기 위한 이데올로기로 변질되었다. 그리고 만주국은 '일만일덕심(日滿一德一心)'(『回鑾訓民勅書』, 1935), 국가신도의 도입(『國本奠定勅書』, 1940) 등을 거쳐 일본제국의 이데올로기에 포섭되었다.

이처럼 1930년대의 만주에 관한 제국의 이데올로기는 일관된 것이 아니었다. 왕도주의나 민족협화는 재만 일본인이 중국인과 중국내셔널

---

17 上野凌嵱, 「国策文学論」, 青木実外編, 『満洲文芸年鑑 昭和12年版』(復刻板, 西原和海解題, 葦書房, 1993), G氏文学賞委員会, 1937, p.65.

리즘에 대응하기 위한 정치적 타협의 산물이기도 하였으며, 이 타협의 흔적은 건국이데올로기로 남았다. 그 민족협화와 왕도주의가 슬로건으로 바뀌고, 만주국의 건국이데올로기는 순수한 일본정신, 즉 '팔굉일우(八紘一宇)'로 재해석되었다. 이는 이민족 지배를 위해 이화(異化)되었던 지배이데올로기가 순수한 일본정신에 의해 배제되어가는 과정이기도 했다.

이처럼 만주를 둘러싼 이데올로기의 유동성과 자의성은, 재만 일본인 사이에서조차 여러 가지 해석의 가능성과 혼란을 낳았다. 특히 민족협화는 민족평등의 이데올로기로서의 측면과 아시아 여러 민족에 대한 일본민족의 지도성을 강조하는 측면을 아울러 가지고 있었다. 그 예로 1930년대 후반 재만 일본인 문학자들의 주장을 들 수 있다. 그들은 만주가 일본의 한 지방이 아니며, 만주에는 만주만의 독자적인 문학이 존재해야 한다는 '만주문학론'을 주장하였다. 그 속에서 일부 재만 일본인 문학자들은 '건국이념'을 내세워 현실비판의 여지를 확보하고자 시도하기도 하였다.

물론, 그러한 시도가 만주국의 존재 자체를 부정하는 것은 아니었다. 하지만 만주국을 일본민족의 대륙팽창으로 파악하고, 일본민족의 우월성을 믿어 의심치 않는 이들에게 민족협화를 "매우 자유주의적인 평등관이라 할까, 말하자면 낡은 세계관인 민족자결주의의 변모적 표현이라는 식으로 해석하거나, 심한 경우에는 좌익적인 인터내셔널리즘의 변형과 같은 해석으로 득의양양하게 독선론을 휘두르"는 재만 일본인 문학자의 존재는 "자유주의, 혹은 좌익 사상의 망집(妄執)에서 아직도 전혀 자유롭지 못한 사람들"이며 "만주 건국의 이상(理想)에 있어 사자

(獅子) 몸속의 벌레"같은 존재였다.[18] 민족협화는 '건국이상'을 놓고 재만 일본인 내부에서 벌어진 이데올로기 투쟁의 장이었던 것이다.

그것은 근본적으로 만주에서 성장한 재만 일본인 청년이 경험하는 '식민자'로서의 자의식과 '일본인'이라는 아이덴티티의 혼란에서 비롯된 것이기도 했다. '일본인' 혹은 '일본민족'이 혈통에 의한 균질한 민족 집단으로 존재할 수 있다는 만주이민 정책의 전제는 동시대에 이미 그 모순을 드러내고 있었다. 더욱이 재만 중국인 문학자의 문학은 그 내부에서 만주국의 '건국이념'이나 일본인을 철저하게 배제하는 '면종복배'의 문학이었다.

이처럼 '내지'에서는 자명한 것처럼 보였던 만주이민의 논리는 복잡하게 뒤얽힌 만주의 담론 공간으로 진입함으로써 숨길 수 없는 모순을 드러냈다. 농민문학간화회와 대륙개척문예간화회의 '월경(越境)'은, 결과적으로 종주국과 식민지 사이에 존재하는 여러 모순과 괴리를 가시화한 것이다.

그 가장 큰 원인으로 추측할 수 있는 것은, 만주이민의 국책소설이 주로 현지조사와 취재를 통해 얻은 사실을 바탕으로 창작되었다는 점이다. 간화회에서 파견된 작가들은 거의 같은 시기에 비슷한 장소를 시찰하고, 때로는 동일 인물의 체험담을 취재하기도 했다. 또한 일본인 만주이민의 역사 자체가 짧다는 한계도 있었다. 간화회가 그 성과를 가장 활발하게 발표한 1938, 39년은 공식적인 일본인 만주이민 개시로부터 헤아려도 아직 7년째에 불과했다. 때문에 만주이민을 제재로 하는 소설은

18 近藤春雄, 『大陸日本の文化構想』, 敞文館, 1943, p.62.

문학적 성숙을 위한 시간적 여유를 가지지 못했을 뿐만 아니라, 동시대에 추진되던 이민 정책에 매우 긴밀하게 협력하게 되었다. 이민자의 배우자인 '대륙의 신부'(1937) 송출, 성인 이민을 대신하기 위한 청소년 이민인 '만몽개척청소년의용군'(1938), '만몽개척청소년의용군'의 여성 지도원인 '대륙의 어머니'(1938) 등 여러 정책이 주로 대량 이민이 본격화한 1937년 이후 창설, 실시되었기 때문이다.

그러한 상황은 만주이민의 국책문학에 소재의 중복과 유형화를 초래했다. 초기 무장이민단에 관한 작품인 경우, 이민자가 비적의 습격, 둔간병(屯墾病)의 유행, 퇴단자 속출 등의 고난을 겪으면서 '개척'에 성공하는 서사가 대부분이다. 분촌이민의 경우에는 농가 부채, 토지 부족 등의 농촌 문제로 피폐한 '내지' 농촌이 분촌이민운동을 통해 갱생하는 서사가 많았다.

또한 만주이민의 국책소설은 현지조사에 기초한 보고(報告)문학으로 간주되었다. 국책소설을 보고문학으로 위치 짓는 것은, 단순한 소재의 확장, 기초적인 조사의 보고문에 지나지 않는다는 비판을 감수해야 하기는 했지만 대륙의 현실을 그린 문학으로서 일정한 가치를 담보한다는 의미를 가질 수 있었다. 때문에 많은 작품의 발표 당시 비평도 주로 기록문학, 보고문학으로서 평가하는 것이었다. 실제로 지금까지의 연구에서도 이들 국책문학은 르포르타주라는 평가가 그대로 답습되고 있다.

그러나 국책문학이 만주이민의 현실을 묘사함과 동시에 제국이 기대하는 이데올로기를 문학으로 체현하려 할 때, 그것은 사실로서의 현실과의 사이에서 여러 가지 모순과 도착을 낳는다. 문학 작품의 이데올로기가 작가 개인에게만 환원되는 것은 아니다. 체험과 취재에 기초한 문학적 재현은 작품이 '이야기하는 것'과 동시에 '이야기할 수 없는 것'의 존재를 암시한다. 예를 들어 만주이민의 국책문학에서는 민족협화를 제재로 한 작품이 매우 적다는 점을 지적할 수 있다. 만주의 일본인 이민자의 입장에서, 다양한 민족의 '협화'가 반드시 유리한 것은 아니었기 때문이다.

또한 문학 텍스트 자체에서 텍스트가 국책문학으로서 이야기할 것이라고 기대되는 것과는 상반되는 것을 읽어낼 수도 있다. 이때, 국책문학에 나타나는 만주이민의 현실과 이데올로기 사이의 균열은 교묘하게 구축된 서사의 허구성을 폭로한다. 이는 제국의 이데올로기 그 자체에 내재된 모순이나 굴절을 드러낼 뿐만 아니라, 만주이민을 둘러싼 종주국과 식민지의 현실이 어떠한 것이며, 그 현실이 문학 작품을 어떻게 변용시켰는가에 대한 검토로 이어질 수 있다. 현실과의 모순을 드러낼 때 비로소, 이러한 국책소설이 반어적인 가능성을 가진다고 인정할 수 있는 것이다.

2. 선행연구 검토와 연구 의의

앞에서는 주로 만주이민에 관한 이데올로기와 국책문학의 관계를 중심으로 검토했다. 하지만 만주국은 중국 동북 지방에 존재한 '괴뢰국가'였으며, 그 구성원은 근린의 여러 민족이었다. 때문에 만주(국)연구는 기본적으로 동아시아의 근대 인식의 문제이며, 문학만이 아니라 역사학, 사회학, 언어학, 교육학 등 각 영역에서 연구가 활발하게 이루어지고 있다.

특히 일본의 만주연구는 방대한 양에 이른다. 여기서는 주로 만주이민과 만주국의 이데올로기, 그리고 문학에서 대표적인 선행연구를 개관함으로써 연구의 시각과 위치를 확인하고자 한다.

일본에서 만주연구는 1970년대 이후, 중일국교수립을 계기로 본격적으로 시작되었다. 초기 연구는 주로 '일본제국주의' 비판으로, 경제사적인 관점이 중심이 되었다. 이러한 연구는 만주사연구회(満洲史研究会)의 『일본제국주의하의 만주(日本帝国主義下の満洲)』(御茶の水書房, 1972)로 본격화되었다. 대표적인 연구로 만주이민의 역사를 실증적으로 검토한 만주이민사연구회(満洲移民史研究会)의 『일본제국주의하의 만주이민(日本帝国主義下の満洲移民)』(竜渓書舎, 1976)이 있다.

1990년대에 들어서면서 만주연구는 '일본제국주의' 비판에서 '일본제국' 연구로 옮겨갔다.[19] 야마무로 신이치(山室信一)는 『키메라－만주국의 초상(キメラ－満洲国の肖像)』(中央公論社, 1993)에서 만주국은 일본제국주의라는 단일 논리로 형성된 것이 아니라 국제관계 및 만주국 내외의 이해관계와 절충하는 과정을 거쳐 구축되었다고 지적하였다. 특히 주목되는 것은, 야마무로가 만주국의 건국이념인 민족협화와 왕도주의가 관동군의 만몽영유론(満蒙領有論)이 변화하여 분출된 것으로 보았다는

---

19 만주・만주국 연구사의 최근 동향에 대한 보다 자세한 내용은 다음 문헌에서 참고할 수 있다. 山本裕, 「満洲」, 日本植民地研究会編, 『日本植民地研究の現状と課題』, アテネ社, 2008; 田中隆一, 第1部「東アジアの歴史認識と満洲国」, 『満洲国と日本の帝国支配』, 有志社, 2007.

점이다.[20] 그는 일본인에 의한 민족협화 실시와 그 결과로서의 왕도낙토 실현이라고 보았다.

선행연구에서 만주국 건국이데올로기에 대한 평가는 매우 낮다. 히라노 겐이치로(平野健一郎)는 만주청년연맹(満洲青年連盟) 결성에서 만주국 건국 이후의 공화당(共和党), 협화회(協和会)로 이어지는 재만 일본인의 역할과 민족협화 이데올로기를 분석하였다. 그는 민족협화가 "내포하는 바는 사상이라 부르기에는 빈약하기 때문에 그 자체를 하나의 사상으로 분석하고 이론적 재구성을 시도하는 것은 어려운 일"이라고 지적하고, 그것은 차라리 재만 일본인의 "심정(心情) 논리의 체계"라고 하였다.[21]

후루야 데쓰오(古屋哲夫)는 만주국 건국 과정을 검토하였는데, 민족협화는 "특별한 시책이 시행되지도 않았고, 따라서 왕도가 실현되면 자연히 달성되는 것처럼 여겨졌다"고 보고 "논의할 만한 아무런 전개도 보이지 않았다"고 결론을 내리고 있다. 또한 왕도주의에 대해서도 "유교적 덕목"을 나열한 것뿐이며 "현실 정치에 대한 비판이나 요구가 생겨나지도 않았다"고 보았다.[22] 기존 연구의 견해는 거의 만주국 건국이데올로기가 '괴뢰국가'인 만주국을 창출하기 위한 거짓 이데올로기이며, 그 내실은 거의 없었다는 결론에 동의하는 것이었다고 할 수 있다.

그러나 고마고메 다케시(駒込武)는 교육학의 관점에서 만주국 건국의 이데올로기 형성 과정에 주목했다. 그는 만주국의 건국이데올로기가

---

20 山室信一, 『キメラ－満洲国の肖像－増補版』, 中央公論新社, 2004, p.60.

21 平野健一郎, 「満洲事変前における在満日本人の動向－満洲国性格形成の一要因」, 『国際政治』(43), 1970.12, pp.54~55.

22 古屋哲男, 「「満洲国」の創出」, 山本有造編, 『「満洲国」の研究』, 京都大学人文科学研究所, 1993, p.76.

건국을 치장하기 위한 "외적 수식(修飾)"이기는 했지만 동시에 "현실 정치에 대한 비판이나 요구"가 교차했을 가능성을 제시했다.[23] 이는 왕도주의와 민족협화가 정치적 수사(修辞)일 뿐만이 아니라, 현지 사회 및 주민과 일정하게 타협하고 교섭하면서 탄생했다는 측면을 강조하는 시각이다. 이러한 시각은 동화를 중심으로 하는 제국일본의 통치이념 내에서 만주국의 이질성을 가시화한다는 점에서 주목된다.

지금까지 살펴보았듯이, 선행연구는 주로 만주국의 건국이념을 건국과정 혹은 일정 시기에 초점을 두고 검토하였다. 왕도주의와 민족협화가 이론적인 발전을 거두지 못한 채 만주국과 함께 붕괴한 '환상'이라고 여겼기 때문이다.

한편, 사회학에서는 만주를 체험한 사람들에게 민족협화와 이상국가(理想國家) 건설의 기억이 뿌리 깊게 남아 있다는 점을 지적한다. 대표적인 성과로 만주이민 체험자의 인터뷰 분석을 통해 송출에서 귀환까지, 그리고 만주국 붕괴 이후의 해당 지역에 남겨진 일본인 아동과 여성의 만주체험에 주목한 아라라기 신조(蘭信三)의 『「만주이민」의 역사사회학(「満洲移民」の歴史社会学)』(行路社, 1994)이 있다. 이 연구는 만주이민에 직접 참가하고 경험한 사람들의 체험과 생활을 토대로 만주이민을 분석하고 있다.

사카베 쇼코(坂部晶子)의 『「만주」경험의 사회학(「満洲」経験の社会学)』(世界思想社, 2008)에서는 만주농업이민자만이 아니라 도시 생활자, 동창회, 위령비문, 나아가 중국 동북부에서 일본인 만주이민의 집합적 기억이 어떻게 기억되고 담론화되었는가를 논하였다.

23 駒込武, 『植民地帝国日本の文化統合』, 岩波書店, 1996, p.237.

문학에서는 주로 일본문학과 '만주문학', 식민지문학의 관점에서 연구가 이루어졌다. 일본문학에서는 이러한 문학을 주로 쇼와기(昭和期) 문학 연구의 내셔널리즘과 국가 권력의 문화 통제라는 흐름에서, 시국에 영합하는 국책문학의 한 예로 언급하는 데 그쳤다. 이른바 '만주문학'에 관한 선구적인 연구로는 오자키 호쓰키(尾崎秀樹)의 『구식민지문학 연구(旧植民地文学の研究)』(勁草書房, 1971), 가와무라 미나토(川村湊)의 『이향의 쇼와문학 — '만주'와 근대일본(異郷の昭和文学—「満洲」と近代日本)』(岩波書店, 1990)을 들 수 있다.

오자키는 만주국 문학계가 재만 일본인 문학자의 『작문(作文)』파와 『대륙낭만(大陸浪漫)』파, 중국인 작가의 『예문지(藝文志)』파, 대륙개척문예간화회가 대표하는 일본인 작가로 "일단 그 도식을 완성"했다고 보았다.[24] 이에 비해 가와무라는 '만주문학'을 세 가지 유형으로 정리했다. 그것은 만주를 여행하고 기행이나 작품으로 발표한 일본인 문학자, 만주에서 생활의 기반을 둔 재만 일본인 문학자, 만주에 태어나 자란 뒤 일본으로의 '귀환(引揚)'[25]을 경험한 만주귀환파로 구성된다.[26] 오자키가 '만주문학'을 재만 일본인, 중국인, 일본인의 '개척문학'으로 구성된 것이라고 본 것에 비하여, 가와무라는 일본인의 '만주문학'에 '개척문학'과 귀환파까지 포함시켰다. 가와무라는 『문학으로 보는 '만주' — '오족협화'

24 인용은 오자키 호쓰키(尾崎秀樹)의 『구식민지문학 연구(旧植民地文学の研究)』(勁草書房, 1971)를 저본(底本)으로 한 『근대문학의 상흔—구식민문학론(近代文学の傷痕—旧植民地文学論)』, 岩波書店, 1991, p.230.

25 원문은 패전 이후 해외 거주 일본인의 본국으로의 귀환을 뜻하는 '引揚'인데, 국내에서는 현재 '인양', '귀환', '히키아게'라는 표기가 병존하고 있다. 여기서는 '귀환'으로 표기한다.

26 川村湊, 『異郷の昭和文学—「満洲」と近代日本』, 岩波書店, 1990, pp.23~24.

의 꿈과 현실(文学から見る「満洲」－「五族協和」の夢と現実)』(吉川弘文館, 1998)에서 만주에 거주하는 일본인만이 아니라 중국인, 조선인, 백계 러시아인 문학에 주목하여, 만주국에서 '오족협화'라는 슬로건 아래 존재한 각 민족의 문학을 개관한 바 있다. 이러한 연구에서 대륙개척문예간화회와 농민문학간화회의 '개척문학'은 '만주문학'의 일부에 불과했다.

한편으로, 두 간화회에 관한 연구도 이루어졌다. 이타가키 마코토(板垣信)는 「대륙개척문예간화회(大陸開拓文芸懇話会)」(『昭和文学研究』, 1992.9)에서 이 단체가 결성되고 이윽고 "발전적인 해소"를 거쳐 일본문학보국회에 흡수되기까지의 과정을 상세하게 검토하였다. 농민문학간화회 관련 연구로는 사가 이쿠로(佐賀郁朗)의 저서 『수난의 쇼와 농민문학－이토 에이노스케와 마루야마 요시지, 와다 덴(受難の昭和農民文学－伊藤永之介と丸山義二, 和田伝』(日本経済評論社, 2003)이 있다. 사가는 이 책에서 농민문학간화회의 결성 경위와 개별 작품을 분석하고, 간화회와 전후의 일본농민문학회(1954년 결성)의 관계를 밝히고 있다. 또한 이와사키 마사야(岩崎正弥)의 저서 『농본사상의 사회사－생활과 국체의 교착(農本思想の社会史－生活と国体の交錯)』(京都大学学術出版会, 1997)은 농본주의 연구의 관점에서 전시 농민문학의 유행과 그 '실패'를 살폈다.

한편, 와카마쓰 신야(若松伸哉)의 논문 「'만주'로 옮겨진 '고향'－쇼와 10년대 대륙 '개척'문학과 국내문단에 나타난 '고향'에 관하여－(「「満洲」へ移される「故郷」－昭和十年代・大陸「開拓」文学と国内文壇にあらわれた「故郷」をめぐって)」(『国語と国文学』, 2007.4)는 동시대 도쿄문단의 '고향' 담론을 통해 만주이민자의 '고향' 문제를 논했다. 문학을 중심으로 동시대에 다중의 '고향' 담론이 성립하였고, 그것이 고향을 만주에 이전할 수 있다는 환

상의 전제가 되었다는 것이다. '대륙문학'이 "역시 국내문단과도 밀접하게 연동하고" 있었다는 문제 제기가 흥미롭다.[27]

또한 조선 출신 작가인 한설야, 김동인, 이마무라 에이지(今村栄治), 장혁주, 유진오의 만주소설을 분석한 유수정의 박사논문 「제국과 '민족협화' 주변의 사람들－문학으로 보는 '만주'의 조선인, 조선의 '만주'(『帝国と「民族協和」の周辺の人々－文学から見る「満洲」の朝鮮人,朝鮮の「満洲」)」(筑波大学大学院人文社会科学研究科, 2008)가 있다. 이 논문은 식민지조선, 만주, 일본제국의 관계 속에서 조선 출신 작가가 만주를 제재 및 배경으로 삼은 소설 텍스트를 분석하였다. 이와 같은 선행연구 외에 대륙개척문예간화회와 농민문학간화회에 참가한 작가 연구에서도 작가와 만주의 관계에 관한 연구가 늘어나고 있다는 사실은 주목할 만하다.

한국이나 중국에서 이루어진 만주연구는 주로 민족주의에 의거한 일본제국주의 비판에서 출발했다. 이는 양국이 일본제국주의를 정당화하는 논의에 대항하는 논리를 구축하는 데서 출발했기 때문이다. 한국 근대문학 연구에서도 항일이나 민족주의를 표방한 일부 작품을 제외한 일본어문학, 만주를 제재로 한 작품은 '친일문학'이라는 혐의에서 벗어나지 못했다.

그러나 1990년대 이후, 만주와 관련된 조선인 작가의 작품 연구가 활발하게 이루어지 시작했다. 즉 기존의 '저항과 굴종'이라는 이항대립적 개념에서 벗어나, 만주국에서 조선인이 경험한 '이등국민'으로서의 굴절, 제국주의 이데올로기로의 통합과 일탈, 이민문학, 디아스포라 체

---

27 若松伸哉, 「「満洲」へ移される「故郷」－昭和十年代・大陸「開拓」文学と国内文壇にあらわれた「故郷」をめぐって」, 『国語と国文学』 第1000号, 2007.4, p.52.

험에 이르기까지 다양한 시각에서 연구가 이루어졌다. 이는 조선어, 일본어 자료의 발굴, 출판, 분석 및 연구 성과의 발표로 활발하게 이어지고 있다. 대표적인 연구로 민족문화연구소의 『식민주의와 문화 총서 시리즈』 출판, 오양호의 『한국문학과 간도』(문예출판사, 1988), 『일제강점기 만주조선인문학연구』(문예출판사, 1996), 『만주이민문학 연구』(문예출판사, 2007) 등을 들 수 있다.

김재용은 「일제 말 한국인의 만주인식」(김재용 편, 『만보산사건과 한국 근대문학』, 역락, 2010)에서 '내선일체'의 대상이자 '민족협화'의 대상이기도 했던 당시 조선인이 만주국 '국민'이 됨으로써 조선식민지 지배에서 이탈하려 했다고 분석하였다. 한편, 한수영의 「'재만(在滿)'이라는 경험의 특수성－정치적 아이덴티티와 이민족의 형상화를 중심으로」(중국해양대 해외한국학 중핵대학 사업단 편, 『근대 동아시아인의 이산과 정착』, 경진, 2010)는 이산으로 형성된 재만 조선인의 다양한 삶의 중층성과 욕망의 층위를 이해하려 할 때, 그들의 '재만' 경험과 문학적인 형상화를 '친일/반일' 혹은 '수난과 저항'의 틀로 해석하는 것은 한계를 가질 수밖에 없다고 지적하였다. 그는 만주국 건국 이후의 텍스트에서 건국 이전 재만 조선인이 겪은 고난이 강조되면 강조될수록, 만주국 건국의 정당성이 강화되는 역설적인 결과에 주목하였다. 또한, 만주국 당국이 만주 사회에서 재만 조선인이 처한 복잡한 사회적, 경제적인 위치를 통치수단으로 이용하였다는 점을 지적한 연구 등이 있다.[28]

중국의 '위만주국(僞滿洲國)' 연구는 점령기 동북윤함구(東北淪陷區)의

28 박은숙, 「일제강점기 재만 조선인 문학과 조선인 사회의 모순 형식」, 중국해양대 해외한국학 중핵대학 사업단 편, 『근대 동아시아인의 이산과 정착』, 경진, 2010.

사료 수집, 편찬, 출판으로 시작되었다. 여기에는 항일, 애국이라는 매우 강한 목적의식이 존재했다. 뤼위안밍(呂元明)은 「중국 동북윤함구 시기 문학 연구의 현재(中国における東北淪陥期文学の研究の現在)」(岩崎富久男訳, 植民地文化研究会編, 『植民地文化研究 資料と分析』, 不二出版, 2002)에서 중국의 동북윤함구 연구의 출발점으로 '9・18사변'의 다음날, 중국 각 신문이 민족 존망의 위기감 속에서 동북윤함구 지원, 선전 및 연구를 개시한 시점까지 거슬러 올라간다.[29] 이후 동북윤함구에서 창작된 많은 중국어문학은 항일문학을 제외하고는 '한간(漢奸)문학자'의 '한간문학'으로 간주되었고, 엄격한 비판의 대상이 되었다.

그러나 중국에서도 1990년대에 재평가의 움직임이 생겨나 다양한 시각에서 만주문학 연구가 이루어지게 되었다. 하지만 뤼는 여전히 동북윤함구문학 연구자는 소수이고, 재만 일본인 문학자의 일본어문학 연구는 더욱 적다고 지적한 바 있다.[30] 일본에서 이루어지는 중국인 연구자의 연구는 그러한 한계를 보완하는 역할을 하고 있다.[31]

또한 일본인 연구자의 만주국 시기 문학 연구로 대표적인 것은 오카다 히데키(岡田英樹)의 저서 『문학으로 보는 만주국의 위상(文学にみる「満洲国」の位相)』(研文出版, 2000)이 있으며, 그 밖에 가미야 다다타카(神谷忠孝)・기무라 가즈아키(木村一信)가 엮은 『'외지' 일본어문학론(「外地」日本語文学

29 呂元明, 岩崎富久男, 「中国における東北淪陥期文学の研究の現在」, 植民地文化研究会編, 『植民地文化研究 資料と分析』, 不二出版, 2002, pp.56~57.

30 위의 글, p.67.

31 다음과 같은 연구를 들 수 있다. 単援朝, 「在満日本人文学者の「満洲文学論」ー『満洲文芸年鑑』所収の評論を中心に」, 『アジア遊学』, 2002; 「同床異夢の「満洲文学」(1)ー「満系文学」側の主張から」, 『崇城大学 研究報告』, 2008; 尹東燦, 『「満洲」文学の研究』, 明石書店, 2010.

論)』(世界思想史, 2007)에서는 '외지'의 다양한 일본어문학 연구를 시도한 바 있다.

최근의 연구 경향으로 한국, 일본, 중국, 대만 간의 비교연구가 왕성하게 행해지고 있다는 점을 지적할 수 있다. 일본에서는 야마다 게이조(山田敬三), 뤼위안밍이 엮은 『십오년 전쟁과 문학－일중 근대문학의 비교 연구(十五年戦争と文学－日中近代文学の比較研究)』(東方書店, 1991), 일본사회문학회(日本社会文学会) 편저 『식민지와 문학(植民地と文学)』(オリジン出版センター, 1993), 식민지문화학회(植民地文化学会) 편저 『'만주국'이란 무엇이었는가(「満洲国」とは何だったのか)』(小学館, 2008) 등이 있다.

한국에서는 동국대 문화학술원 한국문학 연구소의 『제국의 지리학, 만주라는 경계』(동국대 출판부, 2010)가 있다. 특히 식민지 일본어문학・문화연구소 편 『제국일본의 이동과 동아시아 식민지문학 2－대만, 만주・중국, 그리고 환태평양』(문, 2011)은 '제국일본의 이동'이라는 관점에서 한국, 일본, 중국, 대만, 미국의 연구자 34인의 연구를 묶은 것이다.

또한 현재 중국 동북부에 거주하고 있는 '중국조선족'(이하 조선족)[32]의 문학 연구는 만주국 붕괴 이후 그 지역에 남은 약 140만 명의 조선인에서 출발한 중국 소수민족으로서의 조선족문학 연구라는 점[33]에서

32 이해영은 '조선족'이라는 용어가 역사적・정치적으로 변화하며 형성된 용어라는 점을 지적했다. 이해영의 연구에 의하면, 조선인 만주이민자는 만주 이주 초기로부터 만주국 붕괴까지 '조선인', '조선사람', '재만 조선인', '만주조선인'이라고 불렸다. 이후 중국공산당의 「중화인민공화국 민족구역자치실시강요」(1952.2)에 따라 '연변조선민족자치구'가 성립되었다. 그 이후 자치구가 '자치주'로 변경될 때 '연변조선족자치주'로 개칭되었다. 이해영, 『중국 조선족 사회사와 장편소설』, 역락, 2006, 14~15쪽.

33 이해영・장총총(張叢叢), 「만주국의 국가 성격과 안수길의 북향정신 안수길의 재만 시기 작품을 중심으로」, 중국해양대 해외한국학 중핵대학 사업단 편, 『문명의 충격과 근대 동아시아의 전환』, 경진, 2012, 250쪽.

만주국 시기의 재만 조선인문학의 연속성 혹은 불연속성의 양면에서 주목할 만하다.[34] 실제로 재외한인문학을 검토한 최병우는, 한반도를 제외하면 조선족문학이 "한국어문학의 최대 보고(寶庫)"[35]라고 지적하였다.

이해영은 '중국조선족문학'을 "1945년 광복 이후, 귀국·귀향을 포기하고 이주지 만주에 남아 '조선인'에서 중국의 한 소수민족으로의 이행과정을 거쳐 중국 역사 속에 편입된 중국 내 우리 민족이, 민족어로 그들 삶의 현장과 역사, 이중적 정체성의 갈등을 형상화한 문학"[36]이라고 정의하였다. 또한 그녀는 중국 조선족이 중국 공산당과 함께 항일전쟁에서 함께 피를 흘리며 싸웠고, 광복 후에는 중국 공산당 편에서 국민당에 대항하는 국내해방전쟁에 공헌하였으며 중국 공산당의 소수민족정책에 따라 중국 국적을 취득하였으므로, 중국에 대한 조선족의 감정은 "비할 바 없이 떳떳하고 당당한 것"이라고 썼다.[37] 조선족문학은 한민족의 '재만 조선인'으로서의 체험과 항일전쟁의 집단적 기억에서 출발한 것이다. 이와 같은 조선족문학의 존재는, 만주국 붕괴 이후 중국 동북 지역에서 발생한 국가와 민족, 역사와 문화, 아이덴티티의 문제가 '현재'까지 이어지고 있다는 사실을 증명한다. 이와 같은 점을 고려한다면, '만주문학' 연구를 포함하는 만주연구의 국제화 경향은 해당 지역을 둘러싼 제국일본의 지배/피지배의 기억이 동아시아 전체의 역

---

34 이해영은 재만 조선인문학에서 '조선족문학'으로 이행하는 구체적인 양상을 작가층의 교대, 문단의 재조직 및 정비, 중국공산당 문예정책의 강력한 지도나 영향에 힘입은 편입 등이라고 보았다. 이해영, 앞의 책, 16쪽.

35 최병우, 『조선족 소설의 틀과 결』, 국학자료원, 2012, 26쪽.

36 이해영, 앞의 책, 18~19쪽.

37 위의 책, 284쪽.

사의식·문제의식으로 재독(再讀)되고 있음을 보여준다.

3. 방법과 구성

여기까지 일본을 중심으로 각국의 만주에 관한 선행연구 및 연구 동향을 검토했다. 만주 연구는 역사학에서 출발하여 다각도로 전개되고 있으며, 일본제국주의 비판에서 '일본제국'론으로, 다시 동아시아 전체로 뻗어나가고 있다. 또한 만주국 건국과 동시에 시작된 만주이민도 그 원인과 진행 과정, 결과에 이르기까지 한 나라에 국한되는 문제가 아니다. 한편 문학 작품이 형상화하는 것은 그 역사를 산 사람과 집단의 모습이다. 이 연구는 그러한 문제의식에서 출발하여 단순한 현실묘사의 문학, 혹은 국책에 영합하는 어용문학으로 간과되어 온 만주이민을 둘러싼 일련의 문학 작품을 다시 읽고자 하는 시도이다.

물론 문학은 단순한 역사 서술이 아니다. 문학 작품은 어디까지나 허구이며, 작가와 역사적인 사건, 시대와 환경, 서사 자체의 논리 등이 복잡하게 얽혀있다. 실제로 이 연구에서 다루는 주요 작품은 주로 두 간화회가 가장 활발하게 활동한 1938년에서 1939년에 발표된 것이다. 이는 두 간화회가 1942년에는 일본문학보국회 산하로 들어가면서 활동이 급격히 둔화되었고, 전후에는 작가의 의도적인 침묵과 더불어 문학적 가치가 없는 국책문학으로 평가되면서 많은 자료가 흩어지고 망각되었기 때문이다. 하지만 식민지문학 연구의 일환으로서, 혹은 개별 작가 연구의 연장으로서, 자료의 발굴과 복각이 꾸준히 이루어졌다. 이 책은 선진의 자료 조사와 연구 성과에 빚진 바가 많다.

이 책에서 분석하는 주요 작품들은 만주이민의 국책문학에서 가장 주목받은 작품들이기도 하다. 앞서 언급했듯이, 간화회 참가 작가들이 창작한 만주이민의 국책문학은 실제 사례나 체험담을 바탕으로 서술되었다. 많은 경우, 그 사례나 체험담은 만주이민의 성공 사례였다. 예를 들어 이야사카 마을(弥栄村, 제1차 이민단), 지후리 마을(千振村, 제2차 이민단), 오히나타 마을(大日向村, 제7차 이민단) 등이다. 이러한 성공 사례는 당시부터 만주이민 정책 추진을 위해 사회학적 조사나 연구 및 기록의 대상이 되었고, 전후에는 만주이민 연구를 위해 역시 정밀한 연구의 대상이 되었다.

이 책에서는 앞 절에서 살펴본 선행연구를 바탕으로 역사적인 사실에 기초한 문학 작품의 정독과 분석을 통해 만주이민의 국책문학을 재검토하는 것에 초점을 맞추었다. 만주이민의 국책문학 연구는 이제까지 역사학, 사회학 연구의 성과만으로는 포착하지 못하는 것을 제공할 수 있다. 즉 만주이민에 협력한 사람들, 동원된 사람들 내부에 존재한 여러 갈등이나 이해관계, 감정의 상극, 정책과 현실의 괴리나 모순이 착종하는 식민지 지배의 역동성을 그려내는 계기가 될 수 있는 잠재력을 가지고 있는 것이다. 바로 그러한 의미에서, 만주이민의 국책문학에서 역설적인 의미를 찾을 수 있다.

문제는, 만주이민을 소재로 한 국책문학의 경우, 작품에서 이처럼 다양한 관계성이 너무나 깊이 얽혀 있기 때문에 그 실마리를 찾아 맥락과 의미를 정확히 이해하는 것이 지극히 난해한 작업이라는 점이다. 이러한 작품들은 발표 당시부터 시국에 영합하는 문학이라는 비판을 받았고, 저자 자신도 그러한 정치성을 의식하고 있었다. 이러한 작품에서 바로 그 국책에 대한 비판이나 모순을 읽어내려는 시도는, 당연하지만 오독(誤讀)의 위험을 내포할 수밖에 없다.

그러나 나는 오히려 만주이민의 국책문학이 항상 오독되었다고 주장하고자 한다. 그 최대 원인은 만주이민의 국책문학이 소재로 한 만주 자체의 특수성에서 찾을 수 있다. 근대일본에서 '만주'는 독특한 위치에 있었다. 유명, 혹은 무명의 일본인이 '대륙진출' 혹은 이상국가 건설이라는 꿈에 매료되어 만주로 향했다. 만주이민의 국책문학은 문학을 이용하여 농민들을 그와 같은 '꿈'으로 유혹하기 위해 쓰였다. 만주이민의 국책문학이 종주국의 농민을 제국일본의 실질적인 식민지에 뿌리내리게 하려 한 국책에 적극적으로 협력한 것은 확고한 사실이며, 만주이민을 장려한 문학자의 책임은 결코 부정할 수 없다.

한편으로, 이 작가들은 국책인 만주이민을 장려하기 위해 시찰여행 등에서 목격하고 취재한 만주의 현실을 있는 그대로 묘사함으로써, 국책에 협력한다는 체면과 문학으로서의 가치를 어느 정도 절충하려고 했다. 즉, 그들은 제국의 경계로 동원되어 이민족과의 충돌이나 갈등 사이에서 흔들리는 민중의 삶을 깊이 관찰하고 묘사했던 것이다.

바로 그 점에서, 만주이민의 국책문학이 정책 측이 예상하던 것과는 정반대의 것, 나아가 작가의 의도와도 다른 것이 될 가능성이 나타난다. 물론 그러한 가능성을 포착하고 읽어내는 것은 쉬운 일이 아니다. 그것은 서사가 '이야기하지 않는 것', 혹은 '이야기할 수 없는 것'을 찾아내려는 시도이기 때문이다. 그러한 애매한 것을 찾는 작업은 항상 오독의 위험이 따른다. 혹은 독선적인 해석이 될 수도 있을 것이다.

때문에 이 책에서는 각 작품을 매우 주의 깊게, 정밀하게 분석하는 것에 초점을 두고, 문학 외의 방대한 자료를 통하여 근대의 제국과 식민지를 둘러싼 여러 담론의 내부에 국책문학을 두고 풀어 읽는 방법을 택했다. 물론, 이 방법으로 오독의 위험에서 완전히 벗어날 수 있다고 단언할 수는 없다. 특히 이 책의 주요 작품 분석에서는 만주이민에 연관된 많은 사료와 연구 성과를 참고하였다. 때문에 가능한 장면을 분절하여 명확히 드러내려고 했지만, 논고가 문학 작품과 역사적 사실 중 어느 쪽을 논하고 있는지 알기 어려운 지점이 존재할 것이다. 논고의 역사 관련 서술에서 시간의 흐름이 이동한다는 문제도 있다.

그러나 객관적이고 다양한 측면에서 문학 텍스트를 다시 읽고자 하는 방법론은, 지금까지 어둠에 묻혀 있던 만주이민의 국책문학을 재평가하기 위해, 또한 각국의 '국문학'이라는 경계를 뛰어넘어 제국일본의 문학사, 혹은 동아시아 근대문학으로 뻗어갈 가능성을 최대한 시험하기 위해 유효한 방법일 수 있다.

이 책은 전체적으로 식민지 지배를 둘러싸고 교차하는 시대의 담론과 역사적 사건 속에서 문학 텍스트를 독해한다는 방법론을 이용한 각각의 연구를 쌓아 올려 '만주이민의 국책문학'이라는 큰 도면을 소묘하도록 구성되었다. 이는 일견 혼란스럽고 거칠게 보일 것이다. 때문에 나는 논의의 축으로 이데올로기를 설정하였다. 앞 절에서 간략하게 살펴보았듯이, 1930년대 만주를 둘러싼 이데올로기 상황은 만주국의 건국공작 과정에서 건국이데올로기로 부상한 민족협화와 왕도주의를 '팔굉일우'와 같은 일본정신이 배제해 가는 과정이었다. 다민족사회에서 민족협화와 왕도주의는 국가통합에 필요한 여러 민족의 협력을 획득하기 위해 창출된 이데올로기였으나 총동원체제에 돌입한 제국의 식민지 지배 담론에 통합되었고, 결국 '팔굉일우'의 황도로 수렴된 것이다. 한편, '내지' 농촌에서 만주이민의 이데올로기는 제국의 모순을 식민지에 전가하려는 팽창주의적인 농본주의에서 출발하여 중일전쟁의 장기화로 인해 결국 정신주의로 기울어졌다.

결론부터 말하자면, 이데올로기를 축으로 만주이민의 국책문학을 분석한다는 것은 만주이민의 이데올로기가 어떻게 현실과 모순을 일으키고 파탄에 이르렀는지를 찾아내는 작업이다. 주요 작품의 '만주개척' 이데올로기는 주로 만주이민을 통해 '내지'의 소위 농촌 문제 해결을 꾀하거나 만주국 내에서의 일본인 이주 농민의 고난과 그 극복이며, 여러 민족의 협화를 이야기하는 민족협화나 농민자치를 내용으로 하는 왕도주의는 매우 드물게 등장한다. 이 책은, 그 이유가 바로 만주이민의 국책문학이 '이야기하지 않는 것', 혹은 '이야기할 수 없는 것'이었다고 상정한다. 각 작품은 때로는 이데올로기에 충실하기에 모순을 드러내기도 하고, 이데올로기의 중대한 위반을 내포하기도 하며, 때로는 그 이데올로기가 노골적인 전쟁협력의 정신주의로 변질되어 가는 모습을 적나라하게 묘사했다.

그것은 제국의 목소리를 재생산할 것이라고 기대되었던 문학 작품에서 어떻게 제국의 이데올로기 장치가 민중에게 작용하였고, 이데올로기 아래에서 작지만 불온한 속삭임을 내포한 민중의 삶을 포착했는가를 밝히는 것이다. 또한 그러한 국책문학이 현실과의 혼효 속에서 단순히 제국의 목소리로 회수되지 못한 여분의 존재를 찾는 행위이기도 하다.

따라서 제1장에서는 도쿄문단에서 국책단체인 농민문화간화회와 대륙개척문예간화회의 결성 경위와 그 과정에서 전개된 논의를 고찰한다. 나아가 간화회의 작품집을 분석하여 간화회가 어떻게 만주이민 정책을 의식하고 협력했는가를 구체적으로 살핀다.

동시에 만주문단에서 활발하게 논의되었던 만주문학론을 통해 만주건국이데올로기와 재만 일본인 작가의 굴절과 갈등, 재만 중국인 작가의 의도적인 '침묵'이 복잡하게 얽힌 제국일본 국책단체의 '월경'이 갖는 의미를 탐색한다.

제2장에서는 관동군의 만몽영유론에서 출발하여 만주국 건국 과정의 민족협화와 왕도주의의 형성, 건국 이후에 급속하게 공동화(空洞化)된 과정을 검토한다. 나아가 전후 귀환경험에 기초한 회고록 등을 통하여 만주국을 이상국가 건설의 시도로 간주하려는 이데올로기의 '재구축'을 고찰한다.

제3장에서는 만주사변 무렵의 조선인 만주이민을 제재로 한 장혁주(張赫宙)의 『개간(開墾)』(1943), 제4장은 제2차 일본인 만주농업이민단과 현지 주민의 무장충돌을 묘사한 유아사 가츠에(湯浅克衛)의 「선구이민(先駆移民)」(1938), 제5장에서는 제1차 이민단의 '개척'과 이민자의 결혼 문제를 배경으로 일본인남성 이민자와 현지 여성의 연애와 결혼을 그린 우치키 무라지(打木村治)의 『빛을 만드는 사람들(光をつくる人々)』(1939), 제6장에서는 둔간병과 그 해결책으로서 분촌이민을 연결시킨 도쿠나가 스나오(徳永直)의 「선견대(先遣隊)」(1939)와 분촌이민의 성공을 통해 만주이민의 논리를 농촌 문제 해결에서 전쟁 수행으로 뒤바꾼 와다 덴(和田伝)의 『오히

나타 마을(大日向村)』(1939)을 검토한다.

종장에서는 이 책에서 이루어진 논의를 토대로 만주이민의 국책문학을 어떻게 재평가할 수 있는가, 또한 더욱 진전된 논의로 이어가기 위한 인식 형성의 문제를 논하였다.

이 책은 이와 같은 방법론과 구성으로 만주에서 교차한 제국의 이데올로기, 경제, 사회, 물적・인적 관계망 내부에서 만주이민의 국책문학을 재고한다. 이는 오늘날의 일본문학에서 배제된 '제국의 문학'의 흔적을 되짚는 것이며, 광대한 식민지를 문학적으로도 포섭하려 한 제국 문학자 측의 시도를 복원하는 것이기도 하다.

다만 문학 작품을 동시대의 역사적・사회적인 문맥에서 다시 파악하는 이 연구는, 한편으로 작가 연구의 깊이나 이해가 부족하다는 한계도 갖고 있다. 개별 작가에게 국책문학 창작이 갖는 의미는 앞으로의 연구 과제로 삼고 싶다. 또한 이 연구에는 '만주', '만주국', '비적', '만계', '만인' 등 오늘날 사용하는 데 부적절한 용어가 많이 등장한다. 이러한 용어들은 당시의 역사적 용어로서, 또한 서술의 번잡함을 피하기 위해 사용한다.

제1장

국책문학의 모순과 균열

1. 국책단체의 형성과 전개

이 연구는 제국일본의 일부 문학자가 만주이민에 대한 대중의 이해와 지지를 함양하여 농민의 만주이민 참가를 장려한다는 뚜렷한 목적의식을 갖고 일본어로 창작한 일련의 국책문학을 분석한다. 이 국책문학이라는 개념은 아직 엄밀한 문학적 정의가 성립되지 않았다. 하지만 국책문학이라는 말을 사용할 때 암묵적으로 상정되는 바는 분명히 존재한다.

『일본문학사사전 근현대편(日本文学史辞典近現代編)』(角川書店, 1987)은 국책문학 항목에서 "중일전쟁에서 태평양전쟁 종결까지 전쟁 수행이라는 국가 정책에 협력할 목적으로 쓰인 문학. 정부의 농촌문화진흥의 표현이었다. 와다 덴(和田伝)을 비롯한 작가들의 농민문학, 생산 확충이라는 목적을 위한 생산문학, 다테노 노부유키(立野信之)의 『후방의 흙(後方の土)』을 비롯한 대륙문학, 오에 겐지(大江賢次)의 『이민 이후(移民以後)』를 비롯한 해양문학 등을 일컫는다. 권력의 요구에 따라 정치적 이데올로기의 도식적인 문학화를 행하여 일종의 비문학성을 초래하였다"[1]라고 설명한다. 이 정의를 통해 국책문학이라는 개념의 배경과 특징을 어느 정도 짐작할 수 있다. 그럼에도 국책문학의 본격적인 검토나 정의가 어려운 것은, 국책문학이 일본 문학사에서 갖는 독특한 위치 때문일 것이다. 국책문학은 국가와 문학의 관계, 문학자의 전시협력 문제, 국가의 국민동원 문제 등, 제국일본의 여러 문제와 깊이 얽혀 해결되지 않은 상태로 지금까지 이어지고 있기 때문이다.

국책문학의 시대적 배경은 1937년 중일전쟁 발발로 거슬러 올라간다. 각 신문통신사, 잡지사는 일본 정부의 협력 요청에 화답하여 문학자를 현지에 파견하였다. 도쿄일일(東京日日)신문사는 요시카와 에이지(吉川英治)와 기무라 기(木村毅), 도쿄아사히(東京朝日)신문사는 스기야마 헤이스케(杉山平助)를, 『중앙공론(中央公論)』은 하야시 후사오(林房雄)와 오자키 시로(尾崎士郎), 『일본평론(日本評論)』은 사카키야마 준(榊山潤), 『문예춘추(文芸春愁)』는 기시다 구니오(岸田国士), 『개조(改造)』는 미요시 다쓰지(三好達治)를 전쟁터로 파견했다. 이 종군 작가들은 현지에서 보고문을 보냈고, 전쟁터를 소재로 르포르타주나 소설을 발표했다.[2] 이들의 견문기나

1 三好行雄・山本健吉・吉田精一編, 『日本文学史辞典近現代編』, 角川書店, 1987, p.347.
2 都築久義, 「国策文学について」, 『国文学解釈と鑑賞』, 1983.8, pp.10~11.

보고문 등 전쟁 르포르타주 문학의 대두는 전쟁에 대한 '국민'의 관심과 의식을 고양하기 위한 것이자 저널리즘과 문단이 "정부가 내세우는 지나사변(支那事変)의 수행 및 승리, 국론의 통일과 거국체제 확립이라는 국책"[3]에 협력했다는 움직일 수 없는 증거이다.

이러한 르포르타주 문학의 유행을 배경으로, 일본 정부는 1938년 한커우(漢口)공략전에 문학자의 종군을 계획하였고 그 결과 펜부대가 등장했다. 문단의 화제가 된 펜부대는, 기쿠치 칸(菊池寛)이 중심인 해군반과 구메 마사오(久米正雄)가 중심인 육군반으로 나뉘어 파견되었다. 그러나 이 펜부대의 성과는 기대만큼 크지 않았다. 오히려 참전 병사의 수기인 히노 아시헤이(火野葦平)의 「보리와 병사(麦と兵隊)」(『改造』, 1938.8)가 화제가 되었고, 병사의 수기나 전투기록이 인기를 끌었다.[4]

하지만 일본 정부는 문학자 동원과 문학의 국책 지지라는 구상을 버리지 않았다. 만주사변과 만주국 건국으로 일본인 농민의 만주이민이 시작되고, 중일전쟁을 계기로 일본인의 대량 이민이 본격화되는 가운데 국책 만주이민에 협력하기 위하여 농민문학간화회(農民文学懇話会, 1938)와 대륙개척문예간화회(大陸開拓文芸懇話会, 1939)가 결성되었다.[5] 농민문학간화회는 농림대신 아리마 요리야스(有馬頼寧)[6]의 후원을 받았고, 대륙개척

3 위의 글, p.10.

4 위의 글, pp.11~12.

5 1938년 11월 7일에 아리마(有馬) 농림대신과 농민 문학자들의 간화회 발회식이 거행되었다. 척무성(拓務省)의 야나이(梁井) 총무과장, 아리마쓰(有松) 동아제일과장과 다카미 준(高見順), 후쿠다 기요토(福田清人), 이토 세이(伊藤整), 아라키 다카시(荒木巍)들이 대륙문예개척간화회 결성 준비회를 연 것은 1939년 1월 13일이었다. 대륙개척문예간화회의 발회식은 같은 해 2월 4일, 척무대신 공저에서 야스이(安井) 척무국과장의 출석하에 개최되었다. 佐賀郁朗, 『受難の昭和農民文学－伊藤永之介と丸山義二, 和田伝』, 日本経済評論社, 2003, p.65.

문예간화회는 척무성의 알선으로 설립되었다.[7] 특히 농민문학간화회의 성립은 국가총동원법의 시행(1938.5) 이후 속속 등장한 대륙개척문예간화회, 해양문학협회(海洋文学協会), 국방문예연맹(国防文芸連盟), 빛나는 부대(輝く部隊), 일본 문학자회(日本文学者会) 등 반관반민적인 각 단체의 결성을 촉진하는 "선구"적인 역할을 했다.[8] 그리고 1942년, 두 간화회는 일본문학보국회(日本文学報国会) 산하로 흡수되는 동일한 결말을 맞는다.

이 단체들의 국책단체로서의 성격은 그 성립에서부터 명확하게 인식되었다. 농민문학간화회의 발회식(1938.11.7) 축사에서 아리마는 "농민 관계자가 아닌 사람이 농민과 농촌을 이해하는 데 무엇이 가장 힘을 가지고 있는가 하면 문학밖에 없"기에, "국민이 농촌을 이해하기를 바라기에 농민문학 작가에게 협력"을 요청한다고 하였다.[9] 농민문학간화회

---

6 도쿄(東京)제국대학 농과대학 졸업(1910) 후, 농무성의 관리로 일하면서 이시구로 다다아쓰(石黒忠篤)의 영향을 받았다. 농과대학 강사가 된 뒤 빈민 교육에 관심을 가져 스스로 야학교(信愛中学夜学校, 1919~1931)를 설립하였다. 또한 1921년부터는 전국농민조합 창설에도 관여하여 일본농민학교협회(日本農民学校協会) 설립(1924), 부락운동 민간단체(同愛会, 1921)와 일본교육자협회(日本教育者協会, 1922)를 창설하는 등 적극적으로 사회운동에 참여하였다. 하지만 그가 참가한 어느 운동이나, 계급투쟁이 시작되면 그의 입장은 애매해졌다. 농과대학 교수를 거쳐 1924년 중의원 의원에 당선되어 정치 활동을 시작하였다. 아리마는 스스로 "농촌에 대한 사상"을 품고 "그것을 실현하는 것도 의원을 지향한 하나의 동기"(『政界道中記』)라고 하였다. 야스다 다케시(安田武)는 아리마가 "주관적으로는 선의의 개량주의적 진보사상"을 가졌지만 그 정치 활동은 "거의 특필할 만한 성과를 남기지 못했다"라고 평가하였다. 부친의 백작 작위를 이은 아리마는 산업조합중앙금고 감사로서 산업조합운동에 전념하는 한편, 귀족원 의원(1929)이 되지만 만주사변이나 중일전쟁에는 소극적인 태도를 취했다. 1937년 제1차 고노에(近衛) 내각에서는 농림대신으로서 정치 활동을 재개하였다. 1938년에는 산업조합 혁신파의 지지를 배경으로 신당운동의 일환으로 일본혁신농촌협의회(1937)를 결성하지만 결국 좌절되었다. 후에 대정익찬회(大正翼賛会) 사무총장에 취임하지만 그것도 5개월만에 사임하고 모든 정치 활동에서 물러났다. 安田武, 「創立期の翼賛運動－有馬頼寧」, 思想の科学研究会編, 『共同研究 転向 (3)』, 平凡社, 2012, pp.227~281.

7 板垣信, 「大陸開拓文芸懇話会」, 『昭和文学研究』 第25集, 1992.9, pp.83~84.

8 中村光夫・臼井吉見・平野謙, 『現代日本文学史』, 筑摩書房, 1967, p.449.

의 취지는 "농민문학의 올바른, 일그러지지 않는 발전"이었고, 그 구체적인 내용은 "일만지(日満支)를 한 몸으로 만드는 문화건설의 초석이 되는 부분"으로서 도움이 될 것, 예를 들어 "내지 농촌에서 진행되는 '분촌' 문제, 대륙이민 문제"에 관련하여 "크게 국책에 협력"[10]하는 것이었다.

대륙개척문예간화회의 창립 목적은 "대륙개척에 관심이 있는 문학자가 회합하여 관계당국과 긴밀히 연락제휴하며, 국가적 사업달성에 일조하여 문장보국(文章報國)의 결실을 거두는 것"[11]이었다. 그 구체적인 사업 내용은 우수한 문예작품의 추천과 수상, 작가의 시찰이나 견학의 편의 제공, 조사나 연구에 필요한 참고자료 제공만이 아니라 작품의 희곡화, 시나리오화 및 상연, 상영 협력이나 라디오・레코드를 통한 문예적 협력이라는 식으로 다른 미디어와의 연대 외에 연구회, 좌담회, 강연회 개최 및 강연자, 강사의 파견까지 포괄했다.[12] 이러한 사업이 실제로 어느 정도 결실을 맺었는지는 자료의 한계도 있어 정확하게 알기 어려우나, 대륙개척문예간화회가 농민문학간화회보다 대중과 미디어를 강하게 의식하는 경향이 있었던 것으로 보인다.

대륙개척문예간화회의 중심적 존재였던 후쿠다 기요토(福田清人)는 문학자들이 "개척민"에게 관심을 가지는 것은 만주이민자의 모습 속에 "민족의 삶의 방식"이 "세찬 물줄기(奔流)"처럼 드러나고 있기 때문이

---

9 有馬頼寧, 「農民文学懇話会の発会に臨んで」, 農民文学懇話会編, 『土の文学作品年鑑』, 教材社, 1939, p.2.

10 「発会式の準備」, 위의 책, p.3.

11 文芸家協会編, 『文芸年鑑 昭和十五年版』, 文泉堂出版株式会社, 1940, p.114.

12 위의 책.

며, 그들의 존재는 '피'를 통해 대륙으로 이어지는 "가교"라고 표현하였다.[13] 따라서 설령 자신들이 지향하는 '대륙문학'을, 순문학자가 기술은 순문학에서, 내용은 대중 소설에서 영향 받은 "구설(口舌)의 문학자, 쓰지 않는 소설가"라고 "경멸"한다 해도 자신들의 '대륙문학'이야말로 국민을 위한 "국민문학"이라는 자부심을 드러냈다.

> 국민문학이라 하면, 일부 인텔리계급이 아니라 국민 전체를 의식해야만 한다. 물론 그 정신은 어디까지나 날카로운 순문학적 정신을 가져야 하겠지만, 우리는 한 걸음 더 나아가 국민의 꿈, 방향, 의사를 스스로의 것으로 연소시키는 스케일을 맡아야 한다.
>
> 아전인수 격인 것 같기도 하나, 대륙개척을 지향하는 문학의 방향이 그러한 방향을 향한 것은 분명 사실이다.
>
> 국민문학이라는 것이 그저 일국에 고정되는 듯한 어감이 있음을 부정해서는 안 된다. 일본은 이미 대륙의 일권(一圈)이며, 그러한 의미에서 대륙문학이라는 장르는 파생적인 것이 아니라 재래 일본문학의 유동하는 정통한 흐름이라고 믿는다. 민족의 에너지가 일본에서 대륙으로 흘러갈 때, 우리 문학정신은 이 국민의 육신이나 마음과 함께 흘러가야만 한다.[14]

소위 '대륙문학'이 소재만 앞서고 문학성은 희박한 "야담(講談)"이라는 순문학 쪽의 "경멸"에 대해, 후쿠다는 자신들의 문학이야말로 "국민의 꿈, 방향, 의사"를 대표하는 것이라고 대항하고 있는 것이다. 그는

13 福田清人, 『大陸開拓と文学』, 満洲移住協会, 1942, p.2.
14 위의 책, pp.22~23.

순문학의 비판 자체를 부정하지 않는다. 다만 그는 문학성보다도 그들의 문학이 지향하는 목적이 보다 중요하다고 주장한다. 문학 작품 자체의 문학성이 아니라 정치적・사회적 목적에 '공헌'하기 때문에 그 가치를 인정해야 한다는 것이다. 그 정치적・사회적 목적이란 제국일본이 내세우는 "대륙개척"이라는 국책이다.

그리고 그 속에는 일본문학의 좁은 영역에서 벗어나 광대한 대륙으로 뻗어나가고 싶다는 관련 문학자들의 심리적 요인도 어느 정도 존재했던 것으로 보인다. 후쿠다는 후에 대륙개척문예간화회의 설립 동기를 "일본이 만주에 20개년 계획으로 500만 명의 개척민을 보내 민족협화의 이상국가를 건설하려 한 국책에 협력하는 한편으로, 종래의 협소한 섬나라 문학을 지양하고자 하는 마음을 가진 당시 30대 작가를 중심으로 하였다"[15]고 썼다. 이 간화회에 참가한 30대 작가들 중 적어도 일부는 국책협력 외에도 기존의 일본문학에 대한 비판이나 '외지'로 뻗어나가려는 경향성을 가지고 있었던 것이다. "개척정신에 창조 정신과 공통성을 더한 신문학의 창조를 염원했다"[16]는 후쿠다의 말은 그러한 측면을 표현한 것이라고 할 수 있다.

가와무라 미나토(川村湊)는 후쿠다의 『대륙개척과 문학(大陸開拓と文学)』을 두고 '대륙문학'을 지지하는 이들이 곡학아세(曲學阿世)의 글이기는 했지만, 후쿠다가 제시한 "전통, 국민, 대중"이라는 키워드는 일본 근대문학의 "너무나 서구직수입적인, 엘리트주의적인, 예술지상주의적인 면에 대한 강력한 안티테제가 될 수 있었다"고 지적한다.[17] 이러한 시점은, 문

15 福田清人, 「開拓文学」, 久松潜一他編, 『現代日本文学大事典』, 明治書院, 1965, p.225.
16 위의 글.

학자의 국가동원에 대한 기존의 관념에서 벗어나 작가 측의 동기를 탐색했다는 점에서 흥미롭다.

실제로 두 단체의 반관반민적인 성격이 곧 문학자 강제동원을 의미했던 것은 아니다. 농민문학간화회는 농민문학 작가들이 아리마 농림대신에게 의도적으로 접근하여 결성되었다.[18] 대륙개척문예간화회는 척무대신 핫타 요시아키(八田嘉明)의 조카이자 문화평론가였던 곤도 하루오(近藤春雄, 1908~1969)[19]의 적극적인 협력으로 발족되었다.[20]

---

17 川村湊, 『異郷の昭和文学－「満洲」と近代日本』, 岩波書店, 1990, p.41.

18 가기야마 히로시(鍵山博史), 마루야마 요시지(丸山義二)가 산업조합대회에서 열린 농촌보건 문제 강연에서 아리마 농림대신이 와다 덴(和田伝)의 『옥토(沃土)』를 인용한 것과 『도쿄일보(東京日報)』의 「총후(후방)의 농촌을 보다(銃後の農村を視る)」라는 기사의 보도기자들과 간담을 나눈 것을 알고, 아리마의 측근(楠木寛)에게 연락하여 간화회가 성사되었다(1938.10.4). 문학자 쪽 참가자는 와다 덴, 시마키 겐사쿠(島木健作), 야리타 겐이치(鑓田研一), 우치키 무라지(打木村治), 와다 가쓰이치(和田勝一), 가기야마 히로시, 마루야마 요시지, 구스노키 히로시(楠木寛)였다. 이 간화회에서 농민문학간화회의 결성, 작가의 대륙 파견과 총후 파견, 농민문학상 설치가 결정되었다. 農民文学懇話会編, 앞의 책, pp.2~3.

19 도쿄제국대학법학부 정치학과 졸업(1934) 후, 외무성에서 국제문화사업을 담당했다. 1935년, 외무성의 국제영화협회에 관계하여 구미 각국을 방문하고 홍보, 선전, 문화관계를 조사 및 연구하였다. 그 경험과 연구 성과로 『나치의 문화 통제(ナチスの文化統制)』(岡倉書房, 1938) 등 나치독일에 관한 저작 활동 및 번역으로 나치독일의 문화정책을 소개하였다. 또한 도쿄제국대학 재학 시절부터 문학 활동을 시작하여 시집을 출판하였다. 제2차 세계대전 발발 이전에는 주로 문화평론가이자 문학자로, 전후에는 미디어 연구자로 활동하였다. 텔레비전은 '백억총박지화(百億總博知化)'의 미디어라고 주창하였다. 곤도의 활동을 검토한 시라토 겐이치로(白戸健一郎)는 그가 일관되게 '국민교화'의 패러다임을 주장했다고 지적하였다. 白戸健一郎, 「近藤春雄のメディア文化政策論の展開」, Lifelong Education and Libraries · Graduate School of Education · Kyoto University, 『Lifelong education and libraries』 10, 2010, pp.55~59.

20 곤도 하루오가 후쿠다 기요토, 아라키 다카시를 모은 뒤 척무성의 후원을 얻어 대륙개척문예간화회가 발족되었다. 간화회 회원이 30대 젊은 작가 중심이었던 것도 곤도의 의향이었다고 추측된다. 1939년 4월, 곤도를 비롯하여 후쿠다, 이토 세이, 유아사 가츠에(湯浅克衛), 다무라 다이지로(田村泰次郎), 다고 도라오(田郷虎雄)가 참가한 펜부대가 만주를 시찰하였다(4.25~6.13). 곤도는 이 시찰에서 만몽개척청소년의용군을 견학하였는데, 자신의 저서인 『나치의 청년운동 히틀러 유겐트와 노동봉사단(ナチスの青年運動

이러한 문학자들의 국가 권력으로의 접근과 협력에는 몇 가지 요인을 생각할 수 있다. 우선, 농민 문학자들은 대부분 좌익 작가였다. 히라노 겐(平野謙)은 당시 농민문학 작가 와다 덴(和田伝), 이토 에이노스케(伊藤永之介), 이토 데이쓰케(伊藤貞助), 우치키 무라지(打木村治), 마루야마 요시지(丸山義二), 야리타 겐이치(鑓田研一), 나카모토 다카코(中本たか子), 모리야마 게이(森山啓), 하시모토 에이키치(橋本英吉), 하야마 요시키(葉山嘉樹), 사토 민포(佐藤民宝), 야마다 다카이치(山田多賀市)들 대부분이 "어떤 의미로든 좌익 사상의 세례를 받은 사람들이었고, 「후방의 흙(後方の土)」의 다테노 노부유키(立野信之), 「선견대(先遣隊)」의 도쿠나가 스나오(徳永直), 「선구이민(先駆移民)」의 유아사 가츠에(湯浅克衛)를 보아도 대륙문학의 대부분은 모두 구(旧) 좌익 문학자의 손에 의한 것이다"라고 지적하였다.[21] 또한 유수정은 대륙개척문예간화회에 다무라 다이지로(田村泰次郎), 오타니 후지코(大谷藤子), 아라키 다카시(荒木巍), 이노우에 도모이치로(井上友一郎) 등 『인민문고(人民文庫)』(1936.3~1938.3) 동인이 다수 참가했다는 점을 지적하였다.[22]

ヒットラー少年団と労働奉仕団)』(三省堂, 1938)에서 이상화한 히틀러 유겐트와 만몽개척청소년의용군의 유사점을 지적했다. 그 경험에 기초하여 곤도는 개척문예선서(開拓文芸選書)로 희곡집 『대륙항로(大陸航路)』(洛陽書院, 1941)를 발표했다. 시라토는 이 『대륙항로』에 실린 작품이 "신천지 만주를 향한 기대를 그린 것으로, '진부하고 평범한 국책적인 것'이기는 했으나 동시에 일반 국민이 스스로 연기하여 즐길 수 있게 하려 한 곤도의 이상이 드러난 것"이라고 평가했다. 문학 작품으로서의 가치보다 일반 국민에게 널리 퍼뜨려 '계몽'시킨다는 목적을 위해 쓰인 것이다. 위의 글, pp.63~64.

21 中村光夫・臼井吉見・平野謙, 앞의 책, p.450.

22 유수정은 『인민문고(人民文庫)』가 일본공산당의 와해와 전향 이후 일본 프로레탈리아 문학을 계승한 동인단체로 "권력에 가장 저항적이었던 문학자의 의지처"였다고 보았다. 유수정, 「장혁주의 「氷解」에서 보는 국책과 조선인—'빙해'를 중개하는 코레이(朝鮮人) 이야기」, 『일본학보』 75, 한국일본학회, 2008.5, 168~169쪽.

쓰즈키 히사요시(都築久義)는 전향 작가와 국책문학의 밀접한 관계에는 두 가지 원인이 있다고 보았다. 첫째, 전향 작가들이 익숙한 노동문학의 수법으로 정치주의를 원용하는 것이 용이했다. 둘째, 전향 작가는 사실상 종군 작가로 채용될 수 없었기 때문에, 국책문학에 참가함으로써 활동의 장을 얻을 수 있었다는 것이다.[23]

이처럼 국책문학에 영향을 끼친 요인으로 우선 문학 활동을 계속하려면 '국책순응'을 표명할 수밖에 없었던 대량전향의 시대 상황과 마르크스주의 문학의 "정치적 이데올로기를 도식적으로 문자화하는 일종의 숙련공"[24]이라는 전향 작가의 위치를 상정할 수 있다. 그러나 국책문학은 국책 찬양이라는 확고한 목적을 의식하지 않을 수 없었다. 때문에 국책문학은 소재주의, 창작방법론의 후퇴, 매너리즘화로 평가되었다.[25] 그 결과, 일본문학사에서는 많은 전향 작가가 창작하였고 양도 압도적이었던 국책문학의 유행보다 소수 "예술파의 저항"에 주목하게 되었다.[26]

농민문학 작가의 입장에서 보자면, 농민문학이 문학의 "한 구석에 자리한 장르라는 사실을 사상(捨象)하고 복권한다는 대망"을 "구체적인 욕구"[27]로 공유했을 가능성도 생각할 수 있다. 이러한 의도는 농민문학의 "제2기 앙양기(昂揚期)"[28]로 실현되었다. 마루야마 요시지가 "농민문학에

23 都築久義, 앞의 글, p.13.
24 中村光夫・臼井吉見・平野謙, 앞의 책, p.450.
25 위의 책, p.451.
26 위의 책, p.455.
27 田中益三, 「「大日向村」という現象－満洲と文学」, 『日本文学紀要』 38号, 法政大学, 1987, p.83.
28 호리에 야스쓰구(堀江泰紹)는 농민문학의 '제1기 앙양기'가 농민문학이 본격적으로 대두

서 쇼와(昭和) 13년(1938)은 두각을 드러낸 시기이며, 작품의 양이나 질, 이를 둘러싼 여러 움직임도 일찍이 본 적이 없는 화려한"[29] 것이었다고 평했듯이, 농민문학의 출판이 활발하게 이루어졌다. 농민문학간화회 회원 작품을 엮어낸 『흙의 문학 작품연감(土の文学作品年鑑)』(教材社, 1939)을 전후하여 『신농민문학총서(新農民文学叢書)』(전7권, 砂子屋書房, 1938~1939), 『흙의 문학총서(土の文学叢書)』(전10권, 新潮社, 1939), 『농민문학 10인집(農民文学十人集)』(中央公論社, 1939)이 간행되었다.[30] 그러나 이와 같은 농민문학의 성황이 반드시 그 '질'을 보장하지는 않았다.

호리에 야스쓰구(堀江泰紹)는 소위 "생산문학이자, 국책문학으로 만몽개척을 주제로 한 농민문학"인 이 시기의 농민문학은 "메이지(明治)·다이쇼(大正)의 농민문학과도, 쇼와 초기의 농민문학과도 전혀 다른 성격을 가진 것"이라고 지적하였다.[31] 농민문학간화회와 대륙개척문예간화회의 많은 국책문학은 기존 농민문학의 입장에서 보자면 이질적인 것, 즉 "단순한 현상 묘사, 초보적 연구, 시찰기—그러한 수준으로 되돌아갔다"[32]는 것이다. 농민 문학자들이 스스로 인정했듯이, 이 작품들은 국가의 시책에 찬동하고 적극적으로 지지한다는 문학외재적인 가치를 위해 창작된 문학으로 간주되었다. 때문에 그 문학외재적인 가치가 붕

하기 시작한 다이쇼(大正)말기라고 보았다. 특히 1925년이라고 지적했는데, 『와세다문학(早稲田文学)』이 '흙의 예술 특집'을 기획하고 『농민문예연구(農民文芸の研究)』나 『농민문학16강(農民文学十六講)』 등의 입문서가 출판되었으며, 신조사(新潮社)에서 문단 작가의 단편을 모은 『농민소설집(農民小説集)』이 간행되었기 때문이다. 堀江泰紹, 「農民文学の歴史的展開と現代農民文学」, 『日本文学誌要』 32, 1985, p.44.

29 丸山義二, 「後書」, 農民文学懇話会編, 앞의 책, p.425.

30 都築久義, 앞의 글, p.13.

31 堀江泰紹, 앞의 글, p.44.

32 犬田卯・小田切秀雄, 『日本農民文学史』, 農山漁村文化協会, 1977, p.167.

괴됐을 때, 국책문학은 대부분 망각 속에 가라앉았던 것이다.

그러나 이처럼 국책문학이 낮게 평가되었기 때문에, 농민 문학자의 전쟁책임 문제가 은폐될 수 있었다. 1954년, 일본농민문학회(日本農民文学会)가 결성되었다.[33] 초대회장은 와다 덴, 2대 회장으로 이토 에이노스케가 취임하였고, 기관지 『농민문학(農民文学)』의 편집 및 사무는 가기야마 히로시(鍵山博史), 마루야마 요시지, 고시 타로(古志太郎)들이 맡았는데, 발기인의 절반에 가까운 사람들이 전 농민문학간화회, 대륙개척문예간화회 회원, 농업잡지 관계자였다.[34] 이 단체는 내부적으로 농민 문학자의 전쟁책임 문제에 철저히 침묵했다.

일본농민문학회 결성 후, 일본문학계에서는 요시모토 다카아키(吉本隆明) · 다케이 데루오(武井昭夫)의 『문학자의 전쟁책임(文学者の戦争責任)』(淡路書房, 1956)을 계기로 문학자의 전쟁책임 문제가 제기되었다. 당시 일본농민문학회에 참가했던 이노우에 도시오(井上俊夫)는 일본농민문학회의 반응이 "와다 덴을 비롯한 주요 회원 모두가 철두철미 이 문제를 모르는 척 하는" 것이었다고 쓰고 있다.[35] 또한 평론가를 비롯하여 외부에서 농민 문학자들의 전쟁책임을 추궁하는 일도 없었다. 이노우에는 그 이유를, 전시에 발표된 그들 작품이 대부분 "문학적 가치를 가지지 못했기" 때문에 토론의 대상조차 되지 못한 것이라고 추측하였다.[36]

그러한 상황에서 시인 마쓰나가 고이치(松永伍一), 이노우에 도시오,

33 일본농민문학회는 보리회(麦の会, 1949년 결성)를 모체로 결성되었다. 보리회는 잡지 『집의 빛(家の光)』 집필자 그룹을 중심으로 농민문학 재건을 지향한 친목 단체였다. 佐賀郁朗, 앞의 책, pp.147~148.

34 위의 책, p.148.

35 井上俊夫, 『農民文学論』, 五月書房, 1975, p.153.

36 위의 책.

시부야 데이스케(渋谷定輔)가 시도한 내부 비판은 큰 반발을 불렀다. 1958년 3월 8일 밤, 신주쿠(新宿)에서 시부야, 마쓰나가, 이노우에, 야마모토 가즈오(山本和夫)가 참가한 좌담회가 열렸다. 그 후 『농민문학』 편집부가 보낸 좌담회 속기록이 야마모토에게 도착했지만, 그는 무단으로 속기록을 파기했다.[37] 이것이 소위 '농민시사건'인데, 이노우에는 이 사건이 일어난 원인은 전쟁협력시를 쓴 야마모토가 내부 비판의 싹을 뽑음으로써 유력 회원이 전쟁협력 책임을 추궁당하는 사태를 미연에 방지하기 위해서였을 것이라고 추측하였다.[38]

『농민문학』 편집부가 속기록 파기의 이유를 추궁하자, 야마모토는 같은 날 열린 제4회 농민문학회 총회에서 마쓰나가가 발표한 수필 「상호 인정의 두려움(認め合うことの惧れ)」(『農民文学』 第13号, 1958年 6月)이 "신경에 거슬려서 찢었다"고 하였다. 이에 마쓰나가는 이 수필은 좌담회와는 아무 관계도 없으며, 굳이 관계가 있다면 그것은 "농민문학회가 어떠해야 하는가는, 농민시를 어떻게 창조적으로 발전시켜야 하는가와 별개의 문제가 아니다"라고 지적하는 데 머물렀다. 이 수필의 내용은 주로 농민문학회 회원이 서로를 인정하기만 하고 비판이나 새로운 이론이라고는 찾아볼 수 없으며, 주요 작가가 농민 잡지나 신문 등을 이용하고 있고 구태의연한 자연주의적 리얼리즘을 고집하여 참신한 이론과 실천은 기대할 수 없다는 것이었다.[39] 마쓰나가는 "회원이면서 회를 비판하다니 무슨 짓이냐는 분위기"와 회장 이토가 자신이 잡지 『집의

37 松永伍一, 『日本農民詩史 下巻 (1)』, 法政大学出版局, 1970, p.368.
38 井上俊夫, 앞의 책, pp.153~154.
39 松永伍一, 「認め合うことの惧れ」, 松永伍一, 앞의 책, pp.371~372.

빛(家の光)』이나 『지상(地上)』에 르포르타주 등을 싣는 것에 대한 반발이 라고 인식하여 격노했다고 하였다.[40]

하지만 마쓰나가는 이러한 일본농민문학회의 격한 반응의 전제로, 전후의 농민문학 작가들이 적당한 시간만 지나면 재기할 수 있다고 생각하여 침묵하고 있었고, 전시 국책협력에 대한 비판의 "불길이 치솟는 것을 극단적으로 두려워하고 있었"기 때문에 고작 에세이 하나에도 과잉반응을 보인 것이라고 분석하였다.[41] 또한, 사가 이쿠로(佐賀郁朗)도 이토가 이 수필에 격노한 이유는 농민문학에 대한 비판보다도, 일본농민문학회의 총회가 끝난 후 그 회원으로 보이는 사람이 군가를 흥얼거리며 선술집에서 술잔을 비우고 있는 것을 목격했다고 쓴 부분일 것이라고 추측하였다.[42] 전시 농민문학간화회와 대륙개척문예간화회에서 전후의 농민문학회로 이어지는 연속성을 암시했기 때문에, 농민문학회 이사나 회장이 과잉반응을 보였다는 것이다.

그러나 일부 농민 문학자들이 보인 격렬한 반발은, 오히려 그들이 전시 국책문학의 전쟁책임을 자각하고 있었다는 사실을 보여준다. 농민문학자의 전쟁협력 책임은 그들이 창작한 국책문학의 문학적 가치가 매우 낮게 평가됨으로써 잊혔지만, 그러한 망각의 배경에는 그들 자신의 의도적인 침묵이 분명히 존재했던 것이다.

---

40 이 에세이는 편집부 의뢰로 쓴 것이었기 때문에 담당자였던 후지타 신스케(藤田晋助)가 힐문당한 뒤 해임되었다. 위의 책, pp.367~368.

41 위의 책, p.366.

42 佐賀郁朗, 앞의 책, p.150.

2. 농민문학간화회와 국책협력의 논리

비록 농민문학간화회와 대륙개척문예간화회가 반관반민의 국책단체이기는 했으나, 단순히 '국책'을 추종하기만 하는 단체로서 출발한 것은 아니었다. 아리마는 농민문학간화회 발회식에서 "시마키 겐사쿠(島木健作) 군이 '국책의 선에 따라 적극적으로 활동하겠다'고 말한 것은 실로 감사한 일이나, 농민문학은 기존의 국책에 따르는 것이 아니라 오히려 앞으로 진정 농촌을 구할 국책을 세우는 원동력이 되기를 바란다"고 말했다.[43] 물론 국책에 협력한다는 목적을 내세우고 모인 이상, 국책에 유익한 문학을 창작해야 한다는 유형무형의 압력이 존재했을 것이다. 농민문학간화회 결성의 첫 성과인 『흙의 문학 작품연감(土の文学作品年鑑, 이하 『흙의 문학』)(教材社, 1939)에 실린 평론에서도, 문인들이 정치와 문학의 협력관계를 두고 당혹과 혼란을 느끼고 있었다는 사실이 드러난다. 예를 들어, 야리타 겐이치(鑓田研一)는 「앞으로의 농민문학(今後の農民文学)」에서 아리마의 의도를 다음과 같이 설명하였다.

> 아리마 농상(農相)께서는 일반 정치가나 관리가 이번 사변으로 드디어 중요하게 인식되기 시작한 농촌의 여러 사정, 여러 문제에 너무나 무지한 것을 탄식하시어, 이는 다소 공리적인 사고방식이겠지만 농촌에 무지한 사람들에게 좀 더 농촌을 알리기 위해서는 인간상이 떠오르는 문학 작품을 수단으로

43 有馬頼寧, 「農民文学懇話会の発会に臨んで」, 農民文学懇話会編, 『土の文学作品年鑑』, 教材社, 1939, pp.2.

> 삼는 것이 가장 효과적이라고, 다른 어휘로 표현하시기는 했지만, 강하게 말씀하셨다. 농상이 우리에게 맡긴 최초의, 그리고 문학적으로도 초보적인 임무는 바로 이것이다. 예전에 정우회(政友会) 총재가 시골에 가서 밭에 겹겹이 이어져 반짝이는 토마토를 보고 감탄하여 저건 감자냐고 물어보았다는, 내가 기회가 있을 때마다 꺼내는 이야기는 동화적인 재미는 있지만 현실 문제로서는 곤란하다. 와다 씨가 일본에 순수한 도회인은 없다고 했지만, 바로 그 와다 씨조차 도회인 독자를 보다 의식한 작품이 없다고는 할 수 없을 터이며, 지금까지 감각적이고 공예적인 배려를 가한 도회인 취향의 작품이 농민소설의 태반을 점하고 있었다. 이것들은 작품 모티프, 구성, 예술적인 목표를 모두 포함하여 농촌에서 도회에 내민 일종의 현지보고였다. 현지보고의 정치적 성격과 중요성이 더욱 강화된 것이다. 다만 앞으로의 그것은 전율적인 자극조차 교태나 허세로 중화시킨 것이어서는 안 된다. 현실과 자신, 육체와 사상의 분리에 고민하는 독자 쪽에서도 그러한 것을 강력하게 요구하고 있다는 사실은 실제 사례를 들어 설명할 수 있다.[44]

야리타는 아리마 농상의 말조차 "이것은 농상의 현명한, 그리고 아름다운 이 자리에 맞춘 인사"로 여겨야 한다고 받아들인다. 체제 쪽의 요구에 단순히 응하는 것을 뛰어넘어 자진해서 적극적인 협력을 제안하고 있는 것이다. 그가 이 '자발적 협력'의 대가로 무엇을 기대하고 있는지는 "아리마 농상이 앞으로 농촌문학에 어느 정도의 보호와 장려를 해주실까, 그것은 작가 쪽에서 실제 성취한 사업의 성적이나 성질에 대응할 것

---

44 鑓田研一,「今後の農民文学」, 農民文学懇話会編, 위의 책, pp.398~399.

이라고 생각한다"는 언급으로 미루어 짐작할 수 있다.[45] 체제는 농민문학에 '보호와 장려'를, 작가는 보답으로 국책을 선전함으로써 일본국민의 국책에 대한 이해와 참가를 촉진하는 '교환'이 이루어진다는 사실은 숨길 필요조차 없는 자명한 것이다. 프롤레타리아 문학의 정치 이데올로기를 그대로 국책과 맞바꾼 듯한 이 '자발적 협력'은, 전향 문학자들 자신이 체제 측의 '보호'에 대한 내적인 동기를 가지고 있었음을 보여준다. 농민문학에서 문학으로서의 허구성은 불필요하다고 비판하고, 중요한 것은 정치적 중요성과 독자의 요구에 부응하는 것이라고 정당화하는 평론가의 존재는 작가에게도 일정한 영향을 끼쳤을 것이다.

그러나 농민문학간화회 내부에서 그 '협력'의 정도나 형태가 반드시 일치한 것은 아니었다. 가기야마 히로시는 아리마의 "어떤 정책을 지지하기 위해 작품을 창작한다는 것은 작가로서 사도(邪道)인가"라는 질문에 대한 어떤 작가의 답변을 예로 들었다.

> —그런 문학도 있을 수 있다, 모든 이데올로기의 문학이 그렇다. 그러나 문학자는 대중의 대변자라는 자부심을 가지므로, 우선 정책 자체를 문제시할 수 있다, 그 정책이 진정 대중을 행복하게 하는 것이라면 문학자에게 지지하라 협력하라 말하지 않아도 그는 자연히 지지하고 협력하기 위한 작품을 쓸 것이다라고.[46]

가기야마는 협력과 선전의 대상인 정책이 "진정 대중을 행복하게 하

45 위의 글, p.401.
46 鍵山博史, 「文学と政治の関係」, 農民文学懇話会編, 앞의 책, p.408.

는 것"이어야 한다는 조건을 달아 질문을 회피하고 있다. 물론 이러한 애매모호한 태도가 곧 '저항'을 의미하는 것은 아니다. 가기야마는 농림대신과의 간화회를 계획하고 이에 기꺼이 참가한 작가들은 이미 "어떤 형태로든 문학이 정치에 협력할 수 있다"는 전제에 동의하고 모였다는 사실을 강조했다.[47] 그러면서도 문학을 단순히 공리적인 면으로만 보아서는 안 된다고 주장하는 것이다.

가기야마는 아리마 개인의 인격, 경력에 기초하여 그의 농정(農政)이 의도적으로 농민의 이해에 반하는 것일 리 없다면서도, "그 의도가 현실에 반영될지, 과연 상부의 의도가 왜곡되지 않고 관철될지, 이 또한 누구나 의심하지 않을 수 없는 것이리라"[48]고 하였다. 그는 정책이 "진정 대중을 행복하게 하는 것"일 것을 요구하며, 동시에 현실에서는 농정이 결코 이상적이지 않다는 사실을 완곡하게 지적하고 있는 것이다. 그는 농민문학간화회와 체제 사이에서 이루어지는 '교환' 자체에 반대하지는 않았지만, 적어도 문학이 정치의 "부속물"이 되는 사태에는 반대했다고 해석할 수 있을 것이다.[49]

이처럼 비교적 소극적인 협력을 어떻게 평가할 것인가 하는 것은 어려운 문제이다. 야리타가 협력을 정당화하는 논리는 문학의 정치적 역할과 시대적 요구를 근거로 삼았다. 가기야마의 논리는 문학이 정치적 협력을 해야 하는가 하는 문제를, 의도적으로 문학이 협력해야 할 정책이 '올바른가'의 문제로 뒤바꾸어버린 것이다.

---

47 위의 글, pp.409~410.
48 위의 글, p.412.
49 위의 글, p.415.

여기서 농민문학간화회조차 문학의 '정치협력'이 그 내용, 형태, 방법론에 이르기까지 내부적으로도 완전히 합의된 상태는 아니었다는 사실을 확인할 수 있다. 특히 가기야마의 논리는 농정이 "진정 대중을 행복하게 하는 것"이 아닐 때, 혹은 농정의 의도가 농촌 현실에서 왜곡되었을 때, 그것을 비판할 수 있는 최소한의 여지를 확보하고자 하였다. 이러한 이론의 차이가 실제 작품에서 어떻게 반영, 혹은 굴절되었는가는 참가 작가의 작품을 직접 검토함으로써 보다 명확해질 것이다.

농민문학간화회의 첫 성과인 『흙의 문학』은 농민문학의 현재 상황과 동향을 깊이 이해하고 신인 작가를 소개하는 것을 목적으로 한 작품집이었다. 참가 작가는 와다 덴, 마루야마 요시지, 이토 에이노스케, 우치키 무라지, 고야마 이토코(小山いと子), 하시모토 에이키치, 사토 민포, 사사키 가즈오(佐々木一夫), 구스노기 사치코(楠木幸子), 이시하라 후미오(石原文雄), 사토 마사오(佐藤正夫), 도쿠나가 스나오, 나카모토 다카코, 요시다 도시오(吉田十四雄), 나카모토 사토루(中本悟)의 15명이다. 이 작품집에서 그려진 농촌의 현실은 농촌의 궁핍과 고난만이 아니었다. 소재로 작품을 분류하면, 소작 문제(和田伝, 「土手の櫟」), 양잠 문제(打木村治, 「蚕愁」; 小山いと子, 「晩霜」; 徳永直, 「おぼこ様」), 농가 부채 문제(石原文雄, 「山村の人々」), 출정군인 가족 문제(橋本英吉, 「朝」; 中本たか子, 「竃の火は絶えじ」; 中本悟, 「お百姓の重役」), 농촌의 경제 구조 문제(佐藤正夫, 「部屋住み」; 吉田十四雄, 「豚」), 경제갱생운동(佐々木一夫, 「牧場」), 농민층의 분해(伊藤永之介, 「燕」; 佐藤民宝, 「峠のたより」), 농민의 타자성(丸山義二, 「母」; 楠木幸子, 「米」)으로 나눌 수 있다. 위에서 알 수 있듯이, 많은 작품이 동시에 여러 제재를 포함한다.

예를 들어 하시모토의 단편 「아침(朝)」에서 서사의 중심은 출정군인

가족 문제이다. 네가미 기누(根上きぬ)는 남편이 징집됨에 따라 예전처럼 농사를 짓기 어려워졌지만 애써 마을 주민들의 근로봉사나 도움을 사양한다. 그 때문에 그녀와 마을 사람들 사이에는 감정의 골이 생긴다. 그녀가 굳이 도움을 거부한 것은, 근로봉사를 받으면 지주가 노동력 부족을 구실로 소작지를 몰수할지도 모른다는 두려움에서 비롯된 것이었다. 결과적으로 그녀는 마을 안에서 고립된다. 기누의 남편에게 뒷일을 부탁받은 분조(文蔵)는 농민들의 이기주의 때문에 그녀가 고립되었다고 생각한다. 그는 농민으로서 기누에게 강한 동질감을 느끼는데, 특히 뉴스영화를 보고 출정군인 가족을 배려해야 한다고 생각하게 된다. 이 소설은 징병으로 일손을 잃은 농민 가족이 직면하는 문제를 주요 소재로 삼아 농민의 이기주의, 소작 문제, 노동력 부족 등이 교차하며 서사를 구성한다.

예를 들어, 분조는 뉴스영화에서 일본군이 중국의 쑤저우(蘇州) 강에서 "적전도하(敵前渡河)"하는 장면을 목격한다. 그가 감동을 느끼는 부분은, '결사대(決死隊)' 병사들이 "모두 자신과 같은 평범한 사람들"이며 "글자도 제대로 쓰지 못할 것 같은 사람들이 한데 뭉쳐 일을 하면 저렇게 큰일을 할 수 있다"[50]는 사실이다. 그는 어째서 "자신들과 같은 평범한 사람"이 '결사대'가 되어야만 하는가, 또 그들이 해내는 큰일, 즉 '전쟁 수행'의 의미를 깊이 생각하지 않는다. 그가 주목하는 것은 자신과 같은 평범한 사람들도 서로 협력함으로써 큰일을 달성할 수 있다는 사실뿐이다. 하지만 그 협력의 '결과'로 평범한 사람들이 전사(戰死)할 수

50 橋本英吉, 「朝」, 農民文学懇話会編, 앞의 책, p.180.

도 있다는 사실을 인식했을 때, 분조는 출정군인의 가족들이 행복하기를 바란다. 하지만 분조가 "평범한 사람"으로서 느끼는 공감은 국가나 민족을 향한 귀속의식이나 내셔널리즘으로 발전하지는 않는다. 그가 애정을 느끼는 대상은 어디까지나 자신과 같은 "농민"뿐이기 때문이다.

분조는 "누군가는 농업이 중요하다고 말하지만, 모두 속으로는 백성을 경멸하고 있잖은가. 그것만이 아니다, 기근으로 가장 굶주리는 것은 쌀을 생산하는 백성이 아닌가"[51]하며 농민의 경제적, 사회적 지위의 모순을 강하게 의식하기에 이른다. 도시에 대한 상대적인 소외감은 농민 연대의 필요성을 강조한다.

> 특별히 대단한 사람이 될 생각은 없지만, 세상이 진보한다면 자신들도 어떻게 해줘야 하지 않겠는가. 나는 스스로가 소중한 것과 마찬가지로 네가미(根上)들도 사랑한다. (…중략…) 그런 표정을 지어도 이미 알고 있지 않은가, 너희들은 진흙 냄새가 풀풀 난다. 혼자서는 전철이나 자동차가 달리는 도회를 제대로 걷지도 못한다. 동료가 없나 두리번거리며 찾는 주제에 —[52]

분조가 드러내는 농민으로서의 강한 자의식은 결국 같은 '농민'이라는 연대의식을 통해 출정군인의 가족까지 포용하게 되는 것이다.

이에 비하여 구스노기의 단편 「쌀(米)」은 도시인의 시점에서 타자화되는 농민의 모습을 묘사하였다. 작가인 게이코(啓子)는 두 번 편지를 주고받았을 뿐인 마쓰다 기요(松田きよ)라는 여성이 갑자기 자신을 찾아

---

51 위의 글, p.179.
52 위의 글, pp.179~180.

오자 크게 당황한다. 본래 기요의 생가는 농업과 함께 포목상(呉服商)을 경영하고 있었지만, 부친이 허영심에 취해 마을의 공공사업에 재산을 낭비하고 가정을 돌보지 않았다. 그 때문에 생활이 곤궁해져서 기요가 취직자리를 찾아 도시로 상경했다는 것이다. 게이코는 그녀의 처지를 동정하여 취직자리를 알아봐주겠다고 약속하지만, 함께 생활하면서 점차 그녀에게 불신감과 의심을 느낀다.

> 기요가 무표정한 만큼, 그녀의 속마음이 어떤지 분명히 알 수가 없는 것만 같아 어쩐지 꺼림칙한 기분이었다.
>
> 기대하던 일자리가 날아가도 기요는 별로 낙담하는 기색도 보이지 않았다. 이대로 계속 일자리를 찾지 못하면 어떻게 할지, 기요는 확고한 결심을 이야기하지 않았다. 기요에게 그것을 따져 묻는 것도 어쩐지 잔인한 짓인 것 같아 게이코는 차마 그러지도 못했다.
>
> 이즈음, 게이코의 솔직한 마음은 기요를 다소 주체 못하는 느낌이었다. 식모도 아니고 친구도 아닌 기요의 존재는 정말 다루기 어려운 것이었기 때문이다. 더구나 게이코는 몸집이 커다란 기요의 육체가 위압적이라고 느끼기까지 했다.[53]

처음에 게이코는 기요에게서 "짓밟혀, 괴롭힘 당한 끝에 반항하여 일어선 백성 여자의 강인한 모습"을 발견한다. 그녀의 "반항"은 일차적으로 음침한 생가나 부친을 향한 것이지만, 그 저변에 있는 것은 "쌀이 없

53 楠木幸子, 「米」, 農民文学懇話会編, 앞의 책, pp.238~239.

어 고구마죽을 먹는 가난한 생활을 하는 촌사람을 대표하는 뿌리 깊은 반항"[54]이라고 여겼기 때문이다. 하지만 무표정하고 "퉁퉁하고 까만" 기요의 농민다운 몸이나 둔중한 몸매는 도회에서 취직하는 데 불리하고, 게이코도 기요의 "억센 모습"에 점점 의혹과 경계심을 느끼게 된다. 게이코의 불쾌감은 자신이 외출한 사이에 기요가 거실에서 담배를 피우고 있는 모습을 우연히 발견함으로써 한층 깊어진다.

기요는 변명하고 싶은 듯이 입술을 움찔거렸지만 결국 가만히 게이코의 얼굴을 바라보며 서있었다. 오히려 게이코가 기요의 "대담한 눈동자와 마주치자 거꾸로 기가 눌려 눈을 내리깔아버렸다."[55] 게이코는 불쾌함을 느끼면서도 기요의 길들여지지 않은 신체나 시선에 위압당하는 것이다. 그것은 기요가 도시인이 상정하는 농민상에서 동떨어졌기 때문일 것이다.

실제로 게이코가 남편 미키(三木)에게 이 일을 이야기하자, 그는 "이상한 놈이군. 그런 소리를 했지만 의외로 행실이 나빠서 참지를 못한 거 아니야? 우리 상식으로는 농촌의 순박한 처녀가 담배 따위를 피운다는 것은 상상할 수도 없어. 마을에서 뭔가 불미스러운 일을 저지르는 바람에 마을에 있기 힘들어서 떠난 건 아닐까. 한쪽 말만 들어서는 알 수 없는 거야. 그러고 보면 처음부터 상식에서 벗어나 있었어. 대담하고 무대포에, 시골 사람다운 순박한 데라곤 없잖아"[56]라고 반응한다. 게이코는 첫 대면에 기요에게서 "짓밟혀, 괴롭힘 당한 끝에 반항하여

54 위의 글, p.230.
55 위의 글, p.241.
56 위의 글, pp.241~242.

일어선 백성 여자의 억센 모습"을 발견했었다. 그러나 이 부부는 이제 기요가 "농촌의 순박한 처녀"다운 행동이나 태도를 보이지 않는다고 비판한다. 이 비판은 도시인이 어떻게 '농민'을 표상하고 있는지를 드러낸다. 도시인이 동정할 수 있는 '농민'이란 짓밟히고, 괴롭힘을 당하며, 가난에 시달리면서도 순박하고 시골 사람다운 순진함을 지닌 존재여야 하는 것이다. 기요는 그러한 자질이 결여되었을 뿐만 아니라 "대담하고 무대포"에, 무표정하고 불쾌한 침묵과 커다란 체구를 갖고 있다. 그녀는 동정의 대상이 아니라 게이코를 위압할 수 있는 '타자'인 것이다.

결국 기요는 허드렛일을 하기로 하고 그들 부부의 집을 떠난다. 게이코는 그녀가 남기고 간 쌀자루를 발견하고 새삼스럽게 "기요의 순진한 일면에 맞닥뜨린 것만 같아"[57] 슬픔을 느낀다. 도시의 저임금 노동자가 된 기요는 농민을 상징하는 쌀과 치환됨으로써 겨우 동정과 슬픔에 걸맞는 "농촌의 순박한 처녀"라고 인정받는다. 결국 이 소설이 드러내는 것은 가난한 농민에 대한 동정이 아니라 농민을 동정하면서 동시에 타자화하는 도시인의 굴절된 심리인 것이다.

한편, 동일한 소재라도 상반된 태도를 보이는 작품도 있다. 우치키의 「잠수(蚕愁)」는 양잠 지도원이 기술의 발달과 보급으로 양잠 농가가 안정될수록 지도원의 필요성이 감소하는 현실에 직면하는 모습을 그리고 있다. 이에 비하여 고야마의 「된서리(晩霜)」에서는 농가가 큰 이득을 기대하던 양잠이 된서리를 맞고 불과 하룻밤 사이에 치명적인 피해를 입

57 위의 글, p.244.

는다. 실험실에서는 양육 환경을 조절할 수 있기 때문에 막을 수 있었던 서리 피해에 현실의 농촌이 무력할 수밖에 없듯이, 기술의 발달도 자연의 위력 앞에서는 무력하다.

이러한 소설들이 묘사하는 것은 무조건적인 정책 찬양이 아니라 급격하게 변화하는 전시 농촌의 현실이다. 그 중의 하나로 조선인 노동력의 유입을 들 수 있다. 와다의 단편 「제방의 주목(土手の櫟)」에서는 일본인 농부가 농한기인 겨울에 일자리를 찾아보지만 이미 조선인 노동자가 고용되었다는 사실을 깨닫는다.

> 세이베(清兵)는 지요타(千代太)의 의견에 따라 처음부터 사가미강(相模川)의 사리선(砂利船) 인부를 노렸지만 잘 되지 않았다. 사리선은 마을의 토목청부업자인 가시마(加島)가 경영하는데, 그 선대에 지요타가 자갈을 나른 것이 인연이 되어 지금 주인과도 안면을 튼 사이였으나, 그곳에서는 이제 반도인(半島人)만 쓰고 있다, 아마추어를 쓸 여지가 없다는 것이었다. 더구나 가시마는 그 일이 얼마나 위험한지 설명하면서 하루 종일 강바람을 맞는 해악을 이야기하고, 이런 일은 목숨이 아까운 줄 모르는 뜨내기나 할 일이라며 상대도 해주지 않았다.
>
> 하지만 벌이를 찾을 수 없는 것도 목숨이 위험하기는 마찬가지이다.[58]

소작인 세이베는 부친인 지요타에게 1906년 동북(東北) 지방을 강타한 흉작의 경험담을 들어 이 사리선 작업이 얼마나 위험한지 이미 알고

---

58 和田伝, 「土手の櫟」, 農民文学懇話会編, 앞의 책, pp.19~20.

있었다. 부친은 그에게 "그래서 천칭과 파이스케(バイ助)[59]를 가지고 정월 4일부터 자갈을 날랐지. 강에서 건진 자갈을 3정(三町)[60] 거리에 있는 공사장으로 옮긴다. 그건 정말 고되었어. 임금은 한 번에 일리오모(一厘五毛)[61]였지. 알겠니, 일리오모란 말이다. 100번 날라야 겨우 15전(銭)이야. 그래도 전문 일꾼은 200번 이상을 날랐지. 하루만에 짚신이 두 켤레나 헤지는 거친 일이야. 나도 처음에는 200번을 날랐지만 변소에 가면 허리를 구부리질 못했어"[62]라며 그 가혹함을 생생하게 묘사한다. 세이베는 이러한 조건을 알면서도 사리선 작업원을 선택하는 것이다. 이 사실은 세이베가 얼마나 곤궁한 상황에 처해 있는지 보여준다. 하지만 부친 지요타가 사리선 인부로 일하여 흉작을 견뎌낸 데 비하여, 아들인 세이베는 일하고 싶어도 고용이 불가능한 상황에 직면한다.

토목청부업자는 이미 전문적인 작업원으로 "반도인"을 고용했기 때문에, "아마추어"인 일본인 농민을 고용할 것을 거부한다. 동시에 이와 같은 일은 "목숨이 아까운 줄 모르는 뜨내기"가 할 일이라고 설명한다. 지요타의 회상에서 알 수 있듯이, 사리선 작업원은 저임금의 중노동이다. 이를 담당하는 "반도인"은 일본인 농민과는 다른 전문 일꾼으로 간주된다. 하지만 동시에 그들은 "목숨이 아까운 줄 모르는 뜨내기"이며 위험한 중노동에 종사할 수밖에 없는 저렴한 노동력이다. 여기서는 식민지에서 유입된 저렴한 노동력이 일본 농촌 사회의 저임금 노동을 담당함으로써 일본인 농민이 농한기 임금 노동에서 배제되는 구조가 드

59 자갈 등을 넣는 일종의 바구니.
60 약 327미터.
61 1리(厘)는 1엔의 1/1000, 1모(毛)는 1리의 1/10.
62 和田伝, 앞의 글, p.8.

러난다.

1930년대의 제국일본에서 조선인 노동자의 유입은 이미 새로운 현상이 아니었다. 한일합병(1910) 이후, 조선인 노동자의 유입은 일관되게 증가하였다. 이 조선인 노동자 중 대부분은 토목, 잡역부로 일본인 노동자의 약 2/3 가량의 임금을 받고 일본인 노동자가 기피하는 불결노동, 중노동을 담당했다.[63] 하지만 일본 정부는 값싼 식민지 노동력의 유입을 전적으로 환영하지는 않았다. 식민지 노동력의 유입이 '내지'의 실업 문제를 악화[64]시킬 것을 우려했기 때문이다.

그러나 중일전쟁의 발발로 '내지'의 조선인 노동력 수요는 급격하게 증가하였다. 『흙의 문학』이 간행된 1939년에는 기획원이 '노무동원계획(労務動員計画)'을 실시하였고, 이에 따라 '내지'만이 아니라 사할린(樺太)의 탄광, 토목공사 등에 약 60만 명의 조선인 노동자가 동원되었다.[65] 1940년에는 조선인 노동자의 개별 도항(渡航)이 폐지되고 집단 도항으로 통일되면서, 점차 '강제연행'으로 이어지는 흐름이 형성된다. 1941년에 군관계 노무에 첫 '징용'이 실시되었고, 1944년 9월부터는 '일반징용'이 시행되었다.[66]

「제방의 주목」에서 엿볼 수 있듯이, 식민지에서 유입된 노동자들은 일본인 노동자가 기피하는 중노동을 전문적으로 담당했다. 그들에 비

---

63 依田憙家, 『日本帝国主義と中国』, 竜渓書舎, 1988, p.318.

64 위의 책; 外村大, 「日本帝国と朝鮮人の移動」, 蘭信三編, 『帝国以後の人の移動－ポストコロニアリズムとグローバリズムの交錯点』, 勉誠出版, 2013, p.61.

65 위의 글, p.64.

66 木村幹, 「総力戦体制期の朝鮮半島に関する一考察－人的動員を中心にして」, 日韓歴史共同研究委員会編, 『日韓歴史共同研究報告書』 第3分科篇下巻, 日韓歴史共同研究委員会, 2005, pp.327～328.

하여 농한기인 겨울을 넘기기 위한 일감이 필요한 일본농민은 상대적으로 비싼 임금 탓에 경쟁에서 불리했다. 제국은 전쟁 수행에 필요한 노동력 공급에 일본 농촌의 과잉 인구가 아니라 상대적으로 저렴한 식민지 노동력을 택했고, 가난한 일본농민은 식민지 노동력의 공급 때문에 농한기의 한시적인 중노동을 단념할 수밖에 없는 것이다.

이러한 조선인 노동력의 유입은 이토의 단편 「제비(燕)」에서도 묘사된다. 이 소설은 출정군인과 그 가족, 환송 인파로 붐비는 기차역을 중심으로 '홋카이도로 전락(北海道落ち)'하는 농민 가족, 병든 자식을 두고 출정해야 하는 군인과 그 가족 등 여러 삶이 교차하는 풍경을 포착한 작품이다.

> 개찰구 가까이에는 안색이 나쁘고 철테 안경을 쓴 경관이 서 있었는데, 마침 그곳으로 머리에 흰 천을 맨 떡벌어진 체격의 남자를 선두로 조선인 노동자 네다섯이 줄줄이 들어와서 표 파는 곳으로 가려다가 그 경관을 발견하고는 그쪽으로 다가왔다. 그들 중 한 명, 땅바닥에 질질 끌릴 것 같은 백의 허리에 아기를 맨 야윈 여자가 가장 먼저 경관 앞으로 나와서 정중하게 몇 번이고 허리를 굽혀 인사했다. 경관은 팔짱을 낀 채로 약간 허리를 굽히면서, 이런, 이제 몸은 좋아졌는가, 그건 다행이군, 하고 말했지만 여자의 대답은 알아듣지 못하는 모양이었는데, 그때 바로 여자 뒤로 다가온 머리에 천을 동여맨 남자에게 같은 말을 반복했다. 강대현(姜大鉉)이라는 그 남자는 근처 하천개수 현장에서 일하다 온 모양인지 목장갑에 묻은 진흙을 털어내며, 예에 좋아졌습니다, 덕분에, 하고 또렷이 대답했다. 경관이 여비는 마련했냐고 묻자 예에, 어떻게 모두 조금씩 냈습니다, 하고 보통 사람보다 커다란 몸집에 어울리는, 강하지 않은

어조로 말하다가 갑자기 여자 쪽을 돌아보고는 명령하는 듯한 말투로 무언가를 말했다. 그러자 다른 키가 작고 눈초리가 매서운 한텐(半纏)차림의 젊은 남자가 여자를 재촉해서 표를 사러 갔는데, 이 여자는 이행구(李杏九)라고 하며 이제 홋카이도 이시카리(石狩)로 가는 길이었다.[67]

이행구라는 조선인 여성은 모친이 위독하다는 소식에 이시카리에서 잠시 귀향한다. 그녀는 상을 치르고 다시 이시카리로 돌아가다가, 갑자기 몸이 아파 기차에서 내렸다. 일본인 경관은 그녀와 말이 통하지 않자 조선인 노동자가 일하고 있는 하천개수 공사 현장에 가서 사정을 설명했고, 조선인 노동자들이 그녀를 돌봐주고 그 여비까지 모아준 것이다. 이 일화는 일견 제국일본의 경관이 가엾은 식민지 여성 노동자를 도운 미담처럼 보인다. 하지만 이 단편소설에서 기차역에서 이루어지는 이동은 주로 홋카이도를 향하는 저렴한 노동력의 공급이나 징병군인의 이동이다. 경관이 조선인 여성을 역시 하천개수 공사 현장에서 일하는 조선인 노동자들에게 소개함으로써 그녀는 무사히 홋카이도로 귀환할 수 있었다. 즉, 경관의 배려로 탈락할 뻔 했던 식민지 노동력이 무사히 홋카이도로 송출된 것이다. 그의 개인적인 친절은 결과적으로 식민지와 제국을 연결하는 노동력의 순환을 유지하는 역할을 했다고 할 수 있다.

여기서 중요한 것은 식민지 노동력만 홋카이도로 이동하는 것은 아니라는 점이다. 이 소설에는 농가 부채나 가난 때문에 '홋카이도로 전

67 伊藤永之介, 「燕」, 農民文学懇話会編, 앞의 책, p.82.

락'하는 일본농민 가족이 등장한다. 하지만 그들은 자녀의 여비가 부족하여 출발하지 못한다. 저임금과 중노동에 시달리는 조선인 노동자들이 곤란에 처한 동포를 돕기 위해 여비를 모은 것과는 대조적으로, 이 일본농민은 매표소에서 공짜표를 받으려 억지를 부린다. 「제비」에서 근대자본주의를 상징하는 철도는 저임금의 식민지 노동자와 '내지' 빈농의 처지가 대비됨과 동시에 교차하는 장소로 묘사된다.

여기까지 확인했듯이, 농민문학간화회 작가들의 소설이 묘사하는 것은 남편이나 아들, 형제의 징병으로 인한 농촌의 노동력 유출, 식민지 저임금 노동자의 유입이다. 이처럼 가속되는 농촌 사회의 분해야말로, 부채나 빈궁을 이유로 많은 일본인 농민이 홋카이도나 만주 등 '외지'로의 이동을 선택할 수밖에 없었던 전시 '내지' 농촌의 현실이었다. 농민문학간화회가 협력해야 할 가장 중요한 국책이 다름 아닌 만주이민이었다는 사실[68]을 상기하면, 이는 흥미로운 점이라고 할 수 있다. 실제로 이 소설집에서 만주이민은 몰락한 농촌 청년이 궁지에 몰렸을 때만 등장한다.

> 동생 도시마(俊馬)는 요전에 한번 돌아왔지만, 다시 산림도장(山林道場)으로 돌아갔죠. 사정을 이야기하고 그만둔다고 했더니 도장장이 대단히 걱정하며 식비는 걱정말고 열심히 배워 경작할 땅이 없으면 만주로 이민을 가라는 말을 듣고, 감격해 눈물을 흘리고는 열심히 배우고 있죠.[69]

---

68 와다 덴은 농민문학간화회 발회식 당일 밤 도쿄역에서 만주 시찰여행을 떠났다. 農民文学懇話会編, 앞의 책, p.3.

69 佐藤民宝, 「峠のたより」, 農民文学懇話会編, 앞의 책, p.194.

시내 소학교(小学校, 초등학교)에서 근무하고 있는 장남도 휴가에 집으로 돌아오는 것을 꺼리는 것이 이리 암울한 가정은 포기한 모양이었고, 기요의 중학생 동생조차 학교를 졸업하면 만주라도 가서 활약하고 싶다는 말을 흘리곤 해서 겨우 열일곱 소년조차 이미 그렇게 자활(自活)하겠다는 마음의 준비를 한 것인가 싶어 누나들을 슬프게 하는 것이었다.[70]

이 마을 토지대장에 의하면 1호 평균 경작지는 5반 3묘(五反三畝)여서 이 마을에는 차남이나 삼남은 거의 없다는 것이다.

집을 잇는 것은 한 명으로 충분하다. 다른 아들은 도시나 만주나 지나(支那) 방면으로 떠나 신천지를 개척하고 있었다.[71]

이들의 만주이민은 이미 '내지'에서는 경제적으로 재기할 수 없는 사람들에게 남겨진 자활의 방편이자, 토지를 얻기 위한 수단이다. 일본민족의 '대륙진출'을 위해, 혹은 타민족과의 연대와 이상국가 건설을 위해 만주이민을 선택하는 것이 아니라 '내지'에서 내몰린 사람들이 향하는 '신천지'인 것이다. 이 작품집이 농민문학간화회의 출발점이라는 사실에 비추어 생각하면, 이는 분명 많은 것을 시사한다.

일본 농촌의 과잉 인구 해소가 만주이민의 근거 중 하나라는 점을 상기하면, 만주이민을 통해 일본인 노동력이 송출되는 상황에서 징병이 초래하는 농촌 노동력의 부족과 식민지 노동력의 유입이 동시에 일어나고 있는 현실의 모순을 읽어낼 수 있다. 제국일본은 식민지 노동력을

70 楠木幸子, 앞의 글, p.227.
71 徳永直, 「おぼこ様」, 農民文学懇話会編, 앞의 책, pp.308~309.

'내지'로 유입시키고 일본인 농민은 '외지'로 유출시켰다. 가장 큰 원인으로 상정할 수 있는 것은 두 민족 간의 비대칭적 권력관계일 것이다. 제국일본은 분명 어느 민족에 속하는가에 따라 그 방대한 인적 자원의 가치와 용도를 결정했던 것이다.

시마키 겐사쿠는 『아사히신문』의 기고글에서 농민문학간화회 설립과 관련하여 이것이 "농촌은 총후(銃後, 후방)에서 분명 여러 새로운 양상을 보이게 되었다. 작가는 이를 어떻게 파악해야 하는가" 하는 문제임을 지적했다.[72] 농민문학 작가들은 누구보다도 빠르게 '내지' 농촌에서 일어나는 급속한 사회적·경제적 변화를 민감하게 감지하고 있었던 것이다. 그것은 "병사의 압도적 다수를 송출하고 있는 농촌과 농민 생활"[73]에 대한 관심을 배경으로, 전쟁 수행을 위한 농촌 재편과 농민 동원을 묘사한다는 점에서 충분히 체제비판적인 시각으로 이어질 수 있었다.

그러나 구성원의 대부분이 전향 작가였던 농민문학간화회는 체제의 '보호와 장려' 대신에 문학자의 '자발적 협력'을 약속하는 국책단체를 결성했다. 따라서 이 단체에 참가했다는 사실 자체가 참가 문학자의 전향, 국책협력, 전시협력을 의미하는 것으로 간주되었다. 하지만 이미 검토하였듯이, 간화회 작품집에서 확인할 수 있는 것은 그들의 작품이 주로 그리고 있는 것은 이데올로기나 슬로건보다 급격하게 변화하는 '총후 농촌'의 모습이라는 사실이다.

---

72 島木健作, 「国策と農民文学」, 『朝日新聞』, 1938.11; 文芸家協会編, 『文芸年鑑 昭和十三・十四年版』 復刻版, 文泉堂出版株式会社, 1939, p.87.

73 伊藤永之介, 「農民文学の現状」, 『改造』, 1938.12; 위의 책, p.88.

이 부분은 농민문학의 특징인 '현지보고'로서의 성격을 고려할 필요가 있다. 농민문학이 정치에 적극적으로 협력해야 한다고 주장한 야리타는 농민문학의 "최초의 그리고 문학적인 부분에서의 초보적인 임무"는 바로 현실에 입각한 "현지보고"라고 주장했다. 문학이 정치의 부속물로 전락하는 것에 저항감을 보인 가기야마는, 어떤 정치가가 극작가 와다 가쓰이치(和田勝一)가 각색한 「흙에 외치다(土に叫ぶ)」나 시마키의 「생활 탐구(生活の探求)」를 통해 문학적 감동을 뛰어넘어 농촌과 농민을 깊이 이해하게 되었다는 일화를 예로 들어, 문학은 "문학의 생명인 진실"을 외면하는 정치가와는 결국 협력할 수 없을 것이라고 지적했다.[74] 그는 농민문학이 농촌의 현실이라는 '진실'을 묘사하면서 "자연스럽게 나타날 비판"을 억압해서는 안 된다고 하였다. 이처럼 농민문학은 곧 르포르타주라는 사실을 강조함으로써 체제가 원하는 이데올로기를 선전하는 한편으로, 현실에 나타나는 '진실'을 근거로 바로 그 체제를 비판할 여지를 확보할 수 있었다.

가기야마가 "다만 두려운 것은 문학을 정치의 종속물로 보는 것이다. 일찍이 프롤레타리아 문학의 근본적인 병폐는, 이데올로기는 별개로, 지도자가 문학을 정치에 종속된 것으로만 보고, 작가 또한 어떠한 형태로든 '운동'에 불리한 것은 쓰지 않고 문학을 할 수 있다고 생각한 점에 있다고 생각한다. 그러므로 작가는 운동의 방향을 의심하고 조직 내에서 불쾌하기 짝이 없는 일을 접해도 감히 묘사하지 못하였고, 따라서 자본가 지주는 전부 냉혹하고 잔인한 자로, 노동자, 소작인은 항상 정

74 鍵山博史, 앞의 글, p.414.

의의 사도로 그릴 수밖에 없었다. 비평가도 또한 그런 면에 주목하여 작품의 가치를 판단하는 꼴이었다. 말할 것도 없이 그것은 일종의 선전 문학이었다. 그리고 선전문학의 나약성은, 그러한 작품을 보면 누구나 알 수 있는 것이다"[75]라고 이야기할 때, 그가 비판하고 있는 것은 프롤레타리아 문학이라기보다 선전문학이었다. 농민 문학자나 비평가도 독자가 농민문학을 르포르타주 문학으로 읽음으로써 최소한의 '진실'을 유지할 수 있다는 사실을 이미 인식하고 있었던 것이다. 그러한 시점에서 보면, 『흙의 문학』에 실린 대부분의 작품이 전시 농촌의 현실, 중일전쟁이 촉발한 농촌 사회의 변화, 농민의 빈곤과 고난을 묘사했다는 사실은 단순한 시국편승・국책영합에 머무르지 않을 가능성을 암시하고 있다고도 해석할 수 있다.

물론, 이 시기의 농민문학이 긴밀한 정치 협력을 요구받는 상황에 놓여 있었고, 독자들도 국책협력의 문학으로 읽었다는 사실은 부정할 수 없다. 농민문학만이 아니라 국책단체에 참가하여 국책문학을 창작하는 행위 자체가 정치적 행위였다. 당시에도 정치와 문학의 유착은 이미 비판의 대상이었다. 오구마 히데오(小熊秀雄)는 최근 "모 씨, 농민문학간화회 촉탁으로 ××지방에 여행"이라는 문예 소식이 여럿 들린다, 작가 활동이 '위탁'이니 '촉탁'이니 하는 식으로 보도된다는 것은 근래 우리나라 문단 희유(稀有)의 현상"이라고 썼다. 또한, 농민문학간화회 후원자인 아리마가 정변으로 실각한 것에 빗대어 "그러므로 농민문학간화회원 작가 여러분은, 앞으로 일반적 의미의 농민소설을 쓰기보다 머지

75 위의 글, pp.414~415.

않아 산업조합중앙회 회장으로 취임한다는 소문이 있는 아리마 씨를 위해 산업조합소설을 집필하는 기연(機縁)을 가질 수 있을 것이다"[76]라고 신랄하게 비판하였다. 또한 미야모토 유리코(宮本百合子)는 중일전쟁 발발 이후 나타난 '소설의 융성'에 주목하여 "농민문학간화회, 대륙문학간화회,[77] 생산문학, 도회문학간화회"와 같은 단체가 난립하고 전쟁으로 비롯된 통제가 문학과 그 '생산물'인 작품에까지 영향을 끼치고 있다고 지적하였다. 그와 같은 통제는 "현실 생활 속에서는 문부성의 교과서 단속에 나타난, 문학을 독해하는 방식의 특수한 표준과도 관련되어 있어서 각종 장편소설 미증유의 범람 상태"를 야기하여 오늘날의 일본문학은 "미증유의 질적 저하를 보이고 있다"고 하였다.[78]

하지만 대량전향의 시대에 국책단체에 참가함으로써 전향을 '위장'할 가능성도 있었다.[79] 나카지마 겐조(中島健蔵)는 일기 등의 기록에 기초하여 전후에 출판한 회상록에서 "1월에 창립된 '대륙개척문예간화회'는 이토 세이(伊藤整), 아라키 다카시(荒木巍), 후쿠다 마사오(福田正夫), 다카미 준(高見順)과 척무성 총무과장 등의 알선에 의한 것이라고 한다. '대륙개척에 관심이 있는 문학자가 회합하여 관계당국과 긴밀히 연락제휴하며, 국가적 사업달성에 일조하여 문장보국의 결실을 거두는 것"을 목적으로 사람들이 모였다고 한다. 회원 중에는 친구나 지인이 많고, 여러 경향의 문단인을 포함하고 있어 그 진의를 가늠하기 어려워 곤혹스럽

76 小熊秀雄, 「政変的作家 一つの幻滅悲哀か」, 『新版・小熊秀雄全集』 第5巻, 創樹社, 1991, p.237.

77 대륙개척문예간화회의 오기로 추정된다.

78 宮本百合子, 「今日の文学と文学賞」, 『懸賞界』 1939年8月下旬号; 『宮本百合子全集 第11巻』, 新日本出版社, 1980, pp.364~366.

79 思想の科学研究会編, 『共同研究 転向 (3)』, 平凡社, 2012, p.60.

다. 자율을 존중해온 문단도 붕괴한 것인가, 혹은 관료통제 강화에 대한 바리케이드의 의미인가"[80]라고 썼다.

대륙개척문예간화회 설립부터 위원으로서 관여했던 이토 세이는 전후 다카미 준과와의 좌담회에서 간화회를 "그때는 긴박했던 시대지. 어딘가에 들어가 있는 쪽이 안전했던 시대야"라고 했고, 다카미도 "맞는 말이야. 대륙개척문예간화회, 거기에 적(籍)을 두지 않으면 체포당할지도 모른다는, 나는 특히 그런 느낌이 들어서 싫었어"라고 회상했다.[81] 이토가 이야기하는 "긴박감"은 1937년 12월에 일어난 제1차 인민전선 사건의 구 좌익 문학자들에 대한 집필금지 처분 등으로 인한 충격[82] 이후, 당대 많은 문인들이 계속해서 강화되기만 하는 규제에 느끼던 감정이라고 추측할 수 있을 것이다.

이와 같은 회상은 주로 대륙개척문예간화회에 관한 언급이지만, 농민문학간화회 역시 결과적으로 일정한 바리케이드의 역할을 수행했을 것이라고 추측할 수 있다. 예를 들어 시마키도 "우리들은 우리의 견해가 국책과 완전히 일치할 때 예술가로서 커다란 기쁨을 느낀다"라고 전제하고서 역시 "적어도 문학인 이상, 단순히 국책에 순응할 뿐인 문학이 있을 것이라고는 생각하지 않는다. 작가에게는 작가의 눈이 있고, 그것은 비판의 눈이다. 그리고 누구의 눈으로 보아도 완전무결한 국책 따위는 존재하지 않는다. 또한 국책은 결코 고정되거나 딱딱한 것이 아니다. (…중략…) 그 발전의 눈이 어디에 있는지를 올바르게 보고 느끼

80 中島健蔵,「1939年5月25日」,『兵荒馬乱の巻 回想の文学4 昭和14年-16年』, 平凡社, 1977, pp.196~197.

81 伊藤整・高見順,「戦争と文学者」,『文芸』, 1956.8, p.83.

82 曾根博義,「戦争下の伊藤整の評論－私小説観の変遷を中心に」,『語文』62, 1985.6, p.5.

기도 하는 것이 바로 작가의 눈이자 비판의 눈이라면, 그것은 단순한 순응의 문학이 아니라 항상 국책 수립에 참여하는 국책의 문학만이 있다고 해야 할 것"[83]이라고 주장하였다. 앞서 살핀 가기야마처럼 농민문학이 단순히 국책에 순응하기만 하는 것이 아니라 비판 기능을 할 수 있을 것이라는 기대를 표현하고 있는 것이다.

이토 에이노스케도 『개조』의 기고글에서 "다만 이 '협력'의 성질과 정도에 관해서는 각 작가 사이에서 의견이 일치하지 않은 것처럼 보인다"면서 모리야마와 가기야마의 논의를 예로 들어 "이 간화회의 탄생 때문에 오늘날 농민문학이 성급하게 변질되는 일은 우선 없다고 보아도 된다"고 하였다. 설령 앞으로 농민문학이 다소 정치성을 띤다 해도, 그것은 "도시인이 농촌을 이해하는 데 도움이 되고 싶다는 것과 같은 정치성이라면, 우선 커다란 변화는 일어나지 않을 것이라고 보아도 된다"는 다소 낙관적인 결론을 내렸다.

실제로 농민문학간화회가 일관되게 국책에 순응한 문학 활동만 한 것은 아니다. 이와사키 마사야(岩崎正弥)는 농민문학간화회 회원 중 이누타 시게루(犬田卯)는 간화회 활동에 참가하지 않은 채 농민자치주의를 주장하였고, 사토 민포 등은 일정한 내부 비판을 수행했다고 지적하였다. 그가 예로 든 것은, 하시모토나 모리야마와 같은 작가는 '역사문학'이나 '예술파적 문학'을 집필함으로써 직접적인 "국책영합을 회피"하였고, 호조 무쓰오(本庄陸男)의 『이시카리강(石狩川)』(1939)과 같은 작품은 오히려 전후에 '저항문학'으로 평가받았다는 사실이었다.[84]

---

83 島木健作, 앞의 글, p.86.

84 이와사키 마사야(岩崎正弥)는 간화회의 중심 작가였던 와다와 마루야마는 "미묘한 긴

이처럼 대륙개척문예간화회나 농민문학간화회와 같은 국책단체가 당시 "관료통제 강화에 대한 바리케이드"이기도 했다면, 그 단체 내부에서 창작되고 대중에게 널리 읽힌 국책문학이란 구체적으로 어떤 것이었는지, 실제 작품을 충분히 검토하고 평가해야 할 것이다. 앞에서 살펴보았듯이, 『흙의 문학』은 주로 전시 '내지' 농촌의 현실을 그렸다. 농민 문학자에게 국책문학은 기존 농민문학의 방법론과 목적에서 일탈하는 것이 아니라 그 연장이었던 것이다. 이에 비해, 대륙개척문예간화회의 작품집 『개척지대(開拓地帯)(대륙개척소설집(大陸開拓小説集)一』, 이하 『개척지대』))에 실린 국책소설은 만주이민 정책과 매우 밀접한 관계를 맺고 있었다.

3. 대륙개척문예간화회와 만주이민 정책

농민문학간화회가 『흙의 문학』을 간행했듯이, 대륙개척문예간화회는 결성 후 약 8개월 뒤인 1939년 10월, 『개척지대』를 상재(上梓)하였다. 기시다 구니오가 서문을 쓰고, 후쿠다 기요토를 비롯하여 오타니 후지코, 다고 도라오(田郷虎雄), 유아사 가츠에, 도쿠나가 스나오, 장혁주(張赫宙), 아라키 다카시, 다무라 다이지로, 이토 세이, 도요타 사부로(豊田三郎), 이노우에 도모이치로(井上友一郎)의 단편소설과 곤도 하루오의 희곡이 실렸다. 대륙

장 관계 속에서 결과적으로 국책과 일체화"했다고 보았다. 岩崎正弥, 『農本思想の社会史ー生活と国体の交錯』, 京都大学学術出版会, 1997, p.268.

개척문예간화회의 중요사업인 제1차 대륙개척 국책 펜부대(1939.4.25~6.13) 및 제2차 펜부대(1939.6~9)[85] 파견 직후의 출판이었고, 시찰여행에 참가했던 6명 중에서 5명(곤도, 다무라, 이토, 다고, 유아사)이 참가한 것을 보아도 시찰의 문학적 성과를 발표한다는 의미도 있었을 것이다.

그 내용은 "농민문학의 올바른, 일그러지지 않은 발전"을 단체의 목적으로 표명한 농민문학간화회에 비해 노골적으로 만주이민 정책을 선전한다는 목적에 충실했다. 소재로 작품을 분류하면 이민자의 배우자 송출(大谷藤子, 「新しき出発」; 湯浅克衛, 「青桐」), 만몽개척청소년의용군(田郷虎雄, 「焔」; 湯浅克衛, 「青桐」; 近藤春雄, 「渡満部隊」; 張赫宙, 「氷解」), 분촌이민(徳永直, 「海をわたる心」), 만몽개척청소년의용군 여자지도원(福田清人, 「義勇軍の寮母」), 이민자의 현지 적응 문제(荒木巍, 「北満の花」; 田村泰次郎, 「犬」), 이민족과의 갈등(張赫宙, 「氷解」; 荒木巍, 「北満の花」), 이민단의 새로운 시도(伊藤整, 「息吹き」), '대륙진출'의 합리화(豊田三郎, 「開拓者」; 井上友一郎, 「大陸の花粉」)라고 할 수 있다. 하나의 작품이 여러 소재를 포함하는 점은 농민문학간화회와 동일하지만, 많은 작품의 주제가 만몽개척청소년의용군(이하 청소년의용군)이었다.

청소년의용군은 미성년자로 구성된 이민조직으로, 그 주요 목적은 농업이민에 부족한 노동력 공급, 성인 이민에 비해 쉬운 대량 송출의 실시, 징병 직전 청소년 확보와 유지, 군사 및 치안 역할의 보완 등이었다.[86] 그 본격적인 정책은 가토 간지(加藤完治)를 비롯한 재야 농본주의자와 찬동자들이 제출한 『만몽개척청소년의용군 편성에 관한 건백서(満蒙開拓青少年義勇軍編成ニ関スル建白書)』(1937.11.3)가 계기가 되어 척무성이 제출한

85 板垣信, 「大陸開拓文芸懇話会」, 『昭和文学研究』 第25集, 1992.9, p.89.
86 白取道博, 『満蒙開拓青少年義勇軍史研究』, 北海道大学出版部, 2008, p.4, 216.

「만주에 대한 청년이민송출(満洲に対する青年移民送出)」(1937.11.30)이 각의에서 결정되면서 급속도로 진행되었다.[87]

청소년의용군은 우리 나이로 16세에서 19세까지 청소년이 대상이었는데, 정책이 결정된 이듬해인 1938년부터 이미 일본 각지에서 송출인원 모집, 훈련소 설치, 송출(1938. 4)이 이루어졌다. 하지만 1938년에는 21,999명이었던 송출인원수는, 1939년에는 8,887명으로 감소하였다.[88] 청소년의용군 송출은 개시 직후 이미 정체되고 있었던 것이다.

따라서 청소년의용군을 제재로 한 작품은 당시 1, 2년 사이에 이례적인 속도로 추진되던 이민계획을 묘사한다는 시간적 제약만이 아니라, 일찌감치 정체된 청소년의용군의 모집 고무 및 지원이라는 정치적 요소가 강하게 영향을 끼칠 수밖에 없었다. 실제로 이 작품집에서 청소년의용군을 그린 대부분의 작품이 전체적으로 소개에 그치고 있으며, 문학적 형상화에 도달했다고 하기는 어려운 수준이다. 청소년의용군은 '대륙의 아이', 이민자 배우자는 '대륙의 신부', 청소년의용군 여성 지도원은 '대륙의 어머니'라는 미명(美名)으로 칭송하고, 대중의 자발적인 협력을 찬양하는 내용은 분명 선전문학에 가까웠다.

예를 들어, '대륙의 신부'라고 불린 일본인 만주이민자의 여성 배우자는 대량 이민이 본격화한 1937년부터 조직적으로 양성되었다. 또한 '대륙의 어머니'라고 불린 청소년의용군의 여성 지도원은 청소년의용군의 정신적인 문제를 해결하기 위해 청소년을 위로하는 어머니 역할을 할 여성을 송출하는 제도였다. 제1회 모집은 1938년 10월에, 첫 송

87 위의 책, p.13.

88 表1「満蒙開拓青少年義勇軍」送出状況(1938~1945年度), 위의 책, p.5.

출은 1939년 4월에 실시되었다.[89] 말하자면, 이들을 소재로 한 문학 작품은 문학적으로 성숙할 시간적 여유를 가지지 못했음은 물론, 동시대에 진행되고 있던 이민 정책과 매우 밀접하게 협력하였을 뿐만 아니라 그 동원에 적극적으로 협조했다고 할 수 있다.

또한 만주이민을 선전하는 측도 중일전쟁의 장기화에서 비롯된 농촌 환경의 급격한 변화를 의식하고 있었다는 사실을 확인할 수 있다. 만주이민을 정당화하는 기존의 논리는 만주이민이 농촌의 과잉 인구 문제와 토지 부족 문제의 유일한 해결책이라는 것이었다. 그러나 전쟁이 농촌 문제를 해결했다. 오히려 징병, 군수 공장에 대한 노동력 제공과 농업생산력 증가를 동시에 요구받던 당시 '내지' 농촌에서, 만주이민은 급속도로 매력을 잃었다. 그 영향은 『개척지대』에서 만주이민의 논리가 전쟁협력과 정신주의로 크게 경도되었다는 사실에서도 엿볼 수 있다.

유아사의 단편소설 「청동(青桐)」은 청소년의용군과 '대륙의 신부'의 송출을 묘사한다. 시골 소년인 시게타(繁太)는 만주이민자인 스케타로(助太郎)와 사촌누이인 가네에(かね枝)의 결혼을 계기로 자신도 청소년의용군에 참가할 것을 결의한다. 그 과정에서 시게타의 백부 입을 통해 만주이민 긍정론이 등장한다.

백부는 "그것이 바로 인식 부족이야, 산속에 가만히 있는 것만 애향심이 아니지. 만주건 몽고건, 이 마을을 옮겨 갈 정도의 각오도 없어서 어쩌겠니. 다들 출정으로 일손이 부족하다고 입버릇처럼 말하지만 3반(反)이나 5반 전답도 주체를 못해서는 안 된다. 일손은 만들면 생기지.

89 加納実紀代, 「満洲と女たち」, 大江志乃夫・浅田喬二・三谷太一郎編, 『岩波講座 近代日本と植民地5 膨張する帝国の人流』, 岩波書店, 1993, p.216.

가축을 부리거나 농구를 개량하거나, 방법은 얼마든지 있다. 스케타로 씨가 만주에서 성공하면 이 마을이 만주까지 확장되어 이윽고 우리 모두 지금의 두 배나 세 배가 되는 경작지를 가지게 될지도 몰라. 대단한 일이지. 그 정도 배짱도 없이 뭘 할 수 있겠니"[90]라고 주장한다. 백부가 이야기하는 만주이민의 논리는, 만주이민에 대한 불안감이나 마을의 경제 상황, 중일전쟁 발발로 인한 농촌의 노동력 부족이라는 현실보다 "이 마을이 만주까지 확장되어 이윽고 우리 모두 지금의 두 배나 세 배가 되는 경작지를 가지게" 될 것이라는 팽창주의적인 욕망에 기초하고 있다.

만주이민자인 스케타로가 마을에 혼인하고 싶다고 요청했을 때도, 백부는 "한 명이라도 더 대륙에 나가 민족의 꽃을 심어야 한다"며 희망자가 "아무도 없다면 우리집 가네에라도 바치겠다"[91]고 이야기한다. 백부의 말은 스케타로가 가네에에게 구혼함으로써 실현된다.

스케타로와 가네에가 만주로 떠난 뒤, 시게타는 백부의 분봉(分蜂)을 바라보며 "이유도 없이" "여왕벌에게서 가네에를 연상"[92]한다. 그리고 시게타는 자신이 청소년의용군에 응모한 사실을 백부에게 전한다. 백부는 아들은 '출정군인'으로, 딸은 '대륙의 신부'로 보냈듯이, 모자가정의 장남인 시게타가 청소년의용군에 응모했음을 받아들인다. 소년의 사촌누이를 향한 어렴풋한 연심이 만주이민으로 확장되는 구조는, 현실의 경제적 현실과 사회적 제약을 뛰어넘어 만주이민 그 자체를 당위

---

90 湯浅克衛, 「青桐」, 大陸開拓文芸懇話会編, 『開拓地帯(大陸開拓小説集) 一』, 春陽堂書店, 1939, p.48.

91 위의 글, pp.52~53.

92 위의 글, p.59.

로 긍정하는 내적 논리로 수렴된다. 거꾸로 말하자면 이는 만주이민을 긍정하는 문학자조차 만주이민의 경제적, 사회적 불합리성을 인정할 수밖에 없었다는 사실을 드러낸다.

곤도의 희곡 「도만부대(渡滿部隊)」의 무대는 이바라키(茨城)현의 우치하라 만몽개척청소년의용군 훈련소(内原満蒙開拓青少年義勇軍訓練所, 이하 우치하라 훈련소)이다. 가까운 시일에 송출이 내정된 의용군 안자이(安斎)는 면회를 온 누나에게서 형의 전사 소식을 듣는다. 할머니와 어머니, 누나만 남겨진 상황에서 안자이는 "내 아버지도 군인이었다. 내 형도 군인이었지. 아버지는 러일전쟁, 형은 지나사변(支那事変), 둘 다 대륙에서 전사했어. 나는 이번에 만주에 가면 진저우(金州)라는 곳에 가서 아버지 성묘를 할 생각이야. 두 사람이 피를 흘리고 뼈를 묻은 대륙의 땅을, 나는 호미로 개척하는 거야"[93]라고 이야기한다. 아버지와 형의 전사, 나아가 동생의 청소년의용군 참가로 이어지는 대중의 희생이 청소년의용군 참가를 장려하기 위해 강조되고 있다.

여기서 중요한 것은 동기인 오쿠타(奥多)가 "우리 집은 지주이고 너희 집은 중농(中農)이지만, 출정(군인)가족의 논밭은 마을 전체가 경작하게 되어 있으니 남자 손이 없어도 걱정할 필요 없어"[94]라는 말로 안자이를 위로하는 장면이다. 장남은 이미 중일전쟁에서 사망했고, 동생까지 청소년의용군으로서 만주로 송출되는 상황에서 설령 마을 주민들의 근로봉사가 있다고 해도 안정적인 농작업과 가계 소득의 유지는 기대하기 어렵다. 그런 상황에서 안자이의 집은 '중농'이라는 오쿠타의

93 近藤春雄, 「渡満部隊」, 大陸開拓文芸懇話会編, 앞의 책, p.90.
94 위의 글, p.95.

지적은, 안자이의 집에 어느 정도 경제적 여유가 존재하기 때문에 그가 청소년의용군에 참가할 수 있다고 이야기하고 있는 것이다.

이러한 설정은, 만주이민을 통해 농촌 문제를 해결할 수 있다는 만주이민의 기존 논리가 이미 붕괴된 현실을 암시한다. 가독상속인(家督相續人)이 된 차남의 청소년의용군 참가는 이미 과잉 인구의 송출이 아니기 때문이다. 본래 만주이민의 송출인원으로 상정되었던 영세 농가에서 징병대상 연령의 남성은 귀중한 노동력이다. 그야말로 '중농'이나 '지주'처럼 일정한 경제적 여유를 갖지 못한 농가라면 경제적으로 어려움을 겪게 될 가능성이 높다.[95] 결국 이 희곡은 아버지에서 형, 나아가 동생으로 이어지는 민중의 '희생/봉사'를 요구하면서, 실제로는 농촌 사회의 근로봉사에 의존하고 있는 청소년의용군의 일그러진 자화상을 그리고 있는 것이다.

이 작품집에 나타나는 대륙개척문예간화회의 만주이민 논리는 만주이민이 현실적으로는 불합리한 정책임을 인정하면서도 정신주의에 경도되어 그 추진을 주장하는 것이라고 요약할 수 있다. 그러한 정신주의적 경향은 농본주의 윤리관에 입각한 반공업・반도회를 제시하며, 목적의 순수함을 강조한다는 사실에서도 찾을 수 있다.

아라키의 단편소설 「북만의 꽃(北満の花)」의 주인공인 아오키 이치조(青木市三)는 도쿄부(東京府) 농촌 출신이다. 그의 마을은 지역적, 시대적 영향으로 농촌의 현금 수입의 증가와 철도 부설로 그 "생활 수준"이 향

95 시라토리 미치히로(白取道博)는 척무성이 파악한 1938, 39년도 청소년의용군의 모습은 농촌에 거주하는 고등소학교를 졸업한 농가 비가독상속자라고 보았다. 가독상속자는 10% 전후였다. 白取道博, 앞의 책, pp.132~133.

상되었지만, 불경기가 닥쳐도 "한번 몸에 익은 높은 생활 수준, 화려한 도회풍이라는 것은 도저히 몸에서 떼어낼 수 있는 것이 아니었다".[96] 또한, 도쿄로 떠났던 사람들은 도회 생활에서 매연, 기계 소음, 착취를 겪고 결국 폐결핵이나 정신질환, 신체적 손상을 입고 고향으로 돌아와 범죄자가 된다고 설명한다. 이처럼 '순수'해야 하는 농촌 역시 도회에게서 나쁜 영향을 받는 것으로 묘사된다.

이와 같은 생활에 막연한 불만을 느끼고 있던 이치조는 잡지 『아사히그래프(アサヒグラフ)』[97] 지면에서 만주이민 참가를 호소하는 사진을 보고 큰 충격을 받는다. "어째서, 이렇게까지 마음을 사로잡는가, 그런 논리를 뛰어넘어 '이것이다!'라고 격렬하게 가슴 속에서 흥분되는 것을 억누를 수가 없었다. 아무리 도시화되어도 마음 깊숙이 숨어 있던 농민혼이 분출할 구멍을 찾아 뿜어져 나온 것일 터이다."[98] 이처럼 논리로는 설명되지 않는 이치조의 흥분은 이해관계로 설명할 수 없는 농민의 '순수함'으로서 존재한다. 이 이항대립적인 농촌/도회, 순수/타락의 대비는 타락한 도회와 달리 농촌은 순수해야 한다는 전제에서만 성립된다. 물론, 이는 농촌을 타자화하는 것이다. 하지만 이 장면에서 특히 주목해야 할 점은, 농민 스스로 농촌을 타자화하고 있다는 점이다. 도회에 오염된 농촌을, '순수함'을 내세워 비판하는 농민이란 말할 것도 없이 지극히 도회적인 인물이다. 그리고 도회와 농촌, 타락과 순수의 대비는 곧 '내지'와 만주로 확장된다.

---

96 荒木巍, 「北満の花」, 大陸開拓文芸懇話会編, 앞의 책, p.160.
97 아사히 신문사에서 간행한 사진잡지이다.
98 荒木巍, 앞의 글, p.163.

이치조는 우치하라 훈련소를 방문하여, 가토 간지의 제자이자 훈련소 지도원인 아라이(新井)의 "지금 일본은 농업입국(農業立國) 재출발의 시기입니다. 하지만 솔직히 말해 내지의 금비(金肥, 화학비료)농업은 막다른 곳에 이르렀습니다. 그런데 만주는 20년 동안 비료가 필요 없는 비옥한 지질(地質)이죠. 더구나 현재 일본의 인구 문제를 해결하는 열쇠는 역시 만주개척민, ―농업에 종사하는 대량 개척민 외에는 없다고 생각하는 겁니다. 아직도 일반 대중의 이해를 얻지는 못하는 모양이나, 이이야말로 일본민족에 새로운 숨을 불어넣고, 나아가 발전시키는 최대의 길이라고 생각합니다"[99]라는 설명을 듣고 감동한다. 아라이의 설명은 당시 만주이민 참가를 설득할 때 사용되던 상투적인 표현의 나열에 불과하지만, 그는 비료나 지질처럼 현실적 조건을 농업입국, 인구 문제 해결, 일본민족의 발전과 같은 관념과 뒤섞어 송출 대상인 농민에게 이야기한다. 또한 현실적인 조건과 관념적인 목적이 뒤섞이면서도, 정작 이민지인 만주 쪽의 관점은 찾아볼 수 없다.

아라이는 이치조에게 선견대의 일원으로서 이 "장업(壯業)"에 참가할 것을 요청한다. 하지만 정작 이치조가 이 제안을 받아들이는 이유는 만주이민의 '이상'에 대한 공감이나 가난한 농민으로서의 타산 때문이 아니다. 그는 자신이 "추구하면서도 얻지 못하고, 찾으면서도 찾지 못하고 있었던" 이상보다도 "아라이의 세속적인 욕망 따위는 조금도 없을 것만 같은 단순하고 진지한 풍모와 정신"을 이해할 수 있었고, 나아가 "아무런 가식이나 흥정 없이 적나라해서, 그만큼 신용할 수" 있는 사람

99 위의 글, p.164.

이라고 믿었기 때문이다. 이치조의 만주이민은 논리나 이상을 위해서가 아니라, 그가 '타락'했다고 보는 '내지' 농촌에서 탈출하고 싶다는 그 자신의 막연한 내적 욕구와 더불어 적극적으로 해외 이민을 권하는 교사의 권위와 인격적인 영향력에서 비롯된 것으로 묘사되고 있다.

이는 역설적으로 논리보다 농민의 감정에 호소해야만 했던 만주이민의 상황을 반영한 것이라고도 생각할 수 있다. 일본의 농촌 사회는 중일전쟁의 장기화와 그에 따른 만성적 노동력 부족으로 피폐해지고 있었고, 기존의 만주이민 슬로건은 그 설득력을 상실했다. 그러한 상황에서 만주이민을 추진하는 논리가 파탄을 회피하려면, 정신주의에 경도될 수밖에 없었다. 만주이민의 논리는 현실을 정확하게 인식했기 때문에, 바로 그 현실에서 괴리된 것이다.

이와 같은 상황은 도쿠나가의 단편소설 「바다를 건너는 마음(海をわたる心)」에서도 찾을 수 있다. 1939년 2월, '나'는 잡지 취재로 N현 M하라 수련농장[100]을 방문한다. 화자는 훈련생이 하나같이 "해외웅비(海外雄飛)의 결심이나 동기를 온갖 미사여구나 용맹한 숙어를 써서 역설하는"[101] 모습에 따분함을 느낀다. 초등학교 교사인 K・M이라는 청년은 만주이민에 별다른 목적도 없고 토지도 원하지 않는다고 답해서 '나'의 흥미를 끈다. 그는 소작농이었던 아버지를 여의고, 어머니는 다른 집에 재가했기 때문에 숙부에게 맡겨졌다. 그가 성인이 되어 재회한 어머니와 그 가족은 가난에 신음하고 있었다.

그는 어머니 가족이나 자신의 제자 중 가난한 집 아이들의 분촌이민

---

100 나가노(長野)현의 미마키가하라 수련농장(御牧ヶ原修練農場)으로 추정된다.
101 德永直, 「海をわたる心」, 大陸開拓文芸懇話会編, 앞의 책, p.66.

참가를 계기로, 자신도 만주이민에 참가할 것을 결심한다. 그는 "대륙의 이민촌에서 조금이나마 습득한 지식으로 마을 사람들에게 보탬이 되고 싶다. 그리고 서로를 향한 따스한 애정으로, 서로의 생활이 성장하도록 힘껏 일하고 싶다"[102]고 말한다. 좌담회에 참가한 사람들은 그의 솔직한 말에 감동하여 큰 박수를 보낸다. 이 단편은, 당시 반복적으로 재생산되던 만주이민의 슬로건이 이미 공동화(空洞化)되고 있는 상황을 반증한다고 할 수 있다.

물론 이러한 상황에서도 만주가 '신천지'로서의 가능성에 대한 기대를 그린 작품이 완전히 사라진 것은 아니었다. 『개척지대』에서는 이토의 단편 「숨결(息吹き)」을 들 수 있다.[103] 「숨결」에서는 화가 우스이(薄井)가 일본인의 새로운 성격이 드러나는 표정을 찾아 만주이민촌을 방

---

102 위의 글, p.74.

103 「숨결」의 초출은 『문예(文芸)』(1939.8)이다. 이 작품은 『개척지대』(1939.10) 게재를 거쳐 여행기 『만주의 아침(満洲の朝)』(育生社弘道閣, 1941)에 수록되었다. 「숨결」은 주로 이토 세이 연구의 일환으로서 연구되었다. 오쿠데 겐(奥出健)의 「대륙개척을 본 문사들－이토 세이를 중심으로(大陸開拓を見た文士たち－伊藤整を中心に)」(『湘南短期大学紀要』, 1995.3)에서는 「숨결」과 고바야시 히데오(小林秀雄)의 수필 「만주의 인상(満洲の印象)」(1939.1), 시마키의 『만주기행(満洲紀行)』(創元社, 1940)을 비교하였다. 이 논문에서는 이토의 대륙개척을 향한 지향성을 러일전쟁 출정군인이자 둔간병(屯墾兵)으로서 홋카이도 개척민이기도 했던 부친의 기억에 촉발되어 같은 '식민지 개척지'인 만주이민자의 모습을 확인하고 싶어하는 "아버지와 아들의 역사 문제 제기"였다고 보았다. 나미가타 쓰요시(波潟剛)의 「이토 세이의 대륙개척－『만주의 아침』과 D・H・로렌스(伊藤整の大陸開拓－『満洲の朝』とD・H・ロレンス)」(筑波大学文化批評研究会編, 『多文化社会における「翻訳」』, 筑波大学文化批評研究会, 2000)에서는 주로 『만주의 아침』과 로렌스 여행기 『멕시코의 아침(メキシコの朝)』(育生社, 1942)에 나타난 번역 문제를 축으로 식민주의의 균열을 읽어내고자 하였다. 구라니시 사토시(倉西聡)는 「만주이민사업과 이토 세이－마이너리티 입장에서의 전환(満洲移民事業と伊藤整－マイノリティーとしての立場からの転換)」(『武庫川国文』 65, 2005)에서 이토의 1939년 전후 작품을 검토하여 아이덴티티의 변화를 탐색하였다. 여기에서는 『개척지대』판 「숨결」을 검토한다.

문한다. 그가 처음에 발견하는 것은 현지 농민의 불가사의한 표정이다. 그것은 그의 눈에 일본인이 가진 격렬함이 없는 "노인 같은", "수동적이기만 한 표정"[104]으로 비치는데, 표정만으로는 그들의 내면을 짐작도 할 수 없었다.

결국 우스이가 이민지에서 발견하는 일본인의 새로운 얼굴이란 이민단 단장 후지야마(藤山)의 얼굴이다. 후지야마는 우스이에게 이 이민촌은 화폐 경제 도입과 토지 분배를 거부하고 "협동경영"을 이어갈 방침이라고 밝힌다. 후지야마는 그 "협동경영"의 구조를 다음과 같이 설명한다. "나는 이 개척단에서 토지 분배도 하지 않을 생각이야. 이것은 공유나 공산(共産) 사상이 아니라네. 어느 곳이나 선견대가 들어오고 1, 2년 동안에는 토지를 분배하지 않아. 모두 함께 경작하고, 모두 함께 수확하지. 이 선견대 시대가 가장 아름답고, 가장 협동의 이상을 체감하는 시기인 거지. 나는 그저 그 마음을 본대(本隊)나 이민자들의 가족을 부른 뒤에도 여전히 가졌으면 하네. 수확물은 모두 조합에 납품하고, 조합에서 판매하는 거지. 필요한 물건은 조합의 자기 계좌 앞으로 전표를 떼어 조합에서 구입하면 돼. 그렇게 하면 현금은 필요 없어지지"라는 것이다.[105] 후지야마는 "협동경영"의 방침을 설명하면서 굳이 공유나 공산 사상은 아니라는 전제에서 출발한다. 그 전제하에서 "가장 아름답고, 가장 협동의 이상을 체감하는 시기"인 선견대 시절을 이상화하여 "협동경영" 방침은 "마을은 모두의 마을이고, 밭은 모두의 밭이며, 이웃의 행복과 불행은 자신의 행복과 불행이라는"[106] 막연하고 애매한

104 伊藤整, 「息吹き」, 大陸開拓文芸懇話会編, 앞의 책, p.202.
105 위의 글, pp.232~233.

“아름다운 사상”[107]을 이야기한다.

실제로 공동주의에 기초한 “자급자족 체제의 확립과 시장 경제로부터의 격리”는 만주이민 정책의 이상 중 하나였다.[108] 하지만 많은 일본인 농민들이 20정보(町步)의 토지와 경제적인 지원을 받아 사회적 지위가 상승할 것이라는 희망을 품고 만주이민에 참가하였다. 그러한 농민들이 이러한 사상을 공유했을 것이라 기대하기는 어렵다.

앞에서 살펴보았듯이, 이토는 대륙개척문예간화회의 일원으로서 제1차 대륙개척의 국책 펜부대 시찰여행(1939.4.25~6.13)에 참가하였다. 그 자신의 기록에 의하면 이 여행은 펜부대 참가 작가들이 반 이상 사비(私費)로 부담하고, 나머지 반은 만주척식공사(이하 만척)나 남만주철도주식회사(이하 만철)의 편의 제공, 척무성의 지원을 받아 성사되었다. 그들이 시찰한 농업이민단은 여섯 곳이었고, 청소년의용군은 네 곳, 그 밖에 신징과 하얼빈을 4, 5일씩 머물렀다.[109] 이토는 여행에서 돌아온 뒤 약 1개월 후, 잡지 『문예(文芸)』(1939.8)에 「숨결」을 발표하였다.

이토가 만주여행에서 얻은 견문에 기초하여 「숨결」을 창작했다는 사실은 제1차 대륙개척의 국책 펜부대 참가 작가의 릴레이 통신에서 확인할 수 있다. 다무라는 허다허(哈達河)의 제4차 이민단을 방문해서 경험한 바를 썼는데, 붉은 벽돌 건물의 병원, 단장의 부재, 이토, 후쿠다, 유아사 일행이 후쿠치(福地)라는 의사에게 마을을 안내받은 것, 가이누

---

106 위의 글, p.234.

107 위의 글, p.235.

108 ルイーズ ヤング, 加藤陽子・川島真・高光佳絵・千葉功・古市大輔, 『総動員帝国』, 岩波書店, 2001, p.219.

109 伊藤整, 「身辺の感想」, 『早稲田文学』 第6巻 第9号, 1939.9.1, 伊藤整, 『伊藤整全集 第14巻』, 新潮社, 1974, p.404. 참가자는 곤도, 후쿠다, 다무라, 이토, 다고, 유아사였다.

마(貝沼) 단장과 나눈 대화 등 내용 대부분이 「숨결」의 내용과 일치한다.[110] 이토 본인도 여행 직후에 『도쿄아사히(東京朝日)신문』 칼럼 '창기병(槍騎兵)'에 실린 「만주의 인상(満洲の印象)」(1939.6.21)[111]에서 시찰여행에서 목격한 농업이민자의 인상을 자세하게 서술하고 있다. 이 글에서 이토는 농업이민의 가장 큰 관심은 "자신들의 생활 기구를 만드는 점"에 있고, "당장 경제적인 곤란을 느끼지 않기 때문에 상당히 이상적"이며 "단원의 경향이나 단장 그 밖의 지도자의 사상에 따라 그 지향하는 바가 (이민)단마다 상당히 다르다"고 관찰하였다.[112]

> 어떤 마을에서는 공동 경제로, 토지 분할을 인정하지 않는 입소 당시의 기구로 영원히 지속할 생각이라 하고, 어떤 마을에서는 개인 경제로 나뉘어도 결국 경작기계, 작업공장 및 그 밖의 대형 설비는 공유하므로 조기에 개인 경제로 분화하는 것은 신경 쓸 필요가 없다고 하기도 했다.[113]

이 글에 비추어 생각할 때, 「숨결」에 등장하는 단장의 "아름다운 사상"이란 이토가 방문한 이민단에서 직접 경험한 바에 기초한 것이라고 생각할 수 있다. 이토가 시찰여행의 여행기와 「숨결」을 엮어 『만주의 아침(満洲の朝)』(育生社弘道閣, 1941)이라는 단행본으로 출판했다는 사실도 그러한 인상을 뒷받침한다. 이토 본인도 수필 「신변 감상(身辺の感

110 田村泰次郎, 「大陸ペン部隊リレー通信 大陸開拓文芸懇話会 第一回視察記 哈達河・城子河」, 『新満洲』 第3巻 第8号(復刻版, 満洲移民関係資料集成 第2期, 不二出版, 1998), 1939.8, p.98.

111 伊藤整, 「満洲の印象」, 『東京朝日新聞』, 1939.6.21; 伊藤整, 앞의 책(第14巻), p.482.

112 위의 글.

113 위의 글.

想)」[114]에서 「숨결」을 사소설(私小說)로 보는 비평을 언급하였다.

이전에 사카키야마 준(榊山潤)은 『아사히』 창기병에 도만(渡滿)한 작가가 "국책도 되지 못하는 사소설을 써서 실패했다"라고 썼는데, 주위를 둘러보니 사카키야마 군이 가리킨 것은 내가 아닌가 한다. 내 「숨결」이라는 작품이야 실패작임에 틀림없지만, 나는 "국책"이 되었는지 못 되었는지는 조금도 생각하지 않았다. 그저 예술의 이름으로 국책을 방해할 뜻이 없었을 뿐이다. 국책이 되지 못해서 실패했는지, 사소설이라 실패했는지, 소설 그 자체가 실패했는지 모르겠지만, 이 세 가지 중 첫 번째라면 그것은 당연한 것이니 어쩔 수 없다. 두 번째라면 의미를 이해할 수 없다. 세 번째라면, 뭐 그런 말을 들어도 어쩔 수 없다고 해야 할까.

아오노 스에키치(青野季吉)는 이 작품의 단장이나 의사의 성격은 재미있으나 성공하지 못한 것은 나 같은 작가가 이러이러한 관계로, 이런 것을 보고 썼다는 점에 깊은 원인이 있을 것이라고 썼다. 이는 실제로 그런 모양이라, 그 점에 관해서는 어떤 부분이 어려운지는 이 글에서 내가 반성한 바 그대로이다. 대륙개척문예간화회와 같은 것에 대해 시사했는지도 모르겠으나, 너무 자세히 쓰는 것은 다른 데 공적인 영향을 끼치므로 피해야만 한다.[115]

이 글에서 이토는 스스로 「숨결」이 실패작이라 인정하지만, 그 원인은 국책문학이 되지 못했기 때문이라고 하였다. 아오노의 비평에는 경험에 기초한 사소설의 한계라고 할 뿐 그 이상의 언급은 회피하였다.

114 伊藤整, 앞의 글(1939.9.1), p.404.
115 위의 글, p.407.

이 글에서 찾을 수 있는 것은, 만주이민을 소재로 한 자신의 소설을 국책문학이 아니라 '예술'이라고 강조하려는 이토의 의도이다. 그러한 관점에서 보면, 현지에서 있는 그대로 보고 쓴 사소설[116]이라는 사실을 내세우는 것이 유리할 수밖에 없다.

이토는 한 걸음 더 나아가 "화급한 경우 국가에 필요하다면 생명이든 문필이든 도와야만 한다. 이는 당연한 일이며, 그러한 경우에 예술은 아무래도 좋은 것이다. 하지만 「숨결」이라는 작품은 그런 필요를 느끼고 쓴 것은 아니다. 견문에 기초한 사소설을 쓰려 했다. 다만 정치를 방해하지 않도록 조심한 것이었다"[117]라고 이야기하였다. 이러한 주장은 분명 이토 자신이 국책단체의 일원으로서 대륙개척의 국책 펜부대에 참가한 문학적 성과가 국책문학이 아니라 실패한 사소설이라는 사실에 대한 변명이다.

구라니시 사토시(倉西聡)는 이토가 만주이민촌에서 "자신들 마음껏 할 수 있다는 관념이 도처에서 이주민에게 삶의 보람을 느끼게 하고 있다. 일본인이 수십 년간 몽상하거나 실천할 뻔하기도 하고, 논쟁하기도

116 소네 히로요시(曾根博義)는 이 시기 이토의 사소설관이 대륙개척문예간화회 참가를 전후(1938.4~1939.7)하여 정치를 우선하는 태도로 급변하였다고 보았다. 그는 이토의 이러한 태도 변화가 생활자로서의 선택이었고, 비평가로서의 이토는 스스로가 예전에 생각하던 "진짜 예술"을 "스스로 의식적으로" 버렸다고 지적했다. 이토는 전쟁이 천재지변처럼 지나갈 것을 기다리며, 전쟁이 끝날 때까지 철저히 "후퇴하고 제한된 그 자리에서, 문학자는 무엇을 할 수 있고, 문학자는 무엇을 해야 하는가를 조용하게 생각하는" 태도를 취했다. 그러한 태도 때문에 사소설로 기울어졌다는 것이다(曾根博義, 「戦争下の伊藤整の評論―私小説観の変遷を中心に」, 『語文』 62, 1985.6, p.6). 이러한 지적에 비추어 보면, 「숨결」에서 이토가 보인 사소설의 위치 설정은 흥미롭다. 특히 훗날 이토가 사소설은 '나'의 고백 같은 것이라고 하면서도, 묘사보다 묘출(描出)로서 존재해야 한다고 주장했다는 사실은 주목할 만하다(「私小説について」, 『早稲田文学』, 1941.8.28; 伊藤整, 『伊藤整全集 第15巻』, 新潮社, 1974).

117 伊藤整, 앞의 글(1939.9.1), p.408.

했던 온갖 꿈이 만주 각지에서, 알에서 갓 부화한 아기 새 같은 아름다움"[118]으로 나타나는 모습을 발견했다고 보았다. 이토가 이민지의 "현재"보다 "미래"를 중시했다고 본 구라니시의 견해는 타당하다.[119] 그는 이어서 이토가 묘사한 "농민들의 이상"이란 "농민 속에서 농민들을 이끄는, 개척단 단장처럼 지도하는 입장에 있는 사람의 이상"이라고 지적한다.[120] 「숨결」에 나타나는 후지야마 단장의 "아름다운 이상"은 바로 이민지도자의 이상인 것이다. 이 소설에서 조합과 "협동경영"을 통한 "유토피아적 공동체의 육성"은 작가 이토가 관찰한 "만주 각지에서, 알에서 막 부화한 아기새와 같은 아름다움"을 지닌 일본인 이민자가 꾼 꿈의 "미래에 대한 하나의 귀결"[121]이다.

실제로 「숨결」에서 묘사되는 "협동경영"의 이상은 주로 '내지'에서는 이룰 수 없는 이상을 실현하고자 하는 이민자의 희망과 만주의 '신천지'로서의 가능성에 초점을 맞추고 있으며, 그 논리의 희박함이나 애매함은 한 발 뒤로 물러나 있다. 또한 이토는 현지에서 목격한 "쓰면 안 되는 것", "적당히 조절해야만 하는 것"[122]에는 침묵한다.

그러나 이 소설은 후지야마 단장의 이상적인 시도가 국책이민의 물적 기반 위에서 성립된다는 사실을 지적한다. 「숨결」에서도 시카나이(鹿内) 의사가 단장의 "아름다운 이상"인 토지 소유 금지 방침은 농민의 토지 소유에 대한 강한 집착 때문에 이민단원의 반발을 살 것이라고 지

---

118 伊藤整, 앞의 글(1939.6.21), p.482.
119 倉西聡, 앞의 글, p.63.
120 위의 글.
121 위의 글, p.64.
122 伊藤整, 앞의 글(1939.9.1), p.404.

적하는 장면이 있다. 이에 후지야마 단장은 이 이민단에 "순수한 농민 출신자는 일 할밖에 없다"고 대답한다. 또한, 일본 정부로부터 만주이민 보조금으로 1호당 1,000엔, 만척(満拓, 만주척식공사)에서 약 2,000엔을 5년 거치 20년 연부상환(年賦償還)[123]으로 지원을 받고 있기 때문에 아직 "차입금 상환기에도 도달하지"[124] 않았고, '내지' 농촌과 같은 경제적 고난이 없으므로 화폐 경제 도입을 거부할 수 있다고 설명한다.

우스이는 새로운 이상에 몰입한 후지야마의 표정에서 일본인의 새로운 표정을 발견하였다. 하지만 후지야마의 이상은 만주이민에 대한 대대적인 국가 지원 없이는 성립할 수 없는 것이었다. 그렇다면 결국 '신천지'에서 일본인 이민자가 모색하는 새로운 시도란 국책이민이라는 한계에서 자유로울 수 없다. 이러한 사실은, 후지야마가 "가장 아름답고, 가장 협동의 이상을 체감하는 시기"라고 보는 선견대가 어떤 것이었는지를 발견하는 장면에서 드러난다.

처음에 우스이는 자신들의 생활을 엿보는 시찰자의 시선이나 스스로의 생활을 설명하는 데 익숙한 이민자의 태도를 민감하게 감지하고 당혹감을 느낀다. 하지만 그런 수줍은 감정은 안내받은 집에서 일본도(日本刀)를 발견함으로써 새로운 사명감으로 뒤바뀐다.

> '이 안쪽에 4첩 반짜리 손님방(座敷)이 하나 있어요'라는 시카나이의 목소리를 들으며, 문득 우스이는 그 방 한쪽 구석의 세 척(尺)짜리 도코노마(床の間)에 세워진 군도(軍刀) 형태의 커다란 일본도를 발견했다. 군인이로구나 생

123 伊藤整, 앞의 글, p.211.
124 위의 글, p.233.

각하고는, 아니 이 마을 선견대는 무장하고 들어왔겠지 하고 고쳐 생각했다. 그것을 보자, 갑자기 우스이는 이 사람들의 사적 공간을 엿보는 자신의 모습이 창피하다는 감정이 자신에게서 뚝 떨어져 나간 것만 같았다. 사물이 자신 앞에서 똑바로 제 모습으로 돌아가는 것만 같았다. 봐도 된다, 봐도 되는 거다, 이건 일본인의 생활이다. 저 부인의 감정에 구애받을 필요가 없는 공적인 문제라고 생각했다. 등 뒤에서 너는 화가로서 똑똑히 보라는 명령이 들리는 듯 했다. 그러나 금방 얼굴을 쑥 빼 토방(土間)에 가만히 서있었다. 지금 그는 보는 행위보다, 봐도 된다는 갑자기 샘솟은 감정에 따라 움직이고 있었다. 뭘까, 이건 하고 그 기분이 사라지지 않는 동안 움켜쥐어 확인하려 했다.[125]

일본도는 우스이가 엿보고 있는 이민자의 "사적 생활"이야말로 이 땅에 무장하고 들어온 선견대가 행한 '개척'의 결과 형성된 "일본인의 생활"이라는 사실을 강렬하게 인식시킨다. 그 인식은 '내지' 시찰자의 시선에 사생활을 노출할 수밖에 없는 일본인 이민자를 향한 배려를 무의미한 것으로 만드는 "칼날 같은 감동"[126]을 일으키는 것이다.

"가장 아름답고, 가장 협동의 이상을 체감하는 시기"를 상징하는 것이 생활의 일부로 녹아든 한 자루의 일본도이다. 이 발견은, 우스이에게 이 마을에서 아무리 새로운 시도, 아름다운 사상이 태어난다고 해도 그 기초는 이민자의 '무장(武裝)'이라는 자각으로 이어진다. 국책이민은 단순히 물질적인 지원만을 의미하는 것이 아니다. 이 이민자들은 공적인 이민, 즉 제국의 '대륙진출'에 공헌하기 위해 만주로 이주하였으며, 그

125 위의 글, p.221.
126 위의 글, p.222.

근원은 이민족의 저항을 무력으로 굴복시키는 무장이민이라는 기초에 있다.

그러한 의미에서 「숨결」이 일본인 이민지에서 일하는 현지 농민의 얼굴에서 아무것도 읽어내지 못하고, 그저 식물과 같은 수동성만을 발견하는 것은 당연하다. 우스이가 일본인의 만주이민을 '일본'의 확장으로서 인식하고 있음은 명백하며, 그가 이민지에서 목격하는 것 역시 "일본의 전원(田園)에서 그대로 가져온 것"이기 때문이다.[127]

이토는 현지의 인상을 "그곳 생활은 일본인이 전통에서 빠져나와 만들어낸 일본인만의 생활"이고 "기구를 만드는 것은 일본인이며 거기에 맞추는 형태로 만인이 이민지 사회에 섞여 있다"[128]고 담담히 서술했다. 이러한 이토의 냉담함을, 홋카이도 개척자이자 러일전쟁에 참전한 군인이었던 부친에 대한 의식 혹은 홋카이도를 '식민지'로 파악한 그 자신의 인식에서 비롯된 것이라고 설명할 수도 있을 것이다.

그러나 앞에서 살펴보았듯이, 이토는 대륙개척문예간화회 발기인 중 한 사람이었으며, 「숨결」은 관계기관의 지원과 편의를 제공받은 제1차 대륙개척의 국책 펜부대의 성과이기도 했다. 이 작품의 창작 경위를 알고 있다면, 이 작품이 국책문학일 것이라고 예상하는 것은 당연하다. 그러나 「숨결」은 국가 지원을 배경으로 한 일본인 이민자의 '개척/식민'에 대한 '내지' 시찰자의 관점을 충실하게 반영한 사소설이었다. 이 사실이 갖는 이질성은, 『개척지대』에 모인 다른 작품과 대비할 때 더욱 선명하게 드러난다. 이 작품은 만주이민을 적극적으로 호소한다고 보

127 위의 글, p.218.
128 伊藤整, 앞의 글(1939.6.21), p.482.

기에는 냉담하지만, 그렇다고 어떤 비판적인 인식으로 이어진다고 보기는 어렵다. 이 작품의 미묘한 위치가 지금까지도 "감상문에서 말하지 못한 것을 소설로 표현하려다 같은 실패를 반복했다"[129]는 비판이나, "이토 세이가 국책문학과 거리를 두고 있는, 어떤 굴절을 발견할 수도"[130] 있다는 애매한 평가로 이어졌다고 볼 수 있다.

그 원인이 이토가 "긴박감"을 느꼈다고 술회한 시대적 배경인지, 아니면 작가로서의 문제인지 판단하는 것은 쉽지 않은 일이다. 그러나 이토가 「숨결」의 비평에서 의식적으로 국책문학이 아니라 실패한 사소설로서 평가받는 것을 선택했다는 사실을 지적할 수 있을 것이다. 그리고 우스이와 같은 '내지' 시찰자의 눈에도, 만주의 대지에 흡사 "일본의 전원에서 그대로 가져온" 것과 같은 일본인 이민자의 모습은 분명 이질적인 풍경이었다.

그러나 『개척지대』가 출판된 1939년, 만주이민 정책에서는 청소년의용군이 차지하는 비중이 급속도로 증가하고 있었다. 그들이 만주에서 직면한 현실은 이상향과는 동떨어진 것이었다. 갈수록 둔화되고 있던 성인 이민에 대한 "노동력 공급", "치안유지"를 위한 보완책으로서 시작된 청소년의용군은 '현지 훈련'과 '황국농민'으로서의 정신교육을 받고 소련 접경지대에 위치한 의용군 훈련소에 입식했다.[131] 그들은 과중한 훈련과 노동, 변변치 않은 음식, 항일세력과의 전투, 동기(冬期) 보초 근무 등을 경험했다. 이처럼 가혹한 생활은 적응장애의 일종인 둔간

---

129 奧出健, 앞의 글, p.21.
130 波潟剛, 앞의 글, p.149.
131 白取道博, 앞의 책, p.44, 110.

병(屯墾病)의 유행이나 현지 주민과의 알력을 초래했다.[132] 본래 만주이민 초기의 시험이민단에서 둔간병이 유행했기 때문에 "순진한 연소자"의 만주이민이라는 발상이 배태되었다는 사실을 상기한다면, 이는 실로 아이러니한 사태였다. 만주이민 정책은 둔간병에 대처하기 위해 남성 이민자의 배우자가 될 '대륙의 신부' 송출이나 이민자의 가족 및 이웃까지 함께 이민에 나서는 분촌이민을 구상하였고, 청소년의용군을 모성으로써 위로하기 위해 '대륙의 어머니'를 송출했기 때문이다.

이러한 의미에서 보자면, 『개척지대』에 실린 소설들은 일관되게 만주이민 정책의 초상을 그리고 있다고 할 수 있다. 그중에서 특히 주목되는 것은, 도만 이후 일본인 집단 이민단이나 청소년의용군이 놓인 복잡한 상황을 다룬 작품이 존재한다는 사실이다. 아라키의 「북만의 꽃(北満の花)」과 장혁주의 「빙해(氷解)」이다.

「북만의 꽃」의 주인공인 이치조는 이미 앞에서 살펴보았듯이 중류농가의 차남이다. 그는 경제적 빈곤보다는 갑작스러운 농민혼의 분출과 만주이민을 지지하는 교육자를 향한 인격적인 존경에 힘입어 만주로 이주한다. 하지만 현지 생활은 그가 상상하던 이상으로 가혹했고, 결국 그는 둔간병[133]에 걸린다. 처음에 이치조는 자신이 둔간병에 걸린 것을 강하게 부정한다. 그리고 7월의 뜨거운 날씨에 건축 일을 하다가 쓰러진 이치조는 숙소에서 "환자처럼 졸고 있었다."[134] 그는 두 발의 총성을 듣고 소스라쳐 맨발인 채로 뒷문으로 도망치려 한다.

132 田中寛, 「「満蒙開拓青少年義勇軍」の生成と終焉－戦時下の青雲の志の涯てに」, 『大東文化大学紀要』 42号, 2002, pp.52~54.

133 둔간병에 관해서는 제6장 제2절 참고.

134 荒木巍, 앞의 글, p.168.

> 그리고 돼지우리로 이어지는 출구에 이르렀을 때, 그는 문득 자각했다. 같은 방에서 지내는 남자 두 명이 취사를 하고 있었는데, 평소와 다름없는 모습으로 그 두 발의 총성이 무슨 소리인지 귀를 기울이고 있는 것을 보고 자신이 얼마나 당황했는지 깨달은 것이다. 그러나 자신의 추태를 느끼면서도, 그의 몸속에는 아직도 어딘가에 숨고 싶다는 공포가 휘몰아치고 있었다. 그 순간 이미 두 사람은 총성에는 신경 쓰지 않고 식기를 씻는 소리를 내기 시작했다. 그리고 한 사람이 무슨 소리를 하자 다른 사람이 소리 내어 웃었고, 그들은 함께 웃었다. 이치조는 이때 자신과 두 동지와의 대조—결국 마음의 대조가 깊은 인상으로 남았다.

공포에 휩싸여 혼자서 도망치려 한 스스로에게 수치심을 느낀 이치조는 이어서 한 달 보름 전, 측량에 참가했다가 적과 마주친 경험을 회상한다. 그가 가장 먼저 적을 발견하고 응전했지만 귀환할 때 발목을 다치고, 일주일간 쉬어야 했다. 그 뒤로는 일에 쫓기면서도 우울했던 것을 떠올리고, 이치조는 드디어 자신이 둔간병에 걸렸음을 인정한다. 자신의 만주행을 "웃음거리"로 삼은 고향 친구들을 각성시키기 위해 다른 사람보다 배는 열심이었던 그에게 그 사실은 실로 견디기 어려운 일이었으나, 곧 "귀국 후의 허영도 체면도 생각할 수 없게"[135] 된다. '내지'에서 이치조가 갑자기 눈뜬 농민혼은 가혹한 만주 생활의 버팀목이 되지 못한 것이다.

귀국 기회를 기다리고 있던 이치조는, 어느 날 선견대가 본대 입식에

135 위의 글, p.171.

대비하여 구입한 야채밭에서 고함소리를 듣는다. 그는 "한 늙은 만인을 두고 몸집이 큰 일본인 남자가 고함치고 있는" 장면을 목격한다. 같은 이민단원인 가와사키(川崎)가 노인이 밭의 양배추를 훔치려 했다고 "엉성한 만어가 섞인 일본어로" 심문하고 있었던 것이다.

하지만 노인이 입을 다물고 대답하지 않자, 가와사키는 노인의 태도가 "사람을 얕보고 있다"[136]며 화를 낸다. 언어 소통이 어려운 상황에서 일본인 이민자에게 타민족 노인의 표정이 "보기에 따라서는 확실히 상대를 바보 취급하는 듯한 표정"[137]으로 비친 것이다. 그리고 가와사키가 노인에게 덤벼드는 것을 본 이치조는 두 사람 사이에 뛰어든다.

> 이치조는 참다못해 뛰어들었다. 이미 만인은 옆으로 휘청거리고 있었지만, 그 다음 타격은 막아냈다.
>
> "생각해 봐! 네가 도가 지나친 행동을 하면 앞으로 올 본대 사람은 물론 넓게는 우리 민족이 오해를 받는 원인이 되지 않겠나."
>
> "충고하겠다는 거냐. 민족협화라고 말하고 싶겠지. 네놈이 설교 안 해도 지긋지긋하게 알고 있다. 하지만 질서는 질서다. 질서를 깨고 도둑질하는 자를 놔둘 수 없어!"
>
> "도둑이란 말이지. 네 눈으로 봤다는 건가? 거봐! 직접 본 게 아니잖아. 바구니 속에 양배추가 있었다고 해도 그건 증거가 안 돼. 우리는 놈들을 지나치다 싶을 정도로 배려해야 해."
>
> "저 얼굴을 봐라! 반항적인."

136 위의 글, p.172.
137 위의 글, p.173.

"그건 우리가 아직 진짜로 만인을 모르니까 이상하게 보이는 거지."

"사사건건, 네놈은 말참견을 하는군. 둔간병이 무슨 국책이야! 닥치고 있어."[138]

이들의 대화는 일본인 이민단의 입식을 준비하는 선견대원으로서의 입장에 관한 인식에서 출발한다. 이치조는 가와사키의 행동이 현지 주민을 자극하여 앞으로 입식할 본대만이 아니라 일본민족 전체가 현지 주민에게 오해를 받을 위험이 있다고 주장하여 가와사키의 행동을 단속하려 한다.

하지만 가와사키는 이치조가 민족협화라는 명분을 휘둘러 자신을 비난한다고 받아들인다. 이에 그는 노인이 양배추를 훔쳐 "질서"를 어지럽혔다고 대항한다. 설령 노인이 절도를 했다 하더라도, 가와사키에게 노인을 처벌할 법적 권한이나 권위는 존재하지 않는다. 또한 현지의 풍습이나 문화와 같은 "질서"에 무지한 것은 오히려 이민자이다. 여기서 가와사키가 휘두르는 "질서"는 일본인의 "질서"이며, 언어조차 통하지 않는 이민족 노인이라 해도 그 "질서"에 따라야 한다고 주장하고 있는 것이다. 실제로 가와사키는 노인의 표정이 반항적이라고 비난한다. 그의 말은 현지 주민이 일본인 이민자에게 반항적인 태도를 보이는 것은 곧 "질서"를 어지럽히는 것이라는 인식을 드러낸다. 이때, 가와사키가 표현하고 있는 것은 타민족에 대한 적나라한 우월감이다.

이와 같은 일본인 이민자의 우월감은 실제 범죄로 발전한다는 점에

---

138 위의 글, pp.173~174.

서 현실에서도 심각한 치안 문제를 야기했다. 예를 들어, 만주국 최고 검찰청은 대량 이민으로 일본인 이민자 수가 증가함에 따라 "개척민에게 요망하는 강령정신과는 반대되는 무수한 문제가 개척민을 중심으로 발생하고 있으며, 그중에는 범죄로서 형법상의 책임을 묻게 되는 불상사를 야기하며, 그것도 증가 경향을 보이고 있다"고 지적하였다. 이러한 문제를 해결하기 위해서는 일본인 이민자에게 민족협화 등 건국이데올로기 교육의 실시가 필요하다고 보았다.[139] 특히 일본인 이민단이나 청소년의용군 할 것 없이, 일본인 이민자의 우월감은 범죄로 발전하는 중요한 원인 중 하나로 꼽혔다.

만주국 최고 검찰청은 일반이민단의 범죄에 대하여 "살인사건, 상해사건 등이 심히 많은 것이 특색"이라고 보고, 범죄 원인은 "업무상 과실치사도 다른 범죄에 비해 매우 많다. 범죄 원인을 훑어보면 만인에 대한 잘못된 우월감으로 무례한 자는 죽여도 된다는 생각(斬捨御免ノ思想) 혹은 언어가 통하지 않는 것"[140] 때문에 일어난다고 분석하였다. 청소년의용군 범죄는 주로 소요, 살인, 상해, 폭행 등 "난폭한 것이 많은" 경향이 있었으며, 그 원인은 주로 간부에 대한 불만, 훈련이 불충분하여 생긴 과도한 여가, 그밖에 "만인과 언어불통, 우월감 등으로 생기는 것"[141]이 많았다.

일본인 이민자의 "잘못된 우월감에 기초하여 만인 무시의 사상에 기인하는"[142] 알력이나 범죄는, 만주국 인구의 압도적 다수를 점하는 중

139 満洲国最高検察庁, 『満洲国開拓地犯罪概要』, 1941; 山田昭次編, 『近代民衆の記録6－満洲移民』, 新人物往来社, 1978, p.433.
140 위의 글, p.487.
141 위의 글, p.463.
142 위의 글, p.498.

국인의 내셔널리즘을 자극하여 지주·지식인만이 아니라 농촌 민중의 반만항일(反滿抗日) 투쟁으로의 동조와 협력을 촉진할 위험이 있었다. 때문에 일본인 이민자의 우월감이나 멸시에서 비롯된 범죄는 만주국 정부도 우려하는 문제였다. 그 대책이 바로 민족협화 교육의 철저한 실시였던 것이다.

그러한 흐름에서 보자면 '내지'에서 이야기하는 민족협화와 현지인에 대한 폭력을 규제하기 위해 제창되는 민족협화는 결코 동일하지 않다. 이치조의 민족협화는 일본인 이민자를 만주국 체제 내로 끌어들여 규제하려는 권력의 언어인 것이다.

이치조가 "우리들이 아직 진짜로 만인을 모르니까 이상하게" 보이는 것이라고 일본인 이민자의 우월감을 지적하자, 가와사키는 둔간병에 걸린 이치조는 감히 국책을 논할 권리가 없다고 반격한다. 이 반격이 폭력을 유발한 것은, 둔간병이 이치조 본인에게도 만주이민의 현실과 이상 사이의 모순과 좌절을 상징하는 것이었기 때문이다. 가와사키는 아마도 만주이민의 국책과 민족협화를 공격하는 대신 이치조 개인을 비난하려 한 것이겠지만, 의도치 않게 정신주의로는 극복할 수 없는 이민자의 가혹한 현실과 이데올로기의 기만성을 지적했던 것이다.

이치조는 가와사키와의 몸싸움에 지고, 정신을 차렸을 때는 이미 노인도 가와사키도 사라진 뒤였다. 그래도 이치조는 "정의적인 만족감"[143] 덕분에 자신의 울적한 기분과 둔간병이 함께 사라진 것을 깨닫는다. 이러한 결말은 이치조와 가와사키의 다툼 속에서 나타난 만주이민의 모순

143 荒木巍, 앞의 글, p.175.

과 한계를 은폐한다. 하지만 「북만의 꽃」이 일본인 이민자의 만주이민을 둘러싼 모순을 자각할 가능성을 내포하고 있는 것은 사실이다.

장혁주의 단편 「빙해」는 청소년의용군 입식지에 거주하는 현지 주민의 시점으로 이야기를 구성하고 있다는 점에서 특히 주목해야 할 작품이다. 하지만 선행연구에서는 이 작품을 높이 평가하지 않았다. 시라카와 유타카(白川豊)는 「빙해」를 "꼭 장(혁주)이 써야만 하는 적극적인 이유는 없었다"[144]고 간결하게 평하였다. 한편, 유수정은 기존 「빙해」 연구가 『신만주(新満洲)』판(1939.7)이 아니라 『개척지대』판(1939.10)으로 이루어지고 있음을 지적했다. 「빙해」는 장혁주가 제2차 펜부대(1939.6~9)에 참가하여 만주를 여행하기 이전에 집필한 작품이었다.[145] 그녀는 또한 「빙해」의 텍스트에서 현지 주민과 청소년의용군의 갈등은 해소되지만 일본인의 만주이민 자체에 대한 의문이나 현지 주민들의 미래에 대한 불안은 여전히 남아있다는 점을 날카롭게 지적했다.[146] 때문에 이 작품은 독자의 에스니시티(ethnicity)에 따라 국책과는 반대로 읽을 수 있는 양의성을 가진다고 보았다.[147]

하지만 그녀는 「빙해」의 구조에서 조선인 이민자에 관한 서사가 삽입된 것은 자연스럽지 않다고 보고, 그 이유로 작가 자신의 아이덴티티와 에스니시티, 재만 조선인 이민자를 향한 동정, 민족협화의 실현을

144 白川豊, 『植民地期朝鮮の作家と日本』, 大学教育出版, 1995, p.149.

145 초판에서는 의용군 숙사 묘사 등이 '내지'의 우치하라 훈련소(内原訓練所)를 반영했지만, 그 뒤의 『개척지대』판에서는 현지 사정을 반영하여 수정되었다. 柳水晶, 「張赫宙の大陸開拓小説「氷解」を読む－主人公・作家・読者のエスニシティ」, 『中国東北文化研究の広場「満洲国」の文学研究会論集』 第一号, 2007.9, pp.3~5.

146 유수정, 앞의 글, 171쪽.

147 위의 글, 172쪽.

통한 국책의 문학적 실천에 대한 지향성을 들었다.[148] 이러한 분석은 다민족 사이의 민족협화 실현을 그대로 국책의 문학적 실천으로 간주하고 있으며, 조선인 이민자에 관한 서사를 조선인 작가가 작위적으로 삽입한 '여분'으로 보는 것이다.

그러나 민족협화는 일본인 이민자에게 반드시 편리한 것만은 아니었다. 뒤에 살펴 보겠지만, 일본민족의 주도성이 전제된 민족협화에는 여러 민족의 협력과 조화를 추구한다는 점에서 각 민족 간의 평등 추구가 내재되어 있었기 때문이다. 이것이야말로, 「빙해」가 국책소설로서 가지는 양의성을 논하는 데 가장 주목해야 할 점이라고 할 수 있다. 또한 그것은 작가의 인식 층위를 뛰어넘어 민족협화가 가지는 이질성과 만주국과 제국일본 사이의 이데올로기적 모순에서 비롯된 것이기도 했다. 이러한 선행연구의 지적을 바탕으로, 여기서는 『개척지대』 전체를 검토 대상으로 하므로 『개척지대』판을 고찰한다.

이 단편소설은 현지 주민 왕싼(王三)이 마을 사람들과 함께 "군대식으로 정렬하고 어깨에 총을 메고 행진하는 소년들"을 바라보는 장면에서 시작된다. 아이들과 여성들은 몸을 숨기고 "모두 공포와 불안한 얼굴"이고, 어른들은 "어떤 이는 증오스럽게, 어떤 이는 신기한 듯이, 그리고 모두 똑같이, 매우 수상쩍게 여겼다".[149] 이 청소년의용군의 행진이 끝난 뒤, 마을 사람들은 무장한 군대처럼 행진하는 일본인 소년들의 정체가 무엇인지 논의한다.

소년들의 무장 때문에 군대나 비적이 아니냐는 의혹이 제기되는데,

---

148 위의 글, 174쪽.

149 張赫宙, 「氷解」, 大陸開拓文芸懇話会編, 앞의 책, p.105.

현지 주민이 가장 강렬하게 느끼는 감정은 불안이다. 주민 중 한 사람은 "올해가 되고서, 나는 얼마나 일본인을 봤는지 몰라. 모두 총을 갖고 있지. 그리고 우리들을 가만히 노려보며 지나가. 놈들 눈은 언제나 이렇게 말하고 있어. 어디 두고 보자, 네놈들을 어떻게 해줄지"라는 말로 다른 주민들에게 그 불안을 토로한다. 그것은 다른 주민들도 마찬가지여서, "단 한 명도 좋은 점을 말하는 이는 없었다."[150] 그들 촌락 주변에는 이미 북쪽에 일본인 "어른들만 있는 마을"이 있으며, 서쪽에도 남녀 농민이 2백 명 정도 정착해 있었다.[151] 일본인 이민자의 급증에 현지 주민들이 이미 불안을 느끼는 상황에서, 군복을 입고 무장한 일본인 소년들의 등장은 주민들의 불안과 의혹을 부채질한다.

그 불안은 적중한다. 왕싼은 직접 청소년의용군 마을 부근까지 가서 마을 풍경을 바라보지만, 그들이 "무엇을 위해, 저렇게 들어오는지 전혀 알 수가 없다"[152]는 사실을 인정할 수밖에 없었다. 하지만 돌아가려던 왕싼은 우연히 세 명의 청소년의용군과 마주친다.

> 왕싼은 가만히 뚫어져라 세 명의 소년들을 쳐다보고 있었다. 점점 거리가 줄어들었다. 소년들은 뭔가 알 수 없는 얘기를 하면서 자신 쪽으로 한 발짝씩 다가왔다.
>
> 그 중 한 명이 슬쩍 자신을 보았나 했더니, 깜짝 놀라 발을 멈췄다.
>
> 그리고 뭔가 날카로운 소리를 지르며 어깨에 멘 총을 쥐고 자신을 노리고

150 위의 글, p.107.
151 위의 글, p.110.
152 위의 글.

섰다. 다른 두 명도 동시에 같은 자세를 취하고 자신을 쳐다보았다.

왕싼은 등줄기가 오싹했다. 하지만 꼼짝도 하면 안 된다는 생각에 멈춘 채로 가만히 있었다. (…중략…)

왕싼이 상당히 멀리 간 다음에도, 세 명은 언덕 위에서 자신을 향해 총을 겨누고 있었다.

한참 걸은 다음 뒤돌아보자 소년들의 모습은 거기에 없었다.

그는 점점 화가 났다. 소년들이 깜짝 놀라 총으로 자신을 겨누던 얼굴이 떠올랐다. 그리고 위기에서 겨우 살아난 듯한 기분이 들었다. 그러자 공연히 화가 치밀었다.

이유를 알 수 없는 증오가 계속 마음에서 솟아났다.

"내게도 총이 있다면, 놈들을 쏴버렸을 것을."[153]

이 장면에서 청소년의용군이 겨누는 총, 즉 무력의 독점은 현지 주민에게 그 폭력이 언제 자신들에게 행사될지 모른다는 자각으로 이어진다. 왕싼의 불안은 증오로 바뀌고, 마을로 돌아와 자신의 경험을 이야기한다. 그리고 다른 사람들도 비슷한 경험을 이야기하는데, 그러한 일이 "의외로 많았기 때문에, 왕싼은 점점 더 증오를" 느끼게 된다.[154]

더욱이 마을을 지나는 철도 공사장에서 일하는 마을 주민 중 한 명은 공사장 감독이 고함을 질러서 이에 항의하자 자신에게 "총을 겨눴고, 곤봉으로 맞았다"[155]며 팔다리의 상처를 보여주며 성토한다. 이에 왕

153 위의 글, pp.112~114.
154 위의 글, p.114.
155 위의 글, p.115.

싼은 "곧 더 심한 꼴을 당할지도 몰라"[156]라고 외친다. 일본인 이민자들의 무력 독점에 기초한 폭력 행위는 현지 주민들의 불만과 불안을 증폭시키고, 그것이 일본인 이민자를 향한 현지 주민의 공격을 촉발시킨다. 이때, 현지 주민의 증오와 분노는 항일세력에 대한 협력으로 나타난다.

마을에서 가장 일본인 이민자에게 적대적인 양뤄위안(楊洛元)은 왕싼에게 "비적"을 일본인 마을로 안내해달라고 부탁한다. 자신들의 마을은 약탈하지 않느냐는 왕싼의 질문에 "물론이다. 지금까지의 비적과는 달라"[157]라는 남자의 대답은, 이 "비적"이 항일유격대임을 암시한다. 하지만 계획은 누설되고, 청소년의용군의 공격을 받은 "비적"은 도망친다. 이 때문에 왕싼은 청소년의용군에게 "한층 증오와 그리고 공포를 품게"[158]된다. 여기서 중요한 것은, 일본인 이민자의 무기 독점과 폭력에 대한 공포에서 시작된 증오가 현지인의 항일세력 협력을 유발하는 과정이다.

실제로, 일본인 이민단에 대한 공격은 종종 그들을 배제하려는 현지인의 '통비(通匪)' 행위를 매개로 일어났다. 제4장에서 대규모 반만항일 무장투쟁인 투룽산사건(1934)을 모델로 한 유아사의 단편소설 「선구이민(先驅移民)」(1938) 분석에서 보다 자세히 살펴보겠지만, 이는 초기 시험이민 단계부터 지속적으로 심각한 치안 문제를 초래했다.

앞에서 인용한 『만주국 개척지 범죄개요』에 의하면, 일본인 이민단

156 위의 글, p.117.
157 위의 글, p.118.
158 위의 글, p.119.

이 항일세력의 습격으로 입은 피해는 1940년 1년 동안 합계 12건이었는데, 전사 40명(일본인), 부상 30명(일본인 17명, 현지인 13명), 납치 180명(일본인 5명, 현지인 175명), 행방불명 9명(일본인 1명, 현지인 8명)이었다.[159] 그중에서 현지마을 주민이나 '쿠리(苦力)'의 '통비' 행위가 의심스러운 사건은 4건으로, 습격 원인은 "① 민족적 의식(반감)에 의한 방해, ② 개척단 자체의 경비 결함(정신과 장비), ③ 물자가 집적되어 있는 점, ④ 원주민과의 불화 내지 통비"였다.[160]

하지만 「빙해」에서는 청소년의용군이 현지 주민에게 접근하면서 서서히 긴장이 완화된다. 처음에 청소년의용군 소년들이 아이들에게 과자를 나눠주고 함께 놀면서 친해지는데, 왕싼의 아내가 그런 모습을 보고 신뢰하게 된다. 왕싼은 여전히 소년들을 경계하여 집에 초대하려는 아내에게 반대하지만, 아내가 "저 사람은 우리 조상님 위패에 공손히 절을 했습니다"[161]라는 말을 듣고 놀란다. 청소년의용군은 왕싼에게 자신들의 총은 전쟁을 하려는 것이 아니라 심신 단련과 비적의 습격에 대비하기 위한 것이라고 설명하고, 왕싼은 자신이 그들을 오해하고 있었다고 인식하게 된다.

이때, 왕싼은 20년 전의 조선인 이민을 떠올린다. "매우 더럽고, 가난"[162]한 모습으로 이주한 조선인들이 수전을 만들었기 때문에 밭농사에 종사하는 현지 주민과의 사이에서 용수(用水) 문제가 일어난다. 나아가 "요즘"에는 조선인이 일본인 같은 조직을 만들고 "군대가 따라 들어

159 満洲国最高検察庁, 앞의 책, pp.446~447.
160 위의 책, pp.447~448.
161 張赫宙, 앞의 글, p.125.
162 위의 글, p.127.

와서는 마구 으스대게" 되었다. "지금까지 경멸하던 조선인들이 으스대는"[163] 모습은 현지 주민에게 "참을 수 없는 증오"[164]를 불러일으킨다. 현지 주민에게 경멸받는 이주민이었던 재만 조선인이 일본군의 등장과 함께 현지 주민에게 거만한 태도를 취했고, 반발을 샀다는 것이다. 이는 한일합병 이후 일본 국적이 부여된 조선인이 만주사변 및 만주국 건국으로 형성된 신체제 속에서 국적법 상의 '일본제국신민'으로 존재하는 복잡한 정치 상황을 반영하는 것이라고 생각할 수 있다. 즉 "조선인이 일본인 세력을 등에 업고 우쭐댄다"고 보인 것이 두 피지배민족 간의 증오, 반목이 격화되는 원인이 되었다는 것이다.

그러나 우연히 조선인 마을에서 비를 피하게 된 왕싼은, 조선인들이 친절할 뿐만 아니라 노인을 공경하고 아이를 아끼는 것을 목격하면서 "인정에는 차이가 없다"고 느낀다. 마을에 돌아온 왕싼의 중재로 두 민족은 화해하고, 여성을 중심으로 교류하게 된다. 이처럼 과거에 조선인과 화해했던 일이나 "소년들이 위패에 공손히 절을 했다"는 사실에 힘입어 왕싼의 마음은 "급변"[165]한다.

하지만 왕싼이 일본인과 교류하게 되자, 여전히 일본인에게 적대적인 양뤄위안은 그가 항일세력의 습격을 일본인에게 고자질한 '배신자'라고 의심한다. 왕싼이 이에 항의하자, 양은 그에게 다시 한 번 항일세력을 안내하라고 요구한다. 왕싼은 고민 끝에 일본인에게 이 사실을 밀

---

163 유수정은 조선인을 가리키는 호칭인 '고레이'가 러시아어 발음에 가깝다고 지적하였다. 또한, 장혁주의 장편소설 『개간(開墾)』(1943)에서는 이 호칭이 중국어 발음에 가까운 '고우리'로 변화한 점을 들어, 장혁주의 만주 여행에서 비롯된 변화일 것이라고 추측하였다. 유수정, 앞의 글, 173쪽.

164 張赫宙, 앞의 글, p.128.

165 위의 글, p.129.

고하지만, 그들은 단순한 밀고 이상의 협력을 요구한다.

> 그는 밤중에 지정된 곳으로 갔다. 그리고 시노다(篠田)들 외에 일본인 간부도 셋 정도 있었다. 그는 모든 것을 고했다. 그러자 그날 밤 안에 양(楊)을 사로잡자는 말이 나왔다.
>
> 왕싼은 싫다고는 할 수 없었다. 그는 고개를 끄덕였다. 이제는 양과 같은 존재는 용납될 수 없다는 것을 본능적으로 느꼈기 때문이었다.
>
> 양은 잡혔다. 그리고 양의 입에서 비적의 본거지를 털어놓게 했다.
>
> 비적은 멀리 쫓겨 갔다. 양도 두 번 다시 마을로 돌아올 수 없게 되었다.
>
> "이제 안심해도 됩니다."
>
> 시노다가 왕싼에게 그렇게 말하고,
>
> "무슨 일이 있으면 바로 알려주세요."
>
> 라고 격려했다.
>
> 왕싼은 고개를 끄덕였다.
>
> 그리고 그 뒤로 그는 마을 사람들이 불평하는 것을 힘껏 말리고 다녔다.

왕싼은 공공연하게 일본인에게 적대적인 태도를 취하는 "양과 같은 존재는 용납될 수 없다고 본능적으로 느끼"고, 같은 마을 사람인 양의 체포에 협력한다. 양은 체포되고 심문받은 뒤 마을에서 추방된다. 양에게 얻은 정보로 항일유격대는 토벌되고, 청소년의용군 소년은 이제 안심하라고 하면서도 무슨 일이 생기면 알려달라고 요청한다. 청소년의용군은 입식 지역에서 '치안'의 확립과 유지에 성공한 것이다. 그리고 청소년의용군이 확립한 '치안'이란, 현지 주민이 일본인 이민자에 관해

"불평하는" 것조차 용납되지 않는 상황이다.

이 결말은 매우 교묘한 언어전략으로 구성되어 있다. 양이 체포되면서 갑자기 왕싼은 '침묵'하게 되고, 그 시점까지 소설의 서사를 구성하던 그의 사고나 감정은 갑자기 닫혀버린다. 그 공백을 메꾸는 것은 일본인을 비판하는, 혹은 적대하는 자의 존재는 더 이상 용납되지 않는다는 현실 인식이다.

왕싼은 청소년의용군에게 비적의 공격을 밀고함으로써 '통비자' 체포에 협력하고, 그 뒤로도 마을 사람들의 불평을 적극적으로 막는다. 하지만 텍스트에서 그가 어떤 생각에서 그처럼 행동하는지는 전혀 언급되지 않는다. 그가 일본인에게 동의하는 표현은 고개를 끄덕이는 행위뿐이다. 그리고 그는 자신의 침묵을 마을 사람들에게 퍼뜨리려 한다. 이는 일견 청소년의용군에게 적극적으로 협력하는 행위인 것처럼 보인다. 하지만 그가 '침묵'하고 있기 때문에, 그 행동이 사실은 다른 이유 때문일지도 모른다는 가능성이 생겨난다.

즉, 양의 체포에서 출발하여 마을 사람들의 불평을 규제하려는 왕싼의 행동 자체가 "양과 같은 존재는 용납될 수 없다는 것을 본능적으로" 느끼는 상황에 대한 비판적인 인식에 기초한 행위일 가능성을 완전히 부정할 수 없는 것이다. 그런 의미에서 왕싼의 '침묵'은 그 행동의 의미 혹은 진의를 서사 자체에서 은폐하는 언어전략으로 해석할 수 있는 여지를 갖는다.

또한 왕싼이 「빙해」의 조선인 이민자나 청소년의용군에게 보이는 이해심은, 단순한 민족협화의 실현이 아니다. 왕싼은 조선인이건 청소년의용군이건, 처음에는 타자를 향한 증오와 공포에서 출발하지만 "인정에는 차이가 없다"는 것을 깨닫고 솔선하여 타민족을 이해하고 교류를 실천한다. 그 '인정'의 구체적인 내용은 예의나 애정, 친절과 같은 보편적인 것이며, 상대방의 문화에 대한 존중이다. 이러한 '인정'에 기초한 왕싼의 타민족을 향한 포용과 이해는 언뜻 민족협화의 이상에 부합되는 것처럼 보인다.

하지만 적극적인 만주이민 추진자조차 만주국의 건국이데올로기인 민족협화를 반드시 환영하지는 않았다. 고바야시 고지(小林弘二)는 "많은 만주이민 추진자가, '민족협화'에 관해서는 대만적극론자 중에서도 강경파"에 속했으며 "일본인 지도민족론의 협조자여도, '오족협화'에는 냉담했다"고 지적하였다.[166] 앞서 「북만의 꽃」에서 분석했듯이, 만주에서 민족협화는 일본인 이민자를 규제하는 언어로 기능하는 측면이 있었다. 또한 제2장에서 검토하겠지만, 본래 민족협화는 중국내셔널리즘에 대항하기 위해 창출된 이데올로기이기는 했으나 처음부터 "민족협화에 정진하여 일본 문화를 배경으로 하는 공화(共和)의 낙원을 만몽천지에 초래하는 것"[167]이라고 주장함으로써 일본민족의 주도성을 분명히 했다.

그에 비하여 "인정에는 차이가 없다"는 왕싼의 사고방식은 조선인과 일본인과 중국인을 평등한 존재로 본다. 왕싼이 체현한 민족협화는 제국이 선전하는 이데올로기를 역용(逆用)하여 민족협화 내부에서 일본민족의 주도성을 해체하는 것이다. 이처럼 「빙해」에 나타난 만주개척의

---

166 小林弘二, 「解題」, 岡部牧夫編, 『満洲移民関係資料集成 解説』, 不二出版, 1998, p.18.
167 『満蒙三題』, 満洲青年連盟史刊行委員会編, 『満洲青年連盟史』(復刻版, 原書房, 1968), 1933, pp.464~466.

논리는 단순한 프로파간다나 슬로건의 재생산에 멈추지 않는 양의적인 해석의 가능성을 내포하고 있다고 할 수 있다.

물론, 이 작품집에 실린 모든 작품이 그런 가능성을 지니고 있었던 것은 아니다. 하지만 만주개척의 기존 논리는 이미 그 현실적인 근거를 잃었고, 작가들도 그 사실을 인식하고 있었다. 이 사실이 텍스트의 균열로 나타나기도 했다. 그 예로 들 수 있는 것이 마지막 작품인 이노우에의 「대륙의 화분(大陸の花粉)」이다.

작품의 화자인 '나'는 우한공략전(武漢攻略戰, 1938)에 종군하기 위해 상하이행 여객선에 승선하는데, 승객 중에 어린 자매를 데리고 있는 신사를 보고 의아하게 생각한다. 하지만 그는 곧 신사에게서 상하이로 가는 이유를 듣고 감탄을 금치 못한다. 어린 자매는 중일전쟁의 발발로 고아가 되어 '내지'로 돌아왔지만, 보호자인 숙부가 다른 친척의 반대를 무릅쓰고 "나는 내 나름의 신념으로 이 아이들을 상하이에서 기르자, 지나(支那)에서 크게 하자. 그리고 경우에 따라서는 지나에서 결혼시켜 지나에서 일생을 보내게 하자"[168]는 신념에 따라 자매를 데리고 상하이로 간다고 설명했기 때문이다. 그 이야기를 들은 '나'는 "대륙으로 떠나거나, 지나로 가는 것은 내지 생활의 활로가 막혔기 때문이 아니다. 내지 전답이 너무 좁기 때문도 아니고, 노동의 보상이 적기 때문에, 그런 식의 사정 때문도 아닐 것이다. 그런 조건 여부가 아니라, 어쨌든 지나로, 만주로, 어쩔 수 없는 일종의 종교적인 신념의 순수함으로 바다를 건너지 않을 수 없는 열의야말로 무엇보다 귀한 것이다. 오

168 井上友一郎, 「大陸の花粉」, 大陸開拓文芸懇話会編, 앞의 책, p.266.

늘날 대륙으로 간다는 것은 이미 논리로 따질 일이 아니다. 그것은 아마 우수한 식물이 좋은 비료를 찾듯이, 오늘날의 대륙은 무조건 일본인의 생명을 필요로 하고 있는 것이다. 그들이 거기서 살고, 경작하고, 먹고, 꿈을 꾸고, 그리고 죽어가는 것이 필요한 것이다……"[169]라고 납득한다.

종군 작가인 '나'에게, 어린 일본인 자매가 중국에서 일생을 보내게 하겠다는 숙부의 신념은 "불행히 총탄에 맞아도, 편안한 마음으로 죽어갈 수 있다, 그리고 그 죽음은 반드시 헛되지는 않으리라"[170]는 식으로 그 자신의 죽음을 납득하게 한다. 이는 '대륙진출'을 "논리가 아니"라 "일종의 종교적인 신념의 순수함"으로 추진해야 할 절대적인 당위로 파악하고, 만주이민만이 아니라 일본인의 대륙진출에 관한 최소한의 합리성이나 논리를 부정하겠다는 선언이다. 그러한 의미에서 이 소설은 분명 『개척지대』의 마지막을 장식하는 데 어울리는 작품이었다.

그러나 화자가 제국일본의 '대륙진출'을 "우수한 식물이 좋은 비료를 찾듯이"라고 묘사할 때, "식물"은 대륙을, "비료"는 일본인의 생명을 의미한다는 점은 의미심장하다. 그는 일본인을 위해 '대륙'이 필요한 것이 아니라, '대륙'을 위해 일본인의 희생이 필요하다고 인식한다. '나'는 격렬한 전쟁터를 향해 이동하고 있으며, 자매의 부모는 중일전쟁에 휘말려 사망했다는 점을 미루어 생각하면, 이는 중일전쟁에서 대량으로 소비될 일본인의 무수한 죽음을 암시한다고 해석할 수 있다. 이처럼 대륙에서 "살고, 경작하고, 먹고, 꿈을 꾸고, 그리고 죽어가는" 일본인은, 군

169 위의 글, pp.266~267.
170 위의 글, p.267.

인만이 아니라 민간인을 포함할 수밖에 없다. 그럼에도 그가 일본인의 죽음을 생각할 때, 그 죽음의 직접적인 원인은 존재하지 않는다. 또한 일본인을 죽이는 상대도 생각하지 않는다. 그가 막연히 자신의 전사를 상상할 때까지도 '적'의 정확한 명칭조차 등장하지 않는다는 사실은, 이러한 애매함이 의도적이라는 사실을 뒷받침한다.

이 장면에서 일본인의 대륙진출은 아무런 이유나 논리가 필요하지 않은, 어쩔 수 없는 흐름으로 묘사된다. 하지만 그렇게 대륙으로 흘러나가는 일본인의 결말은 오직 죽음뿐이다. 대륙개척문예간화회의 중심인물이었던 후쿠다가 "민족의 에너지가 일본에서 대륙으로 흘러갈 때, 우리 문학정신은 이 국민의 육신이나 마음과 함께 흘러가야만 한다"고 말했던 것을 상기한다면, 이 소설은 대륙으로 흘러나가는 일본민족의 에너지를 결국 죽음을 향한 흐름으로 묘사하고 있는 것이다.

실제로 그가 자매에게 "그럼 일본을 떠날 때도 아무렇지도 않았죠?"[171]라고 물었을 때, 소녀는 "아니오, 뭔가 쓸쓸했어요. 그야 작년에 태어나서 처음 일본을 보기까지는 저희들도 괜찮았어요. 하지만, 일 년간 숙부님 댁에서 살았는걸요. 역시 일본에 있고 싶다고 생각하게 되었어요!"[172]라고 대답한다. 이 말은 이미 어린 나이에 상하이에서 전쟁을 경험했고, 지금 전쟁이 진행되고 있는 대륙으로 옮겨 '심어지려는' 어린 자매의 솔직한 감정이자 의사표현이다. 그들의 희망은 비록 숙부의 신념에 의해 무시당하지만, 일본인은 대륙에서 "살고, 경작하고, 먹고, 꿈을 꾸고, 그리고 죽어가는 것이 필요"하다고 생각하는 '나'조차 그들

171 위의 글, p.269.
172 위의 글, p.270.

을 비판하거나 설득할 말을 찾지 못한다.

그 대신에 '나'는 소녀에게 "아저씨에게 뭔가 노래를 불러 주세요. 아저씨도 저쪽에 도착하면, 이제 다정한 일본아이의 노래는 듣지 못하게 되니까요……"[173]라며 노래를 청한다. 여동생은 '「반딧불빛(蛍の光)」(원제는 올드 랭 사인(Auld Lang Syne), 이하 「반딧불빛」)'을 부르기 시작한다. 동생의 노랫소리를 배경으로, 소녀는 '나'에게 배가 상하이 부근의 푸둥(浦東)에 가까워지고 있음을 알려준다. 소녀는 푸둥이 과거에 "지나(支那) 병사가 잔뜩 있어서, 저기서 매일 대포를 쏘았던" 지역이며 "푸둥이 보이면 이제 갖가지 전장(戰場)이"[174] 보이기 시작하는 지점이라고 설명한다. 그리고 자매는 함께 노래를 부르는데, "그 다정한 노랫소리는 배가 서서히 황푸(黃浦)에 가까워지자 어쩐지 힘차고 격렬한 가락이 된다."[175] 이 자매의 힘차고 격렬한 가락의 「반딧불빛」은 3절과 4절이라고 추측할 수 있다. 「반딧불빛」 3, 4절의 가사는 군국주의적인 색채가 짙다는 비판에 따라 현재 일본에서는 불리지 않는데, 그 가사는 아래와 같다.

3 쓰쿠시(筑紫)의 끝 / 무쓰(陸奥)의 깊숙이
바다 산 멀리 / 나뉘어 있어도
그 진정은 / 나뉘지 않아
하나 되어 다하라 / 나라를 위해

173 위의 글.
174 위의 글, p.272.
175 위의 글.

4 지시마(千島) 깊숙이도 / 오키나와도
야시마(八洲, 일본의 별칭) 안의 / 수호이니
이르는 나라에서 / 공을 세우라
힘쓰라 와가세(わがせ) / 무사하게[176]

『소학창가집(小学唱歌集)』(1882)에 관한 선행연구에서 이미 지적되었듯이, 3절은 남쪽으로는 규슈(九州) 쓰쿠시(筑紫, 현재 후쿠오카(福岡)현이나 시가(佐賀)현의 옛 명칭)의 끝에 있는 가고시마(鹿児島)현까지, 북쪽은 동북쪽의 무쓰(陸奥), 데와(出羽)에 이르기까지, 설령 멀리 떨어져 있어도 나라를 위해 마음을 모아 진정을 다할 것을 촉구한다.[177] 4절에서는 제국의 영토 확장을 반영하고 있는데, 남쪽은 옛 류큐(琉球)왕국이 일본에 통합된 오키나와(沖縄, 1879)까지, 북쪽은 사할린・쿠릴 교환 조약(樺太・千島交換条約, 1875)으로 획득한 쿠릴 열도까지 포함하여 그 영토 확장을 노래했다.[178] 나아가 "힘쓰라 와가세"라는 가사는, 본래 남편을 의미하는 '와가세코(吾勢子)'에서 나온 '와가세'라는 단어를 사용함으로써, 이 노래가 초등학교 졸업식에서 여학생들이 졸업하는 남학생들에게 부르는 노래라는 것을 보여준다.[179]

오가와 가즈스케(小川和佑)는, 이 가사가 당시 징병령(徵兵令, 1873)으

176 文部省音楽取調掛編, 『小学唱歌集』; 斉藤利彦・倉田喜弘・谷川恵一校注, 『教科書啓蒙文集』, 岩波書店, 2006, p.115.
177 小川和佑, 『唱歌・讃美歌・軍歌の始原』, アーツアンドクラフツ, 2005, pp.55~56; 大本達也, 「日本における「詩」の源流としての「唱歌」の成立－明治期における「文学」の形成過程をめぐる国民国家論 (7)」, 『鈴鹿国際大学紀要 Campana 16』, 2010.3, p.38.
178 小川和佑, 앞의 책, p.56; 大本達也, 앞의 글, p.38.
179 위의 책.

로 "'국민개병(國民皆兵)'이 실시되고 얼마 지나지 않은 시기에, 여자 아동이 남자 아동에게 이읔고 병사가 되어 국방의 일선에 설 것을 자각하도록 격려하는 가사가 되었다"[180]고 보았다. 이는 종군 작가인 화자가 "다정한 일본아이의 노래"를 요청했지만, 전쟁고아인 일본인 자매는 그에게 제국 영토의 방어와 확장을 위해 힘쓰라는 노래를 격렬한 가락으로 선사했음을 뜻한다.

작가 이노우에는 거의 같은 시기, 우한공략전의 종군 체험을 소재로 한 장편소설 『종군일기(従軍日記)』(竹村書房, 1939)를 출간했다. 만약 「대륙의 화분」을 사소설이라고 한다면, 이는 전장으로 향하는 작가의 긴장과 감정을 묘사한 사소설이라고 생각할 수도 있을 것이다. 하지만 시대는 이미 제국일본의 영토가 쿠릴 열도와 오키나와까지였던 메이지(明治)를 지나, 만주국이 건국되고 '대륙'으로 확장되는 쇼와(昭和)였다.

오가와는 1935년부터 1940년에는 이미 '내지'에서도 「반딧불빛」 3절과 4절을 부르지 않았다고 지적한다. 그는 파리 강화조약(1919)으로 제국일본의 신탁통치 대상이 독일의 남대양 제도(諸島)에 이른 다이쇼 후기에는 이미 노래가 시대 상황에 뒤쳐졌기 때문이라고 보았다.[181] 「대륙의 화분」에 등장하는 자매가 '내지'에서 초등교육을 받은 것은 약 1년으로 보이는데, 그들이 초등학교 졸업식에 참가한 경험이 있는지는 확실하지 않다. 그런 자매가 「반딧불빛」 3절과 4절을 선택하여, 전장인 상하이에 접근하자 힘차고 격렬한 가락으로 불렀다고 묘사하고 있는 것이다. 더욱이 누이의 노랫소리를 배경으로 소녀는 자신이 경험한

---

180 위의 책.

181 위의 책, p.55.

전쟁의 기억을 스스럼없이 이야기하고, 화자의 새로운 전장이 될 상하이를 소개한 뒤 자신도 노래에 참가한다. 이 자매의 선곡과 가창이라는 일련의 행동은 허구일 가능성이 크다.

동시에 이 자매가 전쟁고아라는 사실을 상기할 필요가 있다. 갑판 난간에 다가간 '나'는 자매가 "굳게, 찢어지는 게 아닐까 하는 생각이 들 정도로 강하게, 갑판 난간을 붙잡고 있다는 것을" 깨닫는다. 그리고 "그녀의 뺨에는 가느다란, 한 줄기 눈물이 조용히 흐르고 있었다."[182]

자매는 분명히 내셔널리즘 고양과 국가통합의 의사가 담긴 메이지 시대의 창가를 노래하고 있다. 그러나 동시에 그들은 스스로의 의지에 반하여 대륙으로 송출되고 있으며, 그들은 자신들이 태어나 자란 고향인 상하이를 향한 그리움이나 기대 대신 공포와 두려움, 슬픔을 드러낸다. 이는 분명 메이지 시대의 여학생과 쇼와 시대의 자매 사이에 가로놓인 입장 차이를 환기시킨다.

남학생들에게 "이르는 나라에서 / 공을 세우라. / 힘쓰라 와가세. 무사하게"라고 노래한 메이지 시대의 여학생들은 떠나는 남학생들을 전송하는 쪽이었다. 하지만 상하이로 향하는 배에서 「반딧불빛」을 부르는 자매는 대륙을 향해 흘러가는 일본민족의 한 사람으로서 군인과 함께 송출되는 쪽이다. 그러한 입장에 대한 자각은, 자매에게 전쟁에 휘말린 양친의 죽음을 연상시킬 수밖에 없다.

입으로는 내셔널리즘을 고양하는 노래를 부르며, 눈으로는 슬픔과 공포의 눈물을 흘리는 어린 자매의 모습은 실로 기묘한 모습이다. 그것

---

182 井上友一郎, 앞의 글, p.273.

은 국책으로 추진되던 만주이민만이 아니라, "살고, 경작하고, 먹고, 꿈꾸고, 그리고 죽어가는 것이 필요"하기에 동원되는 일본인 대중의 가감 없이 적나라한 모습이다. 이러한 대중 표상은, 제국이 내건 프로파간다를 긍정하면서도 그 결과인 희생에 대한 공포로 소스라치는 감정을 드러낸다는 점에서 양가적이다. '대륙정책'의 지지자이자 수행자인 일반 대중이 스스로의 입으로 이야기할 수 없는 일그러짐을 그 신체의 몸짓을 통해 읽을 수 있기 때문이다.

「대륙의 화분」이 『개척지대』의 마지막 작품이라는 사실에 의미가 있다면, 그것은 '내지'에서 동원되어 대륙으로 송출되는 일본인을 기다리고 있는 것은 결국 전장이라는 인식이며, 입으로는 '이야기할 수 없는' 결과에 대한 생생한 슬픔과 공포를 표현하고 있다는 점일 것이다.

여기까지 국책단체 농민문학간화회와 대륙개척문예간화회를 그 결성 직후에 출판된 각각의 작품집을 중심으로 검토하였다. 결과적으로 농민문학간화회 측은 만주이민운동보다 '내지' 농촌의 급변하는 현실을 그렸고, 대륙개척문예간화회 쪽이 보다 선전문학의 색채를 짙게 드러냈다고 할 수 있다. 그러한 차이가 나타난 원인으로 생각할 수 있는 것은, 대륙개척문예간화회와 만주이주협회(満洲移住協会, 이하 만이), 그리고 그 기관지인 『신만주(新満洲)』[183]의 밀접한 관계이다.[184]

183 만주이주협회의 기관지는 『개척 만몽(拓け満蒙)』(1936.4.25)이라는 이름으로 창간된 뒤, 잡지명을 두 번 변경했다. 그 잡지명과 기간은 다음과 같다. 『개척 만몽』(1936~1939), 『신만주(新満洲)』(1939~1940), 『개척(開拓)』(1941~1945). 小林弘二, 앞의 글(「解題」), p.13. 여기서는 대륙개척문예간화회와의 관계에 초점을 맞추어 『신만주』로 표기한다.

184 『신만주』 연구로 고바야시 고지(小林弘二)의 「『개척(開拓)』」(小鳥麗逸編, 『戦前の中国時論研究』, アジア経済研究所, 1978)과 앞의 글, 고노 도시로(紅野敏郎)의 「『신만주』 '국책잡

만이는 중국농민의 대규모 반만항일 무장봉기인 투룽산사건(1934)의 선후책을 세우기 위해 관동군 주최로 열린 대만농업이민회의(対満農業移民会議, 1934.11.26~12.6)의 성과였다. 이 단체는 만주국 측의 만주척식주식회사(満洲拓殖株式会社)에 대응하는 제국 측의 이민조성기관으로서 설립되었다.[185] 그 구성원이 관동군 관계자만이 아니라 척무성 관계자, 대학교수, 만주국이나 대사관 관계자[186]라는 사실에서 알 수 있듯이, 만이는 제국일본의 만주이민 정책 실무자들의 모임이었으며, 일본정부의 이민 정책에 깊이 관여했다. 1935년 10월 19일에 발족한 만이는 1937년부터 실시된 '20개년 백만 호 송출계획'에 적극적으로 협력하였다.[187]

만주이민 조성기관으로서 선전 활동은 당연히 매우 중요한 업무였다. 고바야시의 연구에 의하면, 홍보부가 이 단체의 기관지를 비롯하여 여

지'의 실체(『新満洲』の「国策雑誌」の実体)」(宇野重明, 『深まる侵略屈折する抵抗1930−40年日・中のはざま』, 研文出版, 2001), 야마하타 쇼헤이(山畑翔平), 「쇼와 전중기의 만주이민장려시책의 고찰−이민선전지를 통해 본 만주 이미지와 그 변용(昭和戦中期における満洲移民奨励施策の一考察−移民宣伝誌を通じてみた満洲イメージとその変容)」(慶応義塾大学法学部政治学科ゼミナール委員会編, 『政治学研究』 第41号, 2009.5)이 있다. 고바야시의 「『개척』」과 「해제」는 그 전체상을 상세하게 해명하는 데 초점을 두었고, 고노의 「『신만주』 '국책잡지'의 실체」도 국책잡지의 선전성에 관한 것이었다. 야마하타의 「쇼와 전중기의 만주이민장려시책의 고찰−이민선전지를 통해 본 만주 이미지와 그 변용」에서는 잡지 내용을 분석하여 이민자 모집을 위한 계몽과 이민지와 생활에 관한 만주 이미지를 검토했다. 오쿠보 아키오(大久保明男)의 「'만주개척문학' 관련조직・잡지에 대하여(「「満洲開拓文学」関連組織・雑誌について」)」(『平成14年度科学研究費補助金基盤研究(B)調査報告集中国帰国者の適応と共生に関する総合的研究(その1)』, 京都大学留学生センター, 2003.6)는 만주개척문예간화회와 국책잡지의 밀접한 관계를 지적했지만, 그 구체적인 내용 분석에는 이르지 않았다.

185 만이는 회원제 공익 단체로 출발했지만 1937년 4월에는 재단법인조직이 되었다. 小林弘二, 앞의 글, pp.13~14.

186 위의 글, p.13.

187 위의 글, p.14.

타 출판물 및 간행물을 취급했다. 홍보부가 담당한 영역은 매우 광대해서, 영화, 연극 등 홍보 선전 및 개척문화사업에 이르렀다.[188] 특히 기관지 『개척 만몽(拓け満蒙)』은 처음에는 회원들 대상의 비매품이었으나 제3호 이후에는 일반에 판매했고, 잡지명이 『신만주』로 변경되었을 무렵에는 이미 기관지의 회원 증가 및 조직화를 꾀하고 있었다.[189] 학교나 이민단을 단위로 한 지부는 회원 100명 이상, 분회는 10명 이상으로 구성되었다.[190] 고바야시는 『신만주』의 역할에 대하여, 정확한 발행부수는 알 수 없고 "최종적으로 회원 수가 어느 정도에 달했는지는 알 수 없지만 이민운동을 고조시키는 데 일정한 역할을 했다"고 추측했다.[191]

이 국책잡지와 대륙개척문예간화회의 관계는 매우 긴밀한 것이었다. 앞에서 살펴본 유아사의 「청동」(제3권 제5호, 1939.5)과 장혁주의 「빙해」(제3권 제7호, 1939.7)가 처음 실린 것이 『신만주』였다는 사실에 비추어 보아도, 『신만주』가 대륙개척문예간화회 회원에게 중요한 발표의 장이었을 것이라고 추측할 수 있다. 또한 이 잡지에는 작가 좌담회(출석자는 이토, 다무라, 곤도, 후쿠다, 유아사, 마쓰자키 후지오(松崎不二男), 장혁주, 「의용군을 이야기한다(義勇軍を語る)」, 제3권 제4호, 1939.4)나 제1차 대륙개척의 국책 펜부대 참가 작가들의 릴레이 통신(곤도, 다고, 유아사, 다무라, 후쿠다, 이토, 「대륙 펜부대 릴레이 통신(大陸ペン部隊リレー通信)」, 제3권 제8호, 1939.8) 등도 게재되었다. 대륙개척문예간화회만 『신만주』에 만주이민에 관한 작품을 발표한 것은 아니다. 농민문학간화회 회원인 도쿠나가, 와다, 시마키, 마

188 위의 글.
189 위의 글, p.15.
190 위의 글.
191 위의 글.

루야마, 하시모토 등의 소설이나 기행문도 실렸다.

한편 농민문학간화회와 대륙개척문예간화회가 서로 어떻게 제휴했는지는 확실하지 않다.[192] 하지만 두 단체와 이 국책잡지는 매우 밀접한 관계에 있었고, 특히 대륙개척문예간화회와 보다 긴밀한 관계에 있었다고 추측할 수 있다. 예를 들어 『개척지대』에 실린 작품들은 모든 한자에 읽기 쉽도록 토가 달려 있었고, 유일한 희곡인 곤도의 「도만부대」는 지문에 전문 극장이 아니라 학교 등에서 연극을 상연할 경우를 상정하여 설비가 부족할 때를 대비한 연출 방법이나 대신할 악곡 등 세세한 지시가 달려 있다. 이러한 사실을 근거로 대륙개척문예간화회가 비교적 일반 대중, 혹은 미성년자를 독자로 상정하고 있었다고 볼 수 있다. 특히 이는 『개척지대』의 중심 소재인 청소년의용군 제도의 추이와도 연동되었다고 추측된다.

『개척지대』가 간행된 1939년에는 졸업을 앞둔 고등소학교 아동을 청소년의용군으로 모집하려는 움직임이 전국적으로 확산되었다. 모집의 주요 대상이 고등소학교 신규졸업자로 전환되었기 때문이다.[193] 『신만주』가 만주이민의 선전지[194]이자 만주이민을 설득하는 수단의 하나였다는 점을 고려한다면, 그 예상독자는 10대 농촌청소년이나 청년을 포함한다. 이러한 독자를 대상으로 한 작품들이 한자에 토를 달고, 단순한 서사를 제공하며, 아마추어 연극에 과도하게 배려한 것은 바로 젊은 독자들

---

192 두 단체는 '대륙개척과 농민문학의 저녁(大陸開拓と農民文学の夕)'(1940.5.20)을 공동으로 주최하여 조직 간 제휴 강화 및 조직통합을 논의했다. 하지만 합의에 이르지 못하고(1940.9.9), 이후 공존하였다. 板垣信, 앞의 글, p.90.

193 白取道博, 앞의 책, pp.130~131.

194 小林弘二, 앞의 글, p.17.

을 '계몽'하려는 목적이 있었기 때문이라고 볼 수 있다. 이 시기는 "만주 일이라면 뭐든지 안다", "국책 만몽개척의 유일한 권위"를 슬로건으로 한 잡지 『신만주』가 이민 기사만이 아니라 다채로운 기사로 보다 대중에게 접근하려 한 시기이기도 했다.[195] 그 선전효과가 어느 정도였는지를 구체적으로 추정하기는 어렵지만,[196] 선전잡지에 실린 국책문학이 국책 수행의 수단이었다는 사실은 부정할 수 없다.

그러나 문학 작품은 단순히 작가의 의도나 체제 측의 요청을 반영하기만 하지는 않는다. 「빙해」나 「대륙의 화분」 분석에서 살펴 보았듯이, 국책문학 내부에도 분명 균열이나 모순을 통해 오히려 제국이 선전하는 슬로건의 기만성을 드러내는 계기가 될 수 있는 가능성이 존재했다. 또한 「숨결」에서 보듯이, 오롯이 현지에서 보고 들은 사실에 의존하는 사소설임을 내세워 국책소설의 포섭을 회피하는 교묘한 방법도 있었다.

이러한 가능성은 이 국책문학들이 주로 '보고문학'으로서의 측면을 가진다는 특징에 기인한다. 만주이민의 국책문학은 기본적으로 만주의 현실을 '내지'에 보고함으로써 국민의 만주이민 이해를 돕고, 그 지지를 얻는 것이 목적이었다. 때문에 국책문학이 보고하는 내용이 부정적인 것이든 긍정적인 것이든 사실을 있는 그대로 전한다는 것이 가장 기본적인 가치로 인식되었다. 국책문학을 창작하는 문학자들도 르포르타

---

195 위의 글, p.16.

196 고바야시는 "도만(渡滿)을 결의할 때는 마을 유력자, 교사, 친척 등의 권유"가 크게 영향을 끼쳤으므로 국책잡지의 "직접적인 선전효과가 컸다고는 생각하지 않는다"고 보았다. 다만 주요 독자층인 농촌지식청년에게 만주를 향한 꿈을 부추겼으며, 그러한 청년들을 통해 민중 층위의 만주관, 중국관 형성에 "공헌"했을 것이라고 추측하였다. 위의 글, p.18. 이는 국책잡지에 실린 문학 작품의 '공헌'을 어떻게 평가할지에 관해서도 유효한 분석이라고 할 수 있다.

주로서의 측면을 강조했고, 그 결과 많은 작품이 현지시찰, 취재 등의 방법으로 '현실'에 의거하여 창작되었다.

나카지마는 시마키가 "중국 대륙(특히 '만주'이민)에 대한 보고에서 아주 조금이라도 진상을 다룬 것은 작가가 쓴 것뿐이라고 말했다. 어떤 작가의 보고라도, 공식적인 기록에 비교하면 모두 진실에 가깝다"고 강하게 주장했다고 회상했다.[197] 실제로 농민문학간화회와 대륙개척문예간화회의 작가 대부분은 대륙 펜부대나 농촌 펜부대, 혹은 개인으로서 일본 정부나 만주이민 관계기관의 유형무형의 협력을 얻어 파견, 초청, 시찰, 취재 등의 형태로 현지 이민촌이나 훈련소를 방문하였고, 이민관계자를 취재하고 필요한 자료를 수집했다.

바로 이 때문에 국책문학의 결점으로 지적된 "자연주의적 리얼리즘"이 그 문학사적 의미에서 반어적인 가치를 가질 수 있는 가능성이 열린다. 국책문학이 만주의 현실을 묘사하면서 체제 측이 기대하는 이데올로기를 문학적으로 재현하려 할 때, 그 서사는 필연적으로 사실로서의 현실과 착종하면서 여러 모순과 도착을 낳을 수밖에 없기 때문이다.

특히 만주이민의 국책문학에서 그 문제성과 가능성은 보다 복잡하게 얽힌다. 왜냐하면 만주이민은 '내지' 농촌과 농민만이 아니라 제국 전체의 문제이기도 했기 때문이다. 그것은 제국일본과 만주국과 조선, 중국, 소련의 정치적・경제적 관계에서, 또한 '대동아공영권' 구상과 만주국 건국이념이었던 민족협화의 실현, 만주이민 추진의 배경이 된 농본주의의 역할, 쇼와공황 이후 계속된 '내지' 농촌의 궁핍 문제, 관동군의 예비

197 中島健蔵, 「1939年9月3日」, 앞의 책, p.245.

병력과 보급원의 필요성, '내지' 농촌의 인습과 고난에서 해방되고자 하는 농민의 욕구 등, 다양한 층위에서 다양한 형태로 전개되었다.

물론, 당시에도 그러한 현실과 이상의 착종이 인식되지 않았던 것은 아니다. 기시다는 『개척지대』의 서문에서 "모두 한 번 내지 두 번, 대륙으로 건너가 친근하게 '현지'를 보고, 탐색하고, 느끼고 온 사람들이다. 아마 쓰고 싶지 않은 것은 쓰지 않은 만큼, 이 이상 엄정한 말은 없을 것이다. 동시에 이 이상 따스하고 강하게 '현지'와 '내지'를 잇는 마음은 없으리라 나는 믿고 있다"[198]라고 썼다. 기시다가 작가들의 도만 경험을 언급하면서 그들이 "쓰지 않은", "쓰고 싶지 않은 것", 혹은 썼지만 당시에는 해석되지 못한 것이 과연 무엇인가에 대해서는, 만주이민의 '현장'이었던 만주국 내부에서 그들의 문학이 어떤 존재였는지에 관한 고찰이 필요하다.

예를 들어, 만주국의 수도 신징에서 재만 일본인 문학자의 친목 단체인 만주문화회(満洲文話会)는 제1차 대륙개척의 국책 펜부대 작가들을 맞아 그들을 환영하는 좌담회를 개최했다. 하지만 그 자리에 참석한 일계(日系) 문학자들은 "일본에서 온 사람들이 만주는 일본의 연장이라고 자연스럽게 믿고 있는 것과는 반대로, 이쪽 문학자들은 결코 그렇게 생각하지 않는다. 만주에는 만주의 독자적인 입장이 있다고 생각하고 있다"고 반발하였다. 또한 만계(満系) 문학자들은 단 한 사람도 이 좌담회의 초대에 응하지 않았다.[199] 제국일본의 국책단체도, 그들의 국책문학도, 만주문단에서는 결코 환영받는 존재가 아니었던 것이다.

---

198 岸田国士, 「序」, 大陸開拓文芸懇話会編, 앞의 책, pp.1~2.

199 望月百合子, 「満洲を訪れた文士たち」, 『文芸』, 1939.9, p.191.

4. 국책단체의 '월경'

만주국은 민족협화의 명분 때문에 한반도나 대만과 같은 동화정책을 실시하지 못했다. 경찰 및 검찰의 감시와 검열이 있기는 했지만 만주국에서는 각 민족의 언어로 신문, 잡지, 단행본 출판이 용인되었다.[200] 때문에 만주에 거주하는 조선인이나 백계 러시아인의 문학, 중국인의 문학과 일본인 문학을 내포하는 '만주문학'[201]이 형성될 수 있었다.[202]

---

200 만주국에서 출판 활동이 가장 활발했던 것은 1939, 40년 전후였다. 1940년도의 민간 출판 단행본은 합계 1,164권 가운데 384권(일본어), 592권(중국어), 82권(중일 겸용), 80권(러시아어), 26권(기타)이었다. 이 시기 만주국에서는 "지배와 피지배의 언어가 복잡한 문양을 자아내는" 특이한 미디어 공간·독서공간이 형성되고 있었다. 西原和海, 「「満洲国」の出版－雑誌と新聞」, 植民地文化学会編, 『「満洲国」とは何だったのか』, 小学館, 2008, pp.202～203.

201 만주문학은 시대적으로는 만주국 건국 이전부터 만주국 건국까지, 지리적으로는 만주를 제재로 한 일본, 중국, 조선문학의 총칭으로 파악할 수 있다. 하지만 여기서는 일본문단과의 거리를 강조하기 위해 만주국 성립 이후부터 「예문지도요강(芸文指導要綱)」 발표(1941)까지 만주에서 창작된 문학, 특히 '일계(日系)문학'과 '만계(滿系)문학'의 관계를 중심으로 검토한다.

202 그 예로 동시대 재만 조선인 문학을 들 수 있다. 김재용은 당시 조선인 문학자가 '내선일체'가 강화되던 한반도에서 만주로 이동한 것은 '오족협화'가 조선인의 언어와 아이덴티티를 유지하는 데 유리했기 때문이었다고 지적하였다. 그의 연구에 의하면, 1940년 전후 재만 조선인 문학자 사이에서는 만주조선인문학은 한반도 내 조선인문학에서 이어지는 것이기는 하지만 별개라는 인식이 확립되고 있었다. 즉, 재만 조선인문학은 조선의 변경, 혹은 지방으로 간주해서는 안 된다는 의식이 형성되고 있었다는 것이다. 이와 같은 의식에 기초하여 재만 조선인 문학자들은 자신들의 문학을 만주국 내 '일계 문학', '만계 문학' 등 타민족과 대등한 위치에 두려 하였다. 그러나 도쿄에서 출판된 『만주국 각 민족 창작선집(満洲国各民族創作選集)』(1942.6.30)에 조선인 작가의 작품은 한 작품도 실리지 않아 재만 조선인 문학자들은 크게 낙담했다(일본인 14명, 중국인 4명, 백계 러시아인 2명). 2년 후에 출판된 『만주국 각 민족 창작선집 (2)(満洲国各民族創作選集 (2))』(1944.3.30)에도 조선인 작가의 작품은 한 편도 소개되지 않았다(일본인 8명, 중국 6명, 백계 러시아인 2명, 몽골 1명). 김재용, 「동아시아적 맥락에서 본 '만주국' 조선인 문학」, 중국해양대 해외한국학 중핵사업단 편, 『문명의 충격과 근대 동아시아의 전환』, 경진, 2012, 273～274·276·284쪽. 만주국의 민족협화도 재만 조선

그러나 1936년 특히 주목을 받은 '만주문학'(이하 만주문학)은 재만 일본인 문학자가 자신들의 문학 활동을 '내지'의 일본문학과 구별하기 위해 사용하기 시작한 용어였다. 이 당시에는 만주국의 체제가 정비되면서 문학이나 문화가 활발히 움직이기 시작한 시기였다. 『만주일일신문(満洲日日新聞)』을 비롯한 신문 및 잡지의 문예란 신설과 확충, 문학상 창설 등 문학자의 활동영역이 급속하게 확대되면서, 재만 일본인 작가들은 자신들의 문학 활동을 도쿄문단이 상징하는 일본문학의 연장이 아니라 독자적인 만주문학으로서 형성해야 한다는 의식이 싹텄다. 즉 "만주에는 만주의 문학이 있다. 그것은 단순한 내지 아류의 문학에서 벗어나 독립적으로 대륙적 신문화의 맹아(萌芽)를 포함하여 이 땅에 별개의 전당을 쌓아 올리려"[203]는 움직임이었다. 이 논쟁은 '만주문학론'(이하 만주문학론)이라는 이름으로 시작되었는데, 1937년 내내 "미증유의 활발한 토론"[204]이 일어났다. 니시무라 신이치로(西村真一郎)는 1938년 당시까지 만주문학론에 관한 주요 평론만 16편에 이르렀다고 지적했다.[205]

만주문학론에 관한 논의는 1936년에 시작하여 1937년에 『만주일일신문』 문예란을 중심으로 가장 활발하게 이루어졌고, 1938년 이후는 점차 기세가 줄어들었다. 지금까지 이 만주문학론에서 가장 주목받은 비평은 조 오즈(城小碓)의 「만주문학의 정신(満洲文学の精神)」(『満洲日日新聞』, 1937.5.2), 기자키 류(木崎竜)의 「건설의 문학(建設の文学)」(『満洲日日新

인 문학자들에게 완전히 '대등'한 위치를 보증하지는 않았던 것이다.

203 満洲文話会文芸年鑑編纂事務委員, 「緒言」, 満洲文話会編, 『満洲文芸年鑑 第2輯』(復刻版, 西原和海解題, 葦書房, 1993), 満洲評論社, 1938.

204 위의 글.

205 西村真一郎, 「文芸評論界の概観」, 満洲文話会編, 앞의 책(第2輯), p.2.

聞』, 9.21～23), 가노 사부로(加納三郎)의 「환상의 문학(幻想の文学)」(『滿洲日日新聞』, 10.21～23) 등이다.[206]

그 배경에는 만주국의 체제 안정, 재만 일본인의 '향토의식' 출현, 신문 및 잡지의 활발한 발행과 문예 활동의 확장과 발전, 중일전쟁의 발발이 있었다. 중일전쟁의 발발을 계기로 문학의 사회적 역할이 강조되는 가운데 만주국의 '문학 건설'이 필요하다는 주장이 중시되었던 것이다. 문제는 '건설되어야 할 만주문학'이 과연 어떤 것인가에 대한 합의였다.

이 문제는 재만 일본인 작가 중에서도 관동주 다롄(大連)을 중심으로 하는 『작문(作文)』 그룹과 만주국 수도인 신징(新京)을 중심으로 하는 『대륙낭만(大陸浪漫)』 그룹의 입장, 문학자의 개인적인 문학관, 방법론 등에 따라 미묘하고 복잡하게 전개되었다. 뒤에 자세히 살펴보겠지만, 그와 같은 차이는 재만 일본인 문학자가 놓인 정치적・사회적 위치만이 아니라 '내지'처럼 전업 작가나 문단 시스템이 구축되지 않은 상황에 기인하는 것이기도 했다. 나아가 그들의 일본인으로서의 자의식, 향토적 애착, 타민족 인식, 문학관도 영향을 끼쳤다. 나아가 만주문학론은 주로 '일계(日系)문학'을 대상으로 했지만 타민족의 문학 활동, 특히 중국인 문학자의 활동을 중국문학으로부터 단절시켜 만주문학의 틀 안으로 흡수하는 역할을 하였다.

1938년을 전후로 하는 만주문학론[207]은 주로 일본문학을 주류로 삼

---

206 유수정, 「만주국 초기 일본어문학계의 「만주문학론」」, 식민지일본어문학・문화연구회, 『제국일본의 이동과 동아시아의 식민지문학2－타이완, 만주・중국, 그리고 환태평양』, 문, 2011, 296～297쪽.

207 만주문학론에 관한 선행연구로 니시무라 신이치로(西村真一郎), 앞의 글; 오자키 호쓰키(尾崎秀樹), 『근대문학의 상흔－구식민지문학론(近代文学の傷痕－旧植民地文学論)』, 岩波書店, 1991; 오카다 히데키(岡田英樹), 『문학에서 보는 '만주국'의 위상(文学にみる「滿洲

고자 하는 파(城), 만주국의 세계관을 강조하는 건설파(木崎, 西村), 현실주의파(加納)로 분류할 수 있는데,[208] 기존 논의는 주로 '다롄 이데올로기'와 '신징 이데올로기'의 대비,[209] 일계 작가의 만주국에 대한 태도[210]가 중심이었다. 하지만 만주문학론의 주요 쟁점 중 하나는 만주문학 건설을 통한 '건국정신', 즉 만주국의 건국이데올로기인 민족협화와 왕도주의의 실현이었다. 만주국의 1930년대 후반 정치 상황에서 건국이데올로기는 이미 단순한 정치 슬로건에 불과했다. 그래도 당시 많은 재만 일본인 문학자에게 건국이데올로기의 실현은 대의이자 이상(理想)으로, 혹은 중일전쟁을 계기로 계속해서 강화되는 문화 통제 속에서 현실비판의 명분으로서 기능하고 있었다.

조는 만주국이 '독립국'인 이상 독자적인 만주문학이 있어야 한다는 전제에서 출발해서 그러려면 만주문학만의 특징이 필요하다고 주장하

国」の位相)』, 研文出版, 2000; 산위안차오(單援朝), 「재만 일본인 문학자의 '만주문학론' –『만주문예연감』 수록 평론을 중심으로(在満日本人文学者の「満洲文学論」–『満洲文芸年鑑』所収の評論を中心に)」, 『アジア遊学』 44, 2002.10; 니시다 마사루(西田勝), 「재'만' 일본인・조선인・러시아인 작가의 활동(在'満'日本人・朝鮮人・ロシア人作家の活動)」, 植民地文化学会編, 앞의 책; 니시무라 마사히로(西村将洋), 「'만주문학'에서 아방가르드로 –'만주'거주 일본인과 언어표현(「満洲文学」からアヴァンギャルドへ–「満洲」在住の日本人と言語表現)」, 神谷忠孝・木村一信編, 『「外地」日本語文学論』, 世界思想社, 2007; 유수정, 위의 글 등이 있다.

208 西村真一郎, 앞의 글, p.3; 単援朝, 앞의 글.

209 초기 재만 일본인 문학자들은 다롄(大連)의 소규모 문학 그룹에서 출발하여 만주국 성립을 계기로 잡지 발행과 동인잡지 『작문(作文)』(대부분의 동인이 만철사원)의 활동으로 형성되었다. 그러나 만주국 수도로 신징(新京)이 건설됨에 따라 문화의 중심도 신징을 중심으로 하는 『만주낭만(満洲浪漫)』 동인인 젊은 지식인들에게로 옮겨졌다. 尾崎秀樹, 앞의 책, pp.223~228. 『만주낭만』파에 비하여 『작문』파는 만주국 건국에 소극적이고 타민족에 동정적인 태도를 취하는 경향이 있었다.

210 선행연구에서는 만주국에 대한 작가의 태도는 다음과 같이 분류하였다. ① 소극적이지만 긍정한다, ② 적극적으로 긍정한다, ③ 겉으로는 일단 혹은 적극적으로 용인하지만, 저항한다. 西田勝, 앞의 글, p.196.

였다. 그리고 다음과 같은 주장을 통하여 만주문학을 주변국과의 국제적 위치관계 및 사회적 조건으로 규정하려 하였다. 즉 "만주국 주위에는 세계적인 러시아문학이 있다. 일본문학은 물론이고, 지나(支那)문학도 있다. 당연히 각각 그 특징을 갖고, 또한 발휘하고 있다. 사상적인 문제는 별개로, (만주문학은) 지리적 기후적으로는 러시아문학에 접근하며, 인구로만 말하자면 지나문학, 지도적 위치에서 보자면 물론 일본문학에 접근해야 하지만, 문학사를 역사적으로 검토하자면 미국문학이 발생한 형식으로 접근하는 것이 비교적 쉽다"[211]는 것이다.

위의 인용에서 알 수 있듯이, 그는 만주국 성립 이전 동북 지역에 존재한 중국문학의 일부로서의 문학적 전통을 부정하고, 문학의 "처녀지"인 만주국을 어떻게 개척할 것인가 하는 시점에서 논하고 있다. 그는 제국일본이 만주국 건국을 정당화하는 논리를 용인하면서 출발하고 있는 것이다. 하지만 동시에 조는 현재 만주국에서 일본민족이 지도적 지위에 있는 것은 "과도기"일 뿐이며 "장래에는 정치적으로도 문화적으로도 오족(五族)이 평등해져 오족이라는 말도 소멸해야 한다"[212]고 강조하였다. 만주국에서 일본민족이 가지는 주도성이 과도기적인 것이라면, 일본문학이 만주문학의 주류가 되어야 하는 필연성은 감소할 수밖에 없다.

그는 "우리 일계가 보기에 일본문학의 연장이어도 상관없을 터이며, 한문계에서 보자면 지나문학의 연장이어도 상관없을 터이나, 독립 국가로서 국민이 요망하는 문학은 당연히 일치해야 한다. 또한 그렇게 하

---

211 城小碓, 「満洲文学の精神」, 満洲文話会編, 앞의 책(第2輯), pp.26~27.
212 위의 글, p.26.

는 것이 국민융화의 중대한 열쇠가 된다"[213]고 하였다. 나아가 국어는 아직 제정되지 않았지만 공문서에서는 일본어가 쓰이고 있는 상황을 고려하여 "일본문학을 주류"로 하여 "일본글을 주(主)로 만주문학을 창조하라"[214]고 주장하였다. 말하자면 만주문학은 '독립국'의 국민융합을 위해 필요하고, 편의성 때문에 일본문학을 선택해야 한다는 것이다. 따라서 만주문학에서는 이론이 작품에 가치를 부여해야 하며, 그 목적은 만주국 문학을 포함하는 예술이 "건국정신"의 기초가 되는 것이다. 그의 만주문학론은 만주국의 "건국정신"을 궁극적인 이상으로 보고 이상 실현에 공헌하는 만주문학을 창조해야 한다는 주장이었다.

그 기저에는 그가 스스로 인정했듯이, 관동주에 속한 다롄에 거주하는 일본 국적 보유자이기 때문에 만주국을 "우리나라"라고 부를 수 없는 재만 일본인의 정치적 입장과, 만주국을 향한 "향토애"와 일본을 향한 "조국애" 사이에서 일어나는 감정적인 갈등이 있었다. 만주국이 "우리 분묘(墳墓)의 땅이 되어야 할, 우리 자손을 남기고 가야 할"[215] 장소라면, 일본은 "조국애"의 대상이었다. '오족협화'의 중핵이어야 할 재만 일본인 문학자가 만주국의 이상에 공명하고 이상을 실현하려 하면 할수록, 일본을 향한 "조국애"와의 사이에서 이민자로서의 갈등이 커질 수밖에 없었다. 조는 "지금의 나에게는 향토애보다 이 조국애 쪽이 크다"고 인정했다. 하지만 "크게 만주문학 문제에서 검토할 때, 향토애를 더 강하게 주장해야 하는 것이 아닐까"[216]라는 질문을 던진다. 그는

213 위의 글, p.27.
214 위의 글.
215 위의 글, p.29.
216 위의 글.

만주문학을 “향토애”에 기초해서 구축해야 한다고 보았던 것이다.

그러나 조가 제시한 “향토애”의 문제성은 단순히 재만 일본인의 이중국적을 둘러싼 딜레마에 국한되지 않는다. 그는 만주국의 이상이 ‘오족협화’라는 점을 반복하며 만주국의 국가형성을 “하나의 거대한 민족의 귀추”라고 강조하였다. 그 전제하에서 다른 “오족”이 “같은 방향으로 변해가는 유일한 길”은 “향토애”뿐이라고 지적했다. 이 지적은 재만 일본인이 느끼는 “향토애”와 “조국애”의 갈등을 다른 ‘오족’도 똑같이 경험하지 않을까 하는 의혹을 암시한다. 특히 이 의혹은 만주국의 압도적인 다수 민족인 한족(漢族)이 제국일본과 전쟁을 벌이고 있는 중국에 강한 “조국애”를 느끼지 않을까 하는 상상에까지 이를 위험성을 내포한다. 이 점을 고려한다면, 그가 만주국은 ‘독립국’이고 그 건국정신은 ‘오족협화’이며, 장래에 그 이상이 실현될 것이라고 집요하게 반복하는 것을 단순히 프로파간다의 재생산이라고 단언할 수 없다. 그가 “현재 국민의 고민을 말로는 표현하지” 않지만 그것이 바로 “조국애”와 “향토애”의 문제가 아닐까 하는 질문을 던질 때, 이 “국민”은 재만 일본인만을 가리키는 호칭이 아닐 수 있기 때문이다.

그는 오직 ‘오족협화’의 실현을 통해서만 만주국이 완성된다고 보았고, 만주문학은 여러 민족의 “조국애”를 뛰어넘는 “향토애”를 불러일으키는 도구로서 가치를 가진다고 인식했다. 다시 말하자면 현재의 만주국은 이상이 실현되지 않은 상태인 것이다. 결과적으로 그는 “오족융화를 위해서라도, 앞으로 이 문제에 대해 문학의 경우, 조국애를 희생하는 것이야말로 만주국을 사랑하고, 만주문학을 세계문학의 수준으로 끌어 올리는 과정”[217]이라는 결론을 내린다. 이 결론은 만주문학을 통해 만주국의 이상과 현실의 괴리를 봉합하려는 시도로 볼 수 있다.

하지만 조의 문제의식이 당시 재만 일본인 지식인 사이에서 공유되었다고 보기는 어렵다. 쓰노다 도키오(角田時雄)는 우선 자신은 만주로 이주한지 1년째일 뿐이라고 전제하고, 문학은 문학지상주의에 철저해야 한다고 주장했다. 그는 "진정으로 조국 일본의 건국정신과 만주제국의 건국정신을 체감한다면, 조국애와 향토애를 분기점으로 삼는 것은 모순"[218]이라고 지적했다. 만주국에 대한 애정과 조국일본에 대한 애정은 상호배타적인 것이 아니며, "향토로서 만주를 사랑한다는 것은 조국애에서 출발하여 조국애에 철저하려 하는 것이어야만 한다"[219]고 보고 "조국애"에서 출발한 "향토애"를 강조하였다. 따라서 그는 '오족협화'는 정치나 행정 정책으로 추진되어야 할 바이며 문학은 "있는 그대로의 우리 고민, 있는 그대로의 우리 궁지, 있는 그대로의 우리 모습, 그것이 진정으로 오족협화에 도움이 될 때가 아니면 진정한 오족협화는 없다"[220]고 주장하였다. 이 '우리'는 분명 일본인을 가리킨다. 일본인이 만주국을 위해 일본을 향한 "조국애"를 사양할 필요는 없다는 것이다. 쓰노다의 시각에서 보자면, 만주문학은 '일본인의 만주문학'으로서 만주에 거주하는 일본인의 생활과 감정을 그려야 했다.

오카와 세쓰오(大河節夫)는 그 자신도 만주에 온 지 얼마 안 된다고 전제하고 조와 쓰노다의 만주문학론을 검토하였다. 그는 조가 만주의 현

---

217 위의 글.

218 角田時雄,「満洲文学について－城小碓氏の論を読んで」, 満洲文話会編, 앞의 책(第2輯), p.31.

219 위의 글.

220 위의 글.

재 상황에서 정치를 당위적인 것으로, 문학은 자연적인 것으로 보고 있다고 지적하였다. 오카와는 조가 주로 "만주 현실의 현상(現狀) 형태"에서 강한 영향을 받아 "현 단계에서 의식적인 노력을 기다리는 일이 많은 정치는 당위적으로 보이고, 비약기에서 시간적으로 훨씬 가까운 만주문학은 매끄럽게 움직이고 있기 때문에 자연적 동향으로 흘러간다고 생각하고"[221]있다고 보았다. 이 지적은 타당한 것이었다.

오카와는 작가가 세계관을 소화하지 못한 채 현실에 끼워 맞추려다 "관념의 유령"이 된 예로, 일본 정부의 대외문화사업 영화나 교육영화, 프롤레타리아 문학의 '실패'를 들었다. 쓰노다와 오카와는 조가 제시한 만주문학의 개념, 즉 '오족협화' 실현과 국민융합의 도구로서의 가치를 문학의 순수성을 해치는 정치성의 강화로 보고 비판한 것이다.

그러나 당시 만주의 정치적 상황은 이미 『회란훈민칙서(回鑾訓民勅書)』(1935) 발포와 함께 '일만일덕일심(日滿一德一心)', '일만불가분(日滿不可分)의 관계' 등의 미사여구로 제국일본과 만주국의 일체화가 강화되던 시기였다. 그러한 상황에서 조의 주장은, '오족협화'를 내세워 만주문학이 단순한 일본문학의 연장이 아니라 '독립국'의 문학으로 존재할 여지를 확보하려는 것이었다. 대외적으로 만주국이 '독립국'이라는 제국일본 측의 주장을 따르면서, 일본문학에 일정한 거리를 둔 만주문학을 건설하려는 시도였던 것이다. 이러한 측면은 일만은 한 몸이므로 만주문학은 일본문학의 본류(本流)에 속해야 한다는 고노 료요(上野凌峪)의 주장과 비교할 때 보다 분명하게 드러난다.

---

221 大河節夫, 「当為的と自然的ー城・角田両氏の間隙へ」, 満洲文話会編, 앞의 책(第2輯), p.34.

고노는 현대 미국은 영국과 아무 관계도 없는 독립국이나, "만주국은 그 뜻이 크게 다르다는 것이 건국의 첫 페이지에 대서특필되어 있으며, 일만불가분 나아가 일만일체(日滿一体)의 관계"[222]라고 강조하였다. 이때 "일만일체"는 "국방책임의 일체"임과 동시에 "경제단위의 일체"이며, 이는 이미 실현되었고 세계적으로도 표명하고 있는 바 사실이라는 것이다. 그러한 만주국에서 일본과 "전혀 별개의, 애매모호한 문화가 태어나도 되는 것일까"라는 고노의 질문은 사실상 제국일본의 식민지인 만주국의 현실에서 만주문학은 태어날 수 없다는 선언이었다. 따라서 만주문학은 "막다른 곳에 갇힌 현재 일본문학 타개의 열쇠이며, 바로 그렇기 때문에 일본문학의 본류"[223]라는 것이다.

고노의 논리는 군사적으로도 경제적으로도 제국일본에 종속된 만주국의 현실에 의거하여 만주문학의 독자성을 부인하고, 만주문학이 일본문학의 흐름에 종속되어야 한다고 보는 것이었다. 그가 주장하는 바에 따르면 일본문학의 가치는 "서양 문화" 흡수에 성공한 "동양 민족"의 "지도적 위치"에서 비롯된다. 그는 "우리"가 서양 문화나 사상을 과잉 흡수하여 그에 "지배"당했다고 비판하면서도, "그건 그것대로, 우리의 근대성을 길러내는 데 충분한 도움이 되었다"고 평가한다. 그리고 "일본 문화의 높은 정신력을 자각, 평가하고 이에 사회과학의 우수한 부분을 비판, 흡수하여 총합적이고 창조적인 세계관을"[224] 창조해냈다는 것이다. "우리는 서양 문화를 몸으로 체험하고 흡수"한 동양 민족이며, 그중에서도

---

222 上野凌嵱, 「滿洲文化の文学的基礎－滿洲文学とは何ぞや」, 滿洲文話会編, 앞의 책(第2輯), p.53.

223 위의 글.

224 위의 글, p.54.

"그 지도적 지위에 입각한 일본민족"이다.[225] 일본민족의 우월성은, 근대화에 실패한 다른 동양 민족에 비하여 서양 문화를 흡수하고 근대화에 성공했다는 실적에 뒷받침된다.

따라서 만주 문화는 일본 문화의 지도를 받은 "총합적이고 창조적인 세계관"을 기초로 건설되어야 한다. 만주에 유입된 일본문학은 제국주의문학 혹은 식민지문학이라는 비판이나, 만주문학은 일본인의 지도를 받되 만인이 주체가 되어야 한다는 주장은, 고노에게 "정말로 아연할 수밖에 없는"[226] 것이었다. 이와 같은 고노의 주장에 비추어 보면, 어째서 만주문학론의 논자들이 만주국의 건국이상은 현재의 만주가 아니라면 장래에 실현될 것이라고 상정했는지 짐작할 수 있다.

그 한 예로, 만주문학과 장래 '오족협화' 실현을 함께 이야기한 기자키의 「건설의 문학」을 들 수 있다. 기자키는 만주문학에는 특수한 문학이념이 필요하지 않으며 만주에는 당연히 만주문학이 존재해야 한다고 주장했다. 나아가 "우리"는 막다른 곳에 이른 현재의 일본문학을 "용서없이 비판 섭취"하여 만주문학이 생성 및 발전할 토대를 형성해야 한다고 하였다.

기자키는 현재 세계는 자본주의, 공산주의, 제국주의 문학이 다투는 세기 말의 고민과 마주하고 있다고 보았다. 그리고 "왕도낙토의 실현과 민족협화의 대이상(大理想) 달성이라는 빛나는 전도(前途)와 지반(地盤)이 가능성을 약속하는"[227] 만주문학만이 그와 같은 "혼란의 권외(圈外)"

---

225 위의 글.
226 위의 글, p.52.
227 木崎竜, 「建設の文学」, 満洲文話会編, 앞의 책(第2輯), p.39.

에 있을 수 있었다. 따라서 만주라는 현실규정은 "사소한 추종주의"로 전락할 가능성을 가질 뿐이며, "현실을 안다는 것은 그 장래성으로 본질을 파악하는 것"[228]이어야 했다. 당장 만주의 현실보다 장래에 실현될 만주국의 건국이상에 입각한 만주문학 건설을 지지한다는 기자키의 주장을, 가노는 "파시즘의 문학이론"이라고 통렬히 비판했다.

> 만주의 현실 위에 만주문학이 있다. 만주국의 앞날은 낙토이다. 따라서 만주문학은 빛나는 미래를 가질 것이다. 이 형식이론의 비약에 당혹하며, 우리는 의문을 가질 수밖에 없다. 일본을 보던 씨(氏)의 눈은 어디로 간 것인가. 세계의 현실에는 리얼하던 씨의 눈은, 어째서 만주 앞에서는 실명할 수밖에 없었는가. 만주를 사랑하기 때문일까. 사랑은 그 대상에 대한 이해를 전제로 한다는 것이 우리의 상식이었을 터인데, 씨는 만주를 사랑하는 나머지 그것을 일본에서 떼어내고, 세계에서 고립시켜, 모든 현실적인 것을 저버리고 이윽고 동화(童話)의 영역에 속하게 만들었다.
>
> 씨에 의하면, 만주문학의 기반은 현실의 만주가 아니라 이것이 가진다는 윤리적인 이상이다. 그 대상은 만주의 사회적 현실이 아니라 '빛나는 앞날에' 있다. 따라서 그 방법은 현실의 문학적 개괄이 아니라 공상을 임의적으로 조립한 것에 불과하다.
>
> 씨의 문학이론의 본질을 주관적 관념론이라고 규정하고 이에 '환상의 문학론'이라고 이름을 붙이는 것은 엉뚱한 일일까. 다만 여기에서는 종래의 위축되어 있던 문학적 관념론이 문학 밖 세계의 상세(狀勢)에 자극을 받아, 국가

228 위의 글, p.40.

생성이라는 특별한 분위기에서 적극적으로, 강행적으로, 스스로의 관념성을 표면에 내세우는 것이 특징적이다. 씨는 자신의 방법론을 리얼리즘이라 부르건 로맨티시즘이라 부르건 상관없다 하지만, 우리는 그것을 파시즘의 문학이론이라고 부르는 데 주저하지 않을 것이다.[229]

가노는 나아가 독자적인 주장을 내놓았다. 즉 "우리"는 "예술적 대상으로서 만주가 갖는 특수성"에 주목하여, 특수한 만주 사회의 현실을 "현실주의"를 통해 그려야 한다. 이때, "예술적 대상으로서 만주가 갖는 특수성"은 도시가 아니라 농촌에서 "쌀을 먹는 인종"의 심리, 사상, 생활과 "고량(高粱)을 먹는 인종"의 그것은 서로 "유기적인 관계"에 있다. 따라서 만주문학은 도시에서 생활하는 재만 일본인만이 아니라 만주 농촌에서 생활하는 "고량을 먹는 인종"을 그 문학적 제재로 포섭해야 한다. 이러한 만주문학의 개념은, 만주문학이 결코 이상적이지 않은 현실을 묘사함으로써 그 정치를 비판할 수 있는 가능성을 내포하는 것이었다.

이처럼 만주문학론은 만주에서 일본인의 특수한 위치와 만주국의 건국이념을 축으로, '오족협화'와 '일만일체', 재만 일본인의 '향토애'와 '조국애', 문학과 이론의 관계, 낭만주의와 리얼리즘, 프롤레타리아 문학과의 연관성, 일본인의 지도성 등 만주문학에 관련된 주체, 방법론, 제재, 사상에 이르는 모든 측면에서 다채롭게 진행되었다.

우선 식민지에 거주하는 재만 일본인이라는 주체가 가지는 문제성이

229 加納三郎, 「幻想の文学」, 満洲文話会編, 앞의 책(第2輯), p.43.

있었다. 지금까지 검토한 평론에서 화자가 호명하는 "우리"는 재만 일본인이거나 일본인이기도 하고, 일본민족, 그리고 "만주국민"일 때도 있었다. 재만 일본인은 결코 한 덩어리의 균질하고 통합된 주체가 아니었던 것이다. 이 문제는 재만 일본인 사회의 이민 2세에 이르러서는 더욱 복잡해졌다. 일본인이 만주로 이주하기 시작한 것은 주로 러일전쟁 이후였다. 러일전쟁 직후 만주에 이주한 재만 일본인은 이미 만주에 30년 이상 거주하고 있었고, 그들의 자제는 만주에서 성장하였다. 주로 만철 부속지나 도시에서 생활하며 일본인 소학교에서 초등교육을 받은 재만 일본인 자제들에게 '향토애'와 '조국애'의 갈등은 이미 관념의 문제가 아니었다.

이 문제는 특히 아키하라 가쓰지(秋原勝二)와 에하라 텟페이(江原鉄平)의 글에서 엿볼 수 있다. 아키하라는 이 문제를 소재로 수필 「고향상실(故郷喪失)」(『満洲日日新聞』, 1937.7.29~31)과 단편소설 「밤 이야기(夜の話)」(『作文』, 1937.7)를 발표했고, 에하라는 「만주문학과 만주태생(満洲文学と満洲生まれのこと)」(『満洲日日新聞』, 1937.8.18~21)으로 호응했다.

아키하라는 재만 일본인의 위화감을 다음과 같이 표현했다. "우리는 만주에 있어, 밤낮으로, 밤마다, 내지의 아침 정경이나 마을의 풍물을 배우고 있다. 신사, 도롱이, 삿갓, 지우산, 딱따기 소리 딱딱. 덕분에 우리들은 만주에 관해서는 거의 배우지 못하고 지냈다. (…중략…) 만주에 있으면서 만주를 모르고 일본인이면서 일본을 모르고, 대체 우리는 무엇인가, 그 무성격에 놀라게 된다"[230]라고 이야기했다. 여기서 아키

230 秋原勝二, 「故郷喪失 (上)」, 『満洲日日新聞』, 1937.7.29.

하라가 토로하고 있는 것은 바로 '내지'의 기억을 거의 갖지 못한 채 만주에서 일본인으로서의 아이덴티티에 중점을 둔 교육을 받고 자란 2세가 경험하는 혼란이었다.

고이즈미 교미(小泉京美)는 이 문제를 만주의 일본인 초등교육의 관점에서 검토하였다. 고이즈미의 연구에 의하면, 소학교 1학년에 만주로 건너가(1920) 펑티엔(奉天)의 일본인 소학교 심상과(尋常科)에서 수학한 아키하라가 경험한 초등교육은 시기상 교육정책이 1910년대 후반의 '내지연장주의(内地延長主義)'에서 1920년대의 '적지주의(適地主義)'로 전환되는 과도기였다.[231] 만주국 내의 일본인 증가를 위해 일본인 이민자의 정착을 장려하고, 일본인 이민을 한층 촉진하기 위한 교육정책으로 전환되었던 것이다.[232] 당시 재만 일본인 정책은 재만 일본인 2세가 충군애국의 마음을 잊지 않은 일본인으로서 만주에 정주하는 것을 장려했다. 그 과정에서 만주 역시 졸지에 단순한 '식민지'에서 사랑해야 하는 '향토'로 전환되었다. 이러한 식민정책의 변화는, 재만 일본인 2세에게 일본인으로서 '조국'을 사랑해야 한다는 당위와 생활자로서 '향토'에 느끼는 애정을 동시에 가질 것을 강요했다.

여기서 주목하고 싶은 것은, 그러한 교육 방침이 역설적으로 재만 일본인 젊은이들에게 식민자로서의 자의식을 인식하는 계기가 되기도 했다는 점이다. 에하라는 "소학교에서 배우는 것은 '너희 나라는 바다 저편에 있고, 여기는 식민지다. 너희들은 식민지에서 태어났지만 모국을

231 小泉京美, 「「満洲」における故郷喪失－秋原勝二「夜の話」」, 『日本文学文化』 10号, 東洋大学日本文学文化学会, 2010, p.85.

232 위의 글.

잊어서는 안 된다. 바다 저편의 우리나라는 산자수명(山紫水明)의 나라, 곧 녹음이 우거지고 꽃이 피며 새가 노래하는 꿈처럼 아름다운 나라'라는 것, 그리고 그에 대한 무수한 지식이다. 적어도 나는, 그렇기 때문에 자신이 만주에서 태어나 만주에서 성장했어도 이곳은 지나인(支那人)의 토지이고 우리 땅은 아니라고 확고하게 생각했다"[233]라고 썼다.

그러나 동일한 경험이 반드시 동일한 인식으로 이어지는 않는다. 니시무라 신이치로는 위에서 인용한 에하라의 글을 예로 들고 이어서 "그러나 우리는 이와 같은 교육방침과 함께 항상 "관동주 및 만철 부속지는 지나(支那)에게 99년간 빌린 것이다"고 배웠다. 그럴 때 어린 우리는 "99년이 지나면 어떻게 됩니까"라고 질문하곤 했다. 그러면 선생님은 웃으며 "그때는 다시 99년 빌리겠죠"라고 깨우쳐주셨다. 나는 아무 의문 없이, 그저 일본의 위대함과 강력함에 감격했던 것이었다"[234]라고 회상하였다. 니시무라도 만주가 제국일본의 식민지이며 만주의 일본인이 식민자라는 사실까지 부정하지는 못했다. 다만 니시무라는 일본인이라는 긍지를 내세워 식민자로서의 자각을 문제시하는 사고 자체를 거부했다.

그러나 에하라는 "내지에서 온 아이들이 '네 원적(原籍)은 만주구나'라고 하면 분연히 '원적은 ××에 있다'며 부모의 고향인 아직 본 적도 없는 토지를 들먹이고는 했다. 즉 우리는 제국에서 '파견된 자'였다"[235]라고 이야기하였다. 에하라에게 일본인으로서 만주에서 태어나 자란 경험은 "남의 집에서 자란 의붓자식"[236]처럼 일본도 만주도 사랑할 수

233 江原鉄平, 「満洲文学と満洲生まれのこと (一)」, 『満洲日日新聞』, 1937.8.18.
234 西村真一郎, 「東洋の猶太民族」, 満洲文話会編, 앞의 책(第2輯), p.60.
235 江原鉄平, 앞의 글(1937.8.18).
236 江原鉄平, 「満洲文学と満洲生まれのこと (二)」, 『満洲日日新聞』, 1937.8.19.

없는 '고향상실'의 감각을 낳았던 것이다.

이 점에서 보자면, 적어도 젊은 세대의 재만 일본인 문학자 중 일부는 스스로가 식민자라는 자각 속에서 독자적인 만주문학을 모색하고 있었다고 볼 수 있다. 그리고 재만 일본인이 식민자로서 '향토'여야 할 만주에 느낀 위화감은 곧 "바다 저편의 우리나라"에 대한 회의감으로 전환될 수 있었다.

아키하라의 「밤 이야기」는 주인공이자 화자인 '나'가 우연히 손에 넣은 요코야마 지로(横山二朗)라는 청년의 수기를 통해 재만 일본인 청년의 경험을 이야기하는 액자소설 형식의 단편소설이다. 다롄의 회사원인 요코야마는 "일본은 멀고 관념일 뿐이었다. 또한 이미 한결같은 마음으로 이 토지 이민족(異民族)의 생활 연구에 뛰어들고자 한 적도 있지만, 그러나 이도 얼마나 소원한 것이었는가. 우리의 불행은 여기에 있다. 우리의 마음, 육체는 토착한 이민족처럼 이 토지의 것이 되지 못하고, 또한 일본의 것도 되지 못하는 어떤 것으로 변화하고 있었던 것이다. 이 변화는 아마 어떠한 훈육으로도, 주의해도 어쩔 수 없는 명확한, 뛰어넘기 어려운 토지의 차이인 것이다"[237]라는 말로 재만 일본인의 위화감을 토로하였다.

그것은 "어떤 것이, 어떠한 권력이, 여기서 행해지건" "우리보다 이 토지를 사랑하고 있는" "그들 토민(土民)"을 향한 선망과, "원래 사랑할 수 있는 토지라는 것은 누구에게나 부여되는 것"임에도 불구하고 "눈앞에, 스스로 밟고 선 그 발 밑에서 찾아내지 못하는" "우리"의 "불행"

237 秋原勝二, 「夜の話」, 満洲文話会編, 앞의 책(第2輯), pp.201～202.

에 대한 인식이기도 했다.[238] 나아가 그는 자신들이 "사랑할 수 있는 토지"란 도대체 어디에 있는가 자문한다. 그 답은 "그렇다, 확실히 있었다, 확실히, ……그러나, 그것은…… 우리는 대체 어디에서 살아야 하는 건지 아는가?"[239]라는 의문이 되고, 답을 얻지 못한 채 텍스트 내부에서 불투명한 유령처럼 부유한다.

요코야마의 불행은 "바다 저편의 우리나라" 또한 "단순히 고향에 대한 꿈"을 만족시켜주는 곳이 아니라는 사실 때문에 더욱 깊어진다. 요코야마는 '내지' 여행에서 "일본인 인력거꾼"을 목격한 놀라움을 회상한다.[240] 그는 '내지'의 부두에서 만주에서는 "토민 남자들"이 하는 일에 일본인이 종사하는 광경을, 동북(東北) 지방의 농가인 친가에서는 "가난하고, 좁고, 더러운 고향"[241]을 발견한다. 그는 "고국에, 자신의 집 앞에 섰을 때" 만주 '토민' 집 근처에서 종종 맡았던 "저 촌스러운 냄새", "희고 먼지투성이인 집의 모습", 툇마루의 "보기 흉한 나뭇결만 눈에 띄고 희뿌옇게 황폐해"진 쓸쓸한 풍경과 대면한다. 이때, 요코야마는 갑자기 자신이 "황해 저 너머 토지에 사는 이유"[242]를 깨닫는다. 그리고 "더러운 변소, 맛없는 음식, 저 집의 더러운 아이들"이 "토민의 아이와 똑같이" 저수지의 흙탕물 속에서 헤엄치는 모습을 보며 "불결하고 위생적이지 못하며, 무기력하고 파렴치하며, 경시해 마땅한" 존재였던 만주 '토민'과 견주어 "귀족과 같은 위치에 있어, 그 권력이 범상치 않은" "우리 일본인"의

238 위의 글, p.202.
239 위의 글.
240 위의 글, p.203.
241 위의 글, p.211.
242 위의 글, p.210.

긍지와 꿈은 흔적도 없이 사라진다.

재만 일본인에 대한 일본인의 태도도 우호적이지만은 않다. 친가에서는 이미 사부로(三郎)라는 양자가 집안의 기둥 역할을 하고 있다. 사부로의 동생은 요코야마가 "자신들이 모처럼 쌓아 올린 이 집을 되찾으려 하는 것은 아닌가 매우 불안"해 하며 경계한다.[243] 또한 조부는 언제나 눈을 내리깔고 요코야마의 눈을 똑바로 쳐다보지 않다가 문득 "뭐든 괜찮지만, 나쁜 짓만은 하지 말거라"라고 이야기하며, "소학교에서는 선생들에게 사변 이야기만" 질문을 받는다.[244]

장기 해외거주 때문에 재만 일본인이 '내지'의 경제적 기반을 상실한다는 주장은 만주사변 당시부터 존재했다. 그들은 "조국에 남겨 놓은 적은 토지 재산은 이십여 년 사이에 조국의 경제적 변화로 형제친척 내지 마을 사람들이 탕진하여 그들의 자리는 남아 있지 않"[245]다고 호소했다. 요코야마는 조부의 말과 학교에서 받은 질문을 통해 재만 일본인을 향한 '내지'의 이중적인 시선을 깨닫는다. 그것은 그들이 만주에서 무엇인가 "나쁜 짓"을 하고 있는 것이 아닌가 하는 은밀한 의심과, 만주사변이 상징하는 제국일본의 국익과 결합된 일방적인 시선이다. 요코야마는 그러한 경험을 통해 "내지 사람에게 또는 내부에 우리는 받아들여질 수"[246] 없다는 사실을 자각한다.

재만 일본인이 결정적으로 불안정할 수밖에 없는 이유는 결국 그들이 만주의 토지는 '토민' 이상으로 사랑할 수 없고, '내지'에서도 받아

243 위의 글, p.209.
244 위의 글, p.211.
245 앞의 글(『滿蒙三題』), p.462.
246 秋原勝二, 앞의 글, p.215.

들여지지 않는다는 사실에서 비롯된다. 요코야마는 생활 목적이나 토대를 상실한 재만 일본인은 "소리를 지르고 싶어도 (대상이) 존재하지 않는 향수(鄕愁)가 극도로 고조된 결과", 만주에서 "오래 생활한 사람은 어딘가 텅 빈 눈을 갖고 있다"고 지적한다.[247] 그는 '내지' 사람들에게는 "식민지 사람들이 들뜬 모양", "우리 젊은이들은 패기가 없다"는 소리를 듣고, 실제로 "함께 사는 미개한 이인종들에게는 거만하고 건방진, 그러면서도 누구보다도 살아가는 데 자신이 없다……"[248]는 재만 일본인의 표상을 묘사한다. 물론 이러한 표상은 만주에서 여러 민족의 중핵(中核)이라는 우수한 '일본인'상과는 동떨어진 것이었다.

이 소설이 묘사하는 재만 일본인의 우울, 무기력, 쓸쓸함은 주로 '내지'와의 관계에서 발생한다. 만주에서는 '토민'과 재만 일본인 사이에 명백히 문명의 차이가 존재하는 것처럼 보인다. 그러나 '내지'에서는 오히려 일본인의 생활에서 '토민'과의 유사성을 발견함으로써, 재만 일본인의 상대적 우월성은 논리적 근거를 상실한다. 이러한 발견은 결국 만주에서는 자명한 것처럼 보이던 일본인의 우월성, 특권성이 결국 만주국과 제국일본의 비대칭적 관계에서 비롯된다는 사실의 인식으로 이어질 수 있다. 일본인은 '만주의 귀족'이라고 자부하던 요코야마에게 '귀국'이 "가난하고, 좁고, 더러운 고향"을 발견하는 과정이었듯이, 재만 일본인에게 '내지' 여행은 일본인의 특권을 해체하고 식민자로서의 자각을 촉진하는 과정이다. 때문에 요코야마는 재만 일본인이 "망향의 실로 후방에서 조종"당하고 있다고 자각하고, 그 실을 끊고 눈앞에 있

247 위의 글.
248 위의 글.

는 토지를 사랑해야 한다는 결론에 이른다.[249] 요코야마의 자각은, 재만 일본인이 제국일본과의 종속적인 관계에서 벗어나 자신이 삶을 영위하는 장소인 만주(국)을 사랑해야 한다는 것이었다.

하지만 재만 일본인은 제국일본이 만주에서 쌓은 군사적・정치적 기반 위에 존재할 수밖에 없다. 재만 일본인이 만주에서 "귀족"같은 생활을 영위할 수 있는 것은, 그들이 제국일본이 만들어낸 만주국이라는 체제 내에 존재하기 때문이다. 만주를 향한 재만 일본인의 '향토애' 역시 재만 일본인 인구의 증가와 정착을 촉진한다는 의미에서, 제국일본에 대한 만주국의 종속성을 강화한다. 식민자인 재만 일본인은 제국일본의 식민지 경영에 포섭될 수밖에 없다.

결국 요코야마는 '내지'에서 돌아온 뒤 회사를 사직하고 친구나 지인과의 교제도 끊은 뒤 채목공사(採木公司)에 들어간다. 그리고 요코야마의 이야기를 들은 '나'는 적응할 수 있는 조건만 맞으면 생장하는 식물과는 다른 '사람의 이동'이 갖는 어려움을 생각한다. "고향에서 이향(異鄕)으로 — 수목이라면, 더 많은 이식을 거친 것이 더 가치가 있다고, 나 또한……"[250]이라는 '나'의 생각은 부분적이나마 제국일본의 재만 일본인 정책에 대한 불만과 의심에 목소리를 부여했다고 볼 수 있다.

그 배경에는 재만 일본인 2세에게 나타난 변질이 있었다. 아키하라는 자신들에게는 "현실을 혈육화(血肉化)할 수단조차 부여되지 않았다. 내지와 똑같은 말을 쓰고, 일본과 똑같은 옷을 입고, 내지의 풍물로 교육을 받은 지 이십여 년, 내지, 내지와 일본인의 마음은 만주에서 계속

249 위의 글, p.217.
250 위의 글, p.221.

겉돌고만 있다. 이것은 확실히 과거 재만일인의 모습이다"[251]라고 썼다. "마음의 고향"이 일본이었던 재만 일본인 1세대에게는 일본인이 일본어를 쓰고 일본 옷을 입고 일본 교육을 받는 것이 자연스러운 일이었다. 하지만 초등교육을 만주에서 받은 아키하라 같은 재만 일본인 청년들에게는 "지리적 환경"과 "마음"의 두 가지 고향이 있었다. 만주에서는 본래 하나의 것이어야 할 고향이 "분열"[252]되었던 것이다. 이는 명백히 제국의 팽창과 함께 정책적으로 장려된 일본인의 '외지' 송출이 야기한 문제였다.

아키하라는 "지리적 고향을 이렇듯 근본적으로 완전히 다른 이향으로 옮겨버리는 것은, 일찍이 고향에서 자란 마음을 이향에서 헤매게 만든다"[253]고 지적하였다. 그리고 그는 "만주에 살려면 이미 일본인 마음의 개조가 필요"하며 "토지는 완전히 변했는데 자신은 그대로, 더구나 내지에 있는 것과 같을 것을 바라는" 것은 불가능하다고 지적한다.[254] 그의 지적은 재만 일본인이 일본이라는 고향의 환상을 쫓는 무익함을 이야기하면서, 일견 자명한 것처럼 보이는 일본인을 식민지의 혼돈 내부로 옮긴다.

"우리는 앞으로 우선 모든 도구부터 스스로의 손으로 고안하고 만들어야만 한다. 그리고 점차 이 전혀 다른, 우리의 과거와는 상관없는 현실 속에서, 그 정신 발견에 노력해야 한다. 그 발견자는 아마 고향상실의 영혼에 철저한, 방랑자 무리임이 틀림없다. 일찍이 혼돈이 있어, 모든 형성

---

251 秋原勝二, 앞의 글(1937.7.29).
252 秋原勝二, 「故郷喪失 (中)」, 『満洲日日新聞』, 1937.7.30.
253 秋原勝二, 「故郷喪失 (下)」, 『満洲日日新聞』, 1937.7.31.
254 위의 글.

(形成)이 그로부터 시작되었다. 우리는 기운차게 걸어나가야 한다."[255] 이는 이민 정책의 의도에서 벗어나, 그들 자신이 주체로서 새로운 재만 일본인을 모색한다는 선언이었다. 만주로 확장된 일본인의 민족적 동일성은 지리적 환경의 변화에 힘입어 일찌감치 분열되고 있었다.

「밤 이야기」가 제기하는 문제는, 궁극적으로 재만 일본인의 교육 문제를 넘어 식민자로서의 자의식과 함께 일본인 이민자 송출을 장려하고 적극적으로 이용하려는 제국의 이민 정책 자체를 비판적으로 이해하는 계기로 발전될 수 있었다. 에하라의 말을 빌린다면, "만주태생의 고향상실은 즉 식민논리에 대한 회의에서 나온다. 자신이 태어난 땅을 사상적 의혹 때문에 잃은 자의 일종의 허무감"[256]을 환기하는 것이다.

그러나 「밤 이야기」에서 요코야마가 사랑하겠다고 결심한 만주의 토지는, "일찍이 한번도 고향이었던 적이 없는 이향의 땅과 하늘과 민족"[257]으로 구성되어 있었다. 재만 일본인 문학자는 문학에서도 같은 문제에 직면할 수밖에 없었다. 만약 재만 일본인 문학자가 자신들을 제재로 하는 만주문학을 시도한다고 하면, 그것은 에하라가 지적했듯이 "우리들의 부모가 어떻게 만주로 건너와 어떻게 다롄, 펑티엔, 창춘(長春, 新京)을 건설했는가, 만주사변 전후의 경위, 그밖에 일본인 중심의 세력 부식사(扶植史)를 쓰는 것 외에 소재를 찾을 수 없"[258]을 것이었다. 에하라는 이어 그러한 문학은 "실로 만주문학은 아니다. 식민문학이라고 하는 것이다. 나는 그것을 쓰겠다. 그러나 그것은 사실을 글로 옮기

---

255 위의 글.
256 江原鉄平, 「満洲文学と満洲生まれのこと (四)」, 『満洲日日新聞』, 1937.8.21.
257 秋原勝二, 앞의 글, p.216.
258 江原鉄平, 「満洲文学と満洲生まれのこと (三)」, 『満洲日日新聞』, 1937.8.20.

는 것에 불과하다. 그리고 함께 우리가 고향을 갖지 못한 것도 쓰자. (…중략…) 나는 노래할 마음이 솟아나지 않는 헐벗은 산을 노래하기보다, 어떻게 일본인은 으스대고 만주국인은 경멸당해 왔는가를 쓰지 않을 수 없다. 이것이 양가(養家) 출신 의붓자식의 차가운 눈으로 보는 식민문학이라는 것이다"[259]라고 서늘하게 이야기했다. 그와 같은 식민문학은 재만 일본인의 문학일 수는 있었지만, 분명 만주문학이라 부를 수 있는 것은 아니었다.

한편 만주를, 혹은 만주의 현실을 묘사한다는 것은 요코야마가 "토민"이라 부르고 일본인이 만인이라고 부르던 중국인과 만주 사회의 대부분을 차지하는 농촌 사회를 창작의 제재로 삼는 것을 뜻했다. 재만 일본인 작가가 만인과 그 생활을 일본어로 표현해야 하는 것이다.

이와 같은 "만인물(満人もの)"을 주요 독자층인 재만 일본인은 작품의 "약함"이나 "어두움"에 대한 불만, 혹은 "이 토지를 작품 속에 끌어들이는 데에만 정신이 팔려 정작 우리 생활을 잊어버리고 있다"[260]는 식으로 재만 일본인으로서의 주체성을 잃었다고 비판했다.

당시 『작문』의 중심적 존재였던 아오키 미노루(青木実)는 「만인물에 대해(満人ものに就て)」(『新天地』, 1938.1.1)라는 평론에서 이 문제를 논의했다. 그는 우선 『만주일일신문(満洲日日新聞)』의 촌평란에 실린 『신천지(新天地)』 전호에 게재된 소설에 대한 감상이 "그 정직한 눈과 함께 작품이 지닌 약함을 지적하고, 만주에서 소설이 보이는 일반적인 경향으로서의 약함을 논하며, 힘찬 소설을 희망하고 있었다"[261]는 비판에서 논

---

259 위의 글.

260 佐藤四郎, 「満洲文学運動の主流」, 満洲文話会編, 앞의 책(第2輯), p.73.

의를 시작한다. "힘찬 소설"이란 당시 만주국 수도 신징에서 창작되던 만주국 건국을 미화하는 소설을 가리키는 것으로 추측된다.

아오키는 만주나 만인을 제재로 한 소설이 가지는 "약함", "어두움"은 부정할 수 없다고 인정한다. 그에 비해 "신징의 일부 작품이 힘차고 밝은 것도 사실이지만, 이는 본질에 뿌리를 내린 것인가"라는 의문을 제기한다. 만주국 건국을 찬양하고 이상국가 건설을 노래하는 작품의 '본질'을 문제시했던 것이다. 그는 이어서 "약함"이 단순한 약함이 아니라 "엄격한 약함, 가열찬 약함"이어야 한다고 주장했다. 아오키는 만주국 건국의 빛나는 건설보다 만주의 토지나 만인에 관한 "약하고", "어두운" 이야기가 보다 문학의 '본질'에 가깝다고 인식했던 것이다.

그 이유는, "일상생활에서 우리가 의식하건 하지 않건, 만인과의 교섭은 절대적이다. 한 마디로 말하자면 우리의 생활은 모두 만인 위에 성립되고 있다 해도 과언이 아니"[262]기 때문이었다.

> 타인이 우리에게 갑자기 바보라고 고함을 지른다면, (우리는) 그에 관해 조용히 따져 물을 수도 있고, 고압적으로 반항적인 태도를 취할 수도 있다. 그러나 피해자가 우리 주위의 만인 제군일 때는 어떨까? 가령 그에게 이의가 있어도 '어두운 침묵'을 지키게 되는 경우가 많다. 내심은 어쨌든 표면적으로 반항하거나, 논리를 따지는 일은 적다. 그들이 지식인이라면 '어두운 침묵'은 더욱 뿌리 깊은 화근을 만들어간다.

---

261 青木実, 「満人ものに就て」, 満洲文話会編, 『満洲文芸年鑑 第3輯』(復刻版, 西原和海解題, 葦書房, 1993), 満洲文話会, 1939, p.52.

262 위의 글.

이런 일들이 더 다양한 모습으로 개인 간, 개인 단체 간, 단체 대 단체의 양상 속에서 복잡한 모습으로 나타난다. 소설에서 만인을 이야기하는 것은 그들의 심리를 규명한다는 흥미도 크지만, 근본은 역시 정의감에서 출발하고 있는 듯하다.

만인을 이야기한다는 것은, 그저 이민족으로서의 그들을 이국적인 흥미로만 이용하는 것이 아니다. 그런 의미만으로는 결코 우수한 작품이 태어날 수 없다. 그들을 이야기하는 것이 아니라 그들 속에서 자신을 찾아냄으로써 그 깊숙이 혼(魂)이 담기고 백(魄)이 있는 작품이 된다.

감정의 상극(相剋)만이 아니라 이해의 충돌, 이 또한 민족적 대립에서는 피할 수 없다. 문학도가 시비곡직(理非曲直)하는 정의파라면, 인종이 다르다 해도 정의에 가담해야만 한다.[263]

앞에서 살펴본 가노는 "예술적 대상으로서 만주가 가지는 특수성"에 주목하고, 만주 사회의 현실을 만주 농촌에서 "고량을 먹는 인종"의 심리, 사상, 생활을 통하여 "현실주의"로 그려내야 한다고 주장하였다. 아오키는 만주의 현실을 민족 간 상극(相剋)이라고 보았다. 그의 분석은 중국인의 "어두운 침묵"에서 '면종복배(面従腹背)'를 읽어냈다는 점에서 보다 만주의 현실에 깊이 파고들었다고 할 수 있다. 나아가 그는 만주국이 직면할 민족 문제가 이민족 간에 발생하는 감정적 상극만이 아니라 "이해의 충돌"이라는 사실을 직시함으로써 문학자가 민족이 아니라 정의에 가담해야 한다고 강조했던 것이다.

---

263 위의 글, p.53.

아오키가 만주국의 존재 자체를 부정하고 있는 것은 아니다. 그는 '만인물'을 통해 "머지않아 우리는 그들의 생활, 인간성에 접근하지 못하는 장애물"을 뛰어넘어 "의외로 가까이 친애가 담긴 눈으로 그들을 바라볼 수"[264] 있다는 주장이나, 중국인 "서민"에 관한 문학 작품을 창작하는 것이 "그들이 입으로 말할 수 없는 것을 대변하고(물론 그것은 좋은 의도인 말에 한한다), 그들의 진실한 생활을 묘사하여 만약 위정자가 무엇인가 반성하거나 참고자료가 될"[265] 수 있는 문학의 "공리적 부작용"을 얻을 수 있다고 주장하였다. 아오키는 만주국의 현실을, 소수의 일본민족이 다수의 한족을 지배하는 것이라고 보았다. 그러한 이해에 따라, 그는 "만인물"이 장래 "뿌리 깊은 화근"이 될 피지배민족의 "어두운 침묵"을 꿰뚫어 봄으로써, 만주국의 정책에 "반성"이나 "참고"가 되는 방식으로 지배의 공리성에 공헌할 수 있다고 본 것이다. 이러한 논리는 문학의 정치협력에 관한 농민문학간화회의 논의에서 잘못된 농정이 실시될 때는 농민문학이 정책을 비판할 수도 있다고 주장한 가기야마 히로시 등의 주장을 상기시킨다.

아오키는 잡지 『문학안내(文学案内)』의 조선인 작가 소설 특집에 대한 소감으로 "내지인에 대한 감정 표현 등에도 생생한 묘사가 있었는데, 그것을 쓸 자유가 있고, 쓸 능력이 있으며, 발표도 할 수 있다는 점에서 커다란 포용력"을 느꼈다며 '만인'도 문학의 제재에 머무르지 않고 만주문학의 주체로서 작가가 되어야 할 것이라는 전망을 시사했다.[266] 만

264 위의 글, p.54.
265 위의 글, p.55.
266 위의 글.

인 측의 "어두운 침묵"에 익숙한 아오키의 눈에는, 조선인 작가의 작품이 보다 바람직한 것으로 비쳤을 것이다. 하지만 그의 시선에서 제국일본의 '황민화' 정책 때문에 이미 조선어 출판이 거의 불가능한 동시대 한반도의 현실에 관한 문제의식은 찾아볼 수 없다.

그렇지만 "어느 날인가, 그들 자신이 붓을 잡는 날이 올 것이다. 현재 우리의 노력은 그날을 위한 사석(捨石)이 되면 그것으로 족하다"는 그의 말은 장차 만인 작가가 만주문학의 주역이 될 것이라고 예측했다는 점에서 '일계 문학'의 주도성을 부정하는 것이었으며, 바로 그 점에서 만주문학론 중에서도 만주국 체제 측의 "커다란 포용력"의 한계를 시험하는 의견 중 하나였다고 평가할 수 있다.

'일계 문학'이 '만계 문학'을 위한 '사석'이 되는 것도 마다하지 않는 아오키의 시점에서 보자면, 건국정신을 미화하고 만주국 정부에 영합하는 문학은 타기해야 마땅할 것이었다. 그는 "주로 신징 부근에서 나타나고 있는 소설의 한 장르에 건국정신을 명징(明徵)하게 한다는 오족협화, 왕도낙토의 이상을 구체화한 작품 및 그 주장이 있다. 그러한 이데올로기를 정면에서 휘두르는 데서 과연 좋은 작품이 태어날지 또한 과연 국민의 혈육(血肉)으로 읽힐 수 있을 것인지, 심히 의문이다"[267]라고 신랄하게 비판하였다.

지금까지 살펴본 바와 같은 아오키의 만주문학에 관한 의견은, 아마도 당시 만주국이라는 틀 내에서 시험할 수 있는 한계선상에 있었다고 할 수 있을 것이다. 하지만 1940년이 되자 아오키도 리얼리즘을 통한

---

267 위의 글.

현실비판을 정당화하기 위해 "건국정신의 훌륭함"을 명분으로 이용하게 된다.

1940년 7월, 『만주(滿洲)신문』에 아오키의 「문예시평(文芸時評)」이 게재되었다. 이 글에서 아오키는 "만주의 현실에서 건국사상에 상반되는, 혹은 걸맞지 않는 것을 많이 발견"하게 된다며 니시무라의 리얼리즘 비판이 "대중을 오해로 인도하고" 있다고 공격하였다.[268] 리얼리즘을 옹호하는 그는 니시무라의 "로맨티시즘 제창은 그러한 정책적 입장에 근거를 두고 있다"고 지적하고 "문학이론이 이렇게 정책적 편법에 입각하는 한, 로맨티시즘도 리얼리즘도 없다. 정치에게서 악영향을 받았다는 인상밖에 남기지 못한다"고 비판하였다. 그리고 리얼리즘이 "건국사상에 상반된다"는 비판에는 문학의 정치적 이용 가치를 내세워 반박하였다.

그의 주장은 "이 건국정신의 훌륭함에 절대적 신뢰를 품고 있기에 조금의 불안도 없이, 현실에 맞서야 한다는 것이다. 그러한 기조로 행동하는 이상, (현실의) 긍정적인 면도 부정적인 면도, 충분히 만족할 만큼 묘사하는 것이다. 건국사상의 훌륭함을 굳이 설명하지 않아도 만주국의 현실 자체가 그 상징이 될 날이 하루라도 빨리 당도하도록, 부정적인 면도 밝은 희망을 잃지 않고 대항하여 충분히 붓을 휘두르는 것이 오늘날 우리에게 부과된 사명이다"[269]는 것이었다. 요약하자면 아오키는 리얼리즘의 현실비판이 결코 만주국의 건국 이상 자체에 대항하는 것이 아니며, 오

---

268 青木実, 「文芸時評(三)空念仏のおそれ 西村真一郎氏の所論」, 『満洲新聞』, 1940.7.29; 池内輝雄編, 『文芸時評大系 昭和編 I』, ゆまに書房, 2007, p.340.

269 위의 글, pp.340~341.

히려 건국이상의 실현에 공헌한다고 정당화했던 것이다.

1938년에 아오키가 "건국정신을 명징하게 한다는 오족협화, 왕도낙토의 이상을 구체화한 작품 및 그 주장"에 보였던 비판적인 태도를 상기한다면, 이러한 태도 변화는 후퇴라 할 수 있다. 그러나 그 이유는 아오키 개인보다 이 글이 만주국의 문화 통제가 급속하게 진행되던 시기에 쓰였다는 역사적 배경에서 찾을 수 있다. 만주국의 문화 통제는 아오키를 비롯한 재만 일본인 문학자의 비판과 동요에도 불구하고 만주문화회 개편(1940.6.30)과 함께 본격적으로 시작되었고, 「예문지도요강(芸文指導要綱)」의 발표(1941.3)로 완성되었다. 1940년에 아오키가 직면한 만주국의 엄혹한 현실에서는 일찍이 그 자신이 신랄하게 비판한 "건국정신의 훌륭함"이라도 명분으로 삼지 않으면 리얼리즘 작품의 "약함"과 "어두움"을 정당화할 수 없었다. 이러한 시대적 배경을 고려할 때 비로소 만주국의 건국이데올로기가 일견 상반되는 것처럼 보이는 재만 일본인 문학자들의 리얼리즘과 로맨티시즘 양쪽을 정당화하는 근거가 되는 아이러니한 상황을 이해할 수 있다.

그러나 동시대, 같은 만주 내에 만주국의 건국정신에 의거할 필요가 없는 '동북문학'(이하 동북문학)이 이미 존재하고 있었다. 「밤 이야기」에서 요코야마가 사랑하려 결심한 만주의 토지가 이미 '토민'에게 사랑받고 있음을 발견했듯이, 아오키의 눈앞에는 중국인 작가의 동북문학이 존재했던 것이다.

지금까지 검토했듯이, 재만 일본인 문학자의 만주문학론은 '일계 문학'이 중심이었다. 그러나 이 지역에는 중국인 문학자에 의한 중국문학의 일부로서의 동북문학이 존재하고 있었다. 특히 만주사변 이후, 항일운동의 거점이었던 하얼빈을 중심으로 항일문예 활동이 활발하게 이루어지고 있었다. 하지만 만주국의 국가 통제와 항일운동 규제 강화로 많은 중국인 문학자가 상하이 등 '관내(關內)'로 탈출하면서 동북문학은 급속하게 쇠퇴했다.[270] 대부분의 재만 일본인 문학자들이 만주문학론 논쟁에서 문학의 "처녀지"인 만주국을 어떻게 개척할 것인가 논의하고 있던 시기는 만주에 남은 중국인 문학자 그룹이 활동하던 전환기였다. 물론, 모든 재만 일본인 문학자가 동북문학의 존재를 깨닫지 못한 것은 아니었다.

오우치 다카오(大内隆雄)의 「만인 작가들에 대하여(満人の作家たちに就て)」는 "만인"이란 "만주국에 사는 한인(漢人)을 의미하는 일본인의 용례이다"라는 정의에서 출발한다. 그는 이어서 만인 작가 사이에서는 북국(北國)문학, 북방(北方)문학이라는 용어가 사용되고 있으나 "최근 '만주문학'이라는 호칭이 만인 사이에서도 이루어지고 있다"고 썼다.[271] 산위안차오(單援朝)는 당시 만주국 내 중국인 작가가 만주문학이나 만인이라는 말을 "어쩔 수 없이 받아들이"게 된 것은 모두 동일한 이유 때문이라고 지적했다.[272] 일만 당국이 만주와 '관내', 즉 중국 본토와의 문화적 연결을 단절하기 위해 '관내' 출판물 유통 제한, 기존 출판물의 몰수 및 폐기처분을 포함하는 정책을 시행한 것이다.[273] 만주국의 건국공작 시기부터 만주를 중국 본토에서 분리하는 것은 매우 중요한 정치 문제였다. 때문에 북국문학 혹은

---

270 岡田英樹, 앞의 책, pp.47~49.

271 大内隆雄, 「満人の作家たちに就て」, 青木実外編, 『満洲文芸年鑑 昭和12年版』(以下第1輯, 復刻版, 西原和海解題, 葦書房, 1993), G氏文学賞委員会, 1937, p.14.

272 単援朝, 「同床異夢の「満洲文学」(1)-「満系文学」側の主張から」, 『崇城大学 研究報告』 第33巻 第1号, 2008, p.6.

273 위의 글.

북방문학이라고도 불린 동북문학과 만주문학의 연속성은 부인되어야만 했다.

오우치는 장(張)정권 시기에 이루어진 "이 토지의 문학을 일별"[274]하며, 동북문학을 1920년대부터 소개하였다. 그리고 그는 "우리는 변혁된 조건 아래에서도 이 나라 문학의 싹은 분명 성장하고 있었음을 확신"하며 "중국문학과의 사이에 놓인 불합리한 '격절(隔絶)'에 반대한다"고 밝혔다.[275] 이 문장은 "이 나라의 문학"과 "중국문학" 사이의 연속성을 인정한다는 점에서 만주를 중국 본토에서 분리하려는 정치적 의도를 정면으로 거부하는 것이었다.

그러나 대부분의 재만 일본인 문학자는 만주국 건국과 일본문학의 진출 이후부터 만주에 문학이 처음 존재하게 되었다고 보았다. 니시무라는 "만주문학"이란 "관동주를 포함하여 만주에 생활하고 있는 재만 방인(邦人)의 문학"을 가리키며 "식민지문학은 식민지 강화의 문학이며, 식민지 지도의 문학이다"라고 정의하였다.[276] 그의 주장은 재만 일본인의 문학은 식민지 정책에 따라 현지 중국인을 지도하고 식민지를 강화하기 위한 문학이며, 그러기 위해서는 "만철 경제선(經濟線)의 진전보다도 훨씬 앞서 나가는 것이어야 한다"는 것이었다.[277] 재만 일본인의 문학이 이와 같은 "식민지문학"이라고 한다면, 그들은 당연히 제국 일본의 담론에 따라 동북문학을 배제할 수밖에 없었다. 하지만 주로

---

274 大内隆雄, 앞의 글, p.14.

275 위의 글, p.16.

276 西村真一郎, 「植民地文学の再検討－植民地文学の一般論として」, 青木実外編, 앞의 책(第1輯), p.20・22.

277 위의 글, p.21.

'일계 문학'을 대상으로 출발한 만주문학론은, 이윽고 중국인의 동북문학을 만인 작가의 '만계 문학'으로서 흡수하게 된다.

산의 연구에 의하면, 만인 작가는 "'만주문학'이라는 말은 일본에서 수입된 것으로 '일계작가'에게 강요당한 것"이라고 인식하고 있었다.[278] '일계작가'는 민족에 따라 구분하여 그들을 '만계 문학'으로 구별하였고, 도쿄문단은 이들을 만주문학으로 인식했다. 이러한 명칭의 변화와 더불어 일어난 중국인 작가의 변화에 대해, 산은 "현실에 대한 타협과 거부가 '만인 작가' 내부에서 복잡하게 얽혀 있었다"[279]고 지적한다. 이는 만주국이라는 체제 내에서 '만계 문학'을 창작하는 중국인 작가라는 위태로운 입장에서 비롯된 것이었다. 현실적인 위협으로는 경찰의 감시와 검열이 있었다. 이와 같은 여러 가지 환경의 변화와 제한 속에서, 신징에서는 구딩(古丁)이 중심이 된 중국인 문학자 그룹이 잡지 『명명(明明)』을 간행하였고(1937.3), 후에 문예잡지 『예문지(藝文志)』를 창간하여(1939.6) 만주문학계에서 중국인 작가의 위치를 확보하였다.[280]

재만 일본인 문학자 사이에서 만주문학론이 전개되고 있던 시기, 중국인 문학자 사이에서는 "향토문학" 논쟁이 전개되었다. "향토문학" 논쟁은 이츠(疑遲)의 「앵두꽃」(『明明』 1권 3기)에 작가 산딩(山丁)이 「'향토문학'과 '앵두꽃'」이라는 감상을 게재하면서 시작되었다. 인동찬(尹東燦)의 연구에 의하면, 산딩이 제창한 "향토문학"은 "토지의식으로 민족의식을 환

---

278 単援朝, 앞의 글, p.8.
279 위의 글.
280 岡田英樹, 앞의 책, p.49.

기"한다고 주장함으로써 만주국과 일본 문화를 거부하는 것이었다.[281] 문학이 만주국의 현실을 리얼하게 묘사함으로써 결코 왕도낙토의 이상향이 아닌 만주국의 현실을 직시하게 만드는 작품을 높이 평가하고자 한 것이다. 이에 대한 구딩의 반론은 문학에 외부적인 가치, 특정 주의나 주장의 개입을 거부하는 것이었다.[282] 그와 같은 문학과 정치의 관계가 바로 "구딩을 중심으로 한 예문지파의 문학적 입장"이었다.[283] 만주국 시기 동북문학에 대한 본격적 검토는 이 책의 범위를 벗어나므로, 아래와 같은 점만 확인하고자 한다.

중국인 작가는 재만 일본인 작가와 달리 '향토애'와 '조국애'의 상극, 혹은 민족의식과 다수 민중 사이의 괴리를 경험하지 않았다. 그들에게 현실의 모순은 장차 실현될 만주국 건국이상에 맡겨야 하는 성질의 것이 아니었다. 만주국 내 중국인 작가에게는 현실의 대중과 향토를 토대로 한 민족주의가 있었다. 때문에 예문지파가 일본인의 자금 원조를 받고 일본인과 교류한 사실이나, 도쿄문단에서 "만인 작가소설집(滿人作家小說集)"이라는 제목으로 출판된 작품집 『원야(原野)』로 인해 그들이 마치 만주문학을 대표하는 것처럼 평가받은 사실은 다른 중국인 문학자들의 격렬한 비판을 야기했다.[284]

그러나 당시 가장 활발하게 재만 일본인 작가와 교류한 구딩을 비롯한 예문지파 작가들도 완전히 만주국의 존재와 이상을 믿은 것은 아니

281 尹東燦, 『「滿洲」文学の研究』, 明石出版, 2010, p.113.
282 위의 책, p.116.
283 위의 책.
284 인동찬(尹東燦)은 만주국의 존재를 인정한 『예문지(藝文志)』 창간호의 「예문지서(藝文志序)」, 『원야(原野)』의 발표 등이 겹쳐 구딩(古丁)을 비롯한 『예문지』파의 친일 경향에 대한 중국인 문학자의 의혹이 사실로 받아들여지게 되었다고 지적하였다. 위의 책, p.133.

었다. 당시 만주국에서 창작된 중국인 작가의 작품은 일본인을 거의 묘사하지 않았다는 사실이 이를 뒷받침한다.[285] 선행연구에서 지적했듯이, 애매한 표현의 다용, 일본인과의 교류 회피, 의식적인 필명 사용, '만계 문학'의 "어두움", 대부분의 작품에서 일본인이 등장하지 않는 점 등을 통해 아오키가 일찍이 "어두운 침묵"이라고 표현한 만인 작가의 '면종복배'가 어떤 것이었는지 짐작해 볼 수 있다.

그들 일본인 작가와 중국인 작가는 같은 시기에 만주국이라는 정치적·사회적 조건의 제약을 받으며 그 현실을 어떻게 파악하고, 묘사하는가 하는 문제에 직면하고 있었다. 당시 만주문학의 "로맨티시즘과 리얼리즘은 '만주국'에서 현실을 어떻게 표현하는가 하는 방법론의 문제였을 뿐만 아니라, 현실을 어떻게 파악해야 하는가 하는 현실인식의 문제"[286]였다는 산의 지적은 타당하다. 현실을 있는 그대로 묘사하는 리얼리즘은 소수의 일본인이 다수의 중국인을 지배하는 만주국 현실에서 비판적으로 기능할 수밖에 없었기 때문이다. 그러한 리얼리즘을 공격한 것은 문학은 순수해야 한다고 보는 문학론이었다. 로맨티시즘 쪽에서는 문학과 정치의 결합을 경계한다는 명목으로 리얼리즘을 비판할 수 있었다.

그러나 재만 일본인 작가의 경우에는 그들이 설령 리얼리즘을 이용하여 현실을 비판한다고 해도 결국 만주국의 존재 자체는 용인한다는 한계가 있었다. 그러한 한계 속에서 문학적 현실 비판은 결국 통치 권력의 공리성에 대한 공헌 이상이 되기 어렵다. 오카다 히데키(岡田英樹)

285 西原和海, 「満洲国における日中文学者の交流」, 『アジア遊学』 44, 2002.10, p.98.
286 単援朝, 앞의 글, p.11.

는 사회주의의 영향을 받은 신징의 전향 작가들 눈에 만주국의 모순이 보이지 않았던 것은 아니며, 그들은 약자・빈자의 입장에서 도시 생활이나 농촌 사회의 모순을 포착하려 했다고 평가했다. 하지만 그들의 한계는 "그 해결 방향을 사회 구조 분석, 국가 권력 비판이 아니라 건국이념의 실현으로"[287] 뒤바꿨다는 점에 있었다.

더욱이 만주국 정부가 만주의 '문화건설'이라는 미명으로 사상통제와 문학자 동원에 본격적으로 착수하면서, 건국이념을 명분으로 삼은 우회적인 비판이나 정책의 반성과 참고를 촉진하는 '비판'의 입지는 더욱 좁아졌다. 구체적으로는 민간단체였던 만주문화회 개편(1940.6)과 「예문지도요강」(1940.12)의 발표가 있었다.

만주문학 논의가 활발하게 전개되고 있던 1937년 8월, 재만 일본인 작가와 문화인의 민간단체인 만주문화회(満洲文話会, 이하 문화회)[288]가 창설되었다. 사토 시로(佐藤四郎)에 의하면, 문화회는 "아마도 이 나라의 문화 분야에서 문필을 표현 수단으로 삼는 각 방면 거의 모두를 포함"한 자주적 친목 단체였다.[289] 본부는 다롄으로, 신징, 지린(吉林)에 지부를 두고 매달 정례회와 문학 연구 회합이 열렸다.[290] 이 단체의 사업으로 G씨 문학상 설치, 『만주문예연감(満洲文芸年鑑)』 편찬 등이 있다.

이 단체가 바로 만주국 정부의 문화 통제와 개입의 대상이 되었다.

---

287 岡田英樹, 앞의 책, pp.16~17.

288 만주문화회(満洲文話会)는 문화문예에 관심을 가진 재만 문화인의 종합단체로서 회원 상호간의 긴밀한 연락, 친목 강화, 만주국의 모든 문화 활동을 적극적으로 조성 및 촉진하기 위해 발족되었다. 회원 수는 433명, 기관지 『만주문화회통신(満洲文話会通信)』을 발행했다. 尾崎秀樹, 앞의 책, p.226.

289 佐藤四郎, 앞의 글, p.67.

290 위의 글.

그 배경에는 만주국 정부가 문화인 통제를 위해 기획한 문예친화회(文芸親和会, 1937.9~12)의 실패가 있었던 것으로 추측된다. 사토는 이 모임을 "만주국이 그 정치적 의향과 문학의 접촉을 어떻게 다루는가에 관한 타개책 관련으로 준비한"[291] 것이었다고 설명하였다. 문예친화회는 실제로 개최되었지만, 사토의 말을 빌리자면 "이 나라의 문학자들은 이 회합을 완전히 묵살해버렸다."[292]

문예친화회는 만주문예협회(가칭)라는 조직 결성의 준비단계가 될 예정이었지만 결국 간담회에 그치고 정식 조직 결성에는 이르지 못했다.[293] 이 사실과 사토의 증언을 미루어 생각하면 아마도 문학자 측의 협력이 매우 저조했기 때문일 것이다. 관(官) 주도의 문학단체를 통해 문학자를 조직하려 한 정부 측의 의도에 재만 일본인 문학자들은 결코 협력적이지 않았다.

사토는 "올해는 만주국 정부가 정치적 의도로 기획한 '문예친화회' 개최라는 중대한 사건이 있었다. 이 회합에 대한 이 나라 문학자의 태도는 어떠했는가. 그들은 그것을 완전히 묵살해버린 것처럼 보인다. 어쨌든 한 국가가 적극적으로 예술적 분야에 정면으로 정색하고 나선 것은 분명 비정상적인 사안이다. 문학에서는 실로 걱정스러운 사건인 것이다. 이러한 정치적 공작이 문학에 끼치는 비상한 영향을 고려한다면, 그에 따르건 따르지 않건, 이 나라 문학자는 입을 다물고 정관할 수는 없을 것이다"[294]라고 경고하였다. 문예친화회로 드러난 정부 측의 움

291 위의 글, p.68.
292 위의 글.
293 岡田英樹, 앞의 책, p.27.
294 佐藤四郎, 앞의 글, p.68.

직임을 문학자들도 분명히 느끼고 있었던 것이다. 이 문예친화회의 실패가 어떻게 문화회 개편으로 이어졌는지는 분명하지 않다. 하지만 관 주도의 문학단체를 통한 문학인 조직화가 실패한 이상, 기존 친목 단체인 문화회를 흡수, 개편하는 것이 보다 효율적인 대안이었을 것이라고 추측할 수 있다. 1939년 8월, 문화회 본부는 민생부의 지원을 받아 다롄에서 신징의 만일문화협회 내부로 이전되었다. 이어서 1940년 6월 30일에 문화회 총회가 열리고 대규모 개편이 이루어졌다.

일본에서 대륙개척문예간화회와 농민문학간화회라는 반관반민의 국책단체가 등장한 것은 바로 만주국 정부가 문화 통제에 본격적으로 나서기 직전에 해당하는 시기였다. 당시 만주문학론은 이미 기세가 누그러졌다고는 해도 여전히 많은 재만 일본인 문학자들이 만주문학의 확립과 발전을 지향하고 있었다. 이러한 상황에서 국책단체에 속한 도쿄문단의 작가들이 만주를 여행・시찰・관찰하고, '내지' 일본인 독자에게 국책문학을 발표하고자 했던 것이다. 재만 일본인 문학자들이 그와 같은 움직임을 중심이 주변부를 통합하려는 시도로 받아들였다고 해도 이상하지 않다. 모치즈키 유리코(望月百合子)가 「만주를 방문한 문사들(満洲を訪れた文士たち)」(『文芸』, 1939.9)에서 제1회 대륙개척의 국책 펜부대(1939. 4. 25~6.13)를 매우 비판적으로 언급하고 있는 것도 납득할 만하다.

> 대륙문예간화회의 이토 세이, 유아사 가츠에, 다무라 다이지로, 다고 도라오, 곤도 하루오 이 여섯 명이 화려하게 오셨는데, 이 사람들은 젊어서 이쪽 사람들과 연령도 비슷하니 이쪽 문학인들은 흡사 친구를 맞는 기분으로 기다리고 있었고, 그런 대우를 했다. 이쪽 문학인들을 모은 문화회에서 좌담회도

열었는데, 석상에서 무심코 사양을 잊고 일만문학의 위치에 대한 격한 논쟁이 벌어졌다. 일본에서 온 사람들이 만주는 일본의 연장이라고 자연스럽게 믿는 것에 비해, 이쪽 문학인들은 결코 그렇게 생각하지 않는다. 만주에는 만주의 독자적인 입장이 있다고 생각한다. 바로 이 점에 논의의, 또한 감정의 갭이 있었던 모양이다. 더구나 아무리 젊고 또 아직 걸작을 세상에 내놓지 못한 사람이라도 도쿄에서 파견되면 뭔가 이쪽의 소위 지방에 있는 사람과는 격이 다르다는 착각을 하고 있어 그것이 자연스럽게 겉으로도 우러나오니, 이쪽 문학인들로서는 아무래도 어처구니가 없는 것이었다.[295]

모치즈키의 글에서는 도쿄문단에서 파견된 작가들이 보인 "만주는 일본의 연장"이라고 간주하는 사고방식과 그 거만한 태도에 대한 불만을 쉽게 읽을 수 있다. 미도리카와 미쓰구(緑川貢)가 1939년도의 만주문학계에 관하여 "만주문학론이라는 문자가 빈번하게 눈에 띈다"[296]고 언급하는 것에서도 알 수 있듯이, 대륙개척문예간화회가 만주를 방문한 시기의 만주문학론은 비록 논의는 적어졌어도 주장 자체가 사라진 것은 아니었다. 오히려 만주문학의 독자성에 관한 주장이 젊은 세대의 재만 일본인 문학자 사이에서는 일정한 공통의식을 형성하고 있었다고

---

295 望月百合子, 「満洲を訪れた文士たち」, 『文芸』, 1939.9, p.191.

296 緑川貢, 「本年度満洲文学界回顧 (1)－目覚ましい躍進」, 『満洲日日新聞』, 1939.12.24; 池内輝雄編, 앞의 책(昭和編 I), p.513. 또한 인동찬은 요시노 하루오(吉野治夫, 에하라 텟페이(江原鉄平)의 필명)가 「만주문학의 현상(満洲文学の現状)」(『セルパン』, 1939.4)을 발표하여 일본문학에 대한 만주문학의 독자성에 관한 주장을 소개했다고 하였다. 같은 해 『신조(新潮)』에 실린 무기명 평론 「만주문학으로의 의욕(満洲文学への意欲)」은 만주문학의 독자성을 부정하여 일만 문단 사이에 논쟁을 일으켰다. 尹東燦, 앞의 책, pp.94～102.

볼 수 있다. 대륙개척문예간화회도 만주에 흥미를 가진 젊은 30대 작가로 구성되어 있었던 만큼, 재만 일본인 문학자들은 그들에게도 이해받지 못한다는 사실에 더 큰 실망감을 느꼈을 것이다.

더욱이 그들의 주요 목적과 흥미가 신징문학계와의 교류보다 국책이민에 있다는 점은 재만 일본인 문학자 측에도 전해졌을 것이다. 모치즈키는 그들에 앞서 만주를 방문한 가토 다케오(加藤武雄)와 오사라기 지로(大仏次郎)와 같은 작가들의 태도에도 비판적이었다. '내지'의 유명 작가들이 만주에 흥미를 보일 때, 그것은 대개 만주의 이국적인 풍물, 혹은 일본인 이민지의 상황에 관한 것이었다. 이에 대한 재만 일본인 문학자들의 불만은 뿌리 깊은 것이었다. 예를 들어 미도리카와는 대륙개척문예간화회의 방문을 언급하며 "놈들은 (작품) 소재를 찾으러 왔을 뿐이라든가, 사물의 겉모습만 본다든가, 거만하게 군다, 이쪽에서는 건성으로 둘러대고 내지로 돌아가면 나쁘게 말한다 등등, 시끌벅적하게 그치지 않는 온갖 잡설 욕설"[297]이라는 표현으로 재만 일본인 문학자 측의 불만을 생생하게 묘사한 바 있다.

이에 비해 대륙개척문예간화회의 목표는 일본인의 만주이민이라는 "국가적 사업달성에 일조하여, 문장보국의 결실을 거두는 것"이었다. 애초에 만주가 일본의 연장이 아니라는 주장은 그들에게 결코 받아들일 수 없는 것이었다. 1939년, 대륙개척의 국책 펜부대가 만주를 시찰했을 당시 참가 작가는 만주이민의 선전지인 『신만주』에 릴레이 형식으로 시찰기를 실었다. 곤도가 신징에서 하얼빈까지의 시찰기를 맡았다. 그가

297 緑川貢, 앞의 글, p.513.

묘사하는 신징은 "모든 것이 질서정연하고, 더욱이 신속하게 행해지는" "만주국의 심장"이었다.[298] 또한 그가 기록하는 일정은 선조기념흥아국민동원중앙대회(宣詔記念興亜国民動員中央大会) 전야(5.1)의 활기, 협화회 내빈으로 중앙대회(5.2)에 참가하여 목격한 청소년의용군의 용맹한 모습에 대한 감격, 하얼빈의 청소년의용군 특별훈련소 방문(5.5)이었다. 문화회가 개최한 환영좌담회는 시찰기에서 아예 삭제되었던 것이다. "대륙 전반에 걸쳐 전개될 오족협화의 평화경(平和境) 출현은 필히 동아신질서 수립의 기축이 되어 야마토(大和)민족의 정화를 발휘"[299]할 것이라고 확신했던 곤도가 만주문학론을 인정할 수는 없었을 것이다.

실제로 1943년, 곤도는 『대륙일본의 문화구상(大陸日本の文化構想)』에서 당시 재만 일본인 문학자들이 "좌익주의적인 국제적 민족주의 사상 등의 저주 때문에 조국 문화를 경시하고", '내지' 문학에 "대립적 반발적인" 태도를 취했다고 회상하였다.[300] 그는 "그 무렵 어떤 좌담회 석상에서 우리는 만주 작가로서 만주를 위해 활약하므로 일본의 문단 등과는 아무런 상관도 없다는 식의 말을 태연히, 그리고 의기양양하게 하는 바람에 모처럼 그 땅을 방문하여 흉금을 터놓고 이야기하고 싶다고 생각했던 그 자리의 분위기는 매우 홍이 깨져버렸다"[301]라고 묘사하였다. 「예문지도요강」의 올바른 '지도'로 만주문학론 등의 잘못이 교정되었다고 보는 곤도의 시각에서 재만 일본인 문학자들의 주장은 "과거의

298 近藤春雄, 「大陸ペン部隊リレー通信 大陸開拓文芸懇話会第一回視察記 新京から哈爾浜」, 『新満洲』 第3巻 第8号(復刻版, 満洲移民関係資料集成 第2期, 不二出版, 1998), 1939.8, p.92.

299 위의 글, p.94.

300 近藤春雄, 『大陸日本の文化構想』, 敞文館, 1943, p.187.

301 위의 책, p.188.

망령"[302]으로 치부해 마땅한 것이었다. 그러한 "과거의 망령" 중에서도 곤도가 가장 경계한 것은 만주국의 건국이상인 민족협화를 명분으로 이용하려는 움직임이었다.

> 나 자신의 체험으로 말하자면, 쇼와(昭和) 14년(1939) 초여름에 두 번째로 만주에 갔을 때, 우연히 신징에서 그 지역 재류 동포 문화인과 간담회가 열린 자리에서 상대 측 일부 사람들 중에는 민족협화라는 개념을 매우 자유주의적인 평등관이라 할까, 말하자면 낡은 세계관인 민족자결주의의 변모적 표현이라는 식으로 해석하거나, 심한 경우에는 좌익적인 인터내셔널리즘의 변형과 같은 해석으로 득의양양하게 독선론을 휘두르며 우리에게 덤비는 사람도 있는 듯이 보였는데, 자유주의, 혹은 좌익 사상의 망집(妄執)에서 아직도 전혀 자유롭지 못한 사람들의 사상으로 내심 은근히 걱정스럽기 짝이 없었고, 오히려 만주 건국의 이상(理想)에 있어 사자(獅子) 몸속의 벌레인 듯하여 소름끼치는 기분을 맛본 것은 그 자리에 동석한 자 중 나 혼자만의 감상은 아니었다.[303]

이미 앞에서 살펴보았지만, 건국이념의 실현이라는 주장은 만주문단 내부에서도 정치협력으로 비판받았다. 하지만 만주국을 제국일본의 식민지, 일본민족의 대륙확장이라고 보는 측에서는 그것조차 극히 위험한 "사자 몸속의 벌레"이자, 좌익 사상의 "위장"이었던 것이다.

그러나 '내지'와 달리 만주에서 민족협화는 현실의 문제였다. 그 대표

---

302 위의 책, p.189.
303 위의 책, pp.61~62.

적인 예로 아오키가 "내심은 어쨌든, 표면적으로 반항하거나 논리를 주장하는 일이 적은" 중국인의 "어두운 침묵"을 읽어냈던 것을 들 수 있을 것이다. 그의 예민한 눈은 기경지(既耕地)에서 일본인이민단의 노동력이 될 소수의 현지 농민만 남기는 국책이민의 집단 이민 방식이 갖는 문제가 비단 경제적인 착취에 그치는 것이 아니라는 사실을 꿰뚫어보았다. 아오키는 『만주일일신문』에 시마키의 『만주기행(満洲紀行)』에 대한 "현지작가로서의 비판"을 4회에 걸친 연속기사(1940.6.13~16)로 게재했다.

> 시마키 씨는 일본의 농민 문제를 생각하는 입장에서 만주개척민을 보았다. 개척민은 현재 만인을 써서 그 존립의 기초를 닦고 있다. 언젠가 개척민은 약진할 것이고, 그 능력은 만인을 필요로 하지 않게 될 것이다. 그때 원주민이었던 만주농민은 대체 어떻게 되는가. 시마키 씨가 읽은 개척관계문서에서 민족협화 견지에서의 고찰은 개념적인 기술에 그쳤다.
>
> 만주 농촌 속의 개척지로 볼 것, 개척지는 만주에서 고립되어 존재할 수 없다는 몇 년 전의 우리 주장을 시마키 씨는 "이번 여행에서 내가 통감한 일이다"라고 썼다. 이를 우리들의 공적이라고 뽐내고자 하는 것이 아니라, 이 점이 아직 잘 인식되지 않고 있으며 인식되어도 미해결로 존재한다는 것이다. (…중략…)
>
> 개척지의 사용자, 피사용자 관계와 비슷한 일은 만주에 충만하다. 단지 경제적 관계만이 아니라, 인간의 정신조차, 일본인에게는 이처럼 지배적인 것이 횡행하고 있다.[304]

---

304 青木実, 「概念的記述 島木氏の『満洲紀行』に就て」, 『満洲日日新聞』, 1940.6.14.

시마키의 『만주기행』은 당시 만주이민에 관한 무수한 저작 중에서도 가장 높이 평가받은 작품 중 하나이다. 아오키는 그 『만주기행』이 "일본의 농민 문제를 생각하는 입장에서" 쓰인 것이라는 점을 지적하였다. 시마키가 주목하는 것은 만주에 이주한 일본농민이다. 이에 대해 아오키는 이민들이 "현재 만인을 써서 그 존립의 기초를 닦고 있다"고 비판한다. 나아가 이 사용과 피사용의 관계조차 이민자가 성공적으로 자작농이 되면 끝날 것이다.

아오키는 여기에서 "개척지의 사용자, 피사용자 관계와 비슷한 일은 만주에 충만하"며, 그것은 비단 경제적 착취 관계만이 아니라 인간의 정신에도 영향을 끼치고 있다고 지적한다. 결국 "만주에 있는 일본인 대부분은 입이나 종이로는 (민족협화를) 주장하지만, 이에 어떤 의미에서 이면에 존재하는" 의식을 형성했고 "그 관념의 밑바탕을 이루는 것은 곳곳에 존재하는 (일본인의) 지배적인 지위"[305]라고 하였다. 민족협화의 그늘에서 일본인의 '지도'가 '지배'로 뒤바뀐 현실을 정면으로 지적한 것이다.

이처럼 만주문학론에 긍정적인 문학자만이 국책단체의 활동을 회의적으로 바라본 것은 아니다. 미도리카와는 만주문학론에 비판적인 입장이었지만 문학과 정치를 연결하려는 시도에도 냉담했다. 그는 "판에 박은 듯한 이론이라는 것은 어느 세상에나 유행한다. 내지의 문단 근처에도 생산문학이라든가 생활문학이라든가, 심지어 농민문학 개척문학 등으로 다종다양한 간판을 내걸고 있다. 그러나 형식이든 명분이든 뒤

305 青木実, 「概念的記述 島木氏の『滿洲紀行』に就て」, 『滿洲日日新聞』, 1940.6.15.

어넘을 정도의 열정은 느껴지지 않으며, 어디나 모두 태평무사, 우선 축하할 일일 따름이다. (…중략…) 요 몇 년 동안 내지 문단은 어쨌든 화려하게 세간의 표면을 흔들었다. 메이지(明治) 이래의 문단 경기에 대륙탐구의 정신도 조금 섞이고, 그 여파가 몇몇 문사의 만주여행이 되어 나타났다"[306]고 하여 농민문학이나 개척문학은 '시국영합'에 불과하다는 인식을 보여주었다.

만계 문학자의 태도는 더욱 신랄했다. 모치즈키는 대륙개척문예간화회가 일계 문학인과 함께 만계 문학인을 초청하여 좌담회를 열었지만, "정작 만계가 한 명도 초대에 응하지 않"았기 때문에 실패했다고 하였다.

> 도통 그 이유를 알 수 없어 만계 문학인 한 사람을 잡고 "모처럼 일본에서 온 사람들이 같은 문학의 길에 힘쓰는 당신들과 만나고 싶어 손을 내밀고 있는데, 어째서 그 손을 거부하는가?" 하고 따지듯이 물어보았지만 그저 "모두 형편이 좋지 않다"고 할 뿐이었다. "당신들 문학을 목숨으로 여기는 사람들이 일본을 방문해서 제일 처음 만나고 싶은 사람은 문학자일 것이다, 그것은 일본의 문학자가 이쪽에 와도 마찬가지지 않은가, 그걸 딱 잘라 거절하다니 당신들은 너무 제멋대로다"라 하자, "우리는 문학도 소중하다고 생각합니다. 하지만 그보다도 더, 우리들은 오래 살고 싶은 겁니다"라고 드디어 그 청년은 입을 열었다.[307]

모치즈키는 만계 작가가 좌담회를 거부한 이유를 이 이상 논하지 않

306 緑川貢, 앞의 글, p.513.
307 望月百合子, 앞의 글, p.191.

는다. 제국에서 파견된 대륙개척문예간화회의 좌담회에 중국인 문학자들이 "오래 살고 싶"기 때문에 참가하지 않았다. 이 사실만 놓고 생각한다면, 당시부터 '면종복배'라고 일컬어졌던 중국인 문학자들의 소극적인 저항으로 이해할 수 있다.

중국인 문학자들의 우려는 실현되었다. 전후 중국에서는 만주국에서 이루어진 중국인 문학자의 문학 활동은 '윤함구(淪陷區)문학'이라 불렸고, 문학자는 '한간(漢奸) 문학자'로서 엄중한 비판의 대상이 되었기 때문이다. 물론 이를 역사적 사실에 따른 사후적인 판단으로 볼 수도 있다. 하지만 예문지파는 일찍부터 일본인과 밀접한 관계 때문에 다른 중국인 문학자들의 의심과 비판을 받았다. 그러한 환경 속에 있는 만계 작가가 일계 작가처럼 만주국이 존속한다는 강한 신념을 가질 이유는 없었다. 그것은 당시 만계 작가의 언동에서도 엿볼 수 있다.

모치즈키도 "오래 살고 싶다"는 발언에서 어느 정도 만계 작가의 '어두운 침묵'의 이면을 추측할 수 있었을 것이다. 그녀는 일만좌담회가 실패해서 "개척문예 사람들의 실망도 컸지만, 만주에서 생활하며 이곳에서 문화향상의 추진력 역할을 하려는 일본인으로서는 그 이상의 고통과 싸움이 남겨진 것이었다. 그리하여 우선 문학인이 마음으로부터 우러나온 일덕일심(一德一心)의 악수를 하고, 그들의 펜을 통해 민중에게 호소해야만 한다. 일계의 펜보다 그들 만계의 펜이 수십 배의 힘을 만인 대중에게 갖고 있는지, 그것을 생각해보아야만 한다"[308]라고 언급했다. 그녀의 조심스러운 글은 일본인 문학자의 일시적인 시찰에 비해 만주에

308 위의 글, p.192.

거주하는 일본인 문학자야말로 만주 문화향상의 주역이라는 긍지와 민족 간의 차이를 넘어 이상을 실현시키겠다는 각오를 표현하고 있다.

하지만 재만 일본인 문학자들이 직면한 괴로운 "싸움", 즉 민족 문제의 현실은 일본어로 쉽사리 표현할 수 있는 성질의 것이 아니었다. 문학계에서 '일만일덕일심'을 실현하여 중국인 문학자의 펜을 통해 중국인 대중에게 호소해야 한다는 호소는, 오히려 일본인 문학자 사이에서조차 '일만일덕일심'이 실현되지 못했고, 만주국의 대중은 만인이며, 따라서 만주문학을 지도해야 할 '일계 문학'이 대중적 기반을 갖추지 못했다는 현실을 그대로 드러내는 것이었기 때문이다. 그 현실을 있는 그대로 일본어로 표현하는 것은 주저할 수밖에 없었을 것이다. 때문에 그녀는 '일덕일심'이라는 슬로건과 '일계' 작가의 긍지를 내세움으로써 복잡한 만주의 현실을 암시하는 데 그쳤다.

그러나 '내지' 문단에서 보자면 그녀의 말은 "납득할 수 없는" 것이었다. 모치즈키가 「만주를 방문한 문사들」을 발표한 다음 호 『문예』의 익명 시평란에 「만인 작가의 작품검토(満人作家の作品検討)」라는 글이 실렸다. M.G.M이라는 익명의 필자는, 일만 문학자 좌담회 실패에 대한 모치즈키의 글이 "무언가 석연치 않은 느낌"으로 "당사자는 사정을 알고 있으면서 그 사정을 분명히 표현치 않는 듯한 기분이 든다"고 지적하였다.[309]

M.G.M이 보기에는 좌담회 출석이 어째서 만계 문학자들의 오래 살고 싶은 욕망과 대치(対峙)되는 것인지 "불가사의한 의심이 생긴다"는 것

309 M.G.M, 「文芸匿名時評 満人作家の作品検討」, 『文芸』, 1939.10; 池内輝雄編, 앞의 책(昭和編 I), p.431.

이다. 그는 나아가 『원야』 서문에서 번역자인 오우치(大内)가 각 작품의 작가는 만주국 관리나 회사원, 초등학교 교사라고 하면서도 그 약력을 생략한 이유에 대해서도 "약간의 의구심"이 생긴다고 지적하였다.[310]

모치즈키와 오우치의 애매한 표현은 물론 동일한 이유에서 비롯되었다. 하지만 여기서 주목하고 싶은 것은, 그들 재만 일본인 문학자가 '내지'를 향해 이야기할 때 그들이 중국인 문학자들과 유사한 전략을 취했다는 점이다. 즉, '내지' 문학자와 재만 일본인 문학자 사이에서도 어떤 종류의 '침묵'이 개입하여 만주의 복잡한 상황을 이해하는 것을 가로막았다는 점이다.

결국 M.G.M은 만주국의 문학이 "민중교화", "민중계몽" 쪽으로 발전하고 있으며 대부분의 작품이 사회적 약자인 "매소부(賣笑婦)"나 노동자 계급을 소재로 삼고 있는 점을 미루어 그 민중계몽의 내용을 추측하였다.[311] 이처럼 '내지' 문단에 만주문학이 진출해도, 일본인 독자들은 그 문학의 밑바닥에 깔려 있던 민족 문제를 비롯한 만주국의 모순을 이해하지 못했다. 그 이유로는 만주문학론에서 드러났듯이 '내지' 문단 측의 나태와 이해부족, 그리고 만주문단 측의 '어두운 침묵'과 주저가 영향을 끼쳤다고 추측할 수 있다. 대륙개척문예간화회의 '월경'은, 이를 테면 '내지' 문단과 만주문단 사이에 존재하는 단절과 변질을 드러내는 계기가 되었던 것이다.

일만 양국의 중요 국책인 만주이민에 같은 '일본인 동포'인 재만 일본인 문학자들이 유독 냉담한 태도를 취한 것은, 그들이 경험한 이민 2

---

310 위의 글, p.432.

311 위의 글, p.432, 439.

세로서의 삶이 일정하게 작용했다고 생각할 수 있다. 스스로 이민자 의식과 향토의 괴리 사이에서 고민하고 있던 젊은 세대의 재만 일본인 문학자가 일본인 이민자의 집단 이민을 호의적으로 받아들이기는 어려웠을 것이다. 그러나 재만 일본인 측의 비판과 냉담한 태도에도 불구하고, 문화 통제를 향해 움직이기 시작한 만주국 정부로서는 대륙개척문예간화회와 같은 방향이야말로 바람직한 것이었다. 오카다의 연구에 의하면, 1939년 만주문화회는 협화회의 협력을 받아 만주 각지에 회원을 파견하였다. 또한 문화회가 대륙개척문예간화회와 농민문학간화회에 참가하기 위해 일만문예협의회(日満文芸協議会, 가칭)의 설립준비위원회(12.4)도 열렸으나 결국 실현되지는 못했다.[312]

그러나 1940년 6월 30일, 문화회 총회의 개최와 함께 대규모 조직 개편이 시행되었다. 아오키는 이 총회의 분위기를 "이번에는 예전 총회에서 볼 수 있었던 화기애애한 회장 분위기는 드물었고, 모두 조금이라도 멍청한 소리를 하지 않겠다는 듯한 분위기라 우리는 자칫하면 발언 기회를 잃기 십상이었고, 또 하나는 의제(議題)가 당일 배포되었다"[313]고 묘사했다.

이 총회의 결과, 문화회는 만주국 정부의 조성금 원조를 받기로 하고 대대적인 조직 개편이 이루어졌다. 오카다는 이 문화회 개편을 "민간의 자발적 문화단체로서 출발한 문화회가 국책에 발맞추어, 정부와 그 연결을 강화하는 과정"[314]이었다고 파악하였다. 이제 문화회는 만주국 정부

---

312 岡田英樹, 앞의 책, p.28.

313 青木実, 「文芸時評 (一) 不審の事項 文話会改組の批判 (上)」, 『満洲新聞』, 1940.7.27; 池内輝雄編, 앞의 책(昭和編 I), p.338.

314 岡田英樹, 앞의 책, p.29.

의 조성금 지원과 함께 관계기관과 밀접한 관계를 맺게 되었고, 이윽고 다민족 문화인을 회원으로 수용하고 각 지역에 지부를 둔 전시체제의 국책단체로 변질되었다.

한편, 문화정책을 담당한 만주국 정부기관도 개편되었다. 만주홍보협회의 해산(1940.12.17)에서 출발하여 국무원 총무청 홍보처의 조직과 권한 확대를 배경으로 「예문지도요강」(1941.3)이 발표되었다. 선행연구에서는 이 「예문지도요강」과 만주국 통신사법, 기자법 공포(1941.8.25)를 계기로 만주국의 문화 통제가 본격화되었다고 보는 데 의견이 일치하고 있다.

여기서 주목되는 것은 「예문지도요강」(이하 지도요강)의 "건국정신" 관련 표현과 "개척지" 언급이다. 홍보처장 무토 도미오(武藤富男)는 지도요강에서 "1. 우리나라 예문의 특질은 건국정신을 기조로 하며 따라서 팔굉일우(八紘一宇) 대정신의 미적 현현(顯現)이다. 그리고 이 국토에 이식되는 일본문예를 도입하여 엮어내는 혼연한 독자적인 예문이어야 하는 것이다"[315]라고 주장하였다. 여기서 만주문학의 기조가 되는 "건국정신"이란 민족협화나 왕도주의보다도 "팔굉일우 대정신"이었다.

무토는 지도요강 해설에서 문학은 보편적인 것으로 "만주 특유의, 다른 곳에는 없는 예술 따위는 무릇 존재하지 않습니다"[316]라고 단언하였다. 그래도 만주국 문학의 특수성을 찾는다면, 그것은 "건국정신"이어야만 했다. 따라서 "이 건국정신에 육성되어 이 국토에 홍하는 예술은 그에

---

315 武藤富男, 「満洲国の文化政策－芸文指導要綱について」, 『読書人』 第2巻 第9号, 1942.9, p.1. 같은 해 3월 23일 열린 예문대회의 강연 필기.
316 위의 글, pp.3~4.

상응할 만한 특질을 지녀야만 한다. 이 특질은 다른 나라의 예술과 견주어 우수한 것이고, 다른 국민이 보기에 긍지가 될 것이어야만 한다."[317] 무토는 '만주문학론'이 주장한 만주문학의 독자성을 부정하고, "팔굉일우 대정신"에 기초한 '만주문학'의 특질만을 인정했던 것이다.

만주국의 건국은 "팔굉일우 대정신의 현현"이므로 작가는 "이 현현을 가치적인 입장, 미적인 입장에서 보아야만 한다." 그리고 도덕적인 입장에서 만주 건국을 볼 때, 그것은 "도의(道義)세계 건설, 민족협화가 되어 나타났다".[318] 민족협화와 도의 세계 건설은 개별적인 이상이 아니라 "팔굉일우 대정신"에서 출현하는 것이었다. 이는 민족협화 위에 "팔굉일우"를 놓음으로써 건국이데올로기를 서열화한다. 이 서열화는 민족협화를 건국이상으로 내세움으로써 가능해지는 현실비판의 여지를 봉쇄했다. "예문의 입장에서 보자면 만주 건국은 팔굉일우 대정신의 미적 현현"[319]이라는 지도요강의 확고한 입장에서 보자면, 만주문학론에서 탐색한 여러 가능성은 압살당할 수밖에 없었다. 지도요강이 제시한 가장 명료한 메시지는 "우리나라 예문의 특질" 제3항인 "우리나라 예문은 국가건설을 행하기 위한 정신적 생산물로 본다"[320]였다.

"예문 활동의 촉진" 제12항목 "개척지에 예문을 침투시켜 이 땅에 움트고 있는 예문을 육성한다"는 문장은 지도요강에 나타난 문예정책의 관점을 반영한다.[321] 문학을 "국민 대중 속에 침투"시키는 것은 대중이

---

317 위의 글, p.4.
318 위의 글.
319 위의 글.
320 위의 글, p.2.
321 위의 글.

문학을 감상하는 것만이 아니라 "스스로 예문 창조의 기쁨도 맛보려는 것"을 의미한다. 하지만 이 "국민 대중"이 어째서 "개척지", 즉 일본인 농업이민자여만 했을까. 만약 일본인이어야 한다면 당시 대부분의 재만 일본인이 그랬듯이 도시거주자여도 상관없을 것이다. 농민이어야 한다면 만주 농촌 사회의 압도적 다수인 중국인 농민이야말로 "국민 대중"이라고 불려야 할 존재였다.

해설에서는 "아마도 개척지 문학, 예술을 문제로 삼을 때 이는 진정 팔굉일우 정신의 미적 현현입니다. 민족협화의 실천적인 생활을 영화로, 혹은 회화로 만들어낼 때 팔굉일우 정신의 미적 현현이 될 것입니다"[322]라고 설명했다. 일본인 농업이민자와 "팔굉일우"가 직결되고, 그 생활은 곧 민족협화의 실천으로 간주되었다. 이 논리에 따르면 일본인 농업이민자야말로 "팔굉일우"를 체현하는 존재였다.

여기서 일본인 농업이민자에게 부여된 특권성을 구성하는 요소는 우선 일본인이라는 점일 것이다. 또한 농민인 그들은 도시에 거주하는 일본인과 달리 만주의 토지에 직접적으로 연결되어 있었다. 일본인 농업이민자는 이민 1세대로서 아직 재만 일본인 2세와 같은 아이덴티티의 혼란을 경험하지 못했다. 또한 농민이기에 만주 토지와의 밀접한 연결을 기대할 수 있는 존재이기도 했다. 이 같은 일본인 농업이민자의 위치는 지도요강 전체에 걸쳐 제시된, 재만 일본인 문학자들이 만주문학론에서 모색한 여러 시도를 향한 강한 불신이나 경계와 아울러 생각해야 할 것이다.

---

322 위의 글, p.4.

즉 만주국의 문화정책은 만주문학으로서 '만주 토지에 이식된 일본인 농민에 의한 문학'을 요구하고 있었다. 이는 그야말로 에하라가 일찍이 "어떤 일부에서는 만주 도회지에서 자란 제2국민이 만주문학의 제작자라는 사실에 가망이 없다고 단념했다. 오히려 자무쓰(佳木斯) 부근 이민지에서 그것이 나오지 않을까, 라며. 그래서 나는 웃었다. 만주문학은 태어나지 않고 제국주의문학이 태어날 것이노라고"[323]한 말의 실현이었다.

> 그들은 고향을 상실조차 하지 않았다. 이민자의 가슴에 있는 것은 굳게 뿌리내린 일본을 향한 사랑이다. 이 사람들은 아마 고향을 잊을 수 없다. 일본인이라는 민족은 그런 민족이다. 나는 그곳에서 일만 국민이 혼연 융화되고 있다는 실정을 듣기보다, 매일 아침 동방을 향해 황거를 배알하는 감격의 밤낮과 단결의 땀을 듣는다. 이윽고 (그들은) 만주 곳곳에 제2의 도쿄를 쌓아올릴 것이다.[324]

실제로 지도요강에 기반을 둔 문화단체의 통합이 착착 추진되었다. 문화회는 해체되었고, 그 회원들은 만주문예가협회(滿洲文芸家協会, 7.27)로 흡수되었다. 이윽고 만주국의 여러 문화단체를 통합하는 만주예문연맹(滿洲芸文連盟, 8.25)이 결성되었다.

이 과정에서 재만 일본인 문학자 사이에서는 커다란 불안과 동요가 일어났지만 결국 만주국 정부가 추진하는 문화 통제를 완전히 거부할

323 江原鉄平, 앞의 글(1937.8.20).
324 위의 글.

수는 없었다. 그 중요한 이유 중 하나로 만주국 문학자들의 사회적인 위치를 지적할 수 있다. 즉 "그들은 작품으로 생계를 유지할 수 있는 사람은 전혀 없다. 그리고 그 대부분은 국책적인 큰 회사에 근무하고 있으므로 경솔하게 입을 열 수 없는 것은 물론, 같은 의미에서 문학운동 등은 생각할 수도 없는"[325] 입장이었다. 가와사키 겐코(川崎賢子)가 지적했듯이 "문예가 통제와 조성의 대상인 반면 대부분의 작가는 직업적으로 만주국 문화정책의 담당자이거나 문화선전, 문화공작을 기획 운영하는 입장"[326]이었던 것이다.

또한 모치즈키가 지적했듯이 만주의 '일계' 문학이 대중적 기반을 확보하지 못했다는 이유도 있었다. 예를 들어 만주문학론과 관련하여 오타니 다케오(大谷健夫)가 솔직히 인정했듯이, 만주국은 풍토와 정치경제적 환경이 일본 내지와 전혀 다르다는 점에서 "일본의 한 지방은 아니"었다. 하지만 "이 땅에서 소설을 쓰는 사람이 일본인이며, 그것은 일본어로 쓰여 그것을 읽는 사람이 일본인이고, 더욱이 대다수가 도쿄 공장에서 제작된 소설을 읽고 있다는 사정은 일본 내지와 동일한 조건"[327]이었다.

그러나 만주국 인구의 다수는 중국인이었고, 그들에게 일본어 문학으로 접근하는 것은 요원한 일이었다. 바로 그 점을 인식했기 때문에 모치즈키는 중국인 문학자와 진정한 악수를 할 수 있기를 바랐고, 그들의 펜을 통해 대중에게 다가서는 것을 재만 일본인 문학자의 괴로운

325 佐藤四郎, 앞의 글, p.74.

326 川崎賢子, 「満洲文学とメディアーキーパーソン「木崎龍」で読むシステムと言説」, 20世紀メディア研究所編, 『Intelligence』 第4号, 2004.5, pp.28～29.

327 大谷健夫, 「小説界概観」, 満洲文話会編, 앞의 책(第2輯), p.6.

"싸움"이라고 표현했을 것이다.

하지만 지도요강의 시행으로 중국인 문학자는 본인의 의사와 상관없이 만주국 당국에 등록되어, 전시체제의 문학자 동원에 포섭되었다.[328] 그 결과 많은 중국인 작가가 '관내'로 탈출할 것을 선택했다. 만주국에서 탈출하지 못한 작가들은 만주국 건국을 찬미하고 '대동아 신문화 건설'의 일익(一翼)으로서의 역할을 수행할 수밖에 없었다.

만주문학의 독자성을 주장하고 장래에 건국이상이 실현되기를 바라마지 않았던 재만 일본인 문학자들의 괴로운 "싸움"은 타의에 의하여 끝을 맺었고, 전시체제의 문화 통제 속에서 침묵해야 했다. 1943년, 곤도는 지도요강을 "만주국 문화정책의 예능 및 문학 영역의 마그나 카르타(大憲章)"[329]라고 높이 평가하였고, 정치와 문화가 일체화된 지금 민족협화를 내세운 현실 비판이나 정치와 문학의 대립 따위는 "이러한 사람들의 사념적 양식(良識)에 비추어보아도 이러한 잘못된 견해는 이미 존재할 여지가 없다"[330]고 단언하였다. 그러므로 "만주 일계 작가의 활동은 본질적으로 보자면 일본문학의 연장이며, 대륙적 환경 때문에 현지에 움튼 새로운 일본문학이라 해야 할 것이고, 이를 건국이념에서, 혹은 예문지도요강의 취지에서 보자면 일계 작가의 활동이야말로 오늘날 만주문학에서 이념적으로도 실천적으로도 지도적 지위에 있어야만 하는 것이다".[331] 때문에 "일계 문학"은 "베이면 피가 흐르는 생생한 민족정신이 약동할 것"이 요구되었고 오히려 "어중간하게 예술지상주의

328 岡田英樹, 앞의 책, pp.58~60.
329 近藤春雄, 앞의 책, p.65.
330 위의 책, p.64.
331 위의 책, p.187.

적인 독선론이나 굳이 말하자면 전문가랍시고 점잔 빼는 고고함 등"은 지양되어야 했다.[332]

결과적으로 만주문학 측에서 보자면 대륙개척문예간화회나 농민문학간화회의 등장은 제국 중앙문단의 식민지 문단에 대한 문화 통제의 선구 역할을 했다고 할 수 있다. 이들 국책단체의 목적이 일본농민의 '대륙진출'을 장려하는 것인 이상, 그 '월경(越境)'은 제국일본 측의 '대륙진출' 논리를 일본이민을 받아들여야 하는 만주 측에 강요하는 것일 수밖에 없었다.

그러나 국책단체의 '월경'은 일본문단과 만주문단, 만주국에서는 '일계 문학'과 '만계 문학', 만주국의 정치와 문학, 현실과 이상 사이에 존재한 몇 겹의 침묵과 괴리, 모순을 폭력적으로 횡단함으로써 그 존재를 가시화했던 것이다.

332 위의 책, p.191.

제2장

제국의 이데올로기와 만주 건국

제1장에서는 농민문학간화회와 대륙개척문예간화회가 설립되는 과정과 국책협력의 논리, 만주이민 정책과의 상관관계, 만주문단의 상황과 함께 재만 일본인 문학자와 만주이민의 국책문학의 관계를 검토하였다. 기존 연구에서는 만주이민의 국책문학을 주로 전향 작가가 담당했기 때문에 프롤레타리아 문학의 정치적 이데올로기를 국책으로 맞바꾼 것에 불과하다고 보았다. 또한 만주이민이 제재이기 때문에 당연히 만주국의 건국이데올로기인 민족협화와 왕도주의를 표방할 것이라고 간주하였다.

그러나 제1장에서 각 간화회 앤솔로지에 실린 작품들을 검토하고 알 수 있었던 것은, 이들 작품에서 민족협화나 왕도주의는 거의 찾아볼 수 없다는 사실이다. 대부분의 작품이 '내지' 농촌의 가난과 일본농민이

겪는 고난과 만주이민을 향한 결의를 묘사할 뿐, 민족협화나 왕도주의라는 용어 자체가 거의 등장하지 않는다. 이들 작품집에서 민족협화를 표방한다고 할 수 있는 작품은 장혁주의 「빙해(氷解)」와 아라키 다카시(荒木巍)의 「북만의 꽃(北満の花)」뿐이었다. 두 작품 모두 일본인 만주이민자와 현지 농민의 갈등을 배경으로, 「빙해」는 현지 농민이 청소년의용군과 화해하는 과정을, 「북만의 꽃」은 일본인 이민자가 현지 농민의 태도를 놓고 동료 이민자와 대립하는 모습을 그렸다. 여기서는 민족협화가 두 작품에서 각각 다른 역할을 하고 있다는 점에 주목하고 싶다.

「빙해」에서 민족협화는 현지 농민이 조선민족의 문화를 이해하거나, 청소년의용군 소년이 현지 문화를 존중하는 모습을 보여줌으로써 갈등이 해소되는 과정을 통해 일본민족의 우수성보다 여러 민족의 상호적인 평등과 이해를 강조하는 모습으로 묘사된다. 이에 비해 「북만의 꽃」에서는 민족협화가 일본인 이민자가 동료 이민자의 거만한 행동을 비판하는 근거로서 기능한다. 현지 농민 쪽에서 볼 때 민족협화는 여러 민족 사이의 평등이 강조되고, 일본인 이민자 쪽에서 볼 때는 같은 일본인의 타민족에 대한 횡포를 규제하는 대의명분이 되는 것이다. 민족협화가 이처럼 상대에 따라 다른 역할로 묘사되는 것은, 민족협화가 사실상 각 민족이 '협화(協和)'한다는 애매한 정의 이상의 정합성이나 구체성이 결여된 이데올로기였기 때문이다. 앞에서 살펴보았듯이, 민족협화와 왕도주의를 가리키는 데 건국이념, 건국정신, 건국이상 등의 호칭이 혼재된 채 사용된 것은 민족협화와 왕도주의 자체가 구체적이지 않았고 명확하게 정립되지도 않았기 때문이다.

그러나 제1장 4절에서 확인했듯이, 건국이데올로기의 애매함이나 자의성은 이상적이지 못한 만주국의 현실을 비판적으로 묘사하는 문학을 정당화하는 명분이기도 했다. 물론 만주국 건국과 동시에 건국이데올로기가 실현되었다고 하여 만주국 건국을 찬양하는 문학이 존재한 것은 분명 사실이다. 동시에 건국이데올로기를 명분으로 내세워 건국이데올로기가 실현되지 않는 만주국의 현실을 비판적으로 보는 문학도 존재했다. 앞 장에서 살펴보았듯이, 곤도 하루오(近藤春雄)는 일부 재만 일본인 문학자들이 민족협화를 자유주의적 평등관, 민족자결주의의 변모된 표현, 좌익 인터내셔날리즘의 변형으로 전화(轉化)하여 해석한다고 비판했다. 건국이데올로기에는 그러한 해석의 여지가 존재했던 것이다.

하지만 두 간화회가 중일전쟁을 계기로 '내지'에서 급속하게 강화된 문화 통제에 대한 '바리케이드'로서의 역할을 한 국책단체라는 점을 상기해야 할 것이다. 간화회의 많은 구성원은 전향 작가였고, 그들은 시대적 압박감을 강하게 의식할 수밖에 없었다. 또한 만주이민 정책에서 '왕도낙토'라는 동양적인 이상국가 건설과 일본민족의 지도에 의한 '오족협화'의 달성은 중요한 목표였다. 하지만 민족협화는 민족 간의 평등을 강조함으로써 일본민족의 주도성이나 우월성을 부인, 혹은 해체할 수 있는 위험성을 내포하고 있었다. 그러한 측면을 고려한다면, 만주이민의 국책문학 중 많은 작품에서 민족협화나 왕도주의가 등장조차 하지 않는 것도 반드시 놀랄만한 일은 아니다.

그러나 대부분의 작품이 보고문학의 형식을 취했기 때문에 작가의 현지시찰, 여행, 조사의 성과가 작품에 그대로 반영되었다. 그리고 일본인 이민자가 직면하는 최대의 고난이 현지 주민과의 갈등이나 '비적'의 습격 등 타민족과의 충돌인 이상, 타민족과의 '협화'는 피할 수 없는 이민자의 현실이었다.

당시 '내지'는 만주이민을 과잉 인구, 농촌 빈곤의 해결책으로 보았다. 또한 문자 그대로 '일본민족의 대륙확장'으로서 일본 세력의 부식(扶植), 관동군의 예비 병력 및 후방지원 확보를 꾀하는 정책이기도 했다. 동양적 유토피아인 '왕도국가'의 건설이자 민족협화의 실천을 통한 '대동아공영권'의 실현이기도 했다. 이와 같은 논리는 같은 일본인이라면 공감이나 동정, 관심에 토대를 둔 심정적인 논리로 성립할 수 있었다.

하지만 앞에서 지적했듯이, 만주이민의 국책문학은 보고문학이라는 틀 때문에 만주의 현실을 문학 속에 끌어들일 수밖에 없었다. 때문에 만주이민의 국책문학은 만주의 현실에서 일어나는 강제적인 토지 매수나 철거 등 '토지 수탈'에서 비롯된 타민족과의 충돌과 고난이라는 이민자의 경험을 제재로 삼으면서, 동시에 일본민족이 주도하는 '협화'의 실현과 이상국가의 건설을 문학적으로 형상화해야 한다는 무거운 짐을 떠안았다. 그러한 관점에서 보자면, 만주이민의 국책문학이 역사적인 사건이나 구체적인 사실을 상세하게 묘사하는 경향은 매우 효과적인 해결 방법이었다고 할 수 있다. 있는 그대로 만주의 현실을 형상화하였다고 주장함으로써 이데올로기와 현실 사이에서 필연적으로 생겨나는 차이나 모순은 간과되고, 단순히 국책에 영합하는 문학으로 간주되었기 때문이다.

이데올로기와 현실 사이에 일어나는 차이나 모순은 반드시 작가나 작품 층위의 문제는 아니다. 앞에서 지적했듯이, 민족협화와 왕도주의는 그 내용이 매우 애매하고 자의적인 성질을 가지고 있었다. 이들 건국이데올로기는 기본적으로 재만 일본인이 만주국 건국 과정에서 현지 주민, 특히 한족(漢族)의 복종과 협력을 획득하려는 목적으로 인위적으로 창출한 인공적인 이데올로기였기 때문이다. 바꿔 말하면 만주국의 건국이데올로기란 만주국 인구의 약 8할 이상[1]이었던 한족을, 중국 본토로부터 파급된 중국내셔널리즘으로부터 단절시킴과 동시에 소수에 불과한 일본민족의 지배를 정당화하기 위한 이데올로기였다. 그 때문에 건국이데올로기는 일본민족의 주도성을 주장하면서도 한족의 복종과 협력을 얻기 위해 일정한 타협이나 배려를 보여야 했다.

실제로 '협화(協和)'와 '왕도(王道)'는 고대 중국의 사상에서 유래하는 말이었고, 선정주의(善政主義)를 표방하여 징세부담 경감, 뇌물 수수 타파, 치안유지, 산업 발전, 민중복지 보장, 자치주의 등 군벌과의 차이를 강조하였다. 물론 그와 같은 타협과 배려는 만주국의 제도가 정비되고 통치가 안정되는 한편으로, 중일전쟁의 장기화로 인한 국가통제의 강화와 전시동원의 과정 속에서 사라진다. 그러한 흐름 속에서 건국이데올로기는 제국일본의 식민지 지배를 정당화하기 위해 편의적으로 이용되면서도 "일본 것이 아니"라는 혐의에서 자유로울 수 없었다. 전시체제가 심화되는 1940년대, 만주국의 건국이데올로기는 일본주의와 '팔굉일우(八紘一宇)' 정신으로 대체되었다.

결국 만주국에서 건국이데올로기로서의 민족협화와 왕도주의는 배제되었고, 단순한 미사여구이자 슬로건으로서 '왕도낙토'와 '오족협화'만이 남았다. 하지만 그것은 이질성을 증명하는 것이기도 했다. 민족협

---

1 1932년 만주국의 전체 인구는 30,930,000명이고, 중국인은 29,952,000명, 일본인은 839,000명('내지인'은 275,000명, 조선인은 564,000명)이었다. 「満洲人口増加趨勢」, 国務院総務庁統計処編, 『満洲帝国国勢 康徳4年版』, 国務院総務庁統計処, 1936, p.21.

화와 왕도주의는 단순히 '일본제국'만의 것이 아니었던 것이다.

만주사변 발발에서 만주국 건국까지 주도적인 역할을 한 것은 관동군이었다. 관동군은 일본 정부나 군 중앙에 비판적이었고, 관동군에 적극적으로 협력한 재만 일본인도 자국민 보호에 소극적인 듯이 보이는 일본 정부의 외교 정책에 반감과 거리감을 느끼고 있었다. 대아시아주의에 경도된 일부 일본인 지식인들도 만주국을 반드시 '일본의 확장'으로 여기지는 않았다. 이러한 상황에서 만주국의 건국공작은 일본의 중앙 정부와 긴밀한 연대를 취하지 못한 채 진행되었다. 즉 민족협화와 왕도주의는 전적으로 '일본제국'의 뜻에 따라 형성되고 건국이데올로기로 부상한 것은 아니었다. 민족협화와 왕도주의는 당시 만주의 정치 상황, 그리고 관동군과 재만 일본인의 필요에 의해 만주국의 건국이데올로기로서 창출되었다. 만주국과 제국일본의 관계가 밀접해지면서 민족협화와 왕도주의가 배제되고, 특히 제국일본과의 동화(同化)가 강조된 것은 단순한 우연이 아닐 것이다. 그리고 만주국 건국과 거의 동시에 시작된 일본인의 만주이민은, 명백히 만주국 내 일본인 인구의 증가를 통한 일만관계 강화를 목적으로 하는 것이었다.

이와 같은 점을 고려하면, 만주이민은 자국민의 만주이민을 이용하여 식민지 지배를 영속화하려는 제국일본의 시도이자 만주의 복잡한 이데올로기 상황과도 밀접하게 연관된 문제였다. 만주이민의 국책문학이 제재로 삼은 만주이민의 가장 커다란 문제성은 만주이민 그 자체가 건국이데올로기를 형해화(形骸化)하는 것이었다는 점이었다. 이와 같은 문제성의 인식은, 만주국 건국에서 제국일본의 패전까지 만주를 중심으로 움직인 제국의 이데올로기 내부에서부터 만주이민을 새롭게 조명하는 계기가 될 수 있을 것이다.

1. 관동군의 만몽영유론과 만주이민구상

1932년, 만주국은 민족협화와 왕도주의를 건국이데올로기로 내세우고 '건국'했다. 건국이데올로기인 민족협화와 왕도주의는 만주사변부터 만주국 건국까지 관동군, 재만 일본인 단체, 중국인 유력자나 중국 농촌 사회의 착종하는 이해관계 속에서 창출되었다. 그 과정에서 상정할 수 있는 주요 인자는 만주사변에서 주도적인 역할을 한 관동군과 지속적으로 관동군에게 협력한 만주청년연맹 등 재만 일본인단체, '펑텐문치파(奉天文治派)'라 불린 현지 유력자 세력, 그리고 다치바나 시라키(橘樸)를 비롯한 저널리즘이었다. 그중에서도 가장 큰 역할을 한 것은 역시 관동군이었다.

1931년 5월 29일, 관동군 참모 이타가키 세이시로(板垣征四郎)는 관동군 사령관 히시카리 다카(菱刈隆) 이하, 연대장 이상 장교들이 모인 회동에서 「만몽 문제에 대하여(満蒙問題について)」라는 제목으로 강연을 하였다. 이 강연에서 이타가키는 소위 '만몽 문제' 해결에 대한 견해를 크게 네 가지로 구분하여 설명하였다. 즉 ① 만몽의 영유 혹은 보호국화 ② 기득권익 문제의 해결 및 확충 ③ 권익유지 ④ 정치・군사적 권익의 포기와 경제적 발전이다.[2]

하지만 이타가키는 이어서 "궁극적인 목적은 이를 영토로 삼는 것"[3]이라고 밝히고, '만몽 문제' 해결이란 결국 영토화라고 강조하였다. 이 강연이 이시와라 간지(石原莞爾)와 함께 관동군의 실권자로 유명한 이타가키의 견해였다는 사실은 물론, 관동군사령관 이하 각 연대장에게 행해진 강연이었다는 점에서 특히 중요하다. 당시 관동군 수뇌부가 '만몽 문제' 해결에 강한 의지를 드러냈음을 의미하기 때문이다. 장쭤린(張作霖) 암살사건 당시 관동군의 목적은 만주를 중국 본토에서 분리하여 친일정권을 수립하는 것이었다.[4] 하지만 1931년에는 이미 만몽영유로 방침이 선회한 것이다.

육군에서 만몽영유 구상 자체가 새로운 것은 아니었다. 이 구상은 러일전쟁 이후 대소(對蘇)전략 및 한반도 지배를 이유로 존재했다.[5] 사토 모토에이(佐藤元英)는 육군의 만몽영유 구상의 원형으로서 동방회의(東方会議, 1927) 전후에 주목했다. 이 시기의 만몽영유론은 기존의 영토적 만몽 분리공작과는 달리 육군의 전통적인 대소전략에 자국민 보호, 치안유지, 만몽특수권익이 결합된 형태였다.[6] 관동군 참모 이시와라의 군사점령을 통한 만주 영토화론에도 일본제국의 중국 민중 '구출'과 동양평화 구축

---

2 板垣征四郎, 「満蒙問題について」; 稲葉正夫, 「史録・満洲事変」, 参謀本部編, 『満洲事変作戦経過ノ概要 満洲事変史』, 巌南堂書店, 1972, p.42.

3 위의 글.

4 緒方貞子, 『満洲事変－政策の形成過程』, 岩波書店, 2011, p.81.

5 사토 모토에이(佐藤元英)는 그러한 예로 야마가타 아리토모(山県有朋), 후쿠시마 야스마사(福島安正), 가와시마 나니와(川島浪速)의 사상적 흐름, 육군 관계자나 대륙낭인이 청조(清朝)의 만주부활을 꾀한 두 차례의 만몽독립운동공작(1912, 1916) 등을 들었다. 佐藤元英, 「昭和陸軍と満蒙領有の構想」, 『紀要 史学』 52号, 中央大学文学部, 2007.3, pp.57~58.

6 위의 글, p.59.

의 사명, 대소전략, 조선지배 안정화 등의 목적은 계승되었다.

이시와라의 만몽영유 구상은 미국을 가상 적국으로 상정했다는 점이 특징이었다. 야마무로 신이치(山室信一)는 이시와라가 만몽영유를 제국 일본의 특수권익 확장이나 '만몽 문제' 해결의 연장선상이 아니라 미국을 가상 적국으로 상정하는 국방방침과 연결시켜 만몽영유를 "일본이 나아갈 진로의 일환에 포함시킴으로써 그 장기적인 재검토와 세계사적 의의를 부여하였다"고 평가했다.[7] 섬멸전으로서의 미일전쟁과 그 준비단계인 미일 지구전(持久戰), 그 일환으로서의 만몽영유와 개발이라는 세 관념의 유기적인 연쇄가 이시와라가 주장한 만몽 문제 해결안의 독특함이었다.[8]

이처럼 만몽영유가 장래 미일전쟁에 대비하기 위한 지구전 전략에 포함되면서, 대미전쟁에 대비하기 위한 자원확보만이 아니라 그 통치 및 개발로 "동아 자급자활의 길을 확립"[9]해야 했다. 따라서 이시와라는 "점령지의 자원 및 재원을 우리 제국을 위해 최대한 이용"하는 것만이 아니라 "자원의 증식 및 민중 부력(富力)의 유지 및 증진에 세심한 주의를 기울여 장래 장기적인 통치의 대계(大計)를 그르치지 않도록 함에 주의"[10]할 것을 요구했을 뿐만 아니라 "만몽점령 후 통치 성과 여하는 단순히 전쟁의 운명에 중대한 영향을 끼칠 뿐만 아니라 제국의 백년대계에 크게 관련된다"[11]고 강조하였다.

---

7 山室信一, 『キメラ－満洲国の肖像－増補版』, 中央公論新社, 2004, p.53.

8 角田順, 「解題 石原の軍事的構想とその運命」; 角田順編, 『明治百年史叢書 第18巻 石原莞爾資料(増補)－国防論策編』, 原書房, 1984, p.531.

9 石原莞爾, 「国運転回ノ根本国策タル満蒙問題解決案」, 1929.7.5; 위의 책, p.40.

10 関東軍参謀部, 「「満蒙ニ於ケル占領地統治ニ関スル研究」ノ抜粋」, 1930.9; 위의 책, p.52.

그러나 만몽영유론에서 대미전쟁으로 이어지는 이시와라의 장대한 계획은 그 계획을 행하는 주체 설정이 애매하다는 문제를 갖고 있었다. 설령 일석회(一夕会)나 스즈키 데이치(鈴木貞一)의 연구회를 통해 일본 내 혁신운동과 접촉하고 군 중앙에 그들과 공명하는 막료장교와 청년장교가 존재했어도, 그것이 파견군이라는 관동군의 위치를 바꾸지는 못했다. 실제로 이시와라가 남긴 여러 강연이나 보고 등의 자료는 만철조사부, 육군대 학생 전사(戰史) 여행, 자료국 사무관 등 관계방면, 그리고 관동군 참모부에 자신의 만몽영유론을 설명하기 위한 것이었다.[12] 이시와라나 그가 주도한 관동군 참모부가 기획한 만몽영유론에서 장기적인 통치는 어디까지나 관동군의 군정(軍政)이었다.

따라서 관동군은 '지방군'으로서의 제약을 현실적으로 고려하지 않을 수 없었다. 이시와라를 비롯한 관동군 참모부는 일본 정부의 대중(對中) 외교는 물론 육군중앙부와도 합의하지 않은 상태에서 만주 무력 점령 및 통치를 구상했다. 따라서 일본 정부 및 군 중앙으로부터 지원을 기대할 수 없다는 물적, 인적 제약을 의식할 수밖에 없었을 것이다.

관동군이 그러한 제약을 강하게 의식하고 있었다는 사실은 그들이 세운 계획에서도 엿볼 수 있다. 예를 들어 만주사변 이전에는 이른 시기부터 "가장 중요한 지점 및 철도를 일본군대로 수비"하고, 현지 행정은 "대개 청조(清朝)의 방식"을 유지하며 필요한 비용은 "주로 해관 및 철도수입"[13]으로 충당할 계획이었다. 관동군 참모부가 작성한 「만몽

---

11 石原莞爾, 「満蒙問題解決ノ為ノ戦争計画大綱(対米戦争計画大綱)」a, 1931.4; 위의 책, p.71.

12 角田順, 앞의 글, p.531.

13 石原莞爾, 「講話要領」, 1930.3.1; 角田順編, 앞의 책, p.46.

점령지 통치에 관한 연구(滿蒙ニ於ケル占領地統治ニ関スル研究)」에서도 "점령지 재정은 점령지에서 자급자족하여 제국 일반 재정에 누를 끼치지 않도록"[14]할 것이라고 명백히 밝혔다. 만몽통치에 관한 관동군의 기본 방침은 "가장 중요한 지점 및 철도를 일본군으로 수비"하고, 현지 행정은 현(縣) 이하 현지민의 자치에 위임하여 관동군은 치안유지에 전념하는 것인데, 그 의도는 통치 비용을 최대한 줄이는 것이었다.

관동군의 만몽영유론이 무력 점령, 군정 실시, 재정적 독립 계획이었으므로, 그것은 관동군의 권한 확장만이 아니라 일본 정부 및 군 중앙에 대한 상대적인 '독립성' 확보로 이어질 수밖에 없었다. 만주사변에서 관동군이 일본 정부나 군 중앙으로부터 독립성을 확보하려 한 의도는 관동군과 일본 정부 사이에서 1931년 10월 중순에 일어난 관동군 독립사건이나 10월사건 등과 같은 경계와 의혹, 대립을 야기하였고, 관동군이 만몽영유안에서 만몽독립국안으로 전환하는 계기 중 하나이기도 했다.[15]

하지만 이러한 기본 방침은 관동군이 시작한 일본제국의 만주 지배의 틀을 만들었다는 점에서 중요하다. 오가타 사다코(緒方貞子)는 관동군 참모부 조사반의 연구보고 「만주점령지행정 연구(滿洲占領地行政ノ研究)」(1931)를 검토하고, 관동군 수뇌부가 농민과 노동자로 구성된 일만(日滿) 민중을 만주사변의 수혜자로 상정했다는 점에 주목했다. 만주점령으로 일본은 자원 공급처와 제품 시장을 확보할 수 있고, 만주 개발

---

14 関東軍参謀部, 앞의 글, p.52.

15 古屋哲夫, 「「満洲国」の創出」, 山本有造編, 『「満洲国」の研究』, 京都大学人文科学研究所, 1993, p.39~40; 平野健一郎, 「満洲国協和会の政治的展開ー複数民族国家における政治的安定と国家動員」, 『日本政治学会年報政治学』, 1973.3, p.239.

로 경제가 활성화되면 국내 실업 문제를 해결할 수 있었다. 한편, 관동군이 만주를 점령하면 장쉐량(張學良) 군벌을 배제하고 '선정(善政)'을 펼쳐 치안 확보, 거주 교통의 안전, 민중의 경제적 부담 경감, 교통 발달, 산업 발전을 가져올 것이라는 논리였다.[16]

이처럼 관동군의 만몽영유론은 군정을 실시하여 관동군의 치안유지와 현지 사회의 자치를 축으로 일만 민중의 지지를 얻는다는 구상이었다. 제3절에서 자세히 살펴보겠지만, 자유민주주의자였던 다치바나 시라키는 만주사변 당시 자신이 관동군 비판에서 협력으로 '방향전환'한 이유를 관동군의 반자본・반정당적 지향이 민중의 지지를 받을 수 있다는 판단에 의한 것이었다고 밝혔다.[17]

하지만 관동군이 상정한 민중의 '행복'이란 "우리나라의 치안유지하에서 한족(漢族)의 자연적 발전을 기하는 것이 그들을 위해서도 행복"[18]이라는 식으로 규정되는 것이었다. 민중의 의사는 고려하지 않고 관동군이 일방적으로 강요하는 "행복"이었던 것이다. 이러한 관동군의 사고방식은 "지나인이 과연 근대국가를 형성할 수 있을지 상당히 의문"[19]이라는 인식, 즉 중국인의 정치능력에 대한 근본적인 불신에 기초한 것이었다. 중국인에 대한 불신감은 관동군이 만몽영유안에서 만몽독립국안으로 전환한 뒤에도 뿌리 깊이 남아 있었다.

1931년 2월 2일, 이시와라는 기존의 "이기적인 슬로건"이었던 '기득

16 緒方貞子, 앞의 책, p.87・91.

17 橘樸, 「滿洲事変と私の方向転換」, 『滿洲評論』 第7巻 第6号, 1934.8; 橘樸, 『大陸政策批判 橘樸著作集 第二巻』, 勁草書房, 1966, p.17.

18 石原莞爾, 「滿蒙問題私見」, 1931.5; 角田順編, 앞의 책, p.77.

19 위의 글.

권 옹호'에서 '신만몽 건설'로 전환하는 것은 일본인이 "근래 미몽(迷夢)에서 깨어나" 만몽 문제를 직시한 결과라고 평가하였다. 그에 비해 중국인은 개인으로서는 우수한 점도 많지만 "군벌정치 같은 것을 출현"시킨 점을 들어 "근대국가를 만들 능력에 결여"되었다고 보았다.[20] 따라서 "중앙 정권은 일본의 지도감독하에 간명직절(簡明直截)한 것", "특히 국방은 이를 일본에 위임"하고 지방정치는 "한민족의 성정에 적합한 자치를 주(主)로"[21] 해야 한다고 주장했다.

또한 관동군은 중국 민중이 기본적으로 "국가의식이 희박"하기 때문에 만주통치를 실현할 수 있을 것이라고 보았다. 앞에서 살펴본 「만몽 문제에 대하여」 강연(1931.5.29)에서도 이타가키는 중국에서는 지속적인 전란 때문에 자치제도가 발달하였고, 민중의 경제 생활은 국가의 군사·정치에서 분리되었다고 간주하였다. 때문에 중국인의 이상은 '안거낙업(安居樂業)'이라고 보았다. 중국인이 정치에 바라는 바는 "세금과 치안안정"뿐이며, 남양(南洋) 화교(華僑)의 예에서 보듯이 치안 확보, 거주 교통의 안전, 민중의 경제적 부담 경감, 교통 발달, 산업 발전 등의 '선정'을 베풀면 진정한 '안거낙업'과 공존공영을 꾀할 수 있다고 주장했다.[22] 그러한 인식에 따라 이타가키는 관동군 및 일본제국의 시정(施政)하에서 재만 민중은 경제적 발전과 안정된 생활을 구가할 것이고, 그 지배에 대한 대규모 저항은 발생하지 않을 것이라고 예측하였다.

관동군이 정세판단의 근거로 삼은 중국(인)관은 관동군만의 독자적

---

20 石原莞爾, 「滿蒙問題ノ行方」, 1931.12.2; 角田順編, 위의 책, p.88.

21 위의 글.

22 板垣征四郎, 앞의 글, pp.44~45.

인 것은 아니었다. 히라노 겐이치로(平野健一郞)는 재만 일본인의 민족협화 사상의 토대로 중국사회론과 만몽특수지역론을 들었다.[23] 관동군도 중국민중의 희박한 국가의식과 지방자치 전통을 근거로 만주 지배와 군정 실시를 구상했다. 이러한 중국・중국인관은 관동군과 재만 일본인에게 한정된 것이 아니라 오히려 제국일본의 중국 담론을 반영한 것이라고 볼 수 있다.

본래 만몽 문제 해결에 대한 관동군의 첫 번째 원칙은 만주를 중국본토에서 분리시키는 것이었다. 이를 지탱한 것이 러일전쟁을 계기로 시작된 '만주사' 연구였다.[24] 스스로의 연구 성과에 기초하여 "만주는 중국의 영토가 아니다"라고 주장한 교토(京都)제국대학 교수 야노 진이치(矢野仁一)를 비롯한 이나바 이와키치(稲葉岩吉), 와다 세이(和田清) 등의 동양사학 연구는 중국의 만주에 대한 주권을 부인하는 근거로 이용당했다.

청조의 발생지이자 여러 민족이 거주하는 "만주는 중국 영토가 아니다"라는 견해가 모든 만주사연구자의 견해를 대표하는 것은 아니었지

---

23 平野健一郎,「満洲事変前における在満日本人の動向－満洲国性格形成の一要因」,『国際政治』43, 1970.12, p.54.

24 도쿄(東京)제국대학 교수 시라토리 구라키치(白鳥庫吉)는 만철 총재 고토 신페이(後藤新平)에게 만주・조선 관련연구의 중요성을 호소했다. 이에 1908년 도쿄제국대학 사학과 관계자를 중심으로 '남만주철도주식회사 역사조사실(南満洲鉄道株式会社歴史調査室)'(도쿄)을 발족했다. 그러나 만철 내부에서는 현재와 동떨어진 것처럼 보이는 역사연구 지원을 의문시하는 목소리가 나왔고, 결국 1915년에 역사조사실은 폐지되었다. 시라토리는 연구실을 도쿄제국대학으로 옮겨 동양사학 연구를 지속했다. 이 역사조사실의 성과로 『만주역사지리(満洲歴史地理)』 1・2, 『조선역사지리(朝鮮歴史地理)』 1, 2(1913), 『청조전사(清朝全史)』 상・하(1914), 『만주발달사(満洲発達史)』(1915) 등이 출간되었다. 塚瀬進,「戦前, 戦後におけるマンチュリア史研究の成果と問題点」, 『長野大学紀要』第32巻 第3号, 2011, pp.248~249.

만, 제국일본의 대외진출을 정당화하는 논리로서 적극적으로 이용당한 것은 사실이다.[25] 예를 들어 이시와라는 1929년 1월, 저명한 동양 사학자 나이토 고난(内藤湖南)을 방문하여 중국에 대한 무력 통치 가능성을 물었다.[26] 관동군은 "만주는 중국 영토가 아니다"라고 하면서도, 제국일본 측의 기존 중국(인) 연구를 기초로 정책을 구상했던 것이다.

중국인의 근대국가 형성능력에 대한 회의는 당시 중국 연구자는 물론 많은 일본 지식인들이 공유하고 있었다. 대아시아주의를 연구한 다케우치 요시미(竹内好)는 일본 지식인의 대중(對中) 인식의 밑바탕에는 중국을 향한 외포감(畏怖感)의 반동으로 청일전쟁의 승리 이후 형성된 중국에 대한 "모멸감"이 존재했다고 지적하였다.[27]

마쓰모토 산노스케(松本三之介)는 오자키 유키오(尾崎行雄)의 「청국멸망론(清国滅亡論)」, 야마지 아이잔(山路愛山)의 「일한문명이동론(日漢文明異同論)」, 우치다 료헤이(内田良平)의 『지나관(支那観)』을 검토하고 일본지식인의 중국 멸시가 이미 메이지(明治) 전기부터 시작되었다고 보았다. 서양 열국의 아시아 진출에 위기감을 느끼고 있던 메이지기 일본에게 중국은 같은 아시아 나라로서 연대를 기대하는 대상이자 경계의 대상이었다. 그러한 중국이 청일전쟁에 패배했을 때, '중국의 (근대)국가 형성능력의 결여'에 대한 멸시가 형성되었다.[28]

---

25 쓰카세 스스무(塚瀬進)는 역사조사실에 참가한 마쓰이(松井) 등이 러일전쟁 이전의 만주 상황으로 러일전쟁 이후의 만주상황을 판단하는 것은 문제가 있다고 비판받은 것을 예로 들었다. 위의 글, p.250.

26 森田美比, 『昭和史のひとこま－農本主義と農政』, 筑波書林, 1993, pp.33~34.

27 竹内好, 『日本とアジア』, 筑摩書房, 1993, p.20.

28 松本三之介, 『近代日本の中国認識 徳川期儒学から東亜共同体論まで』, 以文社, 2011, pp.288~291.

당시에도 이러한 경향이 전혀 인식되지 않은 것은 아니었다. 루거우차오(盧溝橋)사건 발발에서 약 2개월 후, 오자키 호쓰미(尾崎秀実)는 양국의 상호이해가 여전히 낮은 수준에 머무르고 있다고 지적했다. 일본의 "일반(대중)은 지나 연구를 포기하고, 이를 소수의 군인과 외교관과 일부 상인과 지나 연구가의 손에 맡겨" 일반 대중은 중국을 이해하려 하기보다 "경멸"하고 있다는 것이다. 한편, 중국 측은 "결코 일본에 물질적으로도 문화적으로도 경의를 표하지"[29] 않았다. 그는 기존의 중국 연구는 중국의 "동양적 특징의 강조와 개별적, 현상적 기술"을 특징으로 하는 "동양적" 중국론이며, 그 뿌리에는 중국을 "끝없이 혼란 속에 두려는 입장"이 있다고 지적하였다.[30] 이러한 "동양적" 중국론은 "우리 대륙정책의 본원적 방법을 위해서는 그쪽이 훨씬 바람직하다는 잘못된 개념"으로, "전체적으로 일본 대륙정책의 본원적인 방법의 옹호자 역할을 해온"[31] 것이었다.

이러한 상황을 고려하면, 당시 일본 지식인이 어째서 만주 사회에서 국민국가 형성을 향한 지향성이 나타나기는 어렵다고 보았는지 이해할 수 있다. 다치바나의 '방향전환' 역시 중국인의 정치능력이 아직은 국민국가 형성에 주도적 역할을 하는 데 이르지 못했다는 판단에서 비롯된 것이기도 했다. 오랫동안 중국 농촌을 직접 발로 걸어 다니며 관찰한 다치바나는 중국도 머지않아 국민국가로 발전할 것이라고 예상하면서도, 지금은 아직 어렵다고 인식하고 있었기 때문이다.

---

29 尾崎秀実, 「支那論の貧困と事変の認識」, 1937.9; 尾崎秀実, 『尾崎秀実著作集 第1巻』, 勁草書房, 1977, p.220.

30 위의 글, pp.220~221.

31 위의 글, p.221.

하지만 이러한 중국인관은 당시 격화되던 중국내셔널리즘의 대두를 설명할 수 없다는 단점이 있었다. 이를 보완하는 논리는 중국내셔널리즘의 부흥이 내발적인 것이 아니라 일부 좌경 지식인이나 반일교육의 선동, 혹은 군벌이 민중의 반감을 일본제국주의에 전가하려는 의도에서 비롯된 작위적인 것이라는 설명이었다.

예를 들어, 만주청년연맹 및 협화회의 중심인물이었던 야마구치 주지(山口重次)는 펑톈(奉天)에서 일어난 첫 조직적인 배일시위운동(1929. 9.4)에 참가하였다. 그는 시위를 "지나인 거리 시민의 배일감정이 폭발한 것이 아니라 몇 명의 계획에 끌려나온 어쩔 수 없는 행렬"로, 그리고 "단순한 학생이나 젊은 남녀가 이 소동과 선동 연설로 배일사상이 심어져 선동당한" 것이라고 보았다.[32]

이처럼 인구의 대다수를 점하는 중국인(한족)의 국가의식이 희박하고 자발적인 국민국가 확립이 어렵다면, 관동군이 무력으로 만몽 문제를 해결하는 행위는 "우리나라의 정당한 기득권 옹호"이자 "지나 민중을 위해 드디어 단호한 처치를 강제"[33]하는 것으로서 양 민중에게 이로운 것이었다. 스스로를 구할 수 없는 중국인을 무력으로 '정복'하고 지배함으로써 '행복'을 강제한다는 관동군의 논리는, 민중의 '행복'을 구실로 침략을 정당화하는 것이었다.

이러한 논리는 당연히 만주만이 아니라 중국 전체로 확대할 수 있었다. "군벌(軍閥), 학비(學匪), 정상(政商) 등 일부 인종의 이익을 위해 지나 민중은 연속적인 전란으로 도탄"에 빠져 있고 중국의 "국제 관리(管理)

---

32 山口重次, 『満洲建国と民族協和思想の原点』, 大湊書房, 1976, p.25.

33 石原莞爾, 「現在及将来ニ於ケル日本ノ国防」b, 1931.4; 角田順編, 앞의 책, p.63.

나 어떤 일국에 의한 지나 영유는 결국 당도할 수밖에 없는 운명"이므로 "단순한 이해관계를 초월하여 우리들이 이윽고 궐기해야만 하는 날은 반드시"[34] 멀지 않다고 보았다.

그러나 관동군의 만몽영유론이 중국(인)에 대한 일반론에만 의거한 것은 아니었다. 관동군은 장쉐량의 역치(易幟, 1928) 이후 가속화된 만주와 중국 본토의 정치적 접근, 자본주의의 현저한 발전과 도시화, 학생과 지식인 중심 중국내셔널리즘의 대두 등의 문제를 인식하고 있었다. 이타가키는 만주가 "이미 정치, 외교, 경제, 사상 등 각 방면에서 지나화하고 있음은 추세"라고 인정하고, 이와 같은 상황은 "날이 지날수록 강해질 따름이므로, 만몽을 떼어놓고 다루려는 일본이 이 문제의 해결을 상당히 서둘러야 하는 중대한 원인"[35]이라고 보았다. 기존의 중국(인)관으로 설명할 수 있는 현재의 만주가 변화하기 전에 행동을 일으켜야 한다고 주장한 것이다.

이는 중국의 '역사/과거'를 근거로 형성된 제국일본의 만주 지배 정당화 담론이, 빠르게 변화하는 대륙의 '현재'를 자신들이 생각하는 올바른 진로로 움직이도록 '지도'하고 싶다는 욕망에서 비롯되었음을 고백하는 것이었다. 이러한 제국일본 측의 심리적 동인을 강화한 것은, 만몽 문제의 해결이 "장래 세계 대국과 어깨를 나란히 하고 민족 영원의 발전을 꾀하여 제국의 사명을 다할 수 있을까, 아니면 소국으로 전락하여 독립성을 잃을까 하는 분기점"[36]이라는 인식에 있었다. 만몽영

34 위의 글.
35 板垣征四郎, 앞의 글, p.47.
36 위의 글, p.44.

유론에서 관동군이 역설하는 "동양 대표"로서의 사명은 대외팽창에 실패하면 소국으로 전락할 수 있다는 공포와 등을 맞대고 있었다.

또한, 관동군의 만몽영유론이 그 최대의 수혜자로 설정한 일만 민중 사이에도 확고한 서열이 존재했다. 앞서 살펴본 관동군 참모부의 「만몽 점령지 통치에 관한 연구」(1930.9)에서는 산업은 "농업을 본위로" "지선인(支鮮人)의 농업 발전을 조장하며 방인(邦人)의 농업을 통한 만몽 진출을 촉진"하여 "제국에 식량 자원 및 공업 원료의 공급지가 되도록 농업을 지도"[37]할 것을 제안하였다. "공업은 우리 제국의 공업을 위협하지 않는 것을 주안으로, 현지 원료로 공업을 촉진한다"[38]고 하였다. "지선몽(支鮮蒙) 그 밖의 만주에 거주하는 각 민족의 복지를 증진하여 진정한 안락경(安樂境)을 만들어 공존공영을" 실현시켜야 할 만몽의 개발은 철저하게 "우리 세력의 부식으로 시국해결 후 (일본의) 식량 문제 사상 문제 등 궁핍한 상황을 타개한다"[39]는 목적에 공헌하기 위해 기획되었다.

그들이 상정한 만주 개발은 "일본인은 대규모 기업 및 지능을 이용하는 사업에, 조선인은 수전 개척에, 지나인은 소규모 상업 및 노동",[40] 혹은 "일본인은 군대 및 대규모 기업, 지나인은 상업, 농업, 노동, 조선인은 수전, 몽고인은 목축업"[41]에서 "각각 그 능력을 발휘하여 공존공영을 이룩해야 한다"[42]는 식으로 민족별 직업과 역할을 규정하는 것이

37 関東軍参謀部, 앞의 글, p.56.
38 위의 글, p.57.
39 위의 글, p.53.
40 石原莞爾, 「関東軍満蒙領有計画」, 1929.7; 角田順編, 앞의 책, p.42.
41 石原莞爾, 앞의 글(1931.4)a, p.71.

었다. 당시 만주에서 일본인은 기업, 조선인은 수전, 중국인은 소규모 상업이나 노동, 몽고인은 목축에 많이 종사하고 있었다는 것은 어느 정도 사실에 기초한 것이었다. 제3장에서 자세하게 검토하겠지만, 한일합병 이후 조선에서는 농민층의 분해가 촉진되어 대량의 이민자가 만주로 유입되었다. 그들은 대부분 벼농사에 종사하였다. 하지만 그것은 경제적인 요인이 강하게 작용한 결과였다. 만주의 불안정한 기후에서 벼농사는 적합하지 않았지만, 상품작물로서 높은 수익성을 기대할 수 있었기 때문이다. 이처럼 민족에 따라 직업이 구별되는 상황은 각 민족의 특성이라기보다 사회적・경제적 요인의 영향이라고 보는 것이 타당하다. 또한 설령 지금은 그렇다고 하더라도 앞으로도 그런 상황이 유지될 것이라고 예측할 수는 없었다.

그러나 관동군은 그것을 민족의 특성에 의한 것이라고 보고, 각 민족이 다른 영역에서 발전함으로써 갈등 없이 공존공영할 수 있다고 보았다. 이는 일견 다음 절에서 검토할 민족협화 구상을 연상시킨다. 그러나 만주사변 이전에 관동군이 만주청년연맹과 접촉하여 영향을 받았다고는 보기는 어렵다. 그보다는 관동군과 만주청년연맹 사이의 공통적인 민족 인식에 따른 것이라고 생각하는 것이 타당할 것이다. 그들은 당시 만주에 거주하는 각 민족의 사회・경제적 상황이 민족 고유의 특성에서 비롯된 것이므로 미래에도 변화하지 않을 것이라고 믿어 의심치 않았던 것이다. 따라서 "만주가 반드시 (일본인) 이민에 적합하다고는 생각하지 않"지만, "일본인은 선진문화를 응용하고 중공업 그 밖의

42 石原莞爾, 앞의 글(1929.7), 42.

큰 기업을 맡게 하는 등 지나인과의 사이에 대강 분야를 정해도 발전의 여지는 충분히 있으며", "백만 이백만 일본인을 수용하는 것은 쉬운 일"[43]이라고 생각할 수 있었다.

그러나 1929년 시점에서 이미 관동군은 중국인의 분야인 농업에 "방인의 농업을 통한 만몽진출을 촉진"할 것을 제안하고 있었고, 일본 농민의 만주입식이 통치 계획에 포함되어 있었다. 이는 분명 여러 민족이 분리하여 생활함으로써 갈등을 회피한다는 원칙과 모순되는 것이었다. 더욱이 만주사변 이전에 행해진 일본인 농업이민이 대부분 실패했으며 당시 대다수의 재만 일본인은 도시에 거주하고 있었다는 사실을 아울러 고려하면, 이는 '내지'에서 대규모 일본인 이민을 '동원'하려는 논리였다. 관동군에게 일본인 이민자의 증가는 점령지의 통치 안정 측면에서 반드시 필요했다. 하지만 그 "백만 이백만의 일본인"이 반드시 농민이어야 하는 당위성은 또 다른 문제이다.

그 원인 중 하나로 생각할 수 있는 것은 당시 많은 관동군 병사들이 농촌 출신, 특히 일본의 동북(東北) 지방 출신이었다는 사실이다. 세계공황(1929)의 영향으로 일어난 쇼와공황(昭和恐慌, 1930)으로 '내지' 농촌은 피폐해졌다. 특히 동북 지방은 냉해와 대흉작(1931)으로 매우 심각한 상황이었다. 니시무라 슌이치(西村俊一)는 이처럼 대공황으로 분출된 농촌의 요구를 "농민병사의 배경을 알게 된 청년장교들이 대변하게 되었다"고 지적했다.[44] 반자본, 반정당 지향을 가진 청년장교들은 병사들과 교

43 板垣征四郎, 앞의 글, p.46.

44 西村俊一,『日本エコロジズムの系譜－安藤昌益から江渡狄嶺まで』, 農山漁村文化協会, 1992, p.98.

류하면서 농촌의 고통에 공감하였고, 정부에 농촌 구제(救濟)를 요구하게 되었다. 제4장 제2절에서 보다 자세하게 살피겠지만, 쇼와공황에서 3월 사건이나 10월사건(1931), 5・15사건의 농민결사대(1932), 농촌경제갱생운동으로 이어지는 흐름에서 보자면, 관동군이 만몽 문제를 '해결'한 뒤 일본인 농민의 대량 이민을 통한 '내지' 농촌 구제를 기획했다고 생각할 수 있다.

이러한 사실은 관동군이 내세운 "기회균등"이나 "자유로운 개발"과 같은 수사(修辭)가 결국 일본(인) 본위였음을 드러낼 뿐만 아니라, 만주국 건국 이후 급속하게 추진되던 만주이민의 토대가 만주사변 이전에 이미 형성되었음을 보여준다. 기존의 만주이민운동사에서는 주로 '만주이민운동의 아버지'로 유명한 가토 간지(加藤完治) 측의 활동에 주목했다. 또한 관동군 측에 관해서는 최초의 만주이민계획안인 「이민방책안(移民方策案)」, 「일본인이민안 요강(日本人移民案要綱)」과 「둔전병제 이민안 요강(屯田兵制移民案要綱)」(1932.2)을 중요시했다.[45]

45 아사다 교지(浅田喬二)의 연구에 의하면, 이 세 안은 만주국 건국의 제반 문제를 검토한 만몽 법제 및 경제정책 자문회의(満蒙に於ける法制及経済政策諮問会議, 1932.1.15~29, 이민 문제는 1.26~27)의 성과에 기초하여 작성되었다. 세 안은 펑톈의 영사관을 통해 일본인의 만주이민에 부정적이었던 외무성과 척무성에 영향을 끼쳤다. 다른 일본인 농업이민안과 비교할 때 「둔전병제 이민안요강」의 특징은 입식예정지를 둥칭(東清) 철도 이북의 북만지방으로 한정하고, 일본인 이민의 첨병이 될 군사적 조직과 규율을 지닌 둔전병제 이민자를 입식시키려는 의도였다. 따라서 둔전병제 이민은 만주 주둔군대 제대병(혹은 만 3개월 이내인 자)을 우선하여 모집하고, 입식 후 3년은 공동 생활, 공동경작을 행하고 4년째에는 토지 50정보(町歩)를 분양하기로 하였다. 이 시점의 관동군 보통이민안이 토지 대금을 반액 부담하는 유상불하가 원칙이었던 것에 비하여, 둔전병제 이민안은 3년간 공동 생활 및 경작 의무를 진다는 것과 토지가 50정보라는 차이가 있었다. 같은 해 7월, 관동군 사령부는 「둔전병식 농촌설정안(屯田兵式農村設定案)」을 작성하여 입식 후 3년간은 둔전병영(屯田兵営)에 거주하며 준(準)군대 조직에 소속되어 군사훈련과 개간 및 경작에 종사하는 '둔전병 현역기'를 설정하였다. 보통이민은 경제이민, 둔전병제 이민은 군사이민으로서의 성격이 짙었다고 볼 수 있다. 하지만 1932년

그러나 지금까지 살펴보았듯이, 관동군의 만몽영유론과 통치 논리는 중국의 근대국가 형성능력을 의문시하는 중국관을 근거로 무력행사를 통한 '만몽 문제 해결'로 일만 민중의 '행복'과 동양 평화를 구축하겠다는 것이었다. 관동군의 만몽영유론은 무력행사라는 수단을 제외한다면 재만 일본인만이 아니라 중국사회관과 만몽특수지역론을 공유하고 있던 제국일본의 지식인, 위정자, 나아가 일반 대중의 이해를 얻을 수 있는 토대를 갖추고 있었다. 그러한 점에서 관동군의 판단은 만주를 향한 제국일본의 시각 그 자체를 반영하고 있다고 볼 수 있다. 그곳에 어떠한 '차이'가 존재했다고 한다면, 그것은 방법과 시기의 문제에 불과했다.

하지만 만몽 문제 해결에 관해 관동군과 군 중앙, 일본 정부, 재만 일본인 단체인 만주청년연맹, 유명한 중국 연구자이자 이데올로그였던 다치바나 시라키 사이에 존재한 '차이'야말로 다양한 균열과 모순을 내포하고 있었다. 실제로 관동군은 육군 중앙부의 경계와 의혹, 대립, 또한 국제적 비난 때문에 만주사변 직후인 9월 22일, 만몽영유 계획에서 신국가 수립 계획으로 방침을 전환해야 했다.[46]

9월 13일, 관동군 특무부가 작성・결정한 「만주이민에 관한 요강안(満洲における移民に関する要綱案)」에서는 농업이민의 주요 형태가 보통이민에서 군사・정치적 역할을 강조하는 무장이민 계획으로 변경되었다. 아사다는 만주농업이민의 기초가 보통이민에서 특별농업이민으로 전환된 이유를, 만주 농촌의 반만항일 무장투쟁이 농민유격대를 중심으로 이루어졌으므로 일본인 무장이민을 이용해 '치안유지'를 꾀하려는 의도에 있었다고 보았다. 浅田喬二, 「満洲農業移民政策の立案過程」, 満洲移民史研究会編, 『日本帝国主義下の満洲移民』, 竜渓書舎, 1976, pp.7~14.

46 古屋哲夫, 앞의 글, 39~40; 平野健一郎, 앞의 글, p.239.

2. 만주청년연맹과 민족협화

관동군의 무력만으로 '독립국'을 건국할 수는 없었다. 이에 관동군은 재만 일본인단체 '만주청년연맹(満洲青年連盟, 이하 청년연맹)'과의 제휴를 결정했다(1931.9.23).[47] 청년연맹은 성립(1928.11)부터 해산(1932.10)[48]까지 "지금 국난에 처하여 만주 문제 해결을 선결하고, 청년의 힘으로 갱생 일본의 건설을 꾀하"[49]는 재만 일본인 단체로서 활동했다.[50] 초대

---

47 관동군의 제휴 대상이 청년연맹뿐이었던 것은 아니다. 1931년 10월, 관동군의 이시와라, 이타가키들은 대웅봉회(大雄峰会) 총회에 참석하여 건국운동에 협력할 것을 요청했다. 대웅봉회는 만철동아경제조사국(満鉄東亜経済調査局)에 근무하고 있던 가사키 요시아키(笠木良明, 가사키 료메이)의 다롄(大連) 근무를 계기로 가사키와 나카노 고이쓰(中野琥逸)를 중심으로 결성된 단체이다(1929.5). 나카노는 만주사변 이전부터 관동군과 연락을 취하고 있었다. 위의 총회에서 관동군 측의 협력 요청이 있었고, 회원들이 이에 찬성하여 건국운동에 참가할 것이 결정되었다. 나카노와 니와카와 다쓰오(庭川辰雄)가 「지방자치지도에 관한 사안(地方自治指導に関する私案)」을 작성하였고, 그 협의 결과 회원들이 자치지도부에 참여하게 되었다. 山室信一, 앞의 책, p.102; 岡部牧夫, 「笠木良明とその思想的影響－植民地ファシズム運動の一系譜」, 『歴史評論』 295, 1974.11, p.24.

48 1932년 3월 이후, 청년연맹은 협화운동에 기울어졌고, 5월의 협화운동촉진 대연설회 개최를 거쳐 1국 1당주의 공당(公党)이 될 예정이었다. 하지만 협화회(協和会)로 명칭을 변경한 뒤, 명예회장에 집정(執政) 푸이(溥儀)가 취임하고 간부에 만주국 요인이 참가하면서 만주국의 한 기관으로서 발회식을 개최하게 되었다(1932.7.25). 満洲青年連盟史刊行委員会編, 『満洲青年連盟史』(復刻版, 原書房, 1968), 1933, p.17.

49 위의 책.

50 만주청년연맹의 모체는 『다롄(大連)신문』의 후원을 받아 쇼와(昭和)천황 즉위 축하와 보통선거 실시를 기념하여 개최된 만주청년의회(満洲青年議会, 1928.5.4~5.6)이다. 가오위안(高媛)의 연구에 의하면, 만주청년의회는 『다롄신문』이 부수 확대를 목적으로 한 기획으로, 한 달 동안 90명의 일본인 의원을 선출할 계획이었다. 만철 부속지를 포함한 대규모 선거는 인기를 끌었다. 투표용지가 신문지에 인쇄되어 있는 형식이었기 때문에 『다롄신문』의 판매부수는 선거 열기와 함께 순조롭게 증가하였고, 1929년 10월에는 1927년 5월보다 30,000부가 증가한 75,000부에 이르렀다. 高媛, 「租借地メディア『大連新聞』と「満洲八景」」, 『ジャーナル・オブ・グローバル・メディア・スタディーズ』 4, 2010.9, p.25. 만주청년의회 개최는 재만 일본인이 집결하여 "만몽을 무대로 하는 일만관계를

이사장은 만철 이사 고비야마 나오토(小日山直登), 설립 첫해의 회원 수는 약 3,000여 명이었으며, 지부는 만주 전역 21개 도시에 이르렀다.[51]

관동군과 청년연맹의 제휴는 일견 점령 군대의 현지 자국민 동원처럼 보인다. 하지만 청년연맹은 단순한 만주 거주 일본인 모임이 아니었다. 만주사변이 발발한 시점에서 러일전쟁 이후 만주에 이주한 재만 일본인은 이미 20년 이상 거주하고 있었다. 실제로 1931년의 일본외무성 조사에서 재만 일본인 인구는 236,000명, 조선인은 631,000명이었다.[52] 이들 재만 일본인은 중국과 일본의 정치적・외교적 갈등에 민감할 수밖에 없었다. 특히 장쉐량의 역치(1928)를 계기로 중국 측의 치외법권 철폐 주장, 일본 상품에 대한 관세 및 과세(1931, 다롄(大連)항의 이중과세 문제), 만철 경영 압박, 반일 교육, 완바오산(萬寶山)사건(1931.7)까지, 장쉐량 정권의 '배일정책'은 재만 일본인에게 심각한 정치적・경제적 위협으로 인식되었다.

또한 일본에서는 장쭤린 암살사건으로 다나카(田中) 내각이 총사퇴하고(1929.7), 그 뒤를 이은 하마구치(浜口) 내각에서는 국제 외교를 중시하는 시데하라(幣原) 외무대신의 소위 '시데하라 외교'가 재개되었다.

기탄없이 검토하고 그 해결촉진에 정진"하는 기회가 되었다. "전만(全滿) 여론에 일대 센세이셔널"을 일으킴으로써 종래 "위정자가 하는 대로 맡겼던 만몽이 지금은 국민의 만몽, 아니 전 국민의 피로 산 만몽으로서 사수해야만 한다는 강한 자각"에 이르렀기 때문이다. 만주청년의회는 재만 일본인의 여론을 환기하고 만몽에 대한 강한 자의식을 촉진시키는 계기가 되었다. 1928년 11월의 제2회 청년의회에서 "항구성 있는 조직"으로의 개편을 결의하여 만주청년연맹이 성립되었다. 満洲青年連盟史刊行委員会編, 앞의 책, pp.3~4.

51 위의 책, p.1, 7.

52 같은 해 만주 전체의 추정 인구는 29,961,000명이었다. 「満洲人口増加趨勢」, 国務院総務庁統計処編, 앞의 책, p.21.

이에 따라 일본 정부는 만주에 대한 중국의 주권을 인정하고 교섭하게 되었다. 이러한 일본 정부의 방침은 재만 일본인의 불안이나 불만에 적극적으로 호응하지 못했다. 『만주청년연맹사(満洲青年連盟史)』는 전만일본인자주동맹(全満日本人自主同盟, 1931.3)의 성립이 재만 일본인의 일본 정부에 대한 불만에서 비롯되었다고 설명한다. 같은 해 3월, 시데하라 외무대신이 귀족원에서 "재만 동포가 괜히 지나인에게 우월감을 갖고 대하고, 또한 (일본)정부에 의뢰심(依頼心)을 가지고 있는 것이 만몽부진(満蒙不振)의 원인이다"라고 답변했다는 말이 전해지자 재만 일본인 청년들은 "이제 우리는 정부에 의지하지 않겠다, 자주독립, 만몽을 사수하여 국권을 옹호해야만 한다"는 심정으로 위의 단체를 만들었다는 것이다.[53] 이 "자주독립"이나 "국권"이 만주독립국을 의미한다고 볼 수는 없으나, 적어도 재만 일본인이 일본 정부의 태도에 일정한 거리감과 강한 반감을 느끼고 있었다고 추측할 수 있다.

민족협화는 이처럼 중국내셔널리즘의 도전에 직면한 재만 일본인의 위기감, 만몽권익과 방인 보호에 소극적인 일본 정부를 향한 반감, 만몽 문제의 해결을 필요로 하는 재만 일본인의 심리와 감정을 배경으로 싹텄다. 히라노 겐이치로의 말을 빌리자면, 민족협화는 재만 일본인의 "심정논리(心情論理)의 체계"였다.[54] 민족협화의 그러한 특징은 청년연맹의 논리 구축과 민족협화론의 성립 과정에서 보다 분명해진다.

1929년, 청년연맹의 제1회 회의(6.1~6.3) 의제인 「일화청년화합의 건(日華青年和合の件)」, 제2회 회의(11.23~11.24)에서 「만몽 자치제 확립에 국

53 満洲青年連盟史刊行委員会編, 앞의 책, p.11.
54 平野健一郎, 앞의 글, pp.54~55.

민적 원조를 제공하는 건(満蒙自治制確立に対し, 国民的援助を与ふる件)」 등이 제시되었다.[55] 히라노는 재만 일본인이 구상한 만몽자치제란 만주를 중국 내셔널리즘의 영향에서 격리하고, 만철이 주도하는 일본의 만주개발이 발전, 확장하여 재만 일본인이 발전하는 연장선상에서 중국인에게 개인적인 선의나 자애를 베풀어 "공존공영", "일화화합"을 실현할 수 있다는 정도의 인식이라고 보았다.[56]

앞에서 살펴보았듯이, 관동군 역시 자신들의 군사적 점령을 3,000만 만주 민중이 갈망하는 '행복'의 실현으로 상정하고 있었다는 점을 상기해야 할 것이다. 나중에 자세히 검토하겠지만, 관동군이 상정한 중국 본토로부터의 분리, 일본군의 치하의 발전은 '펑톈문치파(奉天文治派)'라고 불린 일부 중국인 관리나 토착지주의 '보경안민(保境安民)' 주장과 관련하여 주목되었다. 관동군은 중국 본토와 긴밀한 관계를 맺고 있던 장(張)정권과 중국 본토와 동북 지방 사이의 경계를 유지하고 내정을 중시해야 한다는 '보경안민'을 주장한 위안진카이(袁金鎧), 왕융장(王永江), 간충한(干冲漢) 등 현지 지주·관료집단의 정치적 대립을 교묘하게 이용했다. 재만 일본인의 존재 자체를 위협하는 중국내셔널리즘의 영향으로부터 만주를 격리할 수 있다는 점에서, 재만 일본인에게 중국 본토의 정세에 관여하지 않는다는 '보경안민'의 실현만큼 매력적인 것은 없었을 것이다. 만주에서 누구보다도 '보경안민'을 갈망한 것은 약 23만 명의 재만 일본인이었던 것이다.

실제로 당시 만주 거주 인구의 약 9할을 점한 중국인(한족)과 제휴하

---

55 위의 글, p.56.
56 위의 글, p.58.

지 않는다면 만몽자치제의 실현은 불가능할 수밖에 없었다. 하지만 만주에 거주하는 중국인에게 중국 국적에서 이탈할 것을 요구한다면, 일본인도 일본 국적에서 이탈할 것을 요구받을 것이라는 것은 쉽게 예상할 수 있다. 청년연맹의 일부 의원은 이를 우려했지만, 어떤 의원들은 일본 국적 이탈까지도 불사하겠다고 밝혔다.[57] 일본 국적 이탈 문제는 결국 만몽에서 일본민족이 민족적 발전을 이루면 해결될 문제로 치부되었고, 심각한 논쟁으로 번지지는 않았다.[58] 만몽자치제와 만주국의 연속성을 부정한 히라노는, 청년연맹 내에서 만몽자치에 관한 일관된 의견이 존재하지 않았고 현실감도 희박했다는 점을 들어 "재만특수권익 확보를 실현하기 위한 수단으로서 고안되고, 제안된 것"에 불과하다고 보았다.[59]

하지만 청년연맹이 생각하는 "재만특수권익 확보"가 반드시 제국일본의 이익과 대륙확장을 위한 것만은 아니었다. 청년연맹은 "야마토(大和)민족의 만몽에서의 공정한 발전을 기하는 것을 첫 번째 슬로건"[60]으로 내건 단체였다. 또한 그들이 상정하고 있던 "재만특수권익 확보"는 곧 재만 일본인의 안전과 생활 안정에 귀결하는 것이었다. 청년연맹이 주장한 것은 제국일본의 권익과 직결된 재만 일본인의 '사적 이익'이었던 것이다. 그러한 청년연맹이 설령 현실감이 희박하다는 한계가 있었다고는 해도 일본 정부의 대만정책에 대한 실망과 반감, 그리고 중국내

---

57 위의 글, p.59.

58 청년연맹 고문이었던 만철위생과장 가나이 쇼지(金井章次) 등 일부 의원은 재만 일본인의 일본 국적 이탈에 강하게 반대했지만 당시 청년연맹본부 총무부장이었던 야마구치 주지(山口重次) 등 다른 의원들은 낙관적이었다. 平野健一郎, 앞의 글(1970), p.59.

59 위의 글, p.60.

60 滿洲青年連盟史刊行委員会編, 앞의 책, p.7.

셔널리즘으로부터 그들의 권리를 확보하기 위해 만몽자치제라는 구상을 창출했다. 이 만몽자치제 구상은, 만주청년연맹이 재만 일본인의 이득과 안정을 우선하고 재만 일본인의 안전과 생활 안정을 '국익'에서 분리할 수 있다고 인식했음을 뜻한다.

지금까지 청년연맹의 그러한 경향이 간과된 것은, 위에서 살펴본 청년연맹 의원의 예에서 찾아볼 수 있다. 즉, 일본 국적 이탈이 곧 혈통에 기초하는 일본민족 이탈을 의미하지는 않는다고 인식되었기 때문이다. 재만 일본인의 이익은 일본민족의 발전과 번영이며, 이는 궁극적으로 '일본제국'의 발전과 번영으로 이어진다고 간주되었던 것이다. 여기서 청년연맹이 민족과 국가를 자신들의 편의에 따라 구별하여 사용하고 있는 점은 특히 주목할 만하다.

청년연맹은 만주에서 일본민족과 일본제국을 엄밀하게 구별하지 않고 자신들의 '사익'에 유리한 만몽자치제를 구상하면서도, 그것이 대륙 확장이라는 '국익'에도 합치한다고 믿었다. 설령 일본 국적에서 이탈하여 일본 정부의 직접적인 지배에서 어느 정도 독립된 자치제를 형성한다고 해도 그것은 여전히 '일본'의 일부로 수렴된다고 생각했던 것이다. 만주에서 자치제는 재만 일본인의 주도로 성립될 수밖에 없고, 다른 민족이 일본인의 '지도'를 따를 때 비로소 '공존공영'이 실현된다고 보았기 때문이다. 청년연맹이 구상한 만몽자치제의 전제는, 국적에서는 이탈할 수 있지만 민족에서는 이탈할 수 없다는 인식이었다.

그러나 재만 일본인이 마주한 현실은 냉혹했다. 장쉐량 정권의 배일정책과 중국내셔널리즘의 빠른 확산 등의 정치적인 위기만이 아니라, 만주도 세계공황의 영향으로 경제 위기에 직면했기 때문이다. 이 시기부터 청년연

맹은 재만 일본인의 '생존권'을 주장하기 시작했다. 일본 정부의 외교 정책에서 자신들이 "의붓자식"[61] 취급을 받고 있다고 느낀 청년연맹은, 1931년에는 '재만 일본인'의 생존권과 일본의 '생명선' 담론을 연결하고자 했다.[62] 1931년 7월 19일, 청년연맹은 만몽특수권익의 위기를 호소하는 연설단을 일본에 파견하였다. 이 연설단은 도쿄(東京)와 오사카(大阪) 등 일본 각지에서 강연회를 열었지만, 일본 정부와 일반 대중의 반응은 냉담했다.[63] 일본 정부와 대중으로부터 호응을 얻지 못하자, 청년연맹은 '적극적인 만몽정책 확립 촉진 2단계 운동'으로 만주의 주요 도시에서 '난국타개 시국 문제 대회'라는 연설회를 개최하고(1931.6.13), 신만몽정책 다섯 강령을 결의하였으며, 『만몽 문제와 그 진상(満蒙問題と其真相)』(1931.5), 『만몽삼제(満蒙三題)』(7.23), 『국가흥망의 기로에 서서 5천만 동포에게 호소한다(国家興亡の岐路に立ちて九千万同胞に愬ふ)』(11.5) 등 팸플릿을 간행하였다.[64] 1931년 6월 13일, 청년연맹의 다섯 항목 결의 중 "만몽에 현재 거주하는 여러 민족의 협화를 기한다"라는 발표에서 "민족협화" 라는 용어가 처음 등장하였다.[65] 당시 청년연맹 이사장이었던 가나이 쇼지(金井章次)는 전후 출간한 회상록에서 이 슬로건의 기안자가 본인이라고 주장하였다.[66] 가나이는 다민족국

61 「満蒙三題」, 満洲青年連盟史刊行委員会編, 앞의 책, p.463.

62 平野健一郎, 앞의 글(1970), pp.65~66.

63 満洲青年連盟史刊行委員会編, 앞의 책, pp.12~13.

64 위의 책, p.459; 平野健一郎, 앞의 글(1970), pp.66~67.

65 가나이는 청년연맹 슬로건의 마지막 항목이 본래 "만주에 현존하는 여러 민족의 협화에 의한 독립국 건설을 기한다"였으나 관동청에서 중국 측을 자극할 위험이 있으므로 "독립국" 표현을 삭제하도록 요청했다고 회상하였다. 金井章次・山口重次, 『満洲建国戦史』, 大湊書房, 1986, p.10.

66 가나이는 만주청년연맹 창립(1928) 슬로건은 "만주에서 우리 야마토민족의 발전을 기한다"였으나, 이는 현지인과의 실력투쟁이라는 인상을 줄 수 있으므로 "민족의 협화를 기한다"로 변경했다고 하였다. 가나이는 또한 자신이 국제연맹 보건부에 근무했던 시

가인 스위스에 착안하여 고안한 것이라고 했는데, 당시 청년연맹 간부였던 야마구치 주지(山口重次)는 미국 독립사에서 영향을 받았다고 언급하였다.[67] 가나이가 민족협화를 이론적으로 정립하였거나 발전시켰다고 볼 근거는 존재하지 않으므로, 여기서는 청년연맹에 초점을 맞춰 민족협화를 논한다. 이 시기 청년연맹이 주장한 민족협화론의 구체적인 내용은 『만몽삼제』(1931.7)[68]에서 확인할 수 있는데, 그 내용은 다음과 같다.

> 동북에서는 자본주의화가 진행되고 있다. 따라서 민족적 생존투쟁이 첨예화하고 있다. 그리고 우리는 약소민족 의식을 확고히 해야만 한다. 그렇게 볼 때 만주에서 일본 이주민의 생존 활로는, 당연히 만주에 거주하는 자각한, 더불어 압박과 착취에 신음하는 여러 민족과 상호 제휴하여 순리 순정에 입각하고 민족협화에 정진하며 일본 문화를 배경으로 하는 공화(共和)의 낙원을 만몽 천지에 초래하는 것이어야만 한다. (…중략…) 몽고민족은 선주자이며, 한민족(韓民族)도 일찍이 만주의 거주자이자 요즘에는 접양지대의 이주민이며 일본민족도 그러하다. 이들 민족은 전주(轉住)할 가능성이 없다. 몽고족은 불모지인 북부로 쫓겨나 굶주리고 있으며, 선농(鮮農)은 귀향하여 일굴 땅이 없고, 일본이민은 조국에 받아들여질 여지가 없으니, 만약 지금 상태 그대로 흘러간다면 떠나도 머물러도 우리를 기다리는 것은 싸늘한 묘지뿐이다.

절, 다민족국가인 스위스와 이탈리아 청년당을 이끈 마치니를 참고하여, 윌슨 대통령의 민족자결주의에 대결하는 의미에서 한 주장이라고 회상하였다. 위의 책, pp.4~10; 田邊寿利, 「後書」, 金井章次, 『滿蒙行政瑣談』, 創元社, 1943, pp.320~334.

67 金井章次・山口重次, 앞의 책, pp.153.

68 이 팸플릿은 신만몽정책 다섯 항목에 상세한 해설을 덧붙인 것이었다. 청년연맹은 이 팸플릿을 5,000부 발행하여 일본 및 현지에 배포하였다(7.23). 滿洲青年連盟史刊行委員会編, 앞의 책, p.459.

다시 경애하는 동포 제군에게 고한다, 만몽에 거주하는 백만 선주(先主) 몽고 민족과 같은 수의 일본신민인 한민족 및 수십만의 일본민족은 반봉건적 동북 정권의 포악한 말발굽 아래 생존권을 유린당하여 사멸에 직면해 있음을, 이제 생사의 정점에 선 우리는 스스로를 구함과 더불어 같은 운명에 처한 약소 민족을 구하기 위해 오직 전진만을 택할 수밖에 없다. 그것이 우리 일본민족의 목전에 던져진 천명이자 특권이다. 간곡히 다시 간곡히, 정의에 불타는 우리 동포의 열렬한 분투를 바라마지 않는다.[69]

이 시기 청년연맹의 민족협화론은 "일본 문화를 배경으로 하는 공화(共和)의 낙원", 즉 일본인이 지도하여 일본 문화에 기반을 둔 이상향 구축을 의미하고 있었다고 볼 수 있다. 하지만 이 논자는 "반봉건적 동북 정권의 포악한 말발굽 아래 생존권을 유린당해 사멸에 직면해 있"는 것은 일본민족도 똑같다는 점을 강조하여 재만 일본인도 "약소민족 의식을 확고히 해야만 한다"라고 주장한다.

이때 만주에 거주하는 여러 민족 중에서 일본민족과 제휴할 수 있는 민족은 "몽고민족"과 "한민족(韓民族)"이다. "한민족"은 일본의 식민지가 된 이후 법적으로 '일본제국신민'이 되었고 국적 이탈이 불가능했기 때문에 만주에서 배일운동의 배척대상이 되었다. 3장에서 자세하게 살펴보겠지만, 만주사변의 직접적인 원인 중 하나로 일컬어지는 완바오산사건(1931.7)의 배경에는 일본 측의 토지 매수나 영향력 증대에 '일제의 앞잡이'로 이용당하는 재만 조선인 배척이 있었다. 재만 일본인 측은 중국

69 위의 책, pp.464~466.

관민 사이에서 일어난 조선인 배척을 '반도인(半島人) 동포'에 대한 부당한 압박이라고 반발하였다. 그러한 정치적 흐름에서 보자면, 재만 일본인이 "한민족"은 일본민족과 연대할 것이라고 기대하는 것은 자연스러운 일이라고 생각할 수 있다.

또한 선주자인 "몽고민족"도 한족(漢族)의 대량 이민으로 압박을 받는 입장이므로 재만 일본인과 제휴할 가능성이 있다고 판단했을 것이다. 세 민족은 동북정권의 "전횡"에 고통을 받고 있으며, 일본민족의 "그 생활 조건은 본질적으로 거의 몽한(蒙韓)민족과 동일한 경우에 놓여 있"[70]다는 것이다. 때문에 일본민족이 장쉐량 정권으로부터 "약소민족을 구하"는 "천명이자 특권"은 "정의"라고 호소하는 논리이다.

이 점에 관해 히라노는 재만 일본인이 민족협화를 주장하여 "중국내셔널리즘이 타도하려는 일본제국주의와 자신을 주관적으로 분리함과 동시에 만몽에 거주하는 다민족 민중과의 사이에 부분적인 동일화를 행했다"[71]고 보았다. 청년연맹은 우선 제국일본의 만몽특수권익과 결합함으로써 자신들의 '생존권'을 확보하려 했다. 그 시도가 실패로 돌아가자 이번에는 '일본제국주의'에서 자신들을 분리하여 중국내셔널리즘의 공격을 피하려 했다. 청년연맹은 동북정권이 자신들의 착취에 대한 민중의 반감을 "타도 일본제국주의"[72]로 전가시키고 있다고 보고, 정권과 대중을 분리함으로써 다수 민중과의 전면적인 대립은 회피하는 것을 선택했던 것이다.

---

70 위의 책, p.463.
71 平野健一郎, 앞의 글(1970), p.67.
72 『滿蒙三題』, 앞의 책, p.465.

그러면 재만 일본인은 만주에서 일소되어야 할 일본제국주의의 앞잡이가 아니라 "약소민족"의 대표자로서 동북정권에 대항할 정당성을 주장할 수 있다. 이때, 치외법권의 보호를 받으며 제국일본 측에 '적극적인 대만몽정책 확립추진'을 호소하는 재만 일본인의 정치적 입장은 오히려 그 정당성을 훼손할 수 있다. 이에 『만몽삼제』에서는 "일본이민은 세계 3대 국민의 하나라는 자부심을 갖고 또한 공문(空文)에 불과한 치외법권에 우월감을 가져 그 인식에 부족한 부분이 있다"[73]고 우려하였다. "공문"에 불과한 치외법권과 "세계 3대 국민의 하나라는" 그릇된 자부심으로 인식하지 못하고 있지만, 만주에서 일본인의 현실은 "본질적으로 거의 몽한민족과 동일한 경우에 놓여 있"다고 주장하는 것이다. 청년연맹이 보기에 보다 중요한 것은, 일본민족도 장쉐량 정권에게 부당하게 압박당하는 여러 소수민족 중 하나라는 입장이었다.

이러한 시각에서 보자면 장쉐량 정권은 군벌에 불과하고 그 '배일정책'은 군벌의 부패와 전횡의 산물이었다. 따라서 일본민족이 만주에서 여러 민족을 대표하여 군벌을 타도하는 것은 정의로운 행위가 된다.[74] 이는 만주에서 압도적인 다수를 차지하는 한족의 '반일'에 소수민족이라는 입장을 내세워 대항하는 논리였다.

일본민족이 다른 약소민족과 동등한 입장에서 장쉐량 정권에 대항한

---

73 위의 책, p.463.

74 이러한 사고방식은 청년연맹만의 것은 아니었다. 1928년 관동군 조사반이 정리한 「만주점령지 행정 연구(滿洲占領地行政ノ研究)」에서도 일본의 통치는 재래 중국행정과 같은 '가렴주구'를 배제하고 과세 경감을 실현할 수 있다고 보았다. 緖方貞子, 앞의 책, p.80. 이시와라는 「만몽 문제사견(滿蒙問題私見)」에서 "재만 삼천만 민중 공동의 적인 군벌관료를 타도함은 우리 일본국민에게 부여된 사명이다"라고 주장하였다. 石原莞爾, 앞의 글, p.77.

다. 이는 약소민족의 평등한 관계에 기초한 논리이며, 도덕적 정당성을 주장할 수 있었다. 당시 청년연맹 간부 야마구치는 군벌의 악정이 일본 민족만이 아니라 만주의 민중을 괴롭히고 있었기 때문에 민중이 만주사변과 만주국 건국을 환영하였고, 청년연맹도 단순한 기득권론자가 아니라 각 민족의 평등과 이상국가 건설을 믿고 진력했다고 회상한다.[75]

그러나 민족협화가 완전히 새롭게 창출된 이데올로기였던 것은 아니다. 민족협화는 그 명칭에서 알 수 있듯이 신해혁명 전후에 중국내셔널리즘과 소수민족 정책과 관련하여 등장한 '오족공화(五族共和, 漢, 滿, 蒙, 回, 藏, 이하 오족공화)'론에서 큰 영향을 받았다고 추측되기 때문이다. 때문에 청년연맹을 비롯한 재만 일본인이 민족협화를 창출하였다고 간주하는 것은, 오족공화와의 관계를 간과할 위험이 있다.

오족공화의 제창자로 유명한 것은 쑨원(孫文)이다.[76] 하지만 쑨원이 실제로 오족공화의 첫 제창자였는지는 의문이 제기되기도 한다.[77] 쑨원이

---

75 山口重次, 『滿洲建国と民族協和思想の原点』, 大湊書房, 1976, p.22・30・32.

76 平野健一郎, 「中国における統一国家形成と少数民族－満洲族を例として」, 平野健一郎・岡部達味・山影進・土屋健治, 『アジアにおける国民統合』, 東京大学出版部, 1988, pp.56～59.

77 가타오카 가즈타다(片岡一忠)는 신해혁명기 정치가인 장젠(張謇, 1853～1926)에 주목하였다. 가타오카는 오족공화의 첫 제창자가 명확하지 않으며 오족공화가 등장한 것이 상하이(上海)에서 열린 남북의화(南北義和, 1911.12.18)였다는 점을 지적했다. 그는 남북의화에서 나온 오족공화 발언에, 신해혁명 시기 장쑤(江蘇),쑤저우(蘇洲)의 입헌파를 중심으로 오족공화론을 주장한 장의 의향이 반영되었을 것이라고 보았다. 장의 오족공화론은 외국의 간섭에서 중국 영토를 보존하려면 여러 민족의 연합이 필요함을 설득하는 것이었다. 쑨원이 귀국했을 무렵(1912.12.25)에는 "오족공화는 이미 사회풍조가 되어 남북의화(南北議和)의 기조 중 하나"가 되어 있었다. 한편 쑨원은 중화민국 임시 대총통 취임선언서에서 처음으로 오족을 언급했다. 또한 쑨원은 민생주의를 달성하기 위해 '종족동화(種族同和)', 특히 한족의 비한족 거주지역 이주를 장려했다. 片岡一忠, 「辛亥革命時期の五族共和論をめぐって」, 『中国近現代史の諸問題－田中正美先生退官記念論集』, 図書刊行会, 1984.

오족공화를 주장한 것은 중화민국 임시 대총통 취임선언서(1912.1.1), 베이징(北京)에서 개최된 몽장통일정치개량회의(蒙藏統一政治改良會議)에서 한 연설인 「오족공화의 진의(五族共和之眞義)」(1913.9.1), 오족공화합진회(五族共和合進會), 서북협진회(西北協進會)에서 한 연설 「오족연합의 효력(五族聯合之効力)」(1913.9.3) 등이다.

가타오카 가즈타다(片岡一忠)는 신해혁명 시기의 오족공화론을 검토하고, 이 시기 쑨원의 오족공화에 관한 언급은 정치적인 배려였다고 추측하였다. 그 근거로, 그는 쑨원이 임시 대총통 취임 후에는 오족공화를 거의 언급하지 않았고, 베이징은 오족공화론의 중심지이자 만몽 민족과 깊은 관계가 있는 지역인 점, 또한 중소(中蘇)의 정치 문제로 비화된 외몽골 분리독립 문제가 있었다는 점을 들었다.[78] 오족공화의 첫 제창자에 관한 논의는 논의의 범위를 벗어나므로 이 이상 다루지 않는다.

여기서는 신해혁명 전후에 성립한 오족공화론이 "명확한 해석도, 정의도 없이 분위기에 맞춰 공화국의 슬로건으로 이용되었다"[79]는 가타오카의 지적에 주목하고자 한다. 오족공화론의 이러한 성격은 민족협화에서도 쉽게 발견할 수 있기 때문이다. 오족공화와 민족협화는 '근대국가 건설'을 위해 소수민족의 협력과 통합을 요청하는 수단이었다.

물론, 중화민국 건국과 만주국 건국은 동일선상에 놓일 수 없다. 중화민국은 다민족국가였지만 다수파인 한족이 중심이 되어 국토를 회복하고 열강의 제국주의적 진출에 맞서 근대국가 건설과 국민통합을 동

78 위의 글, p.296 · 300. 히라노 겐이치로(平野健一郎)는 외몽골 분리독립 문제를 들어 소수민족의 '자결'은 인정해도 분리권을 인정하지 않은 쑨원의 한계를 지적하였다. 平野健一郎, 앞의 글, pp.57~58.

79 片岡一忠, 앞의 글, p.302.

시에 진행해야 하는 상황에 처해 있었다. 반면 만주국은 소수파인 일본 민족이 다수파인 한족을 포함한 다른 소수민족을 리드하여 내부적 통합을 이끌어내야 했다. 오족공화가 소수민족이 한민족에게 동화되는 방향으로, 민족협화가 각 민족의 분리와 공존을 중시하는 방향으로 나아간 것은 그 정치적 주체의 입장이 상반되는 것이었기 때문이라고 생각할 수 있다. 이 점에 대해서는 쑨원 연구의 일환으로서 번역・소개된 쑨원의 연설과 그에 대한 비판을 통해 살펴보고자 한다. 이를 일본 측 사료를 통해 검토하는 것은, 당시 일본에서 어떻게 쑨원의 오족공화를 이해했고 비판했는가를 아울러 검토하기 위해서이다.

『쑨원주의(孫文主義)』(外務省調査部, 1936)에 수록된 「오족공화의 진의」에서 쑨원은 "지금 우리나라에는 공화정 체제가 성립하여 몽고, 서장(西藏, 현 티베트자치구 시짱), 청해(青海, 현 칭하이), 신강(新疆, 현 신장위구르자치구) 등 옛날에는 압제를 받아온 지방 동포도 역시 국가의 주체가 되어 공화국의 주인공이 될 수 있다. 바꿔 말하면 국가의 참정권을 얻을 수 있는 것이다. 공화제가 성립하고 아직 날이 얕기에 각종 정치는 아직도 고쳐야 하고 완성에 이르지 못했으므로, 장래 국가의 입법에 대하여 우리 동포는 모두 자기에게 유리하면 찬동하고 불리하면 반대할 수 있을 것이다. 이 점에서 예전 청국 정부가 몽장(蒙藏, 몽골과 티베트) 부락 보기를 제정 러시아가 인민을 노예화하고 일본이 조선을 소나 말 보듯 했던 것과는 크게 다른 것이다. 일본은 강성하지만 조선은 여전히 고통을 받고 있으며, 몽고도 이익이라고 할 수 있는 것이 없지 않은가"[80]라고 말했다.

---

80 孫文, 「五族共和ノ真義」, 『孫文主義 中巻』, 外務省調査部, 1936, p.212.

이 연설에서 쑨원은 신해혁명으로 소수민족이 새로운 공화국의 참정권을 획득했다고 강조했다. 소수민족에게 이제 막 성립한 공화국에 대한 협력과 통합을 호소하고 있음은 명백하다. 이는 「오족연합의 효력」에서 보다 분명해진다. "지금은 이미 다섯 민족이 일가(一家)가 되어 평등한 지위에 있으므로 자연히 종족(種族) 불평등 문제는 해결되었고 정치적 불평등도 동시에 해소되었으니, 이 점은 영구히 분쟁을 일으킬 이유가 없다. 앞으로 5대 민족은 동심협력(同心協力)하여 함께 국가 발전을 꾀하고 중국을 세계 제일의 문명대국으로 만들어야 한다. 이는 우리 5대 민족 공동의 큰 책임이다"[81]라며 다섯 민족의 정치적 평등과 협력을 강조한 것이다.

주목되는 것은 쑨원이 청국의 소수민족 정책을 "러시아가 인민을 노예시하고 일본이 조선을 소나 말 보듯"한 것으로, 러시아 정치와 일본 제국의 식민지 지배를 동열에 두고 비판하고 있는 점이다. 신해혁명을 한족이 소수지배민족이었던 만주족의 청조를 타도하고 정치적 주권을 회복한 혁명으로 보면, 이는 만주족이나 소수민족을 배제한다는 의미가 될 수밖에 없다. 하지만 외몽골 분리독립 문제가 상징하듯이, 소수민족의 민족자결은 곧 '분리독립'으로 이어질 수 있었다.

따라서 쑨원은 소수민족을 중화민국의 일원으로 포섭하기 위해 배만(排滿)에서 오족공화・오족연합으로 전환하였다. 중화민국에서 소수민족의 분리독립은 그 '국토'인 변경 지역의 상실을 초래할 위험이 있었기 때문이다. 열국의 제국주의적 진출에 반발하며 성장한 중국내셔널

81 孫文, 「五族聯合ノ効力」, 위의 책, pp.213~214.

리즘은 청조가 구축한 '국토'의 상실, 국내분열의 위기를 결코 받아들일 수 없었다.

여기서 쑨원이 청국의 소수민족 정책을 비판하고 모든 국민이 참정권을 가진 공화국에서는 "자연히 종족 불평등의 문제는 해결되었고 정치적 불평등도 동시에 해제되었으니, 이 점은 영구히 분쟁을 일으킬 이유가 없다"고 강조한 이유를 찾을 수 있다. 나아가 쑨원은 중화민국 내부에서 "5대 민족"이 한층 더 "동심협력"할 것을 요구했던 것이다.

이에 대한 일본 측의 해석은 중국내셔널리즘의 '국토' 유지와 소수민족 문제의 모순을 지적하는 것이었다. 이시이 히사오(石井寿夫)는 『쑨원 사상 연구(孫文思想の研究)』(目黒書店, 1943)에서 쑨원의 오족공화를 "안이한 타협"[82]이라고 비판했다. 그 이유는 오족공화란 "혁명으로 뒤집힌 청국의 막대한 유산"[83]을 상속받기 위한 수단이라고 보았기 때문이다.

그에 따르면 쑨원이 대표하는 한족이 "민족주의에 눈을 뜬 것도, 청국의 국토를—그 대부분은 만몽회장(満蒙回蔵) 등 이민족이 사는 소위 변강(邊彊)으로, 한족의 토지는 아니었다—구미열강이 침범하는 위기에 자극을 받아 조국의 분열 붕괴를 막아내려는 애국적 열정으로 움직인 결과"[84]였다. 이시이는 신해혁명의 원동력을 중국의 '국토'에 대한 열강의 제국주의적 진출에 자극받은 중국내셔널리즘이라고 보았다. 때문에 중국내셔널리즘을 한족의 것으로 보고, 변경에 거주하는 소수민족은 자연히 중국내셔널리즘에서 분리된다고 지적했다. 이시이의 시점에

82 石井寿夫, 『孫文思想の研究』, 目黒書店, 1943, p.33.
83 위의 책.
84 위의 책, pp.33~34.

서 보자면 쑨원의 주장은 "일찍이 청국 내부에서 통치를 받은 한만몽회장(漢滿蒙回藏)의 오족"을 오족공화라는 "평면적 평등에 의한 공화"를 통해 '중국인'으로 몰아넣으려는 것에 불과했다.[85] 이는 청국의 광대한 영토를 그대로 계승하기 위해 소수민족을 내포하면서 국민국가를 형성해야 한다는 근대중국의 과제[86]가 당시 일본에서도 인식되고 있었다는 사실을 드러낸다.

그러나 이시이는 중국인의 "조국의 분열 붕괴를 막아내려는 애국적 열정"을 자극한 요인을 "구미열강이 침범하는 위기"로 한정하는 한계를 드러내기도 했다. 의도적으로 일본제국주의의 '대륙진출'이 중국내셔널리즘의 발흥에 끼친 영향을 은폐한 것이다. 그리고 그는 "청국을 부정하고 태어났을 터인 중화민국"이 "순수한 한족주의를 홀연히 오족공화로 바꿔치기하여" "그 유산상속자 행세를 한다"[87]고 신랄하게 비판하였다.

실제로 당시 쑨원에게 시급한 것은 국가통합과 국민통합의 달성이었다. 마쓰모토 마스미(松本ますみ)는 쑨원이 상대에 따라 오족공화의 내용을 변화시켰다고 지적한다. 쑨원은 한족에게 오족공화를 이야기할 때는 소수민족이 한족으로 동화된다는 것을 강조하였고, 내몽(内蒙)의 왕공(王公)이나 이슬람 지도자에게는 민족평등의 이데올로기라는 점을 강조하거나 중화민국 참가가 소수민족에게 유익하다고 호소했다.[88] 결국

---

85 위의 책.

86 히라노는 이 점을 "민족자결의 시대에 제국 해체・국민국가 건설 단계를 맞이하여 복수의 민족국가로 분열하지 않고 만주족을 그 품에 품으려 한 중국의 독자성"이라고 평가하였다. 平野健一郎, 앞의 글(1988), p.41.

87 石井寿夫, 앞의 책, p.35.

88 松本ますみ, 『中国民族政策の研究－清末から1945年までの「民族論」を中心に』, 多賀出

쑨원은 오족을 포함하는 또 하나의 민족을 창출했다. 혈통에 기반을 둔 '종족(種族)'인 한, 만, 몽, 회, 장은 그 한계와 모순을 극복하기 위해 '중화민족(中華民族)'으로서 한 민족을 형성해야 했다.

마쓰모토는 1912년의 시점에서 쑨원이 장래 '종족' 간 융합이나 동화로 한족에 가까운 '중화민족'을 창출하는 것이 국민통합이라는 생각을 제시했다고 지적한다.[89] 쑨원을 비롯한 혁명당이 주장한 '중화민족'의 개념은 제국일본이 관동주의 조차권(租借權)과 만철과 안펑선(安奉線) 건설경영권을 연장한 21개조 요구(1915)를 계기로, 그리고 5・4운동에서 나타난 중국내셔널리즘의 발흥을 통해 일반 민중에게 침투했다.[90] 5・4운동 이후, 쑨원은 오족공화를 부정하고 소수민족이 한족에 동화하여 '중화민족'을 형성한다고 주장했다.[91]

왕커(王柯)는 쑨원이 오족공화를 버리고 '중화민족'으로 선회한 이유를 분리독립 성향이 강한 몽골이나 티베트에서는 오족공화가 오히려 독립의 핑계로 이용되었기 때문이라고 보았다.[92] 오족공화가 "중국의 통일, 영토보전의 의미를 잃었을 뿐만 아니라 일부 사람에게는 독립을 주장하는 근거로 이용되"[93]는 것은 쑨원에게 본말전도와 같은 상황이었을 것이다. 이와 같은 오족공화의 역용(逆用)은 오족공화가 "명확한 해석도, 정의도 되지 않은" "공화국의 슬로건"이기에 한족의 주도성보

版, 1999, p.87.

89 위의 책, p.89.

90 위의 책, p.96.

91 위의 책, p.99.

92 王柯, 『20世紀中国の国家建設と「民族」』, 東京大学出版会, 2006, p.96.

93 위의 책, p.97.

다 오족의 평등과 상호협력을 강조하는 이론으로 해석될 수 있음을 증명하는 것이었다. 따라서 1920년대의 쑨원과 중화민국의 지식인은 오족공화를 부인하고 한족 동화주의를 통한 '중화민족' 형성으로 방향을 돌렸다. 이와 같은 오족공화의 부상과 배제 경위는 민족협화가 중국내셔널리즘의 민족 문제, 즉 한족의 동화주의에 대한 소수민족의 불만과 자결 욕구를 기화로 삼고자 하는 의도를 내포했음을[94] 시사한다.

여기서 주목하고 싶은 것은 민족협화가 처음부터 제국일본의 이데올로기로서 탄생한 것은 아니라는 점이다. 만몽특수권익과 밀접하게 연관되어 있던 재만 일본인은, 중국내셔널리즘의 도전에 직면하자 '일본제국신민'으로서의 입장보다 만주의 소수민족인 '일본민족'의 입장을 전면에 내세워 그 '생존권'을 확보하려 했다. 바꿔 말하자면 재만 일본인은 중국내셔널리즘의 내부에서 소수민족으로서의 일본민족이라는 활로를 찾아낸 것이다.

그런 점에 비추어볼 때, 만주사변 발발 이전의 재만 일본인은 어떤 의미에서 국민국가와 민족의 틀만으로는 파악할 수 없는 흔들림을 경험하고 있었다고 생각할 수 있다. 그들이 일본민족의 구제를 호소해도 "너무나 내정에 바쁜" 일본 정부나 "일본 이민자의 나약함을 비웃는"[95] 관계당국의 싸늘한 대응, 더욱이 "조국에 남겨 놓은 적은 토지 재산은 이십여 년 사이에 조국의 경제적 변화로 형제친척 내지 마을 사람들이

94 마쓰모토 마스미(松本ますみ)는 민족협화가 쑨원의 반(反)제국・통일・동화주의의 민족주의만이 아니라 윌슨의 민족자결주의, 민족의 자결 및 분리독립을 인정한 소련의 프롤레타리아 민족자결주의에 대항하는 민족이론이었다고 평가하였다. 松本ますみ, 앞의 책, p.196.

95 「満蒙三題」, 満洲青年連盟史刊行委員会編, 앞의 책, p.464.

탕진하여 그들의 자리는 남아 있지 않"[96]다는 엄혹한 현실은 재만 일본인이 만주에서 쫓겨나면 그들을 기다리고 있는 것은 "무덤"뿐이라는 현실인식으로 귀결되었다. 이처럼 위태로운 '생존권'을 지키기 위해서는 '일본인'이기에 직결될 수밖에 없는 만몽특수권익조차 포기할 수 있다는 것이다.

하지만 만몽자치제를 둘러싼 청년연맹 의원들의 반응에서 확인했듯이, 그 사실이 재만 일본인들에게 '일본국민'으로서의 정체성 혼란이나 위기감을 촉발시키는 일은 거의 없었던 것으로 보인다. 왜냐하면 "세계 3대 국민의 하나인" 일본인은 그 일본 문화의 우월성에 기초하여 만주에 "일본 문화를 배경으로 하는 공화(共和)의 낙원"을 구축함으로써 일본민족이 번영할 것을 확신하고 있었기 때문이다. 재만 일본인이 만몽특수권익은 포기한다고 하더라도, 그 결과가 일본민족의 발전이라면 그것은 궁극적으로 '대일본제국'의 이익이라고 간주한 것이다. 결국 청년연맹이 주장한 민족협화는 바로 재만 일본인의 번영과 발전이 핵심인 이론이었다.

민족협화의 내적 동기가 일본민족을 포함하는 민족 간의 평등과 재만 일본인의 생존이라면, 그 한계는 발화 대상이 "우리 동포"였다는 점에 있었다. 즉, 민족협화는 만주에 거주하는 중국(인)에게 자신들의 입장을 표명하는 것처럼 보이지만, 사실은 일본(인)을 향한 것이었다. 그렇기 때문에 국가와 민족을 편의에 따라 사용한 데서 일어날 수 있는 혼란이나 갈등, 대립을 피할 수 있었던 것이다.

---

96 위의 글, p.462.

그러나 만주사변으로 재만 일본인의 정치적, 경제적 상황은 크게 변화했다. 관동군이 만주에서 중국내셔널리즘의 위협을 무력으로 '해결'했기 때문이다. 관동군이 무력행사로 재만 일본인의 안전을 보장한다면, 재만 일본인에게 민족협화의 필요성은 감소할 수밖에 없다. 히라노는 이러한 상황 변화가 민족협화론을 변질시켰다고 지적했다.[97] 청년연맹이 주장한 민족협화의 목적은 일본민족의 '생존'이었는데, 이는 관동군이 만주를 군사적으로 점령한 시점에서 이미 해결되었기 때문이다.

이와 동시에 민족협화의 새로운 가치가 발견되었다. 민족협화는 만주사변을 정당화하고 '만몽독립국' 건국운동에 필요한 대의명분을 제공할 수 있었기 때문이다. 만주에서 일본민족의 입장을 '약자'로서 정당화하는 민족협화는 관동군에게 만주에 거주하는 여러 소수민족을 위해 군벌의 폭정을 타도한다는 명분만이 아니라, 점령 뒤에 구축할 관동군의 지배 체제가 민중의 지지와 협력을 얻도록 도울 수 있다는 점에서도 유리했다. 또한 재만 민중의 자발적인 건국운동이라는 명분은 만주사변의 확대와 관동군의 독립을 경계한 일본 정부나 군 중앙, 국제연맹의 감독이나 간섭을 견제할 수 있다는 이점이 있었다. 10월 2일, 관동군은 「만몽 문제해결안(滿蒙問題解決案)」에서 "만몽을 독립국으로 삼아 이를 우리 보호하에 두어 재만 각 민족의 평등을 기한다"고 하고, 슬로건도 "기득권 옹호"에서 "신만몽 건설"로 변경하여 선전하기로 결정했다.[98]

여기까지 중국내셔널리즘이 만주로 파급되는 상황에서 재만 일본인이 청년연맹을 중심으로 자신들의 안전과 권리를 확보하기 위해 민족협

97 平野健一郎, 앞의 글, p.69.
98 緖方貞子, 앞의 책, p.133.

화를 창출한 경위를 구체적으로 검토하였다. 특히 오족공화와 민족협화의 비교는 많은 것을 시사한다. 예를 들어 제5장에서 검토하는 우치키 무라지(打木村治)의 장편 『빛을 만드는 사람들(光をつくる人々)』(1939)에는 현지 여성과 일본인 남성 이민자의 혼인과 혼혈아 출생이 주요 소재가 된다. 그것이 '대륙의 신부'가 상징하는 이민 정책의 배타적 민족주의와 상반되는 것임은 명백하다.

다수민족인 한족이 주도하는 오족공화에서는 민족 간 통혼으로 혈통적, 문화적 융합을 꾀하는 동화주의가 채용되었다. 소수민족인 일본민족이 주도하는 민족협화에서는 혼혈을 기피하고 일본 문화에 기반을 둔 이상향 건설을 지향하였다. 오족공화와 민족협화는 각 민족의 평등과 화합이라는 애매한 이미지를 환기함으로써, 국가통합을 위해 소수민족의 협력을 동원하는 것이 공통 목적이었다. 하지만 그 애매함은 소수민족의 자결권・분리독립 주장이나 평등을 강조함으로써 한족 혹은 일본민족의 주도성을 부정할 위험을 품고 있었다. 민족협화의 이러한 측면을 강조하는 것은, 만주국의 존재를 용인한다는 한계 속에서나마 현실비판이나 개선의 명분이 될 수 있었을 것이다. 만주이민의 국책문학에 표현된 민족협화의 해석과 평가 작업이 어려운 것은, 이와 같은 양가적인 존재 방식에 기인한다.

그러나 만주사변 이후, 격변하는 정치현실 속에서 민족협화는 관동군의 무력보다 효율적인 통치 도구로서 기능하게 된다. 그 한 예로 만주사변 직후의 선하이(瀋海)철도 복구 문제를 들 수 있다. 쓰루오카 사토시(鶴岡聡史)의 연구에 의하면, 선하이철도는 펑톈에서 하이룽(海龍)까지 이어진 총 250킬로미터 길이의 철도이다(1925년 8월에 건설 개시, 1927

년 9월에 개통). 류타오후(柳條湖)사건으로 파괴되었지만, 관동군은 펑톈 시내 식량 공급 및 근교 병공창(兵工廠)에서 압수한 병기를 수송하고 선하이 연선에서 작전을 수행하기 위해 철도를 재개통해야 했다.[99] 처음에 관동군은 만철에 철도 관련 전후처리를 의뢰했으나 만철 측은 정부의 불확대 방침에 따라 협력을 거부했다. 이에 관동군은 청년연맹 이사이자 만철 철도부 영업과 직원이었던 야마구치를 관동군 참모부 촉탁으로 삼아 선하이선 복구 관련 권한을 맡겼다. 야마구치를 비롯한 청년연맹원을 중심으로 9월 30일부터 10월 15일까지 재개통 작업이 이루어졌다. 이들은 선하이철로 정리위원회를 발족하고(10.4), 관동군의 지원을 거의 받지 못한 채 복구 작업에 착수하였다.[100]

정리위원회는 선하이선의 중국인 종업원이 반일 감정은 강하지만 임금 미지불이나 임금 격차 등의 문제가 있다는 정보를 사전에 입수하고 교섭에 임했다. 정리위원회는 종업원의 고용승계, 청천백일기(晴天白日旗) 게양하의 작업 등 중국인 종업원 측 조건에 응하는 대신 일본인이 감사장(監事長), 감사장 참사(參事), 고문으로 참가하는 것에 합의했다. 그 결과, 복구 작업은 순조롭게 진행되어 단시간에 성공했다. 이 성공은 관동군이 "중국 측 철도를 장악하는 첫 걸음"이 되었고, 동북교통위원회 성립이나 훗날 철도부흥공작의 모범이 되었다.[101]

선하이철도의 재개통은 청년연맹이 "단순한 부흥 처리에 머무르지 않고 직접 (관동군의) 대만(對滿)정책에 참가"[102]하는 계기가 되었다는 점

---

99 鶴岡聡史, 「満洲事変と鉄道復興問題－瀋海線を巡る関東軍・満鉄・満洲青年連盟」, 『法学政治学論究』 70, 2006.9, pp.268~271; 山口重次, 앞의 책, pp.86~87.

100 위의 글, pp.274~275.

101 위의 글, p.269.

에서 주목된다. 이 성공은 우선 청년연맹의 많은 구성원이 만철 사원이었으므로 충분한 경험과 정보력을 갖추고 있었을 뿐만 아니라, 재만 일본인으로서 중국인 측을 보다 잘 이해하였기에 가능했다.[103] 청년연맹은 선하이철도 재개통에 성공함으로써 관동군에게 단순히 무력으로 강제하기보다 민족협화를 이용해 현지인의 협력을 얻는 쪽이 훨씬 효율적임을 입증한 것이다. 또한, 청년연맹이 동북교통위원회 재편에 현지인(딩젠슈(丁鑑修), 진비둥(金壁東))을, 자치지도부에는 일본 유학 경험이 있는 현지인(간징위안(干静袁), 왕쯔충(王子衡) 등)을 영입하는 데 성공한 점도 관동군에게 강한 인상을 주었을 것이라고 추측할 수 있다.[104]

이처럼 만주사변에서 만주국 건국까지, 청년연맹은 관동군에게 적극적으로 협력했다. 선하이철도의 예에서 보듯이, 민간단체인 청년연맹은 일본 정부의 전쟁불확대 방침으로 협력에 소극적이었던 만철, 영사관, 관동청과 달리 관동군이 필요로 하는 다양한 협력을 제공할 수 있었다.[105] 관동군이 만주에서 중국내셔널리즘의 도전을 '해결'하고 재만 일본인 보호를 실현했다는 이유로, 청년연맹은 기꺼이 전면적인 협력과 지원을 제공했다. 청년연맹은 치안유지, 행정 재개, 기타 다양한 업무를 맡

---

102 위의 글, p.286.

103 쓰루오카 사토시(鶴岡聡史)는 선하이철도 재개통의 성공 원인으로 ① 정리위원회가 만철사원으로 구성되었기 때문에 선하이철도 종업원과 그 상황에 대한 정보를 얻을 수 있었고, 청천백일기 아래에서 작업할 것과 중국 측 경비를 인정한 점, ② 정리위원회가 만철 상부의 지원을 얻은 점, ③ 만철의 비공식적인 인적·자금 협력을 들었다. 위의 글, pp.286~289.

104 山室信一, 앞의 책, p.98.

105 야마구치 주지(山口重次)는 청년연맹만이 아니라 재향군인회, 자주동맹, 도시정내회(都市町内会), 부인회 등의 민간단체가 장쉐량(張學良)의 '배일정책'에 대한 원한으로 "사변협력, 관동군 지원에 나섰다"고 기록했다. 山口重次, 앞의 책, p.80.

았고, 대외적으로는 만주사변 발발부터 만주국 건국, 만주국 승인에 이르는 단계마다 연설단을 일본에 파견하여 만주사변 지원 및 만주국 건국에 유리한 여론 형성을 꾀하기도 하였다.[106] 물론, 관동군에게 청년연맹의 가장 중요한 역할은 만주의 기존 체제를 분해하고 '독립국' 체제를 정비하는 건국공작의 협력자 역할이었다.

야마무로 신이치(山室信一)는 관동군의 건국공작이 우선 만주의 각 성(省)을 독립시켜 중앙 정권에서 분리한 다음, 그 분리된 자치단체를 재통합하여 새로운 성정부를 수립하고, 그 존재가 기정사실화될 때까지 중국 중앙 정권과의 직접 교섭은 지연하는 방법이었다고 지적했다. 그는 이와 같은 만주국의 건국 과정이 바로 제국일본의 중국 점령지 통치 형태인 '분치합작(分治合作)'의 시조가 되었다고 보았다.[107] 실제로 관동군이 취한 만주의 지방자치를 이용한 분리와 통합의 수법은 "방인(일본인)의 실권 장악"을 기초로 하고 있었다.

예를 들어, 관동군은 점령한 펑톈시의 행정과 관영사업 복구를 청년연맹에게 이양했는데(10.12), 이 시점에서 이미 일본인을 고문・자문으로 삼는 행정지도 체제의 기초가 제도화되고 있었다.[108] 이어서 관동군은 「행정기관 고문 자문 등의 선정 내규(行政機関顧問諮問等ノ選定内規)」(10.19)

---

106 만주사변 직후에 일본으로 파견된 제2회 연설대는 "사변의 진상과 우리 자위권의 발동"을 설명하였고, 11월에 방문한 제3회 연설대는 일본 정부의 국제연맹 성명에 항의하였다. 1932년 1월에 파견된 제4회 연설대는 만주국 성립과 형태를 설명하고 국민적 지원을 요청하였고, 같은 해 6월에 방문한 제5회 연설대는 일본 정부의 만주국 승인을 촉진하는 것이 목적이었다. 満洲青年連盟史刊行委員会編, 앞의 책, pp.10~13.

107 그 예로 지둥(冀東)방공자치위원회(河北省, 1935.11), 내몽골정부(察哈爾浜省, 1936.5), 몽골연맹 자치정부(1937.10), 중화민국 임시정부(北京, 1937.12), 중화민국 유신정부(南京, 1938.3)를 들 수 있다. 山室信一, 앞의 책, p.71.

108 古屋哲夫, 앞의 글, p.50.

및 「각 기관 방인고문 및 자문 복무 요령(各機関邦人顧問及諮議服務要領)」을 정하여 일본인 고문 및 자문이 행정기관의 중추를 장악하고, 관동군 참모장이 그들을 통괄되는 형태가 형성되었다.[109] 만주국의 조직 방침은 철저하게 "방인의 실권 장악"이었다.[110]

광대한 만주 전역을 관동군이 무력만으로 통치하는 것은 결코 효율적이지 않았다. 관동군은 청년연맹을 통해 자치단체를 흡수하고, 소수 일본인 고문의 감독하에서 다수의 현지 협력자를 이용하는 방식으로 '독립국'의 기초를 쌓아올렸다. 하지만 청년연맹의 활동도 촌락 단위까지 침투하기는 어려웠다. 자치 전통이 강한 현지 농촌 사회에 간섭하는 일은 상대적으로 어려웠기 때문이다.[111]

결국 청년연맹이나 재만 일본인의 협력만으로 독립국을 건국하기는 어려웠다. 또한, 관동군은 진저우(錦州) 폭격(10.8)으로 거세진 국제적 비난 여론을 잠재우기 위해서라도[112] 현지 유력자의 협력이 필요했다. 당시 정치적으로 가장 필요한 것은 현지 협력자가 장쉐량 정권 및 국민정부와 단교 선언을 하는 것이었다. 관동군은 그 협력자로 '펑톈문치파(이하 문치파)'라고 알려진 현지 유력자 위안진카이와 간충한을 선택했다. 관동군은 우선 장쉐량의 본거지이자 지지 기반인 펑톈을 장악해야 했으므로, 펑톈 유력자의 단교 선언이 보다 유효할 것이라고 판단했다고 볼 수 있다. 따라서 관동군은 랴오닝(遼寧)성 지방위원회를 조직하고, 그 위원장에 위안, 부위원장으로 간을 선발하였다(9.24). 하지만 당사자

109 위의 글.
110 위의 글, p.51.
111 平野健一郎, 앞의 글(1970), p.70.
112 山室信一, 앞의 책, p.76.

들은 소극적이었다. 간은 와병을 구실로 위원회에 참가하지 않았고, 위안은 지방위원회에 회의적이어서 일본 영사관에 불평하였으며, 관동군의 압력에 굴해 단교 선언에 서명한 뒤에도 미국인 기자와의 인터뷰에서 관동군의 강제에 의한 행위였다고 밝혔다.[113]

더구나 문치파는 당시 이미 정치적 영향력을 잃고 있었다. 그들이 중국 본토와 동북 지방 사이의 경계를 유지한다는 '보경안민'을 표방하고, 중국 본토에 접근하려는 장쉐량 정권에 반대했기 때문이다. 위안도 관동군에게는 부정적인 태도를 보였다. 그 이유로는 장쉐량군의 복귀 가능성, 지방유지위원회를 '매국노'라고 격렬하게 비난하는 사회 분위기 등을 들 수 있을 것이다.[114] 그러나 문치파가 청의 중앙집권에서 벗어나 지역 세력의 '지방자치'를 실현했던 역사적 경험도 고려되어야 할 것이다.

근대 펑톈 지방의 관료 집단을 연구한 에나쓰 요시키(江夏由樹)의 연구에 의하면, 위안은 유복한 한군정황기인(漢軍正黃旗人) 지주 집안 출신으로 의화단(義和團)사건으로 비롯된 혼란기에 민간향토자위조직인 향단(鄕團) 지도자로서 두각을 나타냈다. 신해혁명기에는 펑톈 자문국 부의장으로서 반청운동 탄압에 공을 세워 장쭤린과 장쉐량 밑에서 펑톈군민양서 비서장(奉天軍民兩署秘書長)과 동북보안위원회 부위원장(東北保安委員會副委員長)을 역임했다.[115]

---

113 위의 책, pp.74~77; 駒込武, 『植民地帝国日本の文化統合』, 岩波書店, 1996, pp.252~253.

114 山室信一, 앞의 책, p.75.

115 만주국 정부에서는 참의부참의(參議府参議), 상서부대신(尚書府大臣)을 역임하였고, 만주국 붕괴 후에는 소련에 억류되어 병사했다. 江夏由樹, 「旧奉天省遼陽の郷団指導者袁金鎧について」, 『一橋論叢』 100, 1988.12, pp.794~795.

위안이 한군기인(漢軍旗人)이라는 사실은 주목할 만하다. 청은 투항한 한족 지역 유력자에게 기인 신분을 부여하고, 그들을 통해 각 향촌을 통치했다.[116] 하지만 청의 지배가 붕괴하는 과정에서 중앙 정권의 권력만으로는 지역 질서를 유지하기가 어려워졌고, 지역 세력의 협력이 필요하게 되었다.[117] 위안이 민간자치단체인 향단을 조직하고 이윽고 경찰 관료로서 출세하는 과정은, 위안같은 현지 세력의 '지방자치'가 통치기구의 말단에 편입된 뒤에 중앙의 통제에서 벗어난 '지방자치'를 구축하는 과정이기도 했다.

한편 간은 도쿄외국어학교(현 도쿄외국어대학)에서 중국어 강사로 재직하였고, 러일전쟁에서는 일본군 통역으로 활동하여 훈장을 수여받았다. 그 뒤에는 위안처럼 현지 유력자로서 자문국(諮問局) 의원, 펑톈보안공회(奉天保安公會) 외교부장을 거쳐 장정권하에서는 동삼성(東三省) 보안사령부 참의(參議), 동북특별구 행정장관 등의 직위를 거친 지방 유력자였다.[118] 이처럼 '펑톈문치파'라고 불린 현지 세력은 청의 중앙 정권이 붕괴하는 과정에서 지방 실권을 잡고 '지방자치'에 기초한 분권형 사회

---

116 위의 글, p.797.

117 에나쓰 요시키(江夏由樹)는 위안진카이(袁金鎧)가 펑톈의 유력자로 대두한 계기를 청말에서 신해혁명기까지의 사회적 변화라고 보았다. 1909년, 위안은 청말기 입헌운동을 배경으로 설립된 성의회(省議會)인 자문국(諮問局) 부의장이 되었다. 신해혁명기, 청의 중앙 정부에서 파견된 지방관은 자문국 의원과 연합하여 잠정적인 행정기관인 펑톈보안공회(奉天保安公會)를 조직했다. 이 펑톈보안공회에는 장쭤린(張作霖), 간충한(于沖漢) 등이 소속되어 있었다. 관리가 자신의 본적 성에 부임하는 것을 금지하는 청의 본적회피(本籍廻避) 원칙이 붕괴된 것이다. 신해혁명 이후, 지방 정계에서 강한 영향력을 가진 유력자로 조직된 현지 세력은 중앙에서 파견된 지방관을 배제하였고, 장쭤린 시대에는 "봉인치봉(奉人治奉)"이라고 일컬어지기에 이르렀다. 江夏由樹, 「奉天地方官僚集団の形成—辛亥革命期を中心に」, 『一橋大学年報』 31, 1990.5, pp.309~311, 320.

118 山室信一, 앞의 책, p.85; 駒込武, 앞의 책, p.252.

를 구축했다. 장정권의 통치 기반도 바로 이러한 현지 세력의 지지와 세력이었다.

관동군이 문치파를 '독립국' 공작을 위한 유력한 교섭 상대로 인식한 데에는 나름의 이유가 있었다. 그중 하나가 문치파의 정치・경제적 배경이었다. 장쭤린 시대부터 장정권은 지방의 현지 세력을 토대로 정권을 유지하였고, 그러한 구조는 장쉐량에게 이어졌다. 그러나 역치 이후, 국민 정부는 장쉐량을 동북근방군 사령장관, 동북정무위원회 주석으로 임명하였다.[119] 이 사실은 장정권이 스스로 국민 정부의 지방 정권임을 인정한다는 뜻이었다.

실제로 동북 지방과 중국 본토의 관계는 급격히 밀접해졌다. 정치적으로는 장쉐량이 베이징(北京)대학 계파와의 관계를 강화하였고, 상대적으로 기존 원로층은 세력이 위축되었다.[120] 그래도 지역적 특성 때문에 지방행정기관, 군경기관, 군부, 재정경제관계의 대부분은 여전히 현지인인 '동북인'이 장악하고 있었다.[121] 이 시기 동북 지역은 위안을 비롯한 현지 세력이 확립한 '지방자치'의 원칙 아래, 장정권의 주도하에 중국 본토로 접근하는 정치・경제적 변화를 겪고 있었던 것이다.

장정권은 도시부를 중심으로 하는 기업화・공업화를 지향하였고, 그 구체적인 내용은 "민족주의적 경제체계"의 구축이었다.[122] 니시무라

119 西村成雄, 「日本政府の中華民国認識と張学良政権－民族主義的凝集性の再評価」, 山本有造編, 앞의 책, p.13.

120 위의 글, p.15, 22.

121 위의 글, p.15.

122 장정권은 민간자본에 의한 기업화, 중앙 정부 자금, 화교자본, 외자(일본자본은 제외) 도입으로 "국가・정부 주도형" 경제개발을 지향하였고, "민족주의적 경제체계" 구축을 꾀하였다. 위의 글, p.23.

시게오(西村成雄)는 그 "전반적인 동향은 준(準)국가 자본주의형 개발정책이며, 민간 자본의 발전을 촉진하여 일용필수품을 포함한 '수입 대체 공업화'를 꾀하는 것"[123]이라고 보았다. 이러한 경제정책은 실제로 일정한 성과를 거두고 있었다. 일본 측이 단순한 군벌로 치부한 장정권의 '배일정책'이 현실에서는 자본주의적 경제 발전을 꾀하고 있었고, 그 결과 경제 상황이 실제로 변화하고 있었던 것이다.

그러나 '보경안민'을 주장한 현지 세력의 대부분은 지주 계층이었다. 농촌 및 토지 소유와 밀접한 관계였던 현지 세력에게 장정권의 도시 중심 자본주의적 경제 발전은 결코 유리한 시책이 아니었다. 다치바나 시라키는 "단순 지주"인 문치파가 "자본가적 군벌"인 장정권에게 "일면 정쟁의 패자임과 동시에 경제적으로도 큰 위협을 받고 있다"고 보았다.[124] 그는 농촌 사회의 많은 "단순 지주"들이 "정치적으로는 어쨌든 경제적으로는 은밀히 펑톈 군벌을 싫어"하고, "위안 등 소위 랴오양(遼陽)파 진영으로 기울어지는" 경향이 있음에 착안하였다. 다치바나는 관동군에게 그들 "보수적인 지주 상인층"과 자본가·군벌·대지주인 장정권 사이의 "이해·감정의 상극"을 이용하여 "단순 지주"들을 포섭할 것을 제안하였다.[125]

관동군은 단순히 한 지방의 현지 세력을 포섭하려 한 것만이 아니라, 지주층을 통해 '지방자치'에 익숙한 지역사회를 지배하는 방법을 선택했다고 할 수 있다. 이는 문치파와 같은 현지 세력이 보자면 한군팔기

123 위의 글.

124 橘樸, 「大陸政策十年の検討」(座談会), 1941.10.4; 橘樸, 『アジア・日本の道 橘樸著作集 第三巻』, 勁草書房, 1966, p.550.

125 위의 글.

(漢軍八旗)시대로의 역행으로 해석될 여지가 있었다. 만주국 건국 과정에서 위안이나 문치파가 강하게 주장한 쟁점이 공화제 채택과 푸이(溥儀) 복위 반대였다는 사실도 이러한 추측을 뒷받침한다.

결과적으로 관동군은 와병 중인 간에게 모리타 후쿠마쓰(守田福松, 펑톈 일본인 거류민회 회장, 청년연맹 고문)를 보내 설득하였다(11.3). 간의 출려(出廬)를 계기로 장정권 및 국민 정부와의 단교 선언이 실행되었다(11.6).

하지만 야마무로는 이시와라가 간을 "(만주국)건국의 최고 공로자"라고 칭찬한 이유는 단교 선언보다도 간의 건국운동에 대한 정치적 견해라고 보았다.[126] 그의 정치적 견해는 '보경안민'의 철저한 시행, 군벌정치 타파와 악세 폐지, 관리 급여 개선, 심계원(審計院, 감사원) 창설, 군의 폐지와 국방의 일본 위임, 교통산업 개발, 자치제 등의 시책 제안이었다.[127] 만주사변의 기획 단계부터 관동군의 기본 방침은 군대를 폐지하고 일본 측에 국방을 위임한다는 것이었다. 이에 대한 현지 유력자의 찬동은 관동군에게 환영할 만한 것이었을 것이다.

관동군 참모였던 이나바 마사오(稲葉正夫)도 「만몽공화국통치대강안(満蒙共和国統治大綱案)」(1931.10.21)을 집필한 마쓰키 다모쓰(松木侠)가 문치파의 세 거두(巨頭) 중 한 명인 간의 정치적 견해를 듣고 그 "뜻이 강해졌다"고 썼다.[128] 하지만 결국 위안은 펑톈성정부에서 배제되었고, 지방자치유지위원회(地方自治維持委員会)도 해산되었다(12.16).

각지에서 난립하는 지방자치회(地方自治会)와 치안유지회(治安維持会)의

---

126 山室信一, 앞의 책, pp.83~84.
127 稲葉正夫, 「史録・満洲事変」, 参謀本部編, 앞의 책, pp.113~114.
128 위의 글, p.113.

통제를 위하여 지방자치지도부(地方自治指導部, 11.10)가 성립되었다. 이 단체는 만철 사원이자 청년연맹 간부인 나카니시 도시카즈(中西敏憲)들이 설립하였는데, 간이 부장이 되었고 만철연선으로 확대되었다. 대표자는 현지 유력자인 간, 그 주요 구성원은 청년연맹이나 대웅봉회(大雄峰会), 『만주평론(満洲評論)』 관계자 등 재만 일본인이었고, 각 지방자치단체의 고문·자문으로서 '지방자치'를 지도할 일본인과 현지인을 양성했다.

간의 자치지도부 부장 취임은 단순히 관동군에 대한 '적극적인 협력'만을 의미하는 것은 아니었다. 야마무로가 지적했듯이, 관동군의 의도는 "장쉐량 정권과 반목하는 세력을 규합하여 새로운 정권에 대한 중국인 주민의 지지를 조달"[129]하는 것에 있었다. 이처럼 현실에서 민족협화는 일본인 주도의 만주 지배 체제를 일본인과 현지 협력자의 '협화'로 위장하는 역할을 했다. 하지만 문치파를 통해 "중국인 주민의 지지를 조달"하기 위해서는 민족협화를 보완할 또 다른 이데올로기가 필요했다. 만주국의 또 하나의 건국이데올로기인 왕도주의가 출현하는 것이다.

3. 다치바나 시라키와 왕도

만주와 관련하여 실로 다양한 사람들이 '왕도(王道, 이하 왕도)'를 언급

---

129 山室信一, 앞의 책, p.90.

했다. 그들은 '대륙진출'을 주장하는 군인, 위안과 같은 현지 세력, 다치바나 시라키[130]나 노다 란조(野田蘭蔵) 등 『만주평론』 관계자, 푸이의 측근 정샤오쉬(鄭孝胥) 등이었다. 이처럼 서로 다른 입장과 이해관계를 가진 이들이 모두 동일한 왕도를 주장한 것은 아니다. 오히려 그들이 자신에게 이익이 된다고, 혹은 자신의 이상에 합치한다고 생각하게 만든 왕도의 애매모호함이야말로 왕도주의가 만주국의 통치 이데올로기로 부상하게 된 이유였다.

그러나 만주이민의 국책문학에서 왕도주의는 만주국이 동양적 유토피아로서의 '왕도낙토(王道楽土)'라는 슬로건 외에는 거의 등장하지 않는다. 이는 건국이데올로기로서의 왕도주의가 사실상 민족자치를 의미하는 분권적 농민자치 이론이자 중국의 고대 사상에서 유래했기 때문에 근본적으로 일본정신과는 이질적인 혁명성을 내포하고 있었기 때문이었다. 왕도주의의 대표적인 이데올로그였던 다치바나는 지역 농촌사회의 자치제를 육성하여 분권적 농업 국가를 구축할 것을 지향했다.

---

130 다치바나 시라키(橘樸, 1881~1945)는 1881년 오이타(大分)현에서 태어나 구마모토 제5고등학교(熊本第五高等学校)를 퇴학, 와세다(早稲田) 대학에 입학했으나 역시 퇴학하고 『홋카이 타임즈(北海タイムス)』에 입사했다. 1906년 다롄의 요동(遼東)신문사에서 기자로 일하면서 지역 농촌을 관찰 및 연구하기 시작했다. 『일화공론(日華公論)』 주필이 되었고(1913), 시베리아 출병에서는 종군기자가 되었다. 그 뒤로도 『경률일일신문(京津日日新聞)』의 주필(1918), 『제남일보(済南日報)』의 주간(1920), 『월간지나연구(月刊支那研究)』 창간(1924), 지나연구회(支那研究会) 발족(1926), 『만주평론(満洲評論)』 창간(1931) 등 언론과 학술연구 방면에서 활발하게 활동하였다. 만주사변 시기의 '방향전환' 이후로는 지방자치지도부 고문, 건국사(建国社) 결성 등 만주국의 대표적인 이데올로그로서 만주국 건국공작에 참여했다. 만주국 건국 후에는 협화회 이사가 되었지만 점차 영향력을 잃고 이시와라 간지(石原莞爾)의 동아연맹(東亜連盟)운동에 관여했다. 펑톈에서 종전을 맞이하고, 10월 25일 간경변으로 사망했다. 山本秀夫, 『橘樸』, 中公叢書, 1977. 다치바나의 저술을 모은 『다치바나 시라키 저작집(橘樸著作集)』(勁草書房, 1966)은 원전의 '지나(支那)' 표기를 전부 '중국(中国)'으로 고쳤다. 저작집의 인용은 저작집 표기를 따른다.

한편 관동군과 일본 정부, '내지'의 농본주의자 사이에서 형성되고 있던 국책이민안은 '내지' 농촌을 만주에 그대로 이식하는 것이었다. 일본인의 대량 이민을 위해서는 대량의 경작지가 필요했으므로 기경지의 강제 매수 및 거주지에서의 강제 퇴거가 이루어졌다. 이 때문에 초기 무장이민단은 현지 주민의 적대적인 태도나 무력충돌에 직면할 수밖에 없었다. 제1차, 2차 이민단을 그린 유아사 가츠에의 「선구이민」(1938)이나 우치키 무라지의 『빛을 만드는 사람들』(1939)은 초기 무장이민단이 경험한 만주이민의 구조적 모순을 문학적으로 형상화하였다.

다치바나가 구상한 왕도주의의 관점에서 보자면, 일본인의 대량 이민과 강제적인 토지 매수, 타민족과의 갈등, 이민자의 지주화는 곧 만주 농촌에 새로운 민족모순과 계급모순의 등장을 뜻했다. 국책이민으로서의 만주이민이야말로 왕도주의 구상을 내부로부터 와해시키는 동인(動因)이었던 것이다. 이 점을 고려한다면, 만주이민의 국책문학에 왕도주의가 등장하지 않는 것은 당연하다고 할 수 있다. 그리고 왕도주의가 배제되어 가는 과정 속에서 왕도라는 말만은 아시아민족이라는 개념을 환기하기 위해, 만주국을 미화하는 수식어로서 남겨졌다.

본래 왕도라는 말은 『맹자』에 단 한번 등장한다.[131] 양(梁)의 혜왕(惠王)이 자국의 백성이 늘지 않는 이유를 묻자, 맹자는 왕이 전쟁을 즐기고 백성의 생활을 안정시키지 않기 때문이라 하고 해결책으로 왕도를 제시한다. 「양혜왕 상(梁惠王上)」에서 맹자는 "양생상사무감(養生喪死無憾), 왕도지시야(王道之始也)"라고 했다. 백성으로 하여금 가족을 봉양하고 죽은

131 吉永慎二郎, 「墨家思想と孟子の王道論－孟子王道論の形成と構造」, 『秋田大学教育学部研究紀要』 53, 1998.3, p.15.

이를 장사 지내는 데 후회가 없도록 하는 것이 왕도의 시작이라고 깨우친 것이다. 선행연구에서 지적되었듯이, 이 왕도는 "왕의 도리", 즉 패도(覇道)와 순별(峻別)되는 "왕이 행해야 하는 이상적인 정치"였다.[132]

맹자가 주장한 왕도주의의 사상적 측면에 대해서는 요시나가 신지로(吉永慎二郎)의 연구에서 많은 시사를 얻을 수 있다. 사상적 측면에서 맹자의 왕도주의를 검토한 요시나가는, 맹자의 왕도론이 전통적 농업 사회에 입각한 도덕론이며, 그 기반에는 공동체가 자생적으로 운영될 수 있다는 논리가 존재한다고 지적한다.[133]

「양혜왕 상」에서 왕도의 구체적인 내용은 "불위농시(不違農時)", "촉고불입오지(數罟不入洿池)", "부근이시입산림(斧斤以時入山林)" 등과 같은 농촌공동체의 기본적인 규범이다. 이어서 맹자는 인정(仁政)의 구체적인 정책으로서 왕도론을 전개한다. 그 내용은 "성형벌(省刑罰)", "박세렴(薄稅斂)", "심경이누(深耕易耨)"와 같이 관형(寬刑), 감세, 농업장려이다.[134] 맹자가 혜왕에게 제시한 왕도는 농촌공동체의 "자생적인 질서"[135]를 유지하고 형벌 및 조세 개선과 정비를 통해 실현할 수 있는 것이었다. 만주국 건국에 관여한 사람들이 상정한 왕도주의 역시 그 구체적 내용은 조세부담 경감, 관리 급여 개선, 산업개발 장려였다는 점을 상기해야 할 것이다.

하지만 동시에 왕도론은 칭왕(称王)하는 제후에게 인정의 유용성을

132 위의 글, p.15; 森熊男, 「孟子の王道論－善政と善教をめぐって」, 『岡山大学教育学部研究集録』 50(2), 1979, p.36.

133 吉永慎二郎, 앞의 글, p.19.

134 위의 글, p.18.

135 위의 글, p.17.

호소하는 것이기도 했다. 치자(治者)가 인정을 행하면 백성은 충성을 다하고, 제후도 그 덕에 귀복(歸服)하여 천하를 통일하는 왕이 될 수 있으므로 치자는 마땅히 인정을 행해야 한다는 논리였다.[136] 제후들이 부국강병에 매진하던 춘추전국시대에 맹자는 왕도를 실현함으로써 천하의 왕이 될 수 있다고 제후를 설득했다. 요시나가는 왕도론이 도덕주의적 이상론과 왕권교대론이라는 두 가지 축으로 구성되었다고 지적한다.[137] 그러한 왕도론의 구조를 긍정적으로 보자면, 왕도론은 "민중의 평화와 군주의 천하통일이라는 각각의 소망을 가교하는 역할을 위해 제안된 정치 사상"[138]이라고 평가할 수 있다.

그러나 맹자의 도덕적 이상론은 이윽고 "선왕의 도(先王之道)"처럼 주(周)의 전통 규범으로 회귀하고, 폭군을 구축한 은(殷)의 탕왕(湯王)이나 주(周)의 무왕(武王)처럼 백성을 구하기 위한 방벌(放伐)을 긍정한다.[139] 요시나가는 여기서 "누가 그 방벌이 백성을 위한 것이었다고 판단할 것인가"라는 질문을 던진다. 그는 방벌의 논리란 누군가가 "천하를 다스리는 데 성공하면" 성공 자체가 "방벌이 백성을 위한 것"이었을 입증하는 것으로 구성되어 있다고 지적했다.[140]

이처럼 천하를 평정하는 것이 곧 방벌의 정당성을 증명한다는 논리는, 만주사변을 일으킨 관동군에게는 매우 유리한 것이었다. 하지만 이와 같은 논리는 반대로 관동군이 폭군이 되면 그 지배를 타도하는 것이

---

136 위의 글, p.24.
137 위의 글, p.18.
138 森熊男, 앞의 글, p.40.
139 吉永愼二郎, 앞의 글, pp.22, 24~25.
140 위의 글, p.25.

정당하다고 인정하는 논리이기도 했다.

일본의 맹자 수용사에 비추어 보면, 일본에서도 일찍부터 방벌의 혁명성을 인식하고 있었다. 노구치 다케히코(野口武彦)는 에도시대에 맹자 문제는 "사상사 최대의 쟁점"이었으며, 에도 막부(江戸幕府)의 사상가 요시다 쇼인(吉田松陰)에 이르러서는 맹자의 역성혁명론을 비판하면서도 양무방벌(湯武放伐)론을 도막(倒幕)이데올로기의 근거로 삼았다고 지적하였다.[141] 실제로 요시다는 『강맹여화(講孟余話)』(1856)에서 일본은 천황이 영구히 무한하게 통치하는 나라이므로 본래 방벌론은 적용되지 않는다는 전제에서 출발한다. 하지만 정이대장군(征夷大将軍)은 조정이 임명한 자리이므로, 만약 그가 직무를 소홀히 하면 즉시 폐해도 된다고 하여 양무방벌론을 적용했다.[142] 근대일본에서도 천부인권론의 사상가들이 맹자를 인용했다. 맹자의 방벌론은 사회변혁을 주장하는 근거였던 것이다.[143]

또한 기타 이키(北一輝)는 『국체론 및 순정사회주의(国体論及び純正社会主義)』(1906)의 제5편 사회주의 계몽운동(社会主義の啓蒙運動) 제16장에서 서구 사회주의의 원천이 플라톤의 이상 국가였듯이, 동양 사회주의의 맹아(萌芽)는 "동양의 플라톤인 맹자"의 이상국가론이라고 주장하였다.[144] 기타는 맹자의 "양생상사무감, 왕도지시야"가 "일절의 윤리적 활동 이전에

---

141 野口武彦, 『王道と革命の間』, 筑摩書房, 1986, p.16.

142 요시다 쇼인(吉田松陰)은 이어서 일본에는 천황이 군림하고 있으므로 그 명령 없이 멋대로 쇼군(将軍)의 직무태만을 추궁하는 행위는 월권행위이며 간적(奸賊)에게 이용당할 수 있다고 경계하였다. 吉田松陰, 松本三之介・田中彰・松永昌三, 『講孟余話ほか』, 中央公論新社, 2002, pp.24~25.

143 野口武彦, 앞의 책, p.16.

144 北一輝, 『北一輝著作集 第一巻 国体論及び純正社会主義』, みすず書房, 1959, p.412.

우선 경제적 요구를 만족시키는 것이 전제"임을 인정했다고 보았다.[145] 나아가 맹자가 왕도론을 통해 정치기구에서 윤리적 요구를 추구하여 토지 국유론을 주장하였다고 하였다. 따라서 기타는 맹자를 "동양의 사상사에서 가장 명확하게 이상적 국가론을 몽상하고, 그 실현에 평생을 바쳐 노력"[146]한 인물이라고 높이 평가하였다.

물론, 기타도 근대 동아시아에 맹자의 왕도론을 그대로 적용할 수 있다고 생각하지는 않았다. 그는 맹자가 제시한 토지국유론은 토지군유론(土地君有論)에, 나라가 백성에게 사전(私田) 10묘(畝)와 5묘의 택지(宅地)를 제공하는 정전법(井田法)[147]은 원시 부락공유제로 역행할 위험이 있다고 우려했다. 그러므로 기타는 맹자의 왕도론을 실현하는 이상국가란 과학적 사회주의의 '맹아'로서의 한정적인 가치만을 인정하였다.[148] 그 이유는 기타의 "아시아적인 고대 전제국가에 대한 피할 수 없는 혐오와 불신"[149] 때문이었다. 그는 맹자가 이상적 군주의 예로 삼은 요순(堯舜)의 평화는 "원시인의 평화"라고 보았다.[150] 결국 기타가 『국체론 및 순정사회주의』에서 맹자의 왕도론을 근대일본 및 아시아의 문제에 대한 해결책으로 제시한 것은 아니었다. 그는 오히려 고대 전제국가로 역행할 위험성을 분명히 인식하고 있었다.

기존 연구에서는 기타가 사도(佐渡) 시절, 유학(儒學) 교육을 받은 경험

145 위의 책, p.413.
146 위의 책, p.416.
147 浅井茂紀, 『孟子の礼知と王道論』, 高文堂出版社, 1982, p.170.
148 北一輝, 앞의 책, p.416.
149 清水元, 『北一輝 もう一つの「明治国家」を求めて』, 日本経済評論社, 2012, p.121.
150 北一輝, 앞의 책, p.417.

등을 근거로 요시다 등 막말(幕末)의 이상주의적 유학자의 계보를 잇는다고 보았다.[151] 하지만 그는 분명히 맹자와 왕도론의 한계를 인정하고 있었다. 노구치가 기타의 맹자론을 "근대일본에서 (맹자에 대한) 최후의 반조(反照)"[152]라고 평한 것도 납득할 수 있다. 맹자의 왕도론은 이미 오래전에 정치 사상으로서 그 한계를 맞이했던 것이다.

그럼에도 불구하고, 다치바나는 일부러 고대의 왕도론을 만주국의 통치이념으로 끌어올렸다. 앞에서 지적했듯이, 이는 왕도론의 혁명성이 관동군의 무력행사의 대의명분이 될 수 있을 뿐만 아니라, 민생을 안정시키는 인정(仁政)을 통해 백성의 복종을 얻을 수 있다는 계산이 있었기 때문이라고 추측할 수 있다. 왕도론의 보수성과 혁명성이라는 두 축은 만주국이라는 새로운 독립국 구상에 유용했던 것이다.

또한 대외적으로 왕도에는 또 하나의 상징성이 있었다. 그것은 쑨원(孫文)에게서 유래하였다. 1924년 11월 24일, 고베(神戸)를 방문한 쑨원은 고베상업회의소 회장 니시카와 쇼조(西川莊三)의 요청을 받아(11.25), 고베고등여학교에서 "대아시아 문제(大亜細亜問題)", 소위 대아시아주의(大アジア主義) 강연을 했다(11.28). 그 배경에는 미국의 배일(排日)이민법(1924.1) 성립과 그 실시(7.1)로 인한 고베상업계의 경제적 의도와 대중의 대아시아주의에 관한 관심이 있었다.[153]

---

151 清水元, 앞의 책, p.118.

152 野口武彦, 앞의 책, p.336.

153 배일이민법의 여파로 일본 전국에서 극심한 반미여론이 일어났다. 저널리즘에서는 도쿠토미 소호(德富蘇峰)가 주재하는 『국민(国民)신문』이 주도적인 활동을 펼쳤고, 민간에서는 달러 배척운동 등이 일어났다. 그러나 당시 고베(神戸)항의 주요 무역 상대국은 기존의 중국과 인도를 제치고 미국이 차지하고 있었다. 요코하마(横浜)항이 대지진으로 막대한 피해를 입었고(1923.9.1), 생사(生糸) 수출과 한시적인 수입품 면세조치 등

당시 일본 경제는 중국산 생사(生糸)의 대미 수출로 일본산 생사 수출이 타격을 입을 위험과 미국의 중국 진출로 중국 시장을 미국에 빼앗길 수 있다는 이중의 위협에 직면하고 있었다.[154] 이에 위기의식을 느낀 일부에서는 설령 불평등조약을 포기하더라도 "중국의 우정을 유지하여 대아시아주의=왕도주의의 이름 아래로 미국을 배제하고, 중국에서 일본의 위치를 확립하여 일본경제 번영의 기초"를 쌓으려는 논리가 "배태"되고 있었다.[155] 쑨원도 이와 같은 일본 측의 경제적 동기를 인식하고 있었던 것으로 보인다. 고베항에 입항한 선박의 갑판에서 이루어진 인터뷰에서, 쑨원은 "만약 불평등조약을 철폐하면 당장은 일본이 불이익을 본다고 생각하겠지만 그것은 근시안적인 설이다, 예를 들어 관세 문제만 해도 중국이 자유롭게 관세를 처리하면" "관세 동맹"도 가능하게 되므로 양국은 상호 이익을 얻을 수 있다고 강조하였다.[156]

그러나 쑨원의 방일에 대한 일본 정부나 주요 매스컴의 반응은 냉담했다.[157] 쑨원의 요청에 응하여 고베를 방문한 도야마 미쓰루(頭山満)

의 영향으로 고베항이 주요 무역항이 되었기 때문이었다. 하지만 1924년 7월에는 수입품 중 사치품에 높은 관세가 부과되었고, 이에 고베 경제계는 미국 이전의 주요 무역 상대국이었던 중국과 인도에 새로운 관심을 보이고 있었다. 三輪公忠, 「1924年排日移民法の成立と米貨ボイコット－神戸市の場合を中心として」, 細谷千博編, 『太平洋・アジア圏の国際経済紛争史－1922~1945』, 東京大学出版会, 1983, p.143・146~148.

154 위의 글, p.156.

155 위의 글.

156 「支那統一の鍵は不平等の条約撤廃」, 『中外商業新報』, 1924.11.25; 陳徳仁・安井三吉, 『孫文・講演「大アジア主義」資料集』, 法律文化社, 1989, p.94.

157 쑨원(孫文)은 일본 정부와 대화를 시도했지만 방문한 것은 국권주의적 아시아주의자인 도야마 미쓰루(頭山満)뿐이었다. 시부사와 에이치(渋沢栄一)는 병환을 이유로 거절하였고, 이누카이 쓰요시(犬養毅)는 대리인을 파견했다. 嵯峨隆, 「孫文の訪日と「大アジア主義」講演について－長崎と神戸での言説を中心に」, 『国際関係・比較文化研究』 6, 2007.9, p.112.

도, 쑨원의 불평등조약 철폐 주장이 일본의 만몽특수권익, 구체적으로는 뤼순(旅順)과 다롄 회수를 의미하는 것인가 질문했다. 쑨원의 회답은 "뤼순과 다롄 회수까지 생각하고 있지는 않다", "뤼순과 다롄 문제에 대해서도 지금보다 더 그 세력을 확대하는 것은 문제겠지만, 지금까지의 세력을 유지하는 이상 문제는 일어나지 않는다"는 것이었다.[158] 이어서 쑨원이 도야마에게 의뢰한 문제는 치외법권 철폐와 관세 독립이었다. 당시 쑨원이 파리강화회의와 5·4운동을 거쳐 이미 본격적으로 일본제국주의를 비판하고 있었다는 점을 고려한다면, 이 시점의 쑨원은 제국일본의 만몽특수권익은 양보하더라도 불평등조약 철폐에 대한 일본 정부의 동의와 지지의 획득을 우선했다고 볼 수 있을 것이다.

결과적으로 쑨원이 불평등조약 철폐 대신에 제시한 관세 동맹, 중일우호 등은 직접 대중무역에 관여하는 고베경제인과 달리 일본 정부나 매스컴에게 매력적이지는 않았다. 그렇다면, 쑨원의 대아시아주의 강연이 이례적으로 주목받고 성공한 이유는 일본대중의 반미여론 고조로 인한 아시아회귀 경향에서 찾는 것이 타당할 것이다.[159]

실제로 쑨원의 강연 텍스트에 한정하여 검토한다면, 반제국주의나 반일(反日)을 표현했다고 보기는 어렵다. 강연에서 쑨원은 일본의 불평등조약 개정을 "아시아민족이 처음 지위를 얻었다"는 의미로 보고, 일

158 「旅順大連の回収 そこ迄は考へてゐない」, 『東京朝日新聞』, 1924.11.27.; 陳德仁·安井三吉, 앞의 책, pp.94~95.

159 미와 기미타다(三輪公忠)는 이 시기 고베의 아시아회귀론은 "중국과 새로운 협조관계를 모색해야 했던 고베라는 무역 도시의 지역성에서 비롯된 절실함이 있었다"고 지적하고, 도쿠토미 소호 등이 주장한 도쿄의 아시아회귀론과는 경제적 절실함이라는 점에서 달랐다고 평했다. 그 결과가 쑨원의 대아시아주의 강연에서 열렬한 환영으로 나타났다는 것이다. 三輪公忠, 앞의 글, pp.159~160.

본의 러일전쟁 승리가 "아시아민족이 유럽의 가장 강성한 나라보다 강하다"는 신념을 아시아민족에게 부여함으로써, 전(全) 아시아민족의 독립운동이 시작되었다고 높이 평가했다.[160] 또한 쑨원은 아시아에서 일본의 지도적 위치를 인정하면서, 동양 문화는 왕도이며 서양 문화는 패도라고 상대화하였다. 동양의 문화는 인의도덕을 중심으로 하는 문화적 감화력이 있지만 서양의 문화는 철포의 무력이 중심인 문화이기 때문에, "아시아 문제"란 곧 문화의 문제라는 것이다. 따라서 "인의도덕을 중심으로 하는 아시아 문명의 부흥을 꾀하고", "문명의 힘으로 그들의 패도를 중심으로 하는 문화에 저항"하는 구도를 구상했다.[161]

이 대아시아주의 강연의 텍스트 연구에서 이미 지적되었듯이, 일본제국주의 비판으로 유명한 마지막 문장인 "일본민족은 이미 유럽 패도의 문화를 이룩했고, 또 아시아 왕도의 본질도 갖고 있습니다. 이제부터는 세계 앞날의 문화에 대하여 서방 패도의 주구가 될 것인지 아니면 동방 왕도의 간성이 될 것인지 여러분 일본인 스스로 잘 살펴 신중히 선택하십시오!"[162]는 상하이 『민국일보(民國日報)』의 「손선생 '대아시아주의' 연설(孫先生「大亞洲主義」演說辭)」(1924.12.8)에서 처음 등장한다.[163] 이 강연의 구성 자체는 일본제국주의 비판보다는 일본의 지도적 위치를 내세워 일본이 서양에 대항하는 구도를 제시하는 것이었다. 강연에서 고베 시민들이 쑨원에게 보낸 열렬한 '박수'와 '만세 소리'는, 이 강

160 『大阪毎日新聞』, 1924.12, 3~6; 陳德仁・安井三吉, 앞의 책, p.45, 47.
161 위의 책, p.53.
162 쑨원, 유용태 역, 「대아시아주의」, 최원식・백영서 편, 『동아시아인의 '동양'인식—19~20세기』, 문학과지성사, 1997, 178쪽.
163 陳德仁・安井三吉, 앞의 책, p.42.

연이 아시아회귀를 의식하고 있었던 고베 청중에게 충분히 공감할 수 있는 것이었다는 사실을 증명한다.[164]

물론 제국일본이 "인의도덕을 중심으로 하는 아시아문명의 부흥을 꾀하고", "문명의 힘으로 그들의 패도를 중심으로 하는 문화에 저항"하기 위해서는 먼저 같은 아시아 '형제'에 대한 패도적인 행위를 중단해야 했다. 하지만 이 강연은 그러한 비판적 가능성과 함께 왕도가 대표하는 동양에서 일본의 지도적 위치를 인정하는 것으로 이용당할 가능성 또한 내포하고 있었다. 이는 쑨원의 사후, 일본에서는 잊혔던 쑨원이 중일전쟁 진행 과정에서 항일운동의 상징이 되어 "중화민국의 국부(國父)"(1940), "중국의 혁명적 선행자"(1948)로서 부상하는 과정과도 관련되어 있다.[165]

일본 측이 쑨원과 그의 대아시아주의를 떠올리고 이용하려 할 때는, 주로 중일전쟁처럼 중국과 정면으로 마주해야만 하는 시기였다. 쑨원이 중국과 중국인에게 사상적 권위를 확립했기 때문에, 쑨원의 연설이 일본과 왕도를 연결시켰다는 사실은 쑨원의 권위를 "역용(逆用)"[166]하는 형태로 유용한 정치적 명분이 되었다. 그러한 점에서 만주국의 왕도주의는 왕징웨이(汪兆銘)의 충칭(重慶) 이탈(1938.12)이나 화평운동과 같은 맥락이라고 할 수 있다.[167]

이처럼 쑨원의 대아시아주의 강연에서 제시된 왕도에 대해, 당시 다

---

164 강연 속기록에는 박수 기록이 19번 있었다. 위의 책, p.7, 10.

165 위의 책, p.35.

166 駒込武, 앞의 책, p.245.

167 왕징웨이(汪兆銘)는 이미 1930년부터 대아시아주의 강연을 쑨원의 유언으로서 준수해야 한다고 주장했다. 陳德仁·安井三吉, 앞의 책, pp.35~37.

치바나가 비판적인 인식을 드러낸 것은 흥미로운 사실이다. 다치바나는 1925년 3월에 발표한 「쑨원의 동양문화관 및 일본관－대혁명가의 최후의 노력(孫文の東洋文化觀及び日本觀—大革命家の最後の努力)」에서 『오사카 마이니치(大阪每日)신문』에 실린 다이텐츄(戴天仇)의 주석판을 참조하며 이 강연을 비판적으로 검토하였다.[168]

쑨원은 왕도가 가진 감화력의 예로 네팔의 예를 들었는데, 이는 "대단히 역사적 사실과 다르다"[169]고 지적했다. 다치바나는 네팔이 청의 군대와 충돌하여 조공국으로 편입된 사실(1792)을 들어, 쑨원이 주장하듯 왕도가 타민족이나 국가에 감화력을 발휘한 것이 아니라 단지 서양세력 밑에서 신음하는 약소민족의 불평과 아시아라는 지리적 관념을 비논리적으로 연결시킨 것은 아니냐며 회의적인 질문을 던졌다.[170] 이어서 대아시아주의 강연의 목적은 일본이 개척한 국제적 지위를 이용하여 중국을 같은 지위로 끌어올리는 것에 있으며, 이를 위해서는 우선 일본이 불평등조약의 일부 및 전부를 포기해야만 한다고 분석하였다.[171]

더욱이 다치바나는 쑨원이 중국통일의 선결 문제로서 군벌 타파보다 "소위 제국주의 타파"를 우선한 점은 "우리들"이 보기에 "불합리"하다고 지적하였다.[172] 왜냐하면 제국주의 열국이 중국의 국내 문제를 방해하는 것도 그들이 군벌을 선동하든가 원조하기 때문이므로, 중국통일

---

168 橘樸, 「孫文の東洋文化觀及び日本觀－大革命家の最後の努力」, 『月刊支那硏究』 第1卷 第4号, 1925.3; 橘樸, 『中国研究 橘樸著作集 第一巻』, 勁草書房, 1966, p.381.

169 위의 글, p.383.

170 위의 글, p.390.

171 위의 글, pp.393~394.

172 위의 글, p.398.

의 적은 군벌이 '주(主)'이고 제국주의는 '종(從)'에 불과하다고 보기 때문이다. 다치바나에게는 제국일본을 포함한 열강의 제국주의보다 군벌 문제가 중국 통일에 더욱 심각한 문제였다. 따라서 쑨원의 마지막 강연은 "대체로 실패로 끝났다"고 보았다. 그 원인은 군벌과 제국주의에 관한 쑨원 자신의 이론적 결점과 "일본인이 중국 지식에 어둡고, 동시에 동양의 강대민족이라는 것에 충분하고 정당한 자부심을 갖고 있지 않다는 것에서 찾아야 한다"[173]고 주장했다.

이와 같은 다치바나의 논리는 기묘한 것이다. 그는 쑨원이 서양 열강에 대항하는 아시아 전체의 가치로서 왕도를 내세운 것을 두고, 설령 아시아 민족들이 피압박민족이라는 의미에서 약한 연대를 맺을 수 있어도 왕도를 공통의 가치로 삼기는 어렵다고 보았다. 일본과 중국이 우호적인 관계를 맺는 것에는 찬성하지만, 그 동기는 "대아시아주의라든가 왕도사상이라든가 하는 것 외에, 보다 현실적인 색채를 띤 방면에서 발견"[174]되어야 한다는 것이다. 또한 쑨원의 목적은 불평등조약 철폐인데, 제국주의 타파를 군벌 문제보다 우선하는 논리적 결함 때문에 이 강연이 실패했다고 분석하였다.

그럼에도 불구하고, 마지막에는 "만약 동양의 선진국이라든가 세계 5대 강국의 하나라든가 하는 것에 진실로 진지한 자부심을 가지고 있다면, 일본민족은 그처럼 빛나는 지위에 있다는 사실에 어떠한 사명과 책임을 져야만 하는가를 스스로 깊이 반성"[175]해야만 한다는 결론을

---

173 위의 글, p.399.
174 위의 글, p.391.
175 위의 글, p.399.

내린다. 요약하자면 다치바나는 대아시아주의 강연에서 쑨원이 제기한 아시아연대 사상의 근거와 의도를 모두 부정하면서도, 강연의 실패만은 "동양의 선진국이라든가 세계 5대 강국의 하나"라는 일본민족의 자부심과 사명감에 비추어 반성할 것을 촉구하고 있는 것이다. 중국의 사상인 왕도를 전아시아 연대의 기치로 삼는 것에 대한 다치바나의 회의적인 태도는, 만주국 건국공작과 그 이후 왕도국가론과 '대동아공영권'에 관한 그 자신의 이론적 파탄과는 대조적이다. 그는 분명히 쑨원의 강연 내용에 비판적이었지만, 그 중에서도 일본의 지도적인 위치만을 인정하고 그 "자부심"과 "사명감"에 기대어 일본국민에게 중일관계에 대한 반성을 촉구하는 어색한 결론에서, 어떤 사고방식의 왜곡을 읽을 수 있는 것이다.

중국이나 중국인의 국제적 지위 향상, 중일관계 개선을 바람직하다고 보는 다치바나의 선의 자체는 부정할 수 없다. 이미 살펴보았듯이 당시 많은 일본 지식인이 중국멸시에 기초한 중국관에 사로잡혀 있었지만, 다치바나는 결코 그렇지 않았다. 그는 5・4운동의 사상적 배경으로 중국인은 의외로 타민족의 지배를 꺼리는 강한 감정을 가지고 있으며, 고유문화에 높은 긍지와 강한 애착을 갖고 있음을 들어 중국인의 민족의식은 결코 "서양풍의 애국심"에서 동떨어진 것이 아니라고 강조하였다.[176]

동시에 그는 국가 개념이 영토, 인민, 주권으로 구성된다고 전제하고, 중국인의 민족의식은 토지와 인민이 결합된 것이기 때문에 국가에

---

176 橘樸, 「中国民族運動としての五四運動の思想的背景－学生運動の意義及効果」, 『月刊支那研究』 第2巻 第3号, 1925.8; 橘樸, 앞의 책(第一巻), p.449.

서 주권을 뺀 것이라는 결론을 내렸다. 다치바나는 중국이 토지와 인민으로 구성되어 있으며 중국의 민중은 어쩔 수 없이 그들의 주권자를 인정하고는 있으나 "그들은 자국의 주권에 아무런 긍지나 애착을 느끼지 않는다. 오히려 그들의 생활을 위협하는 것이라고 생각하여 그것에 등을 돌리고 있다"[177]고 보았다. 다치바나에게 중국인은 민족의식이 강하고 전통문화나 토지에 강한 애착을 가지고 있기는 하지만, 그 민중은 역사적 경험을 통해 정치에서 괴리된 존재였다.

그러나 다치바나는 5·4운동을 계기로 한 중국내셔널리즘의 고조 속에서 '중화민족' 의식이 일반 대중에게 널리 침투한 것을 간과하였다. 21개조 요구(1915)가 환기한 중국인의 민족의식, 영토의식은 다치바나가 정치에서 괴리되어 있다고 본 민중 내부에서 '중화민족'으로서의 '중국인'과 '중국'을 형성하고 있었던 것이다.[178]

다치바나의 중국관은 중국의 민족의식과 문화를 높이 평가하면서도 반제국주의를 경시했고, 결국 제국일본의 '대륙진출'을 묵인하게 된다. 이 점은 다치바나가 일본 정부의 중국에 대한 태도를 비판한 다음 글에서 더욱 명료해진다.

> 그러면 일본은 어떻게 그 태도를 변모해야 할 것인가. 이를 고찰하기 위해서는 정부와 국민을 둘로 나누어 보는 것이 편할 것이다. 먼저 정부 측은 중국을 완전히 대등한 국가로 다루어야 할 것이다.
>
> 이 입장에서 보자면 중국에 관하여 앞에 쓴 바와 같은 전통적 편견과 독단

177 위의 글.
178 松本ますみ, 앞의 책, p.96.

을 가진 서양의 여러 국가와 철저한 협조를 유지할 수 없는 경우가 발생하는 것은 당연하다. 그러면 서양의 여러 국가는 중국을 깔보고 있는데 일본만 그에 대등한 대우를 해야 하는 이유는 무엇인가. 그 이유는 매우 간단하고 명백하다. 왜냐하면 서양인의 중국에 대한 평가는 근본적인 오류에 빠져 있는데, 중국은 지구상의 어떤 국가 또는 민족이 불평등한 대우를 할 수 없을 정도의 문화를 갖고 있기 때문이다. 서양 근대에 발달한 정치학에서 보자면, 중국은 소위 국가의 여러 조건이 결여된 바가 많은 나라이다. 그러나 이 민족 고유의 문화, 부, 인구, 도덕, 예지를 총괄해서 보자면, 가령 상당한 시일을 주면 세계의 대세에 순응하여 소위 근대국가를 건설하기에 족하고도 남을 자격을 갖추고 있다. (…중략…)

이와 같은 중국이고 보면, 우리 일본이 이를 철저하게 대등한 국가로 대하는 데 과연 어떤 이상한 점이 있을 것인가. 단, 나는 결코 그 때문에 열국과의 협조를 깨라고 주장하지는 않는다. 조약의 명문에 규정된 협조사항은 물론이거니와, 과거에 성립된 관계나 장래에 행해야 할 합의에 이르기까지, 우리 대중외교의 '대등주의'를 현저히 저해하지 않는 한도 내에서는 충실하고 사양 없이 외국과의 협조를 유지하는 것이 좋다. 가장 중요한 점은, 서양 열국이 예의 편견 및 독단에 기초하여 중국을 대하는 것에 반하여 일본은 평등주의의 입장을 고수하면서 그들과 협조관계를 유지해야 한다는 엄숙한 자각이다.

한 걸음 더 나아가, 일본은 이러한 협조를 하면서도 항상 중국을 위해, 아니 지구상 모든 유색인종의 이익을 위해 서양 여러 국가의 독단과 편견을 완화하는 기회를 잡는 데 민첩해야만 한다. 또한 사안이 중대한 경우, 혹은 옳고 그름이 매우 분명한 경우에는 협조를 벗어나서라도 중국을 위해 활동해야만 하는 사례가 다발할 수 있음을 각오해야만 한다.[179]

다치바나는 "상당한 시일"이 지나면 중국이 "근대국가"를 건설할 수 있을 것이라고 인정하고 있다. 따라서 "우리 일본"은 "대등국"으로서 중국과 마주해야 한다는 것이다. 하지만 그렇다고 서양열강과의 협조를 포기할 필요는 없으며, 중국내셔널리즘이 요구하는 것처럼 불평등조약을 철폐해야만 하는 것도 아니다. 서양 열강과 제국일본의 차이는 제국일본이 "평등주의" 입장에서 "사안이 중대한 경우, 혹은 옳고 그름이 매우 선명한 경우에는 협조를 벗어나서라도 중국을 위해 활동해야만 하는 사례"가 있을 수 있다는 각오뿐이다. 즉, 제국일본이 중국을 대등하게 대우하는 것은 '현재' 행해지고 있는 서양 열국과의 중국 이권경쟁에 아무런 변화를 일으키지 않는다.

더욱이 이 글은 5·30사건(1925)을 계기로 일어난 5·30운동에 대한 글이다. 대규모 반제국주의운동의 분출을 목격하면서, 다치바나는 중국을 대등한 국가로서 대우해야 하지만 이권경합에서 이탈할 필요는 없다고 주장한 것이다.

다치바나는 "상당한 시일"이라는 조건을 붙이기는 했지만 중국의 근대국가 형성능력을 인정했다. 또한 제국일본의 기존 대중외교 자세에 찬성하지도 않았다. 그렇지만 제국일본의 '대륙진출' 자체에 이의를 제기하지는 않았다. 이처럼 모순적인 다치바나의 태도는, 다치바나의 독특한 '국가' 인식 때문이라고 볼 수도 있다. 여기서는 먼저 그의 중일관계와 아시아관을 고찰하고자 한다.

다치바나는 같은 글에서, 워싱턴회의(1921)에서 산둥(山東)문제를 국

---

179 橘樸, 「五卅事件と日本の対華態度批判」, 『月刊支那研究』 第2巻 第3号, 1925.8; 橘樸, 앞의 책(第一巻), pp.458~459.

제화하려 한 중국 정부의 노력을 다음과 같이 평했다.

> 중국은 몇 년 전 워싱턴회의라는 호기를 잡아 국제적 지위를 높이기 위해 서둘렀는데, 그 노력으로 획득한 빈약한 효과를 곧이어 일어난 린청(臨城)사건과 그 밖의 일로 깨끗이 상실했을 뿐만 아니라, 열국 앞에서 같은 유색인종인 일본의 국제적 위신도 적지 않게 실추시켰던 것이다. 일본인을 미워하던 당시 중국인이 생각하기에 이는 일대 결심이었음이 틀림없겠지만, 대국적으로 보자면 백인 앞에서 유색인종끼리 집안싸움을 하는 것은 어떠한 경우에도 자신의 손실이 될 수밖에 없다. 그러한 이유로 중국인이 자신들의 국제적인 지위를 개척하기 위해 시도한 최근 몇 년간의 운동은 그저 효과 없이 끝났을 뿐만 아니라 다소라도 일본인을 상처 입혔다는 점에서, 전세계 유색인종을 위해서는 오히려 유해하였다는 비평을 피할 수 없다. 이미 지나간 일은 깊이 따지지 않는다 해도, 앞으로 중국인은 이 점을 충분히 주의해주지 않으면 곤란하다.[180]

다치바나는 국제협조체제 속에서 중일관계 문제를 처리하려 한 중국 정부의 방침을 "같은 유색인종인 일본의 국제적 위신"을 추락시켰다는 점에서 "전세계 유색인종을 위해서는 오히려 유해했다"고 비평한다. 왜냐하면 중국이 제국주의적 침탈의 대상이 된 외적 원인의 첫 번째는 "서양인은 그들이 가진 기준을 최고로 여겨 동양 문화를 평가"하고, "모든 사물에 백인의 우월이라는 편견"을 가지고 "우리 일본인이나 중

180 위의 글, p.457.

국인도 아프리카나 남양의 야만인이나—정도의 차이는 있으나—똑같이 백인의 채찍 아래 있어야 한다는 독단"[181]을 가지고 있기 때문이다. 그리고 백인의 "무서운 편견이나 독단의 일부분을 타파하고 스스로의 지위를 어느 정도 높인"[182] 것이 일본인이라고 보았다. 다치바나는 이처럼 아시아에서 제국주의 진출을 서양인과 동양인, 백인종과 유색인종 사이의 대립으로, 그 원인은 서양중심주의에 있다고 파악하였다. 따라서 제국일본의 대륙진출로 일어난 중일의 정치적・경제적・군사적 대립은 같은 아시아인끼리의 "집안싸움"에 불과하다는 것이다.

여기서 주목하고 싶은 것은 다치바나가 워싱턴회의에서 중국 측이 일본 측에 퍼부은 격렬한 비판이나 중국이 국제법을 준수하지 않는다는 일본 측의 반론에 아무런 관심을 보이지 않는다는 점이다. 그의 시각이 반드시 일본의 국가적 이익을 엄호하는 것을 목적으로 한 것은 아니다. 다치바나의 '동양인'으로서의 자각과 그에 입각한 독특한 시각은 그를 근대의 독특한 지성으로 출현하게 한 중요한 요소였다. 하지만 그의 눈에 비친 서양 대 동양, 백인종 대 유색인종의 이항대립적인 구도는 본래 서양 제국주의에서 태어났다. 또한 백인의 "무서운 편견이나 독단의 일부분을 타파하고 스스로의 지위를 어느 정도 높인" 제국일본이 지금은 중국에 대해 "열국과의 협조" 관계에 있다는 사실 자체가 그의 아시아관의 최대 모순이 될 수밖에 없다.

신해혁명 이후, 중국 지식인도 일본과는 '동문동종(同文同種)'의 아시아인이라 인식하고, 일본의 근대국가 건설을 본받아야 할 선례로 보기

---

181 위의 글.
182 위의 글.

도 했다.[183] 하지만 21개조 요구(1915)를 계기로 일어난 5·4운동을 거치며 반제국주의운동의 창날은 제국일본을 겨누었다. 나아가 '동문동종'의 아시아인이라는 점을 내세워 중일대립에서 타국을 배제하고 양국 간의 문제로 처리하려는 제국일본 측의 태도는, 중국이 인종론에서 민족주의로 전환하는 정치적 계기이기도 했다.[184]

그럼에도 다치바나는 중국 대륙을 관찰하는 일본인 언론인, 혹은 중국 사회를 연구하는 일본인 연구자로서 자신의 '주체'가 지닌 문제성을 깊이 인식하고 있지 않았다. 노무라 고이치(野村浩一)는 다치바나를 "근대일본에서 중일을 무대로 활약한 많은 군상 속의 최종 주자"[185]라고 평가하였다. 노무라는 다치바나의 초기 활동에 관하여, 그가 개인주의를 매개로 1910년대의 신사조, 신운동에 공감하고 전제권력하의 중국 민중세계에 "녹아든 것처럼 보인다"[186]고 평했다.

다치바나는 초기에 중국의 종교와 민중 관계를 연구하여 상제(上帝) 신앙의 원시 유교에서 계급이 분화하면서 유교는 지배계급에게, 도교는 피지배계급에게 퍼졌다고 보았다.[187] 이에 기초하여 중국을 유교국가로서 연구하는 기존 중국 연구를 비판하고 '민중도교'라는 입장에서 민중세계를 중심으로 한 중국 연구를 제시했다는 점에서, 다치바나의 중국 연구는 분명 독창적인 것이었다.

---

183 松本ますみ, 앞의 책, p.97.
184 위의 책.
185 野村浩一, 『近代日本の中国認識－アジアへの航跡』, 研文出版, 1981, p.294.
186 위의 책, p.230.
187 橘樸, 「中国を識るの途」b, 『月刊支那研究』 第1巻 第1号, 1924.1; 橘樸, 앞의 책(第一巻), p.9.

하지만 나는 일본인 저널리스트이자 연구자인 다치바나가 중국의 민중사회에 "녹아"드는 것이 가능했다는 사실 자체가 최대의 문제점이었다고 지적하고 싶다. 중국의 민중사회에 쉽게 녹아들어 간 다치바나는 일본인으로서 중국의 민중사회를 관찰하고, 그 지점에서 중국의 정치·사회 구조를 "투시"[188]하여 "우리 일본", "우리 일본인"의 중국(인)에 대한 몰이해와 오해를 해소하기 위해 일본어로 기사와 글을 쓰고, 재중 일본인 대상의 신문이나 잡지에 발표했다. 중국이 백인의 "무서운 편견이나 독단" 때문에 제국주의의 이권경합으로 고통받고 있다고 본 다치바나는 중국을 깊이 이해함으로써 일본이 서양과 동일한 "편견과 독단"에서 벗어나고자 진력하였다. 하지만 중국은 어디까지나 객체이며, '일본', '일본인'이야말로 다치바나의 '주체'였다. 다치바나의 개인주의, 혹은 국가를 향한 회의나 아나키즘의 영향을 고려한다고 해도 다치바나에게는 '일본인'으로서의 자각, 즉 중국 대륙에서 벌어지고 있는 제국주의 경합 속에서도 가장 첨예하게 이권을 다투고 있는 당사국의 국민이라는 자각이 현저히 결여되어 있었다는 사실을 부정할 수 없다. 나아가 그는 '일본인'이라는 주체를 유지한 채 중국의 민중사회에 뛰어들었던 것이다.

그러나 다치바나와 중국인 민중의 관계는 결코 단순하지 않았다. 아시아인이라는 점에서는 동일하지만, 근대국가를 형성하고 "세계 5대 강국의 하나"라는 자부심과 사명감을 가져야 할 일본인 지식인으로서의 다치바나는 그들을 관찰하고 분석하는 특권적인 위치에서 자신의

188 野村浩一, 앞의 책, p.230.

눈에 비친 중국의 민중사회를 '일본'을 향하여 발신하였다. 그러면서도 그는 자신의 시각이나 행동이 필연적으로 가질 수밖에 없는 정치성을 강하게 인식하지 않았다. 그가 보기에 양국의 갈등이나 알력은 "유색인종끼리의 집안싸움"이었고, 아시아인이라는 '대국'에서 보자면 양국의 이해는 합치해야 했다. 이러한 점을 고려한다면, 다치바나의 중국 민중사회 참여는 주체의 분열이라기보다 '동문동종'의 아시아인이라는 애매한 인식으로 현실에서 일어나고 있는 양국 간의 격렬한 대립과 갈등을 인식하기를 회피할 때 비로소 가능해질 수 있는 것이었다.

그가 중국 및 아시아와 비교할 때 제국일본의 지도적 위치를 인정했듯이, 다치바나의 중국 민중에 대한 관찰자적 위치는 아시아에서 유일하게 근대국가 형성에 성공한 일본인 지식인이라는 점에 있었다. 다치바나가 일본인으로서 "아시아의 근대적 국가형성의 선구적인 체험자"라는 사실은 그가 "언론인으로서 현장과의 유효한 거리감을 구성하는 것"[189]이기도 했지만, 그러한 관찰자와 관찰 대상 사이에 분명히 존재하는 거리에 대한 인식 결여는 중국에 대한 일본, 또한 중국인에 대한 일본인의 상대적인 '우월성'이 과연 어떤 행위를 정당화시킬 수 있는가에 대한 현실인식의 결여로 이어질 수 있는 치명적인 위험성을 내포하기 때문이다.

그러나 다치바나가 반드시 근대국가 형성을 중국의 최종적인 목표로 설정하지는 않았다는 점에 주의해야 할 것이다. 그는 나이토 고난의 『신지나론(新支那論)』을 비판적으로 검토하면서 흥미로운 논의를 전개

189 子安宣邦,「橘樸における「満洲」とは何か－橘樸「満洲事変と私の方向転換」を読む」,『現代思想』, 2012.3, p.11.

하였다. 즉, '국민'을 광의로 해석하면 중국민족은 이미 국가를 형성하고 오늘날까지 3,000년이 지났으며, 협의로 해석하면 유럽이나 일본과 같은 형태의 국가나 국민은 형성하지 못했을지도 모른다고 하였다. 하지만 그는 과연 그러한 국가 또는 국민조직이 "반드시 모든 민족이 통과해야만 하는 과정인가"[190]하는 근본적인 회의를 드러냈던 것이다.

다치바나는 영국의 철학자 버트런드 러셀이 중국을 방문한 뒤 발표한 『애국심의 공과(愛国心の功過)』(改造社, 1922)에서 유럽이나 일본에 출현한 긴밀한 국가조직은 그 환경에서 비롯된 하나의 현상이며 중국의 산만한 국가조직 또한 다른 환경에서 자연스럽게 생겨난 현상의 하나라는 의견에 주목했다. 중국의 정치 체제가 그 환경에 적응하여 태어난 것이라면, 중국인 "또한 그 환경의 변화에 순응하여 한층 긴밀한 국가조직을 만들려 노력할 것"[191]이라는 예측도 가능하기 때문이다.

다치바나는 서양의 민주주의도 역사 진화의 산물이며 "지나의 정치도 결코 오늘날 그대로 응고하여 정체되지는 않을 것이다. 우리가 보기에는 나이토 씨의 생각과는 반대로, 지나의 정치는 유럽의 그것과 비교하여 1세기나 1세기 반 정도 진화의 정도가 늦었다, 바꿔 말하자면 지나의 정치는 너무 늙은 것이 아니라 오히려 너무 젊은 것이다"[192]라고 명쾌하게 결론을 내렸다. 여기서 드러나는 다치바나의 독창성은, 단순히 당시 일본 지식인들에게 흔했던 중국정체론을 논파했다는 것이 아니다. 서양의 민주주의나 국민국가 형성을 진화의 결과라고 인정하면

190 橘樸, 「支那はどうなるか－内藤虎次郎の『新支那論』を読む」, 『支那研究』 第1巻 第3号, 1925.2; 橘樸, 『支那思想研究』, 日本評論社, 1936, p.365.
191 위의 글, p.366.
192 위의 글, p.385.

서도, 그것이 "반드시 모든 민족이 통과해야만 하는 과정인가"라는 질문을 던짐으로써 안이한 사회진화론에 빠지지 않았다는 점이다. 이를 고려한다면, 다치바나가 아직 근대국가를 형성하지 못한 "너무 젊은" 중국의 가능성에 주목했다고 해석할 수 있을 것이다. 이처럼 다치바나의 민중사회를 중심으로 한 중국 연구나 국제관계에 관한 초기 고찰은, 일본인이라는 '주체'의 문제성을 내포하면서도 독창적인 중국 연구나 언론 활동으로 이어졌다.

그 내부에 잠재되어 있던 모순이나 문제성이 드러나는 것은 만주사변과 다치바나의 유명한 '방향전환', 나아가 만주국 건국공작에서 그가 맡은 역할에서 비롯되었다. 1932년 1월, 다치바나는 만주사변이 "혁명적인 기회"였다고 회고하였다.

> 이리하여 9월 18일 폭발이 일어난 것인데, 이 폭발의 결과 동북정치기구의 최상층인 장가문[쉐량]의 세력이 날아가자 머리를 잃은 군벌기구는 뿔뿔이 무너져 향신(鄕紳) 및 지주가 상층을 차지하는 농업 사회는 오랜만에 그들의 머리 위를 짓누르고 있던 정치경제적 세력에게서 해방되어 그들 자신의 판단과 이해에 따라 새로운 정치기구를 창조할 수 있는 기회를 부여받았다.
>
> 이 혁명적인 기회에 임하여 동북 민중이 재빨리 선택한 정치적 과제는 ① 영구히 군벌 지배가 재현될 기회를 방지할 것, ② 중국 본토의 순환적인 동란과 절연할 것, ③ 그러기 위해서는 국민당 세력이 침입할 기회를 반드시 막을 것, ④ 동시에 화중에서 점차 북상하고 있는 적색농민군운동이 침입할 기회를 막아야만 할 것, ⑤ 이러한 복잡한 목적을 완전히 달성하기 위해서는 절대적인 보경안민의 실행, 바꿔 말하자면 구(旧)동북사성을 판도로 하는 신독립

국가를 건설하는 것뿐이라는 것 등이다.[193]

노무라는 이 글이 "명백히 괴이한 표현"이라고 지적하고, 여기에 등장하는 정치적 과제는 다치바나 자신의 정치적 선택이 마치 "동북 민중"의 자주적인 선택인 것처럼 "도착(倒錯)"된 형태라고 보았다.[194] 그렇게 보면, 다치바나가 같은 해 7월에 발표한 만주국 건국 동기를 서술하면서 "만주의 지배계급인 지주"가 "만주사변이라는 '하늘이 준 기회'를 이용하여 동북군벌을 소탕함과 동시에 어떠한 군벌세력도 다시는 나타나지 않게 하는 방법으로 그들의 숙원인 '보경안민'이라는 정치적 상황을 그들의 고향인 만주에 영속시키려 했다"[195]는 것과 같은 서술의 혼란이 나타나는 이유도 쉽게 짐작할 수 있다. 다치바나는 만주사변의 정치적 주체의 위치로서 "동북 민중"과 "지주"를 편의에 따라 뒤바꾸어 서술했고, 이는 오히려 만주사변에서 만주국 건국공작의 정치적 주도권이 '일본' 측에 있었다는 사실을 여실히 드러낸다.

이러한 글은 도착적인 형태로나마 다치바나가 어떤 식으로 만주사변을 인식했는지 드러내는 것이기도 하다. 만주사변으로 군벌이 붕괴하고 농업 사회가 정치경제적 세력의 압력에서 해방되었을 때, 다치바나는 관동군에게 조언함으로써 새로운 통치기구의 창조에 관여할 수 있는 기회를 얻었다. 고야스 노부쿠니(子安宣邦)가 지적했듯이, 이는 중국

193 橘樸, 「日本の新大陸政策としての満洲建国」, 『満洲評論』 第2巻 第1号, 1932.1; 橘樸, 앞의 책(第二巻), p.73.
194 野村浩一, 앞의 책, p.266.
195 橘樸, 「日満ブロック趨勢と満洲国民の立場」, 『満洲評論』 第2巻 第22号, 1932.7; 橘樸, 앞의 책(第二巻), p.82.

을 현장으로 삼은 언론인이었던 다치바나가 "그의 현장을 중국에서 '만주'로 전환하는 것"[196]을 의미했다. 중국 전체를 대상으로 언론과 연구 활동을 했던 다치바나에게 만주는 중국의 변경 지방[197]이었다. 그러나 만주사변과 만주국 건국공작에 협력한다는 기회는, 다치바나에게 관찰자의 입장이 아니라 현실에서 스스로의 이론을 시험하고 그에 입각한 국가를 창출한다는 거대한 가능성을 제시했던 것이다. 그가 중국 본토에서 진행되던 '국민혁명'의 좌절, 장제스(蔣介石) 군벌의 등장, 북벌 등의 움직임에 실망과 좌절을 느꼈던 만큼,[198] 그러한 가능성은 매혹적이었을 것이다.

다치바나의 '방향전환'에 관한 가장 유명한 기록은 만주국 건국 2년 후에 발표한 「만주사변과 나의 방향전환(満洲事変と私の方向転換)」이다. 다치바나는 이 글에서 "만주사변은 나에게 방향전환의 기회를 주었다. 많은 친구들은 이를 나의 우경화라고 해석하고 있고, 그 해석에 반대할 아무런 이유도 없지만 나 스스로는 이 방향전환을 나의 사상의 일보 전진이라고 풀이하며, 동시에 나의 사회관에 일정한 안정을 주었다고 이해하고 있다"[199]고 평가했다.

다치바나의 '방향전환'은 그 개인의 '전향'이기도 했지만, 만주국 건국에 왕도주의가 주입되는 계기였다. 다치바나는 만주사변 당시 이를 "대륙에 주둔하는 4개 사단이 중앙의 통제에서 일탈"한 것이라는 비판

---

196 子安宣邦, 앞의 글, p.11.

197 橘樸, 「日本の大陸政策と中国の農民運動」, 『満洲評論』 第6巻 第1号, 1934.1; 橘樸, 앞의 책(第二巻), p.424.

198 野村浩一, 앞의 책, p.265.

199 橘樸, 「満洲事変と私の方向転換」, 『満洲評論』 第7巻 第6号, 1934.8; 橘樸, 앞의 책(第二巻), p.17.

적인 태도를 취했다. 하지만 그는 관동군 참모 이타가키・이시와라와 만나 5항목[200]을 확인한 뒤 '방향전환'하여 만주사변에 적극적으로 협력하였다. 이때 다치바나는 관동군의 중견 장교들이 만주사변을 주도한 것이고, 그들은 일본 내부의 혁신세력과 농민 대중의 지지를 기대할 수 있는 세력이며, 그 목적은 아시아 해방과 독립국 수립만이 아니라 제국일본의 개혁이라고 보았다.

다치바나는 관동군이 표방한 반자본・반정당의 기치에 충분히 공감할 수 있었다. 앞에서 살펴보았듯이, 관동군의 구상은 아시아의 여러 민족으로 구성된 민중이 군벌이 배제된 만주에서 자본가의 착취와 정당정치의 폐해에서 해방된 이상국가를 구축하고 최종적으로는 제국일본을 '개혁'한다는 것이었다. 이러한 관동군의 구상은 특히 그 이상국가의 구체적인 지도 원리나 이념이 공백이었기 때문에, 다치바나에게는 자신의 이론을 시험하고 이상을 실현할 '실험장'으로 보였을 터였다. 근대중국이 직면한 문제로서 외부의 제국주의보다 내부의 군벌 문제를 더 중시했던 다치바나에게 만몽독립국의 건설, 아시아의 해방, 제

200 그 내용은 다음과 같다. "첫째, 이번 행동은 관동군 중견 장교의 주도로 일어났으며, 상부는 오히려 그에 따른 것이라는 점. 둘째, 중앙의 통제력은 자본가 정당의 패권을 그 내용으로 하며, 그것을 반자본가 반정당을 지향하는 이 한 줌에 불과한 신세력이 비록 일시적이나마 저지한 것이라는 점. 셋째, 이처럼 소규모 집단이 이런 위력을 발휘할 수 있었던 이유는 본국의 동지 장교들의 대집단이 배경에 있기 때문이며, 이 청년장교 집단이 국군의 굳은 전통을 깨고 소위 하극상 태도를 취할 수 있었던 것은 그 배후에 전국 농민 대중의 열렬한 지지가 있었기 때문이라는 점. 넷째, 이번 행동의 직접 목표는 아시아 해방의 초석으로서 동북사성을 무대로 하나의 독립국을 건설하는 것이며, 일본은 이를 절대적으로 신뢰하고 모든 기득권을 반환할 뿐 아니라 한 걸음 더 나아가 가능한 모든 원조를 해줄 것. 다섯째, 그와 함께 간접적으로는 조국 개혁을 기대하고 근로자 대중을 자본가 정당의 독재 및 착취에서 해방하여 진정한 아시아 해방의 원동력이 될 수 있는 이상국가를 건설할 세력을 유도하려는 뜻을 품은 것일 것." 위의 글, p.18.

국일본의 개조는 서로 모순되지 않는 꿈이었다. 그리고 다치바나는 '농민민주주의'를 배양하여 고무한다는 자신의 목적을 위한 "어느 지점까지의 든든한 동행자"로서 관동군과 제휴할 것을 선택했고, 그는 관동군에게 건국이데올로기로서 왕도주의를 제시했던 것이다.

만주사변 초기, 관동군에게 구체적인 국가이념 구상은 존재하지 않았다. 만주사변 직후 만몽영유 계획에서 신국가 수립 계획으로 전환(9.22)한 뒤, 10월 초의 관동군은 황도(皇道)를 표방하고 있었다.[201] 다치바나가 관동군에게 왕도를 국가이데올로기로 삼을 것을 권했다고 추측된다. 만주사변 10주년을 기념하는 좌담회에서, 다치바나는 왕도가 민족 문제를 해결하기 위해 필요했다고 회상하였다.

> "어쨌든 일본 본국 여러 세력의 착종(錯綜)조차 안중에도 없이 군(軍)만으로 돌진했을 정도였으니, 중국인에 대한 건 이차적인 것이었죠. 이건 당시로서는 어쩔 수 없었다고 생각합니다. 그렇게 해치우고 나니 뒤처리로 민족 문제가 닥쳐왔죠. 그러면 민족 문제는 어떻게 할까. 거기서 사전에 우리들이 이야기한 것이 어느 정도 도움이 되었는데, 뭐 일단 왕도로 가자는 게 되었죠. 그러자 솔직한 성품인 이시와라 중좌(中佐)가 왕도란 대체 뭐냐, 눈속임이나 뻔한 허세는 안 된다는 겁니다. 눈속임이 아니다. 왕도란 이러이러한 것으로 중국인이 금방 납득하는 거다. 편리해서 좋다, 편리해서 좋을 뿐만 아니라 이론적으로도 상당한 근거가 있으니까 왕도로 가자, 그렇게 된 겁니다. 왕도도

201 하지만 『만주평론』 등 저널리즘은 일찍부터 왕도를 주장했다. 고마고메 다케시(駒込武)는 『만주일보(満洲日報)』 사설(1931.9.29)이 이미 쑨원과 왕도를 내세워 만주사변을 정당화하고 있었다고 지적했다. 駒込武, 앞의 책, p.241.

좋지만 민족의 향배(向背), 이 문제는 어떻게 하느냐고 하니까, 왕도를 민족 문제 해결에 적용하면 결국 민족협화가 되는 거죠. 그건 분명 나중에 이름을 붙였던 것 같습니다. 왕도에는 혼조(本庄) 씨도 납득했죠. 이시와라 군 혼자 한참 뒤까지도 이상하다는 표정이었죠. 지금은 그가 가장 많이 이야기합니다만……"[202]

앞에서 검토했듯이, 청년연맹의 민족협화 개념은 만주에 거주하는 소수민족 중 하나인 일본민족의 입장에서 "일본 문화를 배경으로 하는 공화(共和)의 낙원을 만몽 천지에 초래하는 것"을 지향했다. 이에 비해 다치바나는 민족 문제를 명확히 중국인(한족)에게 초점을 맞추고 있다.

이러한 차이는 몽골족, 조선민족(한민족), 만주족의 정치적・경제적 입장이 만주국 건국과 대립하지 않는다는 다치바나의 인식에 토대를 두고 있다. 즉 몽골족은 장쉐량 정권의 "몽고 침략, 목초지 파괴"로 인한 원한, 만주족은 "민족적, 지주적 입장에서 비롯된 정치적, 경제적 불안", 군벌의 배일정책으로 압박받는 조선민족은 "거주・경작의 권리"를 "보증"함으로써 그 지지를 얻을 수 있다고 보았다.[203] 그러나 중국인 문제는 "골치 아픈"[204] 것이었는데, 왜냐하면 통치의 주요 대상인 중국인 민중에게는 복종과 협력의 대가로 제시할 만한 이득이 없었기 때문이다.

특히 관동군이나 그 구성원의 대다수가 도시 거주자인 청년연맹이

---

202 橘樸, 「大陸政策十年の検討」(座談会), 1941.10.4; 橘樸, 앞의 책(第三巻), pp.550~551.
203 橘樸, 앞의 글, p.549~550.
204 위의 글, p.550.

중국인 농민을 납득시키기 위한 이데올로기를 제시하기는 어려웠을 것이다. 이에 다치바나는 오랫동안 중국 농촌 사회를 관찰하고 연구해온 경험과 지식을 바탕으로 광대한 농촌 사회를 포섭하기 위한 이데올로기로서 왕도를 제시했다. 다치바나가 관동군에게 "중국인은 금방 납득하는 것"이라고 설명한 것에서 알 수 있듯이, 왕도는 바로 중국인을 포섭하기 위해 준비된 이데올로기였다.

앞에서 살펴보았듯이, 본래 맹자의 왕도는 전통적인 농촌 사회에 입각한 도덕론이었다. 중국을 "중세적 농업국"[205]으로 본 다치바나는 만주 농촌 지역에는 중국의 전통적인 농촌 사회가 형성되어 있으므로 "중국의 민족 사상 및 민족성의 순진한 모습에서 우리는 맹자의 정치론이 가장 그들에게 적합하다"[206]고 주장했다. 중국 및 만주 농촌부의 전통적 농촌 사회에는 중세적 구조가 잔존해 있으므로, 전통적인 농촌 사회가 사상적 배경인 왕도가 적절하다고 판단했던 것이다.

주목하고 싶은 것은, 다치바나가 이미 1920년대부터 왕도를 연구하며 독자적인 왕도론을 펼치고 있었다는 점이다. 여기서는 1925년 9월 다치바나가 『만몽(滿蒙)』에 발표한 「일본의 왕도사상—미우라 바이엔(三浦梅園)의 정치 및 경제학설(日本に於ける王道思想—三浦梅園の政治及び經濟学說)」을 통하여 그가 어떤 왕도론을 구축했는가를 검토한다.

이 글에서 다치바나는 왕도가 맹자의 정치 사상이자 맹자 이후 중국의 정치 사상이기는 했으나 결코 "정치의 현실"은 아니었다고 지적하였다.[207] 하지만 동시에 "그 내용은 물론 많은 수정이 필요하겠지만 그

205 橘樸, 「支那人の利己心と国家観念」, 『支那研究論叢』 第一輯, 亜東印画協会, 1927, p.14.
206 橘樸, 「中国民族の政治思想」a, 『滿蒙』 第5巻 第42冊, 1924.1; 橘樸, 앞의 책(第一巻), p.40.

기본 원칙은 틀림없이 지구상의 인류 사회를 영원히 지도할 것"이라고 하여 "왕도사상의 영원성"[208]을 강조한다. 다치바나는 왕도사상이 보편적 가치를 가진다고 보았던 것이다.

다치바나는 그처럼 보편적 가치를 가지는 왕도의 구체적 특징으로 ① 상제(上帝)신앙, ② 봉건제의 지방분권, ③ 위정자에게 도덕적 규범 요구, ④ 경제적・후생적(厚生的) 관심, ⑤ 계급간의 분리, ⑥ 지배계급과 피지배계급의 공통적 이해관계의 여섯 항목을 들었다.[209] 그는 주대(周代)에 성립한 왕도적 정치 사상의 특질을 상제의 의지에 따라 왕에게 위임하는 권리를 형태로 왕의 특권이 발생・유지되고, 현실에서 상제의 의지는 민중의 여론으로 나타난다고 해석하였다. 따라서 천자의 의지가 상제의 의지에 반하는 경우, 천자의 특권은 박탈될 수 있었다. 물론 이러한 방벌(放伐) 개념은 일본의 국체와는 양립될 수 없다.[210]

그러나 다치바나는 왕도사상의 최대 결점은 방벌이 아니라 왕도정치의 실행에 거의 아무런 제도적 보장이나 제재 방법이 존재하지 않는 점에 있다고 보았다. 그는 왕도사상을 원시 유교의 상제 신앙에 기반을 둔 것으로 보았는데, 상제 신앙이 없는 다른 민족의 경우 치자(治者) 스스로가 솔선하여 도덕규범을 지키는 것 이외의 아무런 제도적 보장을 갖추지 못했기 때문이다.[211] 그는 이어서 왕도가 봉건제의 "지방분권

---

207 橘樸, 「日本に於ける王道思想－三浦梅園の政治及び経済学説」, 『満蒙』 第6巻 第65冊, 1925.9; 橘樸, 앞의 책(第三巻), p.473.
208 위의 글, p.519.
209 위의 글, pp.474~475.
210 위의 글, p.476, 477.
211 위의 글, p.482.

적 행정조직을 통해 직접 민중의 복지를 꾀하는"[212] 정치 형태에도 문제가 있다고 보았다. 설령 훌륭한 인품을 갖춘 위정자가 도덕규범을 지키려 해도 왕과 민중 사이에 관료제가 존재하는 이상, 왕도정치는 실현될 수 없다고 간주했기 때문이다.

이와 같은 왕도에 대한 이해를 바탕으로 다치바나는 중국 및 일본의 왕도론자에는 두 가지 유파가 있다고 보았다. 왕도정치가 진(秦)의 통일 이후 멸망했다는 파와 청까지 유지되었다는 복벽파(復辟派)이다. 다치바나 자신은 진의 중국통일 및 중앙집권제 확립으로 이미 2000년 전에 왕도의 맥이 끊겼다고 보았다.[213] 따라서 왕도정치는 관료정치와 대조적인 성질의 것이며, 근대국가의 자본주의적 법치주의 실행에 반대되는 것이었다. 다치바나가 보기에 "왕도정치 부활"의 가능성은 연성자치(連省自治)나 쑨원이 구상한 현(県) 자치의 실행에나 존재했다.[214]

이러한 고찰을 거쳐 다치바나가 상정한 왕도정치의 3대 지주는 도덕주의, 지방분권, 선정(善政)주의였다. 그가 보기에 지방분권은 특히 지방분권제를 요구하는 중국의 여론뿐만 아니라, 다이쇼(大正)기 일본의 지방분권 사상 및 시설이 여론의 환영을 받았던 사실에 비추어 보아도 세계적인 대세였다. 그에 비하여 선정주의는 치자와 피치자 계급의 존재가 전제되므로 개성의 발달과 자유를 요구하는 근대와는 상반되는 것이었다. 도덕주의는 중앙집권적 제도에서는 도덕적인 동기가 반영되지 않고, 또한 자본주의적 경제조직은 정치적 도덕화를 방해한다고 보

212 위의 글, p.486.
213 위의 글.
214 위의 글.

았다.[215]

요약하자면 다치바나는 "정치에서 중앙집권 및 자본주의는 근본적으로 왕도사상과 양립할 수 없다"[216]고 보고, 근대의 세계적 추세와 전근대적 요소가 결합한 정치 사상으로서 왕도의 보편적 가치를 평가하였다. 다치바나는 서양에 대비되는 동양적 가치로서의 왕도에 주목했지만, 그것은 맹자나 쑨원이 주장한 왕도가 아니라 그 자신의 중국 연구에 토대를 둔 독창적인 왕도론이었던 것이다.

하지만 다치바나의 1920년대 왕도연구는 "지금의 지배계급이 파괴되지 않는 이상 정치와 민중 생활 사이의 거리는 아마 영원히 사라지지 않을 것이다"[217]는 그 자신의 중국인식에 제약당한 것이기도 했다. 같은 맥락에서 갑자기 건국이데올로기로 부상한 왕도주의는 중국인을 납득시키기 위한 이데올로기이기는 했으나 결코 중국인의 것은 아니었다. 오히려 중국인과 중국 민중사회 연구가 그 자신의 아시아관과 결합한 '다치바나 시라키의 왕도주의'라 부를 만한 것이었다.

다치바나의 왕도주의는 분명 만주국 건국공작에 일정한 영향을 끼쳤다. 그가 왕도사상에서 가장 중시한 것은 왕도와 지방분권이 긴밀하게 연결되는 점이었다. 앞에서 살펴보았듯이, 장정권은 도시 중심의 기업화·공업화를 지향하여 자본주의 경제발전을 꾀하였다. 그에 비해 다치바나는 급격한 자본주의화에서 소외된 문치파가 상징하는 농촌 지주층을 통해 지역 농촌 사회를 포섭하는 방향을 제시하였다. 기존 자치단

215 위의 글, pp.516~518.
216 위의 글, p.519.
217 橘樸, 앞의 글(1924.1)a, p.40.

체의 흡수, 일본인 고문의 감독과 현지 협력자를 활용하는 '독립국'의 기초 구축에서, 다치바나의 왕도주의는 바로 중국인의 자치능력을 인정한다는 점에서 현지 협력자나 관동군 및 청년연맹에게 효과적인 도구가 될 수 있었다.

기존 자치단체의 흡수는 중국 농촌 사회의 전통적 자치를 온존하고 선정을 실시함으로써 건국공작에 대한 민중의 저항이나 혼란을 방지하고, 통치를 확립하기 위한 방책이었다. 그 목적을 성취하기 위하여 각 지방자치단체의 고문・자문으로서 지방자치를 지도할 일본인이나 현지인을 양성하는 지방자치지도부(11.10, 이하 자치지도부)가 성립되었다. 자치지도부에는 다치바나가 주재하는『만주평론』관계자도 대거 참가하였다. 「지방자치지도부 설치요강(地方自治指導部設置要綱)」(10.24)에서는 "군벌과 관련된 구세력을 일소하고, 현민 자치의 선정주의를 기조로" 한다는 방침을 밝혔고, 이에 따라 만철 연선의 각 현에서 자치를 시행하였다.[218]

이 선정주의는 구체적 내용이 결여되었고 이론적 발전보다 지방자치를 지도하여 민간의 세금부담 경감 등의 실천을 우선하였다. 이 선정이란 장정권의 '악정'에 대한 '선정'이며, 자치를 보증함으로써 농촌 지역과 지주의 권리를 최대한 존중하겠다는 정치적인 의사 표명이기도 했다. 따라서 자치지도부는 징세부담 경감이나 뇌물수수 타파 등의 목표를 세우고 기존 민간자치단체에 협력을 요청하는 형태로 영향력을 강화하였다. 후루야 데쓰오(古屋哲夫)는 자치지도부가 관동군이 성(省) 단계의 자치단체를 장악하는 데 일정한 역할을 했으며, 그 과정에서 건국

218 古屋哲夫, 앞의 글, p.52.

공작에 이데올로기를 주입하고 국가 구상 논의를 낳았다는 점에 주목하였다.[219] 만주국의 건국 과정에서 중국 농촌을 포섭한다는 뚜렷한 정치적 목적을 위해 선정주의와 자치주의를 내용으로 하는 왕도주의를 도입한 것이다.

그러나 주의할 것은, 왕도주의를 도입하려는 다치바나의 의도가 단지 정치적 명분 만들기에 불과한 것은 아니었다는 점이다. 다치바나의 구상은 관동군에게 제출한 「만주신국가건국대강사안(満洲新国家建国大綱私案)」(12.10, 이하 「대강」)을 통해 그 구체적인 모습을 짐작할 수 있다. 이 「대강」에서 엿볼 수 있는 다치바나의 건국 방침은 ① 철저한 보경안민, ② '공민(公民)'으로 조직된 민족연합국가로서 각 민족의 대등한 권리 보장, 개인적 민주주의 요구, 국민의회 구성,[220] ③ 분권적 자치국가, ④ 국민 자치의 완전한 보장의 네 항목으로 집약되었다. 특히 ③ 분권적 자치국가로서의 성격에서는 "만주 사회의 주요 성분인 한·만·몽·선 민족은 대개 농목(農牧)을 생업으로 하므로, 이들을 중심으로 하는 신국가가 농업국가여야 하는 바는 의심의 여지가 없다. 농업국가는 이론상 공업상업국, 즉 소위 자본주의 국가로 성장하는 자연적인 경향이 있으나 자본주의의 폐해를 피하기 위해 그러한 자연적 경향을 저지하고 영구 또는 반영구적으로 농업국가로서 존속하는 것도 가능하다. 만주는 그 다수 국민의 복지 및 일본과의 특수 관계를 감안할 때, 영구적인 농업국가여야 하는 운명

219 위의 글, p.53.

220 다치바나는 일본인의 건국에 대한 공적을 고려하여 국민의회 대표자 할당 비율을 한족(7), 만주족(3), 조선민족(2), 후이족(2), 몽골족(2), 일본(7), 백계 러시아(1)로 산출하였다. 성(省) 이하 행정자치단체의 민족 비율은 인구를 참작하여 따로 정한다고 하였다. 橘樸, 「満洲国家建国大綱私案」(1931.12.10), 『満洲評論』 第2巻 1号, 1932.1; 橘樸, 앞의 책(第二巻), p.67.

에 있다. 그리고 농업 사회의 합리적인 통제 기구가 분권적 자치적 국가여야 하는 것은 당연한 일이다"[221]라고 주장하였다. 네 번째 항목인 국민자치(각 민족사회의 전통적 자치, 정촌(町村) · 현(縣) · 성(省) · 국가(國) 등의 신 자치, 각종 공동조합)의 완전한 보장과 아울러 생각하면, 다치바나의 구상은 분권자치의 농업국가 건설이었다.

다치바나는 농업국가가 자본주의 사회로 "성장"하는 것은 "자연적 경향"이라고 인정하면서도 그러한 성장을 저지하고 영구 혹은 반영구적으로 농업국가로서 존속하는 길을 제시했다. 말하자면 다치바나는 다민족 민중의 복지와 제국일본의 이익이, 자치적 농업국가로서 성립하고 영원히 전근대적 국가로서 존속함으로써 충족될 것이라고 보았던 것이다. 여기서 가장 먼저 지적할 수 있는 문제점은, 그가 "다수 국민의 복지"를 위해 정작 민중의 의사는 고려하지 않은 채 신국가의 건국이 그들에게 유익하다고 단정하고 있는 점일 것이다.

그러나 신국가가 자본주의 국가로의 성장을 거부하고 농업국가에 머무른다는 구상은 제국일본의 자본주의 체제에서 분립한다는 것을 의미한다. 또한 농업 사회는 그 성격상 지방분권제가 가장 적합하다고 주장함으로써 중앙집권제와는 상이한 정치 체제를 구상하였다. 무엇보다도 다치바나는 새로운 국가가 "다수 국민의 복지"를 위해 존재해야 한다고 믿어 의심치 않았다.

같은 해 11월, 다치바나는 자치지부에서 행한 강연에서 "왕도가 행해지는 사회의 상태"의 예로 『예기(禮記)』 「예운(禮運)」의 "대도(大道)가

221 위의 글, p.66.

행해져 천하가 공공(公共)의 것이 되었다. 어진 이를 고르고 유능한 자를 가려 신의를 논하고 화목을 닦았다. 그러므로 사람들은 그 어버이만을 부모라 여기지 않고, 그 자식만을 자식이라 여기지 않았다. 노인에게는 수명을 마칠 곳이 있고, 장년의 사람은 힘을 발휘할 곳이 있으며, 아이는 성장할 곳이 있고, 환(鰥, 홀아비)・과(寡, 과부)・고(孤, 부모 없는 아이)・독(独, 자식 없는 사람)・질병 있는 사람도 모두 보살피는 곳이 있었다. 남자에게는 직분이 있고, 여자에게는 돌아갈 곳이 있었다. 재물은 땅에 버려지는 것을 꺼리지만 반드시 이를 모두 가지려 하지 않고, 힘은 발휘하나 반드시 자신을 위해서 쓰지는 않는다. 때문에 모의는 막혀 흥하지 않고 도절난적(盗窃乱賊)도 일어나지 않았으므로, 문을 잠그지 않았다. 이를 대동(大同)이라 한다"를 들었다.[222] 그는 이 대동사회의 이상을 "모든 사람이 생활을 보장받는" 것, 부(富)를 개발하지만 사유하지는 않으며, 민중이 자진하여 자신의 노동력을 사회에 제공하는 세 조건을 갖춘 게마인샤프트(Gemeinschaft)라고 보았다.[223] 자치를 선호하는 중국인은 자치제 운용능력을 갖추고 있고, 만주는 순수에 가까운 농업 사회이다. 이러한 만주에 세워지는 신국가는 분권에 경도된 농업국가이다. 따라서 인구의 대다수가 중국인인 농업국가는 분권적 자치국가가 될 수밖에 없다는 것이다.[224]

이러한 분권적 자치제 국가에서 자치지도부는 현(縣) 자치를 건설하여 지역적 약점을 보완하고, 다음 단계로 현 자치 구역의 연합체인 성

---

222 橘樸, 「王道の実践としての自治」(1931.11), 『満洲評論』 第1巻 15号, 1931.12; 橘樸, 앞의 책(第二巻), p.60.

223 위의 글.

224 위의 글, p.65.

(省) 자치를 지도하는 역할을 맡는다. 이때, 자치지도부장은 국가의 원수 혹은 대통령, 국왕, 주석과 "대립을 이루고 기염을 토하는 데"[225] 이르러야 한다는 것이다. 다치바나는 일본인이 자치지도부의 중심이 되어 자치기구를 형성하고 중국인이 그 기구 내에서 자치제를 운영하는 형태를 구상했다. 이는 일찍이 중국의 봉건제 자치사회에서 왕이 민중의 생활을 보장했듯이 분권적 자치국가의 "자치는 민중 자율적인 단체의 힘으로 스스로의 생활을 보장한다"[226]는 것이고, 자치기구는 국가의 하위기구가 아니라 구성원인 농민이 주도하는 것이어야 했다.

결국 다치바나가 상정한 자치는 도시자본주의가 아니라 농민자치였다. 하지만 그러한 분권자치 농업국가의 국제적 위치는 특수관계인 제국일본을 비롯한 중앙집권적 자본주의 공업국가에 상대적으로 약한 위치에 놓일 수밖에 없다.

다치바나는 "농민사회 내지 농업국가는 거의 예외 없이 공업사회 내지 공업국가에 예속당하여 전자는 후자의 무자비한 억압 아래 신음하고 있다"[227]고 인정하였다. 농업 사회가 "이 비참한 운명에서 스스로를 구하기 위한" 선택은, 농업 사회에서 농민자치의 조직 원리로 공업사회를 '개혁'하든가, 농민자치의 조직 원리에 비교적 가까운 조직 원리를 가진 공업국가를 골라 연맹하는 방법이었다.[228] 그리고 다치바나가 생각하는 농민자치의 조직 원리란 "직업(職業)자치"였다. 직업자치의 원

---

225 위의 글.

226 위의 글.

227 橘樸, 「国家内容としての農民自治」, 『満洲評論』 第3巻 3号, 1932.7; 橘樸, 앞의 책(第二巻), p.85.

228 위의 글.

리를 농촌에 적용하면 농민자치가 된다. 신국가가 연맹해야 할 공업국가는 당연히 제국일본이지만, 만주에서 농민민주주의를 배양하고 고무하는 데 성공하면 직업자치가 제국일본까지 확장되어 영향을 끼칠 수 있었다. 또한 만주 농촌 지역이 한족으로 구성되어 있다는 점을 고려한다면, 사실상의 민족자치 실현으로 이어질 수 있었다.

이처럼 다치바나가 구상한 농민자치는 단순히 현재의 농업 사회와 자치조직을 유지하는 형태의 "중세적 농업국"에 머무르는 것이 아니라 "추상적이고 확대된 의미의 농업자치 즉 직업자치를 포함하여, 농업 사회와 공업사회, 농업국가 사이에 직업자치라는 일관된 조직 원리를 부여함으로써 둘 사이의 운명적인 대립을 해소하려는 소망을 동시에 포함하는"[229] 것이었다. 다치바나의 농업자치 실현, 분권적 농업국가의 성립과 세계적 확장에 관한 전망은 분명히 독창적인 발상이었다. 그러나 그의 국가 구상은 기본적으로 예상되는 문제를 주로 그 갈등 요인을 분리함으로써 회피하려 하는 한계가 있었다. 예를 들어 민족 문제는 각 민족의 영역을 분리해서, 계급 문제는 각 직업의 자치단체를 형성하여, 국가 간의 착취는 연맹 혹은 개혁으로 해소할 수 있다는 것이다. 물론 이러한 방법론은 자본주의 경제 발달, 근대국가 성립, 과학적 합리주의를 특징으로 하는 근대사회 성립을 지향하는 근대화 담론을 상대화하는 사상으로서, 또한 만주국 건국 구상에 영향을 끼쳤다는 점에서 독자적인 의미를 가진다.

그러나 다치바나의 왕도주의와 농민자치는 대중적 기반을 거의 갖지

229 위의 글, p.86.

못했다는 치명적인 약점이 있었다. 그는 관동군에게 왕도를 고대 중국의 사상이기에 중국인을 쉽게 납득시킬 수 있는 편리한 사상적 도구로서 소개하였지만, 다치바나가 실제로 구상한 것은 자신을 매개로 재해석된 왕도였다. 중국인 농민의 자치를 강조하는 다치바나의 왕도주의를 진정으로 이해하고 공명하는 지지자는 재만 일본인 중에서도 결코 다수일 수 없었다.

예를 들어, 자치지도부에서 강한 영향력을 가지고 있던 가사키 요시아키(笠木良明)[230]는 자치지도부가 성립할 때부터 "자치지도부의 이상은 메이지 천황의 위대한 뜻을 계승하여 진(眞)일본의 세계에 대한 큰 사명의 첫 걸음을, 이 깊은 인연이 있는 만몽의 땅에서 내딛는 것에 있다"[231]고 하여 양국의 특별한 관계를 강조했다. 가사키는 "일본은 태양의 나라이며, 여타 아시아 나라들은 그 빛을 사모하여 그 빛을 받아 빛나는 달의 나라"이므로 "왕도라는 것도 앞으로는 똑같이, 황도를 사모하고 황도에 비춰지는 왕도여야 한다"[232]고 주장하였다. 이 글에서 가사키는 명백히 왕도를 황도의 시혜를 받는 수동적이고 종속적인 존재로 보고 있다.

---

230 오카베 마키오(岡部牧夫)의 연구에 의하면, 당시 대웅봉회(大雄峰会) 회원이었던 36명 중 약 22명이 자치지도부에 참가했다. 또한 가사키 본인도 자치지도부에 참가하여 강한 영향력을 끼쳤다. 예를 들어 자치지도부 성립(1931.11.10)과 거의 동시에 부장 간충한의 이름으로 이후 자치지도부의 활동 방침이 되는 「포고제일호(布告第一号)」나 「자치지도부원복무심득(自治指導員服務心得)」이 포고되었는데, 이는 가사키가 기초한 것이었다. 岡部牧夫, 「笠木良明とその思想的影響－植民地ファシズム運動の一系譜」, 『歴史評論』 295, 1974.11, pp.24~25. 또한 야마무로 신이치는 가사키가 「자치지도부원복무심득」을 기안하였는데, 관동군 사령부가 자치지도부 성립 이전(11.4)에 이미 이 문서를 기밀문서로 제정했다고 지적했다. 山室信一, 앞의 책, p.107.

231 笠木良明, 「自治指導員服務心得」, 1931.11.4; 笠木良明, 『青年大陣容を布地せよ』, 大亜細亜建設社, 1940, p.2.

232 笠木良明, 「忠誠なる日本青年の世界的陣容布地の急務」, 『大亜細亜』 6巻 11号, 1938.11; 위의 책, p.18.

또한 당시 청년연맹 이사장이었던 가나이 쇼지는 『만주일일신문』 기자 가네자키 겐(金崎賢)의 논문에서 왕도라는 말을 처음 접했다고 회상하였다.[233] 가나이에 의하면 가네자키는 산둥(山東)성 성장(省長) 장중창(張宗昌)을 방문하여 왕도정치를 풀이하였고, 『만주일일신문』을 통해 왕도론을 주장했다. 이 주장이 간충한이나 가나이를 통해 "사변 관계자" 사이에 퍼졌다는 것이다.[234] 가나이는 관동군 참모 이타가키가 왕도라는 말을 처음 들은 것은 가나이 본인과 푸이의 측근인 정샤오쉬였다는 말을 인용하였다.[235] 가나이는 초기 왕도 해석이 무력인 패도(覇道)와 대비되는 덕정(德政)을 의미하는 것이었지만, 1932년 봄에는 왕(王)의 문자 구성에서 하늘, 정부, 인민이 세로획으로 꿰뚫는다는 해석으로 바뀌었다고 주장한다.[236] 또한 만주국에 부임한 일본인 관리들은 "민족의 해방보다 민족협화를, 민족협화보다는 오히려 왕도라는 말을 즐겨 썼"지만, 그것은 막연한 인정(仁政)이나 덕정의 의미였다고 회상하였다.[237] 푸이의 만주국 황제 취임 시기에는 왕도가 황도에 대칭되는 것이라는 인식이 자리잡았고, 중일전쟁 발발 이후 동아연맹의 구호로 일본색이 짙은 '신왕도주의'도 등장했다고 설명하였다.[238]

가나이는 이와 같은 왕도의 변화 과정에서 다치바나의 왕도주의를 전혀 언급하지 않았다. 또한 그의 왕도 해석에서 다치바나가 주장한 자

233 金井章次・山口重次, 『滿洲建国戦史』, 大湊書房, 1986, p.25.

234 가나이는 와세다(早稲田)대학 쓰다 소키치(津田左右吉) 교수의 저서를 읽고 왕도를 깊이 이해하게 되었다고 하였다. 위의 책, p.26.

235 위의 책, p.25.

236 위의 책, pp.26~27.

237 위의 책, p.27.

238 위의 책, pp.27~28.

치주의는 찾아볼 수 없다. 만주국 건국 이후 다치바나와 대립한 정샤오쉬는 언급하고 있는 점 등을 미루어 보면, 다치바나를 언급하는 것을 의도적으로 피했다고 볼 수 있다. 혹은 다치바나가 주장한 왕도주의가 당시 재만 일본인에게는 그만큼 낯선 개념이었으며, 정치적으로 주류는 아니었다고 해석할 수도 있을 것이다.

예를 들어 다치바나는 자치지도부 강연에서 서양인, 일본인, 중국인의 자치능력을 비교하여 서양인이 "자치를 선호하고 유능"하며 중국인도 "자연적으로 그 능력"을 갖고 있지만 일본인은 자치능력이 "매우 유치하다"고 설명했다. 일본의 시정촌(市町村)의 자치는 "관치(官治)의 보조기관으로서 민중에게 만들게 한 것이고, 그 형태가 완전히 다른" 것이기 때문이다. 따라서 일본에는 "본질적인 자치가 없고, 지금까지도 없는" 상태이기 때문에 "자치지도부에는 현재 일본인의 수가 많으나, (자치의) 실천에서는 중국인 쪽이 앞서고 있는 것 같다. 이 사실을 항상 명심하지 않으면 일본인으로서 엄청난 수치를 당하거나 당황하게"[239] 될 것이라고 경고했다. 하지만 관동군이나 자치지도부에는 중국인의 자치능력을 회의적으로 보는 견해가 뿌리 깊어, 「만몽공화국통치대강안(滿蒙共和国統治大綱案)」(1931.10.21)에서도 중앙 정부의 권한은 강화하고 성의 권한은 축소하는 중앙집권화 방침이 포함되었다.[240]

이러한 자치지도부의 모순을 보완하기 위해 건국사(建国社, 1931.12)와 같은 사상단체가 성립되었다. 다치바나는 건국사가 "만주국가 건설에 직간접으로 중요하게 관련된 정치적 경제적 사회적 여러 현상 및 이

239 橘樸, 앞의 글(1931.11), p.63.
240 山室信一, 앞의 책, p.117.

론을 조사 고찰 및 선전하기 위한 소위 사상운동단체"로, "자치지도부와 관련된 소수의 우리 동지가 자치지도부의 기능 부족을 보완하고 싶다는 견지에서 발기한 것"[241]이라고 설명했다. 다치바나는 건국사 선언서(1932.7, 노다 란조 기초)에서 "왕도란 유교적 논리로 한편으로는 정치를 윤리화하고, 다른 한편으로 경제적으로는 재부(財富)의 생산과 분배를 사회화하여 민중의 생존을 완전히 보장하고 그 사회에 내재된 모든 대립관계의 원인을 소멸함으로써 그 사회 생활의 최고 이상인 지평지화(至平至和)의 대동사회를 필연으로 만드는 정치"라는 왕도의 정의를 제시하고, "동양정치 사상의 원류인 왕도건국"은 "전통적 생활사상과 자치적 기능으로 새롭게 왕도국가를 건설"하는 것이라고 하여 그 세계사적 의의를 높이 평가하였다.[242]

그는 건국사 선언서의 "왕도아시아연방(王道亜細亜連邦)" 제창을 소개했는데, 그것은 자본주의와 공산주의의 위협에 대항하여 "아시아왕도사회의 자존을 확보"하기 위한 것이었다. 서양의 자본주의적 착취와 공산주의적 파괴에 대한 아시아민족의 자기방어에서 출발하여 "세계 인류를 해방하고 대동적 생명을 불어넣어야 하는 왕도혁명의 원천"이 되는 것이야말로 "왕도국가"인 만주국의 사명이라고 선언한 것이다.[243]

왕도국가 건설, 왕도혁명 같은 구호가 환기하는 이미지는 국제적인 만주국 건국에 대한 국제적인 비판 여론의 고조와 자본주의·공산주의에 대한 대항 가치로서 유리했다. 아시아민족이라는 관념 속에 중국과

---

241 橘樸, 「満洲国建国諸構想批判」, 『満洲評論』 第3巻 7号, 1932.8; 橘樸, 앞의 책(第二巻), pp.105~106.

242 위의 글, p.106.

243 위의 글, p.108.

일본을 포섭하여 왕도를 기치로 유토피아를 건설한다는 환상은, 현실의 만주국 건국을 미화하고 그 문제성을 은폐하는 데 실로 유리했기 때문이다. 따라서 왕도라는 말은 "왕도혁명이라고 표현되듯이 만주를 무대로 이루어진 낙토건설에 관련된 혁명적 로맨티시즘이라 할 만한 심정(心情)을 상징하는 용어로 승화"[244]되었다.

분명 왕도주의의 역할은 중국인에게 건국공작 협력을 요구하는 것이었다. 하지만 결국 다치바나가 주장한 왕도주의의 현실적인 지지기반은 『만주평론』 관계자나 자치지도부 참가자,[245] 건국사 구성원, 만철조사부원 등 재만 일본인의 영역에 한정되어 있었다.[246] 그의 구상에서 가장 중요한 것은 농민자치의 원칙이었지만, 민중의 동의나 필요가 아니라 일본인의 지도에 따라 형성되는 자치기구 조직이 조기에 민중의 이해나 지지를 얻으리라 기대하기는 어렵다.

또한 본래 군정 실시를 계획했던 관동군이 농민자치나 실질적인 민족자치까지 합의했을지는 매우 의심스럽다. 문치파를 비롯한 지주세력은 건국공작의 협력자이기는 했지만 만주 사회의 주체는 아니었다. 푸이 복위나 청조 재건을 원하는 복벽파에서는 유교 주자학의 흐름을 잇

---

244 山室信一, 앞의 책, p.117.

245 자치지도부 멤버는 청년연맹과 대웅봉회로 구성되었으나 점차 대웅봉회가 주도권을 잡게 되었다. 岡部牧夫, 앞의 글, p.25.

246 야마모토 히데오(山本秀夫)는 다치바나를 중심으로 하는 소위 『만주평론』파를 다음과 같이 정리하였다. ① 직계인 사토 다이시로(佐藤大四郎) 등과 만철 정보과장 계열의 오쓰카 레이조(大塚令三), 와다 기이치로(和田喜一郎) 등, 그리고 만철에 입사하기 전에 『만주평론』에 관여한 마쓰오카 미즈오(松岡端雄) 등, ② 만철조사회 계열로 아마노 모토노스케(天野元之助), 오가미 스에히로(大上末広), 와타나베 유지(渡辺雄二) 등이다. 『만주평론』 외에 다치바나의 영향을 받은 소위 전원파(田園派)에 속한 관리로 하야미 지카시게(早水親重), 아이코 가쓰야(愛甲勝矢), 하나노 기치헤(花野吉平) 등이 있다. 山本秀夫, 앞의 책, pp.216~217.

는 정샤오쉬가 왕도의 해석을 두고 다치바나와 대립하였다.

결국 다치바나의 왕도주의는 사상적으로나 대중적으로나 확고한 지지기반을 구축하지 못했고, 재만 일본인 중에서도 한정된 소수만이 이해하고 지지한 한정적인 이데올로기였다. 일찍이 다치바나 자신이 왕도사상의 최대 결점으로서 통치자가 스스로 도덕규범을 지키는 이외의 제도적 보장이 존재하지 않는다는 점을 날카롭게 지적했듯이, 그의 왕도주의는 새로운 통치자인 일본인이 솔선수범하여 도덕규범을 지키고 중국인을 올바르게 지도하는 것 이외의 아무런 제도적 보장이나 규제가 준비되어 있지 않았다. 다치바나의 목적은 국민의 생존권 보장과 복지증진이었지만, 그것은 그의 건국 구상이나 자치에 관한 글에서 종종 등장하듯이, 일본인 측이 중국인 민중에게 "부여해 주는" 것이었다.

4. 건국이념의 배제와 '팔굉일우'

지금까지 검토했듯이, 관동군은 만주사변부터 신국가의 건설에 이르기까지 여러 제약을 받으며 국제 문제에 대처해야 했다. 특히 제국일본이 조약 등을 통해 획득한 권익을 유지하기 위해서라도, 신국가와 중화민국의 연속성은 부정하지 않으면서 지리적으로 이어진 중국 본토에서 만주를 분리시켜야 한다는 문제가 있었다.[247] 만주국 초기의 국가형성 과정을 검토한 야마무로는, 만주국이 중화민국의 법을 강하게 의식하고 그것을 취사선택하는 데서 출발했다고 지적했다.[248] 만주국은 중국에서 분리된 국가로서 제국일본의 기득권익은 보장하면서도 중국 본토에는 일정한 거리를 둔 '독립국'이어야 했다. 이는 제국일본에서 오랫동안 정치 문제였던 만몽특수권익 문제의 해결이자 제국일본의 지배를 받는 '괴뢰국가'의 성립을 의미했다.

또한 중국 본토에서 만주까지 급속도로 퍼진 민족주의나 공산주의에 대항하는 사상전(思想戰)을 위해서라도 민족협화와 왕도주의가 필요했다. 하지만 두 이데올로기는 공통적으로 지도민족인 일본민족의 '약소민족을 구하는' '천명이자 특권'에 토대를 두고 있었다. 예를 들어, 청년연맹이 관동군 사령관에게 제출한 「만몽자유국건설강령(滿蒙自由国建設綱領)」(1931.10.23)은 "난징정부에 대항하는 의미에서 조직 형태는 난징정부를 참조"하면서도 중국인의 민족주의는 민족협화로 해체하고자 하였다.[249] 특히 "거주하는 각 민족은 협화 취지에 따라 자유평등을 으뜸으로 하여 현재 거주자로서 자유국 국민으로 삼는다, 단 외국관리 및 군인은 제외한다"는 규정은 모든 거주자에게 국민의 자격을 부여할 뿐만 아니라 본래 국적에서 이탈할 것을 요구하지 않는다는 점에서 이중국적을 용인하는 것이었다.

---

247 山室信一, 「「滿洲国」の法と政治－序説」, 『人文学報』 第68号, 京都大学人文科学研究所, 1991.3, p.132.

248 야마무로는 마쓰키 다모쓰(松木侠)가 기초한 「만몽공화국통치대강안(滿蒙共和国統治大綱案)」(1931.10.21)에서 '대총통'이라는 명칭이나 입법, 사법, 행정, 감찰의 분립과 내정부(内政部)가 쑨원의 「국민정부건국대강(國民政府建國大綱)」(1923)의 삼민주의와 오권헌법(五權憲法)을 참조했을 것이라고 추측하였다. 또한 청년연맹의 「만몽자유국건설강령(滿蒙自由国建設綱領)」(10.23)에서는 "남징정부에 대항하는 의미에서 조직 형태는 남징정부를 참조"한다고 명언하였지만 정작 그 선출 방식과 명칭은 당시 국민정부보다 민국 초기의 중화민국 임시정부 조직대강이나 임시약법 등을 참조했다고 보았다. 위의 글, pp.134~135.

249 古屋哲夫, 앞의 글, p.54.

이 규정은 또한 오랜 쟁점이었던 '토지상조권' 문제를 완전히 해결하는 것이기도 했다. 즉, 자유로운 거주권 및 재산권의 보장만이 아니라 일본국 국적을 유지한 채 만주국의 정치에 참여할 수 있는 권리를 보장한 것이다. 또한 "군벌을 폐하고 철저한 분치(分治)주의로 지나 본부에서 분리하여 동북사성의 경제적 문화적 개발을 철저할 것을 기한다"는 규정으로 만주국을 중국에서 분리하고 관동군의 군사력에 의존할 것을 표명하였다.

이 안의 "자유국 건설", "지나 본부에서의 분리", "문치주의"는 관동군의 「만몽자유국설립대강(満蒙自由国設立案大綱)」(11.7)에 반영되었다. 하지만 관동군의 「만몽자유국설립대강」은 민족협화 문제를 다루지 않았고, 성의 권한을 축소하는 등 중앙집권화 경향을 보였다. 또한 민주정치나 입헌정치 항목도 있기는 했지만 이는 "실제로 민의에 기초한 정치를 실시할 수 있는 제도"를 의미하는 것이며, 군주가 민의를 대표하면 그것이 곧 민주정치라고 간주하였다.[250]

이와 비교하면 앞에서 살펴본 다치바나의 「만주신국가건국대강사안」(12.10)은 각 민족이 국민의회를 구성하는 분권적 자치국가를 제안했다. 다치바나는 사회·민족 전반에 걸친 자치를 인정함으로써 자본주의나 중앙집권화의 대안으로 분권적 농업국가를 형성하고자 하였다. 다치바나가 제시한 계획안에서 행정자치체의 최고기관은 의회이고, 의회는 집행 및 감찰 위원회를 조직했다.

관동군은 국제연맹의 리튼 조사단 파견 결정(12.10)으로 만주국 건국을 기정사실화할 필요성을 강하게 느꼈다. 또한 이누카이(犬養) 내각이

---

250 위의 글, p.56.

성립함에 따라 중앙 정부의 관동군에 대한 압력이 감소했고, 현지 유력자인 마잔산(馬占山)이 관동군과 타협하는 등 여러 조건이 맞자 1932년 3월 1일, 만주국 건국을 선언하였다.[251]

> 생각건대 정치는 도에 기초하고, 도는 하늘에 기초한다. 신국가 건설의 뜻은 첫째로 순천안민(順天安民)이다. 시정(施政)은 반드시 순수한 민의에 의하며, 사견(私見)에 따르지 않는다. 무릇 신국가 영토 내에 거주하는 자는 모두 종족(種族)의 차별과 귀천이 없다. 원래 살던 한족, 만족, 몽고족 및 일본, 조선의 각 민족 외의, 다른 나라 사람이라도 장구히 거류를 원하는 자 또한 평등한 대우를 받을 수 있다. 그에 따라 얻어야 할 권리를 보장하고, 그것을 추호도 침해하지 않는다. 실제 힘을 다하여 지난날의 암흑정치를 배제하고 법률을 개량하며, 지방자치를 격려하여 널리 인재를 모아 어질고 현명한 이를 등용하고 실업을 장려하며 금융을 통일하고 부원(富源)을 개발하고 생계를 유지하며 경비병을 단련하여 비화(匪禍)를 숙정하고, 나아가 교육의 보급에는 마땅히 예교(禮教)를 숭앙해야 한다. 왕도주의를 실행하고 반드시 경내(境內) 모든 민족이 즐거이 화합하여 봄의 누대에 오르게 하여 동아의 영원한 영광을 유지하고 세계정치의 모범이 되게 한다. 그 대외정책은 곧 신의를 존중하고 친교를 다지며, 무릇 국제간의 기존 통례는 준수해야 한다. 중화민국 이전 각국이 정한 조약, 책무는 만몽신국가 영내에 속하는 것은 모두 국제적 관례에 비추어 계승 승인하고, 우리 신국가에 투자하여 상업을 창흥(創興)하여 이윤을 개척할 것을 바라는 나라가 있으면 어느 나라이든지 일률적으로

---

251 위의 글, pp.60~61.

환영함으로써 문호개방 기회균등을 달성한다.[252]

이 선언은 이데올로기적 수사(修辭)와 사회・경제・국제관계가 매우 복잡하게 얽혀 있다. 예를 들어 "신국가 건설의 뜻은 첫째로 순천안민(順天安民)"이며, "시정(施政)은 반드시 순수한 민의에" 의한다는 것은 하늘의 뜻이 민심을 이루고, 그 민의에 맞는 정치를 하겠다는 약속이다. 하지만 그 민의가 구체적으로 어떻게 표현될 수 있는지 구체적인 방법은 언급하지 않았다. 또한 만주국 국민의 조건이 거주인 이상, 재만 일본인은 일본국민이자 만주국 국민일 수 있다고 분명히 밝히고 있다.

나아가 모든 거주자에게 "종족(種族)의 차별과 귀천이 없다"는 것은 압도적 다수인 한족에 대하여 일본민족을 포함한 소수민족의 '평등한 대우'를 인정하는 것이며, "그에 따라 얻어야 할 권리를 보장하고, 그것을 추호도 침해하지 않는다"는 것은 장정권이 전개한 반일경제정책이나 민간의 '일화배척운동' 등을 원칙적으로 금지하겠다는 뜻이다.

국내정치의 기본은 왕도주의의 실행인데, 그 주요 내용은 법률 개량, 지방자치 실행, 인재 등용, 실업 장려, 금융 통일, 산업개발, 생계유지, 경찰체제의 정비와 '비적' 토벌, 예교 교육의 보급 등이다. 민중의 생존을 보장하고 복지를 증진하는 한편으로 경찰력의 확립과 반만항일 세력의 토벌을 진행하겠다는 것이다. 이와 같은 왕도주의의 실행은 "동아의 영원한 영광을 유지하고 세계정치의 모범이 되게 한다"는 세계사적 가치로서 높이 평가된다. 하지만 왕도주의가 국제관계에 적용될 때, 그

252 「満洲国建国宣言」, 稲葉正夫・小林竜夫・島田俊彦編, 『現代史資料 (11) 続・満洲事変』, みすず書房, 1965, p.524.

것은 "신의를 존중하고 애써 친교를 다지며, 무릇 국제간의 기존 통례는 준수"하는 것, 즉 "중화민국 이전 각국이 정한 조약, 책무는 만몽신국가 영내에 속하는 것은 모두 국제적 관례에 비추어 계승 승인"되며, 나아가 만주국에 대한 자본주의 세력의 경제적 투자를 환영하는 "문호개방 기회균등"을 표방한다.

요약하자면 '만주국 국민'의 유일한 조건은 거주이며 국내정치의 기본은 왕도정치의 실행, 국제정치에서는 중화민국의 조약 및 채무의 계승이다. 이 선언이 재만 일본인의 이중국적 상태를 용인하고, 장정권의 '악정'을 내세워 만주국의 정당성을 주장하며, 제국일본의 만몽권익을 확보하기 위한 것이라는 사실은 명백하다. 실제로 만주국이 붕괴하기까지 관동군사령관의 인사개입권은 유지되었고, 국적법은 제정되지 않았으며, 국방권은 관동군 측에 이양된 채 '비적' 토벌이 지속되었다.

후루야는 이러한 역사적 사실에 기초하여, 민족협화가 "특별한 시책이 시행되지도 않았고, 왕도가 실현되면 자연히 달성되는 것으로 여겨졌"으며 "논의할 만한 아무런 전개도 보이지 않았다"고 결론을 내렸다. 또한 왕도주의도 단지 "유교적 덕목"을 나열한 것뿐이며, "현실 정치에 대한 비판이나 요구가 생겨나지도 않았다"고 비판적으로 파악하였다.[253] 그가 보기에 건국 이후 만주국 정치의 최대 쟁점은 치외법권 철폐 문제였고, 민족협화나 왕도주의는 만주국 건국을 장식하기 위한 수사(修辭)에 불과했던 것이다.

한편 고마고메 다케시(駒込武)는 만주사변에서 만주국 건국까지 단순

253 古屋哲夫, 앞의 글, p.76.

히 관동군 주도로 정치적 타협이 이루어진 것은 아니라는 점을 강조하였다. 왕도주의의 "의미 부여와 해석"을 통해 "'만주국의 구조' 전체에 관한 갈등이 표면화"했을 가능성을 제시한 것이다.[254] 고마고메에 의하면, 왕도주의는 만주 농촌 지역 중국 사회의 내셔널리즘이나 그 담론 공간을 무시하지 못했을 뿐 아니라, 오히려 그들과의 교섭 속에서 태어났다. 그는 왕도주의라는 용어를 채용한 것 자체가 제국일본의 식민지인 조선・대만에 적용한 동화주의에서 이탈하는 것으로, 식민지제국 일본의 기존 통치이념에 "절단"을 가져오는 "작지 않은 양보"라고 지적하였다.[255]

그러나 민족협화가 만주사변을 계기로 변질되었듯이, 왕도주의도 변모할 수밖에 없었다. 예를 들어, 민주정치 체제를 강하게 지지하던 다치바나에게 푸이의 만주국 국가원수 취임은 결코 인정할 수 없는 것이었다. 또한 건국선언서에서는 왕도주의를 실행하여 지방자치를 장려한다면서도 구체적인 내용은 결여된 채 교육의 기본은 예교, 즉 유교임을 분명히 하였다.

이처럼 건국선언서에 나타난 왕도는 유교적 성격과 지방자치가 애매하게 혼재되어 표현되었다. 하지만 만주국 건국 이후, 관동군이나 일본인 관료, 또한 정샤오쉬를 중심으로 하는 푸이의 측근에게 중요한 정치 과제는 중앙집권적 질서의 확립이었다.

정치적으로는 만주국 건국과 함께 자치지도부가 해산되었고(3.15), 대웅봉회 계열 국무원 자정국(資政局)으로 불완전하게 계승되었으나 만

254 駒込武, 앞의 책, p.237.
255 위의 책, p.287.

주청년연맹계열인 공화당(共和党)이 창설되는(4.1) 등, 신국가의 주도권을 두고 재만 일본인 사이에서 갈등과 대립이 일어났다.[256] 이러한 대립은 관동군의 명령으로 자정국이 폐지되고(6.17), 공화당이 협화회(協和会)로 개명하고 청년연맹이 해산하여 협화회가 정식으로 결성됨으로써 끝났다(7.25).[257]

또한 고마고메가 지적했듯이, 협화회의 기초 강령에서 협화회의 사명은 자치사회의 건설에 둔다는 강령안은 푸이 측의 반대로 '자치'라는 말 자체가 삭제되었다.[258] 발회식에서 공포한 강령에 의하면 협화회의 목적은 왕도의 실천으로, 경제정책은 농정 진흥, 산업 개혁에 의한 국민 생존권의 보장, 공산주의 파괴와 자본주의 독점의 배제, 국민사상으로서 예교를 중시하고 천명(天命)을 즐기며, 민족의 협화와 국제적 친목을 꾀하는 것이었다.[259] 민족협화와 왕도를 내세우면서 '자치' 원칙은 삭제한 것이다. 특히 국민사상에서 "예교를 중시하고 천명을 즐"긴다는 구절은 사상적으로 만주국이 유교국가로 전환한다는 방향성을 뚜렷이 드러내는 것이었다. 왕도는 분명 유교에서 비롯된 사상이지만, 앞서 지적했듯이 유교라는 껍질 속에서 자치를 실현하고자 했던 다치바나의 왕도는 이미 건국 직후부터 배제되기 시작했던 것이다. 이는 분권적인 자치주의를 배제하고, 유교를 통한 국가통합의 움직임이 가시화되었음을 뜻한다.

이러한 움직임은 관동군 내에서 만주국 건국 관계자가 대거 이동된

256 平野健一郎, 앞의 글(1973), pp.242~244.
257 위의 글, pp.244~246.
258 駒込武, 앞의 책, p.272.
259 稲葉正夫・小林竜夫・島田俊彦編, 앞의 책, p.844.

대규모 인사이동과 연동하여 이루어졌다. 또한 건국을 계기로 통치의 제휴 대상인 현지 협력자도 바뀌었다. 건국공작 당시의 제휴 대상이었던 문치파가 대표하는 지주 세력 대신 만주국 집정 푸이와 국무총리 정샤오쉬가 새로운 제휴 대상으로 부상한 것이다. 히라노는 이러한 정치적 선택이 중앙집권제 강화 및 국가정당성 확보에 유리한 제휴 대상을 얻으려는 관동군과 만주국 정부 일본인 관료들의 정치적 판단에서 비롯되었다고 분석하였다.[260] 현지 협력자들이 제정(帝政) 실시를 둘러싸고 공화파와 제정파, 토착파와 외래파로 분열하는 것을 방지하면서 상대적으로 사회적 기반이 미약하여 조정하기 쉬운 제정파 중국인(외래파와 만주족 기인(旗人))과 연대하는 것이 중앙집권제 강화 및 국가정당성 확보에 유리하다고 판단했다는 것이다. 유교는 중앙집권제 확립에 유리하다는 이점이 있었다. 한편, 제정파에게는 청의 국가이념이었던 유교를 만주국에 부활시킴으로써 청조의 실질적인 복벽(復辟)을 꾀한다는 의도가 있었다.

만주국 정부는 건국 원년부터 공자묘를 중심으로 전국적인 유교진흥운동을 계획하였고, 같은 해 가을 공자의 제사에서 총리 정샤오쉬 주재로 제사를 올렸다. 그 이듬해에는 집정 푸이가 제례를 올렸다.[261] 시마카와 마사시(島川雅史)는 이 시점에서 중국의 문묘(文廟) 국가제례의 전통이 부활했다고 보고, "종교적으로는 청조의 복벽이 실현되었다"[262]고 지적하였다.

---

260 平野健一郎, 앞의 글(1973), pp.263~264.

261 島川雅史, 「現人神と八紘一宇の思想－満洲国建国神廟」, 『史苑』 43(2), 1984.3, pp.63~64.

262 위의 글, p.64.

물론 관동군이 청조의 복벽을 원할 리는 없었다. 만주국의 종교는 점차 국가신도로, 사상은 황도로 통합되어갔다. 그 전 단계에서 만주국은 유교국가로서 중앙집권화를 꾀했던 것이다. 한편, 다치바나 자신도 왕도를 해석하는 특권적 위치에 대한 유교 측의 도전에 직면하게 되었다. 다치바나는 만주국 초대 국무총리 정샤오쉬를 "청대를 일관하여, 나아가 만주국의 고전적 왕도사상의 권위자"[263]라고 보았다. 다치바나의 관점에서, 정은 왕도가 청까지 유지되었다고 보는 복벽파에 속하는 인물이었기 때문이다. 다치바나는 정이 『왕도관규(王道管窺)』에서 왕도를 "내성외왕(內聖外王)의 학문"이라고 한 구절을 인용하여 정이 파악하는 왕도는 "그 속에 일반 도덕(내성)과 일반 정치(외왕)를 포함한 매우 넓은 개념"이라고 지적하였다.[264] 그것은 도덕을 정치의 수단임과 동시에 목적으로 파악하고, 이상적 정치인 왕도는 "그 효과가 사회통제의 형태로 나타나는 계통적 도덕행위"[265]라는 해석이었다.

다치바나는 『대학(大學)』을 근거로 왕도를 주자학의 흐름 속으로 포섭하려는 정의 의도에 관하여 "왕도의 원리론에서는 정 씨의 주장을 인정하는 바이나, 그 원리를 만주국에 적용하는 태도에는 다소 이의가 있다"고 지적하였다.[266] 그는 정의 주장을 "만주국을 건설하여 '도덕으로 인애(仁愛)를 시행'하고, 애국 사상과 군국 교육을 배척하여 이를 박애와 예의로 대신하는 왕도정치를 실현하고 싶다, 그것을 기초로 세계평

---

263 橘樸, 「王道史概說」, 『滿洲評論』 第9卷 15~23号, 1935.10~12; 橘樸, 앞의 책(第二卷), p.41.
264 위의 글, p.43.
265 위의 글, p.45.
266 위의 글.

화를 촉진하고 싶다"라고 요약하였다. 다치바나는 이를 "첫째, 너무나 형식주의적이며, 둘째, 너무나 낙관적"이라고 평가하였다.[267] 나아가 "근세기 상층에 부활한 왕도사상은 공맹이나 묵자보다도 더 공상적"이며 "나쁘게 말하면 절대왕권의 분식(扮飾), 좋게 해석해서 '관리에 대한 훈계' 이상의 의의가 없다"[268]고 신랄하게 비판하였다.

다치바나가 가장 우려한 것은, 왕도정치에 대한 "정씨의 주장 속에서 자치사상의 편린(片鱗)도 찾을 수 없는 점"이었다. 그는 정이 "유교 내에서도 고전파에 속하여 일찍이 그 정치 사상의 뿌리에는 원시 유교적 가부장주의가" 깊이 뿌리내리고 있지만 가부장주의와 자치주의는 "병립하기 어려운 경우가 많다"[269]고 지적하였다.

그로부터 한 달 후 다치바나는 정 총리에게 제언하는 형식을 취한 글에서 자치조직은 밑에서 비롯된 힘으로 건설되어야 하는가, 위에서 비롯되어야 하는 것인가, 아니면 위아래가 서로 협력하여 완성되어야 하는가 물었다. 그리고 우리들은 첫 번째 설을 지지하지만 어쩔 수 없을 경우에는 세 번째 설까지 양보할 수 있는데, "정 선생님의 입장은 어디에 있는가"라고 질문하였다.[270]

이처럼 자치주의를 왕도주의의 핵심이라고 생각한 다치바나로서는 도저히 세습군주제의 실시와 자치제의 부정을 받아들일 수 없었다. 다치바나는 왕도가 중국의 정치 사상이기는 하지만, 사회에 변화가 일어

267 위의 글, p.46.

268 위의 글.

269 橘樸, 「鄭総理の王道政策批判」, 『満洲評論』 第6巻 8号, 1934.2; 橘樸, 앞의 책(第二巻), p.122.

270 橘樸, 「再び鄭総理への提言－自治から王道へ」, 『満洲評論』 第6巻 12号, 1934.3; 橘樸, 앞의 책(第二巻), p.126.

난다면 왕도사상의 내용에도 그에 상응하는 변화가 일어나야 한다고 보았기 때문이다. 그는 왕도를 유교의 "절대왕권의 분식"이나 "관리에 대한 훈계"로 역행시키려는 시도를 결코 인정할 수 없었다.

다치바나는 "제정론자 또는 그 공명자는 다음과 같이 주장할지도 모른다. 서양의 산물인 민주공화정치는 동양사회에 적합하지 않다. 이를 근세에 비추어 보매, 동양에서 안정을 유지하고 있는 나라들은 군주제이고, 만약 민주제라면 반드시 독재정치로 전락하거나, 혹은 그러한 경향을 보이고 있다. 터키나 중국이 그 적절한 예가 아니냐고들 한다. 이 주장이 반드시 틀린 것은 아니다. 하지만 그렇다고 만주국에 푸이 씨를 목표로 세습군주제를 실시해야만 한다는 결론이 도출되는 것은 아니다. 우선 종신집정관을 중심으로 하는 독재 내지 입헌정치를 시험적으로 시행해보아야 한다. 그렇게 몇 년이 지난 뒤에야 우리는 비로소 세습군주제를 생각하게 될지도 모른다. 만주의 세습군주제조차 앞서 말한 바와 같은 과정을 거쳐야 한다. 더욱이 청조의 복벽은 실현 가능성이 없을 뿐만 아니라 백해무익한 망상이다"라고 격렬히 비판하였다.

그러나 다치바나의 비판과 반대에도 불구하고 다음 달인 1934년 3월, 집정 푸이가 황제로 즉위하고 연호는 대동(大同)에서 강덕(康德)으로, 만주국은 만주제국으로 고쳤다. 제정 실시는 민주주의와 자치주의 실현을 지향한 다치바나와 같은 이들의 패배를 예고하는 것이었다. 특히 같은 해 실행된 협화회와 만철의 개편은 만주에 제국일본의 금융자본과 관료정치의 진입을 저지하지 못했다는 점에서 결정적이었다. 다치바나는 협화회 개편을 두고 "협화회도 오늘날에는 만주국 정부의 선전기관으로 전락해 세간은 선전꾼(チンドン屋)이라 천칭(贬称)하며, 일계

(日系) 관료의 수중에 떨어졌다"[271]며 깊은 실망감을 드러냈다.

결과적으로 그가 왕도주의를 통해 지향했던 민주주의와 자치주의 확립, 자본주의와 관료정치의 배제는 실패로 끝났다. 1935년 1월호 『만주평론』 편집후기에서 다치바나는 "일본 자본의 힘이 왕도낙토를 칭하고, '왕도정치의 실현'은 독점자본의 수중에 돌아가고, 이렇게 왕도주의는 패배를 맞았다"고 썼다.[272] 다치바나 본인이 왕도주의의 패배를 인정한 것이다. 노무라는 다치바나의 만주사변(1931)부터 중일전쟁(1937), 나아가 종전(1945)까지의 활동을 "그가 관계한 '만주 건국' 구상과 현실의 추이 사이의, 처참하기까지 한 균열을 가교하려 한 필사적인 노력"[273]이었다고 평하였다. 그 균열이 정치적으로 수복할 수 없는 지점까지 이른 것이 1935년이었던 것이다.

그러나 다치바나의 "'만주 건국' 구상과 현실의 추이 사이의, 처참하기까지 한 균열"이 단순히 만주 현실에 대한 인식 부족에서 기인하는 것이라고 보는 것은 너무 안이한 결론일 수 있다. 다치바나의 구상은 오히려 당시 만주의 여러 조건, 즉 순수한 농업국가, 중국인이 압도적인 다수를 차지하는 인구 구성, 농촌의 자치 전통이 적어도 당분간은 변하지 않을 것이라는 분석에 토대를 둔 것이었다. 따라서 "우리 신국가는 중국민족을 주요 성분으로 하는 농업국가이기 때문에 그것은 당연히 분권적 자치국가여야만 한다"[274]는 결론에 도달할 수밖에 없었다.

---

271 橘樸, 「低調となつた建国工作－満洲事変三周年に寄せて」, 『満洲評論』 第7巻 11号, 1934.9; 橘樸, 앞의 책(第二巻), p.351.

272 橘樸, 「編輯後記」, 『満洲評論』 第8巻 1号, 1935.1, p.64.

273 野村浩一, 앞의 책, p.276.

274 橘樸, 「王道の実践としての自治」, 1931.11, 奉天の自治指導部での講演要旨, 『満洲評論』 第1巻 15号, 1931.12; 橘樸, 앞의 책(第二巻), p.65.

그와 같은 조건에서 도출할 수 있는 합리적인 결론이 바로 '분권적 자치국가'였던 것이다.

그러나 "만주국의 실질적인 건설자 겸 육성자"[275]였던 관동군은 만주사변 이전에 작성된 통치안에서 볼 수 있듯이, 만주의 사회적·경제적 조건 자체를 변화시키는 데 주저하지 않았다. 예를 들어, 중국인의 수적 우세는 일본인의 만주이민을 장려함으로써 완화될 수 있다고 보았다. 관동군은 만주 지배의 목적을 대소전략, 조선 통치 안정, 자원 공급 등 제국일본의 여러 문제와 모순을 해결하는 것이라고 보았다. 이러한 인식 차이는 만주의 잉여 토지에 대한 조치에서 보다 선명하게 드러난다.

1932년 7월에 발표한 「국가내용으로서의 농민자치(国家内容としての農民自治)」에서, 다치바나는 자치주의의 최종 목적을 민중 생존권의 완전 보장에 두고, 그 경제적 수단으로서 잉여 토지에 주목하였다.

> 단, 만주에는 현재 포용하고 있는 모든 농촌 인구에게 충분한 생활 기회를 부여할 수 있는 양의 잉여 토지가 있다. 또한 이 상태는 앞으로도 2, 30년간 계속될 가능성이 있다. 하지만 이 잉여 토지를 발견하고, 획득하고, 이용하는 것은 앞에서 썼듯이 소규모 종합자치단체의 힘이 미치는 바가 아니다. (잉여 토지의 존재는 앞으로 2, 30년밖에 계속되지 않을 것이라는 점에서, 만주 왕도정치의 수명이 지극히 짧을 것이라고 단정하는 사람이 있을 수도 있다. 애초에 한 국가뿐인 왕도국가는 필히 짧은 기간 내에 정책상 막다른 곳에 몰리

275 橘樸, 「満洲国の独立性と関東軍指導権の範囲」, 『満洲評論』 第6巻 18号, 1934.5; 橘樸, 앞의 책(第二巻), p.142.

> 게 될 것이다. 때문에 우리는 그저 만주 한 국가만을 위한 왕도정치를 생각함과 동시에 한층 넓은 범위의 왕도국가 연합조직의 건설도 아울러 생각해야 한다고 주장하는 바이다)
>
> 때문에 인구 조밀한 농촌에서 토지 부족 내지 지주의 착취에 고민하고 있는 농민에게 적확하고 안전하게 잉여 토지를 지급하여 그들의 생존을 보장하기 위해서는, 대규모의 행정 자치단체가 농민 또는 그가 속하는 종합 자치단체를 원조하는 것이 필요하다.[276]

잉여 토지의 분배는 현지 농민의 생활을 보장할 뿐만 아니라 농촌 사회에서 지지기반을 확보하는 데 유리하다. 다치바나는 그것을 위해 대규모 경제・행정 자치단체가 필요하다고 주장하였다. 다치바나는 잉여 토지를 분배하여 농촌 사회를 재편하는 계획을 구상했던 것이다.

그러나 같은 시기, 관동군은 일본인 농업이민의 전제조건으로 바로 그 잉여 토지를 일본인 이민자에게 분배하는 방침을 굳히고 있었다. 1932년 1월, 관동군이 개최한 만몽 법제 및 경제정책 자문회의(満蒙に於ける法制及経済政策諮問会議)에서 이민 문제가 논의되었다. 이 토의에서 도쿄제국대학 농학부 교수 나스 시로시(那須皓)와 교토제국대학 농학부 교수 하시모토 덴자에몬(橋本伝左衛門)은 미간지(未墾地) 중심의 광대한 이민용지 확보와 집단이민 정책을 포함한 만주이민론을 펼쳤다.[277]

다음 달, 관동군은 이 회의 내용에 기초하여 최초의 만주이민 계획인

276 橘樸, 「国家内容としての農民自治」, 『満洲評論』 第3巻 3号, 1932.7; 橘樸, 앞의 책(第二巻), pp.87~88.

277 浅田喬二, 앞의 글, p.7.

「이민방책안(移民方策案)」, 「일본인 이민안 요강(日本人移民案要綱)」과 「둔전병제 이민안 요강(屯田兵制移民案要綱)」을 작성했다. 「이민방책안」, 「일본인 이민안 요강」에서는 수전 경작을 중심으로 하는 쌀농사 농가(5만호)를 주축으로 한 보통이민(군 복무 경험이 없는 농업 종사자)을 15년간 10만호, 둔전병제 이민은 10년간 1만 명 송출할 것을 계획하였다.[278] 이때 농업이민 농지의 토지 면적은 만주국 측의 무상 제공지가 1,031,500정보(町歩), 매수지(買収地)가 636,500정보로 합계 1,668,000정보가 필요하다고 예상하였다.[279]

더욱이 농업이민의 경영 면적은 수전(水田) 경영 농가가 7정보(수전 6정보, 밭 1정보), 남만주의 밭농사는 12정보, 북만주의 밭농사 경영 농가는 12정보, 북만주의 밭농사 경영 농가는 50정보, 담배 경작은 9정보, 과수원 경영은 5정보였다.[280]

한편, 「둔전병제 이민안 요강」에서는 둔전병제 이민으로 입식 예정지를 둥즈(東支)철도 이북의 북만주 지방에 한정하고, 만주 주둔군 제대병(만 3년 이내인 자)을 우선적으로 모집하였다. 둔전병제 이민은 입식 후 3년간 공동 생활・공동경작을 하고, 4년째에는 토지 50정보를 분양받는 형식을 취했다.

같은 해 9월 13일, 관동군 특무부가 작성・결정한 「만주이민에 관한 요강안(満洲における移民に関する要綱案)」에서는 그때까지 농업이민의 주요

278 위의 글, p.8.
279 위의 글, p.9.
280 이 시기는 아직 이민자가 토지 대금을 반액 부담하는 유상불하였지만, 이민자의 농업경영이 집약적이 되어 부업 수입이 증가하면 토지 면적도 반감될 것이라고 예상했다. 하지만 이후 작성된 이민안에서는 오히려 무상 토지 분양으로 전환되었다. 위의 글, pp.9~10.

형태였던 보통이민에서 이민의 군사적 · 정치적 역할을 강조하는 무장이민 계획으로 변경되었다. 이와 같은 변화는 "항일무장투쟁이 농민유격대를 기축으로 강력하게" 일어났기 때문에, 일본인 이민단이 만주 농촌 지역 '치안'의 유지 · 확보를 담당할 것이라는 관동군의 기대를 반영한 것으로 추측된다.[281]

관동군은 초기 무장이민단을 병력의 일환으로 인식하였다. 만주이민의 국책문학에서도 이민단의 군사적 성격은 양가적으로 표현되었다. 제4장의 유아사 가츠에의 「선구이민」(1938)과 우치키 무라지의 『빛을 만드는 사람들』(1939)에서는 재향군인으로서 '비적'을 토벌하는 이민단의 용감한 모습과 함께 치안유지나 관동군의 '비적' 토벌에 동원됨으로써 본래 농민인 일본인 이민자가 갈등을 겪는 모습을 묘사하였다. 또한 제6장 제1절 도쿠나가 스나오의 「선견대」(1939)는 역시 '비적'의 습격이나 경비 때문에 이민자가 앓는 둔간병이 중심 소재이다. 또한 「선구이민」과 『빛을 만드는 사람들』에서 일본인 이민단의 무장은 이민자가 전투에 참가하여 부상 및 사망에 이르는 위험성을 내포한다. 한편 「선구이민」에서는 일본인 이민자가 현지 주민의 무기를 빼앗아 무력을 독점한 것이 오히려 현지 주민의 대대적인 항일무장투쟁의 도화선이 된다는 점을 보여준다.

역사적 사실로 돌아가자면, 다치바나가 왕도주의의 경제적 수단으로서 "토지 부족 내지 지주의 착취에 고민하고 있는 농민에게 적확하고 안전하게 잉여 토지를 지급"할 것을 제안한 3개월 뒤인 10월, 제1차 일

281 위의 글, pp.14~15.

본인 이민단이 입식하였다. 이 이민단의 입식용지는 잉여 토지인 미간지만이 아니라 관동군이 강제적으로 매수한 기경지를 포함하고 있었다. 만주 농촌 지역에서 자치를 실시함으로써 각 민족의 영역을 분리하여 민족 문제를 회피하고자 한 다치바나의 구상은 만주국 건국과 거의 동시에 배제된 것이다.

1934년 6월, 다치바나는 『만주평론』에서 만주이민을 "군사이민"으로 규정하고 "조급한 만주이민의 위험을 논하고, 이민 사항의 주무 관청인 척무성 당국이 헛되이 군부와 타협을 서둘러 일만 양국에 근심을 배태시키고 있음을 당국에 경고"[282]하였다. 이 근심이 무엇인지는, 그가 이어서 "만주국 정부는 지린(吉林)성 동북 지방에 '대규모 농업용지 상조(商租)'를 행했다. 그 취지는 현재 경작자는 그대로 정주시키면서 '우수한 일본농민'을 이주시켜 그 힘으로 산업 및 문화가 발달되지 못한 지방 개발을 촉진시키는 데 있었다. 이 일만 당국의 좋은 의도가 담긴 계획에도 불구하고, 지방 민중은 '토지 몰수라는 유언비어와 토지에서 쫓겨날 것이라는 뜬소문을 떠드는 사람이 있으며' '심지어 절망적인 미망(迷妄)에 빠진 자'가 있다고 한다. 우리들이 지금 이 사건을 해부하거나 비평하는 것은 허용되지 않는다"고 하여 강제적인 토지 매수 등으로 일어난 대규모 항일 무장투쟁인 투룽산사건(1934.3)[283]을 암시함으로써 짐작할 수 있다. 이 사건에서 이민용지 매수를 담당한 것은 관동

282 橘樸, 「日本小農の満洲移民は経済価値なし」, 『満洲評論』 第6巻 23号, 1934.6; 橘樸, 앞의 책(第二巻), p.341.

283 제1차, 2차 일본인이민단 입식을 반대하여 싼장(三江)성 이란(依蘭)현 투룽산(土龍山) 지역주민이 일으킨 대규모 항일무장투쟁이다. 그 원인은 관동군의 강제적 토지 매수, 민간 총기 회수 등이었다. 이 사건은 당시 만주이민 정책에 큰 충격을 주었다.

군이었으나, 다치바나가 굳이 "만주국 정부"의 "대규모 농업용지 상조", 그리고 가장 반만항일의 기운이 강했던 싼쟝(三江)성을 "지린성 동북 지방"이라고 표현한 점에서 "지금 이 사건을 해부하거나 비평하는 것은 허용되지 않는" 시대적 제약을 엿볼 수 있다.

이어서 다치바나는 만주이민의 경제적 측면을 고찰하였다. 그는 우선 만주사변 이전에는 만주농업이민의 경제적 가치를 부정하는 것이 "많은 지식인의 상식"이었으나 만주사변 이후에는 긍정론이 부각된 것 자체가 문제라고 보았다. 그것은 "배후에 불합리 또는 부자연스러운 동기가 잠재하기" 때문이지만, "본래 비경제적인 계획을 굳이 경제적 관점에서 설명하려" 하는 시도는 모순일 수밖에 없었다.[284]

그는 야지마 준지로(矢島淳次郎)의 글 「만주농업이민 문제(滿洲農業移民問題)」(『讀書』 6月号)를 그러한 비판의 예로 들었다. 즉, 만주이민이 성공할 수 있는 유일한 가능성이란 "적어도 몇 정보의 토지를 헐값에 손에 넣고 저렴한 지나인 노동자를 써서 대규모 경영을 하든가, 혹은 그 대토지를 지나인 또는 조선인 소작인들에게 경작하게 하고 비싼 지대를 받는 경우의 가능성을 의미하는 것이다. (…중략…) 하지만 이 경우는 소농민의 이주가 아닐 뿐만 아니라 일반적인 '이민'이라고 불러야 할 것도 아니며, 일부 자본가와 부농(富農)만의 이민에 불과하다"는 야지마의 지적이었다.[285]

실제로 1930년대 만주 농촌의 경제 상황은 싼값에 광대한 토지를 손에 넣은 일본인 이민자에게 결코 유리하기만 하지는 않았다. 광대한 토

284 橘樸, 앞의 글(1934.6), p.341.
285 위의 글, p.342.

지를 노동집약적인 만주재래농법으로 경작하는 방식은, 많은 인력을 확보하고 그들에게 임금을 지불해야 한다는 부담이 있었다. 이 농촌 노동자나 소작인은 중국인이나 조선인이었고, 일본인 이민자는 자연히 지주화의 과정을 거치게 되었다.

하지만 만주이민의 성공으로 일본인 이민자가 지주가 된다는 결과는, 만주 농촌 지역에 계급 문제와 민족 문제가 동시에 발생한다는 점에서 중대한 사회 문제로 비화될 불씨를 품고 있었다. 다치바나는 "부농적 자작농민은 농작업의 기계화를 고려할 수 있고, 또한 그것이 바람직할 것이나, 홋카이도(北海道)나 조선의 선례가 보여주듯이 일본인의 농사경영 형태로는 적어도 동양 여러 나라에서 자작농은 어떠한 규모 또는 방법을 막론하고 발달할 수 없으며, 사정이 허락하는 한 그들은 그저 지주로의 길을 움켜쥘"[286] 따름이라고 주장함으로써 이민자의 지주화와 자작농주의를 정면으로 비판하였다.

이어서 그는 "그렇다고 내가 정치군사이민에 반대하는 것은 물론 아니"라고 하면서 "그럼에도 불구하고 정치군사이민은 그 자체로 커다란 위험을 내포할 뿐만 아니라, 만주처럼 대량 농업이민의 경제적 기초가 약한 지역에서는 한편으로는 재정적으로 막다른 길에 직면함과 동시에 다른 한편으로는 농민 자신의 불행을 초래한다"고 하여 "특히 척무성 및 관동군 책임자들에게 경고"[287]하였다.

그러나 다치바나의 비판은 관동군에게 거의 아무런 영향을 끼치지 못했던 것으로 보인다. 투룽산사건을 계기로, 만주이민 정책의 재건을 위

---

286 위의 글, pp.342~343.

287 위의 글, p.343.

해 대만농업이민회의(対満農業移民会議, 1934.11.26~12.6)가 열렸다. 관동군은 이 회의의 토의와 의견을 종합하여 「북만지방의 밭농사를 주체로 하는 농업경영안(北満地方ニ於ケル畑作ヲ主体トスル農業経営案)」과 「만주농업이민실시 기초요강(満洲農業移民実施基礎要綱)」을 포함하는 일본인 농업이민 대량 송출을 위한 구체안을 일본 정부에 제출하였다(1934.12).[288]

「북만지방의 밭농사를 주체로 하는 농업경영안」에서는 만주이민 농가의 경영 면적을 20정보(경지 10정보와 채초 방목지 10정보)로 보고, 「만주농업이민실시 기초요강」에서는 10년간 10만 호 송출계획을 세우고 농업용지는 수전 중심 7정보에서 북만의 밭농사 농지 20정보를 상한으로 잡았다.[289] 이민용지 20정보안은 앞서 살펴본 관동군 초기 만주이민안과 비교하면 농업경영 면적이 크게 축소된 것이었다.[290] 이 사실은 투룽산사건이 환기한 이민 정책의 모순과 위험을 관동군이나 대만농업이민회의에 참가한 양국의 이민관계자들이 이미 인식하고 있었다는 사실을 보여준다.

그러나 「만주농업이민실시 기초요강」에서는 자작농주의가 중요한 원칙 중 하나이기는 했지만 제1차, 2차 이민의 경험을 고려하여 고용노동자의 부분적인 사용과 이민의 일시적인 지주화가 승인되었다. 본격적인 대량 송출에 앞서 이민 계획안에 투룽산사건이 드러낸 "현실 모순의 반영"이 이루어진 것이다.[291]

결국 "척무성 및 관동군 책임자들"은 다치바나의 경고에 귀 기울이

288 浅田喬二, 앞의 글, p.20.
289 위의 글, pp.20~21.
290 위의 글, p.21.
291 위의 글.

지 않았다. 관동군은 "관동군이 작성한 농업이민경영안에서 정점에 위치"[292]하는 「북만 이민농업경영 표준안(北満に於ける移民の農業経営標準案)」을 작성했다(1935.3). 이후 이민계획에서 유지된 4대 영농방침(자급자족주의, 자작농주의, 농목혼동주의(農牧混同主義), 공동경영주의)을 정식화하고 농업경영 면적은 경지 10정보(밭 8정보, 수전 2정보)와 채초 방목지 9정보, 제지(除地) 1정보(주택, 채소밭, 도로)를 확립했다.[293] 만주국 측의 비옥하고 광대한 잉여 토지 제공이 만주이민의 전제 조건이 된 것이다.

그러나 다치바나의 잉여 토지 구상은 단순히 왕도주의 실현을 위한 경제적 수단이나 현지 농민을 위한 선의에서 비롯된 것만은 아니었다. 일본인 농민의 집단입식 계획은 만주 농촌 사회에 지속적으로 이민 문제가 발생하는 것을 의미한다. 투룽산사건에서도 현지 주민들은 유력한 지주에게 반만항일의 무장투쟁을 강력하게 요청하고 스스로 무장 세력화하였다. 이러한 사실은 관동군에게 지주를 통해 만주 사회를 장악할 것을 제안했던 다치바나로서는 도저히 간과할 수 없는 문제였다. 일본인 이민의 유입이 농촌 사회의 보수적인 사회질서를 자극하고, 나아가 토지 문제로 계급 문제와 민족 문제가 융합되는 것은, 일찍이 다치바나가 정치에서 격리되었다고 간주했던 농민들이 주체적으로 반만항일 무장투쟁의 강력한 기반을 형성하게 된다는 것을 뜻했다. 그것은 지배의 안정과 효율의 면에서 만주국 당국에게도 중요한 정치 문제였다.

만주국 최고검찰청이 간행한 『만주국 개척지 범죄개요(満洲国開拓地犯罪概要)』(1941)에서 만주국 최고 검찰 측은 이민지 매수 관련 문제를 "그

---

292 위의 글, p.22.
293 위의 글.

매수지의 선택, 매수 가격, 매수 시기, 매수 방법, 원주민 이전의 보호 방법 등도 합당하지 않으면 매우 심각한 문제를 야기하여 일만협화에 어두운 그늘을 드리우게 된다. 이 문제는 대체로 범죄까지 발전하지 않는 경우가 많으나, 소위 만계의 불평불만으로 말미암아 정부 요인, 지주 및 일반 농민 계급 사이에 상당한 반만항일적 의식을 배양하여 이것이 일대 저류(低流)가 되어 일계가 모르는 사이에 압도하고 있다"[294]고 우려하였다.

이 문제가 "어떻게 만계 각 계급을 자극하고 있는지" 엿볼 수 있는 예로 톄링(鐵嶺)현 부현장 이하 경무과 직원이 이민용지 매수에 관한 직권 남용 및 업무상 횡령으로 검거된 사건을 들었다(1939.12.25). 이 사건은 검찰이 일부 일본인 관리의 격렬한 비난에도 불구하고 검거를 강행하여 "만계 방면에서는 관민이나 상하의 구별 없이 검찰청의 조치를 가장 공정한 사법정신의 구현이며 '관부가 청렴하면 백성이 복종한다(官清則民服)'고 심히 예찬하였고, 장(張) 사법대신 또한 대단히 격려"하는 등 커다란 반향을 불러일으켰다.[295]

하지만 일부 일본인 관리는 "검찰청이 국책에 무지하여 국책수행을 방해했다. 개척정책 실행을 위한 토지 매수 시 이에 응하지 않는 자를 폭행 협박하는 것은 어쩔 수 없는 일이니, 이를 범죄라고 검거하는 것은 비상식적이기 그지없다"[296]며 격하게 검찰청을 비난했다. 이 일본인 관리는 국책수행을 위해서라면 "폭행 협박"과 같은 범죄조차도 묵인해야 한다

---

294 満洲国最高検察庁, 『満洲国開拓地犯罪概要』, 1941; 山田昭次編, 『近代民衆の記録 6—満洲移民』, 新人物往来社, 1978, p.450.

295 위의 책.

296 위의 책.

고 주장했는데, 검찰청은 그런 식의 국책수행이 "만계 각 계급을 자극하여" 그것이 "반만항일적인 의식"으로 발전할 것을 경계했다고 볼 수 있다. 이 일본인 관리가 '만계' 주민의 불평불만보다 일본인 이민자를 위한 토지 매수를 우선시한 것에 비해, 검찰청은 통치 공리성의 시각에서 국책수행이 피지배민중에게 야기할 반만항일적 분위기 조성을 보다 우려한 것이다.

그러나 검찰청도 이민용지 매수 관련으로 일어나는 범죄 이상의 근본적인 비판, 즉 국책수행 자체에 문제를 제기하지는 않았다. 만주국 검찰 측은 일본인 이민자가 야기하는 여러 문제는 "만주국 건국정신이 철저하지 못한 이민단원 내에 반드시 우수하지 않은 분자가 섞여 있는 점에 기인"[297]한다고 인식했다. 그러한 문제인식에 입각하여 "일반 개척민 교육은 충분히 재고의 여지가 있다"[298]고 인정하면서도, 일본인 이민자 대상 만주국 '건국정신 교육' 강화 이상의 해결책을 제시하지 못한 것이다. 이 사실은, 만주국에서 '지도민족'이라는 일본민족이 스스로 도덕적으로 행동하는 것 외에 그 행동을 규제할 만한 제도적 장치나 보장이 사실상 존재하지 않았음을 드러낸다.

이러한 경향은 앞에서 다룬 초기 만주이민 형태와 방침의 추이에서 볼 수 있듯이, 양국과 각 민족 간의 불균등한 관계를 상징하는 것이기도 했다. 만주국과 제국일본의 이해가 상반될 때, 우선되는 것은 항상 제국일본 측의 이해관계였다. 이는 단순히 민족 문제에 한정된 경향이 아니라 제국일본의 국제연맹 탈퇴 등 정치 조건의 변화를 반영하는 것

297 위의 책, p.432.
298 위의 책.

이기도 했다.

만주국과 제국일본의 관계는 이데올로기 차원에서 정립될 필요가 있었다. 그것은 양국 간 지배 이데올로기의 이론적 정합성의 문제이기도 했다. 다치바나가 만주국의 건국이념으로 내건 왕도주의는 이미 자치주의를 상실하고 유교 내에 회수되는 것처럼 보였지만, 만주국이 유교국가로 존재하는 것조차 일본의 지배원리에서는 '일탈'이었다. 특히 민족동화정책이 강력하게 추진되고 있는 식민지조선과 지리적으로 이어져 있는 만주국에서 민족협화라는 상이한 정책이 실시되고 있다는 사실은, 조선 통치의 안정에 악영향을 끼칠 위험을 내포하고 있었다. "식민지제국 일본 전체의 구조적 정비와 이념의 제일성"[299]을 위해서라도, 왕도는 황도에 수렴될 필요가 있었던 것이다.

1935년, 만주국 황제 푸이는 일본을 방문한 뒤 만주국 황제는 "일본 천황폐하와 정신일체"임을 선언하는 「회란훈민칙서(回鑾訓民勅書)」[300]를 반포하였다. "일본 천황폐하와 정신일체"인 황제를 모시고 "일만일덕일심(日満一徳一心, 이하 일덕일심)"의 관계가 된 만주국에서 왕도에 내포된 역성혁명 사상은 허용될 수 없었다. 일본의 맹자 수용사에 비추어 볼 때, 만주국 건국 이후 왕도에 포함된 방벌 사상에 대한 일본 측의 경계는 전통적인 것이라고 할 수 있다. 만세일계(万世一系)인 천황이 영원히 무한하게 통치하는 제국일본에서 방벌론이 통용되지 않았듯이, 그 천황과 "정신일체"의 관계가 된 만주국 황제에게도 방벌론은 당연히 적용될 수 없

299 駒込武, 앞의 책, p.279.

300 「回鑾訓民勅書」, 1935.5.2; 前川義一編, 『満洲移民提要』, 満洲拓殖委員会事務局, 1938, p.43.

었기 때문이다. 이는 만주국 건국 과정에서 관동군에게 군벌 타도의 명분이 된 왕도의 혁명성이, 건국 후에는 오히려 반만항일의 논리로 이용될 수 있는 상황의 변화에서 비롯되었다. 그 결과, "종래 만주논단을 떠들썩하게 했던 왕도주의가 모습을 보이지" 않게 되었고, "다치바나 씨의 왕도주의도 변형되고 있다"는 관측이 나왔다.[301] 앞에서 살펴보았듯이, 1935년 1월에는 다치바나 본인이 "왕도주의의 패배"를 인정하였다.

한편, 일덕일심의 관계는 한층 밀접해졌다. 1940년, 두 번째 방일에서 귀국한 푸이는 「국본전정칙서(國本奠定勅書)」를 반포하여 국가신도(国家神道)의 도입을 알렸다. 이세신궁(伊勢神宮)에서 분사(分社)한 건국신묘(建国神廟, 9.15)와 건국충령묘(建国忠霊廟, 9.18)가 창건되었다.[302] 국가신도의 도입과 건국신묘의 창건은, 단지 청의 복벽을 부정하기 위한 것만은 아니었다. 이는 만주국의 건국이데올로기인 민족협화와 왕도주의가 황도, 즉 현인신인 천황 중심의 '팔굉일우(八紘一宇)'에 의해 배제됨을 뜻했기 때문이다. 예를 들어, 청년연맹 회원 및 협화회 창립위원이자 『화북평론(華北評論)』을 주재한 오자와 가이사쿠(小沢開作)는 건국신묘 도입에 관하여 "만주에 이세의 대묘(大廟)를 가지고 왔죠. 나는 '이제 만주는 틀렸다'고 생각했습니다. 말하는 것과 실제(행동)가 달라요. 그래서 화북으로 갔죠"[303]라고 술회하였다. 국가신도의 도입으로 만주국의 건국이데올로기는 사실상 제국일본의 지배이데올로기에 통합된 것이다.

---

301 三田進, 「五月の満洲雑誌」, 『満洲評論』 第6巻 第20号, 1934.5, p.30.

302 건국신묘의 진좌식(鎮座式)은 1940년 9월 15일, 건국충령묘는 같은 달 18일이었다. 島川雅史, 앞의 글, p.70.

303 片倉衷他, 「満洲事変・日華事変の頃—改題にかえて」(座談会), 橘樸, 앞의 책(第二巻), p.341.

시마카와는 관동군 내 주류가 본래 세계적 보편성이나 이민족 지배 개념이 희박한 신도를 이론적으로 준비되지 않은 상태에서 서둘러 도입했다고 지적하였다.[304] 더욱이 일본과 같은 민속적·민중적 기반이 존재하지 않는 만주국에 국가신도가 도입됨으로써 만주국은 황국 일본과 "수직적인 지배관계"에 놓였다. 그 지배의 근거는 천황의 신격이며, 일본인이 이민족을 '지도'하는 만주국 현실에서 국가신도는 황민화와 민족차별을 정당화하는 역할을 할 수밖에 없었다.[305]

여기서 특히 주목하고 싶은 것은, 이러한 과정을 거치면서도 민족협화와 왕도라는 용어만은 유지되었다는 점이다. 즉 대외적으로 만주국의 건국이 민족협화와 왕도주의를 실현하는 동양적 유토피아의 실현인 이상, 민족협화와 왕도주의 자체를 부정할 수는 없었다. 민족협화와 왕도주의는 제국일본의 지배이데올로기인 도의 세계(道義世界) 건설, 일덕일심, '팔굉일우'와 이질적이어서는 안 되었다.

예를 들어 1938년 11월, 나카가와 요노스케(中川与之助)는 「만주 건국정신과 협화회의 사명(満洲建国精神と協和会の使命)」이라는 글에서 만주국의 건국정신은 "왕도주의라 하지만 그것은 지나의 옛 왕도 자체가 아니며, 그 내용은 일본정신을 섭취하여 새롭게 창조한 것"이기 때문에 "본질적으로 일본정신과 다른 것이 아니라 실로 일덕일심·일심일체의 관계"라고 풀이하였다.[306] 만주국의 왕도주의는 고대 중국의 정치사상이 아니라 일본정신에 의해 새롭게 창조된 것이기 때문에 일덕일

---

304 島川雅史, 앞의 글, p.75.

305 위의 글, p.77.

306 中川与之助, 「満洲建国精神と協和会の使命」, 『経済論叢』 第47巻 第5号, 京都帝国大学経済学会, 1938.11, p.122.

심과 모순되지 않는다고 주장한 것이다.

또한 민족협화는 "왕도의 대의에 따라 개인적 · 민족적 아집을 버리고 각 민족 각 국가가 왕도낙토 건설에 협심협력하려 하는 것"이라고 파악하고, "개인주의 · 이기주의 · 배외주의는 그중 가장 기피해야 할" 것이라고 하였다.[307] 나카가와는 민족협화가 개인주의나 민족주의를 타기하고 왕도낙토 건설에 협력하기 위한 이데올로기라고 설명했다. 이 민족협화는 일본인이 주도하여 각 민족이 개인주의나 민족주의를 버리고 적극적인 협력을 제공할 것을 요구했다.

따라서 "만주국 건국정신은 일만의 일체 융합을 이상"[308]으로 삼는 것으로 해석된다. 하지만 "일만의 일체 융합"이라는 이상을 내건 만주국의 정치 체제는 결국 민주주의도, 전제주의도 아닌 "협화주의 정치를 창조하려는 가장 용감한 시도"라는 결과로 끝났다. 즉, 기존의 국가 개념이나 정치 형태로는 설명할 수 없는 '괴뢰국가'의 출현이었다. 이 '괴뢰국가'에 대한 정치적 비판에 대항하기 위해, 다시 만주국의 '건국정신'이 동원되었다.

나카가와는 만주국의 정치 형태의 원칙이 "실천주의"이며 "지나적인 전통을 타파하는 혁신"[309]이라고 찬양한다. 만주국의 '건국정신'은 "서구적 문화에 사로잡히지 않고 동방문화를 고양하여 새로운 문화를 창조하려" 한다는 점에서 세계사적 의미를 가지며, "아시아 민족 각성의 새벽종"이 될 수 있었다. 나카가와의 이와 같은 논리에서, 만주국의 건

307 위의 글.
308 위의 글.
309 위의 글.

국이데올로기를 일본주의로 재해석하려는 시도가 최소한의 이론적 정합성조차 상실한 채 제국일본의 만주 지배를 찬양하고, 현실에서 생겨나는 여러 모순을 애써 은폐하려는 모습을 확인할 수 있다.

1940년, 도쿠토미 쇼케이(德富正敬(蘇峰))가 엮은 『만주건국독본(滿洲建国読本)』에서는 만주국이 "그 건국 때부터 왕도정치를 행할 것을 선언했다. 이는 팔굉일우를 큰 이상으로 삼는 일본의 황도를 중심으로 한 것이며, 일만은 한 몸과 같아서 떨어질 수 없는 관계임을"[310] 나타내는 것이라고 하였다. 여기서는 처음부터 만주국 건국과 황도의 '팔굉일우'가 일체화되었다. 그리고 "왕도정치를 행하는 것은 만주 건국정신"이며, 왕도정치의 궁극적인 목적은 "도의 세계의 건설"이었다.[311] 이 이상을 실현하기 위해 만주국은 세계 각국에서 시행된 모든 정치조직을 검토하였으나 건국정신에 합치하는 것이 없었기 때문에, 완전히 새로운 정치조직을 채용하였다는 것이다. 그것은 전제정치, 민주주의, 의회정치도 아니고 "도의 세계의 건설을 궁극적인 이상으로 삼는 민족협화의 실제(実際)정치 즉 협화정치"였다.[312]

이 "협화정치"는 "정치에서 실제로 반드시 계통적인 정치 형식, 법치형식을 필요로 하지 않으며 민족협화, 선덕달정(宣德達情)의 실제정치"로 임하는 것이자 "법치로 국가를 완성하기보다 덕치로 국가를 완성하려는" 것이었다. "그리고 이 민족협화 정치의 원동력을 이루는 것은 '일만일덕일심'의 관계"였다.[313] 만주국의 정치 형태는 법이나 정치조직

---

310 德富正敬, 『滿洲建国読本』, 日本電報通信社, 1940, p.40.
311 위의 책.
312 위의 책, p.41.
313 위의 책.

이 아니라 "실제정치"의 "덕치"로 실현되며, 그 원동력은 일덕일심이라는 제국일본과의 특별한 선린관계였다.

이 일덕일심의 근거는 바로 "일만일덕일심일체(日滿一德一心一体)", 즉 "우리 천황폐하와 만주국 황제폐하의 몸과 정신은 하나"[314]라는 데 있다. 현인신인 천황과 만주국 황제가 한 몸인 이상, 양국은 모든 점에서 하나여야 하며, 그 관계는 "일만불가분(日滿不可分)"[315]으로 귀결된다. 따라서 이 관념은 "권리의무의 관념에 기초를 두는 바와 같은 경박한 것이" 아니라 "숭고한 도의로 녹아든 관념"이었다.[316]

이와 같은 일만관계가 제국과 식민지의 관계라는 비판을 받을 것은 상상하기 어렵지 않다. 그와 같은 비판에 반박하는 논리는 "만주국은 독립국"이나 이 "독립국"은 "종래의 국가 관념으로는 딱 잘라 설명할 수 없는 하나의 국가"라는 것이었다.[317] 만주국의 '괴뢰국가'로서의 특수성은 종래 국가 관념으로는 설명할 수 있는 것이 아니라는 사실을 인정하면서도 독립국이라고 주장했던 것이다. 이러한 논리는 제국일본이 "중심국가"이고 만주국은 "동양국가단체의 일원으로서의 국가", "고차 국가집단의 그 부분 국가"[318]로 편입시킴으로써 보완될 수 있었다. 제국일본을 주축으로 만주국이 '괴뢰국가' 무리에 속한 한 나라가 되면, 만주국의 특수성은 그 문제성을 상실할 수밖에 없다.

이처럼 만주국의 덕치, '일만일덕일심일체', 도의 세계 실현의 정통

314 위의 책.
315 위의 책.
316 위의 책, p.42.
317 위의 책, p.43.
318 위의 책, pp.43~44.

성이란 천황의 권위로 직결된다. 천황의 권위가 절대적인 이상, 그와 한 몸인 만주국 황제의 권위도 침범할 수 없다. 그러므로 자연히 기존 정치학이나 국가 개념으로는 설명할 수 없는 만주국의 특수성, 일만불가분 관계에 대한 논리적 비판도 성립되지 않는다. 천황의 신성한 권위는 논리적으로 비판할 수 없기 때문이다. 이러한 논리 구조에서는 "일만불가분의 관계도, 일만일덕일심도, 민족의 협화도, 국가정신이라 부를 수 있는 모든 국시(國是)는, 이 특수성으로 발현되고 있다"[319]는 결론만이 성립된다. 이는 정치권력의 정당화만이 아니라 '대일본제국'을 중심으로 하는 동양세계의 건설로 완성되는 논리이다.

민족협화와 왕도주의, '일만일덕일심일체', 도의 세계 실현, '팔굉일우'는 본질적으로 이질적인 것이었다. 왕도주의는 고대 중국의 정치 사상에서 유래한 것이며 민족협화는 이민족의 존재를 전제로 한다. 하지만 '일만일덕일심일체', 도의 세계 실현, '팔굉일우'는 이민족의 일본화, 즉 동화 원리에 기초한다. 이러한 건국이데올로기의 혼재는 논리적으로 설명하려면 할수록 그 균열과 모순을 드러낼 수밖에 없다.

그 결과 만주국의 건국이데올로기로 부상했던 왕도주의는 '왕도낙토'라는 동양적 유토피아를 상징하는 슬로건만을 남기고 사라졌다. 민족협화는 "고대 천손민족은 귀순하는 민족을 애무부육(愛撫扶育)하였고, 결코 이를 학우토멸(虐遇討滅)"[320]하지 않은 야마토민족 고유의 성질로 설명할 수 있었다. 즉 "우리나라에 귀화한 모든 외래 민족"은 그들을 "모두 천황의 보물로 포용하고 애육(愛育)"하는 황도의 "정신에 동화하여 야마토민

319 위의 책.
320 위의 책, p.204.

족에 귀일하였고, 단결하여 동일한 민족의식 속에 녹아들어" 갔으므로, "민족의 협화동화는 우리 황도정신의 현현"이었다. 민족협화가 내포하고 있던 민족 간 상호 협력과 공존의 가능성은 일본민족이 주도하는 이상향 건설 담론으로 변질되었고, 다시 일본민족의 동화와 결합하여 일본화 정책의 일부로 포섭되었다. 그리고 민족협화와 왕도주의는 공동화(空洞化)하거나 형해화(形骸化)한 채 슬로건만이 남겨졌다.

지금까지 만주국의 건국이데올로기였던 민족협화와 왕도주의의 사상적 변천을 검토하였다. 민족협화와 왕도주의는 역사적・정치적 상황에 따라 재만 일본인에 의해 창출되었고, 건국공작 과정에서 타민족의 협력과 복종을 획득하는 정치적 역할을 수행하면서 건국이데올로기로 부상하였다. 그러나 만주국의 정치 제도가 정비되고 제국일본이 국제연맹에서 탈퇴하는 등 정치적 조건이 변화함에 따라 그러한 정치적 역할은 중요성을 상실했다. 더욱이 일만관계의 급속한 접근은 동화 원리에 기초한 황도와의 상이성 배제를 보다 중시하게 만든 정치적 원인이었다. 하지만 만주국의 건국이데올로기 자체를 부정하는 것은 만주국을 수식(修飾)하는 '다민족으로 구성된 동양적 이상국가'라는 대외 이미지를 손상시킬 위험이 있었다. 때문에 민족협화와 왕도주의는 일덕일심, 도의 세계 실현, '팔굉일우'와 함께 사실상 황도에 기반을 둔 것으로 재해석되었다. 민족협화와 왕도주의의 역사성과 지역성은 제거되고, '오족협화'와 '왕도낙토'가 선전의 슬로건이 되었던 것이다.

1930년대 초에서 1940년대에 걸쳐 일어난 민족협화와 왕도주의의 변질은 중국내셔널리즘의 도전 속에서 만주사변, 만주국 건국, 제국일본에 대한 종속 강화라는 정치 상황의 격변 속에서 재만 일본인이나 관동군, 일본 정부 등의 편의에 따라 일어났다. 이는 일차적으로 건국이데올로기의 정치성에 기인했다. 일관된 사상적 발전 없이 현지에서 민중적 지지기반을 구축하지 못한 채 그때그때의 정치적 상황에 이용되었다는 점을 고려하면, '괴뢰국가'를 창출하기 위한 허위의 이데올로기라는 기존 비판은 타당하다.

그러나 이 이데올로기에 가장 영향을 받은 것이 아이러니하게도 일본인이었다는 점을 지적하고 싶다. 앞에서 살펴보았듯이, 만주국의 건국이데올로기는 황도에 통합되었다. 이는 제국일본의 지배하에서 일어난 이데올로기의 통합이었지만, 그 통합은 윤리적 정합성이나 합리성으로 설명할 수 있는 것이 아니라 천황의 신성에 수렴되는 것이었다. 결국 만주국 건국이데올로기는 단순한 슬로건의 나열로 전락하였고, 그러한 존재가 만주국 내 중국인에게 유효하게 작용했으리라고 생각하기는 어렵다.

반면 일본인에게 '일본인이 주도하는 이상국가의 건설'은 대륙진출과 신천지 개발을 담당하는 일본인이 아시아에서 차지하는 높은 지위를 재확인하며, 그 자부심과 긍지를 자극했다. 중국의 동북 지방을 중국에서 떼어내기 위해 의도적으로 '만주'라 부르고 그 지역에 거주하는 주민 대부분이 한족이었음에도 '만인'이라고 불렀듯이, 만주국이 이상국가를 건설하는 새로운 다민족국가라고 굳게 믿은 것은 바로 일본인이었다.

문제는 이 '일본인'의 정의와 범주에서 나타나는 기묘한 뒤틀림에 있다. 만주국을 '건국'하고 '지도'하는 '일본인'은, 국적법이 적용되지 않기 때문에 일본 국적에서 이탈하는 것이 용납되지 않은 조선인을 포함한 일본 국적자에 대한 호칭이 아니다. 일본민족, 즉 혈통을 기반으로 하는 야마토민족을 의미하는 것이었다. 하지만 같은 일본민족이라도 만주국 건국에 관계한 청년연맹 등 재만 일본인이나 관동군, 혹은 다치바나와 같은 지식인에게는 만주국을 제국일본에서 분리된 하나의 '장(場)'으로 확보하고, 유지하며 육성하고 싶다는 공통된 욕망이 있었다.

관동군의 경우, 그것은 만주사변을 추진한 관동군 수뇌부와 군 중앙의 유력 장교들이 지향한 "국가사회주의적 혁신운동"으로서의 경향이었다.[321] 오가타는 그들이 만주를 지배한 후 제국일본의 국내 혁신으로 이끈다는 목적을 위한 정밀한 계획이나 명확한 견해는 갖고 있지 않았지만, 대외팽창과 국내 혁신이라는 2대 목표하에서 반정당·반자본적 태도와 그 반영으로서의 국민을 향한 동정, 또한 '대륙진출' 제한에 대한 반대를 공유하고 있었다고 지적했다.[322] 관동군은 자국의 정치 지도자 및 정치 제도에 강한 불신감을 갖고 있었으므로, "만주국의 보호자"로서 제국일본의 정당정치나 자본주의가 만주국에 영향을 끼치지 않도록 '보호'해야 한다고 인식하였다.[323] 그러한 특수 지위는 주로 관동군 사령관 권한의 대폭적인 확대를 통해 확립되었다.[324]

"관동군의 만주국 지배"[325]는 관동군의 의도가 제국일본의 영향에서

321 緒方貞子, 앞의 책, p.338.

322 위의 책, pp.338~339.

323 위의 책, p.340.

324 관동군 사령관은 재만 전권대사와 관동청 장관을 겸임하였는데, 그 권한은 군사적으로 재만일본군 지휘권, 정치적으로 만주국 정부에 파견된 일본인 고문의 추천권 및 해임 승인권이었다. 또한 만철에 대한 "실질적 감독권"을 확보하기에 이르렀다. 위의 책, pp.339~340.

325 위의 책, p.339.

만주국을 분리하는 것이었다는 사실을 드러낸다고 볼 수 있다. 그러나 혁신을 향한 관동군의 의지는 기존 체제 유지라는 한계를 뛰어넘지 못했다. 오가타가 지적했듯이, 관동군이 지향한 혁신을 실현하려면 천황제의 가치 체계 자체의 파괴 혹은 변경이 필요했다. 하지만 천황과 직결된 군인이 그 특권을 유지하기 위해서는 현재의 군 기구를 보존해야 했다.[326] 만주사변을 추진한 혁신파는 군 주류에 의해 만주국에서 배제되었고, 관동군은 협화회와 만철의 대대적인 개편으로 만주국에 제국일본의 금융자본과 관료정치가 진입하는 것을 허용했을 뿐만 아니라 국가신도를 도입할 때는 주도적 역할을 담당하기도 하였다.

만주사변 이전의 재만 일본인도 중국내셔널리즘의 도전에 직면한 위기감과 만몽권익 및 방인 보호에 소극적인 일본 정부에 대한 반감에서 '독립'이나 '만몽자치제'를 구상하였다. 이는 역시 일본인의 주도성을 내포하고 있기는 했으나 관동군처럼 군사적 우위를 전제로 한 것은 아니었고, 재만 일본인의 일본 국적 이탈까지 고려할 수 있는 여지를 갖고 있었다.

하지만 동시에 만주청년연맹 등이 대표하는 재만 일본인은 자신들의 사익에 유리한 만몽자치제를 구상하면서도 그것이 제국일본의 '대륙진출'이라는 '국익'에도 합치한다고 보았다. 이는 다민족공동체 내에서의 일본민족의 발전과 번영은 곧 제국일본의 이해와 일치한다는 가치관의 반영이었다. 그들은 무엇보다도 재만 일본인의 발전과 번영을 우선하였고, 자신들과 제국일본의 '국익'을 직결하여, 일본 정부가 대륙정책

326 위의 책, pp.348~349.

을 적극적으로 전개하게 유도하려 했다는 점에서 내셔널리즘이나 국민국가만으로는 설명할 수 없는 부분을 내포하고 있었다.

그러나 이처럼 이질적인 사고의 계기는 재만 일본인의 민족과 국민국가에 관한 자연화된 가치관에 묻힌 채, 다민족공동체 형성을 목적으로 하는 일관된 이데올로기나 정치 개념으로 발전하지 못했다. 결국 재만 일본인이 구상한 다민족공동체는 일본민족을 통해 제국일본과 연결되는 것이었고, 완전한 '분리'나 '독립'은 상정하지 않았다. 나아가 만주사변을 계기로 만주에서 소수민족 중 하나였던 일본민족이 타민족의 우위에 섰을 때, 다민족의 협화를 요청하던 민족협화는 민족 간의 기만적인 평등으로 현실의 비대칭적 관계를 호도하는 지배자의 이데올로기로 변질되었다.

만주국의 이데올로그가 된 다치바나의 왕도주의에서는, 앞에서 살펴본 관동군과 재만 일본인 양쪽의 경향을 찾을 수 있다. 즉 반정당·반자본의 관점에서 만주국을 제국일본에서 분리하고, 일본민족이 주도하는 기구 구축과 일본민족이 지도하는 자치제 실시를 제안했던 것이다. 그가 구상한 왕도주의는 한족의 자치능력을 높이 평가하고, 민중의 생존을 완전히 보장하기 위해 그 자치능력을 육성하고 만주국을 자치분권국가로 성장시킨다는 점에서 독창적이었다. 하지만 그 역시 관동군이나 재만 일본인과 동일한 약점을 공유하였다.

만주를 중국의 변경으로 파악한 다치바나는 당시 일본지식인과 달리 봉건적·보수적 농촌 사회에서 분권적 자치국가의 기반을 발견했다. 그것은 서양식 근대국가 형성을 목적으로 하는 근대화 담론에서 일탈하려는 시도이자, 자치제의 궁극적 목적을 민중의 생존과 복지에 두었다는 점에서 서양중심주의를 내포한 근대주의를 상대화하는 계기가 될 수 있었다.

그러나 다치바나의 왕도주의 구상 또한 주요 수익자로서 한족을 설정하면서도 그 기구를 만들고 지도하는 것은 일본민족이며, 국제관계에서도 만주국은 공업국가인 제국일본에 농산업을 제공하는 반영구적 농업국가에 머물러야 한다고 보았다. 일본민족이 한족을 비롯한 각 민족에 대해 갖는 지도자로서의 권위는, 결국 아시아에서 유일하게 근대국가 형성에 성공하고 제국주의 국가로서 서양 국가들과 대등한 지위를 누린다는 근대화의 서열에서 비롯된다. 이와 같은 두 민족의 관계에 기초하여 만주국이 반영구적인 농업국가로 존속하는 것은, 결과적으로 두 민족의 불균등한 관계를 그대로 고착시키는 것일 수밖에 없다.

나아가 왕도주의는 일본민족의 자발적 도덕심과 사명감 외에 타민족에 대한 '지도'의 한계와 내용을 제약하는 현실적 · 제도적 규제를 제시하지 못했다. 그것은 왕도주의가 만주사변에서 만주국 건국까지, 관동군이 주도한 그때그때의 정치적 상황에 맞추는 형태로 전개된 이데올로기로서 가질 수밖에 없었던 한계이기도 했다. 이는 다치바나 자신이 일본인 지식인이라는 정치적 입장을 의식하지 않은 채 보편적인 근대 지식인으로서 중국 문제를 논평한 출발점에서부터 배태되었던 문제라고 할 수 있다. 일본인 지식인이라는 정치적 입장은 단순한 국적 문제가 아니다. 그것은 다치바나 자신이 제국일본의 사상과 이해관계의 자장 내부에 속하는 존재임을 뜻하기 때문이다. 다치바나는 왕도주의를 통해 제국일본에서 분리된 자치국가를 구상하였지만, 그 최대의 모순은 결국 제국일본 측에 모든 결정권을 맡긴다는 점이었다.

지금까지 만주국 건국을 둘러싼 만주국, 재만 일본인, 다치바나의 사상에서 '분리'와 '독립'이 어떤 구상이었는지를 검토하고 건국이데올로인 민족협화와 왕도주의가 결과적으로 '일본인'의 것이었다는 점을 확인하였다. 제국일본에서는 불가능한 이상 실현을 만주국 건국을 통해 시도하고자 했던 일본인은 군부의 중견 내지 청년장교나 아시아주의에 경도된 청년지식인 등 소수파였다. 그들은 만주국 건국 및 이상국가 건설이 결국 제국일본의 혁신 혹은 변혁을 가져올 것이라고 생각했지만, 그 혁신은 천황제 사회 체제의 파괴에 이르지는 못했다. 그들은 만주국 건국으로 제국일본의 국가 변혁 혹은 혁신의 원동력을 얻고자 했으나 바로 재만 일본인을 통해 제국일본과 만주국은 '불가분의 관계'로 연결되었던 것이다.

5. 만주국의 잔조

민족협화와 왕도주의는 '오족협화'와 '왕도낙토'라는 슬로건을 흔적으로 남기고, 일관된 이데올로기라기보다 근대 '이상국가 건설'의 이미지로서 현대 일본인의 기억에 남게 되었다. 제2차 세계대전 이후 지금까지 이어지고 있는 만주국 정당화 담론은, 만주국이 비록 관동군의 무력으로 탄생한 '괴뢰국가'이기는 했지만 많은 일본인이 만주국의 이상을 믿었고, 실제로 이상국가가 건설되고 있었다는 것이다. 그 대표적인

예로 들 수 있는 것이 만주국 각 분야의 주요 인물 및 참가자 약 300명 이상이 모여 엮은 회상록 『아아 만주—나라세우기 산업개발자의 수기(あゝ満洲—国つくり産業開発者の手記)』(農林出版株式会社, 1965)이다. 만주국 총무청 차장이었던 만주국 회고집 간행회 회장 기시 노부스케(岸信介)는 서문에서 다음과 같이 만주국의 역사적 의미를 밝혔다.

> 아시아 대륙과 태평양이 겹치는 곳에 위치한 일본은 동아문명을 가장 잘 흡수하여 한 발 앞서 동양에서 근대국가를 형성했다. 메이지유신(明治維新) 이래, 열강이 서로 패권을 다투는 와중에 자국의 독립과 동양 평화를 모토로 삼은 일본은 러일전쟁의 결과 동아의 쇠운을 만회함과 함께 신천지 만몽의 개발에 임했다.
>
> 그 뒤, 열강의 중국정책 착종, 중국 민족주의 대두로 인한 중일 양국의 마찰, 특히 만주에서 배일(排日)격화의 결과 사태는 드디어 만주 건국으로 진전되었다.
>
> 만철을 중심으로 한 만몽개발은 신천지의 경이적인 발전을 가져왔으나 더욱 많은 장애가 산적하였다. 신흥 만주국은 그러한 모순을 지양하고 스스로 바라는 만큼 개발 발전할 수 있었다. 민족협화, 왕도낙토의 이상이 빛나고 과학적으로도, 양심적으로도 과감한 실천이 이루어졌다. 이는 그야말로 독창적인 근대적 나라만들기(国つくり)였다. 직접 이에 참가한 사람들이 커다란 희망 아래 지순한 정열을 쏟았을 뿐만 아니라 일만 양 국민은 이를 강하게 지지하였고, 인도의 성웅(聖雄) 간디도 멀리서 성원을 보냈다. 당시, 만주국은 동아의 희망이었다.
>
> 불행하게도 대동아전쟁이 난국에 빠지면서 만주국은 정치적으로 중압을

> 받았으나 종전까지 거국 일치, 국내 건설과 대일 협력에 매진하고 있었다.
>
> 전후, 세계 정세가 일변하여 중국에는 새로운 국가가 태어나고 만주는 이제 와서는 일본과 동떨어져 버린 것처럼 보인다. 그러나 역사는 인과의 연속이며, 세계적인 주목을 받은 만주개발의 의의와 성공은 몰각(没却)할 수 없다. 그 개발을 주도한 일본민족은 공죄(功罪)를 함께 잘 되새기어 이를 미래의 선린우호, 경제제휴에 살려야 할 것이다.[327]

여기서 만주국에 관한 회상은 근대국가 형성에서 메이지유신, 러일전쟁, 만몽개발, 만주국 건국을 거쳐 '대동아전쟁', 패전, "미래의 선린우호, 경제제휴"로 이어진다. 사카베 쇼코(坂部晶子)는 이 서문에서 당시의 일본 정부와 만주국 정부, 전후의 일본 정부를 일체화하고, 국가와 국민을 동일한 행위 주체로 인식하는 문제성을 지적했다.[328] 또한 만주국 건국이데올로기라는 이상이 식민지 사회의 구조적 모순을 은폐하고, 모든 사람들이 이를 지지한 것처럼 미화한다고 분석하였다.[329]

이 서문은 분명히 '일본'이라는 명칭으로 메이지유신 이전과 이후의 일본을 연속된 국가로 보고 있다. 이는 만주국 건국 과정에서 만주사변이라는 군사적 사건을 삭제하고 "열강의 중국정책 착종, 중국 민족주의 대두로 인한 중일 양국의 마찰, 특히 만주에서 배일격화의 결과"가 만주국 건국이라고 제시한다.

주목되는 것은 만주국에서 빛났다는 "민족협화, 왕도낙토의 이상"의

327 岸信介, 「序」, 満洲回顧集刊行会, 『あゝ満洲－国つくり産業開発者の手記』, 農林出版株式会社, 1965.

328 坂部晶子, 『「満洲」経験の社会学－植民地の記憶のかたち』, 世界思想社, 2008, p.36.

329 위의 책, p.37.

형성 과정 역시 의도적으로 누락되어 있다는 점이다. 앞에서 검토한 바와 같이, 건국공작 당시 관동군과 재만 일본인, 일본 정부가 모두 동일한 입장이었던 것은 아니다. 실제로 이 글에서 만주국 건국까지의 주체는 일본 정부이나 그에 이은 "만철을 중심으로 하는 만몽개발"은 명백히 재만 일본인 중에서도 "직접 이에 참가한 사람들"을 주체로 기술되었다. "동아의 희망" 만주국은 직접 만주국 건설에 참가한 사람들의 희망과 정열로 건설되었다는 것이다.

이 "독창적인 근대적 나라만들기"에 존재한 "많은 장애"가 구체적으로 어떤 것이었는지는 밝히지 않는다. 그저 자신들이 "스스로 바라는 만큼" 매진할 수 있었던 "개발 건설"에 드러내는 과도한 긍지에 비하여 '대동아전쟁'부터 시작되었다는 정치적 압력, 거국 일치, 국내 건설과 대일 협력을 나열하고 있을 뿐이다. 이 회고의 초점이 만몽개발과 근대국가 건설에 있는 것은 명백하다. 이 글은 관동군의 실질적 지배, 일본 정부와 만주국 정부, 국가와 국민의 동일화는 만주국의 외피에 불과하며 만주국의 실무자 및 참여자들의 정열과 이상, 만주개발이야말로 가치가 있다고 인식하도록 구성되어 있다. 이러한 논리는 현대 일본에서 만주국은 '괴뢰국가'가 아니었다는 전면적 부정부터 설령 식민지였다고 해도 그 내실에서는 이상국가 건설을 실현하고 있었다는 부분적 부정에 이르기까지, 실로 다양한 만주국 긍정론의 기반이 되었다.

개발에 기초하는 만주국 긍정론은 만주국이 "정치에서 실제로 반드시 계통적인 정치 형식, 법치 형식을 필요로 하지 않으며 민족협화, 선덕달정의 실제정치"로 임하는 것이자 "법치로 국가를 완성하기보다 덕치로 국가를 완성하려" 했던 논리의 흐름을 잇는 것이라고 할 수 있다.

정치권력이 정치적·법적 근거에 의하지 않고 위정자의 실제 정치 행위로 정당화된다는 식의 만주국 긍정론을 재생산하고 있는 것이다.

식민지 지배의 공적을 내세워 식민지 지배를 정당화하는 경향은, 만주국에서 일본인 관리였던 사람의 회고록에서 집단귀환자의 회상까지 폭넓게 관찰할 수 있다. 예를 들어 마키노 가쓰미(牧野克己, 전 흥농(興農) 합작사 중앙회 이사, 흥농부 농정사장 등)는 대웅봉회의 중심적 존재였던 가사키 요시아키와 나카노 고이쓰(中野琥逸)가 주장한 건국 방침 사상은 "만주국의 주권은 어디까지나 현지 민족의 것이며 일본은 신정부 조직 내부에 개입하지 않고 측면에서 이를 지도 원조해야 한다는 것"[330]이었다고 주장했다. 이어서 그는 관동군이 그런 사상을 받아들이지 않았기 때문에, 자치지도부 해산에 이은 자정국 설치와 함께 자치지도원은 민생부 소속의 관리로 현의 참사관이 되었다고 설명하였다. 그리고 자정국이 폐지되고 현 참사관이 다시 부(副)현장이 되는 과정에서 "일본 측 자체가 정부에 개입할 뿐 아니라 그 위정(為政)의 중심적 존재로 변해버렸다"[331]고 회상하였다.

대웅봉회는 가사키를 중심으로 주로 제국대학 출신 20대 청년들로 구성된 재만 일본인 단체였다. 이 단체는 종교적 색채가 강하고 대아시아주의를 표방했기 때문에 관동군이나 만주국 당국을 비판하고 대립하기도 했다. 마키노는 그 점을 강조하여 만주국이 비록 실패로 끝나기는 했으나 이상국가를 건설하려는 시도였다고 이야기하는 것이다.

주목하고 싶은 것은, 그가 이러한 시도가 실패했다는 것은 인정하면

---

330 牧野克己, 「建国運動」, 滿洲回顧集刊行会, 앞의 책, p.24.
331 위의 글.

서도 그 실패가 건국이상의 가치 자체를 훼손하지는 않는다고 인식하고 있다는 점이다. "가사키 씨는 의견이 받아들여지지 않은 채, 건국 후 얼마 안 되어 만주를 떠났지만 씨가 자치지도원 — 현 참사관들에게 열의를 가지고 전한 건국정신은 나라만들기의 진정한 정신으로서 성현(省縣) 조직에 사라지지 않고 전쟁이 끝날 때까지 불타고"[332] 있었다고 보기 때문이다. 만주국 전체로는 일본 정부의 간섭과 일본인 관리의 정치 장악을 막을 수 없었지만, 지방의 실무를 담당하는 참사관 레벨에서는 일본인 관리 개개인이 건국정신을 지키고 이상국가 건설에 공헌했다는 것이다.

여기서 가사키가 주장한 "건국정신" 자체에 대한 검토는 생략되어 있다. 선행연구에서 지적되었듯이, 가사키의 사상이나 대웅봉회를 체계적으로 설명하는 저서는 매우 적다.[333] 또한 가사키의 저술에 의하면, 그는 전(全)아시아에 대한 일본의 지도적 입장에서 출발하여 "근본적인 지도는 일본 국체이며, 청년은 그 사도"이고 "일본 청년의 몸 안에 흐르는 일본적 생명·충간의담(忠肝義膽)·지성심(至誠心)을 그저 나이가 어리다고 부정"할 수는 없다고 주장하였다.[334] 불교에 경도된 가사키[335]에게 "대륙은 일본의 음덕을 쌓아야 할 소중한 토지"[336]였다. 일본인 청년을 "이민족에 파견"[337]하여 그들이 관음보살의 "대자비심"으

332 위의 글, p.25.
333 岡部牧夫, 앞의 글, p.28.
334 笠木良明, 앞의 글(1938.11), pp.26~27.
335 가사키는 정토정(浄土宗) 집강(執綱) 와타나베 가이교쿠(渡辺海旭)의 가르침을 받아 수양하였다. 岡部牧夫, 앞의 글, p.29.
336 笠木良明, 앞의 글(1938.11), p.29.
337 위의 글, p.30.

로 이민족 민중에게 "선정"을 베풀어 일본의 국체를 체현하는 것이야 말로 "메이지 천황의 뜻을 이어, 진(眞)일본이 맡은 세계적인 큰 사명"[338]을 실현하는 것이었다.

자치지도회, 자정국, 현참사관, 부현장, 대동(大同)학원으로 이어지는 가사키의 사상은 일본청년의 지도를 통한 일본정신의 실현이었다고 할 수 있다. 그리고 가사키의 영향을 강하게 받은 현 참사관이나 부현장들이 결코 이상적이지 않은 만주국의 현실에서 관동군이나 만주국 중앙정부와 대립하거나 부임한 지방에서 선정을 펼친 예가 존재하지 않는 것은 아니다. 그 일례로 투룽산사건(1934)에서 관동군의 과도한 무력진압에 반대한 이란(依蘭)현 참사관 아쓰미 요(渥美洋)와 같은 사람들을 들 수 있다.[339]

물론, 불교적 정신주의에 따른 일부 일본인 관리의 '선정'이 식민지 지배를 정당화할 수는 없다. 가사키의 구상은 "일본적 생명·충간의 담·지성심"을 갖춘 일본인 청년을 지방에 파견하여 이민족에게 모범을 보이고 현지인을 감복시키는 방식이었다. 그렇게 하여 "충성스러운 친일자"[340]를 형성하는 것이 바람직하다고 보았다. "일본청년법진(日本青年法陣)의 대화합적인 진군을 목전에서" 목격한 아시아 청년이 "수동적으로 공명 공감하여 이 일본적 진용에 가담해 함께 나아가야 할 신천지가 처음으로 그들의 눈앞에 열리고, 이 큰 흐름에 (몸을) 던지게"[341]

338 笠木良明, 앞의 글(1931.11), p.2.

339 오카베 마키오는 이 사건에서 참사관의 요구가 이민용지 매수를 관동국에서 만주국, 특히 현공서(縣公署)에 위임해야 한다는 것이었다는 점에서 행정권을 둘러싼 대립이었다고 지적하기도 하였다. 岡部牧夫, 앞의 글, p.26, 35.

340 笠木良明, 앞의 글(1938.11), p.35.

341 위의 글.

된다는 것이었다. 만주만이 아니라 아시아 청년들이 다 함께 "일본청년법진의 대화합적인 진군"을 이룬다면, 이는 곧 일본정신의 아시아 지배를 뜻한다. 실제로 가사키는 "청년의 세계적인 진용은 싸우지 않고 이기는 것을 목표로, 열심히 심적 영역을 개척해야 한다"는 점에서 "군(軍)의 목적에 반하는 것 같지만 실은 하나"[342]라고 설명했다.

야마무로는 이러한 가사키의 사상을 "만주국을 황도연방의 일부, 팔굉일우의 한 단계라고 보는, 건국 후 나타나는 만주국관"이 "건국운동에 착수하는 단계에서 이미 배태되어 있었다"[343]는 사실을 보여준다고 평가했다. 또한 오카베 마키오(岡部牧夫)는 가사키 사상의 관념성을 지적하여 그에게서 사상적・인격적 영향을 받은 참사관들도 "기본 성격으로 통상 관리에게서 보기 드문 관념성"을 갖고 있었다고 지적했다.[344] 오카베는 "참사관이 정부나 군과 대립한 것은 그들이 가진 가사키적 사명감에 의한 식민지 지배 방침상의 차이에서 비롯된 것에 불과하며" 참사관은 "만주국 지배를 보다 효과적으로 행하려고 한 것과 다름없다"[345]고 신랄하게 비판하였다.

이러한 역사적 평가에 대한 반론은 주로 심정적・감정적인 측면이 강하다. 역시 대웅봉회 계열인 가이 세이지(甲斐政治, 전 헤이허(黑河)성 개척청장, 전 중의원의원)는 대웅봉회 관계자들이 "단신 혹은 두 사람이서 혼란이 극심한 지방 현으로 들어가 만주인을 주체로 하여, 만주인을 위해, 치안의 확보와 만주인 보호를 위해 앞장섰"기 때문에 그들 중 많은

342 위의 글, p.37.
343 山室信一, 앞의 책, p.107.
344 岡部牧夫, 앞의 글, p.34.
345 위의 글, p.35.

이가 희생되었다고 강조하였다.[346]

> 만주국은 괴뢰정권이며 일본의 대륙 침략 행위, 제국주의의 눈속임이었다고 정의하는 구미 역사가나 안이하고 어수룩한 일본 평론가에게 만주인을 지키고 이상을 위해 스러져 간 사람들을 대신해 항의한다.
>
> "제군의 역사관은 형식적, 교조주의적이다. 인간 소외의 싸늘한 자연과학적 방식이다. 어째서 이들의 피로 그린 이상주의자의 역사를 무시하는가."
>
> 슬퍼해야 할 과오와 일부 야심에 의한 대동아전이기는 했다. 지금도 한밤중에 이를 떠올리고 눈물을 흘리는 일은 종종 있으나 전후 아시아 각 식민지의 독립은 어떠했는가. 만주사변에서 일어서, 혹은 스러져 간 사람들과 전혀 상관이 없다고 말할 수 있을까.[347]

이 글은 만주사변이 당시 일본 정부의 동의 없이 행해진 관동군의 무력행사라는 점을 은폐하고, 건국운동에서 "만주인을 지키고, 이상을 위해 스러져 간" 이상주의자의 희생에만 주목하고 있다. 또한 "슬퍼해야 할 과오와 일부 야심"으로 일어난 "대동아전"의 결과로서 전후 아시아 각 식민지의 독립과 만주사변의 협력자들을 연결한다. 그들의 고귀한 희생을 돌아보지 않은 채 "만주국은 괴뢰정권이며 일본의 대륙 침략 행위, 제국주의의 눈속임이었다"는 역사관은, 그의 말을 빌리자면 "형식적, 교조주의적"인, "인간 소외의 싸늘한 자연과학적 방식"이라는 것이다. 하지만 전후 아시아 식민지・점령지는 제국일본에게서 독립・해방되었다. 또한

---

346 甲斐政治, 「満洲事変前後」, 満洲回顧集刊行会, 앞의 책, p.21.
347 위의 글.

여기서 소외되는 "인간"이란 대아시아주의를 신봉하고 만주국 건국을 위해 희생된 일본인 청년들이지, 그들에 의해 주체이자 보호의 대상으로서 일방적으로 지도받은 "만주인"이 아니다.

대아시아주의적 이상이 곧 제국주의로 치환되지는 않는다. 하지만 그가 이토록 높이 평가하는 건국운동의 결과로 창출된 만주국에서 대아시아주의적 이상은 배제되었고, 만주국은 제국일본의 '괴뢰국가'로서 '대동아전쟁'에 동원되었다. 이상을 위해 스러진 일본인 청년들의 선의와 희생으로써 비판받아야 할 대상은 만주사변의 발발부터 만주국을 창출하고 '대동아전쟁'에 동원한 제국일본의 식민지 지배일 것이다.

또한 건국이념의 기치 아래 "독창적인 근대적 나라만들기"에 참가했다는 재만 일본인의 공헌이란 "신천지의 경이적 발전"을 가져온 "만몽개발"이다. 만철의 만몽개발이 대표하는 자원・산업개발로 만주의 근대화를 이룩했다는 자부심은 근대화의 서열에 의한 가치 판단에서 비롯된다. 사카베가 지적했듯이, 이 회상록이 출판된 1960년대는 일본의 호경기이자 아시아 경제 진출이 활성화된 시기였다.[348] 이러한 시대적 배경을 고려한다면 "만주개발의 의의와 성과"를 상기하고 그것을 "미래의 선린우호, 경제제휴에 살려야 할 것"이라는 문장의 의미를 이해할 수 있다. 아시아 경제 진출을 목전에 둔 상황에서, "만주건설에 관한 역사적 사실의 산일(散逸)과 세상의 오해를 우려하여, 이를 당사자의 수기로 보완하여 내외의 식자에게 호소함과 동시에 다음 세대 국민에게 전하고 싶다"[349]는 것이다. 이는 만주 체험과 이상국가 건설의 담론이 건

348 坂部晶子, 앞의 책, p.38.
349 岸信介, 앞의 글.

국공작이나 "나라만들기"에 직접 참가한 사람들의 전후와 대아시아인식과 밀접하게 연관되어 있음을 드러낸다.

한편 만주 체험과 전후 회상에서 가장 방대한 양을 점하는 것은 만주국 붕괴 이후, 가혹한 귀환을 경험한 체험자의 수기나 회상기이다. 이에 관해서는 나리타 류이치(成田竜一)의 선구적인 연구가 있다. 나리타는 1950년대 전후의 만주 여성 귀환 경험자의 수기를 분석하였다. 그는 작가인 귀환 경험자가 식민자로서의 특권적 지위에서 패전 후의 귀환 과정에서 경험한 도피행이나 수용소 생활을 계기로 식민지 경험이 역전된 점에 주목하였다. 그 과정 속에서 본래는 트랜스내셔널한 경험인 귀환 경험은 "목적지로서의 '일본'을 향한 '귀향'의 서사로서 내셔널한 기술에 뒤덮인다." 작가가 체험한 '일본인'과 '가족'의 분열이 수기로서 사후적으로 구축될 때, '일본인'과 '가족'의 이야기로서 재구축되는 것이다.[350] 이처럼 귀환 경험자가 그 경험을 전후 일정한 시간이 경과한 후 다시 이야기할 때, "만주국은 괴뢰정권이며 일본의 대륙 침략 행위, 제국주의의 눈속임"이었다는 역사적 정의는 개인 생활자로서의 체험과 감정에 의해 부정당하기도 한다.

아라라기 신조(蘭信三)는 만주집단 이민자의 인터뷰 조사를 통하여 그 '심정의 논리'를 추출해냈다. 그는 많은 이민자가 자신들은 중국농민과 협화하였고 농업경영도 궤도에 올라 모두 순조로웠다는 "주관적 판단"으로 만주이민사업을 긍정한다고 관찰하였다. 이민 경험자들은 비록 전쟁 때문에 일본인 이민자가 많이 희생되었고 일본으로 돌아와

350 成田竜一, 「「引揚げ」に関する序章」, 『思想』 955号, 2003.11, p.169.

야 했지만, 자신들의 입식이 만주 농촌의 산업개발에 기여하였으며 당시 중국인과 일본인 사이의 교류가 현재 중일 우호관계의 초석이 되었다고 평가했다.[351] 만주집단농업이민의 체험자도 식민자로서의 의식보다 생활자로서의 경험과 주관으로, 자신들을 관동군이나 만주국 정부와 구별했다. 자신들은 만주국의 건국이데올로기를 민간 층위에서 실현하였고, 만주 농촌 개발에 공헌함으로써 훗날 중일 교류의 물꼬를 텄다고 하여 만주이민을 긍정하기도 했다.

한편 사카베는 만주집단농업이민자는 전체 재만 일본인의 10%에 불과하고, 대다수 재만 일본인은 도시 생활자였음을 지적하였다. 그녀는 그들 일반 재만 일본인 시민들이 쓴 수기가 거의 "정치적 가치 판단을 소거한 탈정치적이고 그리움에 젖은 회상"[352]이라고 보았다. 만주집단농업이민자의 만주이민 긍정론이나 "탈정치적이고 그리움에 젖은 회상"이 반드시 제국일본의 만주 지배를 정당화하거나 일본의 아시아 경제 진출을 보조하기 위한 것은 아닐 것이다. 하지만 그들의 '일상성' 서사는 결과적으로 제국일본의 지배권력에 의한 식민지 구조화의 프로세스를 보완하는 형태로 작용한다.[353] 사카베는 식민지 일상생활의 표상과 그 기능의 괴리에서 본래 '괴뢰국가'를 분식(粉飾)하기 위한 만주국의 건국이데올로기가 일본인 식민자의 무의식 영역에 침투하여 그들을 설득하는 '생권력'의 논리를 도출했다.[354]

앞서 분석한 만주국 건국과 그 체제 정비 및 개발에 관계한 위정자나

---

351 蘭信三, 『「満洲移民」の歴史社会学』, 行路社, 1994, p.319.
352 坂部晶子, 앞의 책, p.221.
353 위의 책, p.51.
354 위의 책, pp.51~52.

실무자와 만주집단농업이민자의 만주 담론은, 관동군이나 제국일본의 '대륙진출'과 스스로를 별개로 구별하고 건국이데올로기를 믿고 근대적 나라세우기나 만몽개발, 농업발전 등의 공헌에서 출발하여 전후의 중일우호와 아시아 경제 진출을 주장했다. 그리고 일반 재만 일본인 시민의 회상은 정치성을 배제하고 감상적인 향수를 이야기함으로써 그 정당성을 보완한다. 물론 모든 재만 일본인이 제국일본의 식민지 지배를 긍정하는 것은 아니다. 하지만 식민자로서의 체험이나 가혹한 귀환 과정의 마이너리티 경험에서 가해와 피해가 복잡하게 얽힌 상황이 객관적인 상대화를 어렵게 만들었다고 생각할 수 있다.

현대 일본에서 만주 체험자에 의해 제국일본의 만주이민이나 지배를 긍정하는 만주국의 건국이데올로기가 제한적이나마 재생산되고 있는 것은, 본질적으로 건국이데올로기가 가진 정치적 유동성이나 자의성(恣意性), 나아가 이질적인 황도와의 결합이 초래한 추상성에 기인한다. 패전 후 건국이데올로기는 정치적 맥락에서 단절되었고, 오랜 침묵을 거쳐 다시 "실제정치"를 통한 이상 실현이라는 정당화 논리에 힘입어 재생된 것이다. 엄밀하게 말하면 이 담론은 제국일본의 이데올로기도 만주국의 이데올로기도 아니다. 이것은 현대 일본 사회에서 만주 체험자의, 패전과 동시에 사라진 만주국에 존재했던 자신들의 삶과 경험에 의미를 부여하려는 내적 동인(動因)과 만주 귀환자에게 냉담했던 전후 일본 사회에 대한 '심정의 논리'임과 동시에 '방어의 논리'였다. 그것은 어디까지나 '일본인'을 향한 것이며, 결국 일본 사회의 내셔널리즘에 수렴한다.[355]

355 사카베 쇼코(坂部晶子)는 동북 지역 사회에서 일본인 지배에 대한 투쟁이 신국가 형성의 서사로서 해방 후 중국 사회의 기초가 되었음을 들어, 식민지기 이후 중일 쌍방에

여기까지 만주국 건국이데올로기인 민족협화와 왕도주의가 정치 상황과 재만 일본인 측의 필요에 따라 창출되었다는 점을 확인하였다. 만주국 이데올로기의 정치성 인식은 1930년대를 관통하며 일어난 만주국 건국이데올로기의 재편에 중요한 사고의 계기를 제공한다.

이러한 변화는 앞 절에서 살펴보았듯이, 제국일본의 국제연맹 탈퇴와 중일전쟁 발발 등 국제정치 상황의 변화로 만주국의 독립성을 강조할 필요성이 상대적으로 감소했기 때문에 일어난 것이었다. 또한 제국일본의 지배권에 있어서는 이데올로기 통합의 문제이기도 했다.

이는 동시에 제국일본이 만주국을 통해 정당정치 및 자본주의 등 기존 체제의 변혁이나 혁신을 요구하는 일본인 세력을 포섭하고 그들의 '실험장'이었던 만주 자체를 제국일본의 기존 체제 내에 동화시키는 과정이기도 했다. 이 동화는 만주국의 중핵이자 '지도민족'이어야 했던 일본민족으로서의 아이덴티티를 통해 이루어졌다. 설령 일본 국적에서는 이탈할 수 있어도 일본민족으로부터의 이탈은 불가능하다고 한다면, '일본인'이라는 개념은 국적보다 민족을 가리키는 것이기 때문이다.

그리고 일본민족에게 일본제국으로부터의 '독립' 구상은 그 체제를 상징하는 천황 부정으로 이어질 수 있는 위험을 내포했다. 만주국의 사상통제 강화가 황도에 수렴한 것은, 천황의 권위를 방패로 삼았다는 점에서 재만 일본인에게 특히 유용한 것이었기 때문일 것이다. 제국일본

식민지 경험을 내셔널 서사로서 이야기하는 담론 공간이 형성되었음을 지적하였다. 그녀는 식민지 기억의 대부분이 각각의 사회에서 내셔널 서사와 함께 하거나 약간의 거리를 두고 스스로의 경험을 표상한다고 지적하였다. 이러한 식민지 경험의 발화를 "다양한 시점에서의 서사 묶음"으로 파악하고자 하는 시각은 흥미롭다. 위의 책, pp.221~222. 다만 여기서는 만주국 건국이데올로기의 연속성 측면에 한정하여 검토한다.

은 재만 일본인의 국민국가와 민족을 동일시하는 경향을 교묘하게 이용했고, 현재까지도 만주국을 둘러싼 담론 속에서 종종 관찰되는 주체의 혼동은 그러한 이유에 기인한다고 추측할 수 있다.

제3장

조선인의 만주이민과 제국

장혁주 『개간』

1. 식민지 작가와 완바오산사건

1932년, 장혁주(張赫宙, 1905~1998)[1]는 『개조(改造)』의 제5회 현상창

1 본명 장은중(張恩重), 일본 이름 노구치 미노루(野口稔), 후기의 필명은 노구치 가쿠추(野口赫宙)이다. 대구 출신으로 경상북도에서 교원 생활을 하며 습작을 발표하다가 1932년 「아귀도(餓鬼道)」로 도쿄(東京)문단에 데뷔했다. 그 뒤로 『문예수도(文芸首都)』 동인으로 활동하면서 조선을 소재로 일본어 창작과 발표를 지속하였으나 1930년대 후반부터 친일문학을 집필하였다. 광복 후에는 일본에 귀화하여 집필활동을 계속했다. 白川豊, 『植民地期朝鮮の作家と日本』, 大学教育出版, 1995, p.112・121. 장혁주에 관한 대표적인 연구로 시라카와 유타카(白川豊)의 『식민지기 조선의 작가와 일본(植民地期朝鮮の作家と日本)』(大学教育出版, 1995)과 『장혁주 연구』(동국대 출판부, 2010)를 들 수 있다. 그 연구에 의하면 장혁주의 조선어 작품(1933~1941)은 장편 5편, 중단편 그 외 7편이며, 일본어 작품(1930~1945)은 장편 16편, 중단편 70편, 희곡 및 방송극 4편 등이며, 30권 이상이 단행본으로 간행되었다.

작모집 2등 당선으로 입선하여 바로 도쿄(東京)문단에 데뷔했다. 따라서 그는 모국어인 조선어가 아니라 '국어'인 일본어로 창작 활동을 시작하였고, 그의 문학 활동은 출발부터 이중 언어라는 문제에 직면할 수밖에 없었다. 도쿄문단에서 조선을 소재로 방대한 양의 작품을 발표한 장혁주의 문학 활동은, 식민지와 제국 사이의 굴절된 긴장 관계 속에서 이루어졌다. 이러한 장혁주의 문학적 입장을 고려한다면, 그가 1943년에 굳이 완바오산(萬寶山)사건을 작품 소재로 삼은 것은 단순한 우연으로 보기 어렵다.

완바오산사건은 1931년 4월 지린(吉林)성 창춘(長春)현 쌍싼(鄉三)구 완바오산에서 약 200명의 조선이주 농민이 이퉁허(伊通河)강을 막는 공사를 포함하는 수로 공사를 시작한 것에 주변 중국인 농민들이 항의하여 일어난 충돌 사건이다. 중국인 농민들은 현(縣) 정부에 청원하였고, 이에 현 정부는 공안대를 파견하였으나 일본 영사관 경찰이 조선농민을 '보호'하였다. 7월 1일, 완바오산 부근 중국인 농민 약 300~400명이 제방을 파괴하자 일본인 경찰관은 이에 총격으로 대응하였다. 7월 2일, 중국인 농민과 일본인 경찰 양쪽이 발포하였다. 이 충돌에서 사망자는 없었다. 하지만 '완바오산에서 중국농민과 조선농민이 크게 충돌하여 조선인이 다수 살해되었다'는 『조선일보』의 오보(7월 2일 호외 및 4일)가 조선민중의 민족 감정을 크게 자극하였고, 조선 각지에서 대규모 '배화(排華)사건'이 일어났다.[2]

2 박영석, 『만보산사건 연구』, 아세아문화사, 1978; 朴永錫, 『万宝山事件研究－日本帝国主義の大陸侵略政策の一環として』, 第一書房, 1981; 緑川勝子, 「万宝山事件及び朝鮮内排華事件についての一考察」, 『朝鮮史研究会論文集』特集『明治百年と朝鮮』, 極東書店, 1967; 臼井勝美, 「朝鮮人の悲しみ－万宝山事件」, 朝日ジャーナル編, 『昭和史の瞬間・上』, 朝日新聞

이러한 과정을 통하여 완바오산사건은 단순한 이주민과 현지 주민 사이의 충돌 사건에서 중일 외교 문제로 비화되었다. 장혁주의 도쿄문단 데뷔는 바로 완바오산사건과 만주사변이 환기한 당시 신문 잡지 등 일본 대중매체의 조선을 향한 관심을 배경으로 한 것이었다.[3] 또한 장혁주 문학의 연속성이라는 측면에서도 이해할 수 있다.[4] 장혁주는 문단 데뷔 이후 두 번째 작품으로 「쫓기는 사람들(追はれる人々)」(『改造』, 1932.10)을 발표했는데, 이는 조선 남부 소작인들이 동양척식주식회사에게 소작지를 빼앗기고 간도(間島)로 쫓겨나는 과정을 그린 작품이었다. 장혁주는 초기부터 조선농민의 만주이민에 주목하였고, 식민지의 가난한 농민을 쫓아내는 식민정책을 비판적으로 인식했던 것이다.

그러나 앞에서 살펴보았듯이, 장혁주는 대륙개척문예간화회에 참가하여 만주이민에 관련된 이민촌이나 훈련소, 시설 등을 시찰하였고, 그 성과로서 만주를 소재로 한 국책소설 작품을 발표하였다.[5] 장혁주는

社, 1974; 菊池一隆, 「万宝山・朝鮮事件の実態と構造－日本植民地下, 朝鮮民衆による華僑虐殺暴動を巡って」, 『人間文化』 22号, 愛知学院大学人間文化研究所, 2007.7.

3 中根隆行, 『「朝鮮」表象の文化誌－近代日本と他者をめぐる知の植民地化』, 新曜社, 2004, pp.217～220. 또한 고영란은 1932년을 "엔본붐 이후, 새로운 출판시장으로서 '식민지'가 가시화된 시기"이며, 장혁주의 '조선'이 개조사에 의해 '일본제(和製)' 문화 상품으로서의 부가가치를 부여 받았다고 지적했다. 고영란, 「제국 일본의 출판시장 재편과 미디어 이벤트－'장혁주'를 통해본 1930년 전후 개조사의 전략」, 『사이間SAI』 6, 국제한국문학문화학회, 2009, 138～141쪽.

4 柳水晶, 『帝国と「民族協和」の周辺の人々－文学から見る「満洲」の朝鮮人, 朝鮮の「満洲」』, 博士論文, 筑波大学大学院人文社会科学研究科, 2008, p.110.

5 장혁주는 네 번에 걸쳐 만주를 여행하였다(대륙개척문예간화회 제2차 펜부대(1939.5～9), 조선총독부 척무과 촉탁 만주시찰(1942.5.19～6.6), 만선문화사 초빙으로 간도, 러허(熱河) 순회(1943.9), 앞과 동일한 여정(1945.5.23)). 장혁주의 만주 소재 소설은 「빙해(氷解)」, 『新満洲』, 1939.7; 「국경의 비극(国境の悲劇)」, 『大陸』, 1939.8; 「밀수업자(密輸業者)」, 『改造』, 1940.5; 『광야의 소녀(曠野の乙女)』, 1941.5; 「행복한 백성(幸福の民)」, 『開拓』, 1942.5～8; 「어느 독농가의 술회(ある篤農家の述懐)」, 『緑旗』, 1943.1;

『개간』을 통하여 만주국 건국에서 만주사변 직전의 "장쉐량(張學良) 군벌의 항일정책"[6]의 시대로 거슬러 올라가, 스스로의 문학적 뿌리라고 할 수 있는 완바오산사건을 소설로 재구성한 것이다.

한편 『개간』은 태평양전쟁의 전황 악화로 제국일본의 식량사료 자급기지가 된 만주국에서 벼농사의 주요 담당자였던 조선인 이민자의 '개척'을 그린 작품이기도 하다. 만주국의 쌀 소비는 주로 수입 쌀에 의존했지만 쌀이 주식인 재만 일본인의 증가, 조선쌀의 수출 제한(1939) 등으로 쌀 부족 현상이 심각해지자 자급화를 촉진하는 정책이 시행되었다. 만주국 정부는 쌀 외에도 수출용 대두, 고량, 옥수수를 포함하는 식량 농산물의 대량 증산을 지향하였다. 또한 전황 악화로 동남아시아 방면 미곡의 해상수송이 단절되면서, 제국일본의 만주쌀 증산 요청은 더욱 고조되었다.[7] 이와 같은 역사적 맥락에서 보자면, 이 소설은 분명 전시체제에 적극적으로 협력하는 국책소설이었다.

그러나 『개간』은 국책소설로서 만주국 건국을 정당화하는 제국의 목소리를 반복하면서도, 만주에서 조선이민자들이 겪었던 고통스러운 현실을 생생하게 묘사하였다. 그 때문에 『개간』은 상반된 평가를 받았다. 예를 들어, 국책소설이기는 하지만 "보다 음미되어야 할 중요한 작

『개간(開墾)』, 中央公論社, 1943.4; 「거울성(鏡の城)」, 『金融組合』, 1944.1; 「척사 송출(拓士送出)」, 『開拓』, 1944.8~9 등이다. 유수정, 위의 글, p.111. 장혁주의 만주 및 만주이민에 대한 관심은 일시적인 것이 아니라 도쿄문단 데뷔 이후 일관되게 지속되었다고 추측할 수 있다.

6 張赫宙, 「後記」, 『開墾』(復刻版, 白川豊監修・解説, ゆまに書房, 2000)中央公論社, 1943, p.345. 이하 『개간』 인용은 쪽수만 표기한다.

7 小都晶子, 「満洲における「開発」と農業移民」, 蘭信三編, 『日本帝国をめぐる人口移動の国際社会学』, 不二出版, 2008, p.259.

품"이라는 긍정적인 평가[8]와 "일본군에 의한 만주 지배에 대한 조선인 측의 '익찬(翼賛)'에 불과하다",[9] "조선인의 황국신민화에 대한 거부감을 없애고 일제의 대동아 경영에 대한 이해와 협력을 구하고자 한 국책적 작품"[10]이라는 부정적인 평가가 공존하고 있다. 그밖에도 이태준의 「농군」과 비교한 연구,[11] 완바오산사건을 소재로 한 문학 작품 연구,[12] 장혁주 문학의 연속성에 주목한 연구,[13] 재만 조선인의 표상 연구,[14] 작가의 만주 인식에 관한 연구[15] 등이 있다. 하지만 이러한 선행연구는 대부분 『개간』을 작가 연구의 연장, 혹은 완바오산사건을 충실하게 형상화한 작품으로 간주했기 때문에 정작 텍스트 자체의 구체적인 검토는 충분히 이루어지지 못했다. 때문에 선행연구에서는 『개간』의 중립적인 서술이나 당시 재만조선농민의 애환을 충실하게 그려낸 점을 평가하면서도, 종종 "『개간』은 '국책소설'"이라는 사실 확인에 머무르고

8 白川豊, 앞의 책(1995), p.153.

9 川村湊, 『文学から見る「満洲」－「五族協和」の夢と現実』, 吉川弘文館, 1998, p.142.

10 김학동, 「장혁주의 『개간』과 만보산사건」, 『인문학 연구』 34, 충남대 인문과학연구소, 2007.8, 95쪽.

11 유숙자, 「만주 조선인 이민의 한 풍경－장혁주의 『개간』과 이태준의 「농군」 비교」, 김재용 편, 『재일본 및 재만주 친일문학의 논리 4』, 역락, 2004; 이상경, 「이태준의 「농군」과 장혁주의 『개간』을 통해서 본 일제 말기 작품의 독법과 검열－만보산사건에 대한 한중일 작가의 민족의식연구 (1)」, 『현대소설연구』 43, 한국현대소설학회, 2010.

12 任秀彬, 「"満洲"・万宝山事件(1931年)と中国, 日本, 韓国文学－李輝英, 伊藤永之介, 李泰俊, 張赫宙」, 『東京大学中国語中国文学研究室紀要』 第7号, 2004.4; 와타나베 나오키(渡辺直紀), 「장혁주의 장편소설 『개간』(1943)에 대해서」, 『현대문학의 연구』 36집, 한국문학 연구학회, 2008.10.

13 孫才喜, 「張赫宙文学における連続と非連続－戦前から戦後にかけて」, クロッペンシュタイン・鈴木貞美編, 『日本文化の連続性と非連続性 1920～1970年』, 勉誠出版, 2005.

14 신승모, 「식민지기 일본어문학에 나타난 '만주'조선인상－'만주'를 바라보는 동시대 시선의 제상(諸相)」, 『한국문학 연구』 34, 동국대 한국문화연구소, 2008.

15 曺恩美, 「「満洲」建国イデオロギーと張赫宙の「満洲」認識：『開墾』(1943年)を中心に」, 東京外国語大学大学院, 『言語・地域文化研究』 17, 2011.

있다.

그러나 완바오산사건을 문학적으로 형상화한 작품으로서 이 작품이 갖는 특이점은 다른 작품과 비교함으로써 더욱 명백하게 드러난다. 예를 들어 이태준의 「농군」(1937)이나 안수길의 「벼」(1941)의 텍스트 자체에서는 완바오산사건과 제국일본의 관련성을 찾을 수 없다.[16] 「농군」에서는 일본인이 등장하지 않으며, 「벼」에서도 일본 영사관 경찰 측의 조선농민 '보호'는 의도적으로 은폐되었다. 이에 비해 『개간』은 장쉐량 정권의 배일정책 일환이었던 조선농민 압박 정책부터 완바오산사건을 거쳐 만주사변 발발과 만주국 건국을 그리고 있다.

이 장에서는 『개간』이 국책협력에 가담한 개척소설이라는 전제에서 출발하여 이 소설이 만주이민의 국책소설로서 어떤 이데올로기를 형성하였고, 어떻게 진행되었는지를 구체적으로 검증하고자 한다. 이는 『개간』이 비록 국책소설이기는 하지만 만주에서 재만조선이주 농민(이하 조선농민)이 직면한 가혹한 현실이 주로 묘사된 점 등, 국책문학만으로 온전히 수렴될 수 없는 측면이 갖는 의미를 밝히기 위한 것이기도 하다. 이를 위해서는 우선 작품을 정밀하게 독해하고, 텍스트에서 주장하고 있는 국책이민의 논리를 파악해야 할 것이다.

---

16 최일, 「신분(identity)과 역사서사(歷史敍事)－'萬寶山事件'의 문학화를 중심으로」, 중국해양대 해외한국학 중핵사업단편, 『근대 동아시아인의 이산과 정착』, 경진, 2010, 271~272쪽.

2. 조선 농촌 사회 재구축의 꿈

장혁주는 스스로 『개간』을 "장쉐량 군벌의 항일정책으로 인한 우리 이주 농민에 대한 부당한 대우", "새로운 개간지에서의, 훗날 '완바오산 사건'으로 알려지는 충돌 사건", "만주 건국 후의 밝은 건설 모습"의 삼단계로 나누었다.[17] 그의 주장은 만주에서 조선농민이 경험한 고통스러운 생활과 만주국 건국 후의 행복한 생활이 대조되도록 구성했다는 것이었다. 하지만 선행연구에서 이미 지적되었듯이, 모두 11장으로 구성된 이 소설에서 약 10장 가량의 분량을 차지하는 것은 조선농민이 만주에서 처한 비참한 "생존경쟁의 현실"에 관한 묘사이다.[18] 특히 1장에서 3장까지는 파허(法河)강 부근에 정착했던 조선농민이 지린성 정부의 용병부대에게 "통비(通匪) 혐의"를 구실로 습격당하고, 창춘으로 피난을 떠나는 위급한 상황을 그리고 있다. 이 긴박한 상황은 세 명의 조선농민 삼성, 영준, 창오의 시선을 통해 묘사된다. 그들은 동향 출신의 "선농(鮮農)"이지만 동일한 계급 출신은 아니다. 삼성은 "소학교만이라도 제대로 학교를 졸업한" 양반의 아들이고, 영준은 "소박한, 흙냄새가 나는 백성"이며, 창오는 "선조 대대로 소작 빈농"이었다가 음식점 사용인이 된 부친과 하녀였던 모친 사이에서 태어난 아들이다. 특히 삼성 일가의 이민은 자산가이자 양반인 부친이 "상당히 화려한 생활"을 한 탓에 "간도로 가서 한 밑천 벌어 오겠다"며 친척인 최세모 일가와 함께

17 張赫宙, 앞의 글(「後記」), p.345.
18 白川豊, 앞의 책(1995), p.152.

만주로 건너온 것으로 묘사된다. 하지만 다른 사람들이 조선을 떠날 수 밖에 없었던 이유는 언급되지 않는다. 그들은 그저 "그해 가뭄으로 생활의 밑바닥으로 추락한 많은 빈민"(p.11)이다. 가와무라 미나토(川村湊)는 이 점에 주목하여 이민단 전체가 그러한 개인적인 사정으로 고향을 떠난 데에는 사회적 요인이 크게 작용했을 터인데, 이 작품은 그러한 이민의 진정한 원인을 애매하게 호도하고 있다고 지적하였다.[19]

그러나 『개간』에서 조선농민이 회상하는 만주이민은 결코 희망에 가득 찬 것이 아니라는 사실을 지적해야 할 것이다. 그들은 "비참한 기분으로, 금방이라도 숨이 멎어버릴 만큼 비탄의 바닥에 떨어져" 고향을 떠나 "이제 세상 끝이라도 온 것 같은 초라한 기분과 함께", "마치 망령을 연상시킬 법한 참담한 존재"(p.12)가 되어 만주에 도착한다. 이렇게 묘사되는 조선농민의 만주이민이 개척을 향한 의지와 희망에 가득 찬 자주적인 것이라고 생각하기는 어렵다.

실제로 한일합병 이후, 조선인의 만주이민 급증은 식민지가 된 조선의 급변하는 사회경제적인 상황이 큰 영향을 끼쳤다. 식민지기 조선에서는 토지조사사업과 임야조사사업, 일본인의 토지 매수 등으로 자작농이 감소하고 소작농이 증가하는 한편 도로, 철도, 항만 등의 기반시설 정비가 추진되었다. 이러한 사회경제적 변화는 농민층의 분해를 촉진하였다. 기쿠치 가즈다카(菊池一隆)는 한일합병 이후 발생한 조선인의 대량 이민에 영향을 끼친 요인에는 식민지화로 인한 직간접적인 이유가 82.6%에 이른다고 지적했다.[20]

19 川村湊, 앞의 책, p.142.
20 菊池一隆, 앞의 글, p.16.

한편 만주 측의 요인으로는 가경지(可耕地), 미경지(未耕地)의 여유가 있었던 점, 간도협약으로 간도 지역에 한정되기는 했지만 조선인의 토지, 가옥 소유권이 인정되었다는 점을 들 수 있다.[21] 제국일본 측에서 보자면 조선인의 만주이민은 불안정한 식민지 사회의 잉여 인구를 만주로 송출함으로써 조선 통치의 안정을 꾀함과 동시에 만주 벼농사 농업의 발달이나 일본 세력의 영향력 증대를 동시에 실현할 수 있었다.

이러한 역사적 배경을 고려한다면, 삼성 일가가 만주이민을 선택해야만 했다는 사실 자체가 그들이 영락한 양반임을 증명한다. 삼성은 종의 아들인 창오나 백성인 영준과 똑같이 참담한 모습의 일개 이민자로 전락한다. "한 밑천 벌어오겠다"는 꿈에 취해 만주이민을 결심한 삼성 부친의 비참한 죽음과 "나처럼 허황된 생각을 품지 마라. 흙에 뿌리를 내린 생활을 하고, 안심할 수 있는 곳을 찾으면 내 뼈를 옮겨 묻어다오"(p.112)라는 유언은 그러한 전락의 결과를 상징한다. 양반, 백성, 종이라는 조선에서의 신분은 사라지고, 그들 모두가 '선농'이라는 집단으로 통합되어 함께 몰락하는 것이다. 제국의 변경인 식민지의 외부라고 할 수 있는 만주로 쫓겨난 '선농'은, 아렌트의 말을 빌리자면 "뭇 권리를 가질 권리"[22]를 상실한 존재라고 할 수 있다. 『개간』에서 '선농'의 위태로운 입장은 "통비 혐의"를 구실로 삼은 용병부대의 습격으로 더욱 강렬하게 묘사된다. 용병부대가 마을을 습격한다는 소문을 듣고 사람들이 피난을 시작하는 와중에, 영준은 피난을 권하러 온 삼성에게 피난을 거부하겠다고 말한다.

---

21 위의 글.

22 田中隆一, 「研究ノート 朝鮮人の満洲移民」, 蘭信三編, 앞의 책, p.181.

아까 그 모습을 보았을 때, 나는 다시 우리들이 경작지를 찾아다니던 시절을 떠올리고 말이지, 얼마나 가엾은 모습인가 생각했어. 더구나 정처 없이, 저렇게 뛰쳐나간 다음 일을 생각하니 나는 이 한 목숨 잃게 되더라도, 뼈를 깎더라도, 여기서 한 발짝도 움직이지 않겠노라고 생각했지. 나는 두 번 다시 저런 꼴이 되고 싶지 않아. 저런 가엾은 몰골로는……. (p.8)

영준에게는 "설령 식량 도구를 쌓은 수레가 있어도" 정착할 땅을 찾아 헤매는 사람들의 모습은 자신과 가족의 목숨이 위태로워진다고 해도 결코 되고 싶지 않은 "가엾은 모습"이다. 그들은 "고국을 잃은 사람으로서 거주권을 잃은 사람들, 나아가 실업했거나 경작지를 잃은 것과 같은, 노동할 권리조차 빼앗긴 사람들"[23]인 것이다.

"통비 혐의", 즉 "일본제국주의 타도", "모든 지주의 토지 몰수" 등을 내세운 "공산비 일당"의 검거는 중일 쌍방이 민중을 자의적으로 검거하기 위한 구실로 이용한 명분이었다. 그 배경에는 조선인의 이중국적 문제와 그 문제가 촉발한 양국의 경찰권 문제가 있었다. 한일합병 이후, 조선인에게는 자동적으로 일본 국적이 부여되었으나 조선에서는 국적법 자체가 시행되지 않았다.[24] 조선총독부는 설령 조선인이 중국 국적을 취득해도 조선인의 일본 국적 이탈을 허용하지 않았다. 재만 조선인의 이중국적 문제는 제국일본 측이 중국 국적을 취득한 조선인을 이용하여 중국 토지를 조차(租借) 및 매수하는 등의 토지 문제와 속인주의로 인한 일본 경찰권 개입 등이 복잡하게 얽혀 진행되었다.[25] 그러한

23 ハナ アーレント, 大島通義・大島かおり, 『帝国主義』, みすず書房, 1981, p.281.
24 市野川容孝・小森陽一, 『難民』, 岩波書店, 2007, p.39.

과정을 거쳐 중국 측은 조선이주민을 '일제의 앞잡이'로 간주하였고, 중국 관헌이 그들을 합법적으로 검거하기 위해 등장한 것이 바로 '통비 혐의'였다.

『개간』에서 지린성 정부의 용병부대가 "통비 혐의"를 구실로 조선농민에게 행하는 살해, 상해, 부녀자 폭행, 금품 요구 등은 단순한 약탈 행위가 아니다. 중국인 병사의 "한없는 증오"는 명백히 '선농'을 향한 것이었다. 하지만 목숨을 위협받으면서도 『개간』의 '선농'들은 아무도 조선으로 돌아가려 하지 않는다. 그들이 원하는 것은, 바로 만주의 대지에 있기 때문이다.

> 황사 바람과 버드나무에 가려 보이지 않는 저 멀리에 있는 개간지를 무지개처럼 아름다운 것으로 상상하였다. 본 적도 없는 눈부신 행복이 그들을 기다리고 있을 것만 같았다. 초가지붕을 얹은 훈훈하고 안온한 널찍한 집이 서있었다. 황금물결이 황홀한 벼, 단 옥수수와 감자, 향기로운 대두가 그들의 마음에 가물거렸다. 갓 구워 향이 진한 시루떡, 찰떡, 볶은 과자가 그들 입에 침이 고이게 만들었다. 그곳에는 이제 굶주림도, 비습(匪襲)도, 다툼도 없었다. 두툼한 새 옷을 입고, 부른 배에 만족하여, 온화하게 서로 미소 짓고 있는 그들이 있는 것이었다. (pp.210~211)

중국 정부나 농민에게 박해받고 비적에게 생활을 위협받으면서도, 조선농민은 만주의 토지에 자신들의 꿈을 꾼다. 하지만 굶주림도 다툼

25 田中隆一, 『満洲国と日本の帝国支配』, 有志舎, 2007, p.130.

도 없이, 따뜻한 옷을 입고 평화롭게 살아가는 조선농민들의 꿈에는 현지 주민도 일본인도 등장하지 않는다. 이것은 어디까지나 '선농'만을 위한 꿈인 것이다. 다민족사회였던 만주국의 건국이데올로기가 민족협화였다는 사실을 상기하면, 이 꿈의 기이함은 뚜렷해진다. 그리고 이 기이함은 단순한 꿈에 그치지 않는다.

텍스트에서 '선농'의 꿈에 가장 근접한 것은 그들이 파허강 부근에 구축했던 촌락공동체일 것이다. 그들은 가장 처음 정착한 라오링(老嶺)산의 입식지에서는 중국 관헌의 압박과 불리한 소작 계약 때문에, 그 다음에 향한 벽지에서는 "공비(共匪)"의 습격으로 정착을 포기할 수밖에 없었다. 파허강 부근의 입식지는 '선농'이 4년 동안 실패와 좌절을 거쳐 드디어 발견한 정착지였다.

이곳에서 "토지의 위치나 토질에 따라 등분을 매겨 모두에게 분배"한 것은 사실상 '선농'의 지도자인 최세모이다. 그는 "공비"나 지주만이 아니라 분노한 현지 주민과의 교섭을 담당함으로써 "모두를 대신해 위험에 노출된다." 『개간』에서 '선농'공동체는 종종 일족이나 가족으로 묘사되는데, 그처럼 강한 결속력을 가진 조선농민공동체에서 최세모는 유사 부친의 역할을 수행한다. 그는 공동체를 위해 자진하여 자기 자신이나 가족을 희생하는 등의 모습을 통하여, 단순한 지배계급의 일원이 아니라는 점이 강조된다. 하지만 그는 중국인 지주에게 진객 대우를 받고, "그날 밤은 시묵(詩墨)을 논하며" 이윽고 "의형제의 인연을 맺"기에 이른다. 그는 중국인 지주와 중화문화를 공유하고 한자를 통해 교류할 수 있는 양반인 것이다. 때문에 이 새로운 대지에서도 양반을 중심으로 조선 농촌 사회를 모방한 구조가 구축된 것처럼 보인다.

하지만 『개간』에서 최세모의 지도자적인 위치가 양반이라는 출신 때문이 아니라 개인의 뛰어난 인품이나 자기희생 정신을 통해 정당한 것으로 강조되고 있다는 점을 간과할 수 없다. 정당성이 강조된다는 것은 이미 그것이 당연한 것이 아니라는 사실을 드러내기 때문이다. 최세모의 지위는 그 개인이 획득한 것이지 국가나 사회의 권위나 질서가 보장한 것이 아니다. 때문에 그는 단순한 유력자일 뿐만 아니라 선량한 인격자여야만 했다. 『계간』의 '선농'은 이미 양반에게 종속된 기존 신분 질서에 얽매이는 존재가 아닌 것이다.

그리고 이 공동체는 외부의 폭력에 거의 아무런 저항도 하지 못한 채 붕괴한다. 그들이 품었던 꿈의 허망한 붕괴를 상징하는 것은 "라오링산 산기슭에서 일어났던 사건 이후는 싹 잊어버리"고, "그 초라하고 비참한 기분 따위 지금은 이미 어디에도 남아있지 않"았던 영준 일가의 무참한 죽음이다. 그의 죽음은 조선농민에게 가혹한 현실을 직시하게 만든다. 즉 만주의 대지는 주인이 없는 황무지가 아니며, 그들이 꿈꾸는 '선농'만의 공동체는 결코 존재하지 않는다는 사실이다.

1920년대의 만주에서는 제국일본의 '대륙진출' 정책에 자극을 받아 중국내셔널리즘이 고조되고 있었다. 그러한 시대 상황에서 만주이민은 한 개인이 식민지적 타자, 혹은 주체로서 포착되는 예외 공간으로의 진입을 의미했다. 그러한 시대적 상황을 배경으로 『개간』의 "선농"이 지향한 것은 일본인과 현지민을 배제한 '선농'만의 꿈이었고, 바로 그들이 쫓겨난 조선의 농촌 사회를 재현하는 것이었다. 제국일본의 근대 식민지 정책으로 재편된 조선 농촌 사회에서 쫓겨난 이주 농민들은 만주에서 조선의 전근대적인 농촌 사회로 회귀하고자 한 것이다.

이러한 『개간』의 구도를 단순한 우연이나 실제 완바오산사건 관련 조선인들의 경험을 그대로 묘사한 것이라고 생각하기는 어렵다. 완바오산사건에서 조선인 측 대표로 계약한 아홉 명은 모두 간도 지방의 터우다오거우(頭道溝) 거주자였고, 입식 이전부터 일본 관헌과 밀접한 관계에 있었으며, 입식 당시 인원은 불과 열 몇 명뿐이었다는 사실 등, 그 자세한 내용까지 완전히 일치하지는 않는다.[26] 또한 『개간』의 '선농'들이 완바오산에 입식하기까지 경험하는 고난은 주로 지린성 정부의 차지회수령(借地回收令), 토지가옥상조금지령(土地家屋商租禁止令), 토지조매금지포고(土地租賣禁止布告)(1929), 토지저당계약금지훈령(土地抵當契約禁止訓令, 1930.4), 국토도매징벌령(國土盜賣懲罰令, 1931.5) 등 당시의 조선인 압박 정책을 망라한 것이었다. 이는 특정 사례라기보다 당시 조선농민이 경험하던 정치적 압박을 구조적으로 표현한 것으로 보는 것이 타당할 것이다. 그리고 『개간』의 서사는 바로 그들 '꿈'의 종말에서 출발하고 있는 것이다.

26 『개간』의 '선농'은 간도 지방 입식지 라오터우거우(老頭溝)에서 신카이링(新開嶺)으로, 다시 파허(法河)강으로 이동하였다. 또한 완바오산에 입식할 때는 일본 관헌의 구체적인 지원은 받지 않았다고 묘사하고 있으나, 실제 완바오산사건에서는 조선인민회금융부가 3,000원(元)을, 만철이 수전 설계 및 볍씨 90석을 지원하였다. 緑川勝子, 앞의 글, p.132. 또한 텍스트에서는 완바오산 입식 당초 인원이 원래 21호와 새로 참가한 50호를 합쳐 150명이라고 하였다. 실제 사건에서는 조선인 입식인 수는 십수 명이고, 그것이 점차 수십 명으로 늘어나 최종적으로는 400명 혹은 500명에 이르렀다. 菊池一隆, 앞의 글, pp.26~27.

3. 수전 개발의 이중성

조선농민들이 구축했던 공동체는 중국 용병부대에 의해 허망하게 붕괴한다. 이때 그들이 직면하는 현실은 "한없는 증오로" 자신들을 쳐다보는 중국 군인들의 폭력에서 그들을 보호하는 존재는 없다는 사실이다. 하지만 『개간』의 '선농'들은 만주의 어느 공동체에도 속할 수 없는 자신들의 입장을 자각하고 있다. "이 땅의 모든 정치 정세에 정통하게 되었"지만 군이 "평범한 백성으로, 정치 사상과는 아무런 인연도 없는 중생임을 확실히 알아주었으면"(p.29) 한다는 그들의 주장은 그러한 현실인식을 반영한다.

『개간』에서 어디에도 귀속될 수 없는 존재인 '선농'들은 스스로의 아이덴티티를 국가나 사회에서 찾지 않는다. 영준을 비롯한 "평범한 백성"들이 애착과 귀속감을 느끼는 것은 바로 토지이다. 스스로 개간한 토지야말로 그들을 "퍽 행복하게" 해주는 것이다.

> "파라, 자 파, 머뭇거리다가 파종기가 지나 버려!" 이렇게 외친 것은 영준의 어머니였다. 키가 작고 허리가 약간 구부러진 그의 어머니는 흡사 무언가에 홀린 것 같았다.
>
> "뭘 우물쭈물 하고 있어. 남녀를 따질 때냐, 사느냐 죽느냐의 경계에서 뭘 고상한 체 하고 있어. 남자는 파라, 여자는 흙을 옮겨야지."
>
> 아무도 노는 사람이 없었다. 부인과 아이들도 흰 정강이를 드러내고 자신이 할 수 있는 일을 하고 있었다.

하지만 그의 어머니는 실성한 듯이 "거기 여자애야, 네 그 흰 정강이는 뼈로 만들어져 있지 않기라도 한 거냐. 살아 있으면 더 빨리 걸어." "네 팔은 썩은 나무토막이냐. 남자 주제에 그렇게 아둔하게 파는 거냐." 이렇게 달리고 넘어지며, 도구가 없는 사람은 손으로 흙을 파내 치마에 그 흙을 담아 나르는 것이었다. "아이도 놀면 안 된다. 돌이라도 주워라." 이리하여 길이가 1리(里)나 되는 용수로를 겨우 7일만에 파낸 것이었다.

파허강의 물이 구불구불한 검은 흙의 용수로로 서걱서걱 흙을 삼키며 무시무시한 기세로 짓쳐들어왔다. 쏟아져 들어오는 물의 선두에 서서 달려오는 아이들의 물이다, 물이 들어온다는 외침을 듣자 영준 어머니는 아이들과 함께 달리기 시작했다. 그리고 너무 기뻐 실성했는지, 둑에서 떨어져 물속으로 쓰러진 것이었다. 앗, 소리치며 영준은 어머니를 구하려 뛰어 내려갔다. 하지만 어머니는 "상관마라. 놔둬라. 이건 내 생명의 물이니까. 마음껏 잠기고 싶구나"라며 거세게 아들을 뿌리치는 것이었다.

사람들은 그녀의 광란과 같은 기쁨에 함께 기뻐하고 어쩔 줄 몰라 하며 와아아 함성을 지르고 기쁨에 겨워 눈물을 흘리며 서로 손을 맞잡고 껴안는 것이었다. (pp.17~18)

남녀노소가 하나가 되어 용수로를 만드는 이 장면은 수전(水田) 개발/벼농사가 영준이나 그의 모친만이 아니라 조선농민을 행복하게 만든다는 것을, 그들의 개척집단으로서의 아이덴티티의 근원임을 보여준다. 일본인 농업이민단의 경우 입식지의 중국인과 긴장 관계가 생겨남에 따라 '내지'에서는 겉으로 드러나지 않았던 '일본인'이라는 에스닉 아이덴티티가 가시화되었다.[27] 그에 비하여 『개간』에서 '선농'이라는 집단의 아이덴티티는 무엇보다도 수전 경작/벼농사와 일체화되어 나타나는 것이다.

그러나 영준 어머니의 벼농사를 향한 광기어린 집착은 그녀의 목숨을 갉아먹기에 이른다. 혼수 상태에서도 “아직 쌀은 수확하지 못했니. 햅쌀은 아직이니”라고 중얼거리며 죽은 어머니의 입에 영준은 숟가락으로 “햅쌀을 한 입 두 입, 세 입” 넣는다. 그는 “목숨의 대가로 입 안 가득 넣은 쌀을 자못 행복한 듯이 품고 있는” 어머니의 얼굴을 바라본다. 어째서 다른 농작물이 아니라 유독 쌀만이 그러한 욕망의 대상이 되는 것일까?

『개간』에서 조선농민의 쌀에 대한 집착은, 앞의 인용에서도 볼 수 있듯이 농민의 본능, 혹은 “개척혼”으로서 ‘선농’만의 특수한 아이덴티티인 듯이 묘사되었다. 이는 만주에서 조선농민과 수전 개발의 밀접한 관계에 대한 당시의 일반적인 인식을 반영한 것이라고 볼 수 있다. 예를 들어 매년 만철의 동아경제조사국이 간행한 만주안내서 『만주독본(滿洲読本)』에서는 만주 수전의 시조는 조선인들이 압록강변 지역에 개전(開田)한 것이고, 만주 각 지방의 수전은 거의 조선인이 개척한 것이라고 설명했다.[28] 만주농업공사 조사과에서 만주의 논벼를 연구한 요코야마 도시오(横山敏男)는 “만주 벼농사 담당자는 거의 대부분이 조선에서 이주한 반도 동포의 손에 맡겨져 있으므로, 만주 논벼 경작의 실태를 밝히는 것은 곧 재만선농의 실태를 밝히는 일”이라고 강조하였다. 따라서 “논벼 문제는 민족 문제로 수렴된다”는 것이다.[29]

---

27 蘭信三, 『「満洲移民」の歴史社会学』, 行路社, 1994, p.205.
28 東亜経済調査局, 『満洲読本』, 満洲文化協会, 1934, p.111・113.

하지만 『개간』에 등장하는 삼성이나 창오가 본래 농민이 아니었듯이, 현실의 조선이주 농민 중에는 조선에서는 수전이 아니라 밭농사에 종사하던 사람들도 적지 않았다. 또한 만주처럼 기후가 불안정한 지역에서 수전 단일 경작은 모험이었다. 만주사변 발발 이전에 수전의 면적과 수확량은 급증했지만 전체 농작물에서 차지하는 비율은 여전히 낮았다.[30]

그럼에도 불구하고 만주에서 조선농민이 거의 전문적으로 벼농사를 담당하게 된 것은, 벼농사가 단위당 수확량이 높고 수익률이 월등했기 때문이다. 더구나 벼농사는 윤작할 필요가 없고 밭농사에 적당하지 않은 저습지를 개간하기 때문에 증수(增收)를 기대할 수 있었다. 제1차 세계대전기에는 동북정권도 조선농민의 만주 벼농사 경작을 환영할 정도였다.[31]

하지만 앞에서 살펴보았듯이, 한일합병 이후 시작된 조선인의 이중국적 문제는 제국일본의 중국 토지 매수에 매우 유용한 수단이 되었다. 중국의 국권회복운동이 본격화되면서, 동북정권도 태도를 바꾸어 조선인의 토지 매수 및 조차를 금지시키는 데 이르렀다. 관헌과 민중의 배일(排日)감정이 고조된 만주 사회에서 조선농민들의 입장은 악화될 뿐이었다.

조선농민의 이러한 입장을 고려한다면, '선농'을 재입식시키려는 조

29 横山敏男, 「序言」, 『満洲水稲作の研究』, 河出書房, 1945.

30 만주사변 발발 이전까지 1925년과 1926년을 제외하면 쌀은 전체 농산물 경작 면적의 1% 이하에 머물렀다. 김영, 『근대 만주 벼농사 발달과 이주조선인』, 국학자료원, 2004, p.84, 125, 164.

31 田中隆一, 앞의 글, p.181.

선인거류민회 간부가 중개인으로 자본가인 신의달을 선택한 것은 우연이 아니다. 창춘에서 등장한 '선농'의 새로운 교섭 상대는 일찍이 최세모가 직접 교섭했던 시골 지주가 아니라, 토지를 상품으로 이용하여 불로소득을 얻으려는 도시 자본가이자 토지 브로커이다. 이 토지 브로커는 성(省) 정부가 토지를 빌리는 것을 금지한 조선농민들 대신 완바오산 부근 지주들과 계약을 맺고, 이 땅을 다시 조선농민들에게 빌려주는 방식으로 중국의 법망을 교란시킨다. 대지주나 자본가, 토지 브로커가 '선농'의 불법입식을 꾀하는 것은 조선농민에게 벼농사를 짓게 하고 그 대가로 비싼 지대(地代)를 받기 위해서이다. 때문에 완바오산 부근 중국인 지주들에게 '선농'이 입식하는 모습은 "어째서인가 그들의 식탁을 풍성하게 해 줄 돼지의 행렬, 혹은 그들의 곳간을 채워줄 소와 말의 모습처럼"(p.212) 보인다. 『개간』은 일본인 토목기사보다도 우수하다고 묘사되는 조선농민의 수로 건설 경험과 수전 경작의 뛰어난 기술을 통해, 조선농민들이 지주나 유력자들에게 지속적으로 이익을 보장하는 것만이 만주에서 그들의 존재가 허용될 수 있는 조건이라는 인식을 드러내고 있는 것이다.

때문에 『개간』의 '선농'에게 쌀 맛도 모르고 높은 수익성에도 흥미를 보이지 않은 채 그들을 폭력적으로 배제하려는 현지 농민은 짜증과 멸시의 대상에 불과하다. 『개간』에서 조선농민들은 완바오산 이전에도 적대적인 현지 농민과 마주친다.

"너희들이 오면 금세 하천을 막아버리거나 제방을 끊어버린다. 그리고 우리 밭을 침수시키거나 가뭄 때 필요한 관수(灌水)를 빼앗아가지. 이 땅에서 수전을 만드는 것은 절대 안 되니, 얼른 다른 땅으로 가버려"라는 것이 습격자의 주장이었다.

"핑계는 어쨌든 우리는 이 땅에서 수전을 만들 의지는 털끝만큼도 없네. 우선 이 부근에는 수전에 적합한 저지(低地)가 안 보이지 않은가. 우리는 적합한 땅을 찾는 동안만 이 산기슭을 묵을 곳으로 빌리고 싶을 뿐이네." 최세모는 유학(儒學)으로 단련한 체념과 달관과 온화함, 그리고 위엄을 갖추어 그렇게 답했다.

그쪽도 최세모가 갖추고 있는 위엄을 인정한 것 같았다. 하지만 다소 거친 태도를 누그러뜨리면서도 다음과 같이 말했다.

"묵을 곳을 빌리는 정도는 아무것도 아니라고 생각할지 모르지만, 이쪽은 그럴 수 없다. 너희들 가오리런(고려인이라는 의미로 조선인을 멸시할 때 쓴다)에게는 토지건 집이건 빌려주면 안 된다고 전부터 위에서 엄격한 지시가 내려왔다. 이 규정을 어기면 우리들이 어떤 심한 짓을 당할지 모른다. 더구나 너희들이 있으면 나중에 틀림없이 공비가 따라올 것이 틀림없는데, 통비 혐의를 받고 싶지는 않으니."

(그들이 말하는 것도 맞는 소리지) 최세모는 생각했다. 요즘 몇 년 이래, 그는 이 토지의 모든 정치 정세에 정통해졌다. (pp.28~29)

최세모는 '선농'의 출현에 놀라 서둘러 쫓아내려는 현지 농민을 상대하면서 "그들이 말하는 것도 맞는 소리지"라며 그들의 불만과 불안을 이해한다. 그럼에도 불구하고 그는 현지 농민의 날카로운 비판에 분명하게 대답하는 것을 회피한다. 조선농민들은 "하천을 막아 버리거나 제방을 끊어 버린다", "밭을 침수시키거나 가뭄 때 필요한 관수를 빼앗"는다는 그들의 비판에 그는 그곳이 수전을 만드는 데 적합하지 않다고 답할 뿐이다. 물론, 그것은 흥분한 현지 농민과의 충돌을 피하기 위한 방편이었을 것이다. 하지만 수전 농사가 유발하는 밭농사의 피해에 대한 현지 농민들의 우려와 불안은 완바오산사건의 가장 큰 원인 중 하나였다. 그럼에도 불구하고 『개간』에서 이러한 현지 농민의 불안을 언급하는 '선농'은 존재하지 않는다. 현지 농민 측이 "가오리런"[32]에게 느끼는 것 또한 "선망과, 그리고 동시에 격렬한 질투"뿐이라고 묘사된다.

이와 같은 '선농'과 현지 농민의 적대적인 접촉은, 밭농사에 고집하는 '그들'의 눈에 수전에 집착하는 자신들이 어떻게 비치는지 인식할 수 있는 중요한 기회이기도 하다. 그러나 '선농'과 현지 농민은 서로의 입장을 이해하지 못한 채 충돌을 회피하는 데 그친다.

텍스트에서 벼농사에 고집하는 '선농'의 거만한 태도가 반드시 긍정적으로 묘사되는 것은 아니다. 하지만 "평범한 백성"으로서 조선농민들이 본래 연대해야 할 상대는 대지주나 토지 브로커가 아니라 직접 밭을 경작하는 현지 농민일 터이다. 그럼에도 불구하고 조선농민에게 호의를 보이고 우호적인 관계를 맺는 것은 그들에게서 직접적인 이득을 얻는 지주나 수전 기술을 배우려는 현지 농민뿐이다. 『개간』의 "중립적인 시선"이 조선농민을 이용하려는 조선인 자본가에게 강한 혐오와 증오까지 드러내는 것이 이상할 정도로, 이 작품에서 '선농'의 존재 가치는 벼의 상품작물로서의 수익성과 긴밀하게 얽혀 있는 것이다.

하지만 이주 지역의 역사나 문화, 환경과 동떨어진 논벼 경작을 토대

32 고려인(高麗人)이라는 뜻의 조선인 멸칭.

로 하는 조선농민의 아이덴티티는 결코 "평범한 백성"의 그것이 아니다. 대두 등 밭농사에 종사하던 현지 농민은 "하천을 막아버리거나 제방을 끊"고, "밭을 침수시키거나 가뭄 때 필요한 관수를 빼앗"는 수전 개발을 결코 환영할 수 없다. 그럼에도 불구하고 논벼 경작을 긍정하고자 한다면, 그것은 쌀의 부가가치, 즉 '대일본제국'에 있어서 만주쌀이 갖는 가치에 수렴될 수밖에 없다.

만주 경제는 1920년대부터 주요 수출 상품인 대두와 그 1차 가공품에 의존하고 있었다.[33] 경작 면적이나 수확량으로 볼 때 대표적인 주요 작물인 대두는 전체 농산물 중 30% 내외를 차지했다.[34] 이에 비하여 논벼 경작의 비중은 매우 적었고, 사실상 수입 쌀에 의존하고 있었다. 하지만 태평양전쟁의 발발과 그 장기화로 만주국은 제국일본의 식량기지로 급속하게 재편되었다. 1940년대 만주국에서는 정책적으로 벼의 경작 확대를 통한 식량 증산이 요구되고 있었다.[35] 요코야마는 '대동아전쟁' 발발과 장기화로 인한 "식량 증산과 그 배급의 적정화는 전력증강의 중요한 일환으로서 가장 크고 긴급한 문제"라고 강조하였다. 그리고 일본인의 식습관 탓에 "식량 문제란 곧 미곡 문제"이며, "미곡의 증산이야말로 전쟁에 이기기 위한 필수 조건"이었다.[36]

그러나 만주쌀 증산 기대에 부응할 것이라고 기대된 것은 조선농민

---

33 대두는 상품화 비율이 80~83%로 대단히 높았다. 1929년에 전체 수출 총액에서 대두 상품의 비중은 약 60%를 차지했다. 山本有造, 『「満洲国」経済史研究』, 名古屋大学出版会, 2003, p.90~91.

34 위의 책.

35 藤原辰史, 「稲も亦大和民族なり－水稲品種の「共栄圏」」, 池田浩士編, 『大東亜共栄圏の文化建設』, 人文書院, 2007, p.220.

36 横山敏男, 앞의 글.

이 아니라 일본인 이민단이었다.[37] 본래 쌀은 야마토(大和)민족의 주식이자 천황제의 가장 중요한 상징으로서 생활에서 제국일본의 통일성과 정당성의 기초가 되는 중요 작물이었다.[38] 『개간』은 바로 그 쌀을 조선 농민의 아이덴티티의 원천으로 묘사했고, 또한 그들이 가진 논벼 경작의 뛰어난 기술력을 강조했던 것이다.

4. '거류민 보호'의 모순과 한계

『개간』의 선행연구는 대부분 이 작품이 완바오산사건을 거의 그대로 재현했다고 간주하였다.[39] 『개간』에 중국인 지주에서 일본 영사나 조선인거류민회 회장, 현장을 지휘한 일본인 경찰관에 이르기까지, 사건에 관련된 인물들이 본명으로 등장하고 조선농민과 중국인 지주의 계약 내용을 매우 상세히 서술했기 때문이다. 작품 외적 요인으로는 장혁주의 소설이 식민지에서 일어난 충격적인 사건을 소재로 삼은 르포르타주로서 종주국의 문단에 수용된 과정[40]도 영향을 끼쳤을 것이라고

---

37 小都晶子, 「満洲における「開発」と農業移民」, 蘭信三編, 앞의 책(2008), p.259.

38 藤原辰史, 앞의 글, p.191.

39 장혁주는 『개간』 집필에 앞서 두 번(1939.6, 1942.6) 만주를 여행하였다. 특히 1942년의 삼 개월(6~8)에 걸친 만주여행에서는 조선총독부 척무과 촉탁으로 완바오산 집락을 포함한 이민촌을 시찰하였는데, 이 여행이 『개간』에 큰 영향을 끼쳤을 것으로 추측된다. 白川豊, 앞의 책(2010), 261~264쪽.

40 中根隆行, 앞의 책, p.213.

추측할 수 있다.

그러나 그 때문에 정작 텍스트에서 드러나는 사건의 전개 과정이 엄밀한 역사적 사실과는 다르다는 사실이 간과될 위험이 있다. 예를 들어, 텍스트에서는 하오융더(郝永德)가 '선농'에게 명의를 빌려주고 그들의 법적 대리인으로서 중소지주들과 계약을 맺어 이익을 독점하려 한다. 이를 시기한 대지주 쑨융칭(孫永清)은 공안국에 조선농민들의 "불법입식"을 고발한다. 이에 현장(縣長)에게 적대적인 공안국장은 하오가 현장의 동생에게 뇌물을 주고 개척 허가를 얻은 것을 구실로 '선농'에게 "통비 혐의"를 뒤집어씌워 토벌 대상으로 삼는다. '선농'의 수로 공사로 피해를 입은 현지 농민들의 청원은 지주의 탐욕과 시기에서 비롯된 고발로, 그 청원을 받아들인 창춘현 정부의 공안대 파견은 공안국장의 질투에서 비롯된 것으로 왜곡하고 있다.

현지 농민은 이미 성 정부의 정식 허가 없이 자신들의 밭을 가로지르는 용수로를 파고 있던 조선농민의 행동에 분노하고 있었다. 공안국장과 공안대의 비호를 얻자 현지 농민의 조선농민을 향한 증오가 폭발했고, 궁지에 몰린 조선농민들은 "어쩔 수 없이" 일본 영사관에 보호를 요청했다는 것이다.[41] 이것이 완바오산사건에 관한 제국일본 측의 주장을 답습하고 있음은 명백하다.

한편 중국 측의 주장은 하오가 지주들과 맺은 계약은 현 정부의 비준을 얻지 못하였으므로 그가 조선농민들과 맺은 이중계약은 무효인데,

---

41 조선농민들은 완바오산에 입식할 때 조선인민회 금융부와 만철의 지원을 받았고, 모두 일본경찰서 등록부에 기재되어 있었다. 菊池一隆, 앞의 글, pp.26~27. 이러한 사실을 고려하면, 사건의 발단부터 조선농민과 만주의 일본 당국을 밀접한 사이였다고 볼 수 있다.

일본 영사관이 무장한 사복경찰관을 파견하여 조선농민의 수로 공사를 속행시켰다는 것이었다.[42]

『개간』에서는 "선농"의 보호 요청을 받은 창춘의 다시로(田代) 영사가 "결단"에 이르는 과정에 초점을 맞춘다. 젊은 영사는 그때까지 "분쟁을 일으키는 것을 꺼리는 당시 정부의 외교 방침에 견제"를 받고 있었지만, 완바오산사건 보고를 받고 이제 중국 측의 "거만한 태도"와 젊은 외교관으로서의 "정의", 그리고 "이 정도로 부당한 압박을 받고 있는 선농을 보호하지 않을 수 없다"는 생각, 그리고 무엇보다 "상대의 배일(排日), 멸일(蔑日)을 조장할 수밖에 없는 눈앞의 추세에 눈을 감고"(p.266) 있을 수 없게 된다. 그는 "단호한 태도", 즉 "조급한 해결을 바랄 수 없을 경우, 이쪽은 독자적인 행동을 취할 것이라는 뜻을 상대 측에 통고"한다.

그러나 단 한 번도 조선농민들과 직접 만나지 않은 영사에게 "선농"은 관리 대상일 뿐이다. 더구나 만주에서 일본 정부를 대표하는 외교관이 정부의 외교 방침에서 벗어나 타국에 대한 폭력 행사를 독단으로 결정했다는 것이다. 역사적 사실은 물론 이와 다르다. 시데하라 기주로(幣原喜重郎) 외무대신은 7월 1일부터 2일까지 네 번에 걸쳐 창춘 영사가

42 지린성 정부가 국민정부 외교부에게 보고한 바에 따르면, 하오융더(郝永德)가 창춘현 정부의 허가를 받지 않고 수로 공사를 추진했기 때문에 부근 농민들은 경작지에 입수(入水)를 할 수 없었고, 다른 곳에서는 물이 넘쳐 수 만 묘(畝)의 전답을 포기해야 하는 등 큰 피해를 입었다. 이러한 피해를 입은 현지 농민들이 현 정부, 성 정부에 조선농민의 수로 공사 중지를 청원하였고, 지린성 정부가 파견한 현 경찰이 현장에 도착했을 때는 이미 창춘 일본 영사관의 경찰이 도착한 상태였다. 지린성 정부와 일본 영사의 교섭으로 양쪽 경찰관은 철수하였으나 창춘의 일본 영사는 중국 측이 제출한 농지 회복이나 수로 공사 정지 제안에도 불구하고 총을 휴대한 사복경찰관을 파견하여 조선농민들이 수로 공사를 재개하게 하였다. 7월 1일 현지 농민이 수로를 다시 메웠다. 일본경찰관이 현지 농민들에게 기관총을 발포하였으나 사상자는 없었다. 결국 공사는 속행되었고, 수로가 완성되었다. 菊池一隆, 앞의 글, pp.24~25.

46명의 일본경찰을 파견하였다는 보고와 지린 총영사 이시이 이타로(石射猪太郎)가 창춘에 도착하여 즉시 사건 해결을 위해 노력하고 있다는 보고를 받았다. 이시이 총영사는 2일부터 3일까지 창춘에서 다시로 영사와 함께 대책과 중국에 대한 항의 자료를 검토하였고, 3일 밤늦게 지린으로 돌아갔다. 4일 아침에는 이미 이시이 총영사가 지린성 정부에 항의를 시작했다.[43] 중국 측은 창춘현 정부에서 지린성 정부, 외교부, 중앙당 등까지 사건의 경과보고와 지시, 협의가 이루어졌다.[44] 중일 모두 현지 당국은 중앙 정부의 지시에 따랐고, 사건이 발생하고 이틀 후 이 문제는 이미 "양국 중앙 문제로 확대되어"[45] 있었다.

이를 굳이 젊은 외교관의 단려(短慮)로 묘사하는 것은 제국일본 내부에 존재하는 균열, 즉 국제협조체제를 의식하는 외무성과 '만몽 문제의 해결'을 주장하며 독자 노선을 취한 군부의 대립을 교묘하게 융합하여 호도한 것이라고 볼 수 있다. 실제 사건 당초에 창춘의 영사가 시데하라 외무대신에게 보낸 보고, 이시이 총영사와의 협의, 관동청, 주중 공사관, 외무성 등이 내린 지령에 관해서는 의도적으로 침묵하고 있는 것이다.

더구나 『개간』에서 젊은 영사가 "모순으로 가득 찼다"고 느낀 본국의 외교 방침에서 벗어날 것을 결의할 때, 그는 중국 측의 태도나 "선농"에 대한 개인적인 감정을 내세우지만 결국 가장 중시하는 것은 "선농압박을 방치하는 것은 나아가 일본의 기득권익 침해를 암묵적으로

---

43 朴永錫, 앞의 책(1981), p.243.
44 위의 책.
45 위의 책.

인정하는 결과가 된다"는 인식이다. 이러한 점을 미루어 볼 때 다시로 영사의 "결단"은, 당시 만주의 일본인 관료에게 '선농 보호'란 곧 "일본의 기득권익"이라는 인식을 노골적으로 드러낸다. 제국일본이 내건 '선농 보호'는 만몽권익과 합치하는 것, '대륙진출'의 수단으로서 유익하기 때문에 필요한 것이다.

이는 역설적으로 만주사변 발발 직전의 만주에서 조선인의 존재가 얼마나 제국일본의 만몽권익과 긴밀하게 얽혀 있었는지를 증명하는 것이기도 하다. 이 점을 이해하기 위해서는 당시 제국일본의 '대륙진출'과 중국내셔널리즘의 갈등이라는 맥락에서 재만 조선인의 위치를 파악해야 한다.

1905년, 관동주를 조차지로 획득하고 남만주에 진출한 제국일본의 만몽특수권익은 만철, 관동주, 관동군을 축으로 주로 영사 재판권(치외법권)과 만철 부속지로 구성되었다.[46] 이 특수권익은 조선이주 농민의 토지 소유 문제와 직접 관련된 간도협약(1909)과 만몽조약(1915), 내몽골 서부와 동부를 러시아와 일본이 이익을 분할하기로 협의한 제3차 러일조약(1912), 만기가 가까웠던 관동주 조차권과 만철 및 안평(安奉)선의 건설경영권을 연장한 21개조 요구(1915)를 거쳐 지속적으로 확장되었다.

하지만 이러한 제국일본의 '대륙진출'은 중국내셔널리즘을 자극하였고, 결과적으로 중국내셔널리즘이 급속도로 성장하는 계기가 되었다. 예를 들어 21개조 요구 당시에는 학생과 상인을 중심으로 일화(日

46 江口圭一, 『十五年戦争少史 新版』, 青木書店, 1991, p.29.

貨)배척운동, 국화제창(國貨提唱)운동, 구국(救國)저금 등 반일운동이 4개월 동안 격렬하게 전개되었다.[47] 또한 1918년에서 1920년 초엽까지 일어난 5·4운동은 "관민일체"의 민족운동이었다.[48] 더욱이 파리강화회의(1919)에서 중국 측 항의에도 불구하고 산둥(山東)반도에 관한 독일 이권을 제국일본이 계승한 사실은 대규모 반일운동을 촉발시켰다. 이 5·4운동으로 최고조에 이른 반일운동은 배일운동과 이권회수운동이 중심이었다.[49]

제국일본의 '대륙진출'과 그에 대항하는 중국내셔널리즘의 격화라는 구도는 그 후에도 지속되었다. 만주 문제를 포함한 제국일본의 대중특수권익 문제를 국제협조체제 속에서 해결하려는 중국 측[50]과 중일에 한정된 문제로서 양국의 직접 교섭으로 해결하려는 일본 측은 그 인식에 뚜렷한 차이가 있었다. 대부분의 일본인 지식인은 만몽 문제를 중일간 국제법상의 문제로 인식하고 있었다.[51] 일본인 지식인이 보기에 문제는 제국일본의 '정당한 만몽특수권익'을 실력행사로 무력화하려는 중국 측의 반일운동에 있었다.

그러나 일본 정부는 워싱턴회의(1921~1922)에서 타협하여 영일동맹의 종료, 4개국조약, 9개국조약, 해군군축조약, 중국관세조약에 조인하

---

47 貴志俊彦, 「近代天津の都市コミュニティとナショナリズム」, 西村成雄編, 『現代中国の構造変動 (3) ナショナリズム—歴史からの接近』, 東京大学出版会, 2000, p.195·196.

48 川島真, 「北京政府の対非列強外交—アジア·中南米·東欧との外交関係」, 中央大学人文科学研究所編, 『民国期中国と東アジアの変動』, 中央大学出版部, 1999, p.75.

49 위의 글.

50 劉小林, 「第一次世界大戦と国際協調体制下における日中関係」, 中央大学人文科学研究所編, 앞의 책, p.140.

51 加藤陽子, 『満洲事変から日中戦争へ』, 岩波書店, 2007, p.110.

였다.[52] 또한 미국이 제국일본의 특수권익을 인정한 이시이 랜싱 협정을 폐기함으로써(1922.5), "일본의 세력범위주의는 원칙적으로 부인"되었다.[53] 그 뒤, 가토(加藤)내각이 성립하고 시데하라 외무대신이 표방한 '협조외교'는 베르사이유 워싱턴 체제에 대한 신뢰를 바탕으로 중국 내정불간섭을 원칙으로 하였다. 이 협조외교도 만몽권익 자체를 부정하지는 않았지만, 한 발 물러선 것처럼 보이는 일본 정부의 외교 방침 전환은 기정사실의 축적을 통한 '대륙진출'을 지지하는 세력을 자극하였다. 그 이후 일본에서는 급변하는 국제 환경을 배경으로 부전조약(1928)과 자위권 논쟁, 해군군축조약 탈퇴 과정을 거치며 시데하라 외교의 기반이 무너졌다.[54] 국내 반대세력 및 여론은 시데하라 외교를 '나약 외교'라고 비판하고 '강경 외교'로 전환할 것을 요구했던 것이다. 그 결과, 제국일본의 '대륙정책'은 산둥출병(1926~1928)에서 관동군의 장쭤린(張作霖) 암살사건(1928)이나 나카무라(中村) 대위 살해사건(1931), 완바오산사건을 거쳐 만주사변으로 이어졌다.

그러나 제국일본의 만몽권익 주장은 중국인의 민족의식을 자극하였고, 그때까지 중국 본토와 관계가 희박했던 만주에서도 '관내'와의 일체화가 진행되었다.[55] 본래 제국일본의 지원을 받아 성립된 장(張)정권

---

52 위의 책, p.54.

53 日本国際政治学会太平洋戦争原因研究部, 『太平洋戦争への道 開戦外交史 新装版』, 朝日新聞社, 1987, p.182.

54 加藤陽子, 앞의 책, p.80.

55 무라타 유지로(村田雄二郎)는 근대 중국인의 '중국' 의식은 주로 1860년대 이후 조약체제 성립, 만국공법 수용, 상전(商戰)·부국강병론 제창 등 대외관계를 통하여 강화되었다고 지적하였다. 이는 국권회수운동, 1930·1940년대의 항일운동, 나아가 1949년 혁명 이후 자주독립 노선으로 계승되었다. 신해혁명 이후 중화민국은 임시약법에 "중화민국의 영토는 22행성, 내외몽골, 티베트, 칭하이(青海)"라고 명시하고, 청의 계승국

조차 권력 확립 과정에서 대일 관계가 경직되는 것을 피할 수 없었다. 장정권도 민중의 반일감정을 배려해야 했던 것이다. 장정권의 배일정책에 위협을 느낀 청년연맹 등 재만 일본인 단체는 "장쭤린의 기득권익 침해"를 격렬하게 규탄하였다.

재만 조선인은 재만 일본인보다 직접적인 위협에 노출되었다. 만주에서 배일운동이 일화배척운동과 더불어 조선인배척운동으로 퍼졌기 때문이다. 그 원인 중 하나는 장정권이 "아래에서 솟구치는 배일민족운동의 창날을 피하면서" 제국일본을 "견제하는 데 조선인배척운동을 이용"[56]했기 때문이었다.

그러나 보다 근본적인 원인은 제국일본이 토지를 점유하기 위하여 재만 조선인의 애매한 법적・정치적 위치를 교묘하게 이용한 데 있었다. 일본인은 중국 측의 강한 반발 때문에 한반도에 인접한 간도를 제외한 지역에서 토지 매수 및 소유가 불가능했다.[57] 하지만 일부 일본인은 조선농민을 이용하여 토지를 매수했다. 일본의 금융기관도 조선농민에게 저리의 영농자금을 빌려준 뒤 토지를 저당잡아 조선농민이 부채를 상환하지 못하면 몰수하는 방법으로 토지를 효율적으로 손에 넣

가로서 출발하였다. 村田雄二郎, 「20世紀システムとしての中国ナショナリズム」, 西村成雄編, 앞의 책, p.56・58.

56 緑川勝子, 앞의 글, p.131.

57 제국일본과 중국 정부가 체결한 간도협약(1909)에 의하면 간도의 토지 소유에 한해서는 조선인도 중국인과 동일한 권리를 가졌다. 그러나 만주의 다른 지역에서는 중국에 귀화하지 않은 조선인의 토지 구매 및 소유권을 인정하지 않았다. 만몽조약(1915)에서는 간도 이외 지역에서 조선인이 토지를 상조(商租)하거나 취득할 수 있는 권리에 관한 항목이 없었다. 제국일본은 그 약점을 이용하여 조선인은 간도에 제한되지 않고 토지 소유권을 가진다고 주장하여 점차적으로 조선인이 만주 토지를 획득하게 했다. 손춘일, 『'만주국'의 재만한인에 대한 토지정책 연구』, 백산자료원, 1999, 58~60쪽.

었다.[58]

또한 간도의 예로 알 수 있듯이[59] 조선인이민자의 증가는 결과적으로 일본 세력의 부식(扶植)으로 이어졌다. 한일합병 이후 법적으로는 '일본 제국신민'이 된 조선인의 증가는 결과적으로 제국일본의 치외법권이 개입하는 구실이 되었기 때문이다. 그 때문에 중국 관헌의 단속이 강화되었고, 조선인의 토지 소유 및 대차(貸借)가 금지되었다. 특히 장쉐량 정권이나 국민당 정부는 배일운동이란 "곧 재만 조선인 압박과 추방 및 토지를 외국인에게 대여하는 것을 국토도매법(國土盜賣法)으로 처단하는 것"[60]이라고 인식하였다. 이와 같은 당시의 사회적 상황을 고려할 때 비로소, 『개간』에서 젊은 일본인 영사가 어째서 "선농압박"이 "나아가서는 일본의 기득권 침해를 암묵적으로 인정하는 결과가 된다"고 인식하고 있

---

58 조선농민은 영농자금을 주로 동양척식주식회사나 동아권업주식회사 등 이자가 저렴한 일본 금융기관에서 빌리고 토지를 저당잡혔다. 이들 금융기관은 중국인보다 조선인을 우선하였고, 나중에는 중국인 지주에게 융자 제공을 거부하기에 이르렀다. 중국인 지주가 부채를 반환하지 못하면 담보로 잡힌 토지는 중국관헌이 관리하므로 토지 소유권을 획득할 수 없었다. 그러나 조선인 이민자가 융자를 받았을 경우에는 채권자가 차용증서와 상조양도계약서 및 토지 소유 증빙서류 등을 소지할 수 있을 뿐만 아니라 영사관의 인정을 받을 수 있었다. 채무를 반환하지 못한 조선인의 담보 토지는 사실상 제국일본 측에 넘겨진 것에 가까웠다. 많은 조선농민이 부채를 상환하지 못하였고, 일본 금융기관이 담보 토지를 몰수하였기 때문이다. 제국일본은 가난한 조선농민의 궁지를 이용하여, 또한 그들의 애매한 법적 위치로 중국 국내법을 교란시켜 효율적으로 토지를 획득해갔다. 김영, 앞의 책, 123쪽.

59 1907년에는 조선통감 이토 히로부미(伊藤博文)가 청 정부의 반대를 물리치고 간도 지방에 통감임시파출소를 설립하였고, 이에 청 영사와 동등한 권한을 부여하여 만주에 거주하는 '제국신민'을 보호하게 하였다. 이 파출소 설치는 제국일본의 만주 영토 확장과 그 '첨병'이 될 조선인의 간도이주를 촉진하기 위한 것이었다. 그 결과, 청과 제국일본의 대립이 격화하였고 여러 사건이 빈발하였다. 이 대립관계를 해결하기 위해 양국은 간도협약을 맺고 청의 간도 지방 영토권을 인정하는 한편 재만 조선인의 토지 소유권을 인정하는 약정을 교환하였다. 蘭信三, 앞의 책(1994), pp.282~283.

60 朴永錫, 앞의 책, p.99.

는지 이해할 수 있다. 만주의 조선농민은 존재 자체가 제국일본의 만몽권익과 직결되어 있었던 것이다. 때문에 재만 조선인 배척은 반일운동의 일환으로서 지속적으로 시행되었다. 그 구체적인 내용은 강제퇴거, 부당한 과세, 학교 폐쇄, 귀화 강요, 소작 금지 등이었다.[61]

하지만 이러한 압박으로 조선농민과 중국민중 사이에 마찰이 발생하면, 이번에는 '일본제국신민'인 조선농민을 보호한다는 명목으로 일본 영사관이 개입했다. 이 개입은 치외법권에 의거한 영사관 경찰관의 파견이었다. 즉 완바오산사건은 당시 재만 조선인을 사이에 두고 일어난 중일 갈등의 축소판이었던 것이다.

이처럼 『개간』에서 '선농'이 경험하는 무수한 고난과 그들을 향한 중국인 관헌, 군대, 민중의 증오는 재만 조선인과 제국일본의 만몽권익의 긴밀한 관계성에 기인한다. 재만 조선인의 딜레마는 그러한 중일관계의 긴장에서 비롯된 현실의 폭력에 직면했을 때 '보호'를 기대할 수 있는 것은 제국일본이라는 모순이었다. 그 딜레마에서 빠져나오는 유일한 방법은 항일무장투쟁에 투신하는 것뿐이었다.

이 작품에서 제국일본이 조선농민에게 제공하는 보호는 기본적으로 파허에서 선농이 체험했듯이, 피난처를 제공하는 것이다. 치외법권지역인 만철과 그 부속지가 바로 그러한 피난처였고, 완바오산사건에서는 현지 주민과 공안대에 내몰린 조선인 농민을 지키기 위해 나타난 영사관 경찰이었다. 앞에서 살펴보았듯이, 제국일본의 만몽권익은 주로 치외법권에 기초한 영사 재판권과 만철 부속지로 구성되었다. 배일운

---

61 荻野富士夫, 『外務省警察史』, 校倉書房, 2005, p.267.

동에 포함된 "선농압박"에서 벗어나기 위해, '선농'은 그 "선농압박"의 원인인 제국일본의 만몽권익에 기대지 않을 수 없는 구조였다.

"영사관 경찰이 있는 게 아니냐."

거기서 나카가와(中川)가 입을 열고

"여기 있다"며 유유히 일어서 막아섰다.

"뭐 하러 왔느냐."

"농민을 보호하러 왔다."

"이쪽은 퇴거를 명령하고 있다."

"퇴거 명령을 너희들이 내릴 권한은 없을 텐데."

"그렇다고 너희들도 없지 않느냐."

"정부끼리 지금 절충 중이다. 해결될 때까지 우리는 자국민을 보호할 권리가 있다."

"타국 영토에 무기를 가지고 올 권리는 없을 터다. 여기는 치외법권 구역 밖이다."

"그래서 호신용 권총만 갖고 있다."

"거기 숨긴 건 기관총이 아니냐."

"이건 너희들이 망가뜨리고 간 기둥이다. 그렇게 기관총이 보고 싶으면 언제든지 꺼내서 보여 주지." 나카가와는 하하하 웃었다. (pp.260~261)

이 장면에서는 영사관 경찰관과 공안대 대장이 대치하며 서로의 정당성을 주장하고 있는데, 이는 그대로 당시 만주에서 첨예하게 대립하던 중일 쌍방의 주장이었다. 외무성 경찰, 곧 영사관 경찰관의 주장은 조선농민을 "자국민"이라고 주장함으로써 성립된다. 제국일본은 중국 측의 일본 영사관 경찰 철거 요구에 대하여 영사 재판권에서 영사관 경찰권의 근거를 찾았을 뿐만 아니라 그것이 "속인적(屬人的) 성질의 것"이라고 주장하였다.[62] 더구나 21개조 요구(1915)를 토대로 만몽조약 제3조 "일본 국민은 남만주에서 자유롭게 거주왕래하고 각종 상공업 그 밖의 사무에 종사할 수 있다"를 근거로 '일본인' 관련 사건이 발생하면 재류민 보호감독을 명목으로 영사관 경찰이 개입하였다.[63] 재만 일본 영사관 경찰의 상투 수단은 주권침해라는 중국 측의 항의에 기정사실을 축적하여 묵인하게 만드는 것이었다.[64] 앞서 재만 조선인의 이중국적 문제에서 지적했듯이, 식민지기 조선에서는 일본 국적법이 시행되지 않았기 때문에 조선인은 일본 국적에서 이탈할 수 없었다. 따라서 설령 중국 국적을 취득했어도 조선인인 이상, '일본제국신민을 보호한다'는 논리로 영사관 경찰관이 개입하였다.

위의 인용에서 영사관 경찰관이 주장하는 "자국민을 보호할 권리"에 대해, 공안대장은 "타국의 영토에 무기를 가지고 올 권리는 없다"는 논리로 대항한다. 그러나 "기관총"을 언급함으로써 결국 이 문제는 무력으로 강행함으로써 해결되리라는 것을 암시한다. 나카가와는 표면적으로는 "기관총"의 존재를 부정한다. 하지만 "그렇게 기관총이 보고 싶으면 언제든지 꺼내서 보여 주"겠다는 그의 발언은 분명 언제든 군사력을 행사할 용의가 있음을 드러낸다.

---

62 위의 책, p.171.
63 위의 책.
64 위의 책, p.170.

그러나 설령 "호신용 권총"과 숨겨진 "기관총"이 중국 측 배일운동의 "만몽권익 침해"에 대한 자위권의 행사라고 주장한다고 해도 정당화할 수 없는 무력행사임은 명백하다. 이때 영사관 경찰관은 근대 국제법의 "자국의 중대한 이익이 위험에 직면하여, 그 위험을 벗어나기 위해서는 외국의 법익(法益)을 침해하는 어떤 조치—외국 영토 침입, 공해상의 외국 선박 나포 등—를 취하는 외에 방법이 없는 경우에 이 위험의 발생에 대하여 그 외국에 국제법상의 책임은 없어도 그 나라의 법익을 침해하는 조치를 취하여 자국의 이익을 구할 권리"[65]로서의 자위권을 주장하고 있다고 추측할 수 있다.

고바야시 히로하루(小林啓治)는 근대 국제법이 "주권국가는 평등하며 독립되었으며, 서로를 침범할 수 없다는 원칙을 근거로 국가가 전쟁에 의지하는 것 자체를 규제하지는 못했다"[66]고 지적했다. 소위 문명국만을 법주체로 인식하고 다른 국가들은 불평등조약으로 국제 사회에 종속적으로 편입시키는 근대 국제법[67]에서 "자국민을 보호할 권리"와 자위권의 연결이 반드시 불법적인 것은 아니었다. 영사관 경찰의 "자국민을 보호할 권리"와 "호신용 권총"의 결합은 근대 국제법의 세계에 속하는 것이다.

그러나 제1차 세계대전 이후에는 자위권 개념에 변화가 일어난다. 자위권이 "외국에게 무력으로 행사하는 공격을 받았을 때 자국을 방어할 권리"라는 의미로 쓰이게 된 것이다.[68] 자위권 개념의 변화는 부전

---

65 田岡良一, 『国際法上の自衛権 補訂版』, 勁草書房, 1981, p.150.
66 小林啓治, 『国際秩序の形成と近代日本』, 吉川弘文館, 2002, p.117.
67 위의 책.
68 田岡良一, 앞의 책, p.150.

조약 조인 과정에서 제국일본의 '대륙진출'과 자위권 해석을 놓고 복잡하게 진행되었다.

1928년 8월 27일, 국제적인 전쟁 위법화운동의 성과로 파리부전조약(Kellogg-Briand Pact)이 조인되었다.[69] 일본에서 문제시된 것은 주로 부전조약 제1조 "인민의 이름으로" 부분을 둘러싼 논쟁이었다.[70] 하지만 부전조약 조인은 중국의 가입 문제(1929.5 가입),[71] 만몽권익 문제, 자위권 해석 등 일본 정부가 같은 시기에 추진하고 있던 '대륙진출'과 매우 밀접하게 연동되어 있었다. 부전조약 교섭과 동시에 제2차, 3차 산둥출병을 실행한 일본 정부는 중국이나 다른 나라를 자극하는 것을 피하기 위해 만주에 관해서는 유보를 하지 않고 일반적인 자위를 언급하는 데 그쳤다.[72] 이는 만몽 등 지역에 한정하여 유보를 하는 경우, 이후 중국에서의 행동이 제약당할 것이라는 우려에서 비롯된 것이었다.[73] 나아가 부전조약에서 "국가 정책 수단으로서의 전쟁을 포기한다"고 규정하였으므로 "전쟁에 미치지 않는 무력행동"은 부전조약에 저촉되지 않는다고 해석할 수 있는 여지가 있었다.[74]

---

69 大沼保昭, 『戦争責任論序説』, 東京大学出版部, 1975, p.88. 전쟁위법화운동은 제2절 전간기 전쟁위법관 전개와 지도자 책임관의 조락(戦間期における戦争違法観の展開と指導者責任観の凋落) 참고.

70 小林啓治, 앞의 책, p.140.

71 위의 책, pp.136~138.

72 위의 책, pp.130~131.

73 위의 책, p.133.

74 이러한 해석에서 전쟁과 전쟁에 미치지 않는 무력행동의 기준은 외교관계 단절, 혹은 선전포고로 전쟁 의지를 표명하는 것이었다. "부전조약은 전쟁을 금지하지만 전쟁에 미치지 않는 무력행동은 금지하지 않는다"는 해석은, 만주사변 당시 중일 양국이 외교관계를 단절하지도, 선전포고도 하지 않았기 때문에 만주사변은 부전조약에 저촉하지 않는다는 주장으로 이어졌다. 田岡良一, 앞의 책, p.161・180.

그러나 다오카 료이치(田岡良一)가 지적했듯이, 설령 부전조약에 대한 유보로서의 자위권[75]이어도 무력에 의한 공격 이외의 수단으로 자국의 권리를 침해하는 국가에 대한 무력행사는 자위권의 범주에 포함되지 않았다. 다오카는 부전조약에서 예외로서의 자위권이 "외국에게 무력으로 행사하는 공격을 받았을 때 자국을 방어할 권리"[76]로 인식되었다는 점을 강조한다. 즉 부전조약의 자위권 해석에 의하면 정당방위로서의 자위권을 주장할 수 있는 것은 중국 측이었다. 부전조약을 체결한 국제 사회는 이미 근대 국제법에서 전쟁의 위법성과 정당방위로서의 자위권을 인정하는 현대 국제법으로 이동하고 있었지만 제국일본은 여전히 근대 국제법 질서에서 벗어나지 못하고 있었다.[77]

그리고 영사관 경찰관의 개입은 그야말로 완바오산사건이 "투하자본의 보호를 담당하기"에 어떠한 법칙, 법률에도 구속되지 않는 폭력의 무한한 축적이 용납되는 식민지의 "국가폭력 수단, 즉 경찰과 군"[78]의 역할을 체현하고 있음을 증명한다. 이는 『개간』이 완바오산사건의 결과를 설명할 때, 조선에서 일어난 대규모 배화사건[79]은 전혀 언급하지 않고 오직 "대일압박"과 재만 '일본인' 배척만을 서술하고 있는 점에서

---

75 미국, 프랑스, 독일, 영국, 일본은 공문 내에 자위를 위한 무력행사 유보를 기술하였다. 위의 책, p.171.

76 위의 책, p.174.

77 고바야시 게이지(小林啓治)는 그 이유로 근대일본이 근대 국제법 내에서 급속한 근대화를 경험한 "필연적 귀결"이라고 지적하였다. 근대일본은 아시아 주변국을 식민지화하여 근대 국제법의 종속적인 존재로서 포섭하면서 스스로의 지위 향상을 꾀했기 때문이다. 小林啓治, 앞의 책, p.117・144.

78 ハナ アーレント, 앞의 책, p.25.

79 '배화사건'은 조경달(趙景達), 『식민지기 조선의 지식인과 민중－식민지 근대성론 비판(植民地期朝鮮の知識人と民衆－植民地近代性論批判)』, 有志舍, 2008, 제5장 민중의 폭력과 공론(民衆の暴力と公論) 제6절 조선배화사건(朝鮮排華事件) 참고.

도 엿볼 수 있다.

> 이 사건 직후에 일어난 각지의 대일압박은 날이 지남에 따라 점점 더 노골적이 되어갔다. 7월에서 8월까지 일어난 사건 중 주요 사건을 들면 이렇다.
>
> 하얼빈의 조선인 소학생이 중국인 학생에게 폭행을 당해 한 명 부상.
>
> 쑤이위안(綏遠)에서 선농이 중국인 지주의 압박을 받아 추방되었다.
>
> 동지나(東支那)철도 남부선 타오라이자오(陶賴昭) 부근 선농이 중국관헌에 의해 추방되었다.
>
> 헤이룽장성 오지의 선농이 경영하는 용수로가 폭민에 의해 파괴되었다.
>
> 지린성 정부는 짐마차 30여 대에 선농 백 명을 묶어 성내로 압송. 죄명은 통비이고 그중에는 12, 3세 아이도 섞여 있었다.
>
> 장쭤샹(張作相)은 일본인 배척에 관한 훈령을 내렸다. (p.297)

위의 인용에서 볼 수 있듯이 '일본인' 배척은 조선인 폭행, 지주와 관헌의 조선농민 추방, 용수로 파괴, 통비 명목 탄압 등 거의 완바오산사건이나 그 이전에 삼성을 비롯한 '선농'들이 경험한 일이다. 이러한 "대일압박"과 '일본인' 배척은 조선농민을 매개로 매우 자연스럽게 결합되어 있다. 『개간』에서 이러한 "대일압박"에 대항하는 움직임은 "창춘, 펑톈(奉天) 각지의 거류민회"의 거류민대회 개최, 도쿄에서 열린 "(만주)청년연맹 대표 5명의 상경 진정(陳情)"이다. 조선농민을 철저히 '일본인', 그것도 부당하게 재산과 생명까지 위험에 처한 '거류민 동포'로서 묘사한 것이다. '거류민 보호'는 또한 자연스럽게 제국의 만몽권익 확보와 결합한다.

결국, 이 텍스트는 만주사변 이전의 만주에서 '선농'이 직면한 딜레마가 고조하는 중국내셔널리즘의 반일운동 앞에 '일제의 앞잡이'로서 배척당하는 조선농민의 입장 자체에 기인한다는 시점에서 쓰인 것이다. 때문에 "평범한 백성"인 조선농민의 수전 개발이 "누구에게나 유리한 사업"[80]임에도 불구하고 중국관헌이 부당하게 압박한다고 보았다. 당시 재만 일본인이 주장한 '만몽의 위기'라는 구호는 조선인을 포함한 "재만주 재류민 보호"[81]를 구실로 제국일본 정부에게 더욱 강경한 '대륙진출' 정책을 요청하는 것이었다.

그리고 『개간』에서 도출되는 이 딜레마의 합리적이고 근본적인 해결책은 조선농민을 '보호'하는 국가의 '국민'이 되는 것이며, 그 국가는 그들을 만몽권익 내부로 포섭하려는 제국일본인 것이다.

5. '제국신민'과 '민족'

『개간』에서 제국일본 측에게 '선농'의 필요성은 영사나 영사관 경찰관, 민회 회장 등의 발언을 통하여 암시되지만, '선농'에게 제국일본의 필요성은 보다 적나라하고 직접적인 몸짓으로 나타난다.

---

80 林久治郎, 『満洲事変と奉天総領事－林久治郎遺稿』, 原書房, 1978, p.99.
81 荻野富士夫, 앞의 책, p.254.

버드나무 둥치에서 기다리던 응원대가 배로 휙 뛰어올랐다. 그와 교대하여 삼성들은 둑에 하역한 탄환을 물가까지 옮기러 갔다.

삼성은 높이 쌓인 상자에 담긴 탄환에 달려들 때, (이 탄환이 우리를 구해준다) 생각하고는 껴안으며 와아아 울음을 터뜨렸다.

사천오백 발의 탄환이 담긴 상자를 삼성들은 사랑하는 자식이라도 껴안듯이 집중하여 들어 옮기기 시작했다. (p.293)

삼성이 탄환 상자를 보고 느끼는 흥분은, 만주에서 억압받는 조선농민에게 제국일본이 어떤 존재가 될 수 있는지 명료하게 드러낸다. 처음으로 자신의 토지를 '지킬 수 있다'는, 즉 '소유'할 수 있다는 희망을 가진 조선농민들은 탄환을 "사랑하는 자식"처럼 껴안는다. 이는 단순한 울분의 폭발이 아니다. 그들은 만주의 대지를 소유하고, 개간하고, 이윽고 그들의 사랑하는 진짜 자식이 이어갈 생명의 연쇄, 즉 이미 한 번 허망하게 무너져버린 그들의 '꿈'에 기꺼이 취한다. 그리고 그 꿈을 이루기 위해 필요한 것은 이데올로기나 법적 지위가 아니다. 토지의 사적 소유는, 마르크스의 말을 빌리면 "정복이라는 근원적인 사실을 '자연권'의 외피 그늘 속에 감추고 있다."[82] 그러나 만주의 현실에서 조선농민이 "자연권"을 획득하려면 제국일본의 권위만으로는 부족하다. 제국일본이 조선농민에게 부여한 '제국신민'이라는 지위의 최대 약점은 이를 구실로 사건에 개입하려 하는 영사관 경찰관에게 공안대장이 날카롭게 지적했듯이, 그 '국민'과 '민족'이 일치하지 않는다는 점에 있기

82 マルクス・エンゲルス, 大内力編, 『農業論集』, 岩波書店, 1975, p.49.

때문이다.

『개간』의 서사에서 완바오산사건은 분명 '선농'에게 '제국신민'이 됨으로써 그들이 개척에 필요한 보호를 얻을 수 있음을 보여주는 사건으로서 기능한다. 하지만 그것은 조선농민이 '제국신민'이기 때문에 부여되는 보호가 아니다. 제국이 보호하고 싶은 것은 만몽권익이며, 그 권익을 보호하기 위해서 조선농민이 일시적으로라도 '제국신민'이어야만 했던 것이다. 이러한 현실적인 이해관계가 조선농민을 관리하고 이용하려는 제국일본과 정착할 토지를 찾아 만주로 이주한 조선농민을 연결한다. 때문에 『개간』의 '선농'에게서 이해관계를 뛰어넘는 귀속 의식은 찾을 수 없으며, 그들이 '대일본제국신민'으로서의 아이덴티티를 획득하는 일도 일어나지 않는다.

분명한 것은 조선농민이 만주에서 토지를 소유하고 개간에 전념하기 위해 "폭력에 의한 보장이 필요하다면, 그것은 다른 폭력을 압도할 정도로 강력한 것이어야만 한다"[83]는 사실뿐이다. 조선농민의 꿈이 실현되려면 제국일본의 '총'이 필요한 것이다. 때문에 『개간』의 '선농'은 만주사변 발발 소식을 듣고 오히려 안심하며 "철저하게 해 주면 좋다. 그리고 언제까지나 점령해 주면 좋다"(p.307)며 제국일본의 대륙침략을 지지할 수 있다.

이러한 서사의 논리는, 완바오산사건 이후에 일어나는 창오의 현실 인식의 변화에서도 엿볼 수 있다. 영락한 양반인 삼성이 괴로운 과거를 돌아보고, 농민인 영준이 과거의 고통은 씻은 듯이 잊어버리고 오직 만

83 萱野稔人, 『カネと暴力の系譜学』, 河出書房新社, 2006, p.183.

주의 토지에 집착한 것에 비하여, 종의 아들인 창오는 조선농민이 직면한 만주 현실을 보다 객관적으로 볼 수 있는 인물이었다.

그러나 완바오산사건 이후, 창오는 패잔병들이 조선인을 습격한다는 소문을 들으면서도 완강하게 피난을 거부한다. 지린성 정부의 용병부대에게 습격당했을 때는 자진해서 재산을 처분하고 피난을 떠나고 싶어 하지 않는 사람들을 설득하는 등 누구보다도 현실적이었던 창오를 변모하게 만든 것은, 만주사변 이후 "지금 이미 재앙은 끝"났다(p.305)는 신념이다. 창오의 현실인식이 이처럼 극적으로 변한 원인은 물론 완바오산사건에서 그가 접한 제국일본의 존재이다. "부당하게" 중국 경찰에게 억류되었던 창오는, 다시로 영사가 중국 측에 통고한 다음에야 중국 경찰에게 출소를 "허락"받는다. 그는 "이제 우리들은 혼자가 아니야. 우리 몸은 나라가 보호해 주신다구"(p.267)라며 다른 조선농민들을 격려한다. 그 "보호"의 적나라한 형태가 기관총이며, 그 기관총으로 간단히 '폭민'을 압도한 영사관 경찰관이다.

> 그곳으로 달려온 나카가와가 쑨융칭을 향해 그들의 행위가 불법이며 월권이라는 취지를 깨우치려 했다.
>
> "지금 일중 양국의 당국 사이에서 외교절충 중이라는 것을 모르는가. 너희들이 어떻게든 폭력을 휘두르겠다면 이쪽도 각오가 되어 있다."
>
> 그러자 쑨융칭은 밉살스러운 어조로 응했다.
>
> "어디서 아는 척 건방진 소리를 하지 마라. 네놈 가우리런 주제에 일본인인 척 해도 알고 있다구."
>
> "가우리런도 훌륭한 일본인이다. 너희들의 야만 행위를 묵시할 일본인이

아니다." (pp.277~278)

『개간』은 폭력에 무방비하게 노출된 조선농민이 일시적이나마 제국일본이 보호해야 할 '거류민=국민'이 될 수 있다는 가능성을 보여준다. 그리고 제국일본의 말단 권력인 현장 경찰관이 당당하게 "가우리런도 훌륭한 일본인"이라고 주장한다. 여기에는 민족의 틀을 뛰어넘어 '국민'이 될 수 있을지도 모른다는 강한 암시가 있다. 그와 동시에 '선농'에게 '국민'으로의 포섭은 동시에 국가의 폭력 수단에 의한 보호와 결합하여 강조된다. 창오가 '국민'에 대한 '보호'에 매료되고, 나아가 욕망하게 된다고 해도 이상하지 않다. 지배의 폭력이 정당화되는 것은 오직 사람들을 다른 폭력으로부터 보호할 때[84]라고 한다면, 창오는 그저 다른 조선농민보다 일찍 지배의 폭력을 적극적으로 받아들이고 그것에 정당성을 부여하려 한 것에 불과하다.

그러나 그러한 가능성이 '선농' 사이에서 진지하게 검토되거나 음미되지는 않는다. 만주의 "모든 정치 정세에 정통"한 '선농'에게 제국일본의 완전한 만주 지배는 현실적이지 않았을 수도 있다. 하지만 제국일본의 무력이 자신들을 보호해줄 것이라는 창오의 신념은 서사에서 자연스럽고 합리적인 논리의 귀결일 터이다. 그럼에도 불구하고, 완바오산을 경험한 '선농'조차 그 신념을 공유하지 않는다.

"그야 위험하지."

84 위의 책, p.72.

"그럼 어째서 남는다는 건가."

"어쩐지 떠나고 싶지 않아. 괜찮다는 기분이 들어. 내 마음은 새벽의 동녘처럼 빛나기 시작하고 있어."

(이 녀석, 뭔가 신들린 것 같은 소리를 하는군)하고 삼성은 생각했다.

"내 마음은 아침놀 구름처럼 물들어 있어. 이대로 가만히 있고 싶다. 움직이고 싶지 않은 것은 그 때문이야."

"모르겠군. 영준의 전철을 밟고 싶은 거냐, 너는." 삼성이 화가 나서 외쳤다.

"화를 내도 어쩔 수 없어. 재난의 마지막 모습을 나는 이 눈으로 똑똑히 보고 싶어."

"미치광이로군, 너는. 목숨을 버리는 녀석들은 모두 비슷한 소리를 해. 영준은 입을 꾹 다물고 있었지만 마찬가지지. 그럼, 네 멋대로 해라." 분에 파르르 떨며 삼성은 나왔다. (pp.305~306)

완바오산사건에서는 창오 이상으로 감격하고 적극적으로 탄환을 껴안았던 삼성조차, 일본군에 의해 "창춘이 점령되면 그것도 끝"이라는 창오의 신념을 영준의 어두운 그림자가 드리운 "신들린 것 같은", "미치광이"의 주장이라고 받아들인다. 말하자면 '선농'이 "평범한 백성"으로서 만주의 정치 상황을 비판적으로 이해하는 것을 거부해온 사고방식이 제국일본의 '대륙정책'에도 동일하게 작용하고 있는 것이다.

하지만 『개간』에서 조선농민이 원하는 개척에 성공하려면 제국일본의 보호나 보장이 필요하다. 이 텍스트는 조선농민이 만주에 정주하고 행복하게 생활한다는 꿈을 실현하기 위해서는 국가 권력에 의한 보장이 필요하며, 나아가 그 보장을 제공해 줄 '대일본제국의 신민'이 되어야 한다고 제시하고 있는 것이다.

그러나 이러한 서사의 논리는 창오와 마찬가지로 완바오산사건을 경험한 조선농민들조차 쉽사리 받아들이지 못한다는 한계를 드러낸다. 근대 국민국가에서 혈통을 매개로 하지 않는 '국민'의 지위는 매우 불안정하며, 무력으로 강요하는 질서도 일시적인 것에 불과하다. 완바오산사건 이후 그들은 다시 조선인이 되고, 패잔병의 폭력에서 그들을 보호해주는 존재는 없다. 조선농민이 '일본인'이 될 수 있는 것은 완바오산사건, 혹은 제국일본의 '대륙진출'이 진행되는 동안의 한시적인 조치일 뿐이다.

그럼에도 불구하고, 만주국이 "공고한 초석을 쌓았"을 때 『개간』의 "선농"들은 "창오가 어쩐지 환하다고 한 것은 이것을 예언한 것 같다"(p.317)고 이야기하며 새롭게 당도한 "눈부신 세계"를 기꺼이 받아들인다. 이는 곧 그들이 제국일본의 관리하에 편입되는 것을 의미했다. 『개간』에서는 재만 일본 대사관에 조선과가 설치되고, 조선총독부의 지시에 따라 자작농 창정을 목적으로 하는 집단농장이 형성된다.[85]

장혁주가 『개간』에 앞서 발표한 『행복한 백성(幸福の民)』(南方書院, 1943)에서 조선의 계(稧) 풍습에 주목하여 농무계를 단위로 조선농민들이 만척의 감독을 받으며 조직화되는 모습을 그린 것처럼,[86] 『개간』의 조선농민들도

---

85 조선총독부는 만주사변 발발로 발생한 조선인 피난민을 수용하기 위해 남북만 다섯 곳에 '안전농촌'을 건설했다. 조춘호, 「1930년대 초반 북간도 지역 한인자치운동과 중국공산당 대응」, 중국해양대 해외한국학 중핵사업단 편, 앞의 책, 24쪽.

86 조선금융조합은 전통적인 민간협동체인 계의 사회적 역할에 주목하고, 식산계(殖産稧)를 설치하여 이를 이용하는 형태로 농촌 조직화를 꾀했다. 이에 비해 만주 농촌은 소위 토착자본이 유통기구를 장악하고 있었기 때문에 조선처럼 농촌을 장악할 수 없었다. 浜口裕子, 『日本統治と東アジア社会－植民地期朝鮮と満洲の比較研究』, 勁草書房, 1996,

농무계를 만들어 "내부의 비적"인 자본가를 배제하고 관선이사에게 "진심으로 머리를 숙"인다. 이번에는 양반을 중심으로 하는 조선 농촌 사회의 구조가 재구축되지 않는다. 그들은 균일하게 제국일본이 관리하는 존재가 되고, 관리 대상인 집단만이 남는다.[87] 그들은 '선농'이나 '거류민'이 아니라 '만주국의 개척민'이 된 것이다.

지금까지 『개간』의 만주개척 논리를 검토하였다. 이 작품은 조선이주 농민과 현지 농민 사이의 충돌 사건인 완바오산사건을 소재로, 사건 자체만이 아니라 그 배경이 되는 재만조선농민의 복잡한 정치적 입장부터 사건의 역사적인 의미에 이르기까지 정밀하게 재현했다는 사실을 확인할 수 있었다. 『개간』의 특수성은 체제 측의 논리를 따라야 할 국책소설임에도 불구하고 철저히 조선농민의 입장에서 완바오산사건에 주목하고, 만주에서 그들이 겪는 고난을 작품 전면에 내세웠다는 점에 있다고 할 수 있을 것이다.

그 점은 작가도 인식하고 있었던 것으로 보인다. 장혁주는 「후기」에서 "오늘날 만주국에서는 오족협화의 결실을 거두고 있으며 이 소설에서도 그 점은 그리고 있다고 생각한다. 다만 잘못된 정치가 민족협화를

---

pp.172~175. 이러한 측면을 고려한다면, 정미업자이기도 한 신의달이 '선농'의 지주와 미곡상을 겸하려다 추방당하는 것은 쌀의 상품화 과정에서 민간의 개입을 배제하고 국가 권력이 통제하려는 의도를 정당화하는 것으로 해석할 수 있을 것이다.

87 조선총독부가 설치한 '안전농촌'은 초기 다섯 곳 이외에는 만주 지역에 설치되지 않았다. 유필규는 그 이유로 관동군이 동양척식회사의 자작농창정정책을 조선인 이민자에게 적용한다고 결정한 점(1936.8), 일본 정부가 『재만조선인지도요강』을 통해 매년 조선인 10,000호를 만주로 이주시킨다고 규정한 점(1936.1)을 들고 있다. 이들 사업이 선만척식주식회사로 일원화되면서 '안전농촌' 설치의 필요성은 급격히 감소되었다. '안전농촌'은 재만 조선인 통제와 관리를 위한 "허구적인 임시통제기구"였다. 유필규, 「1930년대 초반 만주 지역 안전농촌의 설치와 성격」, 중국해양대 해외한국학 중핵사업단 편, 앞의 책, 70쪽.

방해하고 있다"[88]는 말로 작품을 변호하였다. 『개간』이 만주이민의 국책소설이라는 점을 고려하면, 이는 실로 흥미로운 모순이라고 할 수 있을 것이다.

지금까지 살펴보았듯이, 『개간』은 '선농'을 중심으로 한 작품이다. 일본인은 조선농민을 관리하려는 영사나 경찰관과 같은 역할에 한정된다. 그러한 『개간』이 국책소설로서 성립되려면, 그 서사는 조선인이민단이 "만주국 건국의 높은 이상"을 이해하고 주체적으로 협력하여 만주에서 부딪치는 모든 위험과 고난을 뛰어넘어 정주에 성공하는 것이어야 할 것이다.

실제로 현실의 재만 조선인에게 만주국의 건국과 그 건국이상인 민족협화는 만주에서 직면하는 엄혹한 현실을 해결할 수 있다는 점에서 매력적일 수 있었다.

'내선일체(이하 내선일체)'와 민족협화 사이에 놓인 재만 조선인의 위치에서 만주국 국민이 된다는 선택은 제국일본의 지배에서 이탈하려는 의지의 굴절이기도 했기 때문이다.[89] 이해영과 장총총은 재만 조선인이 만주국의 건국이데올로기인 민족협화와 왕도주의로 인해 "자치에 대한 환상"을 가졌다는 점을 지적했다.[90] 일부 재만 조선인은 만주국의 국민이 되어 한민족으로서 자치권을 가질 수 있으리라 기대하는 한편으로 제국일본의 내선일체 정책에 거리를 둠으로써 "친일의 혐의에서

88 장혁주, 앞의 글(「後記」), p.346.

89 김재용, 「일제 말 한국인의 만주 인식」, 『만보산사건과 한국 근대문학』, 역락, 2010, 20쪽; 이해영・장총총(張叢叢), 「만주국의 국가 성격과 안수길의 북향정신 안수길의 재만 시기 작품을 중심으로」, 중국해양대 해외한국학 중핵대학 사업단 편, 『문명의 충격과 근대 동아시아의 전환』, 경진, 2012, 265쪽.

90 이해영・장총총, 위의 글, 267쪽.

자유로워지고자"[91] 하는 경향을 보였다.

하지만 『개간』의 '선농'들은 만주의 정치 상황을 비판적으로 이해하는 것을 거부하면서, 제국의 식민지 정책에 대한 적극적인 이해나 협력 역시 거부한다. 뿐만 아니라 『개간』은 완바오산사건을 통하여 제국일본의 '선농 보호'란 곧 만몽권익과 합치하는 것, 즉 '대륙진출'의 유용한 수단이기에 필요한 것임을 분명히 밝힌다. 그렇다면 민족협화의 기만을 드러내고 "만주국의 높은 이상"에서 멀어져만 가는 재만조선이주농민의 모습을 그린 『개간』은 국책소설로서는 실패작이라고 할 수 있다. 왜냐하면 만주국 건국 이후에는 재만 조선인의 '일제의 앞잡이'로서의 효용은 빠르게 사라졌으며, 만주개척의 주역으로서 기대를 받은 것은 일본인 이민단이었기 때문이다.

초기의 제국일본 측은 만주이민의 주요 모집 대상자로 조선인을 상정하고 있었다. 도노무라 마사오(外村大)는 제국일본 정부가 결정한 「조선인 이주대책 건(朝鮮人移住対策の件)」(1934.10)에서 '내지'로 이동하려는 조선인을 만주 등으로 유도하려는 경향을 지적했다.[92] 제국일본 당국에서는 '내지'의 조선인 증가를 경계하였고, 조선총독부는 식민지 통치의 안정화를 위하여 조선농민의 만주이민에 긍정적이었다.[93]

하지만 만주이민으로 '내지'의 농촌 문제를 해결하려 한 가토 간지(加藤完治)를 비롯한 재야농본주의자의 끈질긴 로비와 신뢰할 수 있는 예비 병력과 후방지원 확보를 기획한 관동군 측의 둔전병(屯田兵) 중심

91 위의 글.

92 外村大, 「日本帝国と朝鮮人の移動」, 蘭信三編, 『帝国以後の人の移動－ポストコロニアリズムとグローバリズムの交錯点』, 勉誠出版, 2013, p.61.

93 위의 글, p.62.

이민안으로 인하여, 일본인 농민의 만주이민이 국책이민으로서 일만 양국의 적극적인 지원을 받아 추진되었다. 따라서 일본인 농업이민과는 달리 조선농민의 만주이민은 만주사변 이후에도 1936년에 선만척식주식회사가 설립될 때까지 "자유방임적인 이주" 형태였다.[94] 그러나 선만척식주식회사의 설립과 조선인의 만주이민에 관한 구체적인 방침 책정도 전면적인 지원을 의미하는 것은 아니었다. 조선인 이민자의 신규 입식은 매년 1만 호까지 제한되었고, 입식지도 일본인과는 별도로 지정되었기 때문이다.[95] 조선인의 만주이민은 제국 내 인적 자원의 이동으로서 통제와 규제의 대상이었다.

하지만『개간』에서 검토하였듯이, 중국 측 사법체계를 교란시키는 데 유용했던 재만 조선인의 애매한 법적 지위는 만주국 성립 후에는 오히려 제국의 모순을 두드러지게 만들었다. 만주국에서 일어난 조선인 이중국적 문제는, 바로 그러한 재만 조선인의 문제성을 상징하는 것이었다.

만주국 시기 조선인의 국적 문제를 검토한 다나카 류이치(田中隆一)는 만주국 측에서는 재만 조선인을 '만주국민'으로, 조선총독부는 그들을 '일본제국신민'으로 취급하려 했다고 지적한다.[96] 자연히 만주국의 국적법안에서 일본인의 이중국적은 허용되었지만 조선인의 이중국적은 문제시되었다. 만주국 측에서는 한반도에 일본 국적법을 시행하고 재

94 다나카 류이치(田中隆一)는 그 원인으로 신중한 태도를 취한 조선(주둔)군과 한반도 내 소작쟁의 해결 등을 위해 적극적인 이주와 자작농 창정을 꾀해야 한다고 생각한 조선총독부, 일본인 이민을 우선한 관동군의 소극적인 태도 사이의 견해차를 지적했다. 田中隆一, 「朝鮮統治における「在満朝鮮人」問題」, 『未公開資料 朝鮮総督府関係者 録音記録(2)』」, 学習院大学, 『東洋文化研究』 3号, 2001.3, pp.150~151.

95 外村大, 앞의 글, pp.62~63.

96 田中隆一, 앞의 책, p.135.

만 조선인은 만주국 단일국적을 취득해야 한다고 주장했다.[97] 조선총독부 측은 국적법 시행에는 찬성했지만 내선일체 원칙에 따라 재만 조선인의 이중국적을 인정해야 한다고 맞섰다.[98]

그러나 중일전쟁의 발발과 함께 만주국에서는 점차 국적 선택권을 존중하고 이중국적을 회피하는 경향이 강한 국제 국적법에 대한 배려는 사라지고, 이후의 만주국 국적법안에서는 거주지법을 기본으로 조선인을 포함한 일본인의 이중국적이 인정되었다(1939.1).[99] 결국 만주국은 국적법이 제정되지 않은 채 붕괴했지만, 호적법 역할을 맡은 만주국잠행민적법(滿洲国暫行民籍法, 1940)이 제정되었다.[100] 이 민적법은 조선인 및 일본인의 민적 이중등록을 인정하였고 조선인은 조선과 만주국에 이중으로 등록되었다.[101] 때문에 조선인의 권리의무나 법적 지위를 두고 만주국과 조선총독부가 대립하였다.[102] 물론 이 대립은 재만 조선인에 대한 행정권에 관한 것이었을 뿐, 근본적인 대립은 아니었다.

문제는 한반도에서는 '황국신민'이어야 할 조선인이 만주국에서는 민족협화에 공헌해야 할 조선민족이라는 점이었다. 내선일체와 민족협화의 틈바구니에서 재만 조선인은 민족협화라는 "자치에 대한 환상"을 품을 수 있었을 것이다. 그러나 조선과 만주국 사이에서 흔들리는 재만 조선인의 존재 자체가 제국의 체제적 모순을 드러내는 계기가 된 것은 아이

97 위의 책, pp.136~137.
98 위의 책, p.138.
99 위의 책, p.139.
100 위의 책.
101 위의 책, p.140.
102 위의 책, pp.140~141.

러니한 일이었다. 그 대표적인 예시가 재만 조선인의 병역 문제였다.

다나카의 연구에 따르면, 만주국국병법(満洲国国兵法, 1940)에서 일본인과 조선인은 일본 병역법이 적용되는 것으로 간주되었으나 조선인은 지원병 제도 외의 일본 병역법이 적용되지 않았다.[103] 하지만 사태는 빠르게 변화하였다. 그 이듬해에는 일본 정부가 조선인 징병 실시를 결정하였고, 만주국의 조선인 지도 방침은 '제국신민'으로서의 성격이 강화되었다.[104] 이와 같은 전환은 만주국의 재만 조선인 정책에 "심각한 혼란과 동요"를 야기하였다.[105] 다나카는 "만주국 초기에는 대외적 효과를 감안하여 '오족협화' 원칙이 상대적으로 존중되었"지만, "중일전면전쟁 이후에는 '황민화' 정책 강행으로 인하여 만주국의 '오족협화' 이데올로기는 명분으로서도 붕괴해갔다"[106]고 지적했다.

만주국 당국에게도 재만 조선인은 결코 편리하기만 한 존재가 아니었다. 윤휘탁은 치외법권 철폐(1936~1937)를 계기로 만주국 행정 측에게 재만 조선인, 특히 오지에 흩어져 거주하는 재만 조선인의 보도(補導) 문제가 대두한 점을 강조했다.[107] 만주국 정부는 만주의 각 민족 중에서도 유독 조선민족만을 보도의 대상으로 보고 민족 스스로의 자정(自浄)을 요청했다.[108] 그는 이러한 정책의 원인으로 재만 조선인의 열악한 환경이나 처우만이 아니라 만주국 측의 조선인에 대한 선전 부족

103 위의 책, p.144.
104 위의 책, p.145.
105 위의 책, p.146.
106 위의 책, p.147.
107 윤휘탁, 『만주국 식민지적 상상이 배태한 '복합민족국가'』, 혜안, 2013, 412쪽.
108 위의 책, 412~414쪽.

과 민족협화운동의 차별적인 태도를 지적하였다.[109]

민족협화운동에서 다수파인 중국인이나 실권을 장악한 일본인에 비하여 조선인은 소수민족이었고 중심적인 존재도 아니었다.[110] 또한 자본, 기술, 토지와 같은 물적 기반이 결여되었다는 점에서 일본인과 분명한 경제적인 입장 차이가 있었으며 '일본제국신민'이라는 지위도 적통인 일본인과는 다른 민족으로서 비판받았다.[111] 실제로 만주국 협화회의 협화공작은 지배민족인 일본인과 피지배 다수민족인 중국인이 대상이었으므로, 협화회의 공통어는 일본어와 중국어였다.[112] 이처럼 소수민족으로서 소외감을 느끼던 재만 조선인은 민족협화운동에 매우 냉담한 태도를 취하였고, 협화회나 국방부인회 등의 조직에 참가하는 것을 회피하는 경향이 있었다.[113] 특히 오지에서 거의 고립되어 생활하는 조선농민은 민족협화운동의 취지를 인식할 수단이나 의욕을 가질 수 없었다.[114]

이러한 상황에서 치외법권 철폐(1937.12)가 이루어지면서 재만 조선인의 교육권은 만주국 정부 측으로 이관되었고, 조선인 민회와 농무계 등 조선민족의 이익단체는 해체되었다.[115] 중일전쟁의 발발로 시작된 경제통제정책 실시로 인한 물가 상승 및 물자 부족과 더불어 재만 조선

109 위의 책, 414쪽.
110 위의 책, 414~415쪽.
111 위의 책, 415쪽.
112 협화회 각 민족별 회원은 일본인이 약 8.1%, 조선인이 4.6%, 중국인이 86.3%였다. 표 101 참고, 위의 책, 416쪽.
113 위의 책, 415~416쪽.
114 위의 책, 416쪽.
115 위의 책, 417쪽.

인 농민은 수전 개척도 단속당했고, 이민 지역이 제한되었으며, 기경지를 매수당하는 등 수난을 겪고 있었다.[116]

그러한 시점에서 『개간』은 12년이나 이전의 '반도인 동포의 고난'을 묘사함으로써 제국일본과 만주이주조선농민의 이해가 일치하던 시절의 기억을 되살리고자 하였다. 만주국 시기의 조선인이 감수해야만 했던 '이등국민'이라는 입장을 인식할 때, 그 고난은 오히려 민족협화의 허구성을 폭로한다. 실제로 『개간』이 묘사한 '선농'의 입장은 만주국 건국을 통하여 "빛나는 세계"가 도래한 뒤에도 바뀌지 않았다. 중국 측에게는 '일제의 앞잡이'라고 비판받았고, 제국일본 측은 '불령선인(不逞鮮人)'을 경계하였으며, 만주국 정부가 보도와 자정을 요청하는 존재였다.

그러한 현실에도 불구하고, 『개간』은 조선농민의 개간이 가져올 이익을 이야기하고, 그들이 '제국신민'으로서 제국일본의 '대륙진출'에 유용했던 역사적 기억을 환기한다. 이러한 논리 전개 자체가 역설적으로 "장쉐량 군벌의 항일정책"의 시대에서 만주국으로 이어지는 역사적 변천 속에서 '선농'이 제국일본에 어떠한 존재였는지를 드러낸다. 이는 『개간』이 제국일본의 식민지 정책의 합리성에 의지하여 조선농민의 입장을 개선한다는 목적을 이루려 했기 때문에 생겨난 모순일 것이다.

그러나 "장쉐량 군벌의 항일정책" 시대의 '선농'이 직면했던 딜레마와 만주국 시기 재만 조선인이 직면한 딜레마는 결국 동일한 것이며, 그것은 식민지 정책의 합리성으로 해결할 수 있는 것이 아니었다. 조선인은 필요에 따라 일시적으로 '제국신민'으로 위장될 수는 있어도 '일

116 위의 책, 418쪽.

본민족'은 될 수 없기 때문이다. 이 작품은 독자가 그 사실을 재인식하게 만들 수 있는 가능성을 갖고 있는 것이다.

그리고 이러한 사실이 전시 총동원체제에 포섭된 조선인 작가의 작품으로서 갖는 의미를 생각할 필요가 있다. 일본 정부는 장기화된 전쟁 수행을 위해 조선인의 자발적인 협력을 필요로 했다. 1938년, 한반도에 지원병 제도가 도입되는 과정에서 '황민화' 정책이 본격적으로 추진되었다.[117] 조선총독으로 부임한 미나미 지로(南次郎)가 제창한 내선일체(1938)는, 미야타 세츠코(宮田節子)가 날카롭게 지적했듯이 일본인 측의 동화 논리인 내선일체론과 조선인 측의 "차별로부터의 탈출" 논리로서의 내선일체론이 교차하고 있었다.[118] 미야타는 내선일체가 "조선인을 보다 '완전한 일본인'으로 만들려는 지배자의 '황민화 요구의 극한화'와 조선인의 '황민화 정도'의 모순・괴리 속에서 탄생한 것"으로, 제국일본이 "일관되게 조선 지배의 기본 방침으로 채택한 동화 정책의 필연적인 귀결"[119]이라 보았다.

미나미는 조선의 민중을 심리적으로도 완전히 복종시킴으로써 신뢰할 수 있는 조선인 병사를 출현시키고자 했다.[120] 물론 "완전한 일본인"의 객관적인 기준이 존재하지 않는 이상, 일본인 측의 자의적인 평가에 의존할 수밖에 없다. 미야타는 그 불가능한 목표에 조선인을 유도하기 위한 수단이 바로 "내선의 무차별 평등"이었다고 지적한다.[121] 그리고

---

117 田中隆一, 앞의 책, p.143.

118 宮田節子, 『朝鮮民衆と「皇民化」政策』, 未来社, 1985, p.149.

119 위의 책, p.150.

120 위의 책, p.154.

121 위의 책, p.156.

독립에 대한 희망을 잃은 일부 조선인 지식인들은 "차별에서의 탈출" 논리로서 내선일체론을 전개했다.[122]

미야타가 지적하듯이, 내선일체론의 최대 모순은 일본인 측에게 내선일체론은 조선인이 일본인으로 동화해야 한다는 논리이기는 했지만 결코 "차별로에서의 탈출" 논리는 아니었다는 점이었다.[123] 때문에 일본인과 조선인 사이의 "민도(民度)의 차이"가 설정되었다.[124] 현재의 차별은 "민도의 차이" 때문이라고 정당화되었고, 언젠가 조선인이 "완전한 일본인"이 되면 차별은 철폐된다고 주장하였다.[125] 물론 "민도의 상이"나 "황민화의 정도"를 결정하는 것은 일본인 측이었으므로, 조선인은 언젠가 달성할 "완전한 황민화"를 향해 "무한한 거리"[126]를 질주해야만 했다. 그리고 '황민화' 정책은 내선일체론을 긍정하건 부정하건 상관없이, 한반도의 모든 민중을 대상으로 추진되었다.

지원병제 실시(1938), 내각의 조선에서의 징병제 실시 결정(1942), 징병제 공포(1942), 병역법중개정법률(兵役法中改正法律)의 공포 및 시행(1943), 조선에서 제1회 징병검사 실시(1944)[127]와 같은 과정을 거쳐, '반도 동포'의 생명은 제국일본이 더욱 효율적으로 이용하기 위해 총동원체제에 편입되었다. 식민지조선에서 정신적으로도 제국에 대한 동화가 강요되는 동안, 일부 재만 조선인들에게는 상대적으로 지배의 압력이 덜한 만주국이

---

122 위의 책, p.159.
123 위의 책, p.165.
124 위의 책, p.167.
125 위의 책, pp.167~168.
126 위의 책, p.168.
127 위의 책, p.96 · 103 · 104 · 176.

민족협화의 틀 속에서 조선민족의 존재를 인정하는 듯이 비쳤을 수도 있을 것이다. 때문에 비록 만주국을 인정한다는 한계 속에서나마 조선민족의 활로를 모색하려는 '굴절'이 태어난 것이다.[128]

그러한 시기에 『개간』은 제국의 논리에 따라 조선인 만주이민의 역사적 기억을 재구축하면서 그것이 결국 민족의 문제임을 암시하였다. 장혁주가 제국의 언어로 조선인 만주이민의 서사를 재생산하면서 겉으로 드러난 제국에 대한 복종 뒤에 의문과 회의를 은밀히 담아 이야기했을 가능성은, 바로 그러한 지점에서 모색할 수 있는 것이다.

128 당시 재만 조선인에게는 '만주국 국민'이라는 또 하나의 길이 있었다는 주장은 흥미롭다. 이해영과 장총총은 재만 조선인 작가 안수길의 주장에 주목한다. 안수길은 재만 조선인이 만주에서 수전 개척 등으로 만주국 건국에 기여했음을 강조하고, "농민도(農民道)"와 만주국이 장려하는 유축 농업을 적극적으로 발전시켜 '만주국 국민'으로서의 권리를 획득할 것을 주장했다. 그들은 안수길의 이러한 주장이 "농민도"로 재만조선농민 스스로를 특수화시킴으로써 만주국에서 국민적 권리와 발언권을 확보할 수 있다고 보았기 때문이라고 지적했다. 이해영·장총총, 앞의 글, 260쪽.

제4장

무장이민의 역설

유아사 가츠에 「선구이민」

1. 일본인 이민자와 투룽산사건

유아사 가츠에(湯浅克衛, 1910~1982)[1]의 문학에서 주요 테마 중 하나

1 본명은 다케시(猛)이다. 유아사 가츠에는 어린 시절 조선 수비대인 아버지를 따라 조선(경상남도 고성군 당동, 평안북도 황해도 송림), 에히메(愛媛), 벳푸(別府) 등을 전전하였고, 1916년에는 순사가 된 아버지를 따라 경기도 수원에 이주하였다. 1927년에 경성중학교를 졸업하고 이듬해 와세다(早稲田) 제1고등학교에 입학했다. 1936년에는 혼조 무츠오(本庄陸男), 이토 세이(伊藤整)들과 제2차 「현실(現実)」을 발족했다. 같은 해 3월에는 다카미 준(高見順)들의 「인민문고(人民文庫)」가 창간되자 「현실」 동인의 구 프롤레타리아 작가, 혼조 등과 함께 참가하여 『담배(莨)』, 『성문 거리(城門の街)』를 발표했다. 1939년 「선구이민」 이후에는 국책에 협력하는 작품을 썼다. 1945년 종전을 맞아 일본으로 귀환한 뒤에는 「간난이(カンナニ)」 복원판을 발표하여 전후 문학 활동을 시작했다. 梁禮先, 「湯浅克衛年譜」, 池田浩士編, 『カンナニ—湯浅克衛植民地小説編』, インパクト出版会, 1995; 浦田義和, 『占領と文学』, 法政大学出版局, 2007.

는 이민 문제였다. 약 11년간 조선에서 생활한 유아사는 초기에는 주로 조선의 식민지 현실을 소재로 재조일본인으로서의 자의식을 그려냈다. 그의 대표작인 「간난이(カンナニ)」(『文学評論』, 1935.4)는 3・1운동을 소재로 한 작품이었다. 하지만 중국 북부와 만주를 여행한 직후(1938. 8~10), 유아사는 「선구이민(先駆移民)」(『改造』, 1938.12)을 발표하고 제국일본의 만주이민 정책 지지를 표명한다.

앞에서 살펴보았듯이, 유아사는 국책단체인 대륙개척문예간화회(1939.1)에 참가했다. 1939년 4월, 그는 제1회 대륙개척 펜부대에 참가하여 만주의 이민단이나 훈련소, 중국 북부를 방문하였다. 그 뒤에도 유아사는 만주를 계속 방문하였고, 그 성과로 『머나먼 지평(遥かなる地平)』(1940), 수필집 『민족의 씨실(民族の緯糸)』(1942), 『유일한 태양 아래에서(二つなき太陽のもとに)』(1942), 『신생(新生)』(1943) 등의 작품을 발표하였다.[2]

유아사의 이런 변모 때문에 선행연구에서는 「선구이민」이 유아사의 국책협력을 드러내는 첫 작품이라고 보았다.[3] 따라서 유아사에 관한 선행연구는 주로 「간난이」가 대표하는 초기 소설에 집중되어 있다.[4]

---

2 任展慧, 「植民者二世の文学－湯浅克衛への疑問」, 『季刊三千里』, 1976 春, p.154; 신승모, 「湯浅克衛文学における「移民小説」の変容」, 『일어일문학 연구』 67, 한국일어일문학회, 2008, 133쪽.

3 浦田義和, 앞의 책, p.47; 任展慧, 위의 글, p.154; 신승모, 위의 글, 133쪽.

4 선행연구에서는 주로 「간난이」를 비롯하여 조선을 묘사한 초기 작품을 높이 평가하면서도 결국 전향하여 시국에 협력한 작가를 비판적으로 검토했다. 박광현이 지적했듯이, 이러한 연구는 대부분 '일본 근대문학에 나타난 조선인의 이미지'라는 테마의 범위에서 이루어졌다. 다음과 같은 연구에서 그러한 경향을 확인할 수 있다. 高崎隆治, 『文学のなかの朝鮮人像』, 青弓社, 1982; 任展慧, 앞의 글; 南富鎮, 『近代文学の「朝鮮」体験』, 勉誠出版, 2001. 한편 유아사의 식민자 2세로서의 정체성이나 혼효성(混淆性) 문제에 주목하는 연구도 있다. 최근의 연구 성과로 이원희, 「유아사 가츠에(湯浅克衛)와 조선」, 『일본학』 22, 동국대 일본학연구소, 2003; 박광현, 「유아사 가츠에 문학에 나타난 식민 2세의 조선」, 『일본학보』 61, 한국일본학회, 2004; 신승모, 앞의 글(2008), 신승모, 「'인

그에 비해 「선구이민」은 작품 자체가 충분히 검토되었다고 하기는 어렵다. 이 작품은 일본인 이민자의 이민용지를 확보하기 위한 농지 강제 매수에 대항한 현지 농민의 항일무장투쟁인 투룽산(土龍山)사건(1934)을 소재로 삼았고, 많은 점에서 "현실에 의거한"[5] 작품으로 간주되었기 때문이다. 이 소설은 문학적 허구라기보다 역사적 사건의 충실한 르포르타주로서 평가되었기 때문에, 텍스트 자체를 면밀히 검토하고자 하는 시도가 없었던 것이다.

실제로 이 작품은 이민단의 입식에서 투룽산사건 발발까지의 과정을 충실하게 재현하며, 적에게 포위된 일본인 이민단이 일본군의 도착에 기뻐하는 결말로 끝난다. 이는 용감한 일본인 이민단이 여러 고난을 극복하고 개척에 성공하는 전형적인 국책소설의 서사처럼 보인다. 실제로 발표 당시에도 "무척 허술한 조제품(粗製品)",[6] "역작"이기는 하지만 "작가의 체화된 자주적 사고도 없고, 작가의 내부에서 우러난 표정도 없다"[7]는 낮은 평가를 받았다.

그러나 이 소설의 소재가 만주국 시기 강제적인 토지 매수에 대한 유일한 대규모 항일투쟁인 투룽산사건이라는 점을 상기해야 할 것이다. 투룽산사건(이란(依蘭)사건)은 만주 싼장(三江)성 이란(依蘭)현 투룽산 지방을 중심으로 일어난 반일농민투쟁 봉기이다. 이 지역에서 관동군은 일본

양(引揚)' 후의 유아사 가츠에론-연속해가는 혼효성(混淆性)」, 『일어일문학 연구』 71, 한국일어일문학회, 2009 등이 있다.

5 池田浩士, 「解題 先駆移民」, 池田浩士編, 앞의 책, p.537.

6 高見順, 「異常とは何か4－筋と描写」, 『中外商業新報』, 1939.2.4; 『高見順全集 第14巻』, 勁草書房, 1972, p.225.

7 上林暁, 「外的世界と内的風景」(文芸時評), 『文芸』, 1939.1.1; 中島国彦編, 『文芸時評大系－昭和14年』, ゆまに書房, 2007, p.25.

인 이민단의 입식을 위한 이민용지를 준비하기 위해 대규모 토지 매수를 추진하면서 민간 총기 회수, 종두(種痘) 접종 등을 시행하였다. 이에 반대하는 현지 주민들이 지역 유력자인 셰원둥(謝文東)의 지휘하에 무장하였다. 이 "동북민중자위군(東北民衆自衛軍)"은 1934년 3월 9일, 일본 주둔군과 일본인 이민단 사이의 연락을 맡은 투룽산 경찰서를 습격하여 무장해제시켰다. 3월 10일에는 보병 제63연대장 이즈카 초고(飯塚朝吾)를 살해하였다. 4, 5월에는 제1차・제2차 일본인 이민단을 급습하여 포위했다. 이 습격으로 제2차 이민단은 입식지를 포기하였고, 퇴단자가 속출하는 등 큰 타격을 받았다.

이 무장투쟁은 당시 만주국 정부에게 큰 충격을 주었다. 또한 이란현의 일본인 참사관 등도 셰원둥을 '의민(義民)'이라 부르고 봉기한 민중을 변호하였기 때문에 신징(新京) 및 그 외 만주국의 일본인 관리 및 재만 일본인 사이에서도 이민단을 비판하는 여론이 생겨났다. 이 사건 이후 이민용지 매수는 관동군에서 만주국 정부로 이관되었고, 만주국 정부는 현지 농민의 불만을 가라앉히기 위해 토지 매수 가격을 인상하는 등의 대책을 강구하였다.[8]

이러한 역사적 사실을 고려한다면, 투룽산사건을 문학적으로 형상화한다는 것은 초기 만주국책농업이민의 가장 커다란 '실패'를 문학적으로 재현한다는 것을 뜻한다. 그리고 「선구이민」이 국책소설이라면, 이 소설은 투룽산사건이 상징하는 만주이민 정책의 모순을 '극복'할 수 있

8 小寺廉吉, 『先駆移民団－黎明期之弥栄と千振』, 古今書院, 1940, pp.67～68; 浅田喬二, 『日本帝国主義下の民族革命運動』, 未来社, 1973, p.472; 満洲開拓史復刊委員会, 『満洲開拓史』(復刻版), 全国拓友議会, 1980, pp.114～122; 劉含発, 「満洲移民の入植による現地中国農民の強制移住」, 新潟大学大学院現代社会文化研究科, 『現代社会文化研究』 21号, 2001.8.

는 이데올로기를 구체적으로 제시해야 할 것이다.

이 장에서는 「선구이민」을 정밀하게 분석하여 1934년의 역사적인 항일무장투쟁사건이 어떻게 문학적으로 형상화되었는가를 구체적으로 검토하고 그 의의를 살펴본다. 특히 그 서사에서 소재의 선택 혹은 강조의 배경에 존재하는 이데올로기의 전개를 중심으로 고찰하고자 한다.

2. 무장이민의 개척과 정복

일본인의 공식적인 만주이민은 만주국의 건국(1932) 이후부터 시작되었다. 만주이민은 만주국 내 일본인 인구의 증가를 의미하는 한편, 관동군에게는 최대의 가상 적국인 소련에 대항하기 위한 예비 병력과 신뢰할 수 있는 후방지원을 확보하기 위한 정책이었다. 무장이민, 자위(自衛)이민, 특별이민, 둔간대(屯墾隊) 등 여러 명칭을 사용한 사실로부터 알 수 있듯이, 만주국 건국 직후에 조직된 초기 일본인 만주이민단은 모집 때부터 그 군사적 성격이 명백하게 드러났다. 제1차 이민단의 「만주국 지린(吉林)성 자무쓰(佳木斯) 지방 농업이민 후보자에 관한 규정」에서는 "자위(自衛)를 위해 전투행위를 할 경우를 고려하여 내지에서 출발하기 전에 이주자는 각 집단 지도자에게 전투행위에서 그 명령에 복종한다고 서약한다"고 명시하였고, 마을 건설에서도 "경비를 위한 집단편성", 즉 전투행위를 의식하고 있었다.[9]

'자위이민'이라고 불린 제2차 이민단은 재향군인으로 편성되었는데, 그들은 "배낭과 일본도 한 자루를 짊어"진 "무장이민다운 비상시(非常時) 풍경"을 연출하며 우에다(上田)역에서 만주로 출발하였다. 그들은 신징의 관동군 사령부에서 무기 탄약을 수령하여 무장한 무장이민단이었다.[10]

「선구이민」에서도 초기 무장이민의 성격은 서두에서 "국책 만주이민에 뛰어든 주인공"[11]인 마쓰바라 다쿠(松原拓)의 경험을 통해 분명하게 드러난다. 지인은 만주이민에 참가할 것을 결심한 마쓰바라에게 만주이민의 "장행(壯行)"은 "출정(出征)과 마찬가지"[12]라며 격려한다. 하지만 마쓰바라의 "출정"과 "장행"은 보다 복잡한 관계로 묘사된다.

> 출정이라면 사요(小夜)에게 상담하고 말 것도 없었다. 감히 헤아릴 수 없이 광대한 국가의 의사(意思)가 자신을 부르는 것이다. 그런 경우라면 응소(応召)해도 조금도 후회하지 않을 것이다. 하지만 이 경우에는 자진하여 참가하는 것이다.
>
> 이것도 광대한 민족의 의지가 자신을 휘두르고 있는 것이리라. 무엇을 찾아 그렇게 위험한 변경으로 가겠다는 것이냐고, 방관자는 말할 것이다. (p.269)

그에게 응소는 선택이 아니라 의무이나, 만주이민은 자유의지에 의

9 長野県開拓自興会満洲開拓史刊行会, 『長野県満洲開拓史 総編』, 東京法令出版, 1984, p.82.
10 위의 책, p.168.
11 浦田義和, 앞의 책, p.48.
12 湯浅克衛, 「先駆移民」, 池田浩士編, 『カンナニ―湯浅克衛小説集』, インパクト出版会, 1995, p.269. 이하 인용은 쪽수만 적는다.

한 선택의 결과이기에 별개의 것이다. 하지만 그는 민족의 의지가 개인을 휘두른다는 점에서 "출정"과 "장행"이 동일하다고 인식한다.

동시에 마쓰바라는 이를 "응소"와 국가, "장행"과 민족으로 분리한다. "응소"는 국가 권력의 징병이지만, 민족의 의지에 따르는 "장행"은 그렇지 않다. 스스로의 의지로 참가하기 때문에, 그의 결정에 영향을 끼치는 여러 요인이 개입할 여지가 생기는 것이다.

마쓰바라는 그러한 요인으로 "일확천금"의 꿈이나 "한 명 당 10정보(町步) 이상의 경작지, 그것도 10년이나 비료를 줄 필요가 없는 옥토"(p.270)를 예로 든다. 이는 만주이민이 일본인 농민에게 제공하는 사적 이익이다. 하지만 마쓰바라는 그러한 사적 이익을 부정해야만 자신의 "장행"이 "광대한 민족의 의지"에서 비롯되는 순수한 것, 즉 "출정"에 필적한다고 믿을 수 있다. 그때 비로소 만주이민이라는 "장행"은 "광대한 민족의 의지가 자신을 휘두르"는 것이 된다. 그것은 한 개인의 주체적인 결정임과 동시에 "진충보국(盡忠報國)"인 것이다. 이러한 측면에서 볼 때, 「선구이민」에서 만주이민에 대한 당시의 통념과 달리 마쓰바라나 다른 단원들이 빈농이나 소작인 출신이 아니라고 거듭 강조되는 것은 흥미로운 점이다.

허락을 얻으러 백부(伯父) 집을 방문했을 때, 백부는 그가 재산 분배에 불만이 있다고 생각한 모양이었다.

"아내라도 얻으면 그에 상응하는 걸 해 줄 셈이었다. 차남이라고 못 본 척한 게 아니야. 그런 짓을 하면 저 세상에 있는 너희 아버지를 볼 면목이 없지. 내가 후견인인 이상, 분가도 궁색하게 두지는 않을 생각이다. 만주다 시베리아다, 불모지로 타관 벌이를 하러 갈 필요가 어디 있니. 이웃들에게도 부끄럽게. 조상님께 물려받은 신슈(信州, 나가노(長野)현의 옛 지명)에서 제일가는 이나(伊那)분지를 버리고 대체 어디 하늘을 우러를 수 있겠느냐. 나는 처음부터 아메리카 이민이다, 브라질 이민이다 하는 것에는 반대다. 야마토시마네(大和島根, 일본)에 무성한 민초(民草)는 야마토시마네에서 늙고 시들어야 하는 게다. 굳이 코쟁이 땅 사이에 끼어들어 코쟁이에게 배척받지 않아도 되지 않니. 그것도 땅에서 쫓겨난 사람이라면 그런 길밖에 없을지도 모르지만, 넌 밥줄이 끊긴 것도 아닌데, …….” (p.270)

마쓰바라의 백부가 지적하듯이, 「선구이민」에서 “밥줄이 끊긴 것도 아닌” 것은 마쓰바라만이 아니다. 텍스트에서는 굳이 “이민단으로 참가한 사람들 중에 소작인 자제가 거의 없는 모양으로, 고향에서는 자작농으로 어떻게든 꾸려온 둘째, 셋째 아들이 많았던 것이다”(p.265)라고 서술하고 있다. 「선구이민」은 해외 이민이 ‘내지’ 농촌의 궁핍함에서 벗어나기 위한 피치 못할 선택이라는 기존 이미지를 의식하면서, 만주이민은 다르다고 강조하고 있는 것이다. 이는 작품 전체에서 일관되게 나타난다.

만주이민 자체가 쇼와공황(昭和恐慌)과 밀접한 관계에 있다는 점을 상기한다면, 「선구이민」이 농촌 현실에 이처럼 냉담한 태도를 취한 것은 뜻밖이라고 생각할 수 있다. 「선구이민」은 마쓰바라가 속한 신슈반을 중심으로, 초기 일본인 이민단의 만주이민을 그리고 있다. 나가노현은 일본에서 가장 많은 만주이민자를 송출한 현이다(전국 대비 14.2%).[13] 나가노현이 특히 만주이민에 적극적이었던 이유는 주로 농촌공황의 영향이었다. 나가노현은 특히 양잠업 의존도가 컸기 때문에, 세계공황(1929)으로 인한 생사(生糸) 가격폭락으로 심각한 타격을 입었다.[14] 당시 나가노현의 1호당 부채는 평균 868엔(1930)에 이르렀다.[15]

더욱이 1931년, 1934년에는 냉해와 흉작이 동북(東北) 지방과 홋카이도(北海道) 지방을 덮쳤고, 동북 지방을 비롯한 농촌은 심각한 영향을 받았다.[16] 농촌공황과 냉해, 흉작으로 악화된 농촌 경제를 배경으로 농촌의 소작 문제와 과잉 인구 문제가 사회 문제로 부상하였다. 농촌공황의 영향으로 가속화된 소작쟁의는 1934년에 절정에 이르렀다.[17] 말하자면 제2차 이민단이 출발한 1933년의 나가노현 농촌은 농촌공황이 한창인 심각한 상황이었는데, 그것을 전혀 언급하지 않는 것은 부자연스럽다고 할 수밖에 없다.

이처럼 농촌공황에서 비롯된 사회불안을 해결하기 위해서는 우선 농촌의 과잉 인구 문제부터 해결해야 한다는 사회적 인식이 퍼졌다.[18] 이에 일본 정부는 해외 이민을 통해 과잉 인구 문제의 해결을 꾀하게 되었고, 가난한 농민은 해외이주로 생활고에서 벗어날 수 있다고 여기게 되었다. 당시 일본 사회에서 만주이민은 빈농이나 소작농이 가난에서 벗어나기 위한 선택이라고 인식되었다. 사태는 농본주의자가 중심이 되어 정부에

---

13 長野県開拓自興会満洲開拓史刊行会, 앞의 책, p.71.

14 1925년에는 5억 2503만 엔이었던 산업 총 가격은 30년에는 2억 4917만 엔으로 감소하였고, 양잠사 생산가격은 그 이상의 하락을 보였다. 小林信介, 「満洲移民研究の現状と課題」, 長野県現代史研究会編, 『戦争と民衆の現代史』, 現代史料出版, 2005, pp.11~12.

15 長野県開拓自興会満洲開拓史刊行会, 앞의 책, p.72.

16 蘭信三, 『「満洲移民」の歴史社会学』, 行路社, 1994, p.55.

17 위의 책.

18 위의 책.

농촌 문제 해결을 요구하는 데 이르렀다. 예를 들어, 5·15사건(1932)에 다치바나 고자부로(橘孝三郎)의 애향숙(愛郷塾) 숙생들로 구성된 농민결사대(農民決死隊)가 가담한 사실은 농촌 문제의 심각성을 환기하는 계기가 되었다. 5·15사건의 피고들이 자신들의 목표 중 하나로 '농촌 구제(救濟)'를 들었기 때문이다. 만주이민이 '농촌 구제'의 해결책이라는 인식이 사회적으로 확산되면서 정부에 정치적 압력으로 작용하였다.[19]

5·15가 환기한 농촌 문제에 대한 사회적 위기감을 배경으로 '농업이 나라의 근본'이라고 주장하는 곤도 세이쿄(権藤成卿)나 다치바나 등 농본주의자가 대두하기 시작하였다. 5·15사건, 혈맹단사건 등의 사회적 배경이 농촌의 피폐에 있다고 판단한 사이토(斉藤) 내각은 제62회 임시국회(1932.6.1)를 소집하여 통화 유통의 원활화, 농촌의 부채 정리, 공공사업 실시, 농산물 그 밖의 중요산업 통제 등 각종 관련 법률 및 예산안을 제출해야 한다는 결의를 가결했다. 그리고 '구농(救農)의회'(8.22)라고 불린 제63임시국회에서 농촌구제비를 인정하고 농림성에 경제갱생부가 설치되었다. 경제갱생부는 산업조합의 조직 확충과 활성화, 농촌의 중견인물 육성 등으로 농촌을 조직화하고자 하였다. 그러나 구조적 모순의 해결보다 인보공조(隣保共助)와 역행주의(力行主義)를 외치며 농촌의 자력갱생을 전면에 내세운 경제갱생운동은 이윽고 경제를 도덕으로 해결하려는 '정신갱생'으로 전환되었다. 니노미야 손토쿠(二宮尊徳)의 노농주의(老農主義)는 맹목적인 근검역행사상과 직결되어 몰정치성이나 경험편중

19 이 사건으로 내각이 바뀌어 대표적인 대아시아주의자인 나가이 류타로(永井柳太郎)가 척무대신으로 임명된 것도 만주이민 추진에 큰 영향을 끼쳤다. 長野県開拓自興会満洲開拓史刊行会, 앞의 책, p.79.

주의로 확대되었다. 그러한 상황을 잘 보여주는 것이 정신을 수련하는 장소가 된 농민도장(農民道場)의 유행이었다.[20] 경제갱생운동은 농촌에 정부 주도의 농촌경제 계획화・조직화를 기획했지만, 충분한 성과를 거두지는 못했다. 만주이민은 바로 이 농촌갱생계획의 하나로서 자리매김한 것이다.[21]

국책이민으로서의 만주이민 성립에는 가토 간지(加藤完治, 1884~1967)와 같은 재야 농본주의자의 일본 정부를 향한 적극적인 압력도 영향을 끼쳤다. '만주이민의 아버지'라고 불린 가토 간지는 고신도(古神道) 신앙에 기초한 '야마토(大和)민족의 이상(理想) 신앙'과 '일본농민・농촌에 대한 연민'이 기본 이념인 '일본국민고등학교'의 초대 교장이었다.[22] 가토는 농촌의 차남, 삼남 문제와 지주제 및 토지 부족의 해결책으로서 해외이민에 주목하였다. 그가 1920년대에 기획한 일본인 청년의 해외 이민의 목적지는 조선의 농촌이었다.

그러나 만주사변이 발발하고 만주국 건국공작이 진행되고 있던 1932년 1월, 예비역 육군 중좌 스미타 이치로(角田一郎)가 구체적인 만주이민안을 가지고 가토를 방문하였다. 이 방문을 계기로 가토는 만주이민의 실현에 매진하게 되었다. 당시 일본 정부 내에서는 만주이민이 채산이 맞지 않고 비합리적이라는 부정적인 의견이 많았다. 육군대신 아라키 사다오(荒木貞夫)는 시기상조라는 이유로 가토가 제안한 만주이민안을 거절했다.

---

20 綱沢満昭, 『日本の農本主義』, 紀伊国屋書店, 1994, pp.95~103.

21 長野県開拓自興会満洲開拓史刊行会, 앞의 책, p.72.

22 宇野豪, 『国民高等学校運動の研究－一つの近代日本農村青年教育運動史』, 渓水社, 2003, p.277.

같은 시기, 관동군은 주로 대소방어를 위한 둔전병제(屯田兵制) 이민안을 검토하고 있었다. 가토와 이시와라 간지(石原莞爾), 도미야 가네오(東宮鉄男)의 회견으로 초기 만주이민안이 구체화되었다. 가토의 회상에 의하면, 이시와라가 보여준 도미야의 둔간군(屯墾軍) 구신서(具申書)의 내용은 "대체로 조선인을 이민시키고", "간부로 일본인을 들여보낸다"는 것이었다. 치안유지 확보가 어려운 상황에서 "일본인이 과연 이런 만몽이민에 적합한지 알 수 없으므로 조선 동포를 움직여 이민시키나, 간부는 내지인(内地人)을 이용한다. 그렇게 둔전병을 여기저기 심어 치안유지를 꾀한다"는 것이었다.[23] 당시 만주에서 이미 조선인의 만주이민이 활발하게 이루어지고 있었던 점을 고려하면, 도미야의 구상은 현실적인 것이었다. 그러나 가토와 회견하면서 도미야가 조선인 이민안을 버리고, 가토는 일본인 재향군인이 이민의 주요 모집 대상이 되는 것에 동의하여 양자는 무장이민안에 합의하였다.[24] 일본농민 구제를 주장하는 가토와 대소전에서 일본인의 후방지원 및 병력 확충을 고려한 도미야의 타협이었다. 이 타협이 가능했던 것은, "땅을 갈아 천황에 귀일함으로써 집안・마을・국가에 진력하고, 이를 통해 '인류 사회'와 '세계문명 건설'에 자신을 바친다"[25]는 가토의 사상적 근본이 지향한, 명백히 체제 측에 유익한 농민상이 존재했기 때문이었다.

이처럼 만주이민은 만주국 건국, 농촌공황에서 비롯된 농촌의 피폐, 농본주의의 정신주의적 경도를 배경으로 국책으로서 성립되었다. 이

23 加藤完治, 「大佐と加藤完治氏」, 東宮大佐記念事業委員会編, 『東宮鉄男伝』, 東宮大佐記念事業委員会, 1940, p.100.

24 松本健一, 『思想としての右翼 新装版』, 論創社, 2007, p.84.

25 위의 책, p.93.

국책이민에서 일본인 이민자는 농민이자 병사여야 했다. 마쓰바라와 백부 사이에서도, 만주이민이라는 "장행"을 두고 같은 논리가 반복되고 있다는 점은 특히 주목할 만하다.

마쓰바라의 백부는 해외 이주에 생리적인 혐오감을 드러낸다. 백부는 만주이민을 "코쟁이 땅 사이로 끼어들어" 가는 행위라고 부르며, 그것이 "코쟁이에게 배척받"을 위험을 내포하고 있음을 분명히 인식하고 있다(p.270). 그러한 백부를 설득하기 위해, 마쓰바라는 만주이민이 "브라질 이민이나, 그러한 기존 이민과는 근본적으로 의미가 달라 문자 그대로 국가의 방패로서 민초를 심고 있다"고 주장한다. 그가 내세우는 논리는 "저승에서 통곡"할 "메이지(明治) 이래, 대륙정책의 희생이 된 20여만 명의 생령(生靈)"과 "만주사변에서 전사한 전우들"이라는 '대륙진출'의 담론이다.

> 자신들이 만주사변에서 신명을 바쳐 싸운 이유는 거기 있었다. 만주국은 독립하여 오족협화를 자칭하고 있으나 만약 일본이 관리, 자본가, 그리고 특수업자(特殊業者)만으로 만주국을 건설한다면 30년도 안 되어 만주는 약 1억 산둥(山東)이민으로 가득 차게 될 것이다. 백년 후에는 야마토민족이 섬 일본에서 질식하고, 메이지 이래 대륙정책의 희생이 된 20여만 명의 생령은 저승에서 통곡할 것이다. 필경, 만주사변에서 전사한 전우들에게도 차마 얼굴을 들 수 없다. 그것을 국가의 방침이 이렇다 어떻다고 해서 바꿀 수 있을까. (p.270)

"비적이 도량(跋梁)하고 있다는 만소 국경 쪽"에 "국가의 방패"로서 심어지는 "민초"가 된다는 말의 의미는, "뭐, 출정(出征)이라고 생각하마"라는 백부의 대답으로 명백해진다. 만주국 탄생의 직접적인 계기인 만주사변을 경험한 퇴역군인이, 만주국과 야마토민족의 미래를 우려하여 이번에는 이민자로서 만주국을 지탱해야 한다는 것이다. 그리고 "약 1억 산둥이민"으로 표현되는 중국인에 대한 위협감과 "섬 일본"에서 질식할지도 모른다는 위기감에서 "야마토민족"을 지키는 것은 "국가의 방침"보다 중요하다. 그렇다면 이 이민의 성격은 이미 분명하다. 무장이민단의 이민은 분명 "출정"인 것이다.

문제는, 이 소설에서 초기 일본인 만주이민단의 중요한 목적 중 하나로 "선무공작(宣撫工作, 이하 선무공작)"이 설정되어 있는 점이다. 점령지 대중을 선전・교화하는 문화공작을 의미하는 선무공작은 중일전쟁(1937)에서 처음 사용된 용어이다. 『흥아노트(興亜ノート)』(1939)는 선무공작을 "전쟁 및 사변에서 점령지 인민에 대해 그 전쟁 및 사변의 의의, 점령국의 의도 등을 선전하고 개인적으로 이를 위무(慰撫)하는 업무를 맡는 단체를 선무반(宣撫班)이라고 하는데, 이는 지나사변에서 처음 쓰인 명칭이며 그 이전에 이 명칭이 사용된 예는 없다"[26]고 정의하였다. 실제로 중일전쟁 시기에 일본군 내부에서는 화북(華北) 및 화중(華中)의 일본군 점령지 민중의 선전・교화를 위한 선무반이 조직되었고, 그들의 활동을 선무공작이라고 불렀다. 「선무공작요령(宣撫工作要領)」(1937.11)에 의하면, 그 활동 목적은 "작전지 내 지나 민중에게 이번 사변의 진의를 밝히고, 배일항일(排日抗日)사상 및 구미에 의존적인 정신을 배제하여 일본에

26 新東亜研究会編, 『興亜ノート ―新東亜の時事問題早わかり』, 国民図書協会, 1939, p.16.

의존하는 것이 곧 안거낙업(安居樂業)의 기초가 됨을 자각하게 하는 데 있다"고 설명하였다. 선무공작의 주요 목적은 "질서 회복, 민심 안정, 친일적 여론 형성"이었다.[27]

한편, 만주에서는 비교적 이른 시기부터 만철을 주체로 선무 활동이 이루어졌다는 지적도 있다. 만철 측은 만철 연선의 치안확보를 위하여, 만철 내 철도경무국 애로과(愛路課)가 "무력으로 제압한 지역민중의 반란, 반항을 억압하기 위해 점령군이나 그 지배 정부가 행하는 문화적 공작"을 실시하였다.[28] 만주국의 "치안유지에 필요한 선무공작 계획 및 실시 기관이었던 중앙 선무 소위원회"[29]가 발행한 선전・선무연구정보지인 『선무월보(宣撫月報)』(1936~1945)에 의하면, 선무소위원회는 만주사변이 일어난 1931년, "주변 각국의 사상적 침략에서 만주 국민을 지키고 국가사상의 함양을 꾀하기 위해" 설립되었다.[30]

그러나 이 잡지는 대중잡지가 아니라 선무 소위원회에 근무하는 "선전 담당 일계(日系) 직원을 위한 잡지"[31]였다. 일반 대중이 선무・선무공작의 중요성을 강하게 인식한 것은 역시 중일전쟁의 발발 이후로 보는 것이 타당할 것이다. 나아가 투룽산사건이 1934년에 일어난 사건임을 고려하면, 초기 일본인 만주이민단의 가장 중요한 목적 중 하나가

---

27 井上久士, 『華中宣撫工作資料』, 不二出版, 1989, pp.6~7.

28 만주국 초기에는 만철 사원으로 편성된 선무반이 군에서 활동하였다. 만주국이 기능하기 시작하자 이러한 업무는 국무원 홍보처로 계승되었다. 山本武利, 『宣撫月報』, 不二出版, 2006, pp.9~10.

29 植田謙吉, 「満洲国ニ於ケル情報並ニ啓発関係事項担当官庁ノ構成等ニ関スル件」, 満洲国外交部, 1936.6.3.

30 山本武利, 앞의 책, pp.13~16.

31 이 잡지는 비매품 정부간행물로 성(省), 현(縣), 시정촌(市町村) 단위의 선무・홍보기관, 관청에 배부되었다. 山本武利, 위의 책, p.16.

'선무공작'이라는 것은 소설 속에 의도적으로 삽입된 허구적인 설정이라고 생각할 수 있다.

이 허구적인 '선무공작'의 목적은 일본인 만주이민단이 현지 주민의 협력과 동의를 얻어 만주 지배의 안정적인 통치기반을 구축하는 것이다. 그러나 정작 만주에 도착한 이민단이 발견하는 것은 '내지'에서 상상한 것과는 동떨어진 만주의 현실이었다.

「선구이민」에서 제2차 이민단이 처음 만주 땅을 밟는 장소는 자무쓰(佳木斯)이다. 그들이 도착했을 때 마을은 "황군(皇軍)"이 일으킨 전쟁 때문에 "피난을 떠난 주민이 돌아오지 않는 자가 많은", "상당수의 빈집을 품고 조용한" "쑹화강(松花江)변의 시골 마을"이다.

> 흙담이 길게 이어졌다. 돌이 안으로 파고들어 있었다. 총안(銃眼)은 없지만 분명 성채(城砦) 구조였다. 이곳에 도착할 때까지 그런 집을 많이 보았다. 그 중에는 네 귀퉁이에 망루가 있는 것도 있었다. 치안이 좋지 않은 이 지방에서는 옛날부터 이런 구조가 아니면 두 발 뻗고 잠을 자지도 못했을 것이다.
>
> 흙담을 빙 돌아 문으로 들어갔다. 성문 같은 입구가 상당한 부잣집이었다는 생각이 들게 했다.
>
> 그러나 막상 안에 들어가면 구조만큼 대단치는 않은 시골집인데, 서너 개로 나뉜 출입구가 보이고 당나귀나 돼지우리를 지나 가장 왼쪽에 있는 방이 중대 사무실이 되었다.
>
> 여자 방이라 바닥 옆에는 장롱이 있고 삼면 거울 같은 장식이 있고, 아름다운 색을 입힌 다구(茶具)와 램프가 놓여 있었다. 빈 크림 병 같은 것이 자못 중요한 듯이 늘어서 있었다. (p.278)

긴 흙담으로 둘러싸인 빈집은 "성채 구조"라는 점에서 불안한 정세를 상기시키며, "상당한 부잣집"처럼 보인다. 하지만 안에 들어가 보면 겉에서 볼 때만큼은 대단하지는 않은 시골집이다. 특히 중대 사무실로 쓰이는 방은 본래 내밀한 장소인 규방이지만, 남겨진 방의 가구나 물건을 통해 관찰자는 거리낌없이 이국 여성의 생활을 상상한다. 자무쓰에는 이 방처럼 피난을 떠난 시민들의 흔적이 짙게 남아있지만 주민의 자취를 찾아볼 수 없다. 이 쓸쓸한 풍경과 대비되는 것은 "현재 싼쟝(三江)성 수부(首府)"로서 번영하고 있는 자무쓰의 정경이다.

> 지금은 이민단 가족이 동경하는 도시다. 농한기가 되면 나들이옷으로 치장한 이민자 여성, 아이들이 난강 다제(南崗大街)에서 중앙 다제(中央大街)로, 그리고 쑹화강변으로 거닐며 아름다운 코발트 블루로 빛나는 만주국의 포함(砲艦) 대열이나 멋진 수병의 날쌘 솜씨에 환성을 지르는 즐거운 도시다. (p.273)

이 "치장한 이민자 여성, 아이들"이 거니는 "즐거운 도시"는 바로 지금 만주사변으로 주민들이 피난을 떠나 쓸쓸해진 마을에 진입한 일본인 이민단이 창조할 미래이다. 전란에 휘말린 과거와 치안이 불안하고 쓸쓸한 현재에서 그 변화 과정은 생략한 채, 빛나는 미래의 성공이 이민단의 존재를 정당화하는 것이다. 그러나 결과를 먼저 제시하면 서사의 긴장과 흥미는 감소될 수밖에 없다. 그럼에도 불구하고 「선구이민」에서 굳이 성공적인 이민단의 미래를 삽입한 이유는 서사의 외부, 즉 독자를 의식하고 있기 때문이라고 추측할 수 있다. 현재의 황폐한 풍경이나 고난, 희생은 오직 빛나는 미래의 성공을 전제했을 때만 용납될 수 있다. 그리고 그 미래에 이르기까지의 역사적 경위는 생략된다.

실제로 이 풍경 속에서 일본인 이민자 이외의 존재, 특히 현지 주민의 존재가 은폐되어 있다는 사실은 쉽게 지적할 수 있다. 하지만 이 장면에서는 "이민자 여성, 아이들" 이외의 일본인 이민자, 특히 이민자 남성의 모습도 보이지 않는다. 그 대신 "만주국의 포함 대열이나 멋진 수병"이 등장한다. 농한기의 여유를 보이는 여성 이민자와 자녀가 거니는 평화로운 풍경에 등장하는 관동군의 포함 대열과 군인의 존재는 분명히 "쑹화강변 시골 마을"이 "싼장성 수부"로 변하는 과정을 암시한다.

하지만 이 미래의 "이민단 가족이 동경하는 도시"도, 만주에 갓 도착한 이민단에게는 아직 낯선 이국이다. 이곳에서 마쓰바라는 처음으로 "토민(土民)"과 마주치는데, 그것은 문 앞에서 용변을 보는 "벌거벗은 여자아이"이다.

> 빈집 입구로 들어가자, 흙담 옆에서 다섯 살인가 여섯 살짜리 여자아이가 대변을 보고 있었다. 마쓰바라 다쿠를 보고, 아이는 어떤 표정을 지으면 좋을지 고민하는 듯이 흰 눈을 떴다. 그런 표정은 조금 찌르면 금세 웃는 얼굴이 우는 얼굴로 바뀐다. 메롱 혀를 내밀자, 그의 짐작대로 여자아이는 웃었다. 몸을 숙이고 용변을 보면서 여자아이가 웃고 있다. 뭐라고 좀 더 말을 걸고 싶었지만, 적당한 말을 찾을 수 없었다. 부야오(不要)도 콰이콰이디(快快的)도 아무래도 딱 들어맞지 않은 것이다. 귀찮아져서 집안으로 들어갔다. 마음먹기에 따라 벌거벗은 여자아이가 문 앞에서 용변을 보고 있어도 흥분하지 않을 수 있다. 앞으로 하게 될 토민과의 교섭도 가능한 평화롭게 하고 싶다고, 비적

토벌만으로는 충분하지 않은 선무공작을 생각하는 것이었다. (p.278)

이러한 광경을 마주하고도 "흥분하지 않"는 마쓰바라의 반응은, 일견 중립적이고 이성적인 것처럼 보인다. 하지만 그가 곧이어 생각하는 것은 "비적 토벌만으로는 충분하지 않은 선무공작"이며, 그것은 "토민"에게 "일본인을 신뢰하게 하려면 위신을 떨치는 것만으로는 안 되나, 무르게 대하여 얕보여서는 곤란"하다는 것이다. 그러한 "선무공작"을 수행하려면 설령 벌거벗은 여자아이가 문 앞에서 용변을 보고 있어도 흥분하지 않는 마음가짐이 필요하다. 그는 이민족에 대한 혐오나 호의를 모두 불필요한 것으로 배제한 것이다. "토민"과 처음으로 마주친 마쓰바라는 그녀를 "선무공작"의 대상으로밖에 인식하지 않는다. 마쓰바라의 시선은 제국일본이 이민족을 바라보는 시선이며, 마쓰바라라는 한 개인은 시선의 중개자에 불과하다.

마쓰바라는 비록 비난이나 분노, 멸시 등 부정적인 감정을 드러내지는 않으나 적절한 말을 찾아내지 못하고 그 이상의 소통은 회피한다. 하지만 본래 선무공작이란 의료, 영화, 교육의 다방면에 걸친 동화 및 회유 정책이며, 사적인 친선을 국가적인 규모로 확대하는 것이다.[32] 개

32 중일전쟁 발발 이후 중국 대륙에서 이루어진 선무공작의 실태를 검토한 다나카 히로시(田中寛)는 선무란 사변 후의 일반 민심 평정, 신(新)정부의 지도 교화 및 주입을 위한 일관된 문화공작이었다고 지적했다. 그 구체적인 내용은 의료 등 교화사업, 그림연극(紙芝居), 가두연설, 영화 순회, 종군 작가의 르포르타주 등의 선무문학이 있었다. 田中寛, 「「東亜新秩序建設」と「日本語の大陸進出」－宣撫工作としての日本語教育」, 『「文明化」による植民地支配』 植民地教育史研究年報5号, 2003, pp.104～105. 또한 야마모토 다케토시(山本武利)는 『선무월보(宣撫月報)』에 실린 보고를 근거로, 선무 활동 현장에서는 라디오, 신문, 잡지보다 전단이나 입소문으로 "생활인"을 설득하는 것이 "비민분리(匪民分離)"에 보다 효과적이라는 인식이 강했다고 지적하였다. 山本武利, 앞의 책,

인 대 개인의 신뢰나 호의를 이용하여 민족의식을 봉쇄하고, 제국일본의 지배를 받아들이는 토대를 만들어내는 것이 선무공작의 목표였다. 그러한 목표에 비추어본다면, 마쓰바라의 행동에서 적극적으로 이민족에게 다가서려는 의지는 찾기 어렵다.

마쓰바라는 "선무공작"을 강하게 의식하면서도 막연히 만인을 "벌레처럼 다루"는 것은 곤란하지만 "무르게 대해 얕보여서는 곤란"하다는 정도의 인식에 머무르고 있기 때문이다. 이는 단순히 마쓰바라의 각오나 인식 부족에 기인한다기보다, 그가 이민자 개인으로서 만주의 현실에 직면할 수밖에 없는 입장에서 비롯되는 차이라고 볼 수 있다.

이처럼 「선구이민」에서 가장 국책을 내면화한 이민자라고 할 수 있는 마쓰바라조차 제국의 슬로건을 앵무새처럼 반복하지는 않는다. 오히려 그가 슬로건에 충실하려 하면 할수록, 이민자로서의 그는 만주에서 직면하는 현실과의 괴리를 인식할 수밖에 없다. 그리고 마쓰바라는 행위나 말이 아니라 악몽으로 그 굴절된 심리를 드러낸다.

> 작은 밀밭이다. 양쪽에서 짓누르듯이 솟아있는 것은 흙벽인가. 아니면 바위의 단층인가. 올려다보았지만 어두워서 확실하지 않았다. 밀은 일고여덟 치 정도는 자라 있었지만 비쩍 말라빠진 모습이었다. 비료는 앞으로 10년간 줄 필요가 없다고 듣고 온 흙이었다. 훌륭한 열매가 열린 견본도 보았다. 이럴 리가 없어. 역시 비료를 줘야 하는 걸까. 당황해서 도랑을 파보려 했지만 괭이에 뭔가가 걸려 팔 수 없었다. 젠장, 젠장, 젠장, 그러면서 파내자 꿀렁꿀렁 둔

p.12.

> 탁한 소리가 났다. 머리에서 흙덩이나 돌조각 같은 것이 쏟아졌다. 올려다보자 밀밭은 계곡 밑이라서 머리 위 양쪽으로 튀어나온 바위 모서리가 천장을 이루고, 살짝 벌어진 틈으로 햇살이 비쳐 들어올 뿐이었다. 이래서는 열매를 맺을 수 없을 법했다. 어째서, 그 혼자 이런 계곡 밑바닥에 기어들어 와 밀이나 기르고 있는 것일까. (pp.274~275)

이 꿈에서는 "국가의 방패로 심어지는 민초가 된다"고 자임했던 마쓰바라가 만주의 현실을 접하면서 느낀 곤혹과 불안이 악몽이라는 형태로 나타난다. 농지의 비옥함 여부는 피상적인 문제일 뿐이다. 이 장면은 제국일본이 "국가의 방패로 심어지는 민초"가 필요하기 때문에 자신들을 속이고 있는 것은 아닌가 하는 이민자의 회의를 뚜렷이 표현하고 있는 것이다.

이러한 회의가 하필이면 자무쓰에서 일어나는 것은 결코 우연이 아니다. 악몽에서 깨어난 마쓰바라는 다른 이민자에게서 "들은 얘기로는, (만주의 현실은) 대단히 다르다던데"(p.276)라는 풍문을 듣고 이민단 전체에 동요가 확산되고 있음을 알게 된다. 이 동요는 제1차 이민단과의 접촉에서 비롯된다.

> 부두에 배가 닿았을 때, 군(軍)에서 나온 사람들과 함께 제1차(이민단) 사람들이 몇 명 마중 나와 있었는데, 야마카와(山川)라는 사람을 비롯해서 모두 꽤나 심한 몰골이었다. 우연히 길에서 만나면 비적이라고 착각할지도 모른다. 머리카락은 덥수룩하고, 입가에는 검은 수염이 무성했다. 일본옷인지 양복인지, 혹은 중국옷인지 알 수 없는 너덜너덜한 옷도 인상적이었다. 총을 어

깨에 메고 14리 길을 하루만에 도착한 것이다. 몸 매무새를 돌볼 수 없었다는 마음도 이해할 수 있다. 하지만 그런 생활밖에 할 수 없는 것이라면 일은 더 복잡해진다. (p.278)

역사적 사실에 비추어 본 제1차 이민단에서는 1933년 7월에 '비적'의 습격, 아메바 이질 및 둔간병(屯墾病)의 유행으로 인한 사기 저하 등으로 "간부배척 내분"[33]이 일어났다. 이것은 갓 도착한 제2차 이민단에도 큰 영향을 끼쳐, 두 이민단에서 많은 탈단자가 나왔다. 「선구이민」에서는 "광대한 민족의 의지"에 인도되어 만주행을 결심한 마쓰바라조차 만주이민의 가혹한 현실을 여실히 보여주는 제1차 이민단의 모습에 동요하는 모습이 묘사된다. 이러한 동요는 일본인 이민자를 만주로 송출한 제국일본에 대한 불신으로 이어질 수밖에 없다.

앞에서 살펴본 마쓰바라의 꿈은, 만주의 현실이 '내지'에서 이민을 장려하는 서적이나 교육, 선전과는 동떨어진 것이 아닌가, 만주이민에 이민자를 동원하기 위해 자신들을 속인 것은 아닌가 하는 공포와 회의를 드러낸다. 이러한 만주이민 자체를 향한 회의가 제1차 이민단과 접촉하기 전부터 이민자의 근본적인 공포였음을 암시하고 있는 것이다. 마쓰바라의 꿈은 분명 국책이민으로서의 만주이민 정책을 그 근본부터 뒤흔드는 위협이 될 수 있는 가능성을 숨기고 있다. 만주라는 동일한 대상을 향하는 듯이 보이는 이주 농민과 제국일본의 팽창주의적 욕망이, 실제로는 완전히 일치하지는 않는다는 사실을 드러내고 있기 때문이다.

---

33 満洲開拓史復刊委員会, 앞의 책, pp.108~109.

마쓰바라가 만주이민 참가를 정당화하기 위해 내건 명분은, 제국일본의 만몽권익 담론을 모방한 관념적인 것이었다. 마쓰바라는 만주이민에 참가하기 전에는 만주이민을 일본이나 일본민족이라는 거대한 공동체의 일부로서의 행위로 파악하면서도, 자신이 바로 그 '대륙정책'의 희생자가 될 가능성은 상정하고 있지 않았다. 그것은 다른 이민단원들도 마찬가지이다. 「선구이민」에서는 탈단자의 속출로 동요하고 있던 반장(班長)들을 모은 자리에서 그들의 동요를 잠재우는데, 그 수단은 "노래"와 "명문(名文)"이다. 스기타(杉田) 중대장은 "신(新)일본 건설의 이상은 그렇게 쉽게 성취할 수 있는 것이 아니다"라고 단언하면서도, 제1차 이민단의 실상을 알아야 한다는 명목으로 어떤 단원이 지었다는 노래를 낭독한다.

> 봄이다, 봄이다, 북만의 봄이다,
> 어젯밤에는 찬바람이 불어도
> 오늘 아침에는 새싹이 움트고 잎이 펼쳐진다.
> 타오르는 희망, 끓는 피,
> 우리는 신일본의 창시자
> 일구라, 씨를 뿌리라, 보드라운 언덕을.
> 노을이 맴도는 치싱산(七星山),
> 괭이를 씻는 난류수허(南柳樹河)
> 오늘밤도 꿈꾼다, 신일본을. (p.279)

이 노래는 이민자들의 현실이 아니라 "춘경(春耕) 당시의 명랑한 상황"을 "상상"하고 있다. 이어서 중대장은 이번에는 누가 썼는지 밝히지 않은 채 "종이를 넘기며, 한 단락 한 단락 끊어 낭독"을 시작한다.

희망에 타오르는 춘경의 기개도 잠시, 초여름부터 날씨 혹은 그 밖의 예상치 못한 장애로 인한 작업 진도의 좌절, 일확천금의 꿈이 깨지고, 거친 옷을 입고 조밥을 먹으며 종일 흙을 가는 고단함, 긴장은 느슨해지고 담뱃값까지 다 써버린 뒤의 허무함. —

중대장은 감정을 죽인 듯, 낭랑한 목소리였다. 그것이 한층 그 내용의 비장함이 사람들 가슴 속으로 깊이 파고들게 만들었다. 숨을 삼키는 정숙 속에서 침 삼키는 소리와 한숨 소리가 괜히 크게 들렸다.

의지가 나약한 사람의 노동 기피, 불안한 앞날에 관한 유언비어 등으로 사기가 급격히 떨어졌을 때, 위량쯔(魚亮子) 벌목반이 비적에게 습격당해 세 명이 참살당하고, 병기, 탄약, 피복, 식량을 모두 약탈당했으며, 전사자의 대우는 공적으로는 전혀 고려하지 않는다는 유언비어가 퍼져 이윽고 불안감이 폭발하였고 의뢰심(依賴心)이 되어,

중대장 스기타는 이 부분에서 침을 꿀꺽 삼키고 일동을 둘러보았다. 일동은 눈을 내리깔고 침묵하고 있었다. 마치 자신들의 한심함에 대한 꾸짖음을 듣고 있다는 듯이.

의뢰심이 되어 공적인 보조와 대우로 세간의 찬사를 받으면서도 노력하지 않으면서 사업을 완성하는 길을 공상하는 것이 선동자에게 불을 붙여, 이 공

기는 이윽고 폭발하여 지도자의 노력 부족을 구실로 삼아 간부 불신운동이 되었다.

이와 더불어 아메바 이질이 창궐하여, 칠월이 제초기(除草期)라 만주 농가가 가장 바쁠 시기에 매달 백 수 명의 결근자를 낳고, 전원(田園)은 잡초로 변하고, 성실한 청년조차도 끈기가 다하여 망연히 되는대로 맡기는 참상을 보였다.

누군가 코를 훌쩍이는 소리가 들렸다. 마쓰바라 다쿠도 눈가가 뜨끈해졌다. 잠잠하던 공기가 점차 흔들리기 시작했다. 중대장은 낭독을 이어갔다.

하지만 자각한 순진한 청년 및 농업 경험이 있는 물정에 밝은 사람은 북만 농업에 자신을 얻었고, 융펑진(永豊鎮) 부근의 비옥한 땅 및 풍부한 천연자원에 이끌려 토지에 집착하게 되고, 마지막까지 남을 결심을 하는 사람이 꽤 많아 자각하는 이들이 차차 늘어나, 오히려 비 온 뒤 땅이 굳는 것과 같이, ……(pp.279~280)

위의 "명문"은 만주이민자가 "이윽고 불안감이 폭발하였고 의뢰심이 되어", "공적인 보조와 대우로 세간의 찬사를 받으면서도 노력하지 않으며 사업을 완성하는 길을 공상하는 것"이 아니냐고 정면으로 비판한다. 이런 비판에 마쓰바라는 "취한 듯한 기분"이 된다. 이 취기는 "명문"에서 비롯된 미학적인 쾌감이 아니다. 본래 신중한 성격인 마쓰바라는 자신이 "생각했던 불안이 하나하나 증명되는 것을 좇는 사이에 더 비참한 사실도 나오지 않을까 하는 가학적인 감정까지 솟구"(p.281)친다.

이렇게까지 극적인 효과를 발휘한 것은, "명문"과 "노래"의 내용 때문이라기보다 작용 과정 자체에 있다.

"노래"는 지금은 비록 힘들지만 봄이 오면 "신일본"을 건설하리라 노래한다. 하지만 그 "괴로움"을 구체적으로 설명하지는 않는다. 봄이 온다, "신일본"을 건설한다는 희망적인 관측을 제시하는 것만으로는 아무래도 설득력이 부족할 수밖에 없다. "명문"은 그것을 보완하는 형태로 "희망에 타오르는 춘경의 기개"가 사라진 생활을 이야기한다. 하지만 차례로 나열되는 현실의 고통은 오히려 이민단원들의 나약한 정신을 비판하기 위한 것이다. 아직 입식하지 않은 이민자에게 낯선 땅에서의 개척이 유발하는 고독이나 불안을 앞질러 이야기함으로써 이민자 개인의 다양한 감정이나 체험을 나약함의 일부로서 봉쇄하는 것이다.

즉 "노래"에서 "명문"으로 이어지는 과정에서 우선 "신일본 건설"이라는 관념적인 사명을 환기하고, 뒤이어 그 사명에 어울리지 않는 사리사욕을 단죄함으로써 이민자는 "자각한 순진한 청년 및 농업 경험이 있는 물정에 밝은 사람"이라는 새로운 주체로 자리매김한다. 이 새로운 만주이민 담론은 제1차 이민단이 자발적으로 형성한 것처럼 보임으로써 그 설득력이 한층 강화된다.[34]

---

34 이 노래와 글은 실제로 존재한다. 노래는 한 이민자의 창작으로 보이는데, 도미야 가네오(東宮鉄男)의 "둔간 자무쓰 상륙 3주년 기념"을 위한 「제1차 무장이민단 지도 회상(第一次武装移民指導の回想)」(1935.10.15)에 글과 함께 게재되었다. 東宮大佐記念事業委員会 編, 앞의 책, pp.608~609. 또한 「선구이민」에 인용된 글은 저자가 확인한 바에 따르면 원문의 "국가(国家)"가 "공(公け)"으로 바뀐 것과 구체적인 인명이나 사실 등이 생략되었을 뿐이다. 이 노래와 글이 당시 이민자의 자발적인 창작인지는 의심스럽다. 이는 유아사가 1935년에 발표된 도미야의 기록을 사건 당시의 것처럼 작품에 삽입한 것이라고 추측할 수 있다. 만약 그렇다면, 가토 간지와 함께 당시 '만주이민의 공로자'로서 칭송을 받은 관동군 장교의 흔적을 인용하면서도 그 출전은 삭제했음을 뜻한다. 이는 매우 흥미로

"신일본 건설"을 지향하는 개척공동체라는 새로운 아이덴티티는 이민자에게 강력한 일체감을 형성한다. 그것은 순수하게 '우리'가 형성한 것이라는 형식을 취함으로써 만주이민을 정당화하는 담론을 재편성하기 때문이다. 마쓰바라의 취기는 만주에서 겪은 경험으로 균열이 생긴 제국일본의 가치 체계가 보다 친근한 개척공동체 형성을 통하여 수복되고, 이민자 사이에서 공유되며, 다시 내면화되는 과정에서 비롯된다. 결국 「선구이민」에서는 이민단의 동요가 "노래"와 "명문"으로 간단히 수습되고 이민자 사이의 연대감은 강화된다.

이러한 이데올로기의 재무장이 이민단이 입식지로 들어가기 직전, 즉 본격적으로 현지 주민을 접하기 전에 이루어졌다는 점은 의미심장하다. 앞에서 지적했듯이, 「선구이민」은 일본인 이민자와 현지 주민의 무력충돌 사건인 투룽산사건을 소재로 한 작품이다. 현지 농민의 항일 무장투쟁인 투룽산사건이 소재인 이상, 현지 농민 즉 '만인'의 존재는 「선구이민」의 서사에서 핵심일 수밖에 없기 때문이다.

실제로 자무쓰로 진입한 이민자는 그곳에서 처음으로 자신들이 욕망하던 대상, 즉 낯선 토지의 자연과 풍물을 접하고, 그곳에 이미 존재하는 "토민"과 대면했다. 이 시점에서 현지 주민과의 접촉은 빈집이나 어린 여자아이, 여성의 내실(內室) 등에 한정된다. 「선구이민」에서 이주민의 시선은 당당하게 현지 주민의 생활을 훔쳐보고 관찰하지만, 자신들이 타인의 생활공간을 침입하여 엿보고 있다는 죄책감은 찾아볼 수 없다. 이 체험의 틀은 낯선 토양이나 기후를 조사하듯이 "토민"을 바라보

운 사실이다.

고 관찰하는 것은 당연하다는 감각에 기초하고 있다. 그러나 마쓰바라의 꿈은 바라보고 관찰하는 것은 일본인 이민자만이 아니라는 사실을 보여준다.

> 그러자 벽돌 옆에서 만인이 대변을 보고 있다. 작은 만인이다. 여자아이처럼 보이기도 한다. 말을 걸려고 하자 이쪽을 돌아보았다. 만인이라고 생각한 것이 실은 말(馬)이었고, 힐끔 이쪽을 쳐다보는 눈은 말을 붙여볼 새도 없이 희번덕 빛났다. 그렇지, 뭔가 만어로 말이라도 걸어야 해. 그러나 아무리 생각해도 도무지 생각이 나지를 않았다.
>
> 어느 틈에 말은 점점 그 수가 늘어 서로 얼굴을 맞대고 있었다. 그 서로 눈짓을 하거나 이쪽을 힐끗 보거나 하는 눈빛의 께름칙함이란.
>
> 말의 대열이 무너지고 갈기를 휘날리는 말이 덮쳐 오려는 기세를 보였다.
>
> 이건 안 되겠다 싶어 마쓰바라 다쿠는 총을 찾았다. 밀밭 속을 뛰어다녔지만 어디서도 총은 찾을 수 없을 것만 같았다.
>
> 두두두, 말발굽 소리가 들렸다. 파도처럼 크게 흔들리는 기척이었다.
>
> 밀 이삭을 헤치자 저 멀리 이어지는 벽돌 그늘에서, 총을 멘 비적이 선두에 선 말을 채찍질하며 개미처럼 무수하게 달려온다.
>
> 말의 얼굴, 말의 얼굴, 말의 얼굴, 아아, 안 된다. (p.275)

꿈속에서 마쓰바라는, 어리고 야만적인 '만인'을 바라보는 입장에서 말의 "말을 붙여볼 새도 없이 희번덕 빛"나는 눈에 주시당하는 입장으로 전환된다. 마쓰바라의 꿈속에서는 시선의 권력이 역전되는 것이다. 그리고 말이 통하지 않는 만인과 말의 결합은, 「선구이민」에서 반복해서 강조된다. 예를 들어 "말의 오족협화가 어렵다"는 제1차 이민단원의 체험담을 들 수 있다.

> 만주 말은 일본어를 모르는 겁니다. 그야 당연한 일이지만, 이게 가장 곤란하죠. 이랴, 워워 해도 아예 반응이 없죠. 흙을 발로 차거나, 허공을 느긋하게 올려다보거나 하죠. 왠지 꺼림칙한 것은 소였습니다. 아무리 소리를 질러도 꼼짝도 하지 않고 힐끗 이쪽을 보고 있죠. 그 눈빛의 께름칙함이라니, 뭐라 해도 상대 속을 알 수 없으니, 싫었죠. (p.276)

말도 통하지 않고 무슨 생각을 하는지도 알 수 없는 꺼림칙한 짐승이라는 표상이 매우 부정적이라는 것은 말할 나위도 없다. 그리고 이민단원은 "우마(牛馬)에게 일본어를 가르치는 것보다 이쪽이 한어(漢語)를 배우는 쪽이 빠르다"고 인정하면서도 "한어"로 부르면 이번에는 조선산(産)이나 일본산 말이 알아듣지 못한다고 이야기한다. 나아가 마쓰바라의 악몽, 혹은 투룽산사건에서 알 수 있듯이, 만주에는 항상 꺼림칙한 말들이 습격할 위험이 존재한다. 비적이 주로 말을 타고 이동한다는 점을 고려한다면, 선무공작의 대상인 현지 주민을 향한 이민자의 뿌리 깊은 경계심과 의심을 쉽게 읽을 수 있다.

말의 시선을 느낀 마쓰바라는 "뭔가 만어로 말이라도 걸어야" 한다고 생각하지만, "아무리 생각해도 도무지 생각이 나지를 않는" 초조감에 시달린다. 하지만 설령 그가 "만어"를 이야기할 수 있었다고 해도 말이나 비적과 같은 존재와 상호이해와 존중에 이르기는 어렵다. 즉 이 꿈이 암시하는 바는 선무공작을 지향하는 마쓰바라가 내심 언어로 만인과 성공적인 의사소통을 하는 것은 불가능하다고 인식하고 있다는 사실이다. 결국 마쓰바라의 선무공작은 시작하기 전부터 달성되지 못할 목표이며, 만인은 언제 비적이 되어 자신들을 공격할지 모르는 꺼림칙한 존재라고 강하게 암시하고 있는 것이다.

「선구이민」의 일본인 이민자에게 "노래"에서 "명문"으로 이어지는 일본어는 이민단의 정신적인 동요를 완화하고 이민자 사이의 연대를 강화하는 언어이다. 그에 비하여 일본인 이민자의 "만어"는 간단한 의사소통도 어려운 외국인의 서투른 언어에 불과하다. 이러한 일본어와 "만어"의 비대칭적인 관계는 일본인 이민단에게 만주가 닫힌 기호공간이라는 사실을 드러낸다.

「선구이민」의 일본인 이민자와 현지 주민 사이에서 비대칭적인 것은 언어만이 아니다. 일본인 이민자의 토지에 대한 집착은 농민의 본능으로서 긍정적인 것으로 묘사되지만 현지 주민의 토지에 대한 집착은 금전적인 이익을 노리기 때문이거나, 단순한 감상으로 치부되어 부정적으로 묘사된다. 그 토지가 일본인 이민자의 집단입식을 위해 관동군의 무력을 배경으로 행해진 강제적인 매수 및 퇴거로 현지 주민들이 빼앗긴 것이라는 역사적인 배경을 고려하면, 그 문제성은 명백하다.

실제로 꿈에서 습격해 오는 말의 무리에 쫓기던 마쓰바라는 총을 찾아다닌다. 이 행위는 마쓰바라가 서툰 언어를 통한 교섭 대신 말들을 총으로 제압할 것을 선택했음을 드러낸다. 이 선택은 투룽산사건 당시 관동군이 직면한 문제와도 밀접하게 연결되어 있다. 즉 "만인 전원을 비적으로 볼 것인가, 만인 전부를 양민으로 볼 것인가"하는 문제임과 동시에 관동군에게는 "만인 전부를 살릴 것인가, 죽일 것인가"라는 문제[35]이기도 했다. 그리고 이러한 폭력의 구도는, 적어도 「선구이민」에서 일본인 이민자들이 자신들은 만인에게 결코 환영받지 못하는 침략자라는 사실을 이민자 자신이 분명히 자각하고 있다는 사실을 보여주는 것이다.

3. 보호와 토벌의 경계

만인과 선무를 놓고 일어나는 이민단의 갈등은 입식지 지후리(七虎力)에 도착하면서 본격적으로 나타난다. 이민단은 그곳에서 이미 작물이 잘 자라고 있는 경작지를 목격한다. 하지만 그들의 "전임자"는 결코 일본인 이민단에게 우호적이지 않다.

> 수확기로 제초하고 있는 만인의 모습이 보였다.
>
> 모두 함께 "야아, 안녕" 하고 인사했지만, 만인은 다른 곳을 쳐다보며 모르는 척 했다.
>
> "인사 정도는 받아줘도 손해날 것도 없잖아"라며 고모리 요소지(小森三次)가 분개했지만, 모두 자자, 하고 말렸다. 처음 만난 만인 농부는 나쁜 인상이었다. 인사 방법을 모르는 것이리라. 혹 인사 방법을 알고 있었다고 해도, 이

35 東宮大佐記念事業委員会編, 앞의 책, p.198.

쪽 사람이 많으니 표현하는 방법을 망설였는지도 모른다. 혹은 그런 것을 뛰어넘은 무신경과 무지가 있었을지도 모른다.

그러나 당분간은 이 농부들이 선생인 것이다. 농부들의 비밀을 배워야만 한다. (p.286)

인사를 해도 반응하지 않는 만인 농부를 보고, 마쓰바라는 그가 일본식 인사 방법을 이해하지 못했든가 혹은 "무신경과 무지"를 드러내기 때문이라고 생각한다. 하지만 마쓰바라는 농부가 인사를 무시한 이유를 생각할 때, 가장 그럴듯한 이유를 애써 무시하고 있다. 일부 이민단원이 만인에게 "처음부터 호의를 조금도 느끼지 않"듯이, 만인 또한 이민단을 적대시한다고 생각할 수 있는 것이다. 앞에서 살펴보았듯이, 마쓰바라의 꿈에 등장하는 말의 습격은 그가 무의식적으로 만인에게 강한 경계심이나 두려움을 느끼고 있음을 드러낸다. 그럼에도 그는 굳이 만인 농부의 무반응을, 언어 소통이 어렵기 때문에 불편하다고 생각하는 데 머무른다. 마쓰바라는 만인 농부의 적의를 의식하면서도, 그 이유를 단순한 무지로 한정하려 하고 있는 것이다. 이러한 자기억제의 이유로 추측할 수 있는 것은, 만약 만인 농부가 일본인 이민자에게 어째서 적의를 느끼는지 그 이유를 파고들면 바로 이민자 자신이 감탄한 풍요로운 기경지를 놓고 벌어지는 이민단과 "전임자"의 첨예한 이해관계에 무지할 수 없을 것이라는 점이다.

만주이민에 관한 선행연구에 의하면, 제2차 이민단이 매수한 토지는 17,262경(垧, 약 12,428정보(町歩))으로, 기경지는 총면적의 71.2%인 12,290경(약 88,488정보)이었다.[36] 1정보당 평균 가격은 1차 이민단 때보다는 비쌌지만 당시 만주국 내 토지 가격보다는 저렴했다.[37] 때문에 설령 토지 대금을 받아도 같은 조건의 다른 토지를 구입할 수 없었다.[38] 제2차 이민단이 소유 토지와 가옥을 매입한 450호 2,250명의 현지 농민은 자인(嘉蔭)현으로 강제 이출되었다.[39] 그 뒤의 만주이민 정책에서도 이런 일은 결코 드물지 않았다.

일본인 만주농업이민의 입식지는 원칙적으로 '미이용지(未利用地)주의'를 취했으나 이미 제1차, 2차 이민단 때부터 일본인의 만주농업이민은 현지 주민의 기경지와 가옥을 상당 부분 포함하고 있었다. 자연히 토지에 관련된 갈등이 빈발하였고, 이러한 갈등은 만주국의 '만계' 주민의 불만을 촉발하였다. 이들의 불만은 바로 대규모 반만항일운동의 도화선으로 비화될 수 있다는 점에서 만주국 내부에서도 비판의 대상이었다. 하지만 제국일본의 만주이민 정책에서 "한 집단 개척단이 입식하기 위해서는 수천 정보의 토지를 필요로 하는 관계상, 기주(既住)지대를 포함하는 것은 왕왕 피하기 어려운 일"이었고, "일본 개척민과 현주민이 혼교잡거(混淆雜居)하여 같은 환경과 생활 조건을 통해 융화하고

---

36 劉含発, 앞의 글, p.362.

37 만주이민 정책에서는 현지 주민이 이민단 용지 내에서 토지를 소유하는 것을 인정하지 않았다. 지주나 자작농의 토지는 모두 이민용지로 매수되었는데, 매수 가격도 개인 매매 시가의 1/3에서 1/4의 가격이었다. 拓務省拓務局東亜課編, 『満洲農業移民概況』, 拓務省拓務局東亜課, 1936, p.29; 劉含発, 앞의 글, p.362; 長野県開拓自興会満洲開拓史刊行会, 앞의 책, p.172. 1942년까지 만주척식공사 및 만주국 개척총국이 일본인의 만주이민을 위해 이민용지로 매수한 기경지는 3,510,000 헥타르에 이르렀다.

38 따라서 대지주가 중소지주로, 자작농이 소작농으로, 소작농이나 고농(雇農)은 지역에서 이탈하거나 일본인 이민단의 소작농이나 소작농이 되는 경우가 생겼다. 劉含発, 위의 글, pp.363~364.

39 張伝傑・馮堤他, 『日本略奪中国東北資源史』, 大連出版社, 1996, p.108; 劉含発, 위의 글, p.373.

민족협화를 여실히 구현하는 것이 이상"이라고 하면서도 "언어, 풍속, 관습 및 각종 시설 등을 전혀 달리 하는 양 민족이 즉시 그러한 이상적인 경지에 도달할 수 있다고 기대하기는 어렵다. 또한 개척단에서는 현주민을 포용하여 점점 그 지역이 확대되므로, 단의 통일이라든가 각종 시설의 건설상 장애에 봉착하는 경우가 생긴다"[40]고 하였다. 만주이민의 현실에서 '미이용지주의'의 실현은 사실상 어렵다고 인정한 것이다.

따라서 일본인 이민단의 입식용지 지역 내 현지 주민은 이민단의 선견대 및 본대의 입식 상황, 그 밖의 영농 계획과의 조정을 고려하여 순차적으로 다른 곳에 이전되었다.[41] 만주국 정부는 일본인 이민단의 이민용지에서 강제 이주를 당한 현지 농민을 "내국개척민"으로 "특별 조성"하여 만주국 내 미경지로 보냈다. 이민용지에 남겨진 현지 주민들은 이민단의 건설이나 영농에 필요한 노동력을 제공하였다.[42]

즉, 관동군이나 동아권업공사, 그리고 만주국 정부가 행한 이민용지를 위한 토지 매수란 기경지나 가옥을 강제적으로 매수해야만 하므로 결국 현지 농민의 생활을 위협하는 것이었다. 이러한 상황에서 현지 농민이 일본인 이민단원에게 보이는 적의의 이유를 끝까지 파고든다면, 그것은 결국 일본인 이민단의 '개척'이 현지 주민의 토지나 가옥을 강제적으로 빼앗아 성립된다는 사실에 직면할 수밖에 없다. 그렇다면, 일본인 이민단 측이야말로 이민자 특유의 거만한 "무신경과 무지"로 실질적인 식민지의 현실을 직시하는 것을 회피하고 있는 것이다. 투룽산

40 満洲国通信社編, 『満洲開拓年鑑』 昭和16年版(『満洲移民関係資料集成』 第7回配本(第31巻~第33巻), 不二出版, 1992), 1941, p.68.

41 満史会編, 『満洲開発四十年史 補巻』, 満洲開発四十年史刊行会, 1965, p.207.

42 劉含発, 앞의 글, p.369.

사건의 최대 원인이 강제적인 토지 매수[43]라는 점을 상기한다면, 「선구이민」이 토지 매수 문제에 침묵한 것은 의도적인 선택이라고 볼 수 있다. 그러나 관동군의 강제적인 토지 매수에 기인한 이민단과 현지 주민 사이의 갈등은, 이 소설 내부에서도 이민단이 직면한 만주 현실의 일부로서 분명히 존재하고 있는 것이다.

만약 일본인 이민단을 향한 현지 주민의 적의가 단순한 "무지"에서 비롯된 오해라면, 서로의 입장을 이해함으로써 해결할 수 있을 것이다. 마쓰바라는 "말만 통하면 방금도 솔직하게 왜 인사를 안 하냐고 의사소통을 할 수 있다. 너희들이 건방지게 인사를 했기 때문이라고 대답한다고 하면, ―싸울 수 있다. 싸우면, 이번에는 사이가 좋아질 수도 있지 않겠는가"라고 생각한다. 눈앞에 보이는 뚜렷한 적의를 외면하면서도, 마쓰바라는 만인 농부의 말을 상상하며 서로를 이해하는 미래를 꿈꾼다. 하지만 일본인 이민자와 만인 사이의 문제는 단순히 언어 소통만으로 해결될 수 있는 성질의 것이 아니다.

이민단은 선견대가 매수한 숙사의 전 주인과 갈등을 겪으면서 그 사실을 통감하게 된다. 숙사를 판 만인 농부는 숙사 주위 밭에서 지금 자라고 있는 야채는 매매 계약에 포함되지 않는다고 주장한다.

통역사에게 따지자, 처음에는 물론 함께 판다는 얘기였다고 한다. 아마 일

43 셰원둥(謝文東)은 투룽산사건의 원인으로 ① 사금으로 만든 기념품 몰수, ② 제1차 이민단 일부가 부근 주민의 가축이나 귀금속을 강탈한 것, ③ 개척지의 토지 매수에서 요구한 금액을 지불하지 않았고, 장래 몰수될 것에 대한 우려, ④ 민간 소유 총기 몰수 등을 들었다. 「謝文東語る(其ノ二)康徳六年(1939年)四月十二日佳木斯協和飯店に於いて, 通訳金徳厚」, 東宮大佐記念事業委員会編, 앞의 책, pp.191~192.

본인을 얕보았기 때문일 것이다. 그런 일이 종종 있다는 것이었다. 그러면 일일이 증서라도 받아야 한다는 것인가.

그리하여 취사 담당자는 눈앞의 참으로 맛나 보이는 야채나 파, 무를 뽑을 수 없었다. 메밀 싹으로 참아달라는 것이었다.

"거봐라, 도무지 방심할 수 없는 놈들이라구."

다케다 유키치(竹田祐吉)는 자신의 주장이 증명되었다는 듯이 콧방울을 움찔거렸다.

"정말이지, 훈도시를 꽉 조이고 상대하지 않으면 당치도 않은 꼴을 당하게 될 거야." (p.287)

마쓰바라는 불만을 터뜨리는 단원들에게 "일본인의 기상을 보여주"자고 다독이고, 밭의 야채에는 손대지 말라고 지도한다. 그로부터 3주 후, 만인 농부가 품안 가득 야채를 안고 나타난다. 결국 이 문제는 일본인 이민자의 성실함에 감명을 받은 만인 농부가 호의적인 태도를 취함으로써 해결된다. 하지만 여기서 중요한 것은, 마쓰바라가 그 경험을 재구성하고 의미를 부여하는 방식이다.

마쓰바라는 "말이 통하지 않는다는 것은 사실 첫 장애물이었다. 그러나 그것을 돌파해도 아직 풍속 차이, 사상 차이, 혈통이나 전통, 세세한 관습 차이 등이 복잡하게 얽힌 장벽을 만들고 있다"고 지적한다. 하지만 "사린(四隣)은 모두 협화를 필요로 하는 사람들이며, 민가 한 채의 매수, 사당(社堂)의 이전, 그런 하나하나가 점점 큰 파도가 되어 퍼져나가, 그 여파의 여하에 따라서는 해일이 되지 않는다고 단정할 수 없는 것이"(p.289)라고 인식하기에 이른다. "민가 한 채의 매수, 사당의 이전"

이 관동군이 행한 강제적인 민가나 전답 매수라고 한다면, 점점 퍼져나가 이윽고 파괴적인 "해일"이 될지도 모르는 "큰 파도"란 사소하게 보이는 민가나 전답의 강제적인 매수 행위가 대대적인 반만항일운동으로 비화될 수도 있다는 자각이라고 볼 수 있다. 「선구이민」에서 적어도 마쓰바라는 언어 소통의 문제 이상으로 "풍속 차이, 사상 차이, 혈통이나 전통, 세세한 관습"이 관동군의 매수 행위나 이민단의 입식에서 비롯된 현지 민중의 불만이나 적의를 자극할 수도 있는 상황을 이해하고 있는 것이다. 그럼에도, 그는 군이 숙사 전 주인의 심리를 분석하고자 한다.

> 이건 이상한 일이라는 생각에 꺼림칙해졌다. 매일 어쩔 수 없이 신경이 쓰였다. 소문에 의하면 콩나물 따위를 먹고 있다 한다. 그것이 삼 주나 이어진 것이다. 처음에는 보복이라도 당하지 않을까 생각했다. 그 공포 쪽이 컸다. 점차 농부는 꺾여 갔다. 고집을 부린다든가, 호인이라고 말할 수 없게 되었다—고 생각하는 것은, 다소 그의 감정을 지나치게 존중하는 관점일까.
>
> 계약의 확실한 이행이라는 한 가지만으로도, 두려워할 만한 일이었는지도 모른다. (pp.289~290)

마쓰바라는 매수를 서두르는 상대방의 약점을 "기회로 삼아 이용하는 것"이 당연하다고 생각하던 만인이, 부당한 계약까지도 준수하려는 일본인 이민단의 태도에 급기야 "공포"를 느끼고 이민단에게 감복하였을 것이라고 상상한다. 하지만 일본인의 뛰어난 도덕성을 접한 만인 농부가 "공포"까지 느낄 것이라는 마쓰바라의 해석은 일방적인 것이며, 그가 실제로 어떻게 생각했는지는 알 수 없다. 이것은 단순히 언어에서 비롯된 문제만은 아니다.

이 만인 농부는 다음날부터 이민단원에게 인사를 하고, 가을의 중추절(仲秋節)에는 아들을 데리고 와서 월병(月餠)을 선물하는 등 매우 우호적인 태도를 보인다.

> “이건 대단한 대접인데.”
>
> 이윽고 모두 둘러싸고 입을 모아 지금 받은 인상을 떠들기 시작했다.
>
> “꺼림칙해. 독이라도 들어있는 건 아니겠지.”
>
> 그렇게 다케다 유키치가 말하자,
>
> “바보 녀석.”
>
> 마쓰바라 다쿠가 고함을 질렀다.
>
> “아니, 나중에 무슨 트집을 잡을지도 모르잖아.”
>
> “그런 일은 없어. 그렇게 심술궂게만 생각하면 안 돼.” (pp.290~291)

일부 이민자가 농부의 호의를 “꺼림칙”하게 여기는 것은, 그가 자신들에게 호의를 보이는 이유를 이해할 수 없기 때문이다. 앞에서 마쓰바라가 직감적으로 이해했듯이, 그들 사이에는 풍속, 사상, 혈통, 전통 등 뿌리깊은 관습의 차이가 존재한다.

> 농부가 얼마 전까지만 해도 자신의 거처였던 집안을 돌아보며 뭐라고 말을 걸었지만, 거의 뜻이 통하지 않았다.
>
> 만인은 결국 홀로 어슬렁어슬렁 입구를 나서더니 입구 옆에 우편함처럼 움푹 들어가 있는 사각형의 감(龕)을 향해 무릎을 꿇고 손을 모았다. 머리 위로

손을 쳐드는 것 같은 기도 방식이었다. 아들도 불러 기도를 시키고는 태연히 일어섰다.

그것이 수호신이라는 것을 알게 될 때까지 상당한 시간이 걸렸다.

압도당한 사람들을 지나쳐, 만인 부자(父子)는 돌아갔다. (p.290)

비록 농부의 집은 팔려서 일본인 이민단의 숙사가 되었지만, 그 집에 가득 차 있는 것은 이질적인 풍속과 전통, 생활의 흔적이다. 중추절 선물이나 집의 수호신을 향한 기도처럼 정체를 알 수 없는 농부의 몸짓은, 그의 생활을 이해할 수 없는 이민단원들을 압도한다. 마쓰바라를 포함한 이민단은 만인 농부를 전혀 이해하지 못한다. 때문에 그들은 예상하지 못한 선물에서 악의를 발견하고, 그것이 호의임을 이해한 뒤에도 쉽사리 대응하지 못하고 곤혹스러워한다. "쿠리도 자작농도 똑같이 보여, 쉽사리 분간하지 못 하"는 이민자의 "익숙하지 않은 눈"은 현지 실정만이 아니라 그 전통이나 문화도 이해하지 못하는 것이다. 이는 만주이민에서 일본인 이민단이 관심을 가진 대상은 만주의 토지뿐이며, 그곳에서 생활하고 있는 주민이 아니었다는 사실을 보여준다.[44]

이러한 경험을 통하여, 이민단원들은 비로소 자신들이 이질적인 문화 속으로 진입했으며 다수의 이민족이 자신들을 둘러싸고 있다는 사실을 깨닫는다. 이질적인 존재는 오히려 일본인 이민단이었던 것이다. 그렇다면 마쓰바라가 상정한 만인과 일본인 사이의 "도의성(道義性)"이

44 일본인 만주이민 체험자의 만주이민 이전의 중국인·조선인관에 관한 의식 조사에서 7할 이상의 사람이 선입견 없이 이주했다고 하였다. 만주에 이민하기 전 대부분의 일본인 이민자들은 애초에 중국인이나 조선인을 "염두에" 두지 않았던 것이다. 蘭信三, 앞의 책, p.291.

나 문화 수준의 차이는 그가 예상한 만큼 큰 가치를 갖지 못한다. "인사 방법을 모르"는 것은 그 지역의 일상적인 습관이나 공유하는 가치 체계에 접근할 방법을 모르는 이민단 쪽이기 때문이다. 즉, 이 땅에서 "무신경과 무지"에서 비롯된 행동을 하는 것은 실은 이민단 쪽이라는 사실을 그들 자신도 분명히 인식하게 되는 것이다.

이러한 타자성의 인식은 자신이 이해할 수 없는 사고를 하는 타자가 언제 폭력을 행사할지도 모른다는 공포로 이어진다. 만인 농부가 선물한 월병에 독이 들어 있을지도 모른다고 의심하는 것은 그저 "심술궂은 사고방식"이 아니다. 상대의 선의를 공격으로 해석하는 것은, 상대가 자신을 적으로 인식하고 있음을 이민단원들이 이미 알고 있다는 사실을 스스로 고백하는 것이기 때문이다.

마쓰바라는 만인 농부가 일본인 이민단에게 보인 적의를 의식할 것을 거부했듯이, 이민단의 만인을 향한 적의를 인식하는 것을 회피한다. 하지만 적의가 은폐되면, 그 갈등을 해결할 방법도 찾을 수 없다. 이 모순의 결말은 결국 '모든 만인의 배제'로 귀결될 수밖에 없다. 이러한 논리의 붕괴는, 만주국이 다민족국가로서 주장한 민족협화에 비추어도, 또한 "같은 지반 위에 선 민족끼리"의 연대를 믿은 유아사[45]에게도 결코 받아들일 수 없는 것이었을 것이다.

결국, 마쓰바라는 이민단과 만인 사이에 존재하는 적대관계를 비적과 보호해야 할 만인이라는 대립관계로 치환한다. 그러면 이민단이 일본인에게 우호적인 만인을 비적의 위협으로부터 보호한다는 구도가 성

45 신승모, 앞의 글(2008), 132쪽.

립되고, 이민단의 적은 비적으로 한정되기 때문이다. 실제로 이민단이 입식한 이란현(현 헤이룽장성)은 정치비(政治匪)[46] 부대의 반만항일운동의 본거지로 항일운동의 전통이 있는 지역이었다.[47] 이처럼 전체적으로 항일의 기운이 충만한 입식 지역에서 일본인 이민단이 빠른 시일 내에 "양민 보호"와 "치안 안정"을 꾀하려면 무력을 독점할 수밖에 없다. 결과적으로 이민단의 "부근의 치안, 선무"라는 "첫 번째 과제"는 무력이라는 수단으로써 수행된다.

「선구이민」에서 나타나는 선무, 치안, 보호를 둘러싼 논리의 순환은 주변 만인 집락의 자위단(自衛團)에게 "무기 응소(応召)", 즉 민간 소유 총기의 압수를 요구하는 데 이른다. 이민단은 만인 집락의 자위단이 비적에게 흡수되어 자신들을 공격할지도 모른다는 가능성 때문에 그들이 위험하다고 판단한다. 즉, 만인 집락의 자위단이 본래 "(만주)사변 후, 유력한 비적이 발호(跋扈)했기 때문에 그에 대비하여" 만들어졌음에도 불구하고 "아주 유력한 비적이 오면" 그들에게 흡수될 수도 있는 "실로 위험한 무장단"이라고 본 것이다. 「선구이민」의 이민단은 만인 집락의 자위단을 잠재적인 비적=적으로 인식한다. 따라서 이민단과 만인(비적

46 '비적'은 일본 측이 만주사변 이전에는 아직 긍정적인 이미지를 가지고 있던 '마적(馬賊)' 대신 사용하기 시작한 천칭(蔑称)이다. 이후 일본 측은 일반 강도에서 항일유격대에 이르는 만주의 모든 무장 세력을 '비적'이라고 불렀다. 빌링슬리(Billingsley)는 비적 중에 항일을 명분으로 활동하는 자도 있었지만, 소란을 일으켜 일본군이 개입하는 구실이 되는 형태로 일본군에 협력하고 지원을 받은 자도 있었다는 사실을 지적하여 그 다양성을 강조하였다. ビリングズリー, 山田潤, 『匪賊－近代中国の辺境と中央』, 筑摩書房, 1994, p.298~299・302.

47 이란(依蘭)지방은 구 동북 군벌 장군이었던 리서(李社)의 항일유격구였고, 이 지방에서 활동한 '정치비'인 리옌루(李延祿), 리화탕(李華堂) 등의 부대는 리서의 직계부대였다. 浅田喬二, 앞의 책, p.473.

/자위단)이 소지한 무기는 전면적인 무력투쟁으로 발전할 공격 가능성을 내포한다. 이민단의 선무는 이처럼 "실로 위험한 무장단"을 '평화롭게' 배제해야만 한다.

> 이민단은 결코 언제까지고 무기를 쥔 위협적인 존재가 되려는 것이 아니다, 치안만 안정되면 농업에 전념하고 싶고, 북만의 농업개발을 위해 몸이 가루가 되도록 일하고 싶다. 남만에 만철이 들어오고부터 농산물의 집산(集散)이 비약적으로 발전하여 소농가가 속속 대지주가 된 것처럼, 서로 협력하여 산업개발에 진력하면 서로에게 큰 이익이 될 것이다. 이민단은 자본가가 아니라 농부의 집단이다. 토지 수탈이나 그 밖의 흉한 짓이 지금까지 결코 없었듯이, 앞으로도 일만이 한 몸 되어(日満一体), 지방 경영에 임하고자 한다. (pp.291~292)

「선구이민」에서 만인 유력자를 방문한 이민단은 자신들이 "농부의 집단"이라고 주장한다. 물론 앞에서 살펴보았듯이, 제2차 이민단은 재향군인으로 편성된 무장이민단이었고 그 취지부터 둔전병으로서 경비나 치안유지를 담당하는 것이 그 성립의 전제 조건이었다. 예를 들어, 관동군 장교 도미야가 참모장에게 제출한 의견서(1937.7.17)에서는 "일개 대대의 경비력은, 설령 동계(冬季), 지린・헤이룽장(黒龍江)성 양쪽에서 적비(敵匪)의 습격을 받아도 관동군에서는 단 한 명도 출병할 필요 없이, 완전히 개강기(開江期)까지 건재할 수 있"다는 전제와 함께 "동계 지린군의 지원, 치안유지, 농장의 정찰, 해수(解水)와 동시에 농경 개시, 신(新)병사 숙소 건축" 등의 행동 개요를 나열하였다.[48] 제2차 이민단은 군대식으로 편성되어 치안유지를 위해 전투행위가 있을 경우에는 상관의 명령을 위반하지 않을 것이라고 명기한 서약서에 연명으로 서명하였고, 만주국 수도인 신징에서는 관동군 사령부에서 무기 탄약을 수령하였다.[49] 이처럼 만주이민 정책의 추진자, 지지자, 실행자 모두에게 제2차 이민단의 군사적 성격은 명백한 것이었다.[50] 또한 「선구이민」에서도 제2차 이민단의 무장이민으로서의 측면은 입식지 행군, 비적과의 전투, 이민단원의 전사 등을 통해 분명하게 제시된다.

그러나 만인 유력자, 자위단 단장을 방문하여 일본인 이민자의 사명을 설파하고 설득할 때는 이민단의 군사적인 성격이 부담스러울 수밖에 없다. 설령 이민단이 "농부의 집단"이라 해도 총으로 무장한 재향군인은 위협적인 존재이기 때문이다. 따라서 「선구이민」의 이민단은 현지 주민 측을 설득하기 위한 명목으로 "치안유지"를 제시한다.

무장이민단의 '치안유지'는 본래 이민단이 관동군을 대신하여 입식지의 질서를 유지하는 행위였다. 재향군인으로 구성된 무장이민단은 관동군 대신 입식지에서 지배 질서를 유지할 것이 요구되었다. 만주이민의 국책으로서의 성립 자체가 무장이민단의 군사적 유용성에 기반을 둔 것이었기 때문이다.

---

48 満洲国史編纂刊行会編, 『満洲国史 総論』, 満蒙同胞援護会, 1970, pp.425~426.

49 실제 제2차 이민단은 히자와(日沢) 중좌(中佐)를 대대장으로, 3개 중대, 3개 소대, 그리고 각 현 연대구(聯隊區)의 지명을 붙인 지부를 두었다. 長野県開拓自興会満洲開拓史刊行会, 『長野県満洲開拓史 各団編』, 東京法令出版, 1984, pp.18~19.

50 예를 들어, 일만개척주임관 연락회의(1943. 8)에서 당시 개척 총국장은 이주정책 성과의 으뜸으로 "북변진호(北辺鎮護)"를 들었다. 그는 그 근거로 소련 인접 국경의 "개척 제1선 지대"에 일직선으로 배치된 많은 이민단이 병참기지, 노동력·군마 공급원, 숙영 거점 등의 역할을 한다고 주장하였다. 満史会編, 『満洲開発四十年史 上巻』, 満洲開発四十年史刊行会, 1964, p.700.

그러나 「선구이민」에서 일본인 이민자가 "부락의 유력자, 자위단의 단장" 앞에서 이야기하는 "치안유지"는 "치안만 안정되면 농업에 전념하고 싶다"며 자신들의 무장을 정당화하는 명분이다. 그리고 뿌리깊은 반만항일 지역에서의 '치안'이란, 비적만이 아니라 비적에 대항하는 자위단의 배제를 포함한다. 이민단이 추진하는 "치안유지"가 철저히 일본인 본위이기 때문이다. 둔간단(屯墾團)의 임무인 "부근의 치안"과 "선무"는 같은 동전의 양면에 불과하다.

한편, "일만이 한 몸"이 되어 임해야 하는 "지방 경영"이란 만철이 대표하는 "산업개발"이다. 실제로 남만주에서 만철은 중국 본토에서 유입되는 '유민(流民) 쿠리의 대량 수송'과 만주의 '상품경제 발전'을 촉진시켰다. 만철 연선에 막대한 양의 대두(大豆) 등 농산물이 집적되었고, 그 집산지에 량잔(糧棧) 등 토착상인자본이 집중하여 도시가 출현했다. 대두의 상품화에서 알 수 있듯이, 만철에 의해 만주의 자원 확보와 개발, 농림수산물의 상품화가 이루어졌고, 이러한 상품경제의 침투는 농민층의 분해로 이어졌다.[51] 그렇지만 당시 농산물의 상품화는 주로 중농 이상 농민에게 편중되어 있었으므로, 만철의 진출과 함께 이루어진 농산물의 상품경제화가 반드시 농민층의 직접적인 이득으로 이어지지는 않았다.[52] 또한 관동군의 무력을 배경으로 한 강제적인 토지 매수로

---

51 위의 책, pp.872~874.

52 당시 만주의 유통기구는 토착자본이 장악하고 있었다. 중국 농촌 사회의 기존 구조에서 지주와 상인을 겸한 토착자본과 농민의 관계는 토지를 매개로 관습과 이해관계가 복잡하게 얽혀 있었기 때문이다. 지주와 토착자본을 겸한 상층 농민은 만주국 정부의 정책에 협력하는 것처럼 위장하면서 오히려 자신들의 이익을 꾀하는 데 이용하였고, "그 여파가 하층 농민에게 전도되는 상황"이 나타났다. 浜口裕子, 『日本統治と東アジア社会－植民地期朝鮮と満洲の比較研究』, 勁草書房, 1996, p.225.

입식한 일본인 이민자가 이야기하는 "소농가가 속속 대지주가" 되었다는 식의 산업개발 담론이 보수적인 현지 농민을 설득하는 데 유효했을 것이라고 보기는 어렵다.[53]

그러한 역사적 배경에도 불구하고 「선구이민」에서 이민자가 주장하는 "산업개발"이 선무로서 효력을 발휘한다면, 그것은 같은 농민으로서 '협화'해야 할, 직접 농업에 종사하는 영세경작자나 고농(雇農)보다 이익에 민감하고 대토지 소유자가 될 가능성을 가진 "부락의 유력자, 자위단의 단장"과 같은 농촌 유력자가 대상이기 때문이었다고 추측할 수 있다. 그러한 선무의 성과로서 이민단은 만인 유력자에게 "귀순"을 요구한다. 마쓰바라는 지방 자위단의 총단장이자 손꼽히는 명망가인 왕시신(王喜信) 일행이 "귀순"하기 위해 이민단으로 향하는 장면을 목격한다.

> 자작나무가 두 그루, 잎이 다 지고 흰 살갗을 드러낸 채 황량하게 선 부락을 빠져나가려 하자 이 부근에서는 보기 드물게 긴 소매 옷을 입은 남자가 종자를 세 명 정도 데리고 걸어왔다. 종자는 보통 중국옷을 입고 있었지만 어깨에는 총을 메고 있었다.
>
> 그 뒤로 군마(軍馬)가 네 마리 따르고 있었다.
>
> 비적을 만난 경험이 없는 마쓰바라 다쿠는 깜짝 놀랐지만, 사람이 타지 않은 채 빈 군마만 이어지는 모습에 별로 걱정할 만한 상황은 아니라고 안도하였다.

53 하마구치 유코(浜口裕子)는 합작사(合作社) 정책의 실패 원인 중 하나로 이익보다 오히려 손해를 입을 가능성이 적은 쪽을 택하는 하층 농민의 보수적인 경향을 지적하였다. 하층 농민일수록 "방어적이 되기 쉽고, 정치나 근대기구에 무관심"했다는 것이다. 위의 책, p.204.

선두에 선 긴 소매 옷을 입은 남자는 늠름하고 풍요로운 얼굴이었다. 귀인의 상(相)이란 이런 용모를 일컫는 것인지도 모른다. 그렇다고 연약한 곳은 없고, 힘의 집중이 보이는 것이다.

일행은 묵묵히 걷고 있었다.

짐마차가 삐걱대는 소리가 괜스레 크게 들렸다.

묘한 기분으로 곁을 스쳐 지나갔다. 일행이 부락을 빠져나가 본부 쪽으로 걸어가는 것을 뒤돌아서서 보고 있었다.

그러자 처마 밑에서 멍하니 서서 그들을 보고 있던 만인에게서, 그리고 들에서 역시 올려다보고 있는 농부들로부터 하나의 외침이 일어나고 있음을 깨달았다. 그것은 한숨 같기도 하고, 소문 같기도 하고, 탄성(歎聲)과도 비슷했다.

단 하나 알 수 있는 것은, 모두 빠르게 떠드는 각각의 대화 속에 공통적으로 포함되어 있는 왕시신의 이름이었다.

아아, 저 사람이 왕시신인가. 마쓰바라 다쿠는 비로소 이해했다.

그 이름은 반장회의에서도 종종 화제가 되었다. 쥬리루(九里麓) 자위단의 총단장이자 바오퉁(保童, 촌장)이라는 모양이었다. 이 지방에서 손꼽히는 명망가로, 인격자라는 평판이었다. 점점 둔간단에 호의를 보이고는 있지만, 그 인물이 귀순하면 더할 나위 없을 텐데－하는 식으로, 그 남자의 동정이 상당히 중요한 과제인 것 같았다.

그 왕시신이 귀순한 것이다.

아마도 귀순 서약을 위해 단장이나 경비대장을 방문하는 것일 터이다. 말에서 내려 진흙길을 묵묵히 걸어가는, 그 인물에 마쓰바라 다쿠는 호의를 느꼈다. 무언가 눈시울이 뜨거워졌다. 감동한 것이다. (pp.292～293)

처음에 왕시신 일행을 목격한 마쓰바라는 무장하고 말을 끄는 중국옷 차림의 남자들이 비적이 아닌가 의심한다. 이미 마쓰바라의 꿈에서 검토했듯이, 총을 쥐고 말을 탄 만인의 모습은 즉각적으로 비적을 연상시키기 때문이다. 그러나 "빈 군마가 이어지는 모습"은 곧 마쓰바라를 안심시킨다. 마쓰바라의 안도는 "빈 군마"를 통해, 비록 그 일행이 무장을 하고 군마를 데리고 있지만 적어도 지금은 위협적인 존재가 아니라는 메시지를 이해했음을 뜻한다. 비적으로 착각할 만한 일행을 이끄는 현지 유력자는 일부러 말에서 내려 이민단을 향해 진흙길을 조용히 걸어간다. 이는 명백히 무장해제이자, 사실상 항복의 몸짓이다. 이 행위는 이민단이 지역사회에 요구한 자위단의 "무기 응소"가 실질적으로 무슨 뜻인지를 보여주고 있다.

그러나 마쓰바라는 처음에 그것이 누구의 "귀순"인가까지는 인식하지 못한다. 심상치 않은 분위기에 뒤돌아본 그는 일행이 지나치는 현지 주민들의 외침을 듣는다. 언어를 이해하지 못하는 마쓰바라에게 그들의 외침은 "한숨 같기도 하고, 소문 같기도 하고, 탄성과도" 흡사한 것, 즉 뜻이 아니라 목소리에 실린 충격이나 감정만을 전해 준다. "왕시신"이라는 이름을 알아들음으로써, 마쓰바라는 비로소 그 정치적 의미를 깨닫는다.

이 장면에서 마쓰바라는 현지 주민과 이민단 양쪽의 감정을 관찰하고 있다. 귀순자의 정체를 모르는 상태에서 마쓰바라는 만인의 한숨이나 소문, 탄성처럼 들리는 외침에서 그의 "귀순"에 대한 현지 주민들의 솔직한 감정을 읽어낸다. 그리고 그가 이 지방의 자위단 총단장이자 손꼽히는 명망가라는 것을 이해함과 동시에 그들이 받은 충격의 크기를 정확하게 이해하고, 이민단의 일원으로서 큰 감동을 느낀다. 여기서 중요한 것은 그가 공공연하게 이민단에 귀순한다는 점이다. 나아가 그 "귀순"은 무조건적이고 전면적인 복종이다. 이는 일견 이민단의 선무공작이 거둔 성과처럼 보인다.

그러나 돌아가는 길에 마쓰바라는 자신이 목격한 장면을 떠올리면서 "부락민들이 입을 모아 쉰 목소리로 외친 것은, 왕의 귀순이 정상적인 일이 아니었기 때문일까. 아니면, 왕시신이 부락민이 입을 모아 한탄할 정도로 신뢰와 찬양을 받았기 때문일까"하는 의문을 품는다. 그 "귀순"을 목격한 이들의 외침이 실망의 한숨이자 놀라움을 표현하는 소문이고 한탄과 탄식의 탄성이라는 사실은, 왕이 이민단에 저항하기를 바란 그들의 기대를 배신했음을 증명한다. 손꼽히는 유력자인 왕의 "귀순"은 결코 그의 동포들이 환성으로 맞이할 만한 것이 아니었던 것이다. 이 사실은, 설령 이민단이 현지 유력자의 협력을 얻는다 해도 현지 농민이 일본인 이민단에게 느끼는 불만과 압력은 이미 억누를 수 없을 정도로 고조되었다는 사실을 증명한다.

이처럼 인상적인 "귀순"을 목격하고 이민단으로 돌아온 마쓰바라는 고모리 요소지(小森三洸)와 다케다 유키치(武田祐吉)의 말다툼을 목격한다. 그들은 노루를 좇던 이민자가 단총(短銃)을 쏘자 그 탄환이 만인 농부의 발치를 스친 사건을 이야기하고 있었다. 그 전말은 농부의 비명소리에 놀라 다가간 이민단원이 총에 맞은 것도 아닌데 농부가 "과장된 비명"을 질러 자신을 놀라게 했다고 농부를 구타했다는 것이었다. 이 일화는 무장한 이민단원과 총기를 몰수당하는 현지 주민 사이에 분명한 권력관계가 존재한다는 것을 암시한다. 그럼에도 마쓰바라는 "모두 악의를 가지고 그러는 것은 아니라는 것을 알겠다. 그래도 사건이 계속 일어난다"는 단순한 결론을 내린다. 그러나 왕의 "귀순" 직후에 무장한 이민자와 현지 주민 사이의 불균형한 권력관계를 암시하는 일화가 삽입된 것을 우연이라고 생각하기는 어렵다.

왜냐하면 「선구이민」에서 보호해야 할 만인과 토벌해야 할 만인을 가늠하는 기준이 바로 왕의 "귀순"이기 때문이다. 만인은 스스로 무기를 포기하고 기꺼이 일본인 이민단에 복종할 때 비로소 토벌 대상인 비적이 아니라 보호 대상인 양민(良民)이 된다. 하지만 「선구이민」에서 왕의 "귀순"은 앞에서 살펴본 것 이상으로 자세한 내용은 나오지 않는다.

왕에 대해서도 그가 쥬리루 자위단의 총단장이자 바오퉁(촌장)이라는 지위를 가지고 있으며, 이 지역에서 손꼽히는 명망가이자 인격자라는 평판과 정보만이 제시될 뿐이다. 텍스트에서 왕이 현지 주민들의 한탄이나 슬픔에도 불구하고 일본인 이민단에 "귀순"할 것을 선택한 계기나 이유는 드러나지 않는 것이다. 이는 마쓰바라나 일본인 이민단이 이민단에 "귀순"하는 지역 유력자와 그 "귀순"을 한탄하는 현지 주민, 친일적인 만인과 그렇지 않은 만인, 그리고 보호해야 할 양민과 토벌 대상이 되는 비적 사이에서 행하는 구별이 지극히 자의적이라는 사실을 폭로한다. 이러한 자의적인 구별은 필연적으로 균열을 내포한다. "귀순"하는 만인의 동기나 계기를 알 수 없다면 "귀순"한 만인도 일본인 이민자에게는 또한 이해할 수 없는 만인에 불과하기 때문이다. 따라서 왕의 '귀순'을 한탄하는 현지 주민을 생각할 때, 마쓰바라는 꿈속의 비적/말 표상으로 반복해서 회귀할 수밖에 없다. 다수의 타자를 앞에 하고 소수의 무장한 이민자로서, 마쓰바라는 분명 폭력적인 갈등의 폭발을 예감하고 있다.

새롭게 토지를 부여받은 농민과 토지에서 쫓겨난 농민, 총을 쥔 농민과 그들에게 총을 회수당하는 농민, 유력자에게 "귀순"을 요구하는 이민자와 항복의 몸짓으로 "귀순"하는 유력자를 애석해하는 현지 주민의 대립은, 악의나 선의만으로는 헤아릴 수 없는 충돌로 이어진다. 현지 주민의 입장에서 보자면 자신들을 대신하여 일본인 이민단에 대항하기를 바란 왕의 "귀순", 나아가 자신들이 이민단의 "무기 응소"로 자위수단을 빼앗기고 있다는 인식은 오히려 반발과 증오가 더욱 널리, 깊게 확산되는 계기가 되기 때문이다.

지금까지 검토했듯이, 마쓰바라가 일련의 사건에서 아무것도 느끼지 못한 것은 아니다. 오히려 적의와 증오의 연쇄에서 비롯될 치명적인 충돌을 예감하기에, 마쓰바라는 완강히 "모두 악의를 가지고 그러는 것은 아니"라고 회피한다. 이때, 구로세 로쿠스케(黒瀬陸助)라는 지식인 청년이 마쓰바라의 불안을 완화시키는 역할을 한다.

구로세는 공장의 노동쟁의에 관여했던 좌익 지식인이다. 그는 농민이 아니고, 또한 마쓰바라처럼 만주이민에 확고한 의지를 가지고 있지 않다. 때문에 그의 존재는 마쓰바라를 포함한 이민단 전체에서도 이질적인 존재라고 할 수 있다. '내지'에서 사회주의적 개혁의 좌절을 경험하고 만주이민에 참가한 그는 왕시신의 "귀순"이 갖는 역사적인 의미를 강조한다.

"단장실에서 대면하고 있었는데 말이죠. 시기는 이미 늦은 감이 있으나 앞으로 분골쇄신(粉骨碎身), 대대적으로 제휴하고 싶다고 이야기하던데, 과연 인물인 만큼 분위기가 느껴지더군요. 역사적인 회견이 될지도 모르죠."

침울한 말투이기는 했지만 역시 흥분하고 있었다.

"이 상태로 가면 내년 봄에는 드디어 본격적인 농경을 시작할 수 있겠습니다. 일만이 함께 안거낙업(安居樂業)이죠." (p.294)

그는 이어서 "머리만 앞으로 휘청휘청 기울어져 있는 거로는, 아직 어쩌지도 못하겠습니다. 이렇게 되니 제 육신이 좀 한심하게 느껴지는군요"라고 이야기한다. 좌익 지식인 청년은 처음부터 제국의 담론을 내면화한 이민자인 마쓰바라와 달리, 만주이민을 계기로 내적 변모를 이룰 수 있다. 좌익 지식인 청년이 만주이민을 통해 제국의 정책에 적극적으로 협력하는 이민자로서 다시 태어나는 것이다. 이러한 구로세의 변화는 만주이민을 통한 전향을 문학적으로 형상화한 것이라고 볼 수 있다. 현지 유력자가 이민단에 귀순했듯이 좌익 지식인 청년도 만주이민을 통해 전향하지만, 그 전향의 이유 역시 구체적으로 제시되지 않는다. 그리고 마쓰바라가 "만어"를 이해하지 못하기에 오히려 현지 주민의 목소리에서 왕의 "귀순"을 향한 생생한 감정을 읽어낸 것과 달리 "벼락치기로 만어를 배워 더듬거리며 선무 흉내를" 내는 구로세는 왕의 귀순에 "역사적인 회견"이라고 의미를 부여한다.

「선구이민」에서 선무공작, 친일적인 현지 주민의 선별적인 보호, "무기 응소", 치안유지와 같은 지배 논리는 결국 같은 모순을 내포한 채 순환하고 있다. 그것은 적극적으로 보호/제휴해야 할 만인과 토벌해야 할 만인의 구별이 과연 가능하냐는 근본적인 의문이다. 현지 언어도 이해하지 못하는 이민단은 일방적으로 자신들에게 유리한 '일만일체'의 슬로건을 발화하지만, 현지 주민의 불만이나 반발은 그들의 귀에 결코 들리지 않는다.

그 결과가 "무기 응소"와 동시에 시작되는 비적의 "발호(跋扈)"이다. 비적의 습격은 점점 격화되고, 제1차 이민단 본부가 공격당해 사상자가 나오기에 이른다. 이민단의 의도와는 반대로 "무기 응소"가 이민단과 현지 주민 사이의 갈등을 심화시켰고, 항일세력이 단결하여 무력충돌에 돌입하는 계기가 된 것이다.

제2차 이민단도 "경비상 허술"한 현재 지역이 아니라 "집결하여 방비하기 위해" 후난잉(湖南營)으로 이전하는 계획을 논의하게 된다. 이전에 찬성하는 고모리는 적이 몰려오면 바로 달려 나가겠다고 장담할 정도로 전투행위에 적극적이고, 토지에도 강한 집착을 보이지 않는다. 그에 비해 다케다는 "여기에 쏟은 막대한 자본과 노동력은 어떻게 할 거냐"며 이전에 반대한다. 그의 주장은 "남겠어. 그럼 남아 주지. 나는 한 번 잡으면 움직이지 않는 성질이라구. 그런 새로운 땅으로 가서 다시 처음부터 시작하지는 않을 거다. 비적에게 죽어도 싸울 수 있는 데까지 싸우고 죽어 주지"(p.296)라는 것이다. 식민지에 투하한 자본과 노동력의 성과를 사수해야 한다는 다케다의 주장은, 제국주의의 논리에 비추어 본다면 옳다고 할 수 있다. "내지에 있을 때부터 이 토지의 이름을 꿈꿔 온" 이민자인 마쓰바라 역시 다케다에게 동조한다.

하지만 고모리는 "경비상 필요하다면 그건 명령과 마찬가지"라며 "저쪽은 토지가 이쪽보다 비옥하다잖아"라고 이야기한다. 그는 "경비상 필요"를 명령으로 해석하며, 토지는 교환 가능한 것으로 인식한다. 이는 단순한 견해 차이가 아니다. 다케다와 고모리는 각각 이민단의 두

가지 측면을 반영한다. 명령을 충실하게 수행하는 둔간병과 정주(定住)를 목적으로 하는 이주 농민이다.

그러나 다케다의 주장은 "투룽산에는 셰원둥비(謝文東匪)를 중심으로 삼천 명의 비적들이 회의를 열고 있다"는 정보가 입수된 "지금은 거의 투덜거림"에 불과하다. 이민단은 적의 위협 때문에 토지, 목재와 자갈, 공동가옥, 부근 주민과의 친밀한 분위기 등 그들이 쌓아올린 식민지의 기반을 포기할 수밖에 없는 상황에 처한 것이다. 하얼빈에서 제1차 이민단의 총, 기관총이 수송되고 "1, 2주 전부터 두기로 한 본부원 보초가 무장한 채 감시"하는 상황은 이미 비적의 습격이 기정사실로 인식되고 있음을 보여준다. 본부에서 마쓰바라는 반장회의 때마다 "여기에서 분사(憤死)할 뿐"이라며 강경하게 이전을 반대하던 "니가타(新潟) 출신 남성"이 "드디어 때가 왔다. 이리 된 이상, 선택의 여지는 없는 걸, 아하하하"라며 이야기하는 모습을 목격한다.

> '분사하겠다'며 이만큼 노력한 것은, 반(班) 구성원들의 의견이 그 방향으로 강경해서 그것을 대표해야만 했기 때문이었는지도 모른다.
>
> "명령이라면 따를 뿐입니다. 하지만 토론이라면, 나는 끝까지 분발하겠습니다"라고 했건만, 지금은 오히려 무거운 짐을 내려놓은 듯한 얼굴인 것은 흥미로운 일이었다. (p.297)

마쓰바라는 다케다와 마찬가지로 토지를 사수해야 한다고 주장하던 니가타 남성의 변모에 위화감을 느낀다. 그러나 그 역시 "명령이라면 따를 뿐"이라는 전제에서 벗어나지 않는다. 토지 소유는 명령에 우선하지 않는다. 그리고 "드디어 때가 왔다"고 이야기하는 니가타 출신 이민자 남성은 "지금은 오히려 무거운 짐을 내려놓은 듯한 얼굴"을 하고 있다. 이 시점에서 「선구이민」의 일본인 이민자들은 이미 농민이 아니라 병사로서의 역할을 요구받고 있는 것이다.

이처럼 이민단이 전면적인 무력충돌에 직면하자 선무는 거추장스러운 겉치레로 바뀐다. 선무를 담당하는 이민단원은 마쓰바라에게 후난잉 부근 호농(豪農)의 집앞을 조사하다가 소대 규모의 비적을 발견했던 일화를 들려준다. 그들은 민가에서 그 비적들이 후난잉을 점령하기를 결의했다는 정보를 얻고 "모처럼 기관총을 가져왔으니까 먼저 탕탕 쏴주면 좋았"겠지만 "선무 깃발을 걸고 있는 이상, 토벌"은 포기할 수밖에 없었노라고 이야기한다.

그날 밤, 마쓰바라는 관동군 이즈카(飯塚) 대좌(大佐)의 "원통한 전사(戰死)" 소식을 듣는다. 그리고 또 한 사람의 죽음을 계기로, 「선구이민」에서 일본인 이민단은 위협적인 존재가 아니라고 선전하던 선무는 완전히 사라진다. 그것은 이민단에 귀순했던 현지 유력자 왕시신의 죽음이다.

이민단은 결국 야음을 틈타 후난잉으로 이동한다. 짐마차를 탄 마쓰바라는 구로세에게 전해 들은 왕의 "비장한 죽음"에 대하여 생각한다. 부고를 들은 그는 처음에는 "어떤 식으로 죽었을까. 신뢰를 상처 입힐 법한 최후라면 듣고 싶지 않다"(p.299)고 생각한다.

> 셰원둥이 아무리 설득해도, 왕은 완강히 거부했다.
>
> 자신은 일본이민단과 제휴하고 있다. 일본이민단은 충분히 신뢰할 만하다.

자신도 신뢰를 받고 있고, 보호를 받고 있다. 일본이민단과 싸움을 피하는 회의에는 절대 출석하지 않겠다.

셰원둥이 피스톨을 들이댔지만 왕은 태연했다. 옥외로 끌고 나가 다시 길게 권했다. 그래도 왕은 말을 듣지 않았다.

셰원둥이 눈물을 삼키고 왕의 가슴에 피스톨을 쏘았다.

"셰원둥비에게 포위되어 있었습니다. 도망칠래야 도망칠 수 없었겠죠. 또 도망칠 남자도 아니었겠죠. 이야기를 들었을 때, 가슴이 벅차올라서요. 곤란했죠." (p.300)

마쓰바라는 구로세의 설명을 듣고 "안심과 함께 가슴에서 뜨거운 것이 차오"르는 것을 느낀다. 그러나 "자신도 신뢰를 받고 있고, 보호를 받고 있다"며 협력을 거부해 살해당한 왕의 죽음은 이민단이 그 "보호"에 실패했다는 사실과, 유력자인 왕을 죽이고도 더욱 세력이 늘어만 가는 "셰원둥비"의 위협이 이윽고 이민단에게까지 미치려 하고 있는 현실을 드러낸다.

한편 마쓰바라는 왕의 죽음에 앞서 자신이 예전에 가미스와(上諏訪)에서 봤던 영화 속 미국 개척민의 모습과 자신들의 모습을 비교한다. 그것은 달이 밝은 밤, "토민"의 눈을 피해 움직이는 짐마차 행렬이라는 공통점에서 시작하지만, 마쓰바라가 생각하기에 최대의 공통점은 "가는 길마다 토민과의 전투"가 일어난다는 점이다.

그때도 가는 길, 가는 길마다 토민과의 전투가 있었다. 어째서 개척과 투쟁은 이처럼 으레 짝지어 있는 것일까. 깃털로 머리를 장식한 인디언과 개척자

> 인 영국인의 대조는 기묘하다. 그러나 이 부근의 비적과 자신들은 얼굴생김에서 피부색까지 똑같다. 토지를 수탈하러 간 영국인들과 오족협화를 외치며 토지를 매수하고 있는 자신들은 처음 성립부터 다른 모양새였다. 그런데도 이렇게나 투쟁이 끊이지 않는다. (pp.298~299)

개척민에게 저항하는 인디언과 비적을 연결시키는 것은, 영국인과 일본인의 "개척"이 마찬가지로 "토지 수탈"이라는 사실을 드러낸다. 이에 마쓰바라는 "토지를 수탈하러 간 영국인들"과 자신들을 구별하기 위해 "이 부근의 비적과 자신들은 얼굴생김에서 피부색까지 똑같"고, "오족협화를 외치며 토지를 매수하고" 있다는 차이를 지적한다. 오족협화를 이야기하며 토지를 공정한 가격으로 매수하고 있는 아시아인인 자신들은 미국 개척민과는 '다르다'는 것이다. 그러한 주장에도 불구하고, 마쓰바라는 현실에서 그 "처음 성립부터가 다른" 미국 개척민과 같은 결과에 직면하고 있다. 본래 일본인 이민단은 왕이 현지 주민과 이민단 사이에서 완충 역할을 해주기를 기대했다. 그러한 왕의 죽음은, 마쓰바라의 상념을 중단시키는 멀리서 들리는 "총성"과 마찬가지로 이미 투쟁은 회피할 수 없다는 사실을 분명하게 보여준다.

결국, 선무공작에서 치안유지로 이어지는 이민단의 논리는 마쓰바라가 예감하던 바와 같이 항일을 주장하는 비적의 '친일적 만인' 살해로 끝난다. 그리고 토벌해야 할 적과 보호해야 할 양민의 구별이 이윽고 전면적인 무력충돌로 비화하는 과정은, 단지 투룽산사건으로 이어지는 길을 보여주는 것에 그치지 않는다.

민중의 힘으로 공개적, 혹은 잠재적인 대일 협력자 '한간(漢奸)'을 일소하는 것은, 소위 점(도시 등의 요점)과 선(철도와 행로)을 점령한 일본군에 대항하여 면(농촌)을 거점으로 하는 항일전쟁을 구상한 마오쩌둥(毛澤東)의 전제 중 하나였다.[54] 그리고 팔로군(八路軍)이 분산된 유격전을 전개하면서 민중을 선동하여 괴멸된 부대를 재편하고 확대하는 방식을 취한 중국공산당의 "전민족 항일전쟁"[55]은 결과적으로 전투원과 비전투원의 경계를 애매하게 만들었다. 이는 또한 중국 공산당과 팔로군이 활동하는 지역과 민중에 대한 일본군의 치안전(治安戰),[56] 즉 중국에서 삼광작전(三光作戰)이라고 부르는 섬멸전이 탄생하는 배경이 되기도 했다.

이러한 점을 고려한다면, 「선구이민」에서 투룽산사건의 발발 경위가 일본인 이민단의 무력 독점과 질서 확립에 대한 현지 주민 측의 무력투쟁으로 묘사되었다는 점은 주목할 가치가 있다. 소수의 일본인 이민자가 적대적인 다수 이민족 민중을 대상으로 무력에 의한 지배 확립과 선무를 양립하려다 실패하고, 결국 무력투쟁으로 돌입한다. 그것은 만주만이 아니라 중일전쟁에서 일본군이 직면한 딜레마이기도 했기 때문이다.

---

54 마오쩌둥(毛澤東)은 "인민의 모든 세력은 단결하여 유일한 적인 일본제국주의와 그 앞잡이인 한간, 반동파와 투쟁해야만 한다"고 주장하였다. 毛澤東, 藤田敬一・吉田富夫, 『遊擊戦論』, 中央公論新社, 2001, p.55.

55 劉大年・白介夫編, 曾田三郎・谷渕茂樹・松重充浩・丸田孝志・水羽信男, 『中国抗日戦争史―中国復興への路』, 桜井書店, 2002, pp.105~106.

56 치안전(治安戰)은 일본군이 후방의 항일 근거지(해방구)・항일 게릴라 지구의 철저한 파괴를 목적으로 행한 토벌작전 및 전투, 공작의 총칭이다. 그 목적은 민중을 포함한 공산당세력의 섬멸이었다. 공산당과 팔로군의 항일 근거지가 주로 화북(華北) 지방에 집중되어 있었기 때문에, 치안전도 화북 지방과 그 주변에서 진행되었다. 팔로군과 신사군(新四軍)은 전력을 유지하기 위해 패배가 예측되는 전투는 회피하는 전법을 취하는 일이 잦았다. 이로 인한 중국 민중의 희생은 실로 막대했다. 笠原十九司, 『日本軍の治安戦―日中戦争の実相』, 岩波書店, 2010, pp.21~24.

4. 투룽산사건과 「선구이민」의 결말

후난잉으로 이주한 이민단은 다시 토지 매수를 시작한다. "평원 한가운데" 위치한 후난잉에는 중국 "후난(湖南)에서 30년 전에 이주한" 농민들이 대두, 밀가루, 미나리아재비, 삼 등을 기르고 있는 지역이다. 이민자들의 눈에 이곳은 예전 입식지보다 "모든 것이 풍요로워" 보인다. 「선구이민」은 그렇게 풍요로운 토지를 일본인 이민단이 대량으로 매수하는 것에 부근 농민들이 어떤 반응을 보였는지에 대해서는 침묵한다. 마쓰바라는 이민자들의 감격을 이렇게 묘사한다. "이거라면 평균 20정보의 토지를 다루는 것도 쉽겠다. 손에 움켜쥐자 피부로 점액이 느껴지는 흑토는 그대로 반죽하기만 하면 밥공기든 인형이든 만들 수 있을 것 같았다. 토지의 비옥함을 충분히 납득할 수 있었다"(p.301)는 마쓰바라의 설명에서는 이민단의 매수 때문에 그렇게 비옥한 토지를 포기해야만 하는 현지 농민의 불만을 찾아볼 수 없다.

마쓰바라는 일찍이 토지 매수에 관하여 "사린은 모두 협화를 필요로 하는 사람들이며, 민가 한 채의 매수, 사당의 이전, 그런 하나하나가 점점 큰 파도가 되어 퍼져나가, 그 여파의 여하에 따라서는 해일이 되지 않는다고 단정할 수 없"다고 인식하고 있었다. 그러나 이제 마쓰바라는 "협화가 필요한 사람들"이 아니라 비옥한 토지만을 본다. 그리고 협화의 대상인 현지 농민들의 반감이나 불만은 텍스트에서 완전히 사라진다.

마쓰바라의 이러한 변화는 이민단의 입장 차이를 반영하고 있다고 추측할 수 있다. 후난잉에서 토지 매수는 관동군의 토벌로 "투룽산 회의도 괴멸되었고, 남겨진 세원둥비, 홍창회(紅槍會)비 등은 산속 깊숙한 곳으로 도망"친 상황에서 개시된다. 즉 관동군의 우세로 "주위"가 이미 "평온"해진 다음 무장한 일본인 이민단이 토지를 매수한 것이다. 마쓰바라가 후난잉에 도착한 뒤 최초로 목격하는 것은 광대한 흙벽에 남은 무수한 탄흔과 미처 도망치지 못한 피난민이다. 이민단의 토지 매수는 관동군의 토벌과 치안유지를 위한 이민단의 무장을 배경으로 행해진 것이었다. 텍스트에서는 일본인 이민단의 등장으로 "피난을 떠났던 사람도 돌아오고, 임시 본부에 인사하러 오는 사람도 늘어", "이제 이것으로 비적의 피해에서 벗어날 수 있을지도 모른다며 사람들 얼굴에도 생기가 솟았다"고 묘사된다. 후난잉 사람들에게 일본인 이민단은 실질적인 점령자로서 나타난 것이다. 중국인 통역은 마쓰바라에게 피난민에 대해 "하지만 저런 사람들이 우리를 신뢰하는 양민입니다. 고마운 사람들입니다"라고 반복하여 말한다. 중국인 통역은 일본인 이민단에게 의식적으로 중국인 피난민이 "양민"임을 강조하고 있다.

이는 무장한 일본인 이민단을 "신뢰하고 있는" 현지 주민이야말로 '양민'이라는 뜻으로 해석할 수 있다. 이미 일본인 이민단을 신뢰하는 '양민'에게는 선무도 필요하지 않다. 후난잉으로 이주한 다음부터, 「선구이민」에서는 만인의 문화나 풍습에 대한 흥미나 관찰이 사라진다. 그 대신 일본인 이민자들은 천장절(天長節, 천황 탄생 축일)을 축하하고, 신사에서는 춘계대제(春季大祭)가 열린다. 이민단이 선무를 통해 만인에게 접근하는 것이 아니라, 이민단에게 무조건적인 신뢰를 보이는 만인만이 '양민'으로 인정받는 것이다. 이민단은 '양민'을 비적의 피해로부터 지킨다는 구실로 자신들의 무장과 그 무력을 배경으로 하는 특별한 지위를 정당화한다. 이때, 만인은 지켜야 할 '양민'과 죽여야 할 '적/비적'으로 완전히 양분된다.

그러나 앞에서 검토했듯이, 이민단은 반만항일을 내세운 비적의 공격 때문에 첫 입식지를 포기한 상황이었다. 이는 비적이 일본인 이민단을 습격할 것이라는 위기의식에 기초한 판단이었다. 실제로 셰원둥이 조직한 동북민중자위군의 목표는 "둔간대를 자무쓰로 돌아가게 하는"[57] 것이었다. 이들의 목적이 제1차 및 제2차 일본인 이민단의 구축(驅逐)인 이상, 이민단의 입식은 오히려 이 "풍요로운 새 고향"을 대대적인 무력 충돌에 휘말려들게 할 가능성이 훨씬 크다고 할 수 있다.

「선구이민」에서도 일본인 이민단의 입식이 계기가 되어 셰원둥이 봉기했다는 것은 명백하게 드러난다. 그리고 이민단이 지켜야 하는 '양민' 또한 그들이 비적과 구별하지 못하는 '만인'인 것이다. 이 사실이 갖는 가장 큰 문제성은, 춘계대제에서 드러난다. 4월 30일에 열린 춘계대제에서는 봉납(奉納) 스모 대회가 개최된다. 이 장면은 만인 통역자도 스모에 참가하고, 씨름판 주위를 빙 둘러싸고 "수박이나 호박의 말린 씨를 입속으로 씹으며, 혹은 퉤퉤 침을 뱉으며 이 진기한 구경거리를 즐기고 있는" 만인 가족의 모습 등 평화롭고 이상적인 풍경처럼 묘사된다. 경계심이 강한 다케다는 구경꾼 속에 "눈초리가 불량한 만인이 있었다"고 지적하지만, 고모리는 "눈초리가 불량한 남자를 일일이 신경쓰며 살 수는 없잖아, 뭐야, 비적 한두 명 정도"라며 반론한다.

그날 밤, 이민단을 약 4,000명의 홍창회 무리가 급습한다. 이민단은

---

57 앞의 글(「謝文東語る(其ノ二)康德六年(1939年)四月十二日佳木斯協和飯店に於いて, 通訳金德厚」), p.190.

불량품이었던 수류탄이 폭발하여 겨우 습격을 무사히 넘기지만, 내통자가 습격에 맞추어 이민단 창고에 불을 질렀다는 사실을 알게 된다. 고모리는 "도무지 방심할 수 없어―"라며 분노를 표현한다. 이 말은 제3절에서 다케다가 숙소 채소밭을 두고 대립한 만인 농부에 대해 "도무지 방심할 수 없는 놈들이라구"라는 발언과 매우 흡사하다. 그때까지 만인에게 비교적 대범한 태도를 보였던 고모리조차 만인의 '배신'에 직면하고는 처음부터 만인에게 강한 불신감을 보였던 다케다와 흡사한 표현으로 같은 불신감을 표현한 것이다. 이러한 이민자의 불신감은 다시 한 번 이민단의 지켜야 할 '양민'과 죽여야 할 '적/비적'이라는 구별이 얼마나 자의적인 것인지를 드러낸다.

그리고 계속되는 전투에서 이민단은 밀려오는 적에게 불을 질러 내쫓고, 문 앞에서 기관총을 발포한다. 기관총 사격으로 "집에서 뛰쳐나온 비적이 손을 들거나, 문득 생각하기를 그만둔 것 같은 자세로 해자(垓字) 안으로" 떨어진다. 「선구이민」에서 이민단의 피해는 전사자와 부상자가 각 한 명뿐이지만, "적의 유기(遺棄) 사체는 토담 안에 70, 밖에 60으로 도합 130"으로 현격한 차이가 있었다. 이러한 결과는 관동군이 애초에 이민단에게 제공한 수류탄이나 단총, 기관총 등의 무기에서 비롯된 것이다.

그러나 압도적인 숫자의 적이 이민단을 포위하고, 외부와 연락이 끊어진 이민단은 점차 초조해진다. 마쓰바라는 신경쇠약에 걸린 다케다가 "언제 백성(百姓, 농민)이 될 수 있는 거냐"고 혼잣말을 하는 모습을 목격한다. 이는 다케다 개인의 문제가 아니다. 「선구이민」에서 적에게 포위당하고 고립한 이민단은 점차 용감한 재향군인 조직으로서의 호전적인 모습 대신 비적의 습격에 고통 받는 선량한 백성의 모습이 강조된다. 이민단은 관동군에게 구조를 요청하는 밀정을 보내지만 아무도 돌아오지 않는다. 마쓰바라는 구로세가 여섯 번째 밀정이 되겠다고 지원한 것을 알고 동요를 감추지 못한다.

> 본부 사람 외에는 구로세 로쿠스케가 어떤 마음으로 이 이민단에 투신했는지 모른다. 그가 스스로를 주체하지 못하고, 스스로를 재건하기 위해 투신한 마음을 자신은 알고 있다고 생각했다. 스스로의 마음을 항상 헤아리며 자신의 능력을 시험하는 모습은 비장하다면 비장했다. 그러나 자신은 안타깝게 여기고 있었다. 조마조마하기까지 했다. 몸을 던진다면, 정말 그저 내던지면 된다. 앞으로 기울어졌던 머리를 고쳐 세우려면, 그만큼 몸으로 뛰어오르면 되지 않겠는가. 촉각처럼 머리만 앞세워 더듬더듬 나아가는 그의 모습은 초조하게까지 느껴졌다.
>
> 그러나 스스로를 확인하면서 그는 여기까지 왔다. 지금까지의 정리는 헛수고가 아니었다. 몇 번이나 다른 불로 단련된 철은, 이윽고 그만큼 끈기를 발휘하리라. (pp.307~308)

좌익 지식인이었던 청년은 더듬거리는 언어로 선무에 앞장섰고, 이번에는 이민단의 밀정으로서 말 그대로 투신하는 것이다. 일신의 안전조차 돌보지 않는 헌신은 구로세의 전향을 결정적인 것으로 만든다. 하지만 밀정이라는 "중대한 임무"를 맡은 구로세는 우선 만인으로 변장해야 한다. 중국옷을 걸친 구로세는 만인처럼 보이기 위해 안경을 벗고, 짧게 "조금 어두운 걸. 그럼"이라는 말만 남기고 떠나간다. 일본인이 만인으로 변장하려면 더듬거리는 만어와 그럴듯한 복장, 안경을 벗는 간단한 행위로 족하다. 이 장면은 「선구이민」의 서사에서 '양민'과 '비적'이라는 구별만이 아니라 또 하나의 경계를 애매하게 만든다. 자명한 것처럼 보이는 만인과 일본인의 구분 역시 복장과 언어의 위장만으로 판별하지 못할 수 있다는 가능성을 환기하는 것이다. 이 무서운 가능성은, 이 소설의 마지막에 나타나는 일본군의 표상으로 확장된다.

마쓰바라는 구로세의 "조금 어두운 걸"이라는 중얼거림에서 어두운 미래의 예감을 느낀다. 이윽고 적의 야습을 받은 마쓰바라는 "짙은 어둠" 속에서 대포의 굉음을 듣는다.

> 마쓰바라는 대포 소리와 흥분과 안도 탓에 다리가 후들거려 어쩔 수가 없었다.
>
> 전령이 와서 일본군(日本軍)인 것 같다고 전했다.
>
> 달려가 문간으로 나섰다.
>
> 짙은 어둠이었다.
>
> 이 건물도 비적단이라고 착각하지는 않을까.
>
> 이윽고 멀리서 니폰군(にっぽんぐん)이다, 니폰군이다, 외치는 소리가 들렸다.
>
> 그것이 점점 다가왔다. (p.309)

한 치 앞도 보이지 않는 짙은 어둠 속에서 일본군의 모습은 보이지 않는다. 전령이 전한 것은 "일본군"인 것 같다는 불확실한 정보뿐이다. 이 "일본군"은 이민단이 인식하는 일본군, 절대적인 우군이다. 그러나 멀리서 들려오는 "니폰군"은 어둠 속에서 들려오는 목소리이다. 「선구이민」에서는 그것이 실제 일본군인지, 혹은 그들을 포위하고 있는 적이 불완전한 일본어로 그들을 속이기 위해 외치고 있는 것인지를 판단할 수 있는 확증이 제시되지 않는다.

여기서 "일본군"의 존재를 증명하는 것을 굳이 찾는다면 대포의 굉음일 것이다. 대포의 굉음과 일본군을 연결할 수 있는 것은, 적의 빈약한 무장에 비하여 대포가 관동군의 무력을 표상하기 때문이다. 이 장면에서 "일본군"은 직접 이민단에게 자신들의 존재를 알리지 않는다. 어둠 속에서 이민단을 몇 겹으로 포위하고 있던 적은 시야에서 사라지고, 어디에 있는지 알 수 없다. 이민단의 모습도 그저 몇 명의 목소리로 제시될 뿐이다.

이러한 상황에서 외침과 굉음이 "어둠 속에서 점점 다가온다." 외침과 굉음이 이민자에게 "점점 다가오"는 상황에서 확실한 것은 압도적인 폭력의 예감뿐이다. 그것이 어둠 속에서 적과 우군을 판별할 수 없는 상태로 닥쳐오는 것이다. 일본군의 도착을 확신하고 있는 이민단원이 "이민단이다, 이민단이다"라고 소리를 지르고 있는 한편으로, 마쓰바라는 일본군이 이민단을 적으로 착각하여 공격할지도 모른다는 가능성에 불안을 느끼면서도 그 도착을 기다릴 수밖에 없다.

이 "니폰군"이 진짜 "일본군"이고, 일본군의 토벌 및 주둔으로 이민단이 "진짜 백성"으로 돌아갈 수 있는지 밝히지 않은 채, 이 소설은 끝난다. 이민단의 전령이 임무에 성공하여 무사히 일본군이 도착했는지, "니폰군"이 과연 진짜 "일본군"이었는지, 마쓰바라의 어두운 미래에 대한 예감은 단순한 기우였는지, 이 소설은 침묵한다. 이 소설이 국책소설로 성립되는 결말은, 오직 투룽산사건의 역사적 결말에 관한 독자의 지식이 소설에 선행하는 경우에만 성립된다.

지금까지 검토했듯이, 「선구이민」은 제2차 이민단의 투룽산사건까지의 족적을 역사적 사실에 따라 충실하게 되짚으면서도, 사건의 최대 원인인 토지 매수에 대해서는 거의 언급하지 않았다. 투룽산사건은 만주에서 관동군의 토지 매수에 대항하여 일어난 유일한 무장봉기 반대 운동[58]이었다. 재향군인으로 편성된 이민단은 관동군이 입식 지역의 현지 주민에게서 강제적으로 매수한 토지와 가옥에 입식했다. 그럼에도 불구하고 「선구이민」의 서사는 주로 민간 무기 압수를 중심으로 만인과 일본인 이민자 사이의 무력충돌에 초점을 맞추었다. 발표 당시의 "매우 허술한 조제품"[59]이라는 혹평은 그러한 점에 기인한다고 추측할 수 있을 것이다.

실제로 이 소설의 중심인물인 마쓰바라 다쿠는 문자 그대로 "국가의 방패"로서 만주에 심어질 "민초"가 되기 위해 스스로 만주이민을 결심하는 인물이다. 그가 "국책이민에 투신하는 주인공"[60]이라는 지적은 타당하다. 이민단의 입식지인 싼장성은 소련 국경에 가깝고 항일운동의 전통이 강하게 남아있는 지역이었다. 그곳에 입식하는 일본인 이민자에게 부여된 것은 반만항일의 기치를 내세운 '비적'의 배제와 대소방어를 목적으로 하는 둔간병의 역할이었다.

그러나 「선구이민」에서 일본인 이민자의 표상은 병사와 농민 사이에서 흔들린다. 마쓰바라를 비롯한 이민단원은 관동군에게 지급받은 총과 탄환으로 무장하고 있으면서도 병사이자 농민이라는 일본인 이민자

58 劉含発, 앞의 글, p.364.
59 高見順, 앞의 글, p.225.
60 浦田義和, 앞의 책, p.48.

의 위치를 거의 자각하고 있지 않은 듯이 묘사된다. 이민자들은 그들에게 약속된 "저렴하게 손에 들어오는 풍요로운 대지"가 어떻게 확보된 것인지 알지 못한 채 현지에 입식한다. 「선구이민」의 일본인 이민단에게 만주는 일본 정부가 약속한 20정보의 옥토와 위험한 비적으로 구성되어 있다.

그러나 그들이 "자유롭게 획득할 수 있는 처녀지"에서 발견하는 것은 비옥한 토지만이 아니다. 이민단은 자무쓰에서 지후리로, 다시 후난잉으로 이동하면서 점차 만인을 발견한다. 만주사변에서 비롯된 혼란으로 주민들이 피난한 자무쓰에서, 마쓰바라는 문 앞에서 배설하고 있는 여자아이와 마주친다. 마쓰바라는 아이가 사나운 말로 변신하고, 말의 무리가 자신을 습격하는 꿈을 꾼다. 일본인 이민자가 처음으로 만난 만인의 표상은 유치하고 불결하며 왜소한 존재이지만 동시에 언제 자신들을 공격할지 알 수 없는 위험한 짐승이다. 마쓰바라의 꿈이 드러내는 이민자의 갈등, 불안, 공포는 「선구이민」의 결말에 이르기까지 해결되지 않는다는 점에서 단순히 민족 간 협화 실현의 고됨을 연출하기 위한 장치에 머무르지 않는다.

분명 「선구이민」은 투룽산사건의 최대 원인인 토지 매수를 직접적으로 비판하지 않는다. 하지만 중요한 것은 오히려 이 소설이 토지 매수보다 "무기 응소"에서 비롯된 현지 주민의 반발이나 상호불신, 충돌에 초점을 맞추고 있다는 점이다.

텍스트에서 이민단에게 부과된 임무인 치안유지와 선무는 병사와 농민이라는 무장이민단의 두 가지 측면에 각각 대응한다. 마쓰바라를 비롯한 이민단원들은 스스로가 무장한 재향군인이자 백성(농민)이라고 주장하는 데 아무런 모순도 느끼지 않는다. 첫 입식지인 지후리에서 그들은 같은 농민으로서 제휴하자는 선무공작 활동으로 부근 유력자를 설득하는 한편, 치안유지를 위해 현지 마을의 사설 경비대를 해체하고 총기를 회수하려 한다. 이민단은 무력을 독점하려 하면서도 자신들이 그저 백성이라고 주장함으로써 침략성을 부정하고 정당화하는 것이다.

하지만 정작 「선구이민」에서 마쓰바라를 비롯한 이민자들은 거의 농민으로 묘사되지 않는다. 이는 제2차 이민단이 입식하자마자 투룽산사건이 발발해 경작을 포기해야만 했던 역사적인 경위를 반영한다고 생각할 수도 있을 것이다. 하지만 투룽산사건으로 지후리를 포기하는 장면에서 볼 수 있듯이, 이 텍스트에서 토지는 교환 가능한 것이며, 이민단원은 토지를 향한 집착보다 명령을 중시한다. 적어도 텍스트에서 그려지는 이민단의 모습은 농민보다 병사의 모습에 가깝다.

실제로 이민단은 치안유지를 내세워 부근 자경단의 무기를 회수한다. 이때 관동군이 지급한 이민단의 무기는 그들이 부근 만인 농부들과 제휴해야 하는 농민이라는 선무의 수사(修辭)가 무엇을 은폐하고 있는지를 적나라하게 드러낸다. 이민단이 무장한 농민으로서, 실질적인 점령자로서 행동할 수 있는 것은 그들이 바로 일본인이기 때문이다.

본래 관동군이 만주이민을 적극적으로 지원한 것은 광대한 농촌 지역을 장악하고 신뢰할 수 있는 후방지원 체제를 구축하기 위한 것이었다. 관동군의 만주이민 구상에서 일본인 이민단은 후방지원에 종사하는 관동군의 예비 병력이었다. 그리고 「선구이민」에서 일본인 이민단이 주변 지역의 치안유지를 확립한다는 명목으로 취하는 여러 행동, 즉 민간 소유의 총기 회수, 비적 토벌 협력 등은 초기 무장이민단이 관동군의 일부로서 기능했음을 보여준다.

이러한 점을 고려한다면, 1934년의 역사적인 항일투쟁사건을 문학적으로 형상화한 「선구이민」(1938)이 어째서 초기 무장이민단인 제2차 이민단의 주요 목표로서 중일전쟁 이후 본격적으로 사용된 용어인 선무공작을 설정하고, 이를 강조하고 있는지 이해할 수 있다. 이민단이 일본인이기 때문에 신뢰할 수 있는 존재라고 한다면, 만인은 바로 만인이기 때문에 신뢰할 수 없는 존재인 것이다.

지역 유력자인 왕시신의 귀순을 목격한 마쓰바라는, 그 장면을 목격한 다른 만인들의 외침에서 한탄을 읽는다. 왕의 귀순은 이민단에게는 선무의 커다란 성과였지만, 바로 그렇기 때문에 만인들에게는 탄식하고 슬퍼할 만한 사건인 것이다. 그들의 탄식과 슬픔은 그대로 왕의 귀순에 대한 현지 주민의 반감과 불만을 표현한다. 마쓰바라의 꿈이 상징하는 이민자의 불만과 공포처럼, 만인은 언제 적으로 돌변하여 자신들을 습격할지 알 수 없는 위험한 존재이다. 이러한 상황에서 각 민족의 협화보다 점령지 민중을 위무(慰撫)하는 선무공작이 강조되는 의미는 분명하다.

이것이 바로 이민단의 선무와 치안유지가 교차하는 지점이라고 할 수 있다. 이민단은 만인을 신뢰할 수 없지만, 그렇다고 모든 만인을 배제하는 것은 현실적으로 불가능하기 때문이다. 따라서 이민단은 만인 중에서 양민은 보호하고 비적은 배제하고자 한다. 하지만 현지의 문화나 사정에 어두운 이민단은 양민과 비적을 구별하지 못한다. 이민단의 무력을 배경으로 하는 선무공작도 "갑옷"을 숨기는 "승의(僧衣)"에 불과하다. 치안유지, 민간 소유의 무기 압수, 선무, '일만일체'의 연쇄는 필연적으로 전면적인 무력충돌로, 즉 투룽산사건으로 비화된다. 결국 만주 농촌 사회에서의 두 민족 사이의 비대칭적인 관계를 고려하지 않는 협화나 제휴는 실패로 끝나는 것이다.

이와 같은 서사의 논리는, "국책 만주이민에 투신하는 주인공"이 만주에서 발견하는 것이 정작 관동군의 후방지원을 위해 동원되는 "민초"의 입장과 "협화"가 불가능한 현실임을 의미한다. 이는 일본인 이민단의 입식에 대한 만인의 불만과 저항이 반만항일의 무장투쟁으로 격화되는 프로세스이기도 하다. 이때 일본인 이민자와 현지 주민에게 만주국이라는 존재는 거의 아무런 의미도 갖지 못한다. 양 측 모두에게 만주국민이라는 자각이 존재하지 않기 때문이다. 그들은 그저 일본인과 만인이라는 두 민족으로 이원화되며, 무장한 이민자와 무기를 몰수당한 현지 주민, 그리고 토지를 부여받는 농민과 토지를 강제적으로 매수당하는 농민으로서 비대칭적인 관계에 놓인다. 이러한 민족 간의 모순이 서로를 향한 적의와 불안, 또는 의심과 공포를 부채질한다. 이 점에서 본다면 「선구이민」은 만주사변에서 시작하여 중일전쟁으로 이어지는 제국일본의 '대륙진출'이라는 맥락 내에서 일본 세력의 부식(扶植)을 목적으로 송출된 무장이민단이 만주 농촌 지역에 입식함으로써 오히려 현지 주민이 반만항일을 내세우는 '비적'이 되고, 이윽고 전면적인 무장충돌로 비화되는 과정을 그리고 있는 것이다.

만주국은 제국일본의 만주 지배를 은폐하기 위해 '건국'되었지만, 실질적으로 제국일본에 정치적 · 군사적 · 경제적으로 종속된 '괴뢰국가'였다. 그리고 만주이민은 일본인의 만주이민을 통하여 만주국의 일본제국에 대한 종속을 촉진하기 위한 국책이민이었다. 실제로 「선구이민」이 『개조(改造)』에 실린 다음해, 「만주개척정책 기본요강(滿洲開拓政

策基本要綱)」이 발표되어 만주이민은 "일만 양국의 일체적인 중요 국책"으로 책정되었다. 만주이민의 흐름이 본격화하는 가운데, 이 작품은 만주이민의 발단으로서 "괭이 군대"[61]로 돌아가, 그 "괭이 군대"가 압도적 다수의 타자와 조우하고 자신들의 '개척'에 대한 격렬한 저항에 직면하는 모습을 그려 낸 것이다.

이 문제성이 가장 현저하게 나타나는 것은 짙은 어둠 속에서 적에게 포위당한 이민단의 마지막 장면이다. "일본군"과 "니폰군"의 판별이 불가능한 어둠 속에서 누군지 알 수 없는 외침과 대포의 굉음이 다가오는 상황을 독자가 비적 토벌을 위해 출동한 관동군이 이민단을 구출한 투룽산사건의 결말에 준하는 것으로 인식할 때 비로소, 「선구이민」의 서사가 구축해온 모든 갈등과 모순은 사라진다.

그러나 만약 독자가 이 결말을 지나간 과거의 역사적 사건이 아니라, 1938년의 발표 시점에서 추진되고 있던 '대륙진출'의 문맥에서 읽으려 한다면, 그것은 「선구이민」 자체에 대한 새로운 독해로 이어지는 길을 찾을 수 있는 가능성을 내포하게 된다. 이것이 유아사의 의식적인 전략이었다고 한다면, 적어도 「선구이민」은 단순히 국책을 찬양하기 위한 소설만은 아니었다고 볼 수 있을 것이다. 「선구이민」은 관동군이 강압적으로 진행한 토지 매수에 대한 비판보다도, 만주이민과 만주국에서 행해지고 있던 제국일본의 무력에 기초한 지배 방식 자체에 매우 본질적인 통찰을 제공할 수 있는 가능성을 지니고 있기 때문이다.

---

61 「"鍬の兵隊"入京」, 『読売新聞』, 1940.12.17 夕刊, 2면.

제5장

‘포섭’과 ‘배제’의 만주이민

우치키 무라지 『빛을 만드는 사람들』

1. 농민문학과 낭만적인 ‘만주개척’

우치키 무라지(打木村治, 1904~1990)[1]는 동인지 『작가군(作家群)』을 주재하면서 문학 활동을 시작하였고, 「결후(喉仏)」(『文学評論』, 1935.6) 등의 작품으로 문단에 등장하였다. 우치키는 주로 농민과 농촌을 제재로 한

1 본명은 다모쯔(保)이다. 오사카(大阪)에서 태어나 와세다(早稲田)대학 정치경제학부를 졸업하고 대장성(大蔵省)에서 근무했다. 『부락사(部落史)』(『文芸首都』, 1936.5~1937.1) 등을 발표하여 문단에 데뷔했고, 농민작가로 활동하였다. 전후에는 주로 아동문학을 중심으로 집필 활동을 계속했다. 자전적인 아동문학 작품(『天の園』, 実業之日本社, 1972)으로 예술선장 문부대신상(芸術選奨文部大臣賞), 산케이 아동출판문화상(サンケイ児童出版文化賞)을 수상하였다. 榎本了, 「打木村治の文学について」, 打木村治, 『打木村治作品集』, まつやま書房, 1987.

소설을 집필하였고, 『부락사(部落史)』(『文芸首都』, 1936.5~1937.1)나 「지류를 모아(支流を集めて)」(『文学界』, 1937.10)가 높이 평가받아 농민문학 작가로서의 지위를 확립하였다. 그는 농민문학간화회(1938.11)의 일원으로서 1938년 12월에 제1차·2차 이민단이 건설한 이야사카(弥栄)와 지후리(千振) 등 만주이민촌을 방문했다.

제1차 이민단은 지린(吉林)성 화촨(樺川)현 융펑진(永豊鎮)에 입식하여(1933.2.11) 일본인 이민촌을 건설하고 이야사카 마을이라고 명명했다(1935.4). 이 마을은 1945년 종전까지 제2차 이민단이 건설한 지후리 마을과 함께 "개척지의 메카"[2]로서 만주이민 선전에 빠지지 않는 "만주개척의 성공 사례"였다. 『빛을 만드는 사람들(光をつくる人々)』(1939)은 바로 이야사카 마을의 정착 과정을 그린 장편소설이다.

이야사카 마을을 방문한 12월 12일, 우치키는 와타나베 지요에(渡部千代江)라는 관리를 소개받았다. 그는 "제1차 무장이민단의 사투사(死闘史)는 지후리 사람들에게도 듣고, 이 사람들에게도 들었다. 지금 이것을 테마로 장편소설 구상을 시작하고 있다"[3]고 썼다. 이어서 그는 필자주(筆者註)에서 "졸저 『빛을 만드는 사람들』은 이 마을의 초기 건설사이다. 이를 쓰기 위해 와타나베 씨에게 빚진 바가 매우 크다"[4]고 강조하였다. 우치키는 취재에 기초하여 장편소설 『빛을 만드는 사람들』(1939)과 기행집 『따스한 역사(温き歴史)』(1940)를 발표하였다. 이러한 사례는 당시 만주이민의 국책문학에서 드물지 않았다.

---

2 長野県開拓自興会満洲開拓史刊, 『長野県満洲開拓史 各団編』, 東京法令出版, 1984, p.2.

3 打木村治, 「満洲移民村の記録」, 1938.12.12, 松下光男編, 『弥栄村史－満洲第一次開拓団の記録』, 株式会社アートランド, 1986, p.551.

4 위의 글.

같은 시기에 농민문학간화회나 대륙개척문예간화회(1939)에 참여한 작가들은 만주의 이민촌, 훈련소 등을 시찰하고 그 성과에 힘입어 만주 이민 사업을 제재로 소설이나 여행기를 발표했다. 때문에 이 시기 집필된 만주이민의 국책문학은 대부분 현지조사에 기초한 보고문학으로 간주되었다.

보고문학으로서의 성격은, 만주이민의 국책문학이 단순한 소재 확장이나 기초 조사의 보고에 불과하다는 비판의 원인임과 동시에 보고문학으로서 일정한 가치를 주장할 수 있는 근거이기도 했다. 이러한 점에서 본다면 우치키가 『빛을 만드는 사람들』을 "대륙소설이 가진 결함, 즉 르포르타주적인 기록 투에서 벗어나", "서사의 풍부함, 재미, 그리고 그것들을 통해 살기 위해 사투하는 인간의 격렬한 영혼"[5]을 형상화하려는 시도라고 주장한 것은 주목할 만하다.

우치키는 『빛을 만드는 사람들』이 단순한 기록으로 한정되기보다 역사적 사실과 허구를 뒤섞어 "살기 위해 사투하는 인간의 격렬한 영혼"을 그린 문학 작품으로서 평가받기를 바랬다. 가와무라 미나토(川村湊)는 해설에서 『빛을 만드는 사람들』이 소설로서 성공하고, 문단에서 높은 평가를 받았으며 독자에게도 환영받은 이유를 '개인'에 주목한 묘사에 있다고 보았다.[6] 이러한 평가는 이 소설이 단순히 "대륙의 현상(現狀)"을 충실하게 묘사한 기존의 "대륙문학"에서 한 걸음 더 나아가 "살기 위해 사투하는 인간의 격렬한 영혼"을 묘사하는 데 일정한 성공을

5 打木村治, 「序」, 『光をつくる人々』(復刻版, 川村湊監修・解説, ゆまに書房, 2001), 新潮社, 1939, p.2.

6 川村湊, 「打木村治『光をつくる人々』解説」, 위의 책, p.2.

거두었다고 인정하는 것이라고 볼 수 있다.

그러나 만주이민의 국책문학이 만주이민 정책의 지지나 이해를 호소한다는 구체적인 목적을 가지고 있는 이상, 그 문학적 평가는 결국 만주이민의 현실에서 완전히 벗어날 수 없다. 이와카미 준이치(岩上順一)는 이 작품이 역작이기는 하지만 "소위 서부 개척의 활극영화적인 모험과 스릴의 줄거리를 따라 전개되다 보니, 그 결말도 어쩔 수 없이 유치하고 어수룩하다"고 하여 그 낭만성을 결함으로 지적했다. 이와카미는 "이러한 해피엔드는 만주이민군(群)의 현재 정세에 비추어 볼 때, 특별히 유해하다고까지는 할 수 없지만 작자의 선한 의도에 역효과를 초래하는 것이 아닐까"라고 비판하였다.[7]

『빛을 만드는 사람들』이 "만주이민의 성공 사례"로 유명한 제1차 이민단의 건설을 묘사했다는 점도, 단순히 만주이민을 미화하려는 작품이라는 인상을 강조했을 것이라고 추측할 수 있다. 그것은 어떤 면에서 사실이기도 하다. 가와무라는 『빛을 만드는 사람들』을 이후의 "대륙개척문학"의 "효시이자 대표적인 작품"[8]으로 평가했다. 지금까지 이 작품이 본격적으로 연구되지 않은 것은 이러한 전형성에 기인한 것일 터이다.

하지만 이 전형적인 국책소설이 발표된 1939년, 만주이민사업은 농촌갱생정책의 일환으로 확대되었고, 그 중심적인 이민 형태는 특정한 마을을 분할하여 이민단을 편성하는 분촌(分村)이민이었다.[9] 이러한 상황에서 『빛을 만드는 사람들』은 일본인 이민자의 '개척'이 성공하는 과

---

7 岩上順一, 「描かれる現実」(文芸時評), 『中央公論』, 1939.10.1; 中島国彦編, 『文芸時評大系 第16巻 昭和14年』, ゆまに書房, 2007, p.429.

8 川村湊, 앞의 글, p.2.

9 蘭信三, 『「満洲移民」の歴史社会学』, 行路社, 1994, p.48.

정을 그리면서 그 중에서도 초기 무장이민의 기억을 "로맨틱"하게 묘사했다.

이 장에서는 『빛을 만드는 사람들』을 남성 이민자의 정복 서사와 여성 이민자의 혼인 서사로 파악하여, 그것이 어떻게 일본인 이민자의 만주 '개척'을 정당화하는 이데올로기를 구축하는가를 검토한다. 특히 제국일본의 이민 정책이나 만주국 내부의 정치적 맥락에서 일본인 이민자 남성과 현지인 여성의 "로맨틱"한 연애결혼과 혼혈아의 존재가 가지는 의미를 고찰한다.

2. 무장이민의 '개척'과 정복

앞 장에서 살펴보았듯이, 제1차 이민단은 재향군인으로 구성되어 관동군에게 무기를 지급받은 무장이민이었다. 『빛을 만드는 사람들』에서도 처음부터 이민자의 무장이민으로서의 측면을 강조한다.

『빛을 만드는 사람들』은 "쇼와(昭和) 7년 10월 중순"의 "오백에 가까운 제1차 시험이민을 태운 하얼빈마루(ハルビン丸)라는 하얀 배"에서 시작한다. 이민단이 환영인파의 일장기와 환성으로 전송을 받으며 '내지'에서 한 이동, 즉 고향 역에서 도쿄(東京)역, 그리고 고베(神戸)항에서 다롄(大連)항, 다롄항에서 하얼빈(哈爾浜)까지의 묘사는 대부분 생략된다. 다만 흥분한 이민자에게 "이국(異國)의 진기한 풍물이 파노라마처럼, 어

쩔 수 없이 오감(五感)을 덮쳤다"[10]고 묘사하고 있을 뿐이다. 이처럼 이국적인 풍경과 조우하면서, 이민자는 비로소 자신이 일본인이라고 자각하게 된다.

"내지의 오랜 기차 여행을 거쳐 고베에서 바이칼마루(ばいかる丸)라는 배를 타고 난생처음 사방이 수평선에 둘러싸이자 흙에서 자라난 감정이 어쩐지 우울해졌다. 하지만 다롄에 상륙하자 갑자기 일본을 짊어진 병사와 같은 용기가 샘솟고 배낭을 짊어진 몸이 가벼워지더니, 야마가타(山形)건 니가타(新潟)건 이바라키(茨城)건 모두 옛날부터 알던 형제처럼 여겨졌"(p.3~4)던 것이다. 보름에 걸친 여행을 경험하면서 이민단원은 출정하는 병사와 같은 긍지와 용기, 그리고 동시에 서로에게 "옛날부터 알던 형제"와 같은 친근감을 느끼게 된다.

그러나 이 "중부, 관동, 동북 각 현의 농민 중에서 자원해서 선발된, 말하자면 확고한 신념을 가진 30대 혹은 그 전후 남자들"(p.3)을 진정으로 결속시키는 것은 일본인으로서의 자각이나 병사의 의무감이 아니다. '내지'에서 만주에 이르는 여정 속에서, 이민단원은 만주에서 얻을 "우리 땅"에 대한 기대에 부풀어 있었다.

> 다롄, 하얼빈 간 기차 안에서 묵묵한 투지가 뱃속에서 굳게 뭉치고 보름 동안 헤어진 가래와 괭이가 눈앞에 어른거렸다. 몇 시간을 달려도 변함이 없는, 그저 넓기만 한 땅이 이어지는 것을 보고 있노라면 머리 한 구석에 구멍이 생기는 기분이었지만, 흙이라고 생각하자 황해(黄海) 물 위에 떠 있던 때처럼

10 打木村治, 『光をつくる人々』(復刻本, 川村湊監修・解説, ゆまに書房, 2011), 新潮社, 1939, p3, 이하 인용은 쪽수만 기재한다.

되지는 않았다.

"두더지 같은 거지, 우리는……."

그렇게 서로를 격려했다. 흙에서 떨어져서는 살 수 없다는 의미였다.

하얼빈에서 배를 타자, 이제 만세를 외치고 싶을 정도로 동경하는 '우리 땅'에 가까워진 기분이었다. (p.4)

이민단원들을 결속시키는 진정한 매개물은 자신들은 "흙에서 떨어져서는 살 수 없다"는 강한 자각이다. 그들이 바다를 건너면서 열망하는 것은 오직 자신들이 경작할 "옥토(沃土)"인 것이다.

하지만 1932년의 현실에서 하얼빈에서 자무쓰(佳木斯)로 이어지는 강기슭은 "전해 큰 홍수로 입은 수해의 상처 자국도 그대로 남아 있어, 인가・경지도 황폐하기만 한 대평원"[11]이었다. 그럼에도 불구하고 『빛을 만드는 사람들』에서는 이민단원들이 육지를 바라보며 멀리 보이는 대지를 "옥토"라 상상하고, "고향을 완전히 잊어버리고, 하늘과 땅을 통째로 경작하고 싶은 희망에 가슴이 부푼"(p.5) 모습으로 묘사된다. 홍수로 황폐해진 평원이라는 역사적인 디테일은 소거되고, 만주의 대지 자체는 균질한 "옥토"로 표상되는 것이다. 이윽고 그들의 "옥토"를 향한 욕망은 만주의 대지 자체로 확장된다.

그들은 일각이라도 빨리 상륙하고 싶었다. 상륙해서 이게 내 뼈를 묻을 땅이라는 토지를 밟아보고 싶었다. 배에서 보면 어느 육지나 모두 그것으로 여

11 長野県開拓自興会満洲開拓史刊, 앞의 책, p.5.

겨졌다. 근질근질해서 지도를 펴보는 손이 저절로 허리에 맨 손도끼 자루를 움켜쥐는 것이다. (pp.5~6)

이민단원들은 육지를 바라보며 격렬한 욕망을 느끼고, 위치를 확인하기 위해 지도를 편 손이 "근질근질해서" 허리에 찬 "손도끼 자루"를 움켜쥔다. 일본인 이민자의 토지를 향한 욕망은 시각적인 자극에서 시작하여 근육의 자동적인 반응으로 이어지는 일련의 신체적인 반응을 유도할 만큼 강렬하다. 욕망의 대상을 표시하는 지도를 펴는 손이 움켜쥐는 손도끼는 이민단이 그 토지를 획득하기 위한 수단을 상징한다. 그리고 첫 정박지인 자무쓰에서 이민단을 맞이하는 것은 어둠에 숨어 모습도 보이지 않는 적이 쏜 "전혀 예상하지 못했던 한 발의 소총탄"이다. 이때, 이민단은 그들이 토지를 획득하는 수단이 무엇인지를 명확히 보여준다.

"자무쓰의 등불이 있는 방향에서 약간 오른쪽으로 비껴, 가로등인 듯한 전등이 겨우 서넛 있는 어둠 속"(p.7)에서 날아온 총탄은 누구의 공격인지도 분명하지 않다. 그럼에도 『빛을 만드는 사람들』에서 이민단원의 반응은 신속하고 명확하다. 이민단원들은 "일본도를 짊어지는 자, 손도끼를 허리에 차는 자, 흰 천을 이마에 매는 자, 어쨌든 명령을 기다려 행동에 옮기기 위해 모두 무장"한다. "이 오백 명은 4분 되어, 군대에 준하여 4개 중대를 편성"하는 "자무쓰 둔간 제1대대(佳木斯屯墾第一大隊)"인 것이다. 이 대대는 어둠의 저편에서 날아온 "한 발의 총탄"에도 방심하지 않고, 신속하게 무장하고 위치도 정확하게 파악하지 못한 적을 향해 기관총을 난사한다. 이 모습은 분명 재향군인으로 구성된 이민단의 '병사'로서의 측면을 강조하고 있다.

그러나 현실의 제1차 이민단은 『빛을 만드는 사람들』에서 묘사된 만큼 병사로서 민첩하게 행동하지 못했다. 비적이 자무쓰를 습격하여 부두에 정박한 이민단 선박까지 유탄이 날아온 것은 사실이지만, 이민단은 응전하지 않았기 때문이다. 「이야사카 개척 10년지(弥栄開拓十年誌)」에 따르면 "그날 밤 10시 무렵부터 갑자기 자무쓰에 커다란 총포성이 들리고 때때로 그 유탄이 우리 상공을 오갔다. 곧 비적의 습격이라는 소식을 접했다. 우리 위병(衛兵)은 갑판 위에 쌀가마를 엄폐물로 삼고 방탄 설비를 만들고 선내 병사들은 언제든지 출동할 수 있는 준비를 하고 긴장한 채 하룻밤을 지샜다"고 기록하였다.[12] 무장이민단의 상륙 저지를 꾀했던 것으로 보이는 적과 자무쓰 수비대 사이에서 격렬한 시가전이 일어나는 동안 이민단은 전투에 참가하지 않았다. 그러나 『빛을 만드는 사람들』에서는 격렬한 시가전은 삭제하고, 유탄을 이민단에 대한 공격으로 인식한 이민단이 즉시 응전하는 모습으로 묘사했다.

---

12 弥栄村開拓協同組合編, 『弥栄開拓十年誌』(復刻版), 満洲事情研究所, 1942; 松下光男編, 『弥栄村史－満洲第一次開拓団の記録』, 弥栄村史刊行委員会, 1986, p.192. 또한 「척무시보(拓務時報)」에 게재된 척무성 기수(技手) 야마다 다케히코(山田武彦)의 일지에 따르면, 10월 14일은 "우연히 오후 10시쯤 자무쓰성 밖에 홍창회(紅槍會) 대도비(大刀匪)의 대군이 습격하여 순식간에 총성이 울렸다. 우리 수비대는 용감히 싸워 그들을 물리쳤으나, 일시적으로 심각한 격전이 일어나고 있음을 짐작케 하는 포성, 기관총 소리가 번갈아 혼란했으며 웅웅 울리는 유탄은 멀리 배를 향해 날아가는 것까지 있었다"고 묘사하였다. 山田武彦, 「第一次満洲自衛移民輸送状況日誌」, 『拓務時報』 第21号; 松下光男編, 위의 책, p.55. 또한 관동군 장교 도미야 가네오(東宮鉄男)의 일기도 10월 14일 "밤 오후 10시, 오전 1시 두 번에 걸친 비적의 습격으로 지린군 수비를 포기하고 사령부로 퇴각하다. 다다(多田) 각하(다다 하야오(多田駿) 소장)와 하가(芳賀) 대위와 함께 사령부에 있었다. 각하를 하가 대위에게 맡기고 니시야마(西山) 등과 수류탄을 가지고 서문에 이르다. 일본군 이토(伊藤) 중위의 증원을 얻어 이를 격파하다"라고 기술하였다. 위의 책, p.56.

이 장면에서 대대장인 고바야시(古林) 중좌(中佐)는 대기 상태의 이민단원에게 "이 예측하지 못한 비적의 습격"은 유감이나 "우리가 무장이민인 이상, 이런 일은 일찌감치 각오하고" 있던 바이며, "이런 일은 누워서 떡먹기"라고 장담한다. 하지만 텍스트에서는 "이천 명이라는 대(大)비적"이 모인 것은 "무장한 오백 명에 가까운 일본인 이민이 왔다는"(pp.13~14) 정보 때문이라고 설명한다. 무장이민이 도착했기 때문에 비적이 습격했다고 해석하는 것이 타당할 것이다.

나아가 이민단원이 "원래 신경이 예민한 도시 지식계급이라 불리는 사람들이 아니라 중부, 관동, 동북 각 현의 농민 중에서 자원해서 선발된, 말하자면 확고한 신념을 가진 30대 혹은 그 전후의 남자들"로 "재향군인이라는 조건으로 농민혼(農民魂)을 자타가 공인하는, 대개 신경이 굵은 사람들뿐"(p.3)이라는 묘사를 보아도, 제1차 이민단이 관동군과의 연대를 전제로 편성되었다는 사실은 분명하다. 이 가상 응전이 무장한 재향군인들로 편성된 무장이민이기에 성립된다는 점을 고려한다면, 『빛을 만드는 사람들』은 처음부터 일본인 이민단이 무장이민이라는 사실을 강조하고 있음을 알 수 있다. 이는 무장이민단의 잠재적인 폭력성을 가시화하는 이상의 의미가 있다. 텍스트에서 이민단의 과잉 폭력성을 끌어내는 것이 비적의 공격이기 때문이다.

본래 만주농업이민의 국책이민으로서의 성립은 둔전병(屯田兵)을 육성하려는 관동군과 산업이민을 지향하는 척무성이 타협했기에 가능했다. 그 결과, 재향군인이 주체가 된 초기의 시험이민단은 군사적인 성격이 강했다. 관동군과 지린(吉林)군이 맺은 협정에서는 "사령관의 지휘하에 들어간 날부터 만주국군으로서 급여를" 받으며, "당분간 사령관의 지휘를 받아 지린군을 지원하고 병비(兵匪)의 소탕 치안유지를 겸하며 둔간 준비를 한다"[13]고 규정하였다. 당시 척무대신 나가이 류타로(永井柳太郎)는 제1차 이민단을 환송하는 자리에서 "총을 쥐고 전진하는 것이나 괭이를 쥐고 일어서는 것이나, 그 정신에는 하등 차이가 없다"고 훈시했으며(10.3), 다롄에서는 관동군·관동청·만철 대표자가 이민단을 맞아주었고, 이민단은 군사 수송에 준하는 임시 열차로 이동했다.[14] 『빛을 만드는 사람들』에서도 이민단은 "박격포 2대, 중기관총 4대"와 "동삼성(東三省) 병기공장제 압수 소총"(p.146)으로 무장하고, 주둔군과 함께 비적 토벌이나 경비를 수행했다.[15]

이 점을 고려한다면 『빛을 만드는 사람들』에서 이민단의 허구적인 응전은 바로 그들이 만주에서 담당할 일차적인 역할을 명료하게 밝힌 것이라고 볼 수 있다. 대대장이 "제국재향군인"이자 "명예로운 선견대원(先遣隊員)" 인 이민단원들에게 "앞으로 우리는 이 몇 배의 고난에 조우하는 것도" 각오해야 한다며 재인식을 요구할 때, 그들의 진정한 목적인 '개척'은 "고난"의 극복을 통해서만 도달할 수 있는 것으로 인식된다. 그들은 목숨까지 위협하는 "이 몇 배의 고난"을 견디지 못하면

13 위의 책, p.50.

14 위의 책, p.53, 55.

15 「자무쓰 둔간대대 상황보고(佳木斯屯墾大隊狀況報告)」(1932.10.22)에 따르면, 그 구체적인 편성은 다음과 같다. 둔간대대는 "보병포대(박격포 2대) 포병 및 포수(兵砲手)로 편성"하며 "기관총대 1대, 기관총수로 편성, 비커스 3대로 구성한다." 위의 책, p.187. 관동군에게 제공받은 무기 내역은 기총(5,000), 기관총(9), 야포(3), 곡사포(2), 평사포(1), 척탄통(擲彈筒, 19), 그 외의 폭약, 수류탄이었다. 위의 책, p.50. 간부, 장교, 소대장은 권총, 병사는 소총, 소대마다 수류탄 순으로 무장하였다. 특히 "동삼성(東三省) 병기공장제 압수 소총"은 만주사변 당시 장쉐량의 병기 공장에서 압수한 영국제 제품으로 추측되는데, 이는 패전으로 소련군이 이민자들을 무장해제할 때까지 사용되었다. 菊池参治, 「私の在満15ヵ年間の手記」, 松下光男編, 위의 책, p.407.

"옥토"를 손에 넣을 수 없는 것이다. 하지만 이민단의 격렬한 응전을 유도한 비적의 공격을 증명하는 것이 한 발의 탄환뿐이고, 정작 이민자는 적의 모습도 보지 못한다. 『빛을 만드는 사람들』에서 비적의 존재는 구체적인 존재라기보다 이민단의 입식을 방해하는 고난의 상징에 가깝다. 이때, 일본인 이민단을 습격하는 적의 반만항일이라는 정치성은 은폐된다. 그러나 빈번한 비적 토벌과 경비는 이민단원들의 불평과 불만이 누적되는 가장 큰 원인이다.

"빵빵 쏘고 오자구. 비적 다섯, 여섯 명쯤 쏘면 기분이 풀릴 거야."
"그 다음이 참기 어렵지만 말이야. 해야 하는 일은 안 좋은 기분을 배출하는 셈 치고 해도, 돌아와 마음이 진정된 다음이……."
"그때는 술과 여자지……."

이 보름 동안, 마음이 황폐해지는 대로 놔둔 채 오직 겨울을 넘길 숙사 설비를 갖추고 야채류를 돌보거나 그 밖의 일에 애쓰느라 각 소대가 분담해서 늑대처럼 돌아다녔다. 이불 속으로 기어들어가서는 홀로 정말 늑대 같은 꼴이 됐다고 절절히 생각하고는, 그런 자신에게 질려 괜한 기력을 소모했다. 그렇게 자포자기할 무렵에 이민단에서 주둔군의 토비(土匪) 토벌에 가세할 사람을 모집하면 모두 앞 다투어 응모했다. 그렇게라도 하지 않으면 거칠어진 마음이 가라앉지 않았기 때문이다. 그런데 돌아오면 어울리지 않는 짓을 했다는 조용한 반성이 이번에는 강렬한 고량주와 여자를 찾게 만들었다. 물론 비적 토벌이 입식에 중요한 일임을 알고 있고, 적은 병력으로도 유유히 다수의 비적을 격퇴 토벌하는 주둔군의 무용에 감격하여 무장이민의 이름에 부끄럽지 않도록 이에 참가하는 것이 명예로운 일이라고 생각한다. 하지만 그보다 도 더욱, 어서 입식지에 일본의 괭이를 꽂아 이상적인 개척에 착수하고 싶다는 이민자들의 바람이 도중에 지체되고 있는 마음을 짜증나게 하고, 자포자기로 몰아넣는 것이었다. (p.17)

이민단이 자무쓰에 상륙하기 위해 비적의 공격에 용감하게 응전해야 했듯이, 이민단의 입식은 "절박한 비정(匪情)"(p.20) 때문에 계획대로 진행되지 않고, 그 우울함을 풀기 위해 토벌에 참가하면 더 큰 불평과 불만이 생긴다. 이러한 악순환이 16장의 본대(本隊) 입식과 정식 토지 계약 체결까지 반복된다. 실제로 1장의 자무쓰 상륙에서 출발하여 7장과 8장의 선견대 정찰 행군, 10장의 선견대 입식에는 어김없이 비적과의 조우, 지린군의 비적 토벌 참가, 비적의 습격이 반복된다. 만주의 "옥토"를 열망하는 일본인 이민자는 그 입식을 저지하려는 비적에게 공격당한다. 때문에 이민자는 무력행사로 적을 배제할 수밖에 없다는 논리이다.

그러나 이민자의 목적이 농민으로서의 생활인 이상, "절박한 비정"에서 비롯된 입식의 지연이나 관동군의 비적 토벌 참가는 이민자의 불만과 울분을 응축시킨다. 위의 인용에서 살펴보았듯이, 이민단원은 울분을 풀기 위해 비적 토벌에 참가하지만 토벌 뒤에는 "조용한 반성"을 하게 되고, 이를 잊기 위해 "여자와 술"을 찾는다. 『빛을 만드는 사람들』의 일본인 이민자들은 출정군인과 같은 긍지와 용기를 가진 재향군인이기는 하지만 진짜 병사는 아닌 것이다. 앞에서 지적했듯이, 이민단원을 결속시키는 것은 "흙에서 떨어져서는 살 수 없는" 농민이라는 자각이다.

이는 무장이민단에 대한 텍스트의 상반된 두 가지 시점을 드러낸다. "이상적인 개척"을 담당하는 농민으로서의 농업이민단과 "제국재향군인"으로서 유사시에는 병사가 될 수 있는 무장이민단이다. 문제는 『빛을 만드는 사람들』의 이민단원들이 점차 그러한 이중적인 역할을 부정하게 된다는 점에 있다. 예를 들어, 이민단이 입식 후 참가한 관동군의 토벌에서 첫 사망자가 나온다.

> 호리베(堀部)의 시체는 총을 품에 안고 있었다. 오코지마(乙島)는 그것이 가엾어 보였다.
>
> 그는 흙벽에서 추터우(鋤頭, 괭이)를 가져와 그것을 총과 바꿨다. (p.167)

이민자의 유체가 껴안고 있는 총을 농기구로 바꾸는 행위는, 이민자 측이 그의 죽음을 '병사의 죽음'으로 취급하는 것에 강한 저항감을 느끼고 있다는 사실을 드러낸다. 그러나 일본인의 만주이민 자체가 '북변진호'에 공헌하는 둔전병을 육성하려는 관동군의 강한 의지를 배경으로 성립된 이상, 무장이민단원이 병사이기를 거부한다는 것은 모순일 수밖에 없다. 『빛을 만드는 사람들』에서 이러한 무장이민단의 모순을 해결하기 위해 제시되는 것은 "농민혼"이다.

> 그 행동은, 죽음으로써 지키는 희망의 입식을 저지하는 자가 있다면 그를 재가 될 때까지 태워버린다는 집요한 백성(百姓)의 집념과 단결로 시작되었다. 이미 철포로 서로를 쏜다든가 상대가 비적이라든가 그런 개념에서 벗어

나 순수한 흙을 생명으로 삼는 농민의 땅을 얻는가 잃는가의 갈림길에 선, 그 무시무시한 희생으로 돌격하는 농민의 모습이 돌아와 있었다. 그러한 농민혼이 기존 교육을 받은 재향군인으로서의 행동을 요기(妖氣)로 감싸버렸던 것이다. (p.10)

적을 "재가 될 때까지 태워버린다"는 집념은 단순히 적과 싸우는 병사의 용기나 용맹함만으로는 설명할 수 없다. 이민자는 "이미 철포로 서로를 쏜다든가 상대가 비적이라든가 그런 개념에서 벗어나" 있다. 자신들이 죽이려는 상대가 누구이며, 무엇을 위해 적대하고 있는가 하는 문제조차 중요하지 않다. 이 이민자들에게 중요한 것은 적이 "희망의 입식을 저지하는 자"라는 사실뿐이다.

여기서 나타나는 이민단의 모습은 "땅을 경작하는 사람"이라는 의미의 농민에서 동떨어져 있다. 특히 이 장면에서 "백성(百姓, 이하 백성)"이라는 단어가 등장하는 것은 주목할 만하다.

일본에서 백성이라는 말은 고대 공가(公家, 조신(朝臣)을 뜻함) 20성과 무관(武官) 80성의 총칭에서 시작되었다.[16] 역사학자 아미노 요시히코(網野善彦)가 지적했듯이, 고대 율령제 시대의 천황은 관리에서 평민에 이르는 모든 성씨를 부여하는 입장에서, 호적에 등록된 모든 백성에게 일정한 구분전(口分田)을 부여했다. 논밭에 토대를 둔 율령제 국가의 토지제도・조세제도가 성립되면서 유교의 농본주의가 영향을 끼치게 된다.[17] 고대 백성은 모든 성씨를 가진 일반 민중으로, 농민만을 가리키

16 渡辺忠司, 『近世社会と百姓成立－構造論的研究』, 仏教大学, 2007, p.23.

17 網野善彦, 『網野善彦著作集 第16巻』, 岩波書店, 2008, pp.84~85・89~90.

는 말이 아니었던 것이다. 근세에도 백성은 그 의미가 농업에 종사하는 사람이라는 뜻의 농민으로 축소되는 한편으로 여전히 본래의 의미로 쓰이고 있었다는 사실은 이미 지적된 바 있다.[18]

그러나 백성은 "무장(武装)을 스스로 부담하는 병역 부담자"[19]이기도 했다는 사실을 상기해야 할 것이다. 후카야 가쓰미(深谷克己)는 병농분리제(兵農分離制)를 의식하며 백성역의(百姓役儀)를 검토하면, 가장 중요한 변화는 고대 백성이 무장자변(武装自弁)의 의무를 진 병역에서 일어났다고 강조했다. 병역은 백성의 부담이자 백성 신분에 속하는 자격이기도 했던 것이다. 그 자격이 근세의 병농분리로 백성에게서 분리되었고, 무사가 이를 독점하는 방향으로 변화하였다.[20]

제국일본과 만주국 정부, 관동군은 모두 무장이민단에게 농민이자 병사이기를 요구하고, 이민단이 그 수단으로서 실전용 병기를 보유하는 것을 인정했다. 『빛을 만드는 사람들』에서 이민단의 무장은 입식 성공의 전제인 비적 토벌의 수단으로서 정당화된다. 그러나 "재가 될 때

---

18 網野善彦, 『日本中世の百姓と職能民』, 平凡社, 1998, pp.14~28. 와타나베 다다시(渡辺忠司)는 지방서인 『지방범례록(地方凡例録)』(大石久敬, 1794)을 검토하고 일본 근세에 "백성은 농업을 전문으로 하는 사람이라는 일방적인 단정, 고대 이후 다양한 계층의 총칭에서 한정적인 개념으로 좁히려는" 움직임이 생긴 것이 후세에 백성과 농민을 동의어로 보게 된 원인이라고 보았다. 근세 후기에 신분은 사농공상(士農工商)이라는 사고방식이 나타났고, 메이지 정부의 사민평등(四民平等)이라는 새로운 이데올로기의 영향으로 서서히 "농・농민・농인(農人)이 백성과 동일시"되었다는 것이다. 渡辺忠司, 앞의 책, pp.24~25.

19 深谷克己, 『深谷克己近世史論集 第一巻 民間社会と百姓成立』, 校倉書房, 2009, p.51.

20 후카야 가스미(深谷克己)는 이 시점에서 비록 중세 백성과 근세 백성이 둘 다 무장자변의 자격을 갖지 못하기는 하였지만 연공지(年貢地) 외에 지행지(知行地, 봉토(封土)를 뜻함)가 있어 동일한 인격이 백성이자 무사인 것과 같은 상태, 실전용 무기를 보유하기도 하는 상태가 "근세에는 완전히 부정되었다"는 점에서 다르다고 지적하였다. 위의 책, pp.56~57.

까지 태워 버린다는 집요한 백성의 집념과 단결로" 적을 공격하는 농민의 모습은 단순히 용맹한 병사의 표상이 아니다. 그들이 자신들의 "죽음으로써" 지키려는 목적이 바로 토지 획득이기 때문이다. 『빛을 만드는 사람들』에서 무장한 일본인 이민자들은 적과 맹렬히 싸우는 농민인 것이다.

여기서 중요한 것은 토지 획득을 핵심으로 하는 이민자의 "농민혼" 구조에 있다. 『빛을 만드는 사람들』에서는 토지를 얻으려는 이민자의 모습을 "그 무시무시한 희생으로 돌격하는 농민의 모습이 돌아와 있었다"라고 묘사한다. 이러한 이민자의 표상은 일찍이 일본 근세에 병농분리가 일어나기 이전, 고대 백성으로 회귀하는 것이다. 이때, 일견 그들의 복잡한 역사적, 정치적인 위치의 현재성은 사라진 듯이 보인다. 이제 막 건국한 만주국의 농촌 지역에 입식하고자 하는 일본인 무장이민이라는 역사적 사실에 대한 인식은, 그들 속에서 고대 일본 백성이 되살아남으로써 회피되는 것이다.

애초에 '백성'은 천황과의 관계를 의식할 수밖에 없는 말이다. 예를 들어, 율령제 국가는 구분전의 매매를 금하고 6년마다 행하는 반전(班田)으로 사망자의 구분전을 회수하였다.[21] 율령제의 기저에는 천황이 산야하해(山野河海)를 지배하며, 백성은 천황에게 농토를 빌려서 경작한다는 전제가 있었다. 임신지권(壬申地券), 지조개정(地租改正) 이전에는 하늘 아래의 모든 땅이 왕토(王土)라고 보는 왕토 원칙이 관철되었다고 보는 토지소유사관은 이러한 인식에 뿌리를 두고 있다.[22] 이 왕토론을

21 網野善彦, 앞의 책(2008), p.89.
22 奥田晴樹, 『明治国家と近代的土地所有』, 同成社, 2007, p.169.

관철하면 전시(戰時)의 "천황폐하께서 맡기신 농토를 황폐한 채로 무기력하게 있는 것은 곧 불충이다"[23]라는 인식으로 이어진다.

하지만 고대 백성과 달리 『빛을 만드는 사람들』의 이민자가 원하는 것은 농지의 점유권이나 경작권이 아니라 배타적인 토지 소유권이다. 근대적 토지 소유권의 가장 중요한 특징 중 하나는 바로 소유자가 모든 사람에게 그 배타적인 소유권을 주장할 수 있다는 점이다.[24] 토지 소유를 원하는 이민자가 고대 백성이나 둔전병을 재현하기를 바라는 것은 자가당착일 뿐이다. 실제로 『빛을 만드는 사람들』에서 이민자들이 바라는 것은 이데올로기나 명분이 아니라 자신이 소유할 광대한 "옥토" 뿐이다.[25] 일본인 이민자가 만주로 건너가 스스로의 토지 소유권을 방어하기 위해 그것을 저지하는 적을 "재가 될 때까지 태워" 버리기를 기대한다는 것은, 징병제의 의무 병역도 고대 백성의 무장자변에 기초한 병역도 아니다. 아직 토지를 소유하기는커녕 입식에도 성공하지 못한 이민단이 과잉한 무력을 행사한다는 것은, 곧 토지를 획득하기 위한 공격을 뜻한다.

이는 '농민혼(이하, 농민혼)' 자체가 내포하는 문제성이기도 하다. 농민혼에는 명확한 정의가 존재하지 않았고, 주장하는 사람에 따라 여러

23 秦賢助, 「跋」, 『農民魂』, 鶴書房, 1942, p.272.

24 근대적 토지 소유권은 ① 봉건영주의 지배에서 벗어나 단순한 재산으로 여겨지는 사적인 성질, ② 점유・이용과는 관계없이 소유가 승인되는 관념성, ③ 소유자가 모든 사람에 대하여 그 소유권을 주장할 수 있는 절대성으로 정의된다. 日本の土地百年研究会, 『日本の土地百年』, 大成出版社, 2003, p.62.

25 이민 당국은 이민자 모집 시 이민자들에게 "한 가구 당 약 15정보(町歩)"의 무상불부(無償不附)를 약속했다. 長野県開拓自興会満洲開拓史刊行会, 『長野県満洲開拓史 総編』, 東京法令出版, 1984, p.81.

가치를 부여할 수 있는 애매한 개념이었기 때문이다. 니시무라 슌이치(西村俊一)의 연구에 의하면, 근대일본의 농촌교육지도자는 1890년대부터 농촌의 피폐와 유명한 동산(銅山) 공해사건인 아시오 광독사건(足尾鉱毒事件, 1890) 등을 경험하면서 국가 권력에 강한 소외감을 느끼고 있었다.[26] 1910년대 이후가 되면서 그 소외감은 "신들린 듯한 사상과 행동"으로 발현된다.[27] 가케이 가쓰히코(筧克彦)의 고신도(古神道)와 농본주의가 결합하였고, 농촌교육지도자들은 농민이 "황국의 백성"으로서 황도(皇道)에 공헌할 것을 요청하였다.[28] 당시, '만주이민의 아버지'라고 불렸던 가토 간지(加藤完治)를 비롯한 재야의 농촌교육지도자가 "황국 농민"의 정신인 농민혼[29]을 내세워 만주이민의 비경제적 혹은 비합리적인 측면을 옹호하는 것은 이미 드문 일이 아니었다.

예를 들어, 1942년 만주국립개척연구소의 「이야사카 마을 종합조사(弥栄村総合調査)」에서는 제4차 및 제5차 등 후속 이민단이 입식 당초 개간보다 가옥 건설을 우선한 점과 비교하여 제1차 이민단은 "'우선 생활할 수 있'는 수준의 가옥으로 참고, 오직 미간지 개간에 종사하려 했다"[30]는 점을 높이 평가하였다. 또한 당시 제1차 이민단의 단장이었던 야마자키 요시오(山崎芳雄)의 "농업 경영자에게 개간으로 농업을 시작하는 것만큼 행복한 일은 없다. 세상 사람들은 툭 하면 개간이 비합리적

26 西村俊一, 『日本エコロジズムの系譜－安藤昌益から江渡狄嶺まで』, 農山漁村文化協会, 1992, p.84.
27 위의 책, p.85.
28 위의 책, pp.85~86.
29 위의 책, p.112.
30 満洲国立開拓研究所, 『弥栄村総合調査』 開拓研究所資料第20号, 1942; 松下光男編, 앞의 책, p.555.

인 점을 들어 설득하고, 기계로 개간하여 개척민의 만족감을 사려고 한다. 적어도 전업 농민이 개간을 싫어해서는, 설령 훌륭한 숙지(熟地)를 받아도 제대로 된 경영을 할 수 없다. 한 뼘 한 뼘 괭이질을 하며 땀으로 개척한 곳에 농민의 생명이 있고, 무한한 생명이 깃들며, 무한한 즐거움이 태어나 불굴의 정신도야(精神淘治)를 할 수 있다"는 말을 인용하여 이를 "열렬한 농민혼"이라고 칭송했다.[31]

말하자면 농민혼이란 농민의 근면과 검약을 촉진하고, 나라를 위해 모든 희생을 감수하는 농민이 이상적인 모습이라고 보는 정신주의, 일본주의의 한 형태였다. 이러한 농민의 이상화는 오히려 현실의 농민에게서 주체적인 권리 주장을 박탈하는 것이었다. 만주이민운동은 이미 초기부터 정신주의화한 농본주의에게서 강한 영향을 받고 있었던 것이다.

『빛을 만드는 사람들』의 "농민혼"도 일본주의적인 논리를 농민이 체득하게 만드는 역할을 한다. 그것은 토지 획득이라는 개인의 욕망이나 이해관계와 모순되지 않는다. 오히려 그러한 욕망에 의미를 부여하고 정당화하기 때문이다. 이민자의 "재향군인으로서의 행동"은 수단이며, 농민의 토지를 향한 갈망이야말로 이 소설 내부에서 묘사되는 무장이민단의 본질이다. 『빛을 만드는 사람들』에서 만주 토지를 향한 이민자의 격렬한 욕망은 마치 농민으로서의 본능처럼 묘사된다. 하지만 만약 일본인 농민에게 토지 소유 자체가 죽음조차 마다하지 않을 정도로 강렬한 욕망이라면, 그 대상이 '내지'의 토지라도 마찬가지일 것이다. 그러나 『빛을 만드는 사람들』은 욕망의 대상이 굳이 만주의 토지여야만

31 위의 책.

하는 필연성을 직접 언급하지 않는다. 이민자들의 배경인 '내지' 농촌에 대한 서술 역시 빈약하기 짝이 없다.

> 고향을 버리고 골육과 헤어지고 떠나온 이 사람들에게는 처자가 있는 사람, 독신, 장남이나 차남 셋째 아들처럼 각각의 조건은 달라도 한 가지 공통적인 사정이 있었다. 그 공통된 사정이 그들이 공통된 희망으로 하나로 만들고, 특수한 우정으로 이어주고 있었다. 누구 눈에나 머나먼 고향을 그리워하는 시선이 머물렀다. 이렇게 활기찬 행군 다음에도 역시 해질녘은 좋지 않았던 것일까.
>
> 조용했다. 모두 입을 꾹 다물고 있었다. 모두 그렇게 은밀히 내지에 있던 시절의 가난한 소작인으로 돌아가는 것이다. (pp.111~112)

이 장면에서 입식지를 향한 정찰행군으로 지친 이민자들은 모두 고향을 그리워한다. 그들에게는 "각각 조건은 달라도 한 가지 공통적인 사정"이 있고 모두 "내지에 있던 시절의 가난한 소작인"으로 돌아간다고 묘사함으로써, 그들이 "고향을 버리고 골육과 헤어지고 떠나온" 이유를 암시한다. 하지만 그 공통된 사정은 "그들을 공통된 희망으로 하나로 만들고, 특수한 우정으로 이어주"는 것이라며 이민단의 결속을 강조할 뿐, 이민자 개개인의 사정은 구체적으로 나타나지 않는다.

『빛을 만드는 사람들』에서 이민자 개인의 내력이나 이민단 참가에 이른 경위를 상세하게 설명하는 것은 오키모토 요네헤이(沖本米平)뿐이다. 그는 경지 부족, 흉년, 농가 부채로 고통받는 농촌 청년이지만, 처음부터 그러한 문제들을 해외 이민으로 해결하려 하지는 않는다. 실제로 그는 만주사변의 발발 소식을 듣고 처음으로 "만주"를 인식한다.

그곳에 돌아가자, 마을 청년들 사이에서 전혀 생각지도 못했던 새로운 소문이 화제가 되고 있었다. 반쯤 재미있어 하기도 하고, 뜬구름 잡는 이야기를 떠드는 것 같기도 했다. 그러나 점점 '만주'라는 말이 일상생활의 공기 속에 짙게 스며들었다.

마을에서 몇 명이 만주사변에 출정했다. 청년들은 신문을 통해 엄청난 기세로 신천지가 열리는 모양을 알았다. 사변이 진행되는 모습이 보이듯이, 그들은 전쟁 후에 마음이 끌리기 시작했다. 또 친한 친구가 출정하면 나도 뒤를 좇겠노라는 마음이 희망처럼 솟구치는 것이었다.

그들의 젊은 정열이나 발전적인 욕망이 사변 뒤에 필요한 것을 환한 희망으로 비추었다. 반신반의나 이야깃거리에서 벗어난 것이었다.

아직 사변이 진행되고 있는 동안에도 후방에서는 일찌감치 건설의 목소리가 밀려오고 있었다. 그런 외침이 청년들의 가슴에 나날이 강하게 울리는 것이었다. (p.121)

신문기사로 "엄청난 기세로 신천지가 열리는 모양"을 접한 오키모토를 포함한 마을 청년들은 만주사변 자체의 추이보다도 "전쟁 후에 마음이 끌리기 시작"한다. "아직 사변이 진행되고 있는 동안에도 후방에서는 일찌감치 건설의 목소리가 밀려오고 있었다. 그런 외침이 청년들의 가슴에 나날이 강하게 울"렸던 것이다. 이 '내지' 농촌 청년들의 심리는, 그들이 만주사변을 관동군이 무력으로 만몽 문제를 해결한 것으로 인식하고 있다고 보면 쉽게 이해할 수 있다. 만주에서 관동군이 장쉐량(張學良) 정권을 배제하는 동안 '내지'에서는 이미 일본인 주도의 "건설"을 기대하고 있었다는 것이다. 청년들이 기사를 접하고 느끼는 고양감은 만주사변이 일본인에게 제공할 '대륙개발'을 향한 것이었다.

실제로 공식적인 일본인 만주이민사업의 역사적 배경은 만주사변과 만주국의 건국이었다. 결국, 파괴 이후의 "건설"을 기대하여 만주로 이동하는 일본인 이민자의 열망은 만주의 토지를 얻어야만 달성될 수 있다. 이는 만주의 토지를 열망하는 이민자 내부에 '내지' 토지와 교환할 수 없는 제국주의적인 욕망이 존재한다는 사실을 분명히 드러낸다.

만주사변 발발 이전, 오키모토는 경제적 빈곤 때문에 포경선 인부로서 가혹한 노동을 선택할 수밖에 없었다. '내지'에서 신문지상으로 만주사변의 진행과 만주국 건국을 접한 오키모토는 "환한 신세계"로 가서 "그곳의 흙"이 되면 "모두 행복해질 수 있다"고 믿는다. 때문에 그는 만주이민 모집에 응모한다. 오키모토의 만주이민 동기는 '내지'의 빈곤에서 벗어나고 싶다는 개인적인 소망이다. 이때 그의 만주이민은 국가에 대한 헌신보다는 "가난한 소작인"이기에 빚을 갚기 위해서 타관벌이를 선택할 수밖에 없는 농촌 청년의 입장이 강조되고 있다. 그러나 "자무쓰에 상륙하고부터", 즉 최초의 전투를 경험한 다음부터, 오키모토는 개인의 행복 이상으로 "나라를 위해"라는 이민자로서의 긍지를 자각하게 된다.

> 그는 집안사람이나 자신이 행복해질 수 있다고 생각하는 것만으로는 도중에 무너질 것 같다고 느끼기 시작했다. 물론 처음부터 '나라를 위해'라는 이상을 향해 출발한 것이기는 하지만, 그것을 직접 몸으로 느끼고 마음에 아로새기고 긍지로 삼아 신념으로 삼아야만 지속할 수 있다고 이해한 것은 자무쓰에 상륙하고부터였다. 그 신념이 바위처럼 단단해졌을 때, 자연히 희망이 펼쳐지고

> 그 속에서 가족이나 자신의 행복한 장래를 찾을 수 있었다. 틀림없이 동지들도 모두 그러했을 것이다. '나라를 위해'라는 유일한 긍지로 오백여 명의 정신이 이어지고, 거기서 다시 각자의 희망이나 행복이 나뉘는 것이다. (pp.122~123)

오키모토가 만주이민에 참가하는 과정은, 한 농촌 청년이 만주사변을 계기로 제국일본의 '대륙진출'이 일본인에게 보여준 "희망"에 매혹되고 결국 "나라를 위해" 만주이민의 성공에 헌신하는 이민자의 모습에 도달하는 모습을 보여준다. 이는 추상화의 과정이기도 하다. 오키모토는 "나라를 위해"라는 이상이 구체적으로 어떤 것인지 논리적으로 설명하지 않는다. 이는 오키모토만이 아니라 이 작품 전체에서 찾아볼 수 있는 경향이기도 하다.

예를 들어, 이민단의 간부인 와키 가즈마(和木千馬)는 자신이 만주이민을 결심하게 된 사정이나 심경을 "일본 농촌의 고착화를 타개할 사명과 만주국 건국의 기초인 거대한 이상을 통해 우선 고착된 자신들이 행동을 일으켜야 한다고 믿고 실행에 옮겼다"(p.260)라고 회상한다. 와키의 회상을 제외하면, 『빛을 만드는 사람들』에서 개인으로서 만주이민에 참가한 이유나 논리를 밝힌 유일한 예는 오키모토 뿐이다. 그러나 "나라를 위해", "사명", "희망", "행복" 등의 추상적인 어휘를 남발할 뿐, 구체적인 내용은 애매한 수사(修辞)로 얼버무린다. 이 소설이 국책소설로서 일본농민의 '만주개척' 서사를 구축해야 한다는 점을 상기한다면, 농민의 국책에 대한 입장이 애매하고 동기부여도 희박하다는 사실은 대단히 흥미로운 지점이다. 이러한 추상화의 과정에서 만주이민 자체의 모순된 존재 방식을 읽어낼 수 있기 때문이다.

『빛을 만드는 사람들』에 나타나는 만주이민의 논리는 '내지'에서 "가난한 소작인"이었던 이민자에게는 경작할 토지가 필요하며, 이민자가 만주이민에 참가함으로써 토지를 획득할 수 있다는 전제에서 출발한다. 이민자가 토지를 획득하고 그 소유권을 지키기 위해서는 스스로 무장해야 하며, "나라를 위해" 자신들의 생명조차 위험해지는 고난을 겪어야 한다는 결론에 도달한다. 그 "희생"이 어떻게 "나라를 위"한 것이 되는가에 관한 구체적인 해답은 없다. 그저 이민자가 "나라를 위해" 고귀한 "희생"을 치르고, '만주개척'에 성공했을 때 비로소 그들의 행복과 희망이 성취된다.

그러나 이민자의 입장에서 만주이민의 최대 이점은 배타적인 토지 소유권의 영구적인 획득이며, '내지'의 "가난한 소작인"이 만주에서 자작농이 되는 것이다. 이러한 점을 고려한다면, 『빛을 만드는 사람들』에서 이민자의 토지를 향한 열망이 농민의 본능적인 집착 이외에도 필요한 조건이 있다는 사실을 지적하고 있는 점은 의미심장하다.

> 농민은 흙에 사는 일종의 본능 같은 것을 가지고 있지만, 어쩔 수 없으면 흙을 버리고 도시 생활군(群)으로 들어간다. 또한 욕심도 거들어, 군수공업에 흡수되기도 한다. 일찍이 그런 농촌 이탈이 농촌 문제의 중심을 이루었다. 오늘날도 그렇다.
>
> 그들이 그렇게까지 환경에 짓눌리면서도 절망하지 않았던 것은, 본래 이주지에 본격적으로 입식하는 외에는 단 하나의 길도 없었기 때문이다. 달리 무슨 방도가 있으면 틀림없이 어느 정도는 그쪽으로 흘러갔을 것이다. 농민의

본질이 그렇다. (p.76)

『빛을 만드는 사람들』의 서술자는 이민자가 현지의 "치안 상황" 때문에 입식할 수 없는 상황에 처해 절망하면서도 만주이민 그 자체를 포기하지 않은 이유로, '내지'와 달리 만주에서는 농민이 도시에 노동자로 흡수되지 않는다는 점을 지적했다. 물론, 전쟁을 수행하고 있는 제국일본의 입장에서는 "군수공업"에 충분한 노동력을 공급하는 것도 중요한 문제이다. 하지만 그 결과 많은 농민이 도시로 흡수되는 "농촌 이탈"이야말로 "농촌 문제"의 핵심이라는 것이다.

그러나 현실에서 만주로 이주한 많은 일본인 이민자들은 여러 이유로 농업을 포기하고 도시로 유입되었다. 만주이민 정책 추진자들은 그러한 문제를 해결하고 이민자의 현지 정착을 촉진하기 위해, 다음 절에서 검토하게 될 이민자의 배우자인 '대륙의 신부' 송출을 고안하였다. 또한 집단 이민의 주요 형태를 이민자의 가족만이 아니라 친척이나 주변 이웃들을 함께 송출하는 분촌이민으로 전환하게 된다.

여기서는 『빛을 만드는 사람들』에서 농업 자체의 비경제적 가치를 강조하면서도 농민을 향한 냉담한 시각이 표면화되었다는 점을 지적하고자 한다. 이 작품에서 국책이민인 만주농업이민자는 군수공업이나 공장처럼 농민이 임금 노동자로 전환할 수 있는 기회가 많은 '내지'와 달리 입식하여 자작농이 된다는 "희망"에 매달릴 수밖에 없는 모습으로 묘사된다.

오키모토의 경우에서 확인할 수 있듯이, 텍스트에서 농민들의 사적인 이익과 국익은 "농민혼"을 매개로 결합한다. 그리고 『빛을 만드는 사람들』의 "농민혼"은 이민자에게 단순히 농민으로서 긍지를 가지고 농업에 종사하는 것 이상을 요구한다. 이 "농민혼"은 농민과 병사의 경계를 애매하게 만들고, 농민은 토지를 획득하기 위해 "무시무시한 희생으로 돌격하는" 것도 마다하지 않는 용감한 병사로 표상되기 때문이다.

> 입식(入植)인 것이다. 입식이라는 문자나 실감으로부터 그들은 결사(決死)라는 혈관을 체내에 받아들였다. 전쟁으로 말하자면 그곳을 점령하라는 명령을 받아 공략하는 것과 마찬가지였다. 만약 진로를 방해하는 자가 있으면 마지막 한 명이 될 때까지 싸워야만 한다. (pp.138~139)

이주지인 융평진에 입식하려 할 때, 그들은 자신들의 행동이 전시의 "점령"에 준하는 것임을 명확히 인식하고 있다. 토지를 획득하기 위해 돌격하는 순간, 이민자가 농민인가 병사인가를 엄밀하게 구별하기는 어렵다.[32] 이 용맹한 이민자들은 결국 입식에 성공한다.

텍스트에서 전편에 걸쳐 그려지는 이민자들의 행동 대부분이 군사행동이며, 입식 후에도 개간 등 농업의 진전은 간단히 언급되는 것에 그친다. 이 소설이 이민단의 농민과 병사, 어느 역할에 보다 무게를 두고 있는지는 명백하다. 하지만 이민자들이 "제국재향군인"으로서 행사하는 폭력은 수단에 불과하다. 토지 획득을 향한 이민자들의 욕망은 그들

---

32 이민단원들이 농민이자 병사라는 무장이민단의 존재 방식에 의문과 저항감을 느끼지 않는 것은 아니다. 그들은 "농기구 대신 총을 쥐고 있을 때" "즉 오늘 하루는 병사"라고 말하면서도 "하지만 비적을 토벌하고 치안 안전이 목적인 지린군과 우리 무장이민은 그 점이 달라도 된다"(p.169)라며 저항감을 드러낸다. 농민혼으로도 농민과 병사라는 입장 차이에서 비롯되는 균열을 완전히 은폐할 수는 없는 것이다.

의 신체까지 침투할 정도로 강렬하다. 토지 획득의 실패는 그들의 정신뿐만 아니라 신체의 존재 의의를 지탱하는 아이덴티티의 상실로 이어질 위험을 내포하고 있다. 때문에 그들의 표상은 "땅을 얻는가 잃는가의 갈림길에 선, 그 무시무시한 희생으로 돌격하는" 농민의 모습을 재현한다. 『빛을 만드는 사람들』에서 "흙에서 떨어져서는 살 수 없는" 농민의 원형으로서의 '백성' 표상은 입식을 방해하는 적에게 총을 쏘고 기관총을 "맹사(猛射)"하는 식의 과도한 폭력성으로 나타나는 것이다.

이때 이민자의 적은 모든 "희망의 입식을 방해하는 자"이며, 명확한 실체가 없다. 실제로 『빛을 만드는 사람들』에서 적의 습격에 응전하는 이민단에게 정작 적의 모습은 감춰져 있다. 이민단원들은 적의 위치가 "자무쓰의 등불이 있는 방향에서 약간 오른쪽으로 비껴, 가로등인 듯한 전등이 겨우 서넛 있는 어둠 속에서 날아오는 것 같다"고 추측한다. 그 "강기슭 어둠 속"에서 날아오는 총알은 "이쪽이 사격을 늦추면 조금씩 쏘아 대고, 이쪽이 맹사하면 조용해지는 전법"을 취한다. 한편 이민단은 어디 있는지 알 수 없는 적을 향해 기관총까지 꺼내 난사한다. 실체를 알 수 없는 적을 향한 사격은 결코 효율적일 수 없다. 그래도 이민단은 새벽까지 기관총을 난사하고, "흥분과 피로와 긴장으로 살갗이 희게 질린 갑판 위의 이민자들은 부대자루로 만든 방어벽 그늘에서 변함없이 그 지루한 기슭을 노려"볼 수밖에 없다.

하지만 연안(沿岸)에는 보통 만인이자 소위 통비자(通匪者)라는 자들이 얼마든지 있어, 그들이 차례로 배를 보고 전했을 것이라 했다.

두려운 것은 통비자이고, 통비자는 도처에 있다.

> 어젯밤 그렇게 강경한 태도였던 비적이 햇살이 비추는 곳에서는 박쥐처럼 모습을 감추고 보이지 않는다. 그만큼 길가에 무리지은 만인 사이에 혹여 그들이 숨어 있는 것은 아닐까 하는 꺼림칙한 생각이 들었다. 기이한 시선으로 자신들을 쳐다보는 그들이 혹은 모두 비적인 것이 아닌가 생각했다. (p.14)

밤에는 분명히 존재했던 비적이 "햇살이 비추는 곳에서는 박쥐처럼 모습을 감추고 보이지 않는다." 이 사실은 이민자에게 오히려 적이 어딘가에 숨어있을 것이라는 상상을 유발한다. 이러한 음울한 상상은 적이 숨어있을 만인 전체로 확장된다. "적전 상륙(敵前上陸)"을 한 이민자들은 자신들을 바라보는 현지 주민들의 모습에 자신들의 도착을 적에게 알릴 "통비자"가 존재할 것이라 의심하고, "시위 행군"을 하는 자신들을 쳐다보는 만인을 "꺼림칙"하게 느끼며, 어쩌면 그들 모두가 비적이 아닐까 상상하기에 이른다. 만주에 도착하자마자 허구의 응전을 경험한 『빛을 만드는 사람들』의 일본인 이민자들이 상륙하기 전부터 자신들의 입식을 저지하려는 적의 존재를 명료하게 인식하고 있다는 점은 중요하다.

만주의 "옥토"를 열망하는 이민자는 그 입식을 저지하려는 비적의 공격을 받는다. 때문에 이민자는 무력으로 적을 배제해야만 한다. 이러한 폭력의 연쇄가 일본인 이민자의 만주 진입과 동시에 제시되기 때문이다. 이 구도는 본대의 입식과 정식 토지 계약 체결까지 반복된다. 이러한 논리가 반복됨으로써, 이민자의 '만주개척'을 위한 비적 토벌을 정당화하고 이민단의 무장 및 폭력 행사를 긍정할 수 있다.

이러한 농민의 폭력성과 토지를 향한 갈망이야말로 이 작품에 등장하는 무장이민단의 본질이며, 그것이 본대의 입식과 정식 토지 계약 체결까지 돌진하는 서사의 원동력이다. 『빛을 만드는 사람들』에서 만주 개척을 정당화하는 논리는 무력으로 적을 굴복시켜 토지를 획득하는 '정복'의 논리인 것이다.

3. '대륙의 신부'와 여성이민의 가치

『빛을 만드는 사람들』에서 만주이민의 성공은 일본인 남성 이민자가 일본인 여성 이민자와 결혼함으로써 확고해진다. 이 혼인은 개인의 성애적인 측면에서 필요한 것이 아니다. 물론 남성으로 구성된 이민단에서 여성 이민자가 필요하다고 보는 중요한 요인 중 하나는 성욕의 해소이다. 예를 들어, "기혼자는 결혼 생활 및 첫날밤의 경험담을 얘기하는 의무가" 있으며, 청자인 미혼 남성은 그 경험담을 "몇 번을 들어도 신선"하게 느낀다(p.198). 나아가 그들은 "굵은 자작나무(白樺)"에 여성의 신체를 투사하고 욕망을 느끼면서도 역시 여성의 신체를 상상하게 만드는 대목(大木)에는 강한 혐오감을 드러낸다.

"독신인 자네에게도 그렇게 보이나…… ?"

"보이고말고! 내가 어떻게 된 게 아닐까 생각할 때도 있지만, 분명히 해질 녘에는 여자로 보여……. 자작나무가 여자로 보이는 건 괜찮지만, 대목(大

木)의, 그게 뭐라는 나무인지 모르겠지만, 아래가 두 갈래로 갈라지고 나뭇결이 매끄러운, 군데군데 혹이 있는 거 있잖아, 그건 기분이 나빠서 말이지, 뭐라고 말을 걸어올 것 같은 기분이 들어서 가슴이 두근거려. 나는 이런 제기랄 하고는 단숨에 도끼를 내리쳤지……두 다리를 벌리고 쓰러지니까, 역시 거기로 뛰어가서 보고 싶어지더군…….”

“그건 변태적인데…….”

누군가가 말했다.

“뭐가 변태냐……인정(人情)이지.” (pp.198~199)

기혼자는 자작나무에 “비녀를 꽂고 막 (시집)왔던 무렵의 아내” 모습을 상상하지만, 미혼자는 “아래가 두 갈래로 갈라지고 나무결이 매끄러운, 군데군데 혹이 있는” 대목에 강한 혐오감을 느끼고 나무를 베어버림으로써 자신의 행위가 욕망에서 비롯되었다는 사실을 자각한다.

이 장면에서 남성 이민자들이 공유하는 “음담(猥談)”은 단순히 성적인 자극을 채우기 위한 것이 아니다. 기혼 남성만이 미혼 남성에게 “음담”을 이야기할 자격을 가지며, 그들은 몇 번이고 “결혼 생활 및 첫날밤의 경험담”을 들려주면서 화자 자신도 “내게도 아내가 있었다고 친근하게 되살아나는 즐거움”으로 “굳이 의무를 의무라고 생각하지 않고” 이야기할 수 있다. 그에 비하여 미혼 남성의 억제되지 않은 성욕은, 대목이 상징하듯이 파괴적인 것으로 그려진다. 『빛을 만드는 사람들』에서 기혼 남성의 아내를 향한 성욕은 장려되지만, 미혼 남성의 성적 욕망은 경계해야 할 것으로 묘사되는 것이다. 그들이 공유하는 “음담”의 초점은 성적인 자극 자체가 아니다. 그들은 “음담”을 통해 결혼과 가정에 대한 경험과 기대를 공유하고, 그 가치에 대한 집단적인 동의를 구축한다. 이 소설에서 이민자의 결혼이나 가정은 결코 개인의 사적인 영역에 한정되지 않는다.

> 먼저 가족을 부른 사람들을 보면 가정에서 인생의 기쁨이나 영혼의 지주를 찾는 농민의 기나긴 전통의 피를 찾아볼 수 있었기 때문이다. 환경이 가혹한 만큼, 그것은 강렬했다. 각자 의식하고 하지 않고를 떠나, 농민의 가정은 그 자체로 땅을 영원히 이어가는, 안심할 수 있는 하나의 조직이었다. 가족의 화목함이나 가족에게 얻는 위안도, 자신의 생명과 함께 자손으로 영원히 이어지는 땅에 대한 불멸의 권리를 약속받은 기쁨이었다. (p.231)

개간한 토지의 세습이나 이민자의 정주(定住)는 남성 이민자만으로는 불가능하다. 만주이민은 토지를 이어받을 자손의 출산 및 양육을 담당하는 여성과 혼인해야만 완성되는 것이다. 『빛을 만드는 사람들』에서 입식에 성공한 이민단은 정식 토지 계약을 체결하고 단체 생활에서 가족 단위 생활로 옮겨간다. 그리고 이민단의 가정 및 신부 초청이 본격적으로 진행된다.

역사적 사실로는 제1차 이민단에서 이민자의 배우자, 즉 '대륙의 신부' 초청은 남성 이민자의 동요를 줄이기 위한 정책이었다. 앞 장에서 검토했듯이 둔간병(屯墾病)의 유행으로 일어난 간부배척운동(1933.6) 및 관동군의 강제적인 토지 매수가 원인이 되어 발발한 대규모 항일투쟁인 투룽산사건(1934.3)의 결과, 제1차, 2차 이민단에서는 탈단자가 대량으로 발생했다. 관동군 장교 도미야 가네오(東宮鉄男) 등 이민 추진 측은 독신 남성 이민자의 동요를 가라앉히고 그 정착을 촉진하기 위해 신부 초청을 고안하였다.

『빛을 만드는 사람들』에서는 이 시기에 "치안 관계가 현저히 악화되어" 농경 방면에 "비관할 만한 상태"를 초래했다고 언급하는 데 그친다(p.229). 하지만 그때부터 이민단의 공동 생활에 "조금씩 파탄의 전조가 보이기" 시작한다. 『빛을 만드는 사람들』에서는 그 원인이 가족 초청 등으로 "생활상 여러 사심이 자연스럽게 발생했"기 때문이라고 보았다. 하지만 "언젠가는 개인 경제로 돌아가 가족을 단위로 한 마을 생활을 즐기고, 농민으로 돌아가 농경에 종사한다는 것이 명분이었으니, 시기상조이기는 하나 슬퍼할 현상은 아니"(p.230)었다. 이민자들이 가족에 기초한 사심을 갖는 것을 긍정하는 것이다. 이처럼 개인 경제로 돌아가 가족을 단위로 하는 농촌의 촌락 생활을 재현하는 것이 농민의 본모습이라면, 무장한 남성만으로 구성된 "공동 경제" 상태의 이민단은 농민의 본모습이 아니다. 이미 앞 절에서 검토했듯이, 『빛을 만드는 사람들』에서 농지를 획득하는 무장이민의 표상은 고대 백성의 재현으로서 정당화되었다. 하지만 무장농민도 일단 '정복'에 성공하여 토지를 손에 넣은 다음에는 농민의 본모습으로 돌아가는 것이 옳다는 것이다.

그 대신 강조되는 것은, 신부를 초청함으로써 남성 이민자가 획득한 토지의 안정적인 세습과 정주를 꾀할 수 있다는 논리이다. 신부 초청은 "인생의 기쁨이나 영혼의 지주"인 가정을 제공함으로써 남성 이민자의 동요를 가라앉히고 현지 정착을 촉진하는 효과를 기대할 수 있는 수단이다. 만주이민에서 여성 이민자의 존재가 이러한 의의를 갖는다면, 이민자의 결혼은 단순히 개인의 문제가 아니라 만주이민의 성공 자체와 직접적으로 연결될 수밖에 없다.

『빛을 만드는 사람들』에서는 신망이 두터운 이민단 간부 와키가 '내지'로 돌아가 신부를 초청하는데, 그는 미리 사진을 교환하고 부모에게 결혼 승낙을 받은 후쿠시마(福島), 아키타(秋田)현 출신 신부 15명을 인솔하여 돌아온다. 실제로 1934년에 제1차 이민단 간부가 '신부 찾기'를 위해 출신 현으로 돌아가 신부 후보자의 집을 방문해 설득하는 방법으로 약 30명의 신부를 모았다. 그러나 이는 소설에서 그려진 것처럼 친척이나 가까운 이웃 사이의 혼담이라는 형식만이 아니라 대일본국방부인회(大日本国防婦人会)나 애국부인회(愛国婦人会) 등 부인회, 일본연합여자청년단(日本連合女子青年団) 지부장이나 분회장의 '국책수행' 협력에 힘입은 것이었다.[33]

훗날 '대륙의 신부'라고 불린 만주이민자의 배우자[34]를 만주로 송출하는 계획은 1933년 2월부터 구체화되었는데, 관동군의 「일본인이민 실시요강안(日本人移民実施要綱案)」(같은 해 4월)에는 "남녀 수의 적당한 균형을 유지"할 것이 포함되었다. 신부 송출이 본격화된 것은 척무성의 「만주이민 제1기 계획 실시요강(満洲移民第一期計画実施要綱)」이 발표되는 1937년이었지만, 1934년의 '신부 찾기'부터 이미 '국책수행'이라는 맥락에서 진행되었던 것이다.

『빛을 만드는 사람들』에서도 이 15명의 신부 중 14명은 신랑의 얼굴을

---

33 小川津根子, 「大陸の花嫁」, 植民地文化学会編, 『「満洲国」とは何だったのか』, 小学館, 2008, p.164.

34 '대륙의 신부'의 일반적인 형태는 여성이 홀로 만주로 이동하여 현지에서 일본인 남성 이민자와 결혼하는 것이었다. 그밖에 이민단의 '가족 초청'으로 이주하였다가 현지에서 결혼하는 경우도 있었다. 相庭和彦・陳錦・宮田幸枝・大森直樹・中島純・渡辺洋子, 『満洲「大陸の花嫁」はどうつくられたか』, 明石書店, 1996, pp.154~155.

사진으로 접했을 뿐이고, 부친은 시집가는 딸에게 "너도 그냥 시집가는 것과는 다른 거다. 남자로 말하자면 동원령이 내려 전쟁에 나가는 것과 같아, 나라를 위한다는 정신으로 남편을 섬겨야 한다, 알겠니……"(p.340)라는 말로 전송한다. 이 작품이 그리는 신부들의 만주이민은 분명 '나라를 위해' 만주로 시집가는 '대륙의 신부'의 이미지를 선취(先取)하고 있다.

따라서 『빛을 만드는 사람들』에서 이민자의 신부는 단순한 자손 출산 및 양육 이상의 역할을 담당해야 한다. 예를 들어, 신부 중 유일하게 연애결혼을 하는 우메가 유키코(梅ヶ枝雪子)는 "싱싱하고 늠름한 모습"으로 등장한다(p.284). 유키코는 하코다테(函館)의 카페에서 여급으로 일하면서 경제적으로 자립한 생활을 하던 여성인데, 와키 일행과 합류하기 위해 그 집에 묵게 된다. 유키코는 와키의 딸인 도요(トヨ)가 어린 시절의 자신처럼 "몸집이 큰 소녀"인 것을 보고 자신의 "조숙했던 소녀 시대"(p.295)를 회상한다.

계부와 친모가 그녀를 꺼려했기 때문에 그녀는 초등교육을 끝마치자마자 바로 고용살이를 해야 했다. 그곳에서 유키코는 밭일을 했는데, 또래보다 일찌감치 성숙한 신체 때문에 역시 다른 사람들의 "호기심 어린 눈"이 그녀를 주시한다. 부모가 그녀를 게이샤(芸者)로 팔아버리려 하는 위기를 겪는 등 그녀는 조숙한 신체 때문에 자칫 "불행한 운명"을 맞을 수도 있었다. 하지만 역시 성숙한 신체적 매력 때문에 그녀는 소작농 오키모토와 장래를 약속한다. 오키모토와 맺어진 16세의 겨울날을 떠올린 유키코는 감격에 겨워 곁에서 잠든 도요를 껴안는다.

그녀는 오키모토가 했던 말을 떠올렸다.

—(유키, 미안한 짓을 했어. 하지만, 넌 다 큰 여자보다 훨씬 예뻐, 나도 행복해……)

나중에 짚으로 지은 오두막을 나와서 사과하듯이 건넨 말이었다.

"도요! 도요!"

유키코는 별안간 도요를 껴안았다.

도요는 입을 우물거리며 유키코의 팔을 뿌리치려 했다. 도요의 건강한 가슴이 풀어헤쳐져 있어, 봉우리 같은 유방이 유키코의 팔을 직접 찔렀다.

(아아, 나는 잠에서 덜 깬 걸까……. 도요도 틀림없이 나처럼 행복해질 거야……) (pp.302~303)

'내지'에서는 타인의 이목을 끌어 "불행한 운명"을 초래하는 유키코와 도요의 조숙한 신체가 만주이민자의 배우자로서는 더할 나위 없는 행복의 조건으로 전환된다. "촌티를 벗은 풍만한 뺨에 조그마한 불그스름한 입술이 뾰족하게 맞붙어 있는"(p.284) 유키코의 신체는 게이샤가 상징하듯이 남성의 헤테로섹슈얼 욕망을 자극한다. 그러나 유키코의 신체가 오직 성적인 욕망만을 환기시킨다면 "소박한 아름다움을 지닌 존재"[35]인 만주이민자의 신부에 어울리는 여성으로 인정받지는 못했을 것이다.

실제로 와키의 아내 아키(アキ)는 남편에게 유키코가 "하코다테 카페에서 일하는 여자라고 들었을 때" "정말 싫은 기분"이 들었다며 강한 반감을 드러낸다. 하지만 유키코와 대면한 그녀는 유키코의 "싱싱하고 늠

35 위의 책, p.269.

름한 모습"에 "처음에는 약간 압도되었지만, 곧 남편과 마찬가지로 안심이 솟구"치며(p.284), 그녀의 "몸이 요염한 것뿐이지 사람 됨됨이로는 상상했던 것 같은 싫은 구석은 없었다"(p.286)고 판단하고 안심한다.

남편 와키는 유키코가 자신의 연인을 향한 정열을 거리낌없이 표현하는 데 놀란다. 와키는 유키코에게 만주로 이주한 뒤 경험하게 될 이민자의 생활을 설명하는데, 그 이야기에서 적극적으로 연인의 "체취를 맡으려"는 유키코의 "본 적도 경험한 적도 없는 이 굉장한 정열에 다소 압도"된다(p.298). 여기서 유키코는 "요염한" 신체와 "정열"로 표현되는 섹슈얼리티를 동시에 소유한 존재이다. 그녀는 일찍부터 자신의 신체를 향한 타자의 성적인 시선에 노출되었다. 그러나 오키모토와 만난 그녀는 자신의 성적인 욕망을 자각하고, 그것을 적극적으로 수용하여 처음 만나는 와키 앞에서도 오키모토를 향한 자신의 "정열"을 표현하는 것을 거리끼지 않는다. 유키코의 만주이민은 명백히 '나라'를 위한 것이 아니다. 그것이 용인되는 것은 바로 타인이 압도될 정도로 "싱싱하고 늠름한" 유키코의 신체가 바로 '노동하는 신체'이기 때문이다.

"당신은 백성을 한 적이 있다던데."

"예, 스물 셋까지, 이와테(岩手)에서……."

"그렇다더군."

유키코는 이 사람이 자신과 오키모토 사이를 모두 알고 있다고 생각하자 자연히 얼굴이 붉어졌다.

"할 수 있겠나, 지금도……?"

"바보 취급하지 말아요!"

> 그렇게 외치고 유키코는 고개를 푹 숙여 아래를 내려다보았다. 희고 풍만한 뺨이 무언가 부끄러워하듯 붉어졌다. (p.287)

와키에게 "백성"을 할 수 있겠느냐, 즉 농사를 지을 수 있겠느냐는 질문을 받은 유키코는 "바보 취급하지 말아요!"라고 외치는 격한 반응을 보인다. 그녀가 농사를 지은 것은 "고용살이 시절 철저히 하고, 고용살이를 그만둔 뒤로도 어린 동생과 소작을 한" 것뿐이며, 그 뒤로는 통조림 공장이나 카페 여급으로 일했다(p.297). 그녀는 임금 노동자로서 일한 경력이 더 길다고 할 수 있다. 그럼에도 불구하고 그녀가 와키의 질문에 과민한 반응을 보인 것은, 그녀가 "백성", 즉 농민이 되는 것이 이민자의 반려가 되는 데 가장 중요한 조건임을 인식하고 있기 때문이다. 『빛을 만드는 사람들』에서 이민자의 배우자가 되기 위해 유키코에게 요구되는 것은 임금 노동자로서의 노동력이 아니다. 유키코의 회상은 주로 그녀의 조숙한 신체가 노동하는 신체라는 것, 즉 그녀가 어린 나이에 이미 남자들과 함께 밭일을 했고 어린 동생 대신에 소작을 담당했다는 사실을 제시한다. 그녀가 "백성"으로 일할 수 있는 '노동하는 신체'의 소유자임을 강조하고 있는 것이다.

실제로 어린 유키코는 아이를 돌보기로 하고 고용살이를 시작하지만, 정작 그곳에서는 그녀의 건강한 몸이 "아이만 보게 놔두기는 아깝다"는 평가를 받아 들일을 하게 되며, "한 사람 몫의 여자"로 대우받는다. 또한 그녀는 통조림 공장에서 일하여 홀로 "가계를 짊어짐으로써" 자신을 게이샤로 팔려는 "부모의 지시를 제치고" 오키모토를 향한 자신의 마음을 관철할 수 있었다. 유키코의 신체는 노동력을 제공함으로써 자신의 신체가 섹슈얼한 상품이 되는 운명을 피할 수 있었던 것이다.

하트만(Hartmann)의 말을 빌리자면, 가부장제는 "남성의 여성 노동력에 대한 지배를 물질적 기반으로 성립하는 지배적・착취적 제도, 권력 구조"[36]이다. 유키코는 자신의 노동력을 제공하는 대신 능동적・적극적으로 행동함으로써 당시 농촌 사회의 가부장제에서 벗어날 수 있었다. 텍스트에서 그녀가 게이샤가 될 것을 완강히 거부하는 이유는 연인이 "죽어도 게이샤 따위로 팔리면 안 돼"(p.197)라고 강하게 주장했기 때문이다. 하지만 그녀는 게이샤가 될 것을 회피하는 데 머무르지 않고, 자신의 노동력을 일방적으로 착취하려는 동생에게서 벗어나 도시의 카페 여급으로서 경제적으로 독립된 생활을 꾸린다. 그녀의 만주이민은 바로 그녀의 적극적인 의사결정의 연장선상에 존재하는 것이다.

이처럼 유키코가 만주이민자의 신부가 될 것을 선택하고, 그 선택이 받아들여진 것은 그녀의 건강하고 늠름한 몸이 '노동하는 신체'였기 때문이다. 그녀의 조숙한 신체는 일찍부터 성적인 신체성을 의식하게 만들지만 성적인 신체는 게이샤가 상징하는 '낳지 않는 성'이므로, 이민자의 신부가 될 수 없다. 그녀가 스스로를 "백성"이라고 강력하게 주장함으로써 그녀의 신체는 '노동하는 신체'로 의미가 전환된다. 유키코는 자신의 건강한 신체를 물적 생산과 인적 재생산 양쪽을 가능하게 하는 '노동하는 신체'라고 주장함으로써 이민자의 신부, 즉 '낳는 성'으로서 이민자의 아내이자 차세대의 어머니가 되는 것이다. 이는 전시 여성상의 문화적 각인이 "남성의 종속적인 타자로서 여성을 지배하고, 그녀들을

36 竹中恵美子編, 『新・女子労働論』, 有斐閣, 1991, p.12.

인적 자원의 생산자로서, 또한 물적 자원 산출을 위한 열등한 보조 노동력으로서 효과적으로 기능"[37]하도록 이루어진다는 와카쿠와 미도리(若桑みどり)의 지적과 정확하게 일치한다. 만주이민자의 신부에게 요구되는 가장 중요한 자격은, 물적 생산과 인적 재생산을 동시에 수행하는 여성의 건강한 신체이다. 그것은 다른 만주이민자의 신부도 마찬가지이다. 와키의 아내 아키도 체격이 큰 여성으로 묘사된다.

> 그렇고말고! 지금 같아서는……. 나도 젊을 땐 아키……정도는 아니었지만 멋진 몸이었어. 그래서 아키가 탄 말이 저기 고쿠라자카(小倉坂)에 이르렀을 때, 우리 집에서는 커다란 신부라 말이 언덕을 못 올라간다고 무서워했지만, 난 말이야, 바보 같은 소리는 하지 마라, 커다란 신부일수록 집안의 보물이라고, 바보 같은 소리를 하는 아이에게 고함을 쳤지. 그때부터 몇 년이 됐지……? (p.282)

농촌 사회가 "커다란 신부"를 환영하는 것은, 그녀가 건장한 신체로 열심히 일하는 "집안의 보물"이 될 것을 기대하기 때문이다. 실제로 아키는 남편이 만주이민을 떠난 동안 세 명의 아이를 양육하며 소작지의 벼농사를 짓는다. 그러한 자질이 "멋진 몸"을 가진 "커다란 신부"의 모습으로 표상되고 있는 것이다.

『빛을 만드는 사람들』에서 여성 이민자에게 필요한 것은 외면의 아름다움이나 교양이 아니다. 남성 이민자가 "아내가 되어 만주로 올 내

---

37 若桑みどり, 『戦争が作る女性像－第二次世界大戦下の日本女性動員の視覚的プロパガンダ』, 筑摩書房, 1995, p.254.

지 아가씨에 대한 주문"으로 "우리들과 함께 괴로움을 겪을 각오와 우리에게 지지 않는 건강 외에는 없다"(p.207)는 말에서 알 수 있듯이, 여성 이민자는 무엇보다도 건강한 신체를 가져야 한다. 유키코만이 아니라 이민자의 신부에 대한 묘사에서는 예외 없이 그녀들의 "더할 나위 없는 육체의 늠름함", "건강할 것 같은 꽉 들어찬 육체"(p.333), "모두 훌륭히 건강한 육체"(p.334)가 강조되고 있다.

이처럼 집요한 강조는 신랑이나 이민단, 나아가 만주이민 정책 측이 이민자의 신부에게 기대하는 역할을 반영하는 것이기도 했다. 이민자의 신부는 가사노동 등 재생산 노동만이 아니라 남편과 함께 밭에서 일하는 생산 노동자여야 했기 때문이다.[38] 만주이민 정책은 주요 농작업이 자작농 부부의 노동으로 이루어지는 것을 전제로 하였기 때문에, 아내의 노동력에 기대가 컸다.[39] 남녀의 애정이나 용모의 미추, 교양의 유무보다도 "농경을 남자와 함께 할 수 있는" 여성이야말로 이민자의 신부로서 적합한 존재였다. 이민자의 신부에게 필요한 최고의 미덕이자 가치는 건강한 신체였던 것이다.[40] 때문에 유키코와 도요의 조숙한 신체는 만주이

38 이러한 '일하는 아내'상은 고등여자학교가 지향하던 도시형 현모양처상과는 다른 "'만주개척'이라는 특수한 문맥에서 규정되는 일종의 '건모동처(健母働妻)'상이었다. 相庭和彦・陳錦・宮田幸枝・大森直樹・中島純・渡辺洋子, 앞의 책, pp.211~213.

39 특히 중일전쟁이 격화되면서 주부의 노동력에 대한 사회적 요구는 출산조차 장애로 볼 정도로 팽창했다. 제국일본의 만주이민 정책이 이민자가 구축하게 될 자작농의 기반을 "가족적 근로정신"에 두었기 때문이다. 이민 정책 측은, 이민지의 주부가 보통작(普通作), 채소, 수전 등 농작업, 소나 말의 사육 및 양계, 양돈 등의 작업, 가정 공업, 부업 등 다양한 노동에 종사할 것을 기대하였다. 이처럼 근면한 주부의 노동력이야말로 "자작농의 기반을 획득하는 것"이었다. 위의 책, pp.198~201; 小川津根子, 앞의 글, p.163.

40 와카쿠와 미도리(若桑みどり)는 여성잡지 『주부의 벗(主婦の友)』과 그 밖의 잡지에 나타난 전시(戰時) 여성 이미지의 특징으로 "심신 건전한, 푸근하면서 늠름하고, 풍만하면서 자애로 가득 찬 긍정적인 여성상"을 들었다. 이러한 여성상은 비전투원인 여성의 전시 역할과 매우 긴밀하게 연결된 이미지였다. 若桑みどり, 앞의 책, pp.232~234.

민이라는 선택을 통해 행복의 조건으로 전환될 수 있다.

이 소설에서 이민자 신부 초청은 단순히 한 개인이 생의 반려를 얻기 위한 것이 아니다. 이는 노동력 증강, 자손 확보, 이민자 정착 및 안정화 등 송출국의 이민 정책과 이민단과 신랑 측의 경제 및 노동력 요구에 응할 수 있는 건강한 여성을 '공급한다'는 논리에 기초하고 있다. 이 "남자로 말하자면 동원령이 내려 전쟁에 나가는 것과 같"다는 인식은 특히 아미노 지요(網野千代)와 모가미자와 린지(最上沢林次)의 갈등을 통해 강조된다.

지요는 "흰 얼굴에 커다란 눈, 코는 모양새가 예쁘고 입술이 도톰하다. 교양이 있어 보이는 얼굴"을 가진 신부 일행의 "스타"였다(p.310). 그녀의 신랑인 모가미자와는 그녀에게 거의 얼굴의 반을 덮는 변색된 피부를 의도적으로 숨긴 사진을 보냈다. 첫 대면에서 그의 얼굴을 본 지요는 큰 충격을 받는다. 그가 얼굴의 변색을 숨긴 이유는 "일본 아가씨"와 결혼하고 싶었기 때문이다.

> 그는 만주로 오기 전에는 결혼을 포기하고 있었지만, 만주에서 여러 고난을 극복한 다음에는 결혼이 가능하다는 생각이 들었다. 이 현실과 환경 속에서는 자신의 결점이나 천 명 중 한 명 있을 법한 흉한 얼굴도 모두 상쇄될 것이라는 자신감이 생겼기 때문이다. 그는 현실의 가혹함 속에서 진정 자기 얼굴의 추악함을 잊는 일조차 있었다. 그런 습성으로 그는 자신을 명예로운 성업(聖業)을 수행하는 흙의 전사라고 자부하게 되었다. 그리고 그 평가에 기초하여 일본 아가씨는 자신에게도 반드시 와줄 것이라고 믿었다. 그러나 그 무서운 기쁨이 눈앞에 닥치자 그러한 자신감이나 신뢰가 오산이라는 것을 깨달았

다. 오산은 스스로를 불행하게 할 뿐만 아니라 그 이상으로 상대 여성도 불행하게 만든다. (p.328)

이 장면에서 모가미자와의 논리는 기본적으로 유키코의 신체에 관한 담론과 같은 논리이다. '내지'에서는 호기심 어린 시선을 받은 유키코의 건강한 신체가 만주이민지에서는 바람직한 것으로 환영받듯이, '내지'에서는 결혼을 포기할 수밖에 없었던 모가미자와도 만주에서는 "일본 아가씨는 자신에게도 반드시 와줄 것"이라 믿는다. 그는 만주에서 자신이 이룩한 업적에 대한 일종의 보상으로서 "일본 아가씨"가 자신에게도 시집올 것이라고 믿는다. 이는 당시 상이군인과의 결혼을 "일본 여성의 긍지이자 임무"라고 장려한 것과 같은 논리라고 할 수 있다.[41]

만약 모가미자와의 주장과 그 논리가 정당하다면, 애초에 그가 자신의 얼굴을 숨길 필요도 없었을 것이다. 하지만 모가미자와는 자신의 신체적 약점을 숨긴 사진을 보내고, 지요가 충격과 절망에 빠지는 모습을 목격한다. 그는 "자신의 비열함에 시시각각 죄책감을 느끼고" "일어서서 슬며시 지요가 있는 곳으로 가서 사과하고 자신을 버려 달라고 부

41 와카쿠와는 상이군인 결혼장려운동과 '대륙의 신부' 지원이 같은 시기, 매우 긴밀하게 연동되어 진행되었다는 점을 지적했다. 1937년 발족한 국민정신총동원 중앙연맹(国民精神総動員中央連盟)의 활동에는 일본 여성이 자진해서 상이군인과 결혼하는 기풍을 길러야 한다는 정책이 포함되어 있었다. 같은 해 4월, 경찰관 부인협회 가정학교에서 '대륙의 신부'와 전상자(戰傷者) 반려 교육의 학생 모집이 이루어졌다. 5월에는 만주이주협회가 전국에서 약 2,400명의 '대륙의 신부'를 모집하였고, 6월에는 전국농민학교교장회가 농학교 여학생을 '대륙의 신부'로 양성할 것에 합의했다. 7월에 애국부인회가 상이군인 신부 훈련소를 창설하였고, 12월에 역시 애국부인회가 상이군인 배우자 알선 내규를 결정하였다. 와카쿠와는 이러한 일련의 정책이 "가족제도의 강화를 통한 결혼・성・출산의 국가관리"라는 명확한 정책 의도하에서 추진된 것이라고 보았다. 若桑みどり, 앞의 책, pp.66~70.

탁"하려 하기도 했지만, 결국 "친구에 대한 고집"(p.329) 때문에 그만둔다. 그는 지요를 속였다는 죄악감보다 자신의 친구들에 대한 체면을 중시한 것이다. 한편 지요는 자신의 거절이 모가미자와를 "괴롭히고 있을 뿐만 아니라, 한 남자를 모멸하고 있다"(p.335)며 괴로워한다.

신부를 맞이한 항구에서 이민지로 돌아가는 "결혼 행군"에서 모가미자와는 지요를 설득하려 한다. 그는 자신이 스스로 마차를 만들고 말, 집, 농기구까지 준비한 것을 이야기하며, 남성 이민자가 이렇게 "처를 맞이하는" 것, 즉 신부를 획득함으로써 그들의 행복이 완성된다고 호소한다. 모가미자와 한 개인이 아니라 남성 이민자로서, 남성의 행복을 완성시키는 여성의 의무를 다하라고 촉구하고 있는 것이다. 지요는 그 요구에 응하지 않는 자신에게 죄책감을 느낀다.

> 이렇게 커다란 모욕을 참아내고, 그것도 그녀에게 또 한 번, 처음부터 다시 생각하게 하려는 남자의 소박함은 그녀에게 큰 감동을 주었다. 그와 동시에 구멍으로라도 도망치고 싶은 부끄러운 마음을 환기시켰다.
>
> ―(네게 이 남자를 불평할 자격이 어디 있어!)
>
> 그녀는 그의 얼굴에서 눈을 떼지 못했다.
>
> ―(제가 어리석어요……) (p.338~339)

지요는 이민자의 배우자로서 만주에 도착한 이상, 자신에게는 남편을 사랑할 의무가 있다고 진지하게 믿는다. "나라를 위한다는 정신으로 남편을" 섬겨야 하는 신부임에도 불구하고, 그녀는 "보다 큰 사랑을 품지 못 하는"(p.330) 자신의 마음에 깊은 가책을 느낀다. 그녀 역시 만주의 "현실과 환경 속"에서는 "천 명에 한 명 있을 법한 추악한 얼굴"도 "상쇄된다"는 모가미자와의 논리를 수용하고 있는 것이다.

그러나 그 "큰 사랑"을 가져야 하는 것은 지요 한 사람뿐이라는 사실이나, 의도적으로 신체적 약점을 숨긴 사진에 속아 만주에 도착한 다음에서야 선택을 강요당하고 있다는 사실은 고려되지 않는다. 더욱이 "보다 큰 사랑"은 동정이나 의무 이상의 것이어야 하는 것이다.

한편 모가미자와는 "그녀에 대한 반감과 아니꼬움"으로 지요를 억지로 취하는 것도 생각하지만, 그의 "대쪽같이 곧은" 성격과 "앞으로 수십 년의 건설은 부부가 정말 목숨을" 걸고 노력하지 않으면 "해낼 수 없다"(p.341)며 포기한다. 만주이민자와 신부의 결합은 단순히 개인이 반려자를 맞아들이는 것이 아니라 '만주개척'이라는 "위대한 희망을 달성"하는 데 유익해야 하기 때문이다. 그러한 목적을 달성하기 위해서, 여성 이민자는 남성 이민자와 동등한 건강한 신체만이 아니라 강한 의지도 갖추어야 한다.

> 대자연의 품안에서 그들은 뜻을 이룬 기쁨과 긍지로 몸이 달아오르는 순간이 종종 있었다. 가슴을 두드리듯이, 그때마다 사선(死線)이 닥쳐도 결코 지지 않은 건강과 의지를 그 여성에게 바치고 싶다고 생각하는 것이었다. 그리고는 이 대원시림과, 이 원시림이 평야 속 한 점에 지나지 않을 정도로 크나큰 옥토인 활약할 장소와 이 팔로 쌓아올린 집도……. (p.201)

앞에서 살펴보았듯이, 여성의 신체를 연상시키는 나무에게조차 욕망을 느끼던 남성 이민자가 신부에게 바라는 것은 우선 근면한 여성의 노동력과 그것을 가능하게 하는 건강한 신체이다. 이러한 가치관에 따르면 유키코나 아키의 건강하고 '노동하는 신체'야말로 만주이민에 적절한 것이지, 지요의 "교양이 있는 듯한 얼굴"은 과잉에 불과하다.

그러나 이민단이 건강한 여성 이민자가 이민지에서 활약할 것을 기대한다고 해서 그것이 성역할 자체의 변화나 동등한 권리를 인정하는 것은 아니다. 남성 이민자는 몇 번이나 "사선"을 경험하며 원시림이 상징하는 대자연을 개척하고, 그 결과 "대옥토"와 "집"을 얻고 배우자를 맞이한다.[42] 신부의 건강한 육체는 "대옥토"에서 함께 일하고 아이를 낳아 집을 유지하고 그 피를 이어가는 역할을 담당한다. 『빛을 만드는 사람들』에서 '만주개척'은 앞 절에서 살펴보았듯이 남성 이민자의 '정복'을 전제로 한다. 이 사실은, 만주에 도착한 신부들의 "결혼 행군"이 비적의 습격을 받는 장면에서 적나라하게 드러난다.

> 그들은 묘하게 귀에서 떠나지 않는 붕붕거리는 소음이 머리 위에서 나는 것을 들었는데, 이윽고 그것이 비적의 총소리라는 것을 알았다. 때로 탄환이 마차의 단단한 부분에 맞아 튕겨 나오는 땅땅 울리는소리를 들었다. 말도 몇 마리 쓰러진 것 같았다. 그때마다 마차가 덜컹덜컹 뒷걸음질 쳤다. 함께 쓰러진 말이 놀라 뒤로 물러나는 것이다.
>
> 일시적으로 너무 무서워 땅 속에 파묻히듯 숨었던 여성들도 점차 냉정함을

42 이 소설에서는 아무도 그 "대옥토"에 기경지가 포함되었고, 그들의 이민 때문에 현지 주민이 쫓겨났다는 사실을 기억하지 않는다. 제1차 시험이민단이 계약한 「제1차 특별이민용지 의정서(第一次特別移民用地議定書)」(1933.2.28)에 의하면 이민용지의 총면적은 4,500정보이며 기경지는 약 700정보로 현지 주민은 99호, 약 500명이었다. 劉含発, 「満洲移民の入植による現地中国農民の強制移住」, 『現代社会文化研究』 21号, 2001.8, p.361.

되찾았다. 가까이서 탄도를 그리며 왔다가 사라지는 총알을 분명히 의식할 수 있게 되었다.

살짝 트렁크 위로 눈만 내민 아미노 지요는 밭에 있는 모가미자와를 알아보았다. 그는 지금 상쾌한 반동을 어깨로 받아내며 한 발을 막 쏜 참이었는데, 뒤를 돌아보았다. 그것이 마치 밑에서 15, 6미터 지점인 곳에서 보였다.

시선이 마주치자 그가 외쳤다.

"얼굴을 들면 안 돼!"

필사적이면서도, 그의 흰 이는 분명 미소를 짓고 있는 것이었다. (p.344)

신부를 마차에 태운 이민자의 "결혼 행군"은 오이와케(追分) 언덕에서 습격을 받았다. 신부들은 갑자기 머리 위로 총알이 오가는 소리를 듣고 유탄에 맞은 말이 쓰러지는 상황, 즉 자신의 생명이 위협받는 상황으로 내던져진다. 이 상황에서 그들을 안심시키는 것은 신랑들이다. 모가미자와도 비적이 습격하기 직전까지는 약한 입장에서 지요를 설득하고 있었지만, 총알이 오가는 응전 속에서 "그의 흰 이는 분명 미소를 짓고 있"는 것이다.

"위험해!"

그리고 그녀가 말을 듣고 땅에 엎드리자 그는 바로 총을 겨누었다.

그녀는 짐과 트렁크 사이로 그의 강한 모습을 지켜보았다. 이미 그녀는 모든 것을 초월한, 거대한 힘에 끌려 들어가고 있었다. 표면적인 미추에 구애받던 마음을 부끄러워할 틈도 없이, 그녀는 태어나 처음으로 경험하는 거대한 감동에 휩쓸리고 있었다. 그녀는 모가미자와에게서 인간의 가장 위대한 사랑과 아름다움을 발견한 것이다. 순수한 백지와 같은 기분으로 그녀는 오직 감사할 수밖에 없었다. 그때, 그녀의 행복감은 그 감사 속에서 구름처럼 솟아올랐다.

그녀는 길로 뛰어나가, 마차 밑을 지나, 모가미자와의 발을 껴안고 용서를 빌어야만 할 것 같은 기분이 들었다. 불가사의하게도 공포는 사라졌다. 혹은 어떻게 모가미자와에게 마음을 표현할지를 두고 완전히 흥분한 애정뿐이었다. (p.345)

지요는 "그의 강한 모습"에 "모든 것을 초월한, 거대한 힘에 끌려 들어가" 그에게 강한 애정을 느끼게 된다. 아직 전투가 진행되고 있지만 모가미자와를 완전히 믿게 된 그녀는 이미 죽음의 공포도 느끼지 않는다. 그리고 "이 정도 교전은 이미 수도 없이 경험한 신랑들은 약 1시간이 걸려 대략 30명쯤이었던 기마(騎馬) 비적을 완전히 격퇴"했다며 전투는 간단히 끝난다.

이 습격 자체는 역사적인 사실이지만, 자세한 부분은 다르다. 『빛을 만드는 사람들』에서는 마차에 신부를 한 명씩 태우고 신랑 한 명이 마부가 되었지만, 실제로는 마차 한 대에 두 사람씩 신부를 태우고 신랑들이 번갈아 마부와 호위 역할을 맡았다. 또한 소설에서 신부들은 파라솔과 손수건을 갖고 있지만, 실제로는 "손에 손에 소총을 들고" 무장하고 있었다.[43] 『빛을 만드는 사람들』에서 신부를 태운 행렬은 "하늘하늘, 색색의 꽃으로 만든 인형을 태운 차처럼 짙푸른 밭 사이를 지나"간

43 北条秀司, 「大陸の武装花嫁」, 『毎日新聞』(1940); 松下光男編, 앞의 책, p.71.

다고 묘사되지만, 현실에서는 신부들도 총을 쥔 "무장신부(武装花嫁)"[44] 였던 것이다. 이러한 차이는 단순히 신부들의 여성다움이나 화사함을 강조하기 위한 미화가 아니다.

전투가 끝나자 지요를 포함한 신부들은 신랑들에게 "고마워요, 고마워요 외치며 소리 내어 울었"다(p.346). 이 전투의 승리는 "남성이 지닌 애정을 가장 원시적인 방법으로 완수한 승리의 순간"으로서 표현된다(p.347). 이는 단순히 비적에 대한 승리가 아니다. 신부들은 이 전투를 겪음으로써 만난 지 겨우 이틀째인 신랑들이 만주에서 자신들을 지킬 수 있는 강한 남성이라는 사실을 확인하고, 그들에게 "인간의 가장 위대한 사랑"을 느끼게 되기 때문이다. 이 전투는 신부들의 내면으로부터 남성에 대한 자발적인 복종과 사랑이 우러나게 만들기 위한 서사적 장치라고 할 수 있다.

이 전투는 소설 전반에서 입식하려는 이민단이 그들을 막으려는 적과 벌였던 전투와는 명백히 양상이 다르다. 응전하는 이민단원들에게서는 초조나 불안을 찾아볼 수 없고, 전투도 간단히 이민단의 승리로 끝난다. 이미 입식을 끝낸 이민단에게 이 전투는 생존을 건 것이 아니다. 전투가 끝난 뒤, 오키모토는 동료들에게 비적에게는 "오늘만큼 탐나는 물자는 없었을 테니까 말이지……"라고 이야기한다.

오키모토의 대사는 오히려 이민단에게 있어서의 신부의 위치와 가치를 명확하게 드러낸다. 이미 지적했듯이, 일본인 이민자가 토지의 영원한 소유 및 상속을 확보하려면 같은 일본인 신부와 결혼해야만 한다.

---

44 위의 글.

그들이 신부를 비적의 습격에서 지켜내기 위해 치르는 전투는 남성의 여성 지배를 확인하고, 남성에 대한 여성의 자발적인 복종을 확인하는 "남성이 지닌 애정을 가장 원시적인 방법으로 완수한 승리"의 순간인 것이다.

이러한 서사적 장치가 삽입된 것은 만주이민지라는 특수한 사정과도 무관하지 않다. '신천지'인 만주에서 남성 이민자의 배우자가 되는 여성 이민자들은 남편과 함께 새로운 공동체와 인간관계를 구축한다는 점에서 '내지'의 기존 가부장제에서 벗어나 자아실현을 꿈꿀 수 있었다.[45] 『빛을 만드는 사람들』에서는 특히 결말의 합동결혼식에서 신부들을 "선택받은 행복한 분들"이라고 부르는 이민단장의 축사에서 그러한 희망을 찾을 수 있다. 단장은 그들의 남편은 "결코 당신들을 밟거나 차거나 하지 않을 겁니다. 천하에 둘도 없는 보물로 소중히 대할" 것이라고 이야기한다(p.350).

> 부디 그것을 악용하지 말고, 행복은 스스로의 손으로, 를 표어로 힘써주십시오. 그 증거로 내지에 있을 때는 때때로 이마에 혹이 나거나 뺨이 빨갛게 부어 있던 신부들이 이쪽에 온 뒤에는 그 아픔을 깨끗이 잊어버렸다고 합니다 …… 뭐, 이건 제 상상입니다만, 어쨌든 만주에서는 내지와 같은 고부갈등이라든가 친척이 어쨌다든가 하는, 흔히 말하는 며느리의 고생이라는 건 없습니다. 소식을 듣고 놀랐습니다만, 어제는 행군 도중에 비적의 습격을 받은 모양인데 모두 무사히 도착하신 것은 실로 하늘의 가호라 여기고 깊이 감사하

45 相庭和彦・陳錦・宮田幸枝・大森直樹・中島純・渡辺洋子, 앞의 책, pp.26~27.

고 있습니다. 하지만 이를 통해 여러분은 남편의 용감한 행동을 깊이 마음에 새겼으리라 생각합니다. 전화위복의 비유처럼, 앞으로도 그 감명을 잊지 말고 함께 건설에 매진하기를 간절히 바라 마지 않습니다. (p.351)

만주농업이민 정책은 만주의 일본인 이민자공동체가 부부를 중심으로 한 근대 가족을 형성한다고 상정하였고, 이민자의 아내가 건설에 적극적으로 협력하기를 기대하였다.[46] 때문에 '내지'에 비하여 만주의 신부는 상대적으로 배우자로서 보다 존중받는 입장에 있었다. 이 연설에서도 당시 '내지' 농촌에서는 금기시되었던 여성의 자아실현이나 가부장제로부터의 해방이라는 소망이나 기대가 만주에서는 실현될 수 있다는 가능성이 이미 인식되고 있음을 확인할 수 있다.[47]

그러나 이민단 단장은 여성 이민자가 그러한 자아실현이나 존중을 "악용하지 말"라고 당부한다. "행복은 스스로의 손으로"라는 표어는 신부가 신랑에게 순종해야만 행복할 수 있다는 사고방식을 간결하게 표현하고 있다. 설령 남성과 함께 고생할 각오와 남성에 뒤지지 않는 건

---

46 만주농업이민 정책은 이민자들이 입식 후 4대 영농방침에 기초하여 대규모 농업 경영을 확립할 것을 기대하였다. 이민 정책 당국은 이민자에게 1호당 수전 1정보와 밭 9정보, 평균 10정보의 토지를 기본으로, 가족 노동력을 중심으로 농가가 서로 협력하여 수전, 밭농사, 가축 등의 다각적 경영과 자급자족 생활을 영위할 것을 요청하였다. 今井良一, 「満洲農業移民における地主化とその論理」, 蘭信三編, 『日本帝国をめぐる人口移動の国際社会学』, 不二出版, 2008, p.219.

47 이러한 인식은 이미 지적된 바 있다. 예를 들어, 일반 농촌 여성들이 여성잡지 『처녀의 벗(処女の友)』에 투고한 '대륙의 신부' 관련 시에서는 대륙이라는 미지의 세계를 향한 동경이나 호기심만이 아니라 "농촌의 구속이나 봉건적인 가족제도"에서 해방된 신천지에서 영위하는 결혼 생활의 이미지를 확인할 수 있다. 기존 농촌 사회의 중압에서 벗어나 남편과 함께 새로운 생활을 개척하는 희망이나 기대를 "괭이 전사"나 "성전(聖戰)의 꽃"이라는 대의명분 아래 당당하게 얘기할 수 있었던 것이다. 相庭和彦・陳錦・宮田幸枝・大森直樹・中島純・渡辺洋子, 앞의 책, p.26・27.

강한 신체를 가지고 남성과 동등하게 일한다 해도, 여성 이민자가 남성의 권위에 도전하는 것은 인정할 수 없다는 것이다. "건설에 매진"하기 위해 남녀의 결속이 필요한 한편으로, 비적과의 전투를 통해 "남편의 용감한 행동"을 마음에 깊이 새기고 남성의 지배에 순종해야 한다는 사실을 재확인한다.

만주의 일본인 이민자공동체에서 남성 권위의 원천은 적의 위협에 용감하게 싸워 이기는 것, 즉 이민족과의 끊임없는 다툼과 그 승리에 있다. 반복되는 군사적 '정복'을 통해 신부는 남편에게 "큰 사랑"과 마음으로부터 우러나오는 감사를 바치고 순종한다. 그리고 당시 일본인 농촌 여성이 '신천지'로서의 만주에서 꿈꿀 수 있었던 자아실현의 가능성은 사라진다. 만주이민에서 신부는 남성 이민자의 행복을 완성시키는 물자이자 남성 이민자의 승리를 상징하는 집과 가정의 획득을 의미하는 것이다.

4. '일만친선'과 혼혈아

지금까지 검토했듯이, 『빛을 만드는 사람들』에서 만주이민의 논리는 일본인 남성 이민자가 무력으로 행한 '정복'이 일본인 여성 이민자와 '혼인'함으로써 완성되는 구조이다. 이와 같은 서사 구조는, 본래 '내지'에서는 허용되기 어려운 성애나 정열도 신부로 환원됨으로써 수용될 수 있는 여지를 만든다. 제3절에서 지적한 유키코의 결혼이 바로 그 예라고 할 수 있는데, 남성 이민자와 관동군 병사 사이의 호모소셜리티(homosociality)[48]에서는 그러한 경향이 보다 뚜렷하게 나타난다.

이민자 중 한 사람인 오코지마(乙島)는 입식 후 지린군의 퉈야오쯔(駝腰子) 토벌에 참가한다. 그는 부상병인 시나가와(品川) 상등병을 구하는데, 그 과정에서 애정이 싹트는 것을 느낀다.

> "오코지마 군, 하야카와(早川)에게 바꿔달라고 하게!"
>
> 오코지마는 셀로판지를 붙인 듯이 얼어붙은 뺨을 들었다.
>
> "괜찮아, 이제 곧 저기니까……. 나, 시나가와 씨를 좋아해……. 좋아하게 되었죠, 오면서……."
>
> "괜찮겠나……?"
>
> "내가 하게 해 줘! 이 상처는 상처만이라면 괜찮아……"
>
> 오코지마는 특수한 애정을 느끼는 사람이 도와줘야만 이 부상병을 구할 수 있을지도 모른다고 생각했다. (p.157)

그가 시나가와에게 느끼는 "무언가 특수한 애정"은 시나가와가 먼저 이민단에게 보인 호의와 이해에서 비롯된다. 시나가와는 이민단이 "병사 못지않게 용감하게 싸우는 것을 보고 감격하"여 "그 애국과 건설 정신에 그는 감동하면서도" 이민단은 이민지로 돌아가 이민 본연의 건설

---

48 여기서 호모소셜리티의 개념은 세즈윅(Sedgwick)의 정의를 따른다. 호모소셜이란 "동성 간의 사회적 유대", 즉 부권제 사회의 위협이 되는 여성을 공적 영역으로부터 배제하고 사적 영역으로 포섭하는 남성 간의 사회적・경제적 유대이다. セジウィック, 上原早苗・亀沢美由紀, 『男同士の絆ーイギリス文学とホモソーシャルな欲望』, 名古屋大学出版会, 2001, p.2.

에 임하길 바란다고 이야기한다. 오코지마는 시나가와의 의견에 “물론 찬성이었”지만 “그러나 현실에서 괭이보다 먼저 총과 일본도를 쥐어야 하”는 이민단의 현실을 설명한다(p.164). 그들은 현역 군인과 이민자라는 입장에서 출발하여 비록 이민단이 용맹한 “제국 군인”이지만 이민단은 토벌 대신 건설에 집중해야 한다는 결론에 이른다.

> 시나가와는 제대하면 이민자가 되어 다시 오겠다고 했다. 고향인 야마나시(山梨)에는 형이 두 명 있어 자신이 돌아가도 밭을 일굴 토지도 없다. 더구나 아직 두 누이동생도 공장에 나가고 있다. 자신은 이민자가 되어 국가를 위해 진력하고 싶다. 거기까지 말했을 때, 그는 물건에 발이 걸려 넘어지듯이 눈 위로 쓰러졌다.
>
> 시나가와는 애를 썼지만 오코지마에게 부딪히는 발의 고통을 견디기 어려운 듯, 뒤로 몸이 쓰러졌다. (p.164)

시나가와는 부상을 입고도 자신은 “제국 군인”이기에 “전진”해야 한다고 주장하는 현역 군인이다. 이처럼 ‘용감한’ 병사가 총이 아니라 괭이를 쥐고 싶다는 이민자의 심정을 헤아리고, 자신도 이민자가 되어 “국가를 위해 진력하고 싶다”고 이야기한다. 그는 이민자가 농민 본연의 모습으로 돌아가고 싶어 하는 마음이 결코 비겁함이나 이기심이 아님을 인정하는 병사인 것이다.

이민단의 토벌 참가에 회의적인 오코지마와 그에 찬성하는 시나가와의 존재는 서로를 보완하고 지탱하는 상보적인 관계를 형성한다. 오코지마가 전우로서 시나가와의 부상을 돌보고, 시나가와는 오코지마의 사상에 "공명"함으로써 두 사람의 호모소셜한 관계가 성립된다. 이처럼 "사상, 인물이 함께 공명"한 두 사람의 관계에 호모섹슈얼한 욕망이 스며든다. 귀환한 뒤에도 오코지마는 자무쓰의 병원에 입원한 시나가와의 안부를 걱정하고, 경과 연락을 기다리며 시나가와가 이야기한 누이의 모습을 상상한다.

> 많은 독신자가 모두 그 가슴에 고향 아가씨를 한 명씩 품고 있듯이, 산에 들어온 다음부터 그도 시나가와의 누이동생은 어떤 아가씨일까 생각하게 되었다. 시나가와의 여동생이라면 얼굴은 흰 편일 것이다. 그의 넓은 이마, 깊은 눈, 윗입술이 얇은 얼굴에 여동생 얼굴을 끼워 넣자 귀여운 아가씨가 완성되었다. 그러나 오코지마의 공상 속에 떠오른 그 아가씨는 자칫하면 옷깃에 털이 달린 만주 방한복을 입는다. 그것도 때때로 몹시 찡그린 얼굴로 오코지마에게 매달리는 듯한 눈초리가 되었다. 누이동생 얼굴을 찾으면서 시나가와의 얼굴을 떠올리게 되는 것이었다. 그는 시나가와의, 그때 고통을 견디던 얼굴이 인상에 강하게 남아 사라지지 않았다. (p.202)

시나가와의 여동생에 대한 오코지마의 상상은, 오히려 시나가와를 향한 성적 충동의 존재를 드러낸다. 그가 상상하는 시나가와의 "매달리는 듯한 눈초리", 부상을 당했을 때 "고통을 견디던" 찡그린 얼굴은 아직 얼굴도 보지 못한 여동생을 매개로 두 남성 사이에 존재하는 호모에로틱한 욕망을 연결한다.

결과적으로, 오코지마의 동성애적인 욕망은 시나가와의 여동생과 결혼함으로써 이성애 체계 속에 포섭된다. 시나가와는 오코지마가 "주뼛

주뻣" 여동생에게 결혼을 청하자 "오빠의 생명의 은인이니 그런 것으로 은혜의 만분의 일이라도 갚을 수 있다면" "본인이 승낙하고 말고도 없다"며 기뻐한다(p.244). 그의 친가도 시나가와에게 여동생 요시미(ヨシミ)의 혼사를 전적으로 맡기고, 요시미 본인도 찬성하여 혼담은 순조롭게 진행된다. 당사자 여성도 오빠의 "생명의 은인"에 대한 "보은"으로서 이 혼담에 동의하는 것이다. 모범적인 제국 군인과 남성 이민자 사이의 '우정'이 여동생과 혼인함으로써 강화되는 것은 남성 중심의 이민자공동체에 위협적인 일이 아니다. 시나가와가 정말 만주이민에 참가한다면, 처남인 오코지마의 존재는 그가 정착하는 데 사회적으로나 경제적으로나 유리하게 작용할 것이다. 세즈윅(Sedgwick)의 말을 빌리자면, 오코지마와 시나가와의 사회적 연대는 "여성의 교환"을 통해 보다 확고한 것이 되었다고 할 수 있다.

실제로 이민단은 오코지마와 시나가와의 호모소셜한 연대를 호의적으로 받아들인다. 다른 이민단원들은 이 혼담을 "미담이라며 놀리거나 부러워하면서 그에게 축복을 던"진다. 나중에 시집온 요시미의 용모는 "시나가와 상등병의 누이 치고는", "다소 기대가 어긋났는지도 모르지만" "얼굴도 모르고 한 연애에서 시작한 미담 결혼"으로서 환영받는다. 시나가와의 누이로서는 "다소 기대가 어긋났는지도" 모른다는 다른 이민자들의 평가는, 오코지마의 구혼에 시나가와의 용모가 영향을 끼쳤을 것이라는 추측이 있어야 성립된다. 다른 이민자들에게도 오코지마의 시나가와를 향한 호모섹슈얼한 욕망이 완전히 '보이지 않는 것'은 아니다. 제1차 이민단이 주로 미혼 남성을 중심으로 구성되었다는 점을 고려한다면, 이러한 이민단의 태도가 단순히공동체 내의 호모포비

아가 너무 강력하기 때문에 오히려 호모섹슈얼한 욕망을 보지 못하는 것이라고 설명하는 것은 지나치게 안이한 해석이 될 것이다.

분명 오코지마의 호모섹슈얼한 욕망은 그 대상을 시나가와에서 여동생으로 치환함으로써 이민공동체의 환영을 받게 된다. 이 "미담 결혼"은 여성 이민자를 교환함으로써 남성 이민자와 남성 병사의 유대를 강화하는 수단이다. 이 결혼을 통해 용맹한 병사가 신뢰할 수 있는 이민자가 될 가능성이 커지기 때문이다. '내지' 농민이 용감한 병사가 되어 만주에 주둔하고, 제대 후에는 현지에서 언제든지 병사로 동원할 수 있는 이민자가 된다. 여기서 "나라를 위해"라는 대의명분하에서 순환하는 연속성의 고리를 확인할 수 있는 것이다.

유키코나 오코지마의 예를 통해 『빛을 만드는 사람들』이 '내지'에서는 허용되기 어려운 성적 다양성도 만주의 이민자공동체에서는 수용될 수 있다고 적극적으로 표현하고 있다는 사실을 확인할 수 있다. 유키코는 스스로의 성적인 욕망을 자각하고 연인에게 지나치게 적극적인 정열을 보인다. 오코지마는 이민자를 이해하는 관동군 병사에게 성적 충동을 배제하지 않는 존경과 애정을 가진 모습으로 표상된다. 어느 쪽이나 '내지'에서는 배제되는 욕망이라는 점에서 동일하다. 그러나 그들의 욕망은 이민자의 신부로 환원됨으로써 만주이민자공동체의 환영을 받는다. '내지'에서는 배제되는 성의 다양성이 만주이민지에서는 '대륙의 신부'나 이민자로서 '만주개척'에 공헌하는 한 허용되는 것이다.

그러나 이는 어디까지나 일본인의 성적 다양성이며, 일본인의 만주이민에 공헌할 때만 인정되는 관용이다. 『빛을 만드는 사람들』이 구축하는 것은 일본인만의 개척 서사이며, 만인은 여기서 완전히 배제된다.

그런 관점에서 본다면, 이 작품에서 이민자 중 한 사람인 구리타 게사오(栗田今朝男)와 "만인 아가씨" 진중롄(金鍾連)의 "연애결혼"은 혼혈아가 탄생한다는 점에서 특히 중요하다.

구리타는 이민단이 자무쓰에 상륙한 날 밤 그녀와 만난다. 이민단이 선상에서 적의 공격에 응전한 밤이다. 상륙 후, 이민단은 관동군에 협력하여 자무쓰시의 경비를 맡는다. 순찰하던 구리타는 낡은 가옥에서 "사람의 신음소리"와 젊은 여성의 "울음소리"를 듣고 그 집에 들어간다. 구리타는 그들의 생활을 관찰하며 "자신들이나 자신들 고향의 생활 감정과 조금도 다름 없다"고 생각하고 강한 친근감을 느낀다. 하지만 부녀는 무장한 모습으로 갑자기 나타난 그에게 놀라고 겁에 질려, "부풀었던 것이 수축하듯이 서로 모여" "돌처럼 입을 다물어" 버린다(p.43).

말이 통하지 않는 그들의 감정을 전하는 것은 구리타를 바라보는 시선이다. 부친의 눈이 "애원하는 것 같"기도 하고 "원한을 품고 있는 것처럼"도 보이는 것에 비해, 딸의 눈은 "어디까지나 분노 그 자체"이다(p.44). 자신을 바라보는 부녀의 시선을 "참을 수 없었던" 구리타가 돌아가려 하자, 딸이 갑자기 그에게 격한 분노를 표현한다.

> 그러자 아가씨는 튀어 오르듯이 부친에게서 떨어져 그에게 다가와 노도처럼 무언가를 떠들기 시작했다. 분노도 잊고 그저 감정 그대로 말을 뿜어내는 것 같았다. 구리타는 묵묵히 그녀의 얼굴이나 몸짓을 바라볼 수밖에 없었다. 불그스름하고 핏기가 없는, 무두질한 것처럼 흰 얼굴에 눈물이 어려 있었다. 흐트러진 머리카락을 뒤로 묶어, 목이 가는 데 비해 뺨이 요염했다.
>
> 부친은 다시 이를 악물 듯이 신음하기 시작했다.

딸은 아버지를 가리키고, 서둘러 돌아가 아버지 다리 위의 침구를 조용히 젖혀 보였다. 그러자 그는 체력도 기력도 모두 떨어진 듯 축 늘어져 침구 위에 등을 파묻었다. 구리타도 자신의 신음 외에는 의지할 것이 없다는 듯한 딱함을 이해할 수 있었다.

아가씨는 서둘러 돌아와서 구리타의 발치로 몸을 내던지더니 호소하는 것처럼 보이는 얼굴을 들어 입구에 걸린 암펠라(Ampela, 금방동사니과 다년초로 짠 거적)천 아래쪽을 가리키고 울며 뭐라고 말했다.

그는 아가씨와 얼굴을 모으듯이 하고는 그녀가 가리키는 곳을 바라보았다. 그녀의 머리카락 끝이 살짝 그의 뺨에 느껴졌다. 그와 동시에 그녀의 강한 체취가 그의 안면으로 훅 풍겼다. 흙벽 냄새가 섞인 실내의 먼지 냄새와 같은 종류의 것이었지만, 뭔가 생생한 신선함이 젖은 듯 사라지지 않는 것이었다.

그는 암펠라 천을 휙 젖히고 입구에서 목을 쑥 내밀어 전방의 어둠을 바라보았다. 어둠보다도 검은 지면이 약간 파여 있고, 그 앞으로 하늘에 떠오른 흰 수면을 반사하는 빛이 흘렀다. 기슭의 전등이 두어 개 보였다. 어젯밤 임시 정박한 곳은 분명 저 부근이었을 것이 틀림없다고 생각했다. 그렇게 생각하고 보자 아무것도 아닌 이 암펠라 천의, 깨끗하게 뚫린 작은 구멍이 범접할 수 없는 위엄을 가지고 눈에 파고들었다. 구멍 하나로, 윙 소리가 나는 탄도(彈道)가 눈에 보이는 기분이었다. 그는 모든 것을 이해했다. 밖을 본 그는 갑자기 몸도 마음도 긴장되었고, 저 어둠 속에서 동료가 경비를 서고 있다는 사실이 강렬하게 가슴을 쳤다. (pp.44~45)

앞에서 검토했듯이 이민단은 자무쓰에 상륙할 때 어둠 속에 숨어 보이지 않는 적을 향해 날이 밝을 때까지 기관총을 난사했다. 실체도 알지 못하는 적에게 응전한 뒤, “흥분과 피로와 긴장으로 살갗이 희게 질린 갑판 위의 이민자들은 부대자루로 만든 방어벽 그늘에서 변함없이 그 지루한 기슭을 노려”(p.11) 보았고, 그 기슭에서는 “보통 만인”들이 그들을 바라보고 있었다. 이민단의 시선은 군중 속에 숨어있을 “통비자”의 존재를 상상하고 불신에 가득 찼다. 실제로 자무쓰에 상륙한 뒤 시위행군을 하던 이민단원들은 자신들을 쳐다보는 만인들이 “기분 나쁘다”고 생각하고, 혹은 그들이 모두 비적이 아닐까 경계한다(p.14).

구리타는 이민단의 일원으로서 어젯밤의 응전과 사격이 아직 기억에 생생히 남아 있는 상태였다. 구리타는 무장한 자신을 두려워하는 부녀의 모습을 목격하고 “자신의 무장한 모습이 거울에 비쳐진 듯이” 느낀다(p.43). 부녀의 겁에 질린 몸짓과 시선이 그대로 거울이 되어 ‘무장이민’의 모습을 비추고, 구리타는 처음으로 만인의 시선으로 일본인 무장 이민단의 모습을 인식하는 것이다.

> 그는 문자 그대로 기겁을 한 두 사람의 주시를 받자 들어올 때부터 다소 흥분했던 마음이 갈피를 못 잡게 되었다. 열심히 웃는 얼굴을 만들어 해를 끼칠 사람이 아니라는 의사소통을 하려 했다. 총에 안전장치를 걸어 옆에 놓고, 모자를 벗었다.
>
> “쩐머러(怎麽了, 왜 그래요).”
>
> 부녀는 돌처럼 입을 다물고 있었다. 구리타는 두 사람의 눈을 견딜 수 없었다. (p.43)

구리타의 웃는 얼굴과 몸짓은 부녀의 항의와 경계를 담은 침묵과 시선을 누그러뜨리지 못한다. 딸이 몸짓으로 아버지의 부상과 입구의 암펠라 아래쪽을 가리킨 다음 "노도처럼" 말한 내용을 이해했을 때 비로소, 구리타는 만인 부녀와 소통에 성공한다. 그러나 아이러니하게도 의사소통에 성공함으로써 구리타는 이민단이 배 갑판에서 행한 기관총 사격의 결과에 직면한다. 이민단이 비적을 향해 난사한 총알은 엉뚱하게도 자기 집안에 있던 무고한 노인에게 부상을 입힌 것이다.

이 예상 밖의 사실을 깨달은 구리타는 갑자기 긴장하고, 밖에서 경비하고 있을 이민단 동료가 떠오르며 초조해진다. 구리타가 동료에게 떳떳하지 못하게 느꼈다는 사실은 그가 이 사건의 의미를 올바르게 인식했다는 사실을 보여준다. 만인을 "꺼림칙하다"며 경계하는 이민단 동료들에게 돌아가면, 그는 이 사건을 잊을 수 있었을 것이다. 그래도 그는 "노인과 아가씨를 버리고 갈 마음은" 없어 그 자리에 머무른다.

> 그는 한참 궁리한 끝에, 주머니에서 소중한 10엔짜리 지폐를 쥐었다. 뭐라 말하고 줄까. 내가 쏴서 사과금을 주는 것이라고 생각한다면 재미없지만, 안 줄 수는 없다는 기분도 들었다. 그는 내지에서 소매가 스치는 것도 인연이라는 말이 있다는 것을 떠올렸다. 어쩔 수 없다 포기하고, 눈 딱 감고 작게 접은 지폐를 아가씨 앞에 두었다. 그러자 갑자기 딱 맞는 말이 머리에 떠올랐다.
>
> "이성(醫生), 이성."
>
> 아가씨는 돌려주려 했다. 그는 의사, 의사라고 되풀이하며 웃는 얼굴로 그것을 다시 돌려주었다. 인정은 같구나 생각하며, 그는 새삼스럽게 아가씨를 바라보았다. 그는 만인이 돈을 밝힌다고 들었기 때문에 아가씨가 훌륭하다는 생각에 몹시 기뻤다.

그는 갑자기 밖이 걱정되기 시작했다. 설명하고 싶은 모든 말을 삼키고 "짜이젠(再見)"이라고 말하고 흙바닥으로 내려갔다. — 그저 유탄이다, 무장이민을 원망해서는 안 된다. 그런 것을 납득할 때까지 설명하고 싶었다. (p.47)

이 장면에서 구리타는 그녀의 손에 거금인 "10엔짜리 지폐"를 쥐어 주면서도 자신이 그녀의 아버지를 쏘았기 때문에 지불하는 "사과금"이라고는 생각하지 않기를 바란다. 그는 이민단이 총을 쏜 것은 인정하지만, 이민단의 민간인 부상에 관한 책임을 회피한 채 개인으로서 선의를 표시하려 한 것이다. 구리타는 이민단의 "유탄" 때문에 이 부녀와 마찬가지로, 혹은 그 이상의 피해를 입은 사람들이 있을지도 모른다는 가능성은 고려하지 않는다. 또한, 이 경험을 이민단에 보고하여 동료와 공유하려고 하지 않는다. 경비를 서고 있는 동료에게 돌아간 구리타는 "지금 일을 홀로 가슴 속에 간직하기는 무언가 불안했지만, 말하기 쉬운 상대가 없었을 뿐만 아니라 말할 수 없는 바가 강해서" 침묵할 것을 택한다(p.48).

구리타가 이민단의 "유탄"이 노인에게 부상을 입혔다는 사실을 깨닫자 갑자기 이민단 동료들을 떠올리며 당황한 점이나, 이 경험을 "말할 수 없는" 것으로서 침묵한다는 사실은, 그가 이 경험에 내재된 위험성을 인식하고 있음을 드러낸다. 이민단이 비적을 향해 발사한 "유탄"이 "비적"도 "통비자"도 아닌 현지 주민에게 중상을 입혔다는 사실은, 일본인 무장이민단이 보유하는 무력이 만주 현지 사회에서 가지는 의미를 재고하게 하기 때문이다.

이민단은 군에 준하는 무장을 한 무장이민단이었기 때문에 비적에게 응전할 수 있었다. 그러나 『빛을 만드는 사람들』의 이민단은 현지 주민과 이민단 사이에서 나타나는 무력의 비대칭성을 의식하지 않는다. 자무쓰에 상륙한 이후에도 이민단원들은 "처음 만나는 시가지 만인들의 신뢰와 친근감을 얻기" 위해 자무쓰 거리를 행진할 때는 항상 군대식으로 정연하게 보조를 맞추며 시험이민으로서의 책임감과 긍지를 느꼈다고 묘사된다(p.20). 그러나 이민단 측의 의도와는 별개로, 일본인 이민자의 사격 행위, 치안유지, 군대식 행진이 현지 주민에게 매우 위협적으로 보였으리라는 것은 쉽게 짐작할 수 있다.

이에 비해 구리타가 무장한 자신의 모습을 보고 겁에 질린 만인 부녀와 만남으로써 직관적으로 감지한 것은 이민단의 감각과는 상반되는 것이다. 그는 현실적으로 일본인 이민자의 무장이민이라는 존재 방식, 즉 병사로서의 행동이 만인에게 무력시위로 받아들여질 수도 있음을 깨닫는다. 그렇기 때문에 구리타가 "만인 아가씨"의 "분노 그 자체"인 눈에서 "증오와 공포"를 읽었을 때, 그의 반응은 그녀를 "휙 밀치듯이 몸에 반동을 주어 총을 쥐고 되돌아가려"는 것이었다(p.44). 그 직후, 구리타는 그녀의 몸짓이나 손짓에서 그녀가 자신에게 보이는 격렬한 증오와 공포의 이유를 이해한다. 이러한 이해는 이민단의 비적을 향한 '공격'이 만인에게 분노와 증오, 공포를 유발한다는 사실을 인정하는 데까지 이를 수 있다.

여기에는 세 가지 시선의 문제가 얽혀 있다. 첫 번째는 비적이 숨어 있을 자무쓰 시내를 맹렬히 공격한 이민단이 강기슭에 늘어선 "보통 만인"을 바라보는 의심과 경계의 시선이다. 두 번째는 강기슭의 "보통 만인"이 이민단을 바라보는 시선이다. 하지만 이민단에게 그들의 시선은 그저 "기이한" 시선이며, 실제로 그들이 어떤 감정으로 이민단을 바라보고 있는지 해독할 수 없는 "꺼림칙한" 것이다.

세 번째 시선은 만인 부녀와 구리타가 서로를 바라보는 시선이다. 구리타의 시선이 특별한 의미를 가진다면, 그것은 그에게 "만인 아가씨"의 시선이 그저 "기이한" 것도, 해독할 수 없는 것도 아니라는 점에 있다. 구리타는 부녀가 자신을 주시하는 시선에서 감정과 의미를 찾아낸다. 그리고 구리타가 그녀의 눈에서 목격한 격렬한 감정은, 바로 이민단에게는 일방적인 주시의 대상인 만인이 무장이민단을 바라보는 "기이한 시선"을 이민단을 향한 적의로 해석할 단서를 제공하는 것이다.

『빛을 만드는 사람들』은 기본적으로 일본인 이민자의 시점으로 구성되어 있다. 이민단의 만인을 향한 적의는 본래 비적을 향한 것이다. 그러나 그들의 눈에 만인은 비적을 돕는 "통비자", 혹은 비적 그 자체로 보인다. 이민단은 이미 자무쓰에서 적의 "공격"을 받았고, 이에 맞서 "응전"했다는 사실을 상기해야 할 것이다. 이민단은 "보통 만인"이 이민단을 "공격"할 것이라고 상정하고 있으며, 이를 '통비자'와 '비적'의 표상으로 표현하고 있다. 『빛을 만드는 사람들』의 이민단은 앞에서 검토한 「선구이민」의 이민단과 달리, 만주에 발을 들여놓는 순간부터 비적과 만인 사이의 구별은 불가능하다는 인식에서 출발하는 것이다.

이러한 무력행사의 논리는, 자무쓰에 상륙할 때 일어난 이민단의 "응전"이 소설적인 설정이자 허구의 사건이라는 점에서 특히 중요하다. 소설적 허구인 이민단의 일방적인 사격부터 만인 전체를 향한 불신, 부상을 입은 무고한 만인 부녀와의 만남으로 이어지는 흐름은 결코 우연의 산물도, 실제 사건을 '있는 그대로' 묘사한 것도 아니기 때문이다. 그렇기에, 구리타가 무장이민단의 "응전"에 대한 만인 측의 감정을 인식하고, "만인 아가씨"에게 매료되어 결국 "일만친선(日滿親善)"을 상징하는 존재로 거듭나는 과정은 매우 흥미롭다.

구리타와 그녀의 관계는 작품 전체를 관통하는 주요 모티프 중 하나이다. 이 이민자 남성과 현지 여성의 '연애'는 결혼과 출산의 형태로 성취되는데, 두 사람의 소통은 특별히 중요한 위치를 차지한다.

구리타에게 강렬한 첫인상을 남긴 것이 그녀의 격렬한 분노라면, 그녀의 "분명한 성격과 넓은 이마와 흰자가 많은 눈동자와 네모난 턱, 그리고 검은 지나복(支那服)에 가슴이나 몸이 꽉 조이는 낭창한 자태"에는 강한 욕망을 느낀다. 그녀의 격렬한 분노가 구리타에게 강한 인상을 남겼고, 그 다음 그가 주목하는 것은 그녀의 육체적 매력이다. 구리타는 그녀의 중국옷이 강하게 조이는 "낭창한 자태"나 "검은 자수가 놓인 높은 옷깃 사이로 엿보이는 목덜미에, 그는 민족을 잊은 애정에" 휩싸인다(p.49). 구리타는 그녀의 이질성에 매력을 느끼고, 그것은 섹슈얼한 욕망을 자극하는 데 그치는 것이 아니라 "민족을 잊은 애정"으로 전환되는 것이다. 하지만 구리타가 그녀를 "일본 아가씨"와 마찬가지로 존중해야 한다고 느끼는 것은, 그녀가 "일본 아가씨"처럼 행동할 때이다. 구리타의 이러한 이중적인 태도는 그들의 관계가 진전되는 과정에서 계속해서 반복된다.

그러나 구리타와 "만인 아가씨"는 거의 말이 통하지 않는다. 그녀가 자신의 언어로 스스로의 기분이나 생각을 표현하는 것은 처음 만났을 때 "노도처럼" "감정 그대로 말을 뿜어"냈을 때뿐이다. 그래도 구리타는 "남자와 여자라는 관계에서는 인종이 다른 언어 따위는 없다"며 "눈으로 이야기"하거나 그녀가 이해하지 못하는 일본어를 통해 소통하려 한다(p.50). 구리타는 우선 몸짓으로 둘 사이의 언어적 한계를 뛰어넘으려 시도한다.

> 그녀는 네모난 턱을 가는 목에 끌어당겨, 유백색 이중 턱이 옷깃 위로 삐져나오게 한 채로 열심히 귀를 기울이고 있었다. 그는 이상한 기분이 들었다.
> 말이 끊기자 둘이서 눈을 맞추며 웃었다.
> 일본어가 재미있는 모양이었다. 이심전심으로 통하는 것인지도 모른다.
> "나는 홀몸이야. 소작인의 셋째 아들이지. 어디서 신부를 맞아도 괜찮아."
> 신부라고 말했을 때 그녀가 고개를 들었다. 흰 얼굴에 흰자위가 많은 검은 큰 눈이 무언가 항의를 하듯이 보였다. 그는 실수했다고 생각했다. 얼굴이 확 붉어지는 것을 의식했다.
> "신부, 알아……? 신부, 신부……."
> 그녀는 다시 고개를 숙였다. 그는 안도했다.
> "뭐야, 모르는 건가……."
> 역시 실망한 것이다.
> 그는 스스로 떠드는 동안 착각에 빠졌다. 그녀에게 지금까지 얘기한 것이 모두 말이 통하고, 받아들여 주는 듯한 실감이라 할까, 반응 같은 것이 손안에 쏙 잡히는 것 같았던 것이다.
> 자신의 말이 귀에 남아, 그 남겨진 일종의 무게를 상대가 자신에게 한 말처럼 느끼는 작용을 일으키는 것이었다. (p.51)

이 장면에서 소통의 수단은 몸짓이나 손짓을 거쳐 시각, 그리고 언어로 이동한다. 그녀의 언어를 이해할 수 없듯이, 구리타의 일본어도 그녀에게는 이해할 수 없는 언어이다. 하지만 그녀의 만어가 손짓이나 몸짓으로 전환되는 것에 비하여, 그의 일본어는 뜻이 통한다는 착각을 불러일으킨다.

자신이 한 말이 귀에 남아 "상대가 자신에게 한 말처럼 느끼는 작용을 일으켰"기 때문에, 그는 그녀와의 '대화'에 "활활 가슴이 타올라, 그러는 동안의 즐거움은 형용할 수" 없을 정도였다(p.51). 구리타는 자신의 욕망을 표현하는 스스로의 말에 취해, 그것을 "만인 아가씨"의 말이라고 해석한다. 그의 말이 상대가 아니라 자신의 귀로 돌아와 '수용'되었다는 일방적인 실감을 제공하기 때문이다. 그러나 이 '대화'는 구리타의 소망에서 비롯된 착각에 불과하다.

구리타와 "만인 아가씨"의 이러한 관계는 결혼에 이를 때까지 변하지 않는다. 분노와 증오, 공포를 토하던 그녀의 언어는 구리타에게 자신의 이름과 몇 마디 만어를 가르치는 데 그치고, 결국 구리타가 그녀의 의사를 일본어로 대변하게 된다. 반대로 구리타는 만어에 능통한 단원으로서, 이민단과 만인의 의사소통에 빠질 수 없는 존재가 된다. 이처럼 구리타의 "민족을 잊은 애정"은 "만인 아가씨"의 신체적인 매력에서 촉발되어 그 자신의 욕망이나 소망에서 비롯된 착각으로 심화된다. 한편 그녀의 결점은 그녀를 둘러싼 외적 조건에 있다.

> 그녀의 생활양식이나 인종의 차이는 조금도 신경 쓰이지 않았지만, 그녀의 끊어낼 수 없는 여러 환경적 조건은 그때마다 그가 부정적인 감정을 느끼게 만들었다. 이렇게 더러운 생활 속에서, 어떻게 그녀 같은 여자가 태어났는지,

> 또는 그녀가 어떻게 이런 아름다움을 유지할 수 있는지, 그것이 그에게는 하나의 커다란 수수께끼였다.
>
> 어린 시절, 그는 쓰레기장을 헤집고 다니며 절벽 위에서 탁 트인 경치나 하늘을 보듯이 푸른색이나 갈색 색유리를 주우며 돌아다닌 적이 있었다. 무슨 병 조각인지 알 수 없는 그 조각이 그에게는 무척이나 귀중하고 아름답게 여겨졌다. 지금 그에게는 그녀가 쓰레기장의 색유리였다. 그는 뱀밥을 쑥 뽑아내듯이, 주위에 아무 영향 없이 그녀만, 그녀의 알몸뚱이 모습으로 자신이 가는 곳 어디나 데려갈 수 없을까 생각할 수밖에 없었다. (p.52)

구리타에게 그녀의 생활은 마치 "쓰레기장"처럼 "더러운 생활"이다. 그는 "쓰레기장의 색유리"처럼 젊고 아름다운 여성을 "자신이 가는 곳 어디나 데려갈" 수 있기만을 바란다. 그의 애정은 그녀 한 사람에 한정될 뿐 그녀의 조건, 즉 그녀의 부친이나 생활, 풍속, 습관까지 포용하는 것은 아니기 때문이다.

특히 구리타에게 그녀의 부친은 "그저 만인으로, 거리에서 보고 광장에서 보는 만인과 조금도 차이가 없는", 아름다운 그녀의 "부친이라 생각하면 환멸"까지 느껴지는 존재이다(p.53). 구리타도 처음에는 부상을 입은 그에게 동정하지만, 회복한 모습을 보고 "잠에서 깬 얼굴은 잠든 얼굴보다 억세 보였다. 그것만으로 구리타는 친근감을 느낄 수 없는 얼굴"이라며 강한 혐오와 반발심을 느낀다(p.61). 『빛을 만드는 사람들』에서 구리타가 그녀의 부친에게 느끼는 이러한 반감의 이유는 주로 만주의 매매혼(賣買婚) 풍습에서 비롯된 것으로 표현된다.

매매혼은 결혼할 때 신랑 측이 처가 부모에게 일정한 금전이나 물품을 제공하는 결혼 방식이다. 구리타가 보기에 그러한 결혼은 부친의 "소중한 딸"과의 결혼임과 동시에 그의 "소중한 재산"을 구입하는 행위로 여겨지기 때문에 "로맨틱한 방법을 선택하지 않을 수 없는" 구리타로서는 강한 반감을 느낄 수밖에 없다는 것이다(p.54).

그러나 앞서 살펴보았듯이, 오코지마와 시나가와 사이에서 행해지는 여성의 교환은 "미담 결혼"이라 칭송받았고, 모가미자와와 지요의 예를 보듯이 거의 속아서 결혼한 신부도 자신의 남편에게 "보다 큰 사랑"을 품어야 한다는 의무가 부여되었다. "일본 아가씨"의 혼인도 결코 순수하거나 로맨틱한 감정만으로 이루어지는 것이 아닌 것이다.

하지만 구리타는 매매혼의 가능성을 생각한 것만으로 "성실한 그의 애정을 더럽히고 그의 마음에 자라나기 시작한 아름다운 꿈이 허사가 된" 듯한 기분을 맛본다(p.54). 그가 보이는 격렬한 거부 반응은 매매혼 자체보다 그것이 상징하는 바에 대한 거부와 반감이라고 추측하는 것이 타당할 것이다.

구리타에게 그녀의 부친은 본래 여성을 교환함으로써 남성끼리의 사회적・경제적 연대를 맺어야 할 여성의 보호자이다. 그러나 구리타는 "풍속, 용모, 생활양식, 습관 등에서 비롯된 그의 감정" 때문에 부상에서 회복한 그녀의 부친에게 "환멸"을 느낀다. 이 철저한 "환멸"은 만인 자체를 향한 것이라고 볼 수 있다. 매매혼이라는 관습에 따름으로써 그의 눈에는 그저 만인으로 보이는 그녀의 부친, 나아가 기존 만주 사회에 포섭되는 것에 대한 일본인 이민자의 거부이자 혐오인 것이다. 실제로 겨우 두 번째 방문에서 구리타는 이미 그러한 "벽"의 존재를 의식한다.

> ‘하필이면 다른 사람도 아니고…….’ 그는 마음속으로 혼잣말했다. ‘나는 무장이민이다…….’
>
> 그리고 그는 처음 그녀와 얼굴을 마주하고 운명처럼 애정을 느끼게 된 경위를 떠올렸다.
>
> ‘역시 기가 죽었던 거야…….’
>
> 그는 자신을 꾸짖었다. 꾸짖으면서 오늘밤 이후에는 여기 오면 안 돼, 포기해! 하고 명령하는 것이었다.
>
> 그러나 정말 그녀를 사랑한다면 이 만인도 함께 사랑하면 되지 않을까, 하는 식의 사고방식에는 이르지 못했다. 진짜 사랑한다면, 뱀발을 쑥 뽑듯이 여자만 데려가는 것이라고 생각하는 것이었다. (pp.53~54)

『빛을 만드는 사람들』에서 구리타의 애정은 “이 만인도 함께 사랑” 하는, 즉 그녀의 부친과 생활, 풍속, 습관까지 받아들이는 수준에는 이르지 못한다. 결과적으로 그는 “뱀발을 쑥 뽑듯이 여자만 데려”가고, 그녀는 이민단의 신부로서 합동결혼식에 참가한다. 이민단은 “만인 아가씨”를 신부로서 받아들이지만, 그 반대는 있을 수 없는 것이다. 여기서 구리타가 만인 사회를 향해 드러내는 혐오와 거부가 만주에 대한 일본의 우월성에 기초하고 있다는 사실을 확인할 수 있다. 하지만 텍스트에는 “만인 아가씨”를 사랑한다면 “이 만인도 함께 사랑”할 수 있다는 가능성이 설정되어 있다는 점은 주목할 만하다.

그러나 『빛을 만드는 사람들』에서 이민단의 자무쓰 상륙부터 현지에 입식할 때까지의 약 7개월 동안, 구리타의 예를 제외하면 현지 여성과의 접촉은 거의 찾아볼 수 없다. 2장에서 입식지에 입식하지 못하고 자무쓰에 주둔하던 이민단원이 타민족 매춘부를 이야기할 뿐이다. 하지만 언어가 통하지 않는 이민족의 창부는 그들에게 성적 쾌락이나 위안보다도 "마음의 병"을 옮겨 오히려 그들의 마음을 "황폐하"게 만드는 존재에 불과하다(p.19).

한편, 구리타는 그녀의 이름을 알기 전부터 이미 그녀가 배우자에 어울리는 여성인지 의식한다. 그녀의 신체는 "정면에서 보나 측면에서 보나 몸이 두터워 눈에 띄는 차이가 느껴지지" 않는 "물고기 같은 자태"(p.56)라고 묘사된다. 그는 그녀가 전족(纏足)을 하지 않았음을 기뻐하고, 손이 부드러우니 "백성 손이 아니다……이런 부드러운 손으로 백성을 할 수 있을까" 우려하며, 깨끗하게 청소한 램프를 보고 그녀의 "가사 솜씨"를 관찰한다(p.57). 구리타의 마음은 결혼을 의식한 성실한 것으로 묘사되고 있다.

그러나 그녀가 "만인 아가씨"이기에, 그녀를 신부로 맞아들이는 행위는 특별한 "각오"가 필요하다. 그는 더듬거리는 만어로 진중롄이라는 그녀의 이름을 알게 된 뒤에도 "성실한" 방문을 계속하여 이윽고 그녀의 "만인 아가씨라 해도 무시할 수 없는, 어떤 영혼의 엄숙함과 훌륭한 여성으로서의 애정으로 남성에 대한 항의를 억누르는 조심스러움으로 가득 차 있는" 자세에 마음이 끌린다.

> 그 자세는 그에게 하나의 각오조차 요구했다. 그 막바지에 그는 일본 아가씨와 하는 약속보다 훨씬 큰, 개인에서 벗어난 책임을 느꼈다. 불안이나 답답함, 위험성처럼 여러모로 종횡무진 펼쳐지는 상념이 끝없이 밀려왔다. 어디 여자를 아내로 맞이하건 자기 마음대로인 소작인의 아무래도 좋은 일로는 끝낼 수

없었다, 마음이 구석구석 빈틈없이 닿을 수 없는 세계가 눈앞에 펼쳐지기 시작했다. 그러면서도 강력한 어떤 것에 꽉 사로잡힌 것이다. (pp.64~65)

가난한 소작인의 아들은 자신의 반려를 자유롭게 선택할 수 있다. 진중렌을 배우자로 택해 결혼하는 것은 구리타 개인의 자유로운 선택에 달렸다. 그러나 그녀가 만인이기 때문에 구리타는 "일본 아가씨와 하는 약속보다 훨씬 큰, 개인에서 벗어난 책임"을 느낀다. 구리타가 진중렌에게 느끼는 애정은 분명 "한 인격"을 향한 것이지만, 그녀와 정식으로 결혼하는 것은 "개인에서 벗어난 책임"을 요구하는 행위이다. 이 "책임"은 바로 일본인이라는 아이덴티티와 직결되기 때문이다.

각오란 무엇인가. —이윽고 일본에서 신부 일행이 도착했을 때, 부러워하는 마음이 생기지 않을까. 혈연 문제로 고향의 일가친척에게 배척당할 때, 의연하게 그들을 설득하고, 싸울 수 있을 만큼의 애정을 유지할 수 있을 것인가. 아무런 예비지식도 갖추지 못한 만인 아가씨에게서 생활상의 여러 결점을 발견했을 때, 어떻게 가르칠 것인가. 동료의 평가나 평판에 자신의 분명한 생각을 관철시킬 수 있을까.

갖가지 고민에 부딪치자 손은 자연스럽게 상념에 따라 아귀힘이 느슨해지는 것이었다.

—느슨해져서는 안 된다.

왜냐하면, 지금 이 순간을 제외하면 그녀와 완전히 교류할 수 있는 대화를 할 기회는 결코 없을 것이기 때문이다. 지금은 한창 그 대화 중인 것이다. (p.65)

구리타는 이민족 여성과 결혼하면 자신의 친척에게 배척당하거나 동료의 평가와 자신의 체면, 풍습이나 관습의 차이라는 부담을 감수할 수밖에 없다고 예상한다. 그 이유는 물론 그녀의 인격 때문이 아니다. 문제가 되는 것은 말 그대로 그녀의 '피'이다.

앞 절에서 살펴보았듯이, 『빛을 만드는 사람들』에서 이민자에게 이상적인 신부의 조건은 "남성과 동등한 건강한 신체와 강한 의지"였다. 만주이민자의 배우자가 되는 데 필요한 조건이 건강한 신체와 강한 의지뿐이라면, 일본 여성보다는 만주의 기후나 풍습, 농사법에 익숙한 현지 여성이 훨씬 유리할 것이다. 하지만 여성의 건강한 신체는 생산 노동만을 위한 것이 아니다. 이미 지적했듯이, 남성 이민자의 결혼은 무엇보다 "자신의 생명과 함께 자손으로 영원히 이어지는 땅에 대한 불멸의 권리를 약속"하는 것이다. 여성 이민자에게 부과된 최대 임무는 토지를 세습할 자손의 출산 및 양육이다. 이민자의 신부는 농업을 중심으로 한 생산 노동과 노동력의 재생산, 즉 생식(生殖)을 위한 협의의 재생산 노동을 동시에 담당해야 하는 존재였다.[49]

따라서 구리타와 진중렌의 결혼은 단순한 개인의 결합을 뛰어넘어, 만주 인구의 대다수를 차지하는 '만인'과 일본인 이민자의 혼혈 문제로 직결된다. 『빛을 만드는 사람들』에서 합동결혼식에 참가한 다른 신부들은 모두 '내지' 출신이다. 텍스트에서 신부가 모두 일본인이어야만

49 재생산 노동에는 협의의 재생산, 즉 종(種)의 재생산과 생명이나 생존을 유지하고 그 노동력을 재생산하기 위한 가사노동을 포함한 여러 활동이 있다. 竹中恵美子編, 『新・女子労働論』, 有斐閣, 1991, p.11; 上野千鶴子, 『資本制と家事労働ーマルクス主義フェミニズムの問題構制』, 海鳴社, 1985, p.23. 여기에서는 논의를 위해 전자에 초점을 맞추지만, 당시 '대륙의 신부'는 모든 형태의 재생산 노동(자녀 양육, 돌봄, 배려, 간호, 각종 가사 및 가정 공업, 부업)을 실천할 것이라는 기대를 받고 있었다.

하는 논리적인 이유는 제시되지 않는다. 일본인 남성 이민자가 일본인 여성과 결혼하는 것은 설명이나 합리화될 필요도 없는 '자연스러운 일'로 간주되고 있는 것이다.

국책이민으로서의 만주이민은 만주국의 일본인 인구 증가를 목적으로 하는 것이었다. 그 배경에는 만주국 인구 구성에서 피지배민족인 한족(漢族)이 압도적인 다수라는 현실이 있었다. 그 건국부터 '일만불가분(日滿不可分)'을 주장하여 만주 지배를 영속화하려는 의도를 뚜렷이 드러낸 제국일본에게 만주국 내 일본인의 증가는 통치 안정이라는 측면에서도 중요했다. 그리고 '대륙의 신부' 송출 정책은, 만주이민 정책이 상정한 '일본인'이 국적이 아니라 혈통으로서의 일본민족을 의미한다는 사실을 보여준다.

혼혈 문제는 앞으로 자세히 검토하겠지만, 우선 만주이민 정책에서 혼혈 방지 책임이 주로 일본인 여성 이민자에게 부과되었다는 점을 지적해야 할 것이다. 『빛을 만드는 사람들』이 출판된 1939년에는 이미 이민자의 배우자를 조직적으로 양성하여 송출하는 '대륙의 신부' 정책이 추진되고 있었다. 1942년에 척무성이 발표한 『여자척식지도자제요(女子拓殖指導者提要)』(이하 『제요』)에서, 여성 이민자가 "개척정책의 일익(一翼)으로서" 맡아야 하는 역할은 "(ㄱ) 민족자원 확보를 위해 우선 개척민의 정착성을 증강할 것"과 "(ㄴ) 민족자원의 양적 확보와 함께 야마토(大和)민족의 순혈(純血)을 유지할 것"이었다.[50] 일본인 여성 이민자는 혼인으로써 일본인 남성 이민자의 정주를 촉진함과 동시에, 현지 여성

---

50 拓務省拓北局補導課, 『女子拓殖指導者提要』, 広業館, 1942, p.124.

과 일본인 남성 이민자의 혼인 및 그 결과로서의 혼혈을 방지하고 민족 자원을 증강시켜야 했다.

『제요』에서는 "현재 개척민 사이에서 원주민과의 잡혼(雜婚)이 이루어질 가능성이 있다는 의미는" 아니라고 하면서도, "야마토민족이 예로부터 이민족을 포용, 융합하며 생장(生長)했다는 관념론 때문에 자칫하면 일만잡혼설(日滿雜婚說)이 주창되는 실정"[51]을 경계했다. 오구마 에이지(小熊英二)의 연구에 의하면, 고대 일본민족이 대륙에서 도래한 이민족과의 혼혈로 형성되었다고 보는 "복합민족론"은 아시아 여러 민족과의 혈연관계를 강조함으로써 영토 확장과 일본민족으로의 동화를 정당화하는 근거였다.[52] "일만잡혼설(이하, 일만잡혼설)"은 제국일본의 '대륙진출'을 정당화하는 논거 자체에서 태어난 주장이었던 것이다.

이에 비하여, 앞에서 살펴본 『제요』에서는 중국인의 동화력에 대한 공포를 강조했다. 현재 만주의 한족 인구는 삼천 수백만 명이지만 순수한 "만주민족" 인구는 약 이백만 명에 불과한데, 이는 한족의 "민족침략" 때문이라고 보았다. 따라서 일본인의 '만주개척' 사업은 "순수한 야마토민족의 순혈을 유지하는 자로 구성"되어야 할 뿐만 아니라, 미래에도 "한 점의 혼혈도 허락될 수 없는" 것이다. 나아가 "민족정신은 민족의 혈액으로 전승되는 것을 원칙으로 하는 한, 여성은 이 점을 깊이 고려하여 자진해서 혈액방어부대가 되어야 한다"[53]고 강조하였다.

이러한 『제요』의 순혈주의는, 일견 일만잡혼설과 상반되는 것처럼

---

51 위의 책, p.127.

52 小熊英二, 『単一民族神話の起源「日本人」の自画像の系譜』, 新曜社, 1995, p.362.

53 拓務省拓北局補導課, 앞의 책, pp.126~127.

보인다. 하지만 일만잡혼설과 『제요』는 제국일본의 '대륙진출'이나 '만주개척' 정책에 반대하지 않았다. 양쪽 모두 만주국의 "중핵(中核)"이 되어야 할 일본민족의 우수성 그 자체에 의문을 제기하지 않기 때문이다. 그들이 문제로 삼은 것은 이민족과의 혼혈을 일본민족으로의 동화로 보는가, 아니면 일본민족 우수성의 "원천"인 혈통을 훼손하는 위기로 보는가 하는 차이뿐이었다.

혼혈에 대한 제국의 시각이 늘 일관된 것은 아니었다. 예를 들어 오구마는 '대일본제국'이 그 총인구의 약 3할은 "비일계신민(非日系臣民)"인 다민족국가였다고 지적한다.[54] 물론, 이 사실이 곧 제국을 구성하는 다민족이 모두 존중받거나 평등한 대우를 받았다는 의미인 것은 아니다.[55] 하지만 중일전쟁 발발로 제국 내 인구 이동이 촉진됨에 따라, 일본인과 이민족의 혼혈 문제가 주목받기 시작했다. 오구마는 중일전쟁으로 비롯된 노동력 부족 문제를 해결하기 위해 실시된 강제연행 등 조선인 노동자의 대대적인 '내지' 유입이 일본인 여성과 조선인 노동자의 통혼(通婚)을 증가시켰다는 점을 예로 들었다.[56] 이러한 통혼은, 조선총독 미나미 지로(南次郎)가 주장한 내선일체론에 따른 내선결혼(内鮮結婚) 장려나 '황민화' 정책의 의도치 않은 결과이기도 했다.[57] 오구마가 지

---

54 小熊英二, 앞의 책, p.31, 370.

55 식민지기 조선인의 이동에 관한 일본제국의 논의와 정책을 검토한 도노무라 마사루(外村大)는 일본제국이 "여러 민족을 내부에 포함하고 있었던 것은 확실하지만 어디까지나 일본인 중심주의적인 국가"였다고 지적했다. 外村大, 「日本帝国と朝鮮人の移動」, 蘭信三編, 『帝国以後の人の移動ーポストコロニアリズムとグローバリズムの交錯点』, 勉誠出版, 2013, p.68.

56 小熊英二, 앞의 책, p.241.

57 오구마 에이지(小熊英二)는 미나미 지로(南次郎)가 조선인에게는 내선일체를 내세워 적극적인 협력을 요청하는 한편 추밀원(樞密院) 회의에서는 스스로 내선일체를 부정했

적하듯이, 내선일체론은 중일전쟁 발발 이후 조선인의 인적 자원 동원과 적극적인 전쟁협력을 고무하기 위한 방편이었을 뿐, 결코 "권리의무의 평등"을 주장하는 정책이 아니었다.[58] 창씨개명이 상징하듯이, 차별을 유지하면서 조선민족의 독자성을 말살하고 동원하는 것이 그 목적이었기 때문이다.[59] 그럼에도 불구하고, '황민화' 정책의 추진과 조선인의 '내지' 유입은 우생학계 순혈론자를 자극하는 결과를 낳았다.[60]

다음 장에서 자세히 살펴보겠지만, 1920년대 일본의 우생학은 주로 일본인 내부의 정신질환자 등 열등한 자질을 유전할 위험성을 가진 사람들의 단종(斷種) 논의가 중심이었다. 후생성(厚生省)이 추진한 국민우생법(国民優生法) 성립(1940)에서 알 수 있듯이, 1930년대에도 단종 논의는 계속되었다.

오구마는 중일전쟁을 계기로 제국 내의 이동이 활성화되고 '황민화' 정책이 추진된 1930년대의 우생학은 타민족과의 혼혈을 기피하는 배타적인 순혈주의로 전환되었다고 지적한다.[61] 대만, 한반도, 만주 등의 식민지에서는 현지 당국이 지배를 정당화하기 위해 고대에 혼혈로 형성된 일본민족의 우수성을 내세워 일본민족의 혈통 혹은 문화적인 동화를 장려하였다.[62] 같은 시기 '내지'에서는 우생학 세력이 1938년에

다는 점을 지적했다. 위의 책, p.241, 247.

58 위의 책, p.247.

59 위의 책, p.243.

60 위의 책, p.247.

61 오구마는 1930년대 전반까지 혼혈 문제가 거의 다루어지지 않은 이유로, 구미에서 유입된 인종사상은 같은 인종 사이의 차별을 상정하지 않았다는 점과 제국일본의 동화정책이 비판받을 것이라는 두려움이 영향을 끼쳤을 것이라고 추측하였다. 위의 책, p.240.

62 위의 책, p.248.

신설된 후생성에 침투하면서 동화 정책에 반대하기 시작했다.[63]

식민지의 현지 당국이 식민지의 인적 자원을 최대한 이용하려 한 것에 비해, 우생학 측은 제국이 팽창하면서 내부로 포섭된 이민족이 일본민족을 변질시킬 것이라고 우려하며 현지 당국과 대립했다. 그러나 우생학 측이 '대륙진출' 등의 대외팽창 자체에 반대한 것은 아니었다. 그 예로 일본민족위생협회(日本民族衛生協会)의 부회장 후루야 요시오(古屋芳雄)를 들 수 있다. 가나자와(金沢) 의과대학 교수를 거쳐 후생성에 들어간 후루야는 우생학의 시점에서 인구와 민족의 문제가 긴밀하게 연결되어 있다고 주장했다.

후루야는 「민족국책에 관한 여러 문제(民族国策に関する諸問題)」(1939)에서 정부가 현재 동아신질서 건설을 주장하고 있으나, 설령 신질서가 건설된다 하더라도 과연 인적 자원이 그 신질서를 지탱할 수 있는가 강한 의문을 제시하였다.[64] 그는 나라의 총력을 기울이는 전쟁의 수행은 "먹느냐 먹히느냐의 대사업"이나 "밖보다 오히려 안"에서 잡아먹힐 수 있다며 민족 문제의 중요성을 강조했다.[65] 그는 산아제한정책이나 만혼(晩婚) 경향 때문에 우량 인구가 감소하는 역도태(逆淘汰)가 일어날 것이라고 예상하였고, 군수경기로 농촌 인구가 도시로 흡수되면서 농촌의 가족제도가 붕괴하고 국민의 체위(體位)가 저하하고 있다고 지적하였다.[66] 약 15년에서 20년 뒤에는 일본의 인구 증가가 정지할 것이라

---

63 위의 책, p.241, 250.

64 古屋芳雄, 「民族国策に関する諸問題」, 『日本民族は何処へ行く』, 日新書院, 1940, pp.33~34.

65 위의 책, p.34.

66 위의 책, pp.40~50.

고 본 후루야에게 이러한 사회경제적 경향은 심각한 문제였다.[67]

후루야는 인구 부족이나 노동력 부족 문제를 호소하고 우수한 일본 민족의 증강을 주장하면서도 역시 일본민족의 대외팽창 자체에는 반대하지 않았다. 그러나 그가 "민족의 혈액을 훌륭하게, 순수하게 유지"해야만 하므로 만주이민에는 부정적인 태도를 취했다는 점은 흥미롭다.[68] 후루야는 설령 고대에 아시아 여러 민족 사이에서 혼혈이 이루어져 지금의 일본민족이 형성되었다 하더라도, "오늘날의 우수성을 획득하기까지는 대단히 긴 시간과 우여곡절을 통과"해야만 했다고 강조함으로써 이민족과의 혼혈 자체에 반대했다.[69] 특히 긴 역사와 문화를 가진 한족과의 혼혈에 비관적이었는데, 그러한 혼혈아는 "결국 지나인이" 되므로, 이렇게 되면 만주이민은 "이민이 아니고 기민(棄民)"이 된다는 것이었다.[70] 따라서 후루야는 그러한 정책으로 "일본인의 정충(精虫)"을 "장강(長江)의 흐름과 같은 지나인의 혈액 속에 버리기에는 너무나 아깝다, 너무나 귀중"하다고 주장했다.[71]

그래서 후루야는 만주이민 대신 되도록 '내지'에 인접하고 기후 풍토도 비슷한 곳에 "일본 농촌을 그대로 가져가 건설하는 방법"[72]을 주장했다. 일본인 이민자를 만주나 중국 대륙으로 송출하는 것은 한족의 동화에 휘말리는 위험만이 아니라 '내지'에서 멀리 떨어진 지역이므로 일

67 위의 책, p.34.
68 위의 책, p.53.
69 위의 책.
70 위의 책, p.54.
71 위의 책.
72 위의 책.

본민족이 변질될 위험이 있다고 보았기 때문이다. 그는 만주보다 '내지'에 인접한 대만이나 한반도가 일본인 이민자에게 보다 적합한 이민지라고 생각했다.

> 즉 제 생각으로는 대만 등은 일본농민이 재점령해야 한다고 생각하는 것입니다. 대만은 기후 풍토가 심히 일본인에게 적절하므로, 이곳에 일본 농촌을 대량으로 건설하는 것이 좋다고 생각합니다. 조선도 그렇습니다. 대만인 본위(本位), 조선인 본위, 만주인 본위의 정치가 진짜 정치라는 사고방식도 좋습니다만, 일본민족의 장래를 생각하는 민족정책으로서 올바른가 하는 것은 전혀 다른 일입니다.[73]

후루야의 글 대부분이 일본민족의 출생률 저하, 노동력 부족과 농촌의 과소화(過少化), 도시인구 증가를 지적했다는 점을 상기한다면, 대만이나 조선과 같은 식민지에 일본 농촌을 이식하고 "재점령"해야 한다는 주장은 결코 합리적이지 않다. 또한 고대의 혼혈은 인정하면서도 지금의 일본민족은 역사적・문화적 경험을 공유함으로써 형성되었다고 주장했다. 그러나 한족과의 혼혈에 대한 두려움에서 알 수 있듯이, 그는 일본민족은 혈액에 기초한 공동체이며 혈통이 그 우수성의 원천이라는 식의 비합리적인 집착을 보였다.

그의 생각에 따르면, 만주이민의 성공은 일본민족이 순혈을 유지하면서 만주에 "일본 농촌"을 건설하는 것이다. 그리고 『제요』는 후루야가

---

73 위의 책, p.55.

주장한 바와 같은 순혈주의가 만주이민 정책에 반영되었다는 사실을 보여준다. 같은 시기, 일본의 인류학에서도 혼혈 관념에서 순혈주의로의 전환이 일어나고 있었다. 아르노 낭타(Arnaud Nanta)는, 1940년에서 1945년까지 일본 인류학의 특징으로 혼혈 방지와 일본민족의 독자성을 강조하는 "'일본회귀'라고 표현할 수 있는 움직임"을 지적했다.[74]

이처럼 만주국의 중핵이 되어야 할 일본민족의 우수성이 혈액에서 비롯된다면, 당연히 혼혈은 그 우수성을 무너뜨리는 '독'이 될 수밖에 없다. 진중렌은 바로 "무시무시한" 동화력을 가졌다는 '만인'인 것이다. 순혈주의의 입장에서 보면 구리타의 결혼과 혼혈아 출생은 만주로 이식되는 일본민족의 피를 열등하게 만들고, 오히려 일본인 이민자가 현지 민족으로 동화당하는 위험까지 내포한다.

『빛을 만드는 사람들』에서 구리타는 그러한 순혈주의적인 반대를 우려하지는 않는다. 그가 걱정하는 것은 '내지' 친척에 대한 자신의 체면이나 동료의 비판이고, 이 모든 "고난"에 저항할 수 있는 유일한 원동력은 그 자신의 "애정"뿐이라고 생각한다. 이는 '내지'의 친척과 이민단 동료들이 만인 여성과의 결합에 부정적일 것이며, 구리타 자신도 그러한 인식을 공유하고 있음을 자각하고 있다는 사실을 드러낸다. 구리타는 그 "애정"이 영원히 지속될 것인지는 확신하지 못하지만, 그래도 "강력한 어떤 것에 꽉" 잡혔다고 느낀다. 그것은 그에게 커다란 "각오"를 요구한다.

각오란 본디 만주 흙이 될 각오로 끝났을 터였다. 이윽고 만주국 국적에 들

74 アルノ ナンタ, 「大日本帝国の形質人類学を問い直す－清野謙次の日本民族混血論」, 坂野徹・慎蒼建編, 『帝国の視覚/死角』, 青弓社, 2010, p.73.

어가 자손이 영원히 이 대륙의 땅에서 생사를 반복하는 것이다. 풍작이 이 끝없는 옥야를 뒤덮을 때가 올 것이다. 이윽고 총도 필요 없어질 때가 올 것이다. 이민과 만인 사이의 피에 관한 문제는, 크건 작건 시간 문제인지도 모른다. (pp.65~66)

만인 여성과의 혼인은 구리타가 "애정"만으로 쉽게 수용할 수 있는 가벼운 문제가 아니다. 하지만 구리타는 이 결혼에 "훨씬 큰, 개인에서 벗어난 책임"을 부여한다. 그 토대가 되는 것은 지금은 아직 일본 국적을 보유한 이민자들이 이윽고 만주국 국적을 취득하고 자손 대대로 이 땅에서 살아간다면, 자연히 "이민과 만인 사이의 피에 관한 문제"에 도달할 것이라는 인식이다.

만주국에서 재만 일본인의 국적 문제는 중요한 정치 문제였다. 일본인의 국적 문제가 만주에서는 치외법권(治外法權) 철폐와 연동되어 있었기 때문이다. 제1차 시험이민단이 만주에 도착한 1932년, 양국 정부는 일만의정서(日滿議定書)를 체결하였다. 이 의정서는 만주국에서도 제국일본의 치외법권이나 만철 부속지와 같은 만몽권익이 존속됨을 확인하는 것이었다.[75] 만주국에서 치외법권의 특권은 만주국의 과세, 행정권의 배제를 뜻했다.[76] 만주국 성립 후에도 일본인 및 조선인[77]이 '일본제국신민'이라는 사실은, 만주국 통치와 민족협화를 내부에서부터 공동화(空洞化)하는 위험성을 내포할 수밖에 없었다. 따라서 제1차 만주국

75 田中隆一, 『満洲国と日本の帝国支配』, 有志舎, 2007, p.16.

76 위의 책.

77 조선인의 이중국적 문제는 만주에서 조선인을 '만주국민'의 위치에 놓으려는 만주국과 '제국신민'의 위치에 두려는 조선총독부의 대립으로 이어졌다. 위의 책, pp.130~141.

치외법권 철폐조약(1936)과 제2차 치외법권 철폐조약(1937)을 거쳐 만주국 치외법권 철폐 조치가 이루어지기 시작했다.[78] 하지만 치외법권 철폐 조치에서도 병사(兵事)행정, 신사(神社)행정, 일본인 교육 등은 만주국으로 이관되지 않았다.[79]

'일본제국신민'이 만주국 국적을 취득한다는 것은 그때까지 만주에서 '일본제국신민'으로서 향유한 특권을 포기한다는 뜻이었다. 제1차 무장이민단이 만주로 건너간 1932년은 물론, 이 소설이 출간된 1939년에도 재만 일본인은 특권의 상실을 우려하여 만주국 국적법에 반대하고 있었다. 이러한 동시대의 정치적 상황과 역사적 맥락을 고려한다면, 『빛을 만드는 사람들』에서 구리타가 일본인이 만주국의 국적을 취득하는 것을 전제로 만주국의 미래를 예측하고 있다는 점은 매우 중요하다.

물론, 구리타가 상상하는 만주국의 미래는 "풍작이 이 끝없는 옥야를 뒤덮을 때" "이윽고 총도 필요 없어질 때"와 같이 추상적인 시간이다. 그러나 당시 만주국의 국적법을 둘러싼 논의는 매우 복잡하게 얽혀 있었다.[80] 만주국 당국이 민족협화를 내세워 '국민통합'을 꾀하는 한편으로 일본인 및 조선인의 이중국적을 허용하는 것은 분명 모순이었기 때문이다.

---

78 제1차 만주국 치외법권 철폐조약(1936)에서 만주국의 과세산업행정권, 제2차 치외법권 철폐조약(1937)에서 영사 재판권, 금융행정권, 관세행정권, 우정권(郵政權), 통신권 등이 만주국 측에 이관되었다. 위의 책, pp.16~17.

79 위의 책, p.17.

80 다나카 류이치(田中隆一)는 중일전쟁 이전의 국적 법안에는 국적 선택권 존중, 이중국적 회피라는 국제 국적법에 대한 일정한 배려가 존재했으나 중일전쟁 발발 이후에는 그러한 배려가 사라졌다고 지적한다. 1939년 1월 만주국 국적법 제정 준비위원회 간사회의 국적법안에서는 거주지법을 기본으로 일본인의 경우에는 이중국적을 인정했다. 위의 책, pp.138~139.

일본인 이민 정책에서 국적 문제는 이민자의 심정적 문제이기도 했다. 예를 들어, 만주개척공사 총재였던 쓰보가미 데이지(坪上貞二)는 만주이민의 선전지인『개척 만몽(拓け満蒙)』에서 "만주국으로 이주하면 만주국인이 되는 것이 아닌가"라는 이민자의 질문에 답하였다. 그의 대답은 "이 이주는 일만불가분일체(日満不可分一体)를 기조로 하는 민족이동으로, 일만 양국의 관계는 평범한 대립종속적인 국가 관계가 아니기 때문"에 "이중국적을 가져도 모순은 없"으며 "만주국인이 되든 되지 않든 똑같다"는 것이었다.[81] 이민자의 질문은 만주국적 취득이 곧 일본 국적 이탈이냐는 것이었지만, 쓰보가미의 대답은 일본 국적을 보유한 채 "만주국인"이 될 수 있다는 것이었다. 현실적으로 생각할 때, 만약 만주이민이 일본 국적 이탈을 전제로 했다면 보수적인 농촌 사회에서 이민응모자의 모집이나 동원은 더욱 어려웠을 것이다.

이런 상황에서 만주이민 정책은 현지 주민과의 혼혈을 기피했고, 일본인 이민자에게 일본인 신부를 송출함으로써 일본인 자손을 확보하려 했다. 이미 검토했듯이,『빛을 만드는 사람들』에서도 '내지'에서 신부나 가족을 불러들이는 것은 자연스러운 일로 간주되고 있다. 그 일본인 이민자 중 한 사람인 구리타가 "이민과 만인 사이의 피에 관한 문제는, 크건 작건 시간 문제인지도 모른다"고 이야기하고, 일본인 이민자와 현지 주민의 혼혈아가 만주국 국적을 취득할 때 비로소 "이 대륙의 땅에서 생사를 반복"하는 것이 가능해진다는 전망을 제시하는 것이다. 구리타는 일본이민의 혼혈과 만주국 국적 문제는 먼 자손 대에 일어날 일이

81 坪上貞二,「日本民族文化の大陸移動」,『拓け満蒙』第3巻第1号(復刻版, 不二出版, 1998), 満洲移住協会, 1949.1, p.4.

라고 조건을 달기는 하지만, 결국 그것이 멈출 수 없는 흐름이라는 인식에 도달한다. 그렇다면 구리타와 진중렌의 결혼은 앞으로 진행될 두 민족의 혼혈을 선취하는 것이 된다. 이 결혼은 개인의 자유 선택과 일본인으로서의 아이덴티티 문제에서 출발하여 '만주국민' 창출이라는 크나큰 "각오"로 전환되는 것이다.

한편, 이민단에게 이 결혼의 의의는 주로 "일만친선(日滿親善 이하, 일만친선)"에 있다. 텍스트에서 구리타는 처음부터 "만인 아가씨와 연애하는 것으로 유명한 구리타 게사오"(p.24)로서 등장한다. 이민단의 간부 와키는 "진지하게 반했다면 일만친선의 의미에서 아주 좋은" 일이라고 평가한다. 이 작품에서 구리타와 진중렌의 연애결혼을 정당화하는 명분은 일만친선인 것이다.

그러나 이 일만친선은 구체적인 내용이 결여되어 있으며, 이민단의 중요한 목표도 아니다. 구리타의 교제를 일만친선의 의미에서 찬성했던 와키도 구라타가 그녀를 반려로서 '평가'해달라고 하자, 만인의 "국민성"은 "신용할 수 없"으므로 "여자도 똑같지 않겠나"라며 신중하게 경고한다(p.67). 와키의 "신용할 수 없다"는 평가는 주로 숙사 정비 등으로 만인을 고용했던 경험에 기초한 것이다. 이에 구리타는 만인 전체에 관한 부정적인 평가에는 동의하지만 "여자도 똑같지 않겠나"는 말에는 "그렇게 생각하면…… 허사가 됩니다"라고 부정한다.

구리타가 모든 만인을 이해하고 신뢰해야 한다고 주장하는 것은 아니다. 하지만 그는 만인을 "신용할 수 없다"는 말로 일반화시키면 만주이민은 "허사가" 된다고 지적하고, 만인 여성에 대한 부정적인 평가를 유보한다. 구리타가 그리는 만주국의 미래가 두 민족의 혼혈로 형성되는 만주국민의 존재를 긍정한다는 점을 고려한다면, 그가 단순한 일만친선을 뛰어넘어 만주이민 자체의 성공을 시야에 두고 발언하고 있다고 생각할 수 있다. 와키는 그러한 구리타가 "성실하고 대단한 인물"로 보여, "이 젊은이의 사랑을 이루어주는 것도 개척사업의 일부분이라고까지" 여기게 된다(p.68). 이처럼 구리타와 진중롄의 결혼은 "일만친선" 자체를 상징하는 혼인으로서 이민단에 받아들여지는 듯이 보인다.

그러나 이민단이 일만친선의 상징으로서 이민자의 신부가 될 진중롄에게 요구하는 것은 다른 일본인 신부와는 다른 것이다.

> "가서 엄청나게 고생할지도 모른다는 걸 알고 있는 겐가?"
>
> "알고 있는 것 같습니다…… 어쨌든 거기까지 말을 이해하게 할 수 없습니다. 총으로 아버지를 쏜 원수지만, 그런 건 다 잊고 좋아한다고 합니다."
>
> "그 점은 철저하게 이해시켜야만 해…… 자네 한 개인의 문제가 아니니까."
>
> "지금은 확실히 알고 있죠…… 비적을 쫓아준 은인이라고 생각하게 된 것 같습니다. 더구나 다행히 상처는 작았고, 요즘은 비적의 총알이라고 말합니다. 원망한 것은 처음뿐이었죠……."
>
> "자네가 괜찮다면 괜찮겠지. 입식 후가 문제야. 그리고 고쳐 줘야지……."
>
> 어느새 자재 옆이었다. 자재는 변함없이 서리나 한기에 노출된 채였다.
>
> "낮에 보면……." 구리타는 어조를 바꾸었다. "딱 저 부근이 예비 정박한 곳이었죠. 비적은 이 부근에 있었던 겁니다. 이 목재에는 탄환 자국이 꽤 있죠. 누군가가 한 발 파내서 소란을 피우더군요……." (p.68)

와키가 구리타에게 그녀가 이민자의 신부로서 "엄청나게 고생할" 각오를 했냐고 질문하자, 구리타는 명확한 답변을 피하며 그녀가 자신이 "아버지를 총으로 쏜 원수"여도 상관없다고 할 정도로 자신을 사랑하고 있다고 답한다. 그러나 이민단에게 중요한 것은 구리타를 향한 애정의 깊이가 아니다. 와키가 "자네 한 개인 문제가 아니"라고 할 때, 문제는 이민단 전체를 "아버지를 총으로 쏜 원수"라고 생각하는 진중롄의 인식이다. "아버지를 총으로 쏜 원수"라는 사실까지 "잊고" 구리타를 사랑하는 것은, 결국 이민단이 원수라는 사실을 부정하는 것이 아니기 때문이다. 와키는 구리타가 진중롄에게 이민단이 "아버지를 철포로 쏜 원수"가 아니라는 점을 "철저하게 이해시켜야"한다고 강조한다.

그러한 와키의 요구에, 구리타는 그녀가 지금은 확실히 이해하고 있다고 단언한다. 이 짧은 대화 속에서 구리타가 대변하는 이민단을 향한 그녀의 감정은 "아버지를 총으로 쏜 원수"에서 "비적을 쫓아준 은인"으로 극적으로 변모한다. 진중롄이 만인이면서도 이민단의 신부가 되기 위해서는 아버지에게 부상을 입힌 것은 "비적의 총탄"이며, 이민단은 "비적을 쫓아준 은인"이라고 인식해야만 한다. 이민단의 공격이 만인의 분노와 증오, 공포를 불러일으켰다는 사실은 텍스트에서 소거되어야만 하는 것이다.

그럼에도 이민단의 '만인 신부'를 향한 태도는 양가적이다. 3장에서 비적 토벌에 나선 이민단원들은 저녁놀을 바라보며 감상적인 기분을 맛본다. "마치 몸을 대지에 내던지고 울고 싶은 감정으로" 오키모토는 갑작스럽게 "구리타가 귀엽다는 생각이 들고, 갑자기 구리타와 만주 아가씨의 사랑을 이루어 주고 싶은 마음이 일어"나는 것을 느낀다(p.36). 그는 동료인 야기(八木)에게 "구리타를 호위해 주자"고 제안한다. 하지만 그 직후 관동군 토벌대가 도착하여 "토비행(討匪行)의 용사로서 다시 일어선" 야기는 "남의 사랑을 호위하다니 바보짓이야. 녀석은 목숨을 걸고 제멋대로 하고 있으니까"라고 이야기한다. 만주의 대지와 자연에서 비롯된 감격 속에서 그들은 구리타와 "만인 아가씨"의 사랑을 연상하고 적극적으로 긍정하지만, 그 일시적인 충동이 사라지면 다시 "남의 사랑"이 되는 것이다.

이민단에서 구리타의 "사랑"에 가장 깊이 관여하는 와키도 구리타가 "떳떳하게 내지에서 신붓감을 맞을 마음이" 되도록 그를 "갱생시켜 주고 싶은 마음으로" 가득하다(p.243~244). 이민단에게 구리타의 결혼은 "남의 사랑"이자 일만친선이라는 대의명분을 위한 일종의 희생으로 인식된다.

그리고 구리타와 진중롄의 "사랑"은 보다 현실적인 난관에 부딪친다. 구리타가 그녀와의 미래를 결심한 뒤, 이민단은 입식하기 위해 자무쓰를 떠나 비적과의 전투를 겪는다. 입식 후에도 치안이 악화하는 등 구리타가 떳떳하게 진중롄을 맞아들일 상황이 아니었다. 그 뒤, 구리타는 자무쓰에 남아 있던 와키의 편지를 읽고 진중롄이 량잔(糧棧)[82] 관구후이(關古恵)에게 "삼백 엔에 팔린다"는 사실을 알게 된다. 와키는 "만주에서 여자는 사고 파는 물건이니 도저히 빠른 쪽에게 이길 수 없다"며 "포기하게, 깨끗이 포기하고 이윽고 건설의 새벽에 일본에서 신부를 맞아 주게"(p.185)라는 말로 편지를 끝맺는다.

편지를 읽은 구리타는 현재 자신의 조건과 상황을 고려하면 그녀를

82 지주와 상인을 겸한 만주 토착자본이다. 자세한 설명은 앞 장 참고.

포기해야 한다고 생각한다. 그가 그녀를 기다릴 여지는 "관습에도, 여자와 자신의 환경에도, 또한 자신의 애정을 설명하여 여자를 기다리게 할 만한 언어의 한계에도"(p.222) 없기 때문이다. 현지 유력자에 비해 아직 현지에 경제적 기반을 갖추지 못한 이민자는 상대적으로 불리한 입장에 놓일 수밖에 없다. 설령 그녀를 빼앗아도 이민단의 현실은 "식사에 못지않게 여성의 부족, 결여를 느끼지만, 지금은 어쩔 수 없다는 생각으로 그 마음을 오직 건설의 한 방향으로 모으는 데 최대한 노력하고 있는 대원 전체"를 생각하면 그도 "사양"해야만 하는 것이다.

량잔인 관구후이는 이민자들이 "거리에서 보고, 광장에서 보는" "보통 만인"이 아니다. 그는 "일본의 도매상"같은 존재이자 "만인 농부를 상대로 지독하게 중간착취를" 하여 "만주 농업 발전을 적지 않게 방해하는" 존재이다. 그가 만인 농부의 아내에게 횡포를 부리는 장면을 목격한 이민단원들은 갑자기 "고향"을 떠올린다(p.30). '내지'의 고향에서는 소작인이나 빈농이었던 이민단원들은 량잔의 횡포와 착취에 고통받는 만인 농부에게 공감할 수 있었다. 하지만 이러한 일본인 이민자의 공감이 같은 농민으로서의 연대 의식으로까지 발전하지는 않는다.

이민자들은 량잔에게 새끼 돼지를 부당하게 빼앗기려는 만농의 아내에게서 시장보다 싼 가격으로 돼지를 사들이는 방식으로 돕는다. 이민단에 돌아온 취사반장이 그러한 사정을 이야기하자, 이민단의 간부 와키는 "량잔은 괜찮지만 만농(滿農)은 울리지" 말라고 주의를 준다. 그에 취사반장은 "알고 있어. 수수료라고 니(儞, 만인을 말한다)에게 베풀어 준 돈이야. 기뻐하며 돌아갔지. 나는 금방 울어……"(pp.25~26)라고 답한다. 이 장면에서는 착취당하는 농민과 착취하는 량잔의 권력관계에 새롭게 등장한 일본인 이민단이 농민에게는 시혜를 베풀고 량잔은 견제한다는 구도가 나타난다. 이러한 구도는 진중렌과 구리타, 그리고 관구후이의 관계에서도 반복된다.

매매혼이라는 현지 사회의 풍습에 따르면, 당연히 유복한 량잔의 아들이 아직 경제적 기반을 갖추지 못한 일본인 이민자보다 유리하다. 구리타도 자신의 불리한 입장을 자각하고 있다. 구리타가 그녀와 결혼 할 수 있는 것은, 전적으로 그녀 자신의 결단과 행동 덕분이다. 그녀가 아버지의 뜻을 거부하고 가출했다는 소식을 들은 구리타는 "쉽게 팔려 가는 운명인 만주 아가씨가 어떤 사정이 있건 사랑을 위해 부모에게 등을 돌리고 가출하다니 일본 아가씨적"이라고 생각하고, "가출의 원인을 오직 자신과 해로하기 위한 행동"(p.226)으로 해석한다. 실제로 그녀가 구리타를 찾아와 두 사람은 맺어진다. 구리타는 처음 꿈꾸었듯이 "쓰레기장의 색유리"처럼 아름다운 "만주 아가씨"만을 "자신이 가는 곳으로" 데려가는 데 성공한 것이다. 하지만 이것은 가출이라는 현지 여성의 적극적인 행동에 의한 것이다. 앞 절에서 검토했듯이, 『빛을 만드는 사람들』에서 일본 여성은 부모나 친척이 권하여 결정된 혼담에 따라 남편을 사랑하는 의무를 다해야 한다. 반면, "만인 아가씨"는 사랑을 위해 부모를 거스르는 "일본 아가씨적"인 행동을 거치고서야 비로소 신부가 되는 것이다.

이처럼 상반되는 행동을 모두 "일본 아가씨적"인 것이라고 표현하는 것은, 그들에게 기대되는 역할의 차이에 기인한다. 일본인 여성은 "나라를 위해" 남편을 사랑하고, 근면하게 일하며, 건강한 자녀를 양육하는 '대륙의 신부'가 되어야 한다. 반면 "만인 아가씨"의 매력은 항상 "이국적"인 것과 "일본 아가씨적"인 것 사이에서 흔들린다. 구리타는 그녀의 검은 중국옷에 감싸인 싱싱한 신체에 강한 매력을 느끼면서도 그녀가 "일본 아가씨와 같은 모습으로"(p.49) 고개를 끄덕이는 동작을 관찰하고, 그녀가 일본어를 이해할 수 없다는 것을 알면서도 "일본에서 일본 아가씨에게 이야기하듯이"(p.50) 이야기한다. 그리고 구리타를 향한 애정을 관철하기 위해 가출함으로써 "일본 아가씨적"이라고 인정받은 그녀는 이민자의 신부로서 일본인 이민자 사회에 편입되는 것이다.

이 가출은 구리타가 현지의 풍습에 따르지 않고 그녀를 아내로 맞았다는 사회적 위반을 은폐한다. 텍스트에서는 현지 사회와 그녀의 부친이 이 위반을 어떻게 이해하고 반응했는지 설명하지 않는다. 만약 이민단이 현지 사회나 풍습을 존중하고 신중한 태도를 취했다면, 그녀의 가출이 아무리 "일본 아가씨적"인 것이어도 이처럼 쉽게 신부로 인정하지는 못했을 것이다. 이 사실은 경제적인 기반과 상관없이 현지 유력자에 대한 일본인 이민단이 갖는 우위를 암시한다고 해석할 수 있다. 그리고 일본인 이민자의 합동결혼식에 진중렌은 작업복인 "몸뻬(モンペ)"를 입은 모습으로 나타난다.

> 구리타가 진중렌을 데리고 왔다. 진중렌은 일본 옷을 입고 몸뻬를 입고 있었다. 등에는 이제 두 살이 되는 남자아이의 흙으로 더러워진 뺨이 엿보였다. 와키는 진중렌의 변모에 대단히 놀랐다. 두 사람은 그저 빙긋 웃으며 눈과 눈으로 서로 격조했던 것에 대한 인사를 나누었다.
>
> 와키가 말했다.
>
> "자네를 똑 닮았는걸. 뭐라고 이름을 붙였나? ……."

구리타는 아이 손을 잡으며 대답했다.

"히데오(日出男)요. 제 이름과 비슷하죠……." (p.352)

이 마지막 장면에서 이국적인 매력에 가득 찼던 그녀의 모습은 완전히 '일본적인 것'에 포섭된다. 그녀의 일본적인 모습은, 다른 일본인 신부들이 화려한 기모노를 입고 파라솔이나 손수건을 흔드는 모습에 비해 근로와 생산에 충실한 농민의 모습이다. 진중렌이 일본인 신부보다도 충실한 일본인 이민자 사회의 일원이라고 의식적으로 강조하고 있다고 볼 수 있다. 문제는, 이처럼 진중렌이 일본 측에 포섭당하는 모습을 적극적으로 긍정한다면, 그것은 단순한 일만친선의 영역을 뛰어넘게 된다는 점에 있다. 그녀는 이미 혼혈 아들을 품에 안고 있기 때문이다.

이 혼혈아는 일본인 아버지와 비슷한 이름을 가졌다. 신부의 최대 임무가 토지 세습의 기초인 자손의 출산 및 양육이라면, 그녀는 다른 일본인 신부들보다 앞서 그 임무에 성공했다. 그러나 혼혈 아들의 존재는 구리타가 "각오"했던 것, 즉 "이민과 만인 사이의 피에 관한 문제"를 체현한다. 구리타가 혼혈과 만주국 국적을 이야기할 때, 그는 그것을 먼 후대에 일어날 문제라고 상정했다. 그러나 일본인 아버지를 닮은 혼혈 아들의 존재는, 그 존재 자체로 일본인 신부를 송출하는 만주이민 정책에 정면으로 이의를 제기하는 것이다.

앞에서 살펴보았듯이, 만주이민에서 혼혈 문제가 중요한 것은 다른 민족에 상대적으로 지도적인 위치에 있어야 하는 일본민족의 우월성과 직접적으로 연결된 문제였기 때문이다. 『제요』에서는 "일만 양국 민족의 결혼을 통한 민족적 포합(抱合) 역시 털끝만큼도 적극적 의의를 갖지 않는다"며 그 이유를 "팔굉일우의 정신은 항상 중핵적 지도적 성격을 갖고 있기 때문"이라고 주장했다.[83] 즉, 일본민족은 그 존재만으로 '팔굉일우'의 정신을 체현하는 특별한 존재이므로 타민족보다 우수하다. 일본민족의 우수성을 유지한다는 중요한 목적에 비하면 일만친선이나 민족협화는 부차적인 가치에 불과하다. 따라서 "단순한 친선, 제휴는 의미를 갖지 못한다. 그것은 단순한 원주(原住)문화의 모방에 불과하"[84]다. 일본인의 민족협화란 "원주민족과의 상호이해나 접촉만이 아니라, 야마토민족이 만주국의 중핵적 지도자임을 염두에 두고 항상 지도 임무를 다하는 것"[85]이었다.

일본인 남성 이민자와 일본인 여성 이민자의 결혼은 일본민족의 순혈을 지키기 위해 중요하다. 그렇다면 구리타의 결혼과 혼혈아의 출생은 제국일본의 배타적인 민족주의 담론에 대한 중대한 위반이다.

결국, 그들의 결혼은 단순한 일만친선의 영역을 뛰어넘어, 만주이민의 최대 목표인 일본민족의 증강이 아니라 두 민족의 혼혈융합의 가능성을 직접적으로 제시하고 있는 것이다. 이는 오히려 만주국 '국민 창출'의 문제이다. 구리타의 인식은 일본인 이민자의 "자손은 영원히 이 대륙의 땅에서 생사를 반복"하기 위해 일본 국적을 포기하고 만주국 국적을 취득하여 "이민과 만인 사이의 피에 관한 문제"가 해결되었을 때라는 지점에 이른다. 일본인 이민자의 다음 세대는 일본민족이라기보다 '만주국 국민'이어야 하는 것이다.

---

83 拓務省拓北局補導課, 앞의 책, p.9.
84 위의 책.
85 위의 책, pp.130~131.

구리타는 현지 여성과의 연애결혼과 혼혈아 출생이라는 배타적 민족주의 담론의 위반을 장래 만주국에 나타날 만주국의 '국민 창출'로서 낭만적으로 극복하려 한다. 이는 만주국이 내세우는 민족협화의 환영을 투영한 것이기는 하지만, 완전히 일치하지는 않는다. 이러한 사고는 일본민족의 순혈성을 지키기 위한 '대륙의 신부' 정책은 물론, 만주이민 자체의 정당성을 훼손할 수 있는 가능성을 내재하고 있었다. 만주의 토지 획득과 남성 이민자의 '정복' 서사가 민족 간 혼혈융합과 새로운 '국민 창출'의 서사로 끝나는 것이다.

물론 이 혼혈융합과 새로운 '국민 창출'의 서사가 일본 문화의 우수성과 지도성을 부정하는 것은 아니다. 그 예로 언어 문제를 들 수 있다. 앞에서 살펴보았듯이, 『빛을 만드는 사람들』에서 언어의 학습은 주로 구리타와 진중롄 사이에서 이루어진다. 그녀는 구리타에게 "니 시 선머싱(儞是甚麽姓, 네 이름은 무엇인가)?"라고 묻는다. 그는 그녀의 질문을 이해하지 못한 채 이민단 숙사로 돌아와 『일만용어(日滿用語)』를 펼쳐 그 뜻을 조사한다.

> 그는 숙사로 돌아오자 니 시 선머싱이 아직 혀에 남아 있는 동안 서둘러 선반 위에 있는 『일만용어』라는 핸드북을 펼쳐보았다. 독음에 의지하여 닥치는 대로 찾아보자, 제1화 대화의 질문과 해답 부분에 있었다.
>
> (네 이름은 무엇인가)
>
> 그는 그녀의 얇은 입술이 움직이는 것이 눈에 선했다. 옷깃에 죄인 가느다란 목의 기관이 실룩실룩 움직이는 여자의 부드러운 목소리가 귀에 되살아났다. 자연스럽게 얼굴과 귀가 달아오르는 것을 의식했다. (p.59)

이처럼 “니 시 선머싱”이라는 말은 구리타가 가장 빨리 익힌 만어이다. 그러나 『일만용어』는 단순한 일상회화 책이 아니다. 이민단이 아직 입식하지 못하고 정찰에 나섰을 때, 그들은 현지 마을에서 숙박하기 위해 교섭하게 된다.

> 역시 가장 처음에 “너희들은 두려워하지 않아도 된다, 안심하라”고 먼저 이야기하는 것이었다. 『일만용어』를 바로 옆에 놓고 참고하며 이야기했다.
>
> “워먼 쥔두이 메이유 디팡 주(我們軍隊沒有地方住, 우리 군대는 숙영할 장소가 없다).”
>
> 만인들은 쉽사리 얼굴을 누그러뜨리지 않았다. 검게 탄 얼굴에 서리가 내린 수염 안쪽으로 의심스럽다는 듯이 이쪽을 물끄러미 바라보고 있을 뿐이었다.
>
> “니 시 번디더 디바오 머(儞是本地的地保麼, 네가 이 지역의 지보(地保)[86] 인가)?”
>
> 그 중 한 남자가 조금 두렵다는 듯이 끄덕였다. 바로 이어 읽었다.
>
> “미안하지만 몇 집을 비워 달라. 우리는 결코 소란을 피우지 않는다, 안심해라. 우리는 너희들에게 공평한 사례금을 지급할 것이다.”
>
> 제1편인 『숙영(宿營)』 부분은 잘 만들었다. 괜한 말은 일절 없고, 이쪽이 말하고 싶은 것만 알맞게 실려 있다. (pp.108~109)

책의 첫 장이 군대의 숙영이라는 사실만 보아도 『일만용어』가 어떤 상황을 상정했는지 알 수 있다. 철저하게 “이쪽이 말하고 싶은 것만 알

86 청에서 민국 초기까지, 지방에서 관아나 군대를 위해 재물을 징수하고, 부역을 징집하던 사람을 가리킨다.

맞게 실려" 있는 회화 책은 책의 목적이 무엇인지를 분명하게 보여준다. 만어와 일본어의 비대칭성은, 만주에서 만인과 일본인의 권력 구도를 반영하고 있을 뿐만 아니라 그 폭력성을 증명한다. 이 『일만용어』가 어떤 기능을 하는지는 지린군의 토벌에 참가한 이민단이 철수하는 도중 "패잔비(敗残匪)"를 발견하고 심문하는 장면에서 보다 명료하게 나타난다. 이민자 중 한 사람이 "패잔비"를 일본도로 위협하지만 말이 통하지 않자 구리타가 심문을 맡는다.

오키모토 대신 구리타가 앞으로 나섰다.

만어 선수인 그는 눈을 지그시 감고 하나 끄집어냈다.

제1편 회화 부분에 있는 5번째 심문이다. 그는 과연 『일만용어』는 잘 만든 책이라고 감탄했다. 그는 처음에는 심문, 정찰, 선무, 숙영 같은 여러 경우의 회화가 편집되어 있는 것을 크게 신경 쓰지 않았지만, 이렇게 피투성이 남자를 앞에 두고 심문이라는 겁나는 말을 실제로 응용하게 되고서야 처음으로 자신들이 사는 환경이 실로 살풍경하다는 사실을 실감했다.

선수라 해도 언제쯤 생각하는 바를 조금이라도 매끄럽게 말할 수 있을지, 연인 진중롄 앞에서는 도무지 아무 말도 못하고 그저 묵묵히 행동하고 돌아갈 뿐이었다. 그런 허술한 선수였다.

얼굴과 말의 기세만 진짜처럼 입에서 튀어나왔다.

"니 쟈오 선머(儞叫甚麽, 네 이름은 무엇인가)?"

오키모토가 칼을 칼집에 밀어 넣었다.

남자 얼굴에 회색이 스쳤다. (p.179)

이 장면에서 심문이라는 폭력적인 상황과 『일만용어』의 유용성이 강조되는 흐름은, 무장이민자인 구리타가 발화하는 만어의 폭력성을 선명하게 드러낸다. 심문 당하는 만인과 심문하는 일본인 이민자를 매개하는 만어는, 포로를 위협하는 이민자의 일본도가 상징하는 직접적이고 수직적인 권력관계에서 발화된다. 이것은 타자와 상호 승인이나 감정을 교환하는 일상회화가 아니다. 일방적으로 권력을 가진 쪽이 권력을 갖지 못한 타자의 생명을 장악하는 말이며, 그 언어의 배후에 있는 권력관계를 응축한 것이기도 하다.

이 점을 고려한다면, 어째서 "만어 선수"로서 『일만용어』를 암기하고 있는 구리타가 연인 앞에서는 "도무지 아무 말도 못하"는지 이해할 수 있다. 구리타가 하는 만어는 『일만용어』에서 학습한 것이며, 그것은 연인과의 대화에는 적절하지 않은 언어이기 때문이다.

『빛을 만드는 사람들』에서 만어를 둘러싼 권력관계는 이처럼 중첩되어 있다. 『일만용어』가 상정하는 회화 장면은 심문, 정찰, 선무, 숙영이며, 이는 그대로 만주에서 일본인 이민자의 존재 방식을 드러낸다. 실제로 구리타가 심문한 결과 "패잔비"는 비적이 부역을 위해 동원한 농민이라는 사실이 밝혀진다. 그의 이름은 우톄바이(呉鐵白)인데, 그는 이민단에 귀순하여 잡역부가 되고, 합동결혼식에서는 구리타의 아내가 된 진중롄과 아들이 탄 마차의 마부로 등장한다. 만어를 구사하는 일본인 이민자가 만인 아내와 결혼하는 곁에서 만인 농부는 잡역부로 일한다는 상황은 그들이 상징하는 일만친선이 어떤 것인지를 상징적으로 보여준다.

지금까지 살펴보았듯이, 『빛을 만드는 사람들』의 구조는 크게 두 가지로 나뉜다. 만주에서 비적과 싸우며 입식지에 입식하는 '정복'의 서사와 입식 후 이민단이 획득한 토지 소유와 세습을 위한 '혼인'의 서사이다. 이미 앞에서 지적했듯이, 이 소설에서 일본인 농업이민단의 무장은 토지 획득과 이를 저지하는 비적 토벌을 명분으로 삼아 정당화된다.

그러나 이민단이 빈번하게 "비적 토벌"에 동원되고 다시 입식이 지연됨에 따라 "군대에 준하는 무장"을 한 무장이민단의 존재 방식과 토지를 획득하여 농업에 종사하려는 이민자 사이에 균열이 생긴다. 이 균열을 호도하기 위해 이민단원이 "백성적 집념과 단결"로 무력을 행사하는 "농민혼"이 제시된다. "농민혼"을 통하여 이민자는 농업종사자로서의 농민이 아니라 "땅을 얻는가 잃는가의 갈림길에 선, 그 무시무시한 희생으로 돌격하는" 고대 백성의 모습이 소생했다고 묘사된다. 하지만 이민자가 열망하는 토지 획득은 근대적인 개념에 기초한 것이며, 만주농업이민의 전제인 자작농 육성 정책에 비추어 보아도 고대 백성의 재현은 애초에 불가능하다. 결국 관동군의 토벌 동원과 입식의 지속적인 지연은 이민단의 사기를 심각하게 저해할 뿐만 아니라 둔간병의 원인이 된다. "농민혼"으로도 농민과 병사 사이의 괴리는 해소할 수 없는 것이다.

무력행사로 입식에 성공한 이민단은 정착 생활과 개인 경제 단계로 들어간다. 이때 남성 이민자는 '내지'에서 신부를 맞아들이려 한다. 남성 이민자의 배우자로서 여성 이민자에게 필요한 것은 남성과 동등한 생산 노동력과 노동력의 재생산을 가능하게 하는 건강한 신체이다. "나라를 위해"라는 대의명분으로 젊은 일본인 여성 이민자의 노동력과 재생산 노동이 동원되는 것이다.

그 과정에서 여성의 과잉한 성적 매력이나 남성 이민자와 관동군 군인 사이의 호모소셜한 관계처럼 '내지'에서는 사회적으로 인정받기 어려운 다양한 섹슈얼리티가 표현된다. 전시체제하의 제국일본에서 나타난 "모든 이성애적인 것을 향한 적의와 배재, 성애(性愛)에서의 자유 금지"[87]에 비추어 보면 그 괴리는 더욱 두드러진다.

『빛을 만드는 사람들』에는 두 가지 시스템이 존재한다. 우선 일본인 남성 이민자와 일본인 여성 이민자의 혼인은, 그들이 '정복/개척'한 토지가 일본인 자손에게 세습되는 것을 보장한다. 이민자가 만주 농촌에 농민으로서 정주하여 일본인의 혈통과 문화를 유지하며 발전하는 것은 곧 일본 세력의 부식(扶植)이며, 나아가 제국일본의 만주 지배의 미래를 보장하는 초석이다.

또 하나는 일본인 남성 이민자와 일본인 병사라는 인적 자원의 순환이다. '대륙개척정신'에 깊이 공명하고 대륙개척문예간화회의 중심적 존재였던 후쿠다 기요토(福田清人)는, "오늘날 대륙에 건너간 백만이 넘는 병사 대부분이 농촌 출신이며, 혹은 돌아와 다시 교대하여 나간다"[88]고 지적했다. 실제로 무장이민단은 재향군인으로 구성되었고, 이 소설에서 무장이민단의 활동은 주로 관동군의 비적 토벌과 관련하여 묘사된다. 오코지마와 시나가와의 관계를 보아도 '내지' 농촌 청년이 만주에 주둔하는 용감한 병사로, 그리고 남성끼리의 유대에 힘입어 신뢰할 수 있는 만주이민자로 전환된다. 이처럼 병사에서 농민으로, 다시 병사에서 농민으로의 전환이 만주이민 정책 측의 기획에 합치하는 것임은 물론이다.

---

87 若桑みどり, 앞의 책, p.23.

88 福田清人, 『大陸開拓と文学』, 満洲移住協会, 1942, p.14.

즉, 이 소설에는 만주 일본인 농업이민자의 재생산 시스템과 제국일본의 농촌 청년이 병사이자 이민자로서 순환되는 시스템이 병존하고 있다. 여성의 과잉한 섹슈얼리티나 정열, 남성의 호모소셜한 관계는 도착적인 섹슈얼리티로서 소비되기 위한 것이 아니라 두 시스템 사이에서 생겨나는 균열이다. 종주국에서는 용납되기 어려운 섹슈얼리티의 다양성이, 식민지에서는 이민공동체에 공헌하는 한 허용되는 것이다.

이 점을 고려한다면, 더더욱 일본인 이민자의 혼혈 문제는 만주이민 정책의 지극히 본질적인 위반이다. 구리타와 진중렌의 연애와 결혼 과정은 이민단의 상륙부터 합동결혼식까지의 일정과 연동하여 진행된다. 구리타는 그녀와 만남으로써 이민단이 비적을 향해 무차별적으로 행한 사격이 무고한 그녀의 부친에게 부상을 입혔다는 사실을 인식한다. 그는 부녀의 시선을 통하여 만인이 이민단에게 향하는 이해할 수 없는 시선의 의미와 이민단이 만인에게 향하는 불신과 경계의 시선을 동시에 이해하는 것이다.

그리고 일본인 이민자인 구리타는 그 결혼이 커다란 "책임"을 요구한다는 사실을 자각한다. 이민단은 만인 여성과의 결혼을 일만친선에 공헌하는 것, 나아가 구리타의 개인적인 희생으로 이해한다. 그러나 구리타가 생각하는 "책임"은 일만친선의 영역을 뛰어넘어 '만주국민'의 창출에 이른다. 결국, 합동결혼식장에서 그는 만인 아내와 그 사이에서 태어난 혼혈아와 함께 참석한다. 그들의 결혼은 서사의 유기적 결합 속에서 민족협화의 실현과 '만주국민'의 창출을 상징하도록 의도적으로 조형되었다고 볼 수 있다.

그러나 혼혈로 민족협화를 실현한다는 것은, 일본민족의 우위성과 순혈성 유지라는 만주이민 정책의 방침과 충돌한다. 타민족과의 혼혈은 다른 민족을 선도하고 지도해야 하는 일본민족의 혈통에 입각한 특권적 우위성을 무너뜨릴 수 있기 때문이다. 일본민족의 순혈 유지는 만주만이 아니라 '대동아공영권'의 농업 식민에서도 중요한 문제였다.[89] 제국의 팽창과 세력권 확대는 일본인의 대외진출이었지만, 그로 인한 혼혈이나 기후 풍토 등의 환경 변화는 자명한 것으로 간주된 일본민족의 변질을 초래할 수 있다는 점에서 경계의 대상이었다. 제국일본이 이러한 위험을 충분히 인식하고 있었다는 사실은, 대량 이민과 집단 이민과 같은 이민 방식, 이민자의 배우자 송출 정책을 통한 혼혈 방지, 일본문화 이식 등의 만주이민 정책에서 읽어낼 수 있다.

물론, 우생학이나 인류학을 중심으로 전개된 일본민족의 순혈성을 유지해야 한다는 주장은 '대동아공영권' 건설을 위해 혼혈융합을 강조하는 민족론과는 아귀가 맞지 않는 것이었다. 타민족과의 혼혈융합이란 일본민족이 조선민족처럼 주변의 여러 군소 민족을 "융합하거나 동화"시켜 보다 넓은 민족을 형성해가는 것이었으며, 이때 작은 민족의 개념은 큰 개념 속에 녹아드는 것[90]이었다.

예를 들어, 다카타 야스마(高田保馬)는 "나는 일본민족 내지 야마토민족을 하나의 협의(狹義)민족, 즉 근대민족으로 보지만, 이제는 국가 통제와 상호적인 접촉혼화(接触混和)를 통해 일본민족과 조선 동포를 포괄하는 집단이 형성되고 있다고 본다. 그것이 바로 생성되고 있는 신(新)

---

89 坪内良博,「人口問題と南進論」, 戦時下日本社会研究会編,『戦時下の日本』, 行路社, 1992, pp.128~129.

90 高坂正顕・西谷啓治・高山岩男・鈴木成高,『世界史的立場と日本』, 中央公論社, 1943, p.338.

일본민족이다. 하지만 우리와 몽고민족, 한민족(漢民族) 등도 무관하지 않고, 보다 현저한 종(種)들의 유대로 이어져 있다. 이를 하나로 묶어 동아민족이라는 표현을 쓰는 것도 꼭 불합리하지는 않다. 이 표현은 실제로 목격하기도 하는데, 이 표현을 사용하는 배경에는 넓은 의미의 혼혈 즉 피로 이어진 근친(近親), 지연(地緣), 문화상 갖가지 공통점, 이것들이 결속의 연대로 작용하는 것으로 보인다. 한 걸음 더 나아간다면, 이러한 결속의 중심에 존재하는 것은 아마도 일본민족일 것이다. 왜냐하면 동아의 각 민족 중에서 동진(東進)한 각종의 분자가 혼합하고 동화하여 지금은 나뉘기 어려운 동질적인 일본민족을 생성했는데, 이 일본민족이라는 것은 결코 단순한 관념적 추상이 아니라 살아 있는 현실의 생생한 결속이다"라고 주장하기도 했다.[91]

이때 "동아민족"이라는 이데올로기적 개념은 아시아 여러 민족이 거슬러 올라가면 피로 이어진 일본민족의 '근친'이라는 혼합민족론의 흐름을 잇는 것이라고 볼 수 있다. 아시아인의 연대와 '대동아공영권' 건설을 호소할 때, 혈통을 중시하는 배타적인 민족론은 적절하지 않았다. 하지만 현실의 이민 정책에서 혼혈은 일본민족의 순혈을 지키기 위해 예방되고, 적극적으로 기피해야만 하는 것이었다.

이처럼 『빛을 만드는 사람들』은 국책소설로서 일본인 무장이민단의 만주이민을 그리면서 '만주국민'의 창출을 낭만적으로 묘사했다. 하지만 본래 민족협화에도, 슬로건인 '오족협화'에도, 각 민족 간의 혼혈은 상정되지 않았다. 혼혈로 '만주국민'을 창출한다는 발상은 일본인의 만

91 高田保馬, 『東亜民族論』, 岩波書店, 1939, pp.45~46.

주이민을 통하여 일만관계의 강화를 꾀한다는 만주 지배의 대전제를 필연적으로 전복시키기 때문이다. 제국일본 측이 만주국과 관련하여 가장 두려워한 것 중 하나가 영국과 미국의 관계였다는 점을 고려해야 할 것이다. 막대한 자금과 지원을 쏟아 부은 국책이민의 결과, 재만 일본인이 일본인으로서의 아이덴티티보다 '만주국민'으로서 자각하는 일은 결코 허용되어서는 안 될 일이었다.

물론, 『일만용어』의 예에서 알 수 있듯이 이 위반은 만주국의 존재 자체를 부정하는 것은 아니었다. 하지만 『빛을 만드는 사람들』에 나타난 위반이나 균열, 모순을 만주이민의 여러 정책과 현실을 비판적으로 검토하는 '역증(逆証)'으로서 재독할 수 있는 것이다.

제6장

농촌 문제의 해결에서 전쟁 수행으로

와다 덴 『오히나타 마을』과 도쿠나가 스나오 「선견대」

1. 분촌이민과 농민문학의 합리성

지금까지 분석한 작품의 소재는 주로 초기 무장이민단이었다. 하지만 농민문학간화회와 대륙개척문예간화회가 성립되고, 이에 참여한 작가들이 가장 활발하게 작품 활동을 하던 당시, 만주이민 정책의 중심은 분촌(分村)이민이었다.

시험이민기를 거쳐 만주이민이 본격화되었는데, 전국에서 지원자를 모집하는 기존 이민단과는 다른 형태의 분촌・분향(分鄕)이민이 1938년부터 나타나기 시작했다. 이 새로운 형태의 이민단은 갱생(更生)하려는 의지가 있는 특정 마을, 군(郡) 내의 복수 마을을 모체로, 마을 하나를 조직적으로 분할하여 200호에서 300호로 이민단을 편성하여 송출하는 집단 이민이었다.[1] 이러한 이민 형태의 변화는 '내지' 농촌의 경작지 부족 문제를 해결하려는 경제갱생정책의 일환이자 지연 및 혈연을 이용하여 이민자의 심리적인 안정을 유지하고, '내지'의 모촌(母村)과의 결속을 기대할 수 있다는 이점이 있었다. 또한 분촌이민은 대량 이민을 가능케 함으로써 엔(円) 블록 내의 식량 공급 촉진도 기대할 수 있었다.[2] 따라서 국책이민으로서의 만주이민은 "동아농업체제 정비, 내지 농업생산력의 유지 및 증진"에 기여하는 것으로서 "더욱더 그 중대성이 늘어"[3]났고, 이민 정책의 추진은 '내지' 농촌과 농민을 전시체제로 재편성하는 과정이기도 했다.

이러한 변화는, 단순히 대량 이민으로의 전환만을 뜻하지는 않는다. 초기의 시험이민단은 당초 이민 정책 추진자들의 의도와 달리 지주화 경향이 두드러졌다.[4] 이는 만주이민 정책 측이 지향한 안정적인 자작농 육성의 실패를 뜻했다. 일본인 이민자가 자작농으로서 만주에 정착하는 것은 만주이민의 중요한 목표 중 하나였다. 이를 보완하기 위해 분촌이민이 고안되었던 것이다.

---

1 岡部牧夫, 「移民政策の展開」, 植民地文化学会編, 『「満洲国」とは何だったのか』, 小学館, 2008, p.159.

2 今井良一, 「満洲農業移民における地主化とその論理－第三次試験移民団「瑞穂村」と第八次「大八浪」分村開拓団との比較から」, 蘭信三編, 『日本帝国をめぐる人口移動の国際社会学』, 不二出版, 2008, p.218.

3 東京帝国大学農学部農業経済学教室, 『分村の前後』, 岩波書店, 1940, p.1.

4 만주이민 정책 측은 일본인 만주이민자가 평균 합계 10정보의 경작지를 소유하고 가족이 주요 노동력이 되어 수전, 밭농사, 가축 등 다각적인 농가 경영을 확립해야 한다고 보았다. 그것은 자급자족을 원칙으로 하는 자작농의 모습이었다. 今井良一, 앞의 글, p.219.

분촌이민계획은 1938년에 성립되었지만, 본격적인 계기는 나가노(長野)현 미나미사쿠(南佐久郡)군 오히나타 마을(大日向村, 현 사쿠호(佐久穂)정)에서 편성되어 지린(吉林)성 수란(舒蘭)현 시쟈팡(西家房)촌 부근에 입식한 제7차 만주농업이민단, 소위 오히나타 마을형(型) 분촌이민의 등장이다(1939). 이 오히나타 마을형 분촌이민은 "즉효성과 정착성이 가장 우수하다"는 평가를 받으며 널리 알려졌다. 이 오히나타 마을의 분촌이민을 제재로 한 작품이 바로 와다 덴(和田伝, 1900~1985)[5]의 장편소설 『오히나타 마을(大日向村)』이다. 한편 도쿠나가 스나오(徳永直, 1899~1958)[6]의 단편소설 「선견대(先遣隊)」는 제6차 이민단의 분촌이민을 제재로 삼았다.

도쿠나가의 「선견대」는 개조(改造)사에서 파견된 도쿠나가가 만주시찰(1938.9~10) 뒤, 이듬해 『개조(改造)』 2월호에 발표한 작품이다. 그

---

5 본명은 즈토(傳). 가나가와(神奈川)현 아츠기(厚木)의 지주 집안에 태어났다. 1923년에는 와세다(早稲田)대학 불문과를 졸업하고, 「산속(山の奥)」(『早稲田文学』, 1923.7)을 발표하여 농민문학 작가로 활동하였다. 와세다문학사에 입사하여 작품 활동을 계속하였다. 1927년에는 잡지 『농민(農民)』을 발행하기도 하였다. 1937년, 장편소설 『옥토(沃土)』(砂子屋書房)를 발표하고 신조(新潮)사 문예상을 수상하였다. 1938년에 결성된 농민문학간화회 간사장으로 활동하였는데, 『오히나타 마을』의 성공 이후에는 주로 장편소설을 발표하였다. 1954년에는 일본농민문학회의 초대 회장이 되었다. 전후 농지개혁 등으로 동요하는 농촌 사회를 묘사하며 『조개구름(鰯雲)』(池田書店, 1957), 『문과 창(門と倉)』 3부작(家の光協会, 1972) 등을 발표했다. 厚木市立中央図書館編, 『和田伝 生涯と文学』, 厚木市教育委員会, 1988.

6 어린 시절부터 인쇄공 등으로 일하며 사회운동을 접했다. 1929년에는 일본프롤레타리아작가동맹에 참가하였고, 기관지 『전기(戦旗)』에 「태양이 없는 거리(太陽のない街)」를 발표하고 전업작가가 되었다. 하지만 「창작방법상의 새 전환(創作方法上の新転換)」(『中央公論』, 1933.9)을 발표하고 일본프롤레타리아작가동맹을 탈퇴하였고, 1937년에는 「태양이 없는 거리」의 절판을 선언하여 전향하였다. 개조사의 의뢰로 만주의 일본인 이민지를 한 달에 걸쳐 여행한 뒤(1938.9~10), 「선견대」를 발표하였다. 구보타 요시오(久保田義夫)는 「선견대」가 도쿠나가의 "본질적인 전향소설"이라고 평한 바 있다. 만주이민을 소재로 한 소설로는 『흙에 싹트다(土に萠える)』(昭和書房, 1940) 등이 있다. 전후에는 신일본문학회(新日本文学会) 창립에 참가하여 활발한 문학 활동을 이어나갔다. 久保田義夫, 『徳永直論』, 五月書房, 1977.

뒤, 만주시찰에서 쓴 견문기 등의 글을 모아 단행본 『선견대(先遣隊)』를 간행하였다(1940.3).[7] 당시 이 작품에 대한 평가는 "중후한 느낌"[8]을 주는 역작이기는 하나 작위적이라는 것이었다. 그 뒤로도 「선견대」는 만주여행의 견문에 기초한 르포르타주 작품으로 수용되었고, 도쿠나가의 전향작품으로서 거의 연구되지 않았다. 우라타 요시카즈(浦田義和)는 도쿠나가와 만주의 관계를 전체적으로 조망하면서 「선견대」가 "대륙의 신부라는 안이한 해결법으로 접근하기는 했지만 이주지의 망향병(望郷病)이라는 현실"을 제시함으로써 "'리얼리즘'을 주장했던 도쿠나가의 전(前) 프롤레타리아 문학자다운 특징"[9]을 드러낸 점에 주목하였다. 「선견대」가 "리얼리즘"으로 창작된 르포르타주 작품이라는 평가는 현재까지도 답습되고 있는 것이다.

한편, 『오히나타 마을』은 와다가 『아사히그래프(アサヒグラフ)』에 실을 방문기를 쓰기 위해 이바라키(茨城)현 우치하라(内原)의 만몽개척청소년의용군훈련소를 방문했다가 오히나타 마을의 분촌이민계획을 듣고 오히나타 마을을 방문한 것이 창작의 계기가 되었다(1938.10.13). 같은 해, 와다는 농민문학간화회에서 파견되어(1938.11~12) 만주의 오히나타 마을을 취재하였고, 그 성과로서 『오히나타 마을』이 아사히(朝日)신문사에서 간행되었다(1939.6).[10] 특히 『오히나타 마을』은 극단 전진

---

7 浦田義和, 「徳永直と「満洲」ールポルタージュの罠・文学大衆化論の罠」, 『社会文学』 31号, 日本社会文学会, 2010, p.2.

8 高見順, 「異常とは何か4ー筋と描写」, 『中外商業新報』, 1939.2.4; 『高見順全集 第14巻』, 勁草書房, 1972.

9 浦田義和, 앞의 글, pp.2~3.

10 堀井正子, 「和田伝「大日向村」の屈折」, 分銅惇作編, 『近代文学論の現在』, 蒼丘書林, 1998, pp.272~273.

좌(前進座)의 상연(1939.10) 이후에도 영화화되어(1940.11) 만주이민 선전의 도구가 되었다.[11]

오히나타 마을의 분촌이민이 1937년부터 1938년 사이에 진행되었다는 점을 고려한다면, 두 작품 모두 만주이민 정책의 변화에 매우 신속하게 반응했다는 점을 지적할 수 있을 것이다. 또한 작품의 취재, 집필, 발표에 이르기까지 개조사나 아사히신문사와 같은 저널리즘의 지원을 받았다. 또한 작가의 만주이민 정책에 대한 민감한 반응과 적극적인 긍정은, 당시 저널리즘과 일부 작가들이 얼마나 만주이민 정책을 중시했고 지지했는지를 보여준다. 분촌이민을 소재로 한 「선견대」와 『오히나타 마을』은 같은 시기에 주목받기 시작한 분촌이민을 널리 선전하고, 농민의 이민 참가를 호소한다는 구체적인 목적의식을 가지고 집필되었다고 추측할 수 있다.

그러나 두 작품에서 나타나는 분촌이민의 논리는 동일하지 않다. 「선견대」에서는 선견대에 참가한 청년이 둔간병(屯墾病)에 걸려 이민을 포기하고 고향으로 돌아간다. 하지만 결국 고향마을의 분촌이민 계획에 참가하여 다시 만주로 돌아가 동료와 재회한다. 한편, 『오히나타 마을』에서는 피폐한 '내지' 농촌과 농민의 참상을 정밀하게 묘사하고, 분촌이민을 통한 농촌 갱생을 꾀한다. 두 작품 모두 분촌이민을 적극적으로 긍정하지만, 「선견대」는 기존 만주이민 정책의 실패에서 출발하여 그 해결책으로 분촌이민을 제시한다. 이에 비해 『오히나타 마을』은 분촌이민을 철저하게 오히나타 마을의 비참한 궁핍의 해결책, 즉 농산어

---

11 田中益三, 「「大日向村」という現象ー満洲と文学」, 『日本文学紀要』 38号, 法政大学, 1987, p.87.

촌경제갱생정책(農産漁村經濟更生政策)의 일환으로 보았다.

두 작품 모두, '내지' 농촌의 여러 모순을 '대륙진출'로 해결한다는 논리를 전제하고 있다는 점은 동일하다. 이는 두 작품에서 서술의 대부분이 만주이민지의 상황이 아니라 '내지' 농촌의 현실 묘사에 초점을 두며, 서사에서 만주의 현지 주민과의 관계나 항일세력과의 갈등 등의 시점은 찾을 수 없다는 사실에서도 확인할 수 있다.

이 장에서는 두 작품을 비교·검토함으로써 만주이민 정책에서 분촌이민이라는 변화가 제국 내부의 저널리즘과 문학자에게 어떻게 인식되고 표상되었는지를 구체적으로 분석한다. 또한, 일절의 타자가 사라진 만주이민의 문학적 표상이 가지는 의미를 고찰하고자 한다.

2. 일본인 이민자의 우수성과 정신질환

—도쿠나가 스나오 「선견대」

「선견대」의 서사는 같은 선견대원이자 동향 출신인 두 청년 이민자, 야베 유사쿠(矢部雄作)와 히나타 민지로(日向民次郎)의 이야기가 교차하며 구성된다. 선견대는 만주이민 후보자를 현지에 파견하여 현지에서 훈련하며, 본대(本隊) 입식을 위해 설영(設營) 및 본대 이주 준비를 담당하는 선발대를 가리킨다.[12] 이 소설에서 선견대원의 임무는 입식지 가옥 건설, 말의 번식, 토지 측량, 개간 등인데, 이러한 일들은 주로 유사쿠의 시각에서 묘사된다.

한편 민지로는 둔간병을 앓고 고향 야마나시(山梨)로 돌아가지만, 고향에서 분촌이민의 움직임이 일어나 결국 다시 만주의 이민지로 돌아갈 것을 결심한다. 만주에서 선견대의 임무를 다하려는 유사쿠와 만주 생활에 적응하지 못하고 낙오하는 민지로의 서사가 교차하고, 결국 민지로가 이민단원의 가족들과 신부들과 함께 만주에 도착하면서 끝난다. 따라서 유사쿠는 주로 만주의 가혹한 상황을, 민지로는 '내지' 농촌에서 일어나는 분촌이민운동을 관찰한다.

「선견대」의 첫 장면은 유사쿠가 측량반에 참가하여 끝없이 펼쳐진 초원을 걷는 모습이다. 유사쿠 일행은 "아군에게 오인당하지 않기 위해" 일장기와 소총을 등에 매고 있었다. 그들이 "소련 국경이 여기서 겨우 수십 킬로미터밖에" 떨어지지 않은 곳을 걷고 있었기 때문인데, 올봄에 이주할 예정인 본대를 위해 "만인 농부의 기경지를 끼고 일인당 10정보의 경작지와 10정보의 방목지, 만약 200명이라고 해도 4,000정보"의 측량지가 필요하다.[13]

> 토지! 토지! 그렇게나 동경했는데 실제로 와보자 아무래도 사정이 다르다. 역시 토지는 무한히 넓다. 손으로 움켜쥐면 묵직하게 응해 주는 검은 감토(甘土)가 6척(尺)에서 깊은 곳은 1장(丈)까지 있었다. 개간해도 내지와 비교하면 노력과 시간이 거의 들지 않는다. 무엇보다 돌덩이가 없다. 나무가 없다. 풀을

---

12 선견대의 정식 명칭은 「제6차 만주농업이민선견대 모집요강(第六次満洲農業移民先遣隊募集要項)」(1936)부터 명기되었다. 그 전에는 선발대라고 불렸다. 長野県開拓自興会満洲開拓史刊行会編, 『長野県満洲開拓史 総編』, 東京法令出版, 1984, p.317.

13 徳永直, 「先遣隊」, 『先遣隊』, 改造社, 1939, p.250. 이하 인용은 쪽수만 기재한다.

태워 2, 3척 가래로 흙을 파 일구면 그것으로 족하다. 거짓말 같은 이야기다. 20정보의 토지 소유자가 된다는 것이 약속이었지만, 실감이 나지 않는다. "여기서 여기까지는 내 땅이다"라고 하기에는 너무 넓다. 주위가 막연해서 손에 움켜쥔 느낌이 나지 않는다. 모두 그런 느낌이 있었다. (p.252)

유사쿠는 무한하게 펼쳐진 토지를 보면서 욕망보다 "바닷속을 떠도는 것만 같아 오히려 불안함을 느낀다. 유사쿠가 느끼는 무한한 토지에 대한 외포(畏怖)의 감정은 "이제 우리는 내지로 돌아갈 수 없"다는 실감이나 "이 초원의 흙이 될 각오를 한 마음"에서 비롯된다. 그만이 아니라 이민자들 모두 그러한 감각을 느낀다고 묘사된다.

그러던 와중에 유사쿠 일행은 갑자기 비습(匪襲)을 당한다. 이민자들은 맞서 싸우지만, "처음으로 전투하는 아군의 총탄은 낭비가 많"았다(p.259). 이 선견대원들은 무장하고 있기는 하지만 시험이민단과는 달리 재향군인이 아니다.[14] 이들은 하얼빈 훈련소에서 3개월간 현지 훈련을 받았을 뿐이다. 전령이 된 유사쿠가 습격 소식을 전하여 "일계(日系) 경찰대"가 출동하자 비적은 도주하고, 두 사람의 사망자와 세 명의 부상자를 내고 전투가 끝난다(p.261).

이 장면에서 일본인 이민자들은 초기 시험이민단처럼 치안유지를 담당할 필요가 없다는 사실을 확인할 수 있다. 이제 비적 토벌과 치안유지는 경찰과 군대의 몫이다. 특히 이 장면에서 일본인 이민자들을 보호하는 것이 "일계 경찰대"라는 사실은 우연이라 보기 어렵다. 예를 들어,

---

14 선견대원의 자격 조건은 "현재 직접 농경에 종사하는 자 또는 농경에 충분한 경험이 있는 자"였다. 위의 책.

제5장에서 이민자들은 부근의 중국인 집락이 비적의 공격을 받아 "만인과 만경(満警)이 사살되었다"(p.301)는 소식을 듣는다. 민족과 그 민족을 '보호'하는 경찰의 민족이 일치하는 것이다.

당시 만주국 경찰은 원칙적으로는 "왕도경찰(王道警察)"로서 "왕도 구현의 선구", "민족협화의 중핵"이 되어야 할 존재였다. 하지만 그들은 동시에 전국적으로 국내 치안을 확보하기 위해 보병부대에 준하는 무장을 한 경찰 토벌대를 조직하고 항일연군을 포함한 '비적'을 토벌했다.[15] 토벌을 담당하는 특수경찰대(유동 경찰대, 국경 수비대), 치안대, 경찰대, 경비대 등의 "경찰무장집단"은 권총, 소총, 경(중)기관총, 박격포, 척탄통, 수류탄 등을 장비했다.[16] 이 "경찰무장집단"은 교통보안 등 단속이나 도난 방지, 범죄 조사, 검거, 취조, 조서 작성, 송검(送檢) 등 경찰의 통상 업무 단계를 생략하고 "토비공작(討匪工作)"을 담당하였는데, 상황에 따라서는 그 자리에 있는 고위 경찰관의 판단에 따라 비적을 즉시 살해할 수 있는 소위 "임진격살(臨陣格殺)"의 권한을 가졌다.[17] 일계 경찰관의 채용 조건 중 하나가 "군대 출신자"[18]였다는 사실은, 이러한

---

15 1932년부터 1940년까지 만주국 경찰관의 순직자 3,843명 중 3,239명이 토벌 중 전사자였다. 幕内満雄, 『満洲国警察外史』, 三一書房, 1996, p.94, 289.

16 일본제국경찰의 무기 사용은 태정관 포고(太政官達) 63호(1882), 내무성 포고(内務省達) 을(乙) 3호(1884), 내무성 훈령 9호(1925)에 의해 정당방위의 범위에서 인정되었지만 만주국에는 그러한 규제가 없었다. 加藤豊隆, 『満洲国警察小史－満洲国権力の実態について』, 元在外公務員援護会, 1968, p.93・95・96; 幕内満雄, 위의 책, p.94.

17 加藤豊隆, 위의 책, p.93.

18 첫 일본인 만주경찰관은 1932년 4월, 만주국에 신징유격대(新京遊撃隊)로서 입국한 400명의 군대 출신자였다. 이 군대 출신자라는 조건은 1938년 문관령(文官令), 문관고시규정(文官考試規程), 문관특별고시에 관한 건(文官特別考試に関する件) 등 인사 관계 법령이 공포될 때까지 유지되었다. 加藤豊隆, 위의 책, p.136, 138. 幕内満雄, 앞의 책, p.228.

만주국의 상황을 반영한 것이라고 추측할 수 있다.

실제로 만주국 경찰관의 민족 구성은 각 민족의 위치를 반영했다. 만주국의 치안부경무사(治安部警務司)가 발표한 통계(1939년 9월 말 현재)에 따르면, 전체 86,479명인 만주국 경찰관 중에서 일계는 6,972명(8.1%), 만, 선, 몽, 러계가 79,507명(91.9%)이었다. 사실상 만주국 경찰관의 압도적 다수는 만계라 불린 중국인이었지만, 특무경찰이나 외사경찰(外事警察)은 모두 일본인 경찰관이었다.[19] 이러한 민족 구성의 다양성은 경찰 내외로 여러 가지 복잡한 사태를 야기했다.[20] 「선견대」에서도 일본인 이민자를 보호하는 것은 일본인 경찰대와 관동군이며, 보호 대상의 민족 속성이 우선되고 있다.

그러나 가장 중요한 것은, 「선견대」에서도 일본인 이민자는 마을 사람들에게 "출정군인과 같은 환송을 받아"(p.265) 출발하기는 하지만, 병사가 아니라는 사실이다. 앞서 검토한 유아사 가츠에(湯浅克衛)의 「선

19 러계, 즉 백계 러시아인 경찰관은 주로 백계 러시아인이 많이 거주하는 하얼빈(哈爾浜)시 경찰관 외사과(外事課) 등에서 종사하였고, 몽계 경찰관은 외몽골 및 서부내몽골을 제외한 만주국 내 몽골지구에 채용되었으며, 선계는 조선인이 많은 간도성 등 지역을 중심으로 만주 전역에 걸쳐 채용되었다. 幕内満雄, 위의 책, pp.138~139.

20 아라라기 신조(蘭信三)는 1940년 지린(吉林)성에서 일본인 이민단원이 일으킨 조선인 경찰관 린치요구사건을 예로 들어, 설령 "이 일본인 개척민들은 경찰관이라는 권력의 집행자여도 그것이 조선인이나 중국인인 경우에는 경찰관이라는 사회제도상의 우세한 속성보다도 조선인・중국인이라는 열등한 민족속성이 우선된다고 판단했다"고 분석하였다. 蘭信三, 『「満洲移民」の歴史社会学』, 行路社, 1994, pp.288~289. 또한 마쿠우치 요시오(幕内満雄)의 『만주국경찰외사(満洲国警察外史)』에서도 경찰 내부에 민족 갈등이 존재했음을 인정했다. 무단장(牡丹江省)성 닝안(寧安)현 싼다오허쯔(三道河子)에서 만계 삼림경찰대장이 일계 경찰관 등 5명을 살해하고 동북항일연군(東北抗日連軍)에 투항한 사건(1937) 등이 있었기 때문이다. 이러한 사건이 "전만 각지"에서 발생했다. 마쿠우치는 그 이유로 만계경찰관에 대한 "공산비"의 공작이 있었을 것이라고 추측했다. 幕内満雄, 위의 책, p.229. 하지만 이러한 사건이 다발한 배경에는 민족 감정이 큰 영향을 끼쳤을 것이다.

구이민(先驅移民)」이나 우치키 무라지(打木村治)의 『빛을 만드는 사람들(光をつくる人々)』이 묘사한 만주이민 초기의 무장이민단과 달리, 「선견대」에서는 이민자에게 "일인당 10정보의 경작지와 10정보의 방목지"를 제공하는 대신 이민자들에게 병사로서의 역할을 요구하지 않는다.

물론, 이 이민단의 입식 예정지가 소련 국경에서 "겨우 수십 킬로미터밖에" 떨어지지 않은 국경 인접 지역이라는 점은 간과할 수 없다. 이 사실은, 최대의 가상 적국인 소련 접경 지역에 일본인 이민자를 정착시킴으로써 유사시의 병력 보강 및 보급을 확보하려 한 관동군의 둔간병안이 만주이민 정책에 여전히 살아 있음을 드러낸다. 하지만 적어도 텍스트에서는 일본인 이민자들에게 군사적인 의무는 요구되지 않는다.

물론, 경찰대와 군의 이민자 보호가 완전하지는 않다. 유사쿠가 직접 경험했듯이, 이민자는 언제든지 비적의 습격을 받을 수 있다. 이민자들은 "가령 토벌군이 이동하는 빈틈을 노려 롄장커우(蓮江口)항을 습격하여 싱산전(興山鎭)철로를 차단당하면, 그 수가 뻔한 일본이민은 독안에 든 쥐"(p.295) 신세가 될 것이라고 우려한다. 국경 지역에 입식한 이민단은 적의 공격으로 항구나 철도가 차단되면 고립무원 상태가 된다. 따라서 이민자는 무장하여 스스로 비습에 대비하고, 싸울 수밖에 없다는 것이다. 유사쿠는 "모피 외투의 옷깃에 목을 묻고 차갑게 빛나는 기관총의 가늠자를 통해 숨을 죽이고 평원을 노려보고 있노라면, 그 순간은 미요(ミヨ)의 얼굴도, 고향 일도 완전히 잊고"(p.304) 습격에 방비한다. 그러나 정작 「선견대」의 이민자들이 마주하는 최대의 위기는 둔간병과 같은 정신적인 문제에서 비롯된다.

둔간병이라는 용어는 제1차 이민단의 간부배척운동(1933. 6~7)으로 정착했다.[21] 일본인 이민자들은 '내지'의 이민 모집에서 들었던 것보다 훨씬 가혹한 현지 상황에 크게 동요하여 이민단의 간부에게 그 책임을 물려 배척하고자 했다. 당시 이민단의 약 500명 중 400명이 아메바 이질에 감염되어 있었고, 제초기(除草期)인 탓에 채벌 등 중노동에 시달렸으며, 야간에도 경비를 서야 했다. 그 뒤로 "의지가 강하지 않고 영하 30도의 추위나 향수병 때문에 개척하러 와서 언동이 이상해진 자"를 둔간병이라 부르게 되었다.[22] 이는 향토병, 가혹한 자연환경, 중노동, 적대적인 이민족과의 접촉, 전투 등의 스트레스에서 비롯된 적응장애라고 보는 것이 타당할 것이다. 바로 그 둔간병을 앓고 있는 민지로는 이민단에 돌아온 유사쿠에게 퇴단하려 한다는 결심을 고백한다.

> 갑자기 주먹을 물리고 유사쿠는 이불을 덮었다. — 병이야, 병이다, 광인(狂人)과 같은 병이다……. 어린 시절부터 같은 부락에서 자라 이 녀석이 얼마나 인내심이 강하고 부지런했는지, 정직하기만 한 젊은이였는지는 유사쿠가 가장 잘 알고 있었다.
>
> 아직 머리 위에서 흐느끼고 있는 민지로의 목소리를 듣자 불현듯 무섬증이 일어 숨을 죽이고 있었다 — 절대, 위로하는 정도로 마음을 바꾸지는 않을 것이다. (p.266)

유사쿠는 귀향하기 위해 퇴단하겠다는 민지로를 "겁쟁이"라고 욕하

---

21 金川英雄, 「満洲開拓団の「屯墾病」について」, 『精神医学研究所業績集』 42, 精神医学研究所, 2005.5, p.137.

22 위의 글, p.138.

면서도 민지로의 둔간병은 "망향병", "신경쇠약", "광인과 같은 병"이라 여긴다. 또한 유사쿠는 민지로가 "인내심이 강하고 부지런한 사람", "정직하기만 한 젊은이"였다는 기억을 되새김으로써 친구의 행동은 둔간병 때문이라고 변호한다. 그러면서도 그는 둔간병의 전염을 두려워한다. 즉, 민지로의 퇴단은 그 자신의 자질 문제가 아니라 둔간병 때문이다. 그것은 질병이기 때문에 환자인 민지로가 회복할 것이라는 희망을 가질 수 있게 하지만, 또한 언제 타인에게 전염될지 알 수 없는 공포의 대상이기도 하다.

정신의학에서 적응장애는 "명확하게 특정할 수 있는 스트레스 인자에 대한 반응으로 일어나는 정서 혹은 행동의 증상"[23]으로 정의된다. 명확하게 특정할 수 있는 스트레스 인자는 민지로만이 아니라 이민단이 겪는 만주의 환경 자체일 것이다. 유사쿠가 민지로의 퇴단을 우려하면서 "자기 각오의 일부가 무너져 가는" 것처럼 느끼는 것은, 그 또한 민지로에게 공감하는 바가 있기 때문이다.

실제로 민지로와 유사쿠는 병실에서 대면하고 있다. 민지로는 아메바 이질로, 유사쿠는 적의 습격에서 입은 부상 때문에 입원했기 때문이다. 이들이 처한 상황이 보여주듯이, 이민단의 생활은 가혹하다. 이민단원은 비습을 경계하면서 중노동에 시달리고, 여가를 즐길 문화시설도 없다. 그들을 둘러싼 환경 자체가 둔간병을 발병하게 만드는 원인이라고 할 수 있다. 그러한 상황에서 고향인 '내지' 농촌의 토지, 문화, 혈연, 전통에서 뿌리째 뽑혀 만주로 이주하여 그곳에 뿌리 내릴 것을 요

23 加藤敏・神庭重信・中谷陽二・武田雅俊・鹿島晴雄・狩野力八郎・市川宏伸編, 『現代精神医学事典』, 弘文堂, 2011, p.732.

구당하는 이민자가 드러내는 질병의 전염에 대한 공포는 낯선 만주 자체에 대한 공포심과 맞닿아 있다. 민지로의 둔간병이 자신에게도 전염되는 것이 아닌가 하는 유사쿠의 공포는 충분히 근거가 있는 것이다. 민지로는 부상당한 유사쿠를 방문하여 그에게 차례로 고향의 가족이나 지인을 보고 싶지 않느냐고 질문한다. 유사쿠는 그 질문에 "하나하나 고개를 끄덕이고" "따뜻한 눈물"을 흘린다(p.268).

> 유사쿠는 다시 이불 속에 숨듯이 얼굴을 숨겼다.
>
> 민지로가 뭐라 떠들었지만 대꾸하지 않았다. 얼마나 지났을까, 유사쿠는 필사적으로 대항하고 있었다. 집에 돌아가도 내가 경작할 전답이 어디 있나? 동향 출신인 호리카와(堀川) 선생님께 뭐라 맹세했던가? 촌장이나 마을 청년단 부인회 등의 전송을 받았을 때, 뭐라고 인사했던가?
>
> —무주지대(無住地帯)에 가까운 대륙의 컴컴한 밑바닥은 이 얼마나 적막한가. 변소라도 가는 모양인지 환자의 달칵달칵 흙바닥에 부딪치는 게다 소리가 가슴이 철렁할 만큼 크게 울린다. —미요라는 계집애 하나가 뭐냐. 아아, 얼마나 긴 밤인가. 빨리 태양이 떠올라다오. 둔간병이 옮을 것 같다. —민지로가 뭐라고 말했다. 유사쿠는 고집스럽게 입을 다물고 있었다. (p.269)

이때 유사쿠는 민지로에게 반론하는 대신, 이불 속에 숨어 둔간병의 전염을 두려워하고 있을 뿐이다. 그들의 대화를 듣고 있을 터인 같은 방의 환자들도 잠든 척 침묵한다. 민지로가 표현하는 소박한 감정에 대한 대응은 논리나 말이 아니라 침묵이다. 하지만 이러한 침묵은 민지로의 질문 자체에 대항하는 것이 아니다.

이 장면에서 유사쿠는 분명히 "대륙의 컴컴한 밑바닥"에서 느끼는 이민자의 쓸쓸함을 통감하면서, 둔간병이 전염되지 않을까 두려워한다. 그것은 옥토조차도 "손에 움켜쥔 느낌이 나지 않"을 정도의 허무, 고향을 향한 노스탤지어, 비습에 대한 긴장과 공포가 유사쿠 본인의 경험이기도 하기 때문일 것이다.

민지로의 둔간병 발병과 유사쿠의 공포는 단순히 이민자에 국한된 문제가 아니다. 그것은 동시대의 정신질환과 인적 자원의 질에 관한 논의에서 제기된 여러 담론과 직접적으로 연동되어 있기 때문이다. 1930년대에서 1940년대까지 둔간병 및 재만 일본인의 정신질환을 연구한 만주국의 정신과 의사들은 고향을 향한 노스탤지어, 신체적인 피로, 항일유격대(소위 '비적')의 공격에 대한 경계와 긴장, 혹독하고 긴 겨울, 문화시설의 부족이 일본인 이민자에게 히스테리나 환각을 포함하는 여러 정신적 문제를 야기했다고 지적하였다.[24] 한편 같은 시기에 '내지'에서는 정신질환, 정신박약, 또는 신체적 기형 등 열등한 소질을 유전할 위험성을 가진 사람들을 강제적으로 단종하려는 단종법 논의가 활발하게 이루어지고 있었다.

제5장 제4절에서 검토했듯이, 1930년대에서 1940년대는 중일전쟁 발발과 장기화로 인한 노동력 부족을 메꾸기 위해 '내지'에 유입된 조선인 노동자와 일본인 여성의 통혼이 증가했고, 식민지 당국은 식민지인의 전쟁협력을 촉구하기 위해 내선일체 등을 주장하고 있었다. 그 반동으로 우생학 세력은 대외이민의 혼혈 방지나 일본민족의 순혈주의를

24 Matsumura, Janice, 「Eugenics, Environment, and Acclimatizing to Manchukuo: Psychiatric Studies of Japanese Colonists」, 『日本医史学雑誌』 56, 2010, p.336.

주장하였고, 이는 이민 정책에도 반영되었다.

그러나 근대일본의 우생학에서는 본래 혼혈보다도 '일본인의 질'을 더욱 중시했다. 근대일본에서는 제1차 세계대전 시기부터 이미 인종·국가 간의 경쟁에 승리하려면 인구의 질을 중시해야 한다는 우생학의 주장이 대두했다. 우생사상은 보건위생조사회, 폐창(廢娼)운동, 신부인협회의 화류병남자 결혼제한법(花柳病男子結婚制限法) 제정운동, 산아조절운동에 영향을 끼쳤다. 또한 히라쓰카 라이초(平塚らいてう), 가지 도키지로(加治時次郎), 기독교 사회운동가 가가와 도요히코(賀川豊彦), 아베 이소오(安部磯雄)도 유전성 질환자의 단종이 필요하다고 주장했다.[25] 일본인의 일정한 질을 유지해야 한다는 우생사상은 단순히 보수파나 관료, 일부 의사와 유전학자, 제국의 팽창에 찬성하는 사람들만이 아니라 근대일본 사회에 일정한 영향력을 갖고 있었다. 1920년대 말에서 1930년대 초엽에 걸쳐 일어난 화류병 예방법(花柳病予防法, 1927), 의회에서 한센병 환자의 단종을 의결한 개정(改正) 나병 예방법(癩予防法, 1931) 공포 등으로 알 수 있듯이, 우생사상은 정치에 반영되기 시작했다.

근대일본 우생사상의 움직임을 전체적으로 검토한 후지노 유타카(藤野豊)는 우생사상이 정치적으로 반영된 배경에는 인구 문제가 있으며, 무질서한 인구 증가에서 열종(劣種)의 산아제한으로 전환되었다는 점을 지적했다. 만주이민이 대대적으로 시작되면서 '내지' 농촌에서 과잉 인구 문제가 완화됨에 따라 일본인 내부에서 단종 논의가 본격적으로 일어난 것이다.[26]

25 藤野豊, 『日本ファシズムと優生思想』, かもがわ出版, 1998, p.77.

26 위의 책, p.115, 155.

독일의 단종법 제정(1933)에 자극을 받아 "민족우생"을 내건 일본민족위생(日本民族衛生)학회[27]가 단종법안을 기초하였고(1934), 1935년 제67회 제국의회에 일본민족우생보호법안(日本民族優生保護法案)을 제출했다.[28] 이 제국의회에서는 귀족원에서 천황기관설 문제를 계기로 '정교쇄신에 관한 결의안(政教刷新に関する決議案)'(3.20)이, 중의원에서는 '국체에 관한 결의안(国体に関する決議案)'(3.23)이 가결되었다.[29] 단종법 초안이 완성되었을 때(1936.10),[30] 일본민족위생학회 이사장 나가이 히소무(永井潜)는 그 취지를 다음과 같이 설명했다.

이 법안은 각국의 입법 전례를 참작하여 우리나라 사정에 비추어 만들었으

---

27 도쿄(東京)제국대학 위생학 교수 나가이 히소무(永井潜)가 1930년에 설립한 단체이다. 스즈키 젠지(鈴木善次)의 연구에 따르면, 이 학회의 회원은 400명이 넘었는데, 생물학, 의학 관계자만이 아니라 법학자, 정치가 등 폭넓은 계층이 참여했다. 특히 여성 회원이 많아 연구보다 계몽 활동에 초점을 두었다. 기관지 『민족위생(民族衛生)』(1931년 창간)의 내용은 우생학이나 유전학만이 아니라 인구 문제, 사회생물학, 체질연구, 사회문제, 의학, 심리학, 결혼 문제, 산아제한 문제, 인류학 등 다양했다. 단종법과 함께 우생결혼(優生結婚), 국민 체력 증진 등 정부 건의나 대중 대상 우생운동을 펼쳤다. 池見猛, 『断種の理論と国民優生法の開設』, 巌松堂書店, 1940, pp.10~12; 鈴木善次, 『日本の優生学』, 三共出版株式会社, 1983, p.148・157.

28 이 법안이 처음 상정된 것은 1934년 제65회 제국의회였으나 전문성이 부족하고 내용이 부실하여 미료(未了) 처리되었다. 橋本明, 「わが国の優生学・優生思想の広がりと精神医学者の役割－国民優生法の成立に関連して」, 『山口県立大学看護学部紀要』 創刊号, 1997, p.2.

29 加藤博史, 「国民優生法の成立思想－全体主義体制と法制定」, 『社会福祉学』 29(2), 日本福祉学会, 1998, pp.27~28.

30 당시 일본민족위생학회가 주장한 우생학에 기초한 단종법은 도쿄지방재판소 판사 마사키 아키라(正木亮)가 2년에 걸쳐 작성한 법안이었다. 아라카와 고로(荒川五郎)들이 이 법안을 제70회 제국의회에 제출했지만 그 결과는 동일했다. 「断種法制定に対する賛否」, 『社会事業研究』, 1936.10.1; 鈴木貞美編, 『近代日本のセクシュアリティ 第18巻 アンソロジー 優生学より見るセクシュアリティ』, ゆまに書房, 2007, p.217; 鈴木善次, 앞의 책, p.160.

> 므로 지극히 무리가 없다, 물론 반대론도 있지만 그것은 단종의 기초가 되는 유전학의 고도로 진보한 발전을 이해하지 못하는 무지한 논의다, 또한 내무성의 보건국책은 어느 것이나 인간의 후천적인 환경의 개선뿐이니 이건 마치 더러운 물을 그저 퍼내기만 하는 것이고, 근본적으로 더러운 물의 출구를 막으려면 어떻게든 단종법을 제정할 필요가 있다. 민족의 화원을 망치는 잡초는 단종수술로 모조리 솎아 내어 일본민족의 영원한 번영을 기해야만 한다.[31]

"민족의 화원을 망치는 잡초"란 이 법의 적용 대상인 "정신박약자, 간질 환자, 정신분열증 환자(소위 조발성치매증), 조울증 환자, 정도가 심한 병적 인격자(속되게 일컫는 변질자(変質者)로 알코올 중독, 히스테리 환자, 흉악한 범죄자를 포함한다), 맹인, 농아 또는 심각한 신체적 기형"이었다. 하지만 제국의회에 몇 번씩 단종법을 제출해도 미료(未了)로 처리되었다. 단종법이 일본민족위생학회의 거듭된 건의와 1938년 신설된 후생성 예방국(予防局) 우생과(優生課)의 추천을 받아 결국 국민우생법으로 성립된 것은 1940년이었다.

그러나 중일전쟁의 장기화 및 확대로, '일본인의 질'은 단순히 정신건강이나 신체적 장애 유무를 뛰어넘어 전쟁을 수행하는 병사, 혹은 총후(銃後)를 지탱해야 할 노동력의 체력 문제로 확장되었다. "사변 발생과 동시에 심신 건강한 일본 국민의 증식 문제가 각 방면에서 신중하게 논의되고"[32] 있는 시대 상황이 국민우생법 성립에 강한 영향을 끼쳤다는 사실

---

31 「悪血の泉を断って護る民族の花園 研究三年, 各国の長をとった"断種法"愈よ議会へ 画期的な法の産声」, 『読売新聞』, 1936.12.13.

32 池見猛, 앞의 책, p.60.

은, 거의 동시에 국민체력법(国民体力法)이 성립했다는 사실에 비추어 보아도 명백하다. 감소 추세였던 결핵이 1933년부터 다시 증가하였고, 그 사망자는 126,703명에 이르렀다. 15세에서 34세는 80,504명으로 결핵 사망자의 64%를 점했다.[33] 1936년에는 결핵이 사망 원인 중 1위를 차지했고, "망국병"이라고까지 불렸다.[34] 제국일본의 군부는 이러한 결핵의 확산이 청장년층 감소와 국민 체력 저하에 끼칠 영향을 우려했다.[35] 육군은 건강한 병사 확보를 위해 정부에 「위생성안(衛生省案)」과 「보건사회성안(保健社会省案)」을 제안하였고(1936), 고노에(近衛) 내각은 이에 응하여 후생성을 설치하였다.

이처럼 국민우생법은 일본민족 내에서 정신질환자와 범죄자 등 열등한 인구를 배제한 "우량한 민족인구의 증가"[36]를 목표로 하였고, 국민체력법은 개인 체력의 질적 향상을 꾀하는 것이었다. 이들 법안의 제정은 한정된 인적 자원을 체계적인 제어 및 관리 대상으로 두고자 하는 정책 의도를 뚜렷이 드러낸다. 전쟁으로 인한 과중한 인명 손실 때문에 인적 자원의 유지 및 강화의 필요성을 주장하게 될 때, "우량한 인구"란

---

33 北原文徳, 「生きたいか, いや, 生きたくない」, 富士見高原病院小児科, 1997.1.7; 加藤茂孝, 「「結核」—化石人骨から国民病, そして未だに」, 『モダンメディア』 55巻 12号, 2009, p.24.

34 加藤茂孝, 위의 글, p.25.

35 『국민보건에 관한 통계자료(본문)(国民保健ニ関スル統計資料(本文))』(日本学術振興会, 1937)에서는 징병 대상 장정의 체격을 문제시하였다. 징병검사에서 현역병이 아니라 국민병역(예비군)에 복무하는 병(丙)종이나 불합격자인 정(丁)종이 매년 증가하고 있었기 때문이다. 그 원인은 "근골박약(筋骨薄弱)"에 있다고 보았다. 日本学術振興会, 『国民保健ニ関スル統計資料(本文)』, 日本学術振興会, 1937, p.2, 22. 또한 가토 히로시(加藤博史)는 당시 군부가 만주로 출병한 2개 사단 중 1개 대대 500명이 결핵에 걸려 귀국한 데 위기감을 느끼고 건병(健兵)양성정책의 일환으로 후생성 설립을 제안했다고 지적했다. 加藤博史, 앞의 글, p.35.

36 古屋芳雄, 『国土・人口・血液』, 朝日新聞社, 1940, p.167.

건강한 군인을 의미했던 것이다.

그러나 인구의 질을 중시하는 우생학의 사고방식은 일본 사회에서 격렬한 반대와 비난에 부딪쳤다. 심지어 우생학이 말이나 소를 품종 개량하듯이 일본민족을 개량하려는 시도는 '불경'하다고 반발하는 목소리도 있었다. 천황을 가장으로, 신민은 천황의 자식으로 여기는 당시의 가족국가주의나 혈통을 중시하는 이에(家) 제도를 옹호하는 사람들이 특히 단종에 강한 반감을 드러냈다.[37]

단종의 과학적 근거에 대한 의구심도 있었다. 생물학자 야스다 도쿠타로(安田德太郎)[38]와 이시이 도모유키(石井友幸) 등은 일본의 우생학 연구는 그 연구 성과가 충분히 축적되지 않았고,[39] 정신질환자와 범죄자의 증가는 유전보다 사회 기구에 원인이 있다고 하여 반대하였다. 또한 단종수술의 강제성이 비인도적이라는 비판이나 일본 사회의 기반인 이에 제도의 붕괴를 초래할 위험이 있다는 이유로 반대하기도 하였다.

무엇보다 심각했던 것은 단종법 및 단종수술의 남용으로 산아제한과 인구 감소가 일어날 수 있다는 두려움이었다.[40] 1937년의 국가총동원

---

37 池見猛, 앞의 책, pp.68~69.

38 安田德太郎, 「断種法への批判」, 『中央公論』, 1935.4; 鈴木貞美編, 앞의 책.

39 야스다 도쿠타로(安田德太郎)는 "오늘날의 인류유전학이 우생학자가 선전하는 만큼 확실한 것인지는 의문스럽다. 특히 당대 유전학이 악성 유전이라 부르는 질환이나 범죄성, 나아가 지능의 유전에 관한 지식은 매우 애매모호하다"고 지적하였다. 위의 글, p.192. 실제로 일본인 유전 연구가 시작된 것은 고마이 다쿠(駒井卓, 1886~1972)가 중심이 되어 국립유전학연구소가 개설된 1949년이었고, 1950년 이후부터 소두증 기형에 관한 유전학 및 정신병리학적 연구가 추진되었다. 결국 일본에서 인류학 연구가 본격적으로 시작된 것은 1956년부터였다. 일본 유전학은 이른 시기에 시작되었으나 의학계를 제외한 이과대학에서 유전학 연구는 주로 동식물에 집중되어 있었기 때문이다. 이는 벼와 같은 주요 작물이나 누에와 같은 중요산업동물을 중시했고, 결과를 얻기 쉬운 재료를 선호했기 때문이기도 했다. 따라서 통계적 방법이나 가계 조사에 의존하는 인류유전학 연구는 경원시되는 경향이 있었다. 鈴木善次, 앞의 책, pp.169・174~175・183~184.

운동, 이듬해의 국가총동원법이 공포되면서 전시체제로 이행한 제국일본에서 중요한 것은 전쟁 수행을 위한 인적 자원의 증강이었다. 모든 인적·물적 자원을 전쟁 수행에 집중하는 총동원체제에서 인구의 질을 높이기 위해 양을 감소시키는 것은 본말전도일 수밖에 없었다.

결과적으로 질과 양을 모두 만족시키는 '건강하고 우수한' 인구 증가가 바람직하다는 생각이 확산되었다. 국민우생법과 국민체력법(1940)은 '우수한 인적 자원'의 증강을 지향하였고, 「인구정책확립요강(人口政策確立要綱)」(1941)은 1960년의 '내지' 인구 목표를 1억 명으로 잡았다.[41] 인구 증가책의 큰 흐름 속에서 장려되어야 할 것은 '건강하고 우수한' 일본인의 증가였다.[42]

지금까지 검토했듯이, 국민우생법/단종법을 둘러싼 논의에서 정신질환자는 "동아재건(東亜再建)의 성업(聖業)"과 일본민족의 우수성을 확보하기 위해 배제해야 할 불량인자였다. 주목하고 싶은 것은, 이러한 논의의 중요한 쟁점이 '정신병의 발병 원인은 유전과 환경 어느 쪽에 있는가'였다는 점이다. 생물학자나 정신의학자들은 정신장애나 질환의

---

40 단종법을 둘러싼 논의 초기부터 이미 단종수술이 산아조절운동 등에 남용될 수 있다는 위험성은 인식되고 있었다. 藤野豊, 앞의 책, pp.192~194.

41 위의 책, p.264.

42 국민우생법에서는 우생학적 이유가 아닌 일반 불임 수술은 다른 의사의 의견을 참고한 뒤 의무적으로 사전에 보고해야 했다. 또한 입법 과정에서 제출된 수정안에서는 우생학적 이유로 중절을 인정하는 조항의 삭제, 우생수술 신청에 부모의 동의를 필요로 하는 연령을 25세 미만에서 30세 미만으로 끌어올리는 등의 수정을 한 뒤에야 가결되었다. 귀족원 위원회에서는 후생대신이 "공익상"의 필요로 행하는 강제 단종을 규정한 제6조의 시행 연기를 약속하고서 겨우 회기 내 성립에 성공했다. 국민우생법은 오히려 '중절금지법'으로서의 성격이 농후했다고 할 수 있다. 松原陽子, 「日本－戦後の優生保護法という名の断種法」, 米本昌平・松原陽子・橳島次郎・市野川容孝, 『優生学と人間社会－生命科学の世紀はどこへ向かうのか』, 講談社, 2000, p.181・182.

원인이 유전이라는 주장의 "과학적 근거가 빈약하다"고 지적하였다.[43] 특히 정신질환이 유전된다는 학술적 근거는 대부분 서양의 연구 결과에 의거하므로, "우리나라의 재료에서 비롯된 학술적 자료가 거의 없는 것과 마찬가지인 상태"였다.[44]

일본의 우생학자가 일본인을 조금도 연구하지 않고, 그 재료는 대개 서양 이야기의 인용이며, 그 출전은 대븐포트(Davenport)나 렌츠(Lenz) 그 밖의 인류유전학인데, 그들 본가의 인류유전학이 또 대단하시다. 야마토(大和)민족의 순결 강화를 위해서는 역시 일본인의 생생한 표본이 필요하다.

물론 일본인의 질병 유전을 조사하는 경우, 3대까지 거슬러 올라가면 아직 의학이 발달하지 않았기 때문에 병명을 알 수 없으며, 대학 같은 곳에서 정신질환이나 간질 유전이 있는지 의사가 아무리 열심히 캐물어도 환자는 결코

---

43 하시모토 아키라(橋本明)는 일본정신위생협회 기관지인 『정신위생(精神衛生)』(1931년 창간)을 분석하고 단종법에 "소극적으로 찬성하는 사람"과 "적극적으로 반대하는 사람"의 의견을 예로 들었다. 특히 단종법에 적극적으로 반대한 경시청 위생기사(衛生技師) 가네코 준지(金子準二)는 단종법 시행이 국가가 '정신병은 유전병'이라고 승인하는 꼴이 되어 정신질환의 예방이나 조기 치료가 소홀해지는 등의 문제가 생길 것이라고 비판하였다. 하지만 1939년 이후에는 『정신위생』에서도 단종법 제정에 관한 개인 의견은 자취를 감추고, 단종법 제정이 당연하다고 간주되었다. 이는 후생성(厚生省) 예방국(予防局) 우생과(優生課)의 설치(1938)에서 비롯된 변화를 반영하는 것이었다. 橋本明, 앞의 글, p.3.

44 후생성은 단종법 문제를 해결하기 위하여 정신장애인의 가계 조사(1939. 6. 3)에 착수했다. 1940년 2월 27일에 발표된 조사결과는 유전성 정신질환자의 자식이 같은 병을 앓을 확률은 지적 장애가 38.58%, 조현병이 20.26%, 조울증은 9.68%, 유전성 간질은 10.96%라는 것이었다. 藤野豊, 앞의 책, p.309. 같은 시기 일본학술진흥회에 설치된 제26소위원회의 촉탁을 받은 도쿄제국대학 의학부 정신병학교실(精神病学教室)은 1940년 2월, 우생학적 유전 연구의 일환으로 하치조(八丈)섬에서 정신병에 관한 일제 역학조사를 실시하였다. 또한 미야케(三宅)섬, 도쿄 이케부쿠로(池袋), 나가노현 고모로(小諸)에서도 같은 조사가 실시되었다. 하지만 이러한 조사가 같은 해 5월에 강행된 단종법 제정의 근거로서 만족스러운 수준이었는지는 의심스럽다. 橋本明, 앞의 글, p.5.

그러한 악성 유전은 자백하지 않고, 옛날에는 매독에서 비롯된 마비광(痲痺狂, 진행마비)도 유전성 정신병에 속했기 때문에 정신병의 가계(家系)도 매우 비과학적이다.[45]

정신의학자도 단종법 제정에 소극적이었다.[46] 특히 정신질환에서 유전과 환경 문제는 "목하 논쟁중인 문제"[47]였다. 이 문제는 일본민족의 혈통 문제와 직결되기 때문에 중요했다. 일본제국주의에서 일본민족의 우수성은 혈통에서 비롯되었다. 제국의 팽창을 정당화하는 혼혈론의 논리는, 고대 일본민족이 아시아 여러 민족의 혼혈로 형성되었기 때문에 아시아의 어디든 적응할 수 있는 우수한 적응 능력을 가지고 있다는 것이었다. 이는 제국의 팽창과 함께 진행된 일본민족의 아시아 진출의 전제였다.

만약 정신질환의 원인이 유전이라면 이는 일본민족의 혈액이 불량 인자를 내포하고 있다는 뜻이며, 환경이라면 일본민족의 적응 능력을 재고할 수밖에 없다. 어느 쪽이건 대외팽창의 근거였던 일본민족의 우수성에 대한 신뢰가 무너질 것이다. 이러한 우생학의 논리적 모순은 결국 대외팽창의 걸림돌이 될 수밖에 없었다.

실제로 근대일본에서 "민족정화"를 실시하여 우수한 민족자원을 확보하겠다는 민족우생의 논리는 "민족국책"으로서 추진되었다. 하지만 그 정책은 철저하게 실시되지 못했다. 국민우생법 성립 후 우생수술의

---

45 安田徳太郎, 앞의 글, p.193.

46 橋本明, 앞의 글, p.5.

47 慳田五郎, 「精神病学士より観たる遺伝と環境」, 『廓清』, 1918.1; 鈴木貞美編, 앞의 책, p.58.

시행은 단종법이 실행된 다른 나라에 비해 적었다.[48] 이 사실에 대한 해석이 반드시 일치하는 것은 아니지만,[49] 우생학 논리와 제국의 대외 팽창 논리 사이의 모순이 영향을 끼쳤다고 생각할 수 있다.

그러나 국민우생법 성립과 뒤이은 인적 자원의 통제와 관리에 관한 일련의 우생정책의 입법 및 시행은 전쟁을 수행하기 위해 필요한 인구 증가와 그 질적 향상과 함께, 그 목적에 유익하지 않은 사회적 약자의 배제를 의미하는 것이었다.

이러한 상황에서, 일본인 정신질환의 발병 원인으로 유전적 요인보다 환경적인 요인을 강조[50]하는 식민지의 연구 성과는 당연히 환영받을 만한 것이 아니었다. 제니스 마쓰무라(Janice Matsumura)는 재만 일본인 정신질환에 관한 만주국 정신의학자들의 성과가, 고대 일본인의 혼혈론에 기초하여 "일본민족의 우수한 소질"인 뛰어난 적응 능력에 대한 자부심과 아시아 여러 민족의 지도를 "민족적 사명"으로 인식하

---

48 1941년부터 1945년까지 우생수술 피술자는 대부분 정신질환과 지적 장애를 갖고 있었고, 전체 숫자는 454명이었다. 그에 비하여 독일에서는 단종법 실시 첫해 56,000명, 미국에서는 1936년까지 20,000명 이상이 단종수술을 받았다. 하지만 일본에서는 법의 규정에 없던 한센병 환자를 대상으로 비공식적인 단종수술이 대량으로 실시되었다. 橋本明, 앞의 글, p.5.

49 당시 국체주의가 인류유전학이나 민족생물학을 이용한 인구 관리를 지향하는 관료의 방침과 맞지 않았던 점, 국민우생법의 강제 단종(제6조)의 동결, 단종 대상인 정신질환자의 병원 수용률이 저조했던 점, 국민우생법 성립 직후의 전황 악화 등을 들 수 있다. 松原陽子, 앞의 글, p.179. 그밖에 단종법 제정이 "단종으로 민족 질적 도태의 실제적인 유효성을 꾀했다기보다, 오히려 사상적 파급 효과를 노렸다"는 "정치적 의도"에 의해 추진된 것이며 "건전하지 않은 자, 결함이 있는 자"를 사회에서 배제하겠다는 "사회의 상징적 선언"이었다는 견해도 흥미롭다. 加藤博史, 앞의 글, p.44.

50 국민우생법(1940년 5월 1일 공포, 법령 제107호) 제1조는 다음과 같다. "본 법령은 악질적인 유전성 질환 소질을 가진 자의 증가를 막음과 동시에 건전한 소질을 가진 자의 증가를 꾀하여 국민의 소질 향상을 기하는 것을 목적으로 한다." 東洋経済編, 『戦時経済法令集 第5輯(第七十五議会通過法律 全文並提案理由)』, 東洋経済新報出版部, 1940, p.243. 정신질환의 원인은 환경보다 유전이라고 본 것이다.

는 확신을 뒤흔들 위험을 내재하고 있었다고 지적했다.[51]

더구나 만주이민자는 일본인 중에서도 심신 모두 "건강한 자, 건전한 자"[52]로서 선발된 사람들이었다. 특히 초기 시험이민에서는 "최초의 크나큰 국책적인 대(對)만주이민의 시험이민을 보낸다는 명분으로 가장 우수한 인물을 선발"한다는 방침에 따라 "강건한 신체, 방정한 품행, 견실한 사상, 곤고(困苦)와 결핍(缺乏)을 견딜 수 있는 자"[53]가 선발되었다. 만주이민은 분명 과잉 인구의 해결책이었지만 그렇다고 종주국의 열등한 인구를 식민지로 송출하는 형태의 '기민(棄民)'이어서는 안 되었다. 제5장에서 검토했듯이, 만주이민 정책에서 일본인 남성 이민자는 일본인 여성 이민자와 결혼하여 일본인의 순혈을 유지하고 만주에 일본 농촌을 건설해야 했다. 따라서 만주 농촌에 이식되는 일본인과 그 혈통은 당연히 건강하고 우수해야만 했다.

그러나 신체적으로도 정신적으로도 건강하고 우수한 일본인으로 구성된 제1차 이민단 단원 492명 중에서 1937년까지 총 퇴단자 수는 197명이었으며, 가장 많은 퇴단자가 나온 것은 1933년의 101명이었다.[54] 이러한 대량 퇴단 사태의 가장 큰 원인이 바로 둔간병이었다.[55]

---

51 Matsumura, Janice, 앞의 글, pp.329~350.

52 둔간병이 처음 나타난 제1차 이민단의 "정신동요"는, 이후 만주이민의 인선에도 영향을 끼쳤다. 관동군 장교 도미야 가네오(東宮鉄男)가 작성한 「제2차 이후 이민단 인선에 관한 요망」(1932)에서는 "① 내지 예비훈련 시 이미 결심이 흔들렸으나 이민 담당자의 감언(甘言)으로 도만(渡満)한 자 ② 펑톈(奉天)에서 결심이 흔들린 자 ③ 약간의 고난과 결핍을 견디지 못하고 결심이 흔들리는 자 ④ 경비 근무를 기피하는 자 ⑤ 현지시찰 후 오히려 비관 동요하는 자 ⑥ 빈곤으로 항심(恒心)을 잃는 자"는 만주이민에 적절하지 않고, 가토 간지(加藤完治)의 베이다잉(北大營) 국민고등학교 출신자, 가난한 사람, 순진한 연소자가 바람직하다고 하였다. 東宮大佐記念事業委員会編, 『東宮鉄男伝』, 東宮大佐記念事業委員会, 1940, pp.172~174.

53 小寺廉吉, 『先駆移民団ー黎明期之弥栄と千振』, 古今書院, 1940, p.92, 93.

선택받은 일본인 이민자의 대부분이 만주에 적응하지 못하고 "망향병", "신경쇠약", "광인과 같은 병"에 걸렸다는 사실은, '만주개척'의 정당성만이 아니라 일본민족의 우수성에 기초한 지도성 자체에 회의를 초래할 수밖에 없다. 마쓰무라는 그 때문에 당시 재만 일본인 이민자의 정신질환 연구가 만주국을 이상적인 신천지로 묘사하는 프로파간다의 "커다란 목소리"에 억압되어 전문가 집단 내부의 "작은 목소리"로 제한되었다고 지적했다.[56]

지금까지 검토한 점을 고려한다면, 「선견대」의 중심적인 제재인 둔간병은 동시대의 민족우생론, 인구론, 만주이민 정책 담론과 긴밀히 연결된 문제였다. 물론, 「선견대」가 둔간병의 문제성을 의식적으로 제기했다고 보기는 어렵다. 하지만 둔간병을 둘러싼 민지로와 유사쿠의 대화나 반응은 일본인 이민자가 경험한 만주의 가혹한 환경이야말로 둔간병의 주요 원인이며, 그것은 이민자 개인의 의지나 노력으로 극복할 수 있는 것이 아니라는 사실을 드러낸다.

그러나 「선견대」에서 둔간병의 표상은 주로 "망향병"으로 간주되었다. 둔간병에 걸린 이민자가 꿈꾸는 것은 "일본의 고향"이지 만주의 대지가 아니다. 「선견대」의 일본인 이민자에게서는 앞서 검토한 유아사의 「선구이민」이나 우치키의 『빛을 만드는 사람들』에 묘사된 바와 같은 만주 대지를 향한 이민자의 격렬한 욕망은 발견할 수 없다.

만주이민 정책에서 둔간병과 같은 이민자의 심리적인 문제는 이민사

---

54 위의 책, p.96.
55 위의 책, p.97.
56 Matsumura, Janice, 앞의 글, p.346.

업 추진의 현실적인 장애물이었다. 만주이민의 현실에서 둔간병 발병은 이민자의 탈락, 나아가 이민단 전체의 동요를 유발하는 매우 심각한 문제였기 때문이다. 만주이민 정책 측은 둔간병으로 인한 이민자의 심리적 동요에 대처하기 위해 이민자의 정신적 단결의 핵심이 될 신사(神社) 창건, 가족 초청이나 '대륙의 신부' 송출 등과 같은 집단결혼정책 추진 등의 조치를 취했다.[57]

「선견대」에서는 민지로의 질문으로 고민에 빠진 유사쿠가 부상에도 불구하고 다음날 아침 조례에 참가하여 〈기미가요(君が代)〉를 제창하고는 "평상시와 다른 감동으로 목이 막힐 것 같"으면서도, 자신의 "감상적인 기분"을 억누르려 한다. 〈기미가요〉 제창은 신사처럼 일본인 이민자의 정신적 귀일, 단결의 상징이다. 하지만 유사쿠는 〈기미가요〉 제창이 환기했다는 그 "감동"이 구체적으로 어떤 것이었는지 이야기하지 않는다. 괴로운 현실 속에서 일본제국의 국가를 노래하는 일본인 이민자의 감동은, 일본어로는 '이야기할 수 없는' 것이다.

유사쿠의 침묵은 민지로만이 아니라 그 자신의 감정조차 은폐하려 한다. 유사쿠는 민지로의 여동생인 미요와 결혼하고 싶어 한다. 그는 민지로가 이민단에서 낙오됨에 따라 미요와 결혼할 수 있는 미래를 잃은 것에 실망하지만, 민지로를 말리거나 미요에게 전언을 부탁하려 하지 않는 채 묵묵히 그녀를 포기한다.

이러한 유사쿠의 억압된 불만이나 감정은 〈기미가요〉 제창이나 고된 노동으로도 해소되지 않는다. 민지로를 전송한 유사쿠는 숙사에서

57 金川英雄, 앞의 글, p.140.

자신의 현실에 직면한다. "들에서 돌아오면 단원들은 발도 안 씻고 각자 젓가락 통을 들고 모이지만, 모두 피곤해서 쉽게 화를 내기 때문에 입을 굳게 다물고 있다. 밭에 있을 때는 아직 괜찮다. 열심히 일하는 동안에는 신경도 육체도, 그쪽에 몰입한다. 그러나 향사(鄕舍)로 돌아오면 살풍경한 남자뿐, 어둑한 램프와 늘 펴놓아 더러운 이부자리와 암펠라와, 그리고 눈곱이 낀 울상을 한 소년 취사원과"(p.277) 마주해야 하는 삶이다. 낮에 중노동에 종사한 이민단원은 신체적인 피로만이 아니라 심리적인 부하(負荷)를 축적한 채 그들을 위로할 오락도 없는 우울한 환경으로 돌아온다. 이러한 심리적인 고통의 누적은 외부를 향한 공격성으로 나타난다.

> 갑자기 문밖에서 몇 마리 들개에게 축사에서 쫓겨난 돼지가 비명을 지르자 토방(土間) 무리가 놀라 소란을 피웠다. 젓가락을 쥔 채 뛰어나가는 이도 있었고, 나무토막이나 개중에는 총을 들고 뛰쳐나가는 이도 있었다. 미처 소화하지 못한 것이 몸 어딘가에 쌓이고 있는 것이다. 상대가 무엇이든 상관없다. 개건 비적이건, 스스로에게 불을 붙여 연소하고 싶은 것이다. 그러나 몇 마리 들개가 비명을 지르며 고량 밭으로 도망쳐도, 기이하게도 이 몸 어딘가에 누적되어 있는 것은 완전히 연소되지 않았다. 딱 떨어지지 않고 남는 것이다. (pp.277~278)

남성 이민자만으로 구성된 집단 생활에서 해소되지 못하는 이민자의 불만과 스트레스는 "몸 어딘가에 쌓이고", 이는 곧 폭력성으로 전환된다. 이민자의 공격성은 폭력의 방향도 정해지지 않은 채 외부를 향해 분출된다. 이러한 이민자의 거친 모습은 결코 이상적이지 않다.

「선견대」에서 묘사되는 이민자의 일상생활은, 이처럼 부정적인 이미지로 가득 차 있다. 그것은 단순히 성욕의 문제가 아니다. 일본인 남성 이민자의 누적된 불만과 스트레스는 단순한 성욕의 해소만으로는 해결되지 않는다. 왜냐하면 이민족 여성과 성적인 교섭에는 "뛰어넘기 어려운 감정과 민족적 차이의 거리낌이" 있기 때문이다. 이민단원은 그러한 "순간의 기분이 금세 열렬히 고향을 그리는 마음으로 바뀌는 것을 누구나 알고 있다."

그것은 이민자가 무한히 펼쳐진 만주의 대지에 오히려 "손에 움켜쥔 느낌이 나지 않는" 불안이나 "바닷속을 떠도는 것만 같아 오히려 불안"해지는 것과 같은 감각, 혹은 "내지의 농가 등에서 볼 수 있는 훌륭한" 주택을 짓고도 "젊은 단원들은 건축이 진행되면 될수록, 어떤 공허함이 몸 어딘가로 퍼져 나가고 있었다"는 것과 같은 감각이다. 이 감각이야말로 일본인 이민자들이 '만주개척'에 느끼는 심리적인 거리감과 저항감을 드러낸다. 이러한 감각의 연속선상에 그들을 사로잡는 "고향을 그리는 마음"이 존재하는 것이다.

이처럼 이민자들의 황폐해진 마음을 위로하는 것은 〈기미가요〉가 아니라 「오하라부시(オハラ節)」와 같은 민요, 즉 "자기 고향 노래"이다. 국가나 "노동의 사명"은 이민자의 지치고 거칠어진 마음을 안정시킬 수 없다. 그 대신 기능하는 것이 민요와 "자기 고향 노래"인 것이다. 만주의 토지에 불안과 공허함을 느끼는 것에 비하여, 일본인 이민자는 자신들의 고향에 뿌리 깊은 애착과 귀속의식을 느낀다. 즉, 「선견대」가 드러내고 있는 것은 만주에 "뼈를 묻을" 각오를 가져야 할 일본인 이민

자의 감정이 정작 '일본'에서 조금도 분리되지 않았다는 사실이다. 그들은 같은 일본인 이민자와 일본어로 이야기하고, 일본의 생활양식을 유지하며, 고향의 노래로 "고향을 그리는 마음"을 위로한다. 「선견대」의 일본인 이민자의 시선 앞에 존재하는 만주는 황량한 대지일 뿐, 그들의 감정과 의식을 지배하는 것은 '일본'이다. 그 결과가 "고향을 그리는 마음"이며, 그 연장선상에 둔간병이 존재한다.

만주이민 정책의 목적은 만주에 일본의 농촌을 그대로 '이식'하는 것이었다. 당연히 이민자는 '일본인'이어야만 했다. 따라서, 둔간병 대책은 이민자의 일본인으로서의 아이덴티티를 강화하는 것이어야 했다. 「선견대」에서 둔간병의 표상은, 바로 그러한 만주이민 정책 때문에 일본인 이민자가 '일본'을 향한 애착과 만주의 현실 사이에서 경험하는 정신적인 고통을 표현하고 있는 것이다.

주목할 것은, 국책소설인 「선견대」에서 본래 만주이민 정책의 장애물이라고 할 수 있는 이민자의 고향을 향한 감상이 부정되거나 비판의 대상이 되지는 않는다는 점이다. 유사쿠는 민지로를 "겁쟁이"라고 비난하지만, 동시에 민지로가 토로하는 고통에 공감한다. 「선견대」는 이민자의 둔간병이나 "고향을 그리는 마음" 자체를 비판하는 대신, 귀향한 민지로와 그의 주변 모습을 통해 둔간병의 해결책을 제시하는 길을 택한다. 가족이나 마을 주민들도 이민단을 퇴단하고 귀향한 민지로를 정면으로 비판하지 않는다. 처음부터 민지로의 만주이민을 반대했던 어머니는 오히려 기뻐하고, 누이동생과 형도 그의 실패를 꾸짖기보다는 위로한다. 하지만 고향 집에 돌아온 민지로는 "취기가 깨어가는 듯한 기분"을 맛본다.

적응장애는 명확하게 특정할 수 있는 스트레스 인자가 배제된 뒤에는 증상이 6개월 이상 지속되지 않는다.[58] 만주에서 귀향한 민지로가 만주에서 과도하게 이상화했던 고향의 현실에 실망했다고 해도 이상하지 않다. 실제로 민지로가 만주에서 "생명을 마모시킬 정도로 동경했던" 고향을 보고 "바짝 마른 목 안으로 한 호흡마다 물이 촉촉하게 적셔가는 듯한 만족"(p.285)을 느끼는 것은 아주 잠깐뿐이다.

하지만 그가 단순히 이상화했던 고향과 현실의 고향 사이의 낙차에 환멸을 느끼는 것은 아니다. 민지로가 고향에서 목격한 것은 전쟁 수행과 총후 지원을 위해 재편된 일본 농촌의 모습이다. 민지로는 마을 입구의 신사 경내에서 "신전 가득 걸린 출정자의 무운을 비는 깃발이나 부락의 집집마다 걸린 일장기를 보며 지나가는 동안" 점차 "어쩐지 쓸쓸해지고, 떳떳하지 못한" 기분을 느낀다. 나아가 "이목을 피해 겨우" 마을에 들어가자 "여기저기서 출정자의 전답처럼 보이는 것을 청년단이나 소학생들이 한 덩어리가 되어 수확하고 있는 것을" 보고, 그는 "눈 둘 바를" 찾지 못한다(p.286). 그것은 한 사람의 농촌 청년으로 돌아온 민지로가 목격한 '내지' 농촌에서 진행되는 전쟁 수행의 현실이다.

—나는 대체 왜 서둘러 돌아왔을까?

어느 날, 산 중턱에 있는 층층밭에서 뽕나무 뿌리를 파내고 퇴비를 묻으며, 민지로는 문득 남의 일처럼 돌이켜 보았다. 병에 걸릴 정도로 고향만 생각했다는 것이 지금은 꼭 거짓말 같은 기분이었다.

---

58 加藤敏・神庭重信・中谷陽二・武田雅俊・鹿島晴雄・狩野力八郎・市川宏伸編, 앞의 책, p.732.

—괭이를 지팡이 삼아 바라보자 산의 8할까지 올라가 있는 층층밭 너머 무지갯빛으로 흐릿하게 보이는 가부토(兜)산이 솟아 있다.

고향을 그리워할 때 가장 먼저 떠오르던 산이었는데, 지금 봐도 아름다웠다. 그러나 가부토산도 7할까지 뽕밭이나 보리밭이 되었고, 산기슭에서 위로 올라오는 마을의 민가가 당장이라도 산 정상까지 닿을 것 같은 기세였다. 발밑의 오사와(大沢)계곡에서는 끊임없이 돌을 깎는 끌 소리가 메아리치고, 물이 바짝 마른 계곡을 돌을 쌓은 마차가 다닌다. —돌을 쌓아 나르는 마차는 예전부터 소작 전답이 없는 차남 삼남이 하는 일이었는데 요즘은 일당도 약간 올랐지만 물가가 더 빠르게 오르는 바람에 농작물 가격보다도 빠른 비료의 가격 상승 등을 생각하면 절로 비료 하나 필요 없는 만주의 흑토가 떠올랐다. (pp.306~307)

민지로가 2개월 정도 친가에 머무르는 동안 쉬기만 한 것은 아니다. 그의 형은 청년단 간부이기 때문에 출정군인의 논밭 공동 파종, 생산조합 용무 등의 업무에 쫓겨 집을 자주 비웠다. 민지로는 그 공백을 채우기 위해서 바쁘게 일해야 했다. 그의 집만 그런 것이 아니다. 마을은 출정군인 환송, 소방훈련, 청년단의 공동 군사훈련, 전쟁협력의 여러 활동으로 "그렇지 않아도 일손이 적은 부락은 다망함과 긴장"에 가득차 있다(p.305). 전시체제에 동원된 민지로의 마을은 이미 노동력 부족을 현저하게 드러내고 있었다. 이런 상황에서 민지로는 가족과 마을이 필요로 하는 젊은 노동력일 터였다.

그러나 민지로의 귀향이 주위에 알려진 다음에도 아무도 그를 방문하지 않고, 마을의 주요 인사들은 길에서 그와 마주쳐도 말도 걸지 않는다.

이러한 냉대와 무시는, 그들도 유사쿠처럼 만주이민을 출정에 준하는 것으로 간주하기 때문이라고 추측할 수 있다. 따라서 이민단에서 낙오한 민지로는 전쟁 수행에 기여하지 못하는 존재로 대우받는 것이다. 이러한 상황 때문에 민지로가 마을에서 자기 자리를 찾지 못하고, "비료 하나 필요 없는 만주의 흑토"에 새삼스러운 매력을 느꼈다고 해도 이상하지는 않다. 더구나 마을에서는 분촌이민이 진행되고 있었다.

하지만 민지로가 다시 만주행을 결심하게 되는 과정에서, '오족협화'의 실현이나 '왕도낙토' 건설과 같은 만주국의 슬로건은 일체 등장하지 않는다. 그의 가족 중에서 만주이민에 가장 적극적인 태도를 보이는 사람은 여동생 미요인데, 그녀조차도 만주이민을 국책의 대의(大義)로 보지 않는다.

> "— 정말 뭐라는 겐지, 세상이 떠들썩해졌어, 우리 같은 늙은이도 마음을 놓고 있을 수 없구나."
>
> 어머니가 침침해진 눈으로 손자 옷의 벌어진 부분을 기우며 중얼거리자, 설거지 하는 곳에서 미요가 밥그릇 씻는 소리를 내면서 말을 받았다.
>
> "그치만 엄마, 사람이 늘고 토지는 좁아졌으니 지금 일본은 대륙으로 비어져 나가야만 하는 시대라는 거예요."
>
> "그럴까, 사람이 늘었다고 하지만 우리는 너희 할머니의 반밖에 안 낳았는걸." (pp.292~293)

보수적인 농촌 여성인 민지로의 모친은 분촌이민에도 회의적이다. 이에 비해 미요는 "사람이 늘고 토지는 좁아졌으니 지금 일본은 대륙으로 비어져 나가야만 하는 시대"라고 설명한다. 분명 만주이민 추진의 대의명분은 농촌의 과잉 인구와 토지 부족 문제의 해결이었다.[59] 특히 농촌경제갱생정책과 연결된 분촌이민은 '내지' 농촌의 과잉 인구를 만주로 송출함으로써 토지를 재분배하고 자작농을 늘려 모촌의 갱생을 꾀하려는 정책이었다.

하지만 앞에서 살펴보았듯이, 민지로의 고향에서는 과잉 인구 문제보다 전쟁 수행에 따른 노동력 부족이 더 중요한 문제였다. 또한 넷째인 민지로가 만주이민을 떠날 때 큰 형은 "전답을 다 넣어 자신의 토지라고는 5반(反)하고 조금밖에 없는 데서 그나마 재산 분배라고 1반보(反歩)를 저당잡혀 250엔을 만들어 주었다."(p.293) 민지로가 만주이민을 떠남으로써 이 집의 토지는 오히려 감소한 것이다.[60] 이는 민지로 집에 한정된 일이 아니다. 민지로는 여동생에게서 그가 호의를 갖고 있는 하루(ハル)라는 아가씨의 집이 분촌이민에 참가한다는 것을 전해 듣는다. 하루의 집안은 소작농으로, 비료값과 상납금으로 곤란을 겪고 있었다. 때문에 민지로가 만주이민을 떠났을 때는 그녀가 제사공장에서

---

59 만주이민에서만 과잉 인구 문제와 해외 이민이 직결된 것은 아니다. 고토 아키라(後藤晃)는 메이지(明治)기 이민과 제1차 세계대전 이후 장기 농업불황기의 이민을 예로 들어 정치적으로 이민 정책이 부상할 때는 예외 없이 과잉 인구 문제가 사회적 배경이라는 사실을 지적했다. 後藤晃, 「ファシズム期における農村再編問題と満洲農業移民」, 『商経論叢』 26巻 1号, 神奈川大学, 1990.9, p.59.

60 1937년, 농림성 경제갱생부가 계산한 "부채가 적은 흑자 생활"을 영위하기 위해 필요한 1호당 경작지("표준경지면적(標準耕地面積)")의 전국 평균은 논이 1정(町) 1반(反), 밭이 6반으로 합계 1정 7반이었다. 야마나시(山梨)가 속한 동북(東北) 지방의 표준경지면적은 2정 8반에서 2정이었다. 산촌은 논이 3반, 밭이 9반으로 합계 1정 2반이었다. 「第一表 道府県別農山漁村ニ於ケル一戸当標準耕地面積」, 農林省経済更生部編, 『満洲農業移民ニ関スル地方事情調査概要 第十三回地方事情調査員報告』, 農林省経済更生部, 1937, pp.1~2. 따라서 민지로(民次郎)의 친가는 영세 자작농이라고 추측할 수 있다.

일하고 있었다.

"가난한 소작농"인 하루의 집이 만주이민을 떠난다고 해도 마을의 경작지는 늘어나지 않는다. 그것은 다른 이주자도 마찬가지여서, 분촌이민의 모습은 "이주자들의 빚 정리와 소작지 반환이나 양도로 여러 분의(紛議)가 일어나 마을 위원회가 일단 담보로 잡고 이주자의 주택, 선조의 묘까지 맡아 주게 되었다"(p.313)고 묘사된다. 이러한 묘사로 미루어 볼 때, 이 마을에서 만주이민을 결심한 이민자들은 거의 소작농이며, 그들의 소작지는 지주에게 반환되거나 다른 소작인에게 양도되었다고 볼 수 있다.

민지로가 관찰했듯이 고향 마을의 노동력은 이미 과잉에서 결핍으로 전환되었다. 이러한 상황에서 농민을 만주이민으로 송출한다면 노동력은 감소할 수밖에 없다. 또한 설령 자작농 이주농가의 토지를 재분배한다고 해도, 그러한 토지는 자금력을 보유한 지주층에게 흡수될 가능성이 훨씬 크다.

고토 아키라(後藤晃)는 분촌이민에 대한 지역 유력자층의 태도가 한결같지는 않았고, 경영 규모나 토지 관계에 따른 지역성이 존재했다고 지적했다.[61] 부재지주가 많은 토지를 소유한 동북(東北) 지방에서는 지주가 분촌이민으로 노동력이 감소하면 소작료가 하락할 것을 우려하여 분촌이민에 반대하였고, 이주자의 경작지에도 큰 영향력을 끼쳤다.[62] 고토는 미야기(宮城)현 난고(南鄕)마을을 예로 들어,[63] 이주자의 소작지

61 後藤晃, 앞의 글, p.92.

62 위의 글.

63 미야기(宮城)현 난고(南鄕)마을에서 1934년의 집단 이민(제2차 지후리(千振))에서 1938년 제6차, 제7차, 제8차 이민까지 만주집단 이민에 참가한 수는 총 186호였다.

가 지주의 의사에 따라 지주의 이해관계에 저촉하지 않는 형태로 영세 소작농에게 분배되었다는 사실에 주목했다.[64] 한편 지주나 소규모 경작 지주가 마을의 중상층을 점한 지역에서는 지주 측이 이민자의 토지를 구입하여 자신의 경작 규모를 확대할 수 있는 기회였기 때문에 오히려 만주이민에 적극적인 태도를 취했다.[65]

이처럼 지주 측이 이해관계에 따라 분촌이민에 대응한 것은, 이미 전시체제에 돌입한 농촌 상황에서, 한 마을에서 대량 이민을 송출하는 형태의 분촌이민은 마을의 토지만이 아니라 노동력, 또한 마을 전체의 경제적 구조에 큰 변화를 일으킬 수 있었기 때문일 것이다. 다음 절에서 자세히 살펴보겠지만, 분촌이민의 모델 케이스였던 오히나타 마을의 경우 도쿄(東京)제국대학 농학부 농업경제학교실(農業経済学教室)이 행한 실태조사에서는 "이주자의 경작지 처분은 중농과 빈농의 차를 더욱 크게 만들 가능성"이 있다고 인정했다.[66] 분촌이민으로 생겨나는 이주자의 경작지는 과소(過小)농가에 양도하는 것이 이상적이었지만, 소작지의 경우 "지주 관계도 생겨, 이상(理想)대로 실행될 것이라고는 단언할 수 없"[67]었던 것이다. 보고자 야마카와 다쓰오(山川達雄)는 설령 소농에게 경작지를 분배해도 새로운 농기구나 노동력 조달이 필요하기 때문

마을 주민들의 만주이민 참여로 남겨진 토지는 모두 소작지였으며, 약 20정보였다. 이 토지는 지주회에 반환된 뒤, 지주회가 농가에 대여하였다. 朝日新聞社, 『新農村の建設－大陸へ分村大移動』, 朝日新聞社, 1939, p.231, 232.

64 後藤晃, 앞의 글, pp.92~93.

65 위의 글, p.93.

66 山川達雄, 「分村後の耕地の処分に就いて」, 東京帝国大学農学部農業経済学教室, 앞의 책, p.163.

67 위의 책.

에 효율적으로 경작할 수 있을지 의심스러우므로 "빈농은 만주에서 갱생시키고 중농은 내지에서 갱생"[68] 시키자고 제안하고 있다. 분촌이민은 농촌 내 계급 문제와 밀접하게 연동되어 있었던 것이다.

이러한 마을 내부의 이해관계를 고려한다면, 분촌이민은 미요가 이야기하듯이 단순히 "사람은 늘고 토지는 좁아졌으니 지금 일본은 대륙으로 비어져 나가야만 하는 시대"의 산물만은 아니다.

> 대륙 개발! 무한하게 드넓은 검은 흙으로의 이주! 그런 말이 부락 사람들의 마음을 부채질했다. 여기저기서 강연회나 좌담회 등이 개최되자 거기 모인 사람들은 이 고양이 이마처럼 좁디좁은 골짜기 부락에서 해방되어 보물산에 뛰어드는 마냥 즐거운 꿈에 취했지만, 다른 한편으로는 현실에서 이주한다고 결정한 사람들은 "당치도 않은 내기를 한 게 아닌가"하는 불안에 휩싸였다. 선조의 묘를 뒤로 하고, 몇 세대가 살아온 토지를 버리고, 이제 죽어도 이곳에는 돌아올 수 없다, 이것으로 마지막이다 생각하자 문득 다시 한 번 생각하고 싶은 쓸쓸함이 덮쳐왔다……. (p.311)

마을 주민들이 만주이민에 바라는 것은 "대륙 개발"과 "무한하게 드넓은 검은 흙"이다. 하지만 "고양이 이마처럼 좁디좁은 골짜기 부락에서 해방되어 보물산에 뛰어드는 마냥 즐거운 꿈"은 그들 내부에서 자연히 발생한 것이 아니다. 만주이민을 강력하게 추진하는 정부가 "강연회나 좌담회"를 통하여 의식적으로 마을 사람들에게 이 "즐거운 꿈"을 불

---

68 위의 책.

어넣었기 때문이다. 민지로의 모친이나 하루의 부친을 통해 알 수 있듯이, 당시에도 만주이민을 추진하던 측은 분촌이민 모집의 주요 대상이었던 빈농이 농촌경제갱생운동에 소극적이고 국가의식도 상대적으로 약한 계층이라는 사실을 분명히 인식하고 있었다.[69] 따라서 그들을 '계몽'하기 위해 이주자의 부채 정리를 위한 조성금 교부, 영화를 이용한 선전, 강연회와 좌담회 개최, 마을 당국자의 권유, 마을 지도자의 현지 시찰이 이루어졌다.[70] 「선견대」에서도 분촌이민계획에 참가하는 사람들이 "마을 유력자나 도쿄에서 출장 오는 척무성이나 농림성 관리들의 알선에 기세가 붙어" 가는 모습을 묘사한다(p.308).

하지만 위의 인용에서 알 수 있듯이, 이러한 정책적인 지원과 의도적인 '계몽'에도 불구하고 만주이민을 결심한 사람들은 "불안"과 "쓸쓸함"을 느낀다. 당시 만주이민에 대한 주저가 주로 "향토에 대한 애착과 만주이민에 대한 불안"에서 비롯되었다는 사실을 고려해야 할 것이다.[71] 만주에서는 둔간병이나 "고향을 그리는 마음"이, '내지' 농촌에서는 농민의 "향토에 대한 애착과 만주이민에 대한 불안"이 만주이민의 최대 장애 요인이었던 것이다.

손꼽히는 가난한 소작인으로 부지런한 사람이었던 만큼 기장이 긴 옷차림도 드문 일이었지만, 술 냄새를 풍기고 있는 것이 괜히 부락 사람들에게 긴장

---

69 後藤晃, 앞의 글, p.96.

70 위의 글.

71 농림성 경제갱생부가 조사한 바에 따르면(총 회답수는 2,893), "만주농업이민 장애 항목"에서 청년들이 만주이민을 희망하지 않는 최대 원인은 만주에 대한 불안(426), 이민 상황의 불확실성(325)이었다. 그밖에 애향심(264), 부모 및 친척의 반대(226) 등이 있었다. 農林省経済更生部編, 앞의 책, 1937, pp.9~10.

된 인상을 주었다.

"— 아저씨, 경기 좋은데, 미리 축하하는 건가."

길가에서 마을 사람이 말을 걸면,

"아니, 내지 술도 이제 못 마시게 된다고 생각하니까 말이지."

라고 답했다.

"뭘, 만주에도 일본 술은 있을 걸. 뭐라 해도 20정보 땅주인이 될 수 있는 것만으로도 멋진데."

"가 봐야 알겠지만, 뭐 이제는 마음가짐을 단단히 해야 한다고 생각하고 분발해야겠지." (pp.311~312)

위의 인용에 등장하는 하루의 부친은 마을에서도 "손꼽히는 가난한 소작인"이다. 그의 만주이민은 만주에서 "20정보 땅주인이 될 수 있"다는 조건, 즉 자작농이 될 수 있다는 현실적인 이해관계에 따른 선택이다. 그래도 그는 친척들을 찾아다니며 자진해서 술에 취한다. 이러한 모습은 만주이민을 결정한 그가 얼마나 긴장과 불안에 시달리고 있는지 암시한다. 거꾸로 말하면 "20정보 땅주인이 될 수 있"다는 꿈조차도 만주이민에 대한 긴장과 불안을 완전히 해소시킬 수 없다는 것이기 때문이다. 이는 정치적 혹은 경제적 이해만으로는 움직이기 어려운 이민자의 '마음'에 관한 문제가 존재한다는 것을 보여준다.

결국 「선견대」에 나타는 이민자의 "고향을 그리는 마음" 혹은 "향토에 대한 애착"은 일본인 농민들이 '위에서 아래로' 진행되는 분촌이민에 느끼는 회의와 소극적인 저항감을 암시하고 있다고 볼 수 있다. 그럼에도 불구하고 이 소설은 "고향을 그리는 마음"이나 "향토에 대한 애착"을 부정하지 않는다. 그것은 「선견대」에서 “고향을 그리는 마음”이나 “향토에 대한 애착”이 만주이민 자체에 적대적으로 작용할 가능성이 상정되지 않았기 때문이라고 생각할 수 있다. 즉, 이 소설에서는 만주이민을 일본인 농민의 ‘대륙진출’로 파악하고, 일본인 농민에 대한 관심과 애정의 연장선상에 만주로 이주하는 일본인 농민을 놓는 것이다.

실제로 「선견대」의 이민자들은 자신들의 전답에서 일하는 만인이나 만인 마을에 아무런 흥미도 보이지 않으며, 대화하려는 시도조차 하지 않는다. 일상적으로 이민족을 접하며 생활하고 있을 터인 이민자의 눈에 비치는 것은 만주를 동경하는 ‘내지’ 농민과 동일한 것이다. 그들의 눈에 만주는 “무주지대에 가까운 대륙의 컴컴한 밑바닥”이자 무한히 펼쳐진 토지이며, 그 공백을 메꾸어야 할 존재는 균질한 일본인이다.

이때 미요의 “사람은 늘고 토지는 좁아졌으니 지금 일본은 대륙으로 비어져 나가야만 하는 시대”라는 말은 새로운 의미를 갖는다. 그녀가 이야기하는 일본이란 곧 일본인이며, 그들은 만주국민이 아니다. 만주에 “뼈를 묻는다”고 말하면서도, 그들은 계속 ‘일본인’으로 존재해야 한다. 이것은 명백히 “질 좋은 진정한 일본인을 가능한 대량으로 생산하여 결하지세(決河之勢)로 공영권의 여러 나라로 쏟아져 나가, 지도를 맡”[72]아야 한다고 주장한 우생학의 구상과 궤를 같이 하는 것이다.

만주이민자가 만주에 이식된 일본인이라면, “고향을 그리는 마음” 혹은 “향토에 대한 애착”은 그 문제성을 상실한다. 왜냐하면 일본인이 자신의 고향을 사모하고 그리워하는 것은 자연스러운 일이기 때문이

72 古屋芳雄, 앞의 책, p.183.

다. 그렇다면 일본인인 민지로가 둔간병을 앓고 선견대에서 낙오한 것을 비난할 근거는 그저 그의 '의지가 굳지 않다'는 것뿐이다. 그것도 일시적인 향수병일 따름이며, 따라서 심각한 결점이 아니다. 「선견대」의 서사는 이러한 논리를 통해서만 민지로가 무사히 둔간병을 회복하고 만주로 귀환하는 이야기로 성립할 수 있다.

그러나 역시 둔간병과 "고향을 그리는 마음" 혹은 "향토에 대한 애착"이 만주이민을 방해한다면, 만주이민을 추진하기 위해서는 이에 대처해야 할 것이다. 만주이민 정책은 이를 해결하고 이민자를 안정시키기 위해, 이민자가 외롭지 않도록 가족이나 촌락사회의 일부를 함께 송출하는 분촌이민을 구상했다. 이는 보다 많은 농촌 인구를 만주로 송출하여 "무주지대"로 표상되는 만주를 일본인으로 채울 것을 목적으로 하는 이민계획인 것이다.

한편, 「선견대」의 일본인 남성 이민자들이 가장 열망하는 것은 바로 자신들의 배우자가 될 여성 이민자이다. 이는 성욕의 문제가 아니다. 미요의 "때때로 흘러넘치는 듯한 탄력이 있는 웃음소리"는 이민자 청년들이 이민족의 창부에게서 "뛰어넘기 어려운 감정과 민족적 차이의 거리낌"을 느끼는 것과 대비된다. 민지로는 여동생의 웃음소리에 "가슴이 부풀어 오르고, 용기를 북돋는 듯이" 느낀다(p.293). 그것은 만주의 "향사에, 그 살벌한 공기 속에 완전히 결여되어 있던 것이었다. 후쿠마쓰(福松)처럼 무대포로 거친 성정이 되던가, 그렇지 않으면 자신처럼 신경이 쇠약해져 병에 걸리든가, 저 불구(不具)와 같은 공기에는 없던 것"(p.293)이라고 강조된다.

「선견대」는 둔간병의 원인을 일본인 여성 이민자의 부재 때문이라고 보는 것이다. 이는 둔간병의 원인인 만주의 환경, 즉 과로, 전투로 인한 스트레스, 가혹한 자연환경, 전염병 등의 요인을 무시하고, 일본인 여성 이민자의 송출로 이민자의 정신을 안정시켜야 한다는 문제로 치환한다. 이는 또한 둔간병이 드러내는 만주이민의 본질적인 문제성, 즉 만주에서 '일본인'으로 '일본 농촌'을 구축한다는 시도 자체의 문제성을 은폐하는 것이다. 「선견대」의 서사는 둔간병의 표상이 내포하고 있는 문제성은 더이상 파고들지 않은 채, 일본인 여성 이민자와 가정을 꾸미는 것으로 이민자를 안정시키려는 이민 정책에 대한 지지로 수렴한다.

이 서사에서 민지로는 만주 생활에 견디지 못하고 '내지'로 돌아간 실패한 만주이민자이다. 그러한 민지로가 둔간병에서 완전히 회복하여 이민단으로의 귀환을 결심하는 것도, 연인인 하루의 가족이 분촌이민에 참가함으로써 그녀와 함께 하는 미래가 열렸기 때문이다.

"나는 무슨 일이든지 하겠어, 설령 비적이 있어도, 너와 함께라면 무섭지 않으니까."

어느 밤, 하루가 한 말을 가슴 속으로 반복하면서 민지로는 집으로 돌아왔다.

—몇 달 참지 못하고 뒤로 한 탕위안(湯原)의 검은 경작지가 이번에는 완전히 다른 모습으로 눈앞에 나타났다. 논둑의 일 촌(寸), 이 촌 흙을 서로 깎아내는 듯한 내지에 비해 그곳은 얼마나 광대한가! 망막한 들판, 비료가 필요 없는 검은 땅! 말이나 돼지나 면양을 잔뜩 키우며, 아무에게도 거리끼거나 사양할 필요가 없는 생활. 도대체 자신은 어째서 그렇게 서둘러 돌아왔을까? 문득 민지로는 어둠 속에서 얼굴을 붉혔다. —하루와 함께이기 때문이다. 백퍼

센트가 되었기 때문이다. 그것은 반을 더한 것만이 아니다. 마이너스가 플러스가 되었다. 무주지대의 바다 같은 황야 속에서 혼자 힘으로 항해할 '생활'의 원동력이 솟아났기 때문이다. (p.313)

하루와 함께 할 미래를 꿈꾸며 민지로는 갑자기 만주의 매력을 재발견한다. 그것은 마을 사람들이 취한 만주이민의 "즐거운 꿈"과 비슷하다. 협소한 '내지'의 토지에서 해방되어 광대하고 비옥한 토지를 소유하는 자작농이 되는 꿈이다. 하지만 그것은 민지로에게는 이미 깨어진 꿈이었을 터이다. 그는 만주의 가혹한 기후, 불안정한 정치 및 치안 상황, 중노동이라는 현실을 이미 알고 있다. 그래도 그는 하루와 함께 할 수 있다는 것만으로, 간단히 "마이너스가 플러스"로 바뀌고 "아무에게도 거리끼거나 사양할 필요가 없는 생활"을 할 수 있다고 믿는다. 이 장면으로 「선견대」의 서사가 묘사해 온 둔간병의 문제성이나 만주이민에 동원되는 민중 측의 시각에서 만주이민을 다시 바라볼 가능성은 완전히 배제된다.

둔간병이나 "고향을 그리는 마음"이 환기하는 '외지(外地)' 거주 일본인의 적응 능력에 대한 근본적인 회의는, 바다와 같은 "무주지대"라고 반복하여 표상되는 만주의 대지에서 일본인 여성 이민자와 결혼하여 진정한 '생활'을 형성한다는 비전을 제시함으로써 간단히 해결된다. 이 점은 여동생 미요와 유사쿠의 결혼에 반대하는 어머니를 설득하는 장면에서, 민지로가 마을의 분촌이민에 참가할 결심을 밝히는 말에서도 엿볼 수 있다.

민지로는, 자신은 "마을에 있기보다 만주에 가서 새로운 토지를 개척하는 것이 적임"이라며 "고향도 질리도록 보았으니 이제 둔간병에도 걸리지 않을 겁니다"라고 단언한다(p.315). 그는 하루와 장래를 약속한 것이 자신의 결심에 영향을 끼쳤다는 사실은 언급하지 않은 채, 넷째인 자신은 마을에 머무르기보다 만주에서 새로운 토지를 개척해야 하며, 둔간병은 단순한 향수병에 불과하다고 주장한다. 민지로의 가족과 촌장은 "커다란 시대의 흐름이라는 것을 새삼스럽게 느끼고 있는 안색"으로 그저 그의 얼굴을 쳐다볼 뿐이다. 만주이민 자체가 "커다란 시대의 흐름"이라고 제시될 뿐, 그 자체는 새삼스러운 논의의 대상이 아니다. 결국 「선견대」는 민지로가 하루와 함께 유사쿠의 신부가 될 미요를 데리고 이민자 "가족 백 몇 명"과 "신부 오십 몇 명"과 함께 만주로 건너가고, 그들을 맞은 이민자가 행렬을 이루어 입식지로 향하는 장면에서 끝난다.

「선견대」는 둔간병을 소재로 만주이민 정책의 이민자 안정화 문제의 해결책을 제시하고자 한 국책소설이다. 이 작품은 둔간병의 표상이 가지는 여러 문제성, 즉 일본인 이민자의 우수성에 대한 회의, 대량 이민 송출에 민중이 느끼는 저항감과 거리감을 묘사하면서도 그 진정한 의미를 파악하지 못하는 한계를 드러냈다고 할 수 있다.

분촌이민은 '내지' 농촌의 대량 이민을 목적으로 하는 이민 정책이었지만, 당시 농촌 노동력은 이미 징병이나 군수산업에 흡수되어 부족한 상태였다. 그러한 상황에서 추진되고 있던 분촌이민은 결국 만주로 송출되는 농민 측의 소극적인 호응 때문에 보다 넓은 지역에서 이민자를 모집하는 분향이민으로 전환되었다. 만주에 가면 "20정보를 가진 지주가 될 수 있다"는 슬로건도 농촌의 빠르게 변화하는 이해관계, '외지'로 송출되는 불안과 향토에 대한 애착 앞에서는 그 매력을 잃었던 것이다.

이러한 '내지' 농촌 상황을 배경으로, 「선견대」는 국책의 대의를 논하는 대신 만주이민을 둘러싼 민중의 이해관계와 심리적인 부하(負荷)를 묘사했다. 하지만 민지로는 다시 만주이민에 참가하고, 남성 이민자와 그들의 신부가 될 여성 이민자의 행렬은 만주이민의 빛나는 성공을 약속하고 있는 듯이 보인다. 소설에서 나타나는 현실과 서사의 논리가 완전히 괴리되어 있는 것이다. 이러한 논리의 파탄은 일차적으로 작가 도쿠나가 자신의 한계에서 비롯된 것이라고 생각할 수 있다.

앞에서 살펴보았듯이, 「선견대」는 도쿠나가의 제6차 이민단 시찰 경험에 기초하였다. 도쿠나가는 단행본 『선견대』의 머리말에서 이 단행본이 1939년 9월에서 10월까지 체험한 만주여행의 견문기에 "이러한 견문에 기초하여, 나의 사상이나 가정에 기반을 두고 성립한" 소설 「선견대」를 덧붙인 구성이라고 설명하였다.[73] 실제로 도쿠나가의 견문기에 묘사된 제6차 이민단의 지명이나 위치, 또한 선견대가 머무르고 있을 뿐 아직 가족을 초청하지 못한 상황까지 작품과 일치한다. 특히 둔간병과 신부 송출에 관한 도쿠나가의 생각은 「선견대」에 그대로 반영되었다.

도쿠나가는 견문기에서 둔간병을 향수병이라 보고, "정신의 나약함" 때문에 발병한다고 설명하였다. 도쿠나가에 의하면 둔간병은 홋카이도(北海道)나 규슈(九州)에서 도쿄로 상경한 사람이 걸리는 것과 같은 병으로, "대부분 한번은 꼭 걸린다"고 하였다. 이 병에 걸렸을 때는 고향이

73 徳永直, 「まへがき」, 『先遣隊』, 改造社, 1939, p.7.

"일종의 병적으로 확대되어 그리운 부분만 응축되어" 이성을 잃게 만든다. 하지만 "일단 고향으로 돌아가면 비로소 꿈이 깬 것처럼 되는 법"이라는 것이다. 따라서 도쿠나가는 가족 초청 같은 이유 외의 "내지 귀환"은 전부 퇴단 형식을 취하는 이민단의 엄격한 규칙을 완화해야 한다고 주장했다. 이민자가 일단 귀국해서 이성이 돌아오면 "고향과 현지를 냉정하게 비교할 수 있게 되고, 고향에서 다시 현지의 회상이 되살아나"기 때문이다.[74]

도쿠나가는 이러한 둔간병의 해결책으로 "휴양을 위한 귀국"에 이어 "여자를 많이 보낼 것", 즉 일본인 여성 이민자의 대대적인 송출을 강하게 주장했다. 하지만 여성 이민자가 반드시 신부학교 졸업생일 필요는 없었다. 그는 "요약하자면 여자다. 여자면 된다. 여자다"라고 집요하게 강조했다.

도쿠나가는 여성 이민자 송출은 단순히 성적인 대상으로서 필요한 것은 아니라고 설명했다. 만주이민지에 여성이 필요한 것은 "남자가 갖지 못한 것, 여자가 아니면 뿜어내지 못하는 일종의 공기"를 얻기 위해서였다. 그는 성적 욕망은 "여기서 실제 예를 드는 것은 저어되지만, 현지에서도 이미 어느 정도 충족되고 있"으나 남자와 여자가 없으면 '생활'이 존재할 수 없다고 설명했다. 설혹 부부 관계가 아니어도 "남자도 있고 여자도 있고, 그런 것들이 모여 무의식중에 정신적인 충족"이 생겨난다는 것이다.

그의 주장은 만주이민지에 일본인 사회를 형성해야 한다는 것으로

74 德永直, 앞의 책, pp.202~203.

요약할 수 있다. 그렇게 "신부가 오고, 갓난아기가 태어나고, 상쾌한 생활을 영위할 때 사람들은 비로소 평화로운 생활을 지키기 위해 진실로 강력한 투쟁력도 솟구칠 수" 있으므로 "여자를 보내라! 신부를 보내라! 북만의 황야를 아름다운 전답으로 만들고, 외적의 모멸을 막기 위해서도, 그곳에 강력한 생활을 심어야만 한다. 전쟁은 남자만 하는 것이라고 생각하면 안 된다. 여자 자신도 투쟁을 하고, 무엇보다 여자가 남자에게 그 힘을 부여하는 것이다"라고 강한 어조로 주장했다.[75] 소련 국경에 인접한 북만 지역에 일본인 여성 이민자를 보내 일본인 남성 이민자를 안정시키고 이민자 사회를 형성하는 것 자체가 전쟁 수행의 일환이라고 호소한 것이다.

지금까지 도쿠나가의 견문기에 나타난 둔간병과 여성 이민자 송출에 관한 주장을 검토했다. 견문기에서 도쿠나가는 만주이민을 철저하게 '전쟁 수행의 국책'으로서 찬동하고 있다. 특히 일본인 여성 이민자의 송출을 논할 때, 그가 일본인 이민자를 바라보는 시선은 관리와 통제의 대상을 향한 것이다. 만주이민자는 전쟁 수행에 유익해야만 한다는 것이다. 이때의 도쿠나가는 같은 견문기에서 자신이 이민촌에서 '오족협화'와는 동떨어진 현실을 발견했을 때, 혹은 이민지의 초등학교에서 도쿄의 학생들이 "국가의 제1선에 서서 분투하고 계신" 이민자 2세에게 보내는 격려의 편지를 목격했을 때, 그 자신이 느꼈던 위화감을 완전히 망각한 듯이 보인다.[76]

도쿠나가는 "오족협화의 선두에 서서 땅에 자부심을 느끼고 땅에 안

75 위의 책, pp.203~206.
76 위의 책, pp.103~104.

심하고 뼈를 묻는 감정을 길러"야 할 이민 2세들에게 "변경 땅에서 대단히 고되시겠지만, 분투하시기를 절실히 빌어 마지않는다"고 이야기하는 '내지'의 편지는 적절하지 않다고 지적했다. 이때 도쿠나가가 느낀 위화감은, 만주 땅을 사랑하고 그곳에 뿌리를 내려야 할 이민 2세들을 '내지'에서 전락하여 "변경 땅에서 대단히" 고생하고 있는 일본인으로 간주하는 종주국 '중심'의 거만함을 감지했기 때문일 것이다. 도쿠나가는 이민자가 "오족협화의 선두에 서서 땅에 자부심을 느끼고 땅에 안심하고 뼈를 묻"어야 하는 존재이자, 종주국의 '중심'과 동일하고 균질한 일본인으로서 존재하는 것이 가능하다고 생각했던 것이다.

「선견대」가 이 만주여행의 경험에서 창작되었다는 사실과 견문기의 내용에 비추어 볼 때, 소설에서 나타난 논리의 파탄은 도쿠나가 자신의 만주이민 인식의 한계를 반영한 것이라고 볼 수 있다. 하지만 보다 중요한 사실은, 도쿠나가가 만주이민에서 드러난 만주와 '내지' 농민의 현실을 충실하게 묘사하려 했기 때문에 그 서사의 논리가 붕괴했다는 사실이다. 그는 만주이민이 일본인 농민에게도, 제국일본에게도 유익하다고 믿어 의심치 않았다. 때문에 도쿠나가는 자신이 묘사하는 만주이민의 풍경이 실제로는 만주이민의 비합리성과 정신주의, 농민의 국가동원이라는 현실을 드러내고 있다는 사실을 인식할 수 없었던 것이다.

「선견대」의 집필 목적과 서사의 결말은, 이 소설이 분명히 만주이민의 국책을 찬양하기 위해 쓰인 국책소설임을 증명한다. 하지만 도쿠나가는 고향을 떠나도 끈질기게 남아 있는 농민의 애착과 만주와 '내지'의 토지를 놓고 복잡하게 얽힌 '내지' 농촌의 이해관계 등을 묘사했다. 그가 「선견대」에서 농민이나 이민자를 바라보는 시선은, 결코 관리의 대상이나 국책의 도구를 향한 싸늘하기만 한 그것은 아니었다.

그는 아이러니하게도 일본인 동포 "형제자매"의 '대륙진출'이 그들 자신을 위한 것이라고 굳게 믿었기에 국책의 논리에 휩쓸렸다. 「선견대」에 나타난 둔간병의 표상이 단종법 시대에 또 다른 시점에서 일본인의 만주이민을 이야기하는 '작은 목소리'가 될 가능성은, 오롯이 그의 일본민족을 향한 애정에 기대어 성립할 수 있었다. 하지만 그 애정은, 결코 만주의 타민족 농민은 포함하지 않았던 것이다.

3. 일본농민문학의 균열과 모순

—와다 덴 『오히나타 마을』

『오히나타 마을』은 제7차 만주농업이민단 오히나타 마을의 분촌이민을 그린 장편소설이다. 앞에서 살펴보았듯이, 이 작품은 정치권력에 적극적으로 협력한 당시 저널리즘의 요청과 와다 자신의 정치성에서 출발했으며, 베스트셀러로서 분촌이민의 광고탑 역할을 톡톡히 한 작품이기도 하다. 『오히나타 마을』을 원작으로 극단 전진좌의 연극과 영화가 제작되었고, 그림연극(紙芝居)에 이르기까지 여러 매체를 통해 전국적인 분촌이민의 모델이 되었다.[77] 물론 그 인기는 분촌이민 장려추진정책의

77 이토 쥰로(伊藤純郎)는 『아사히그래프(アサヒグラフ)』 보도에서 시작하여 그림연극으로 이어진 오히나타 마을의 표상을 정보문화의 시점에서 고찰하였다. 伊藤純郎, 「語ら

일환으로서 이용되었다. 전진좌의 공연은 농림성・척무성의 추천 및 육군정보부 후원으로 이루어졌으며, 도쿄 신바시(新橋) 공연에서는 분촌이민 모집이 정체되고 있던 나가노현 시모이나(下伊那)군의 야스오카(泰阜), 지요(千代), 가미히사카타(上久堅) 마을 주민들을 초청했다.[78]

이처럼 『오히나타 마을』은 분촌이민과 관련한 일련의 문화정책 활동에서 매우 중요한 위치를 차지한 작품이다. 때문에 『오히나타 마을』에 관한 선행연구는 주로 이 작품의 국책문학으로서의 정치성에 초점을 맞춘 것이 대부분이었다. 다나카 마스조(田中益三)는 이 소설이 "단순한 모델 문제를 넘어 한없이 사실에 접근한 이유는, 오히나타 마을의 현실이 이미 일정한 화제성을 가지고 있었고, 그것에 제약을" 받았기 때문이라고 지적했다.[79] 그러나 와다가 묘사한 농촌의 가혹한 현실은 결국 만주이민 "사업 자체가 장대한 로맨티시즘이었기 때문에 현지에서의 구체성이나 결말을 갖지 못하는 '희망의 등불'에" 그쳤다고 보았다. 왜냐하면 소설 『오히나타 마을』은 오히나타 마을과 만주에 건설된 만주 오히나타 마을을 취재한 뒤에 집필되었지만 만주이민에 불리한 사실은 왜곡하거나 침묵으로 은폐했기 때문이다. 다나카는 특히 와다가 집필에 앞서 발표한 만주 여행기에서 오히나타 마을이 기경지에 입식했기 때문에 선주자인 "만농(満農)"이 "씁쓸한 감정"을 가지고 있다는 사실을 기술했으면서도, 그런 사실이 "작품 내부에는 나타나지 않고 은

れた満洲分村移民, 描かれた大日向村, 満洲」, 信濃郷土研究会編, 『信濃』 62(2), 2010. p.2・6. 소설 『오히나타 마을』이 다른 매체에서 어떻게 표상되었는가는 매우 흥미로운 문제이다.

78 영화 〈오히나타 마을〉도 문부성 추천영화로 지정되었고 전국적으로 상영되었으나 흥행 성적은 썩 좋지 않았다. 위의 글, p.7・10.

79 田中益三, 앞의 글, p.84.

폐되도록 처우한 것"을 날카롭게 비판했다.[80]

이러한 비판적인 시점은 다른 선행연구에서도 발견할 수 있다. 호리이 마사코(堀井正子)는 『오히나타 마을』이 현지를 취재한 르포르타주풍 소설로, 상세한 수치를 사용하여 만주이민을 지지하는 작가의 주장을 강조했기 때문에 "작품 내부에 모순이" 생겼으며, 그것은 소설로서의 문제이자 소설가로서의 문제라고 지적했다.[81] 그 모순은 오히나타 마을의 분촌이민에서 만주이민자는 대부분 빈곤층이었다는 계층 문제를 애매하게 처리한 점이나, 촌장이 오히나타 마을의 과잉 인구나 토지 문제가 완화되는 계기가 되는 중일전쟁을 "어두움(暗)"으로 보는 등 "소설 내부에서 설명할 수 없는 단절을 드러내"는 점이었다.[82] 따라서 『오히나타 마을』의 정치성은 오히나타 마을의 실태가 아니라 국책적 요구의 형상화에 경도된 것이었다고 결론을 내렸다.[83]

실제로 『오히나타 마을』은 발표 당시부터 현실에 의거한 르포르타주 소설로 간주되었다. 농림성 경제갱생부의 원조를 받아 나가노현의 오히나타, 요미가키(読書), 후지미(富士見) 세 마을의 분촌이민을 현지에서 조사한 도쿄제국대학 농학부 농업경제학교실은 오히나타 마을에 관한 주요 참고자료 중 하나로 소설 『오히나타 마을』을 들었다.[84] 와다 본인도 "작중 인물이 반드시 실존 인물이지는 않다. 작가가 인물을 제

80 위의 글, p.88.
81 堀井正子, 앞의 글, p.286.
82 위의 글, p.288.
83 위의 글, pp.291~292.
84 그 밖의 자료로 『신농촌의 건설-대륙으로의 분촌대이동(新農村の建設-大陸へ分村大移動)』(朝日新聞社, 1939), 「오히나타 마을 분촌계획 해설(大日向村分村計画の解説)」(長野県更生協力会, 1938)을 들었다. 東京帝国大学農学部農業経済学教室, 앞의 책, p.12.

멋대로 창조한 것이라고 생각하기 바란다. 사건도 그러하다. 본명을 그대로 쓴 인물의 경우에도 여기서는 내 소설 속의 인물인 것이니, 실존 인물들과는 일단 떼어놓고 읽어 주길" 바란다고 하면서도 "다만 숫자만은 엄정하게 했다. 이것은 나가노현청, 오히나타 마을 사무소에서 얻은 자료에 충실하려 했다"[85]고 언급하였다. 『오히나타 마을』의 소설적 자유는 사건과 인물에 한정되며, 그 숫자나 사회적 배경, 조건 등은 오직 사실에 의거했다고 주장한 것이다. 때문에 선행연구에서도 『오히나타 마을』을 르포르타주 소설로 간주했고, 소설에서 묘사된 오히나타 마을에 관한 숫자나 역사적인 사실을 신뢰했다고 볼 수 있다.

분명 『오히나타 마을』은 만주 분촌이민을 찬양하기 위해 쓰인 국책소설이다. 이 작품의 정치성은 국책의 요구에 호응하는 것이었고, 그 때문에 이 작품이 국책의 형상화에 머물렀다는 평가는 옳다고 할 수 있다. 하지만 이 소설은 작가의 정치성을 뛰어넘어, 분촌이민을 장려하는 일련의 문화정책의 중심이 된 작품이었다. 분촌이민의 '모델 마을'로서의 성공 사례를 문학적으로 재현한다는 목적은, 단순히 현실을 있는 그대로 묘사함으로써 얻을 수 있는 것이 아니었다.

이 소설은 오히려 사실과 허구를 교묘하게 이용하고 있으며, 그러한 측면을 충분히 검토한 다음에 『오히나타 마을』의 정치성과 작품 내부의 모순을 논해야 할 것이다. 특히 오히나타 마을의 분촌이민 자체가 분촌이민을 선전하기 위한 '신화'[86]로서 형성된 것이라는 점을 분명히

85 和田伝, 「後記」, 『大日向村』, 朝日新聞社, 1939, pp.380~381.

86 이 '모델 마을'의 만주이민은 겉보기만큼 완벽하지 않았다. 당국은 오히나타 마을의 분촌이민이 오롯이 한 마을로 구성되었다고 선전했지만, 실제로는 마을 외부에서도 참가했다. 1939년 12월 당시, 오히나타 마을의 이민호수는 191호, 이민자 수는 586명이었

인식할 필요가 있다. 소설의 서사와 사실(史実)이 긴밀하게 얽혀 있으며, 그 배경은 만주이민을 추진하는 제국일본의 이데올로기이기 때문이다. 따라서 여기서는 『오히나타 마을』에서 묘사한 분촌이민의 과정을 사실과 서사의 양쪽에서 검토하고, 그 내부에서 구축된 만주이민의 이데올로기를 구체적으로 추출하기로 한다.[87]

『오히나타 마을』의 서사는 처음부터 오히나타 마을의 비참한 상황을 강조한다. 이 마을 사람들이 얼마나 가혹한 상황에 처해 있었는지 묘사하고, 절망한 촌장은 이를 해결하기 위해 도쿄에서 와세다(早田)대학 졸업생이자 마을의 유서 깊은 집안 장남인 아사카와 다케마로(浅川武麿)를 촌장으로 맞아들인다. 이 신임 촌장이 마을의 위기를 타개하기 위해 "착안"한 것이 바로 한 마을을 둘로 나누는 분촌이민이다. 서사는 마을 내부의 만주이민 추진파의 적극적인 움직임을 좇는데, 그들의 활동이 현과 나라의 지원을 얻고, 이윽고 만세 소리와 함성으로 전송을 받는 만주분촌이민단의 화려한 모습으로 가득 차게 되는 것이다.

는데, 약 62호가 마을 외부 출신 이민자였고, 60%는 오히나타 마을과 아무런 관계도 없는 사람들이었다. 즉 '분촌이민'이라도 마을 외부에서 이민자를 모집해야 성립할 수 있었던 것이다. 池上甲一, 「「満洲」分村移民の論理と背景－長野県大日向村の事例研究」, 『村落社会研究』 1巻2号, 1995, p.26. 또 다른 예로 입식예정지였던 시자팡(四家房) 입식일을 들 수 있다. 소설 『오히나타 마을』에서도 그렇지만, 이 입식일은 당시 '기원절(紀元節)'인 2월 11일로 알려졌다. 하지만 야마다 쇼지(山田昭次)의 연구에 의하면, 『오히나타촌보(大日向村報)』(1938.3.15)나 『오히나타 마을 첫해 건설상황 보고(大日向村第一年度建設狀況報告)』 등에서 당초 입식 예정일은 2월 11일이었으나 "당국의 편의"를 위해 2월 9일에 입식했다고 기록되었다. 山田昭次編, 『近代民衆の記録 6－満洲移民』, 新人物往来社, 1978, pp.41～42. 입식 예정일과 입식일이 뒤바뀌어 기억된 것인데, 그 이유가 '기원절'과 입식을 연결시키기 위해서임은 명백하다.

87 『오히나타 마을』에 쓰인 사실(史実) 중 별도로 표기하지 않은 것은 모두 사실이다. 또한 소설에서는 촌장 아사카와 다케마로(浅川武麿)와 산업조합의 호리카와 기요미(堀川清躬) 등의 실존 인물을 각각 성이 아니라 이름으로 지칭하고 있으므로, 여기서는 작품의 인용 등에서는 이름으로, 실존 인물을 가리킬 때는 성으로 구분하였다.

특히 신임 촌장의 취임 일화는 부채에 신음하는 비참한 마을을 구원할 영웅을 찾는 과정이다. 촌장은 일부러 도쿄까지 가서 그를 설득하지만 처음에는 실패한다. 결국 촌장과 부촌장이 사직하고 현에서 촌장 직무대리가 파견되는 불안한 상황에서 마을 사무소, 산업조합, 농회, 학교를 대표하는 사람들이 함께 설득하여 겨우 성공하는 것이다.

하지만 현실에서 오히나타 마을의 자치가 붕괴한 것은 1934년, 초등학교 이전 건설을 둘러싼 스캔들로 촌장이나 부촌장만이 아니라 공무원 전원이 사임한 사건 때문이었다.[88] 이에 나가노현은 촌장 직무대리를 파견하였고, 자치행정의 공백은 1935년 6월 아사카와가 촌장에 취임함으로써 겨우 끝난다.

이러한 차이는 단순한 역사적 사실의 '미화'가 아니다. 이케가미 고이치(池上甲一)는 이 오직(汚職)사건으로 오히나타 마을의 자치체제가 크게 손상되었고, 상대적으로 현의 의향이 반영되기 쉬운 환경이 형성되었다고 지적했다.[89] 나가노현은 시모이나 자유청년연맹사건(下伊那自由青年連盟事件, 1924)부터 좌익검거, 소위 교원적화(赤化)사건(1933) 등을 거치면서 급격히 우경화되었다.[90] 또한 나가노현은 이른 시기부터 만주이민에 적극적이었는데, 1932년 1월에 '나가노현 농촌경제개선 조사규정(長野県農村経済改善調査会規程)'이 공포되고 3월에는 이미 농촌경제개선책의 하나로 "만몽신국가 집단이주의 실현"이 등장하기도 했다.[91]

---

88 이듬해 2월에는 촌장이 문서위조 및 공금횡령으로 검거되어 촌회 의원 10명이 사임하기에 이르렀다. 池上甲一, 앞의 글, p.25.

89 위의 글.

90 위의 글.

91 山田昭次, 『植民地支配・戦争・戦後の責任－朝鮮・中国への視点の模索』, 創史社, 2005, p.159.

『오히나타 마을』도 나가노현의 만몽이민사와 제1차, 2차 무장이민단 참가를 서술하고, 이후 "만주농업이민 송출은 현시(縣是)의 근간이 되었다"고 설명하고 있다.[92] 오히나타 마을이 그 국책이자 "현시"인 만주 분촌이민의 '모델 마을'이 되고, 실제로 다른 마을에 비해 유리한 조건에서 이민이 원활하고 신속하게 진행된 데에는 이러한 환경이 영향을 끼쳤을 것이라고 추측할 수 있다. 소설 내에서나 밖에서나, 촌락 내 명망가 출신이자 명문대학 출신의 지식인 촌장의 역할이 주로 나가노현, 농림성, 척무성, 가토 간지(加藤完治) 등 농본주의자와의 긴밀한 교류와 협력이라는 사실은 그러한 추측을 뒷받침한다.[93]

이 촌장 취임 일화는 오히나타 마을의 분촌이민운동이 어디까지나 농촌 내부의 '아래'에서부터 시작된 운동이라는 점을 강조하기 위해 의도적으로 허구를 섞어 꾸며낸 것이라고 볼 수 있다. 이러한 의도는, 크게 보자면 『오히나타 마을』의 만주이민 송출 논리 자체와 연결되어 있다.

『오히나타 마을』에서 만주이민의 정당성은 주로 오히나타 마을이 극단적인 가난에서 갱생하는 데 있다. 작품은 "나가노현 미나미사쿠(南佐久)군 오히나타 마을은 지쿠마(千曲)강의 위쪽 지류, 군마(群馬)현 경계에 있는 짓코쿠(十石)언덕에서 시작되는 누쿠이(抜井)강 계류 부근에, 현도(縣道) 이와무라타(岩村田)·만바(万場)선을 따라 붙어있는 골짜기 바닥의 마을, 동서 24촌(町) 사이에 여덟 부락이 늘어서, 밤이 밝는 것이

92 和田伝, 『大日向村』, 朝日新聞社, 1939, p.109. 이하 인용은 쪽수만 기재한다.

93 아사카와(浅川) 촌장도 촌장 취임 후 경제갱생운동에 전력을 쏟았고, "현 오무라(大村) 지사님이나 지금 내무성 재무과장이신 미요시(三好) 경제부장님께 각별한 지도를 받은 덕에, 그리고 촌민 일동께서 제게 매우 열심히 협력해 주셔서 목탄 판매 통제를 비롯하여 각 방면에서 상당한 실적을 거둘 수 있었다"라고 회상하였다. 長野県更生協力会, 「大日向村分村計画の解説」, 1938; 山田昭次, 앞의 책(1978), p.246.

늦고 해가 지는 것은 빠른데, 특히 남쪽에 우뚝 선 모라이(茂来)산은 깊은 음영으로 마을 전체를 뒤덮어, 때문에 겨울 아침에는 9시가 안 되면 태양을 우러를 수 없으며, 오후 3시에는 일찌감치 오가미(大上)언덕으로 해가 저무는 탓에 예로부터 흔히 반일촌(半日村)이라고 부르는, 오히나타 마을이란 이름뿐인 어두운 음지마을이다"(p.3)라는 서술로 시작한다. 와다는 "반나절밖에 태양을 보지 못하는 골짜기 바닥 마을로 6반(反) 1묘(畝)를 경작하는데, 그나마 토지는 빈약하고 한랭하기 때문에 일모작밖에 할 수 없어 그것만으로 생계를 꾸려나가는 것은 상식적으로 생각할 수 없다"(p.4)고 묘사한다. 즉, 오히나타 마을은 자연자원이 고갈된 산골짜기의 한촌(寒村)이라는 전제에서 출발하고 있는 것이다. 이러한 오히나타 마을의 이미지는 앞에서 지적했듯이 선행연구에서도 그대로 답습되었다.

그러나 그러한 이미지에 사로잡히면 "어두운 음지마을"이 가진 또 다른 얼굴을 간과하게 된다. 이 점에 관해서는, 오히나타 마을의 향토사를 검토한 이케가미가 오히나타 마을의 특징으로 말을 이용한 운송(中馬)공동체, 임산가공촌(林産加工村), 광산촌을 꼽았다는 점을 주목할 만하다. 이케가미의 연구에 의하면, 오히나타 마을은 메이지(明治) 말기까지 군마현의 우에노(上野) 마을, 지치부(秩父) 방면으로 쌀을 운송하는 물류 요충지였기 때문에 말로 짐을 운송하는 삯벌이나 숙박업이 번창했다.[94] 오히나타 마을은 쇼와(昭和) 초기부터 이미 많은 산림을 소유하고 있었고, 많은 마을 주민이 제탄업자(製炭業者)였다.[95] 또한 석회석,

94 池上甲一, 앞의 글, p.20.

95 위의 글.

철, 크롬, 동, 납 등의 광산이 있어 개폐를 반복하며 다이쇼(大正) 말기까지 채굴이 이어졌다.[96] 이케가미는 이러한 사업들이 공통적으로 일당을 받을 수 있는 업종임을 지적하고, 마을 주민들이 협소한 농업보다 현금 수입 기조의 생활을 영위했을 가능성이 높다고 추측했다.[97]

『오히나타 마을』에서도 마을 사람들은 "좁은 경지를 보완하기 위해" 필요한 "절실한 생활자원"으로 "뽕나무"와 "제탄"을 들었다. 오히나타 마을은 "반은 농업이고 반은 제탄"(p.6)의 마을이었다. 즉, 오히나타 마을 주민들은 주로 양잠과 제탄으로 생활하고 있었고, 소설도 그 점을 분명히 묘사하고 있는 것이다.

더욱이 1915년에는 사철 사쿠마(佐久間)철도(현 고우미(小海)선)의 개통으로 오히나타 마을은 물류상의 이점을 잃었고, 그 영향으로 더 많은 주민이 제탄을 택했다.[98] 소규모 양잠과 제사(製糸)가 시작되었고, 양잠 호경기를 맞아 현금 수입 기반의 생활이 지속되었다.[99] 이에 주민들은 대중문화를 즐길 여유를 얻었고, 어른들은 근처 지역의 카페나 요릿집에 다니고 초등학생이 영화관에 갔다가 돌아올 때 택시를 이용하기도 했다.[100] 1939년 시행된 도쿄제국대학 농학부 농업경제학교실의 현지조사에서도 이 마을 산업이 주로 제탄이나 양잠이기 때문에 "금전 수입이 많고, 때문에 아동이 사치스럽다"는 교사의 감상을 인용하고 있다. 이 조사에 의하면 초등학교 학생들은 "대개 고쿠라(小倉) 양복 또는 세라복(차

96 위의 글, pp.20~21.
97 위의 글, p.21.
98 위의 글.
99 1919년 양잠 농가 수는 250호, 생산액은 수전(水田)의 약 3배에 이르렀다. 위의 글.
100 東京帝国大学農学部農業経済学教室, 앞의 책, p.148.

림)이고, 책가방을 매고 통학하는 아이도 많은 것처럼 보이며" "또한 어느 아동에게 묻자 여기서 3리 정도 아래쪽에 있는 하네쿠로시타(羽黒下)까지 버스로 영화를 보러간다고. 돌아올 때는 버스가 없어 택시로 돌아온다. 택시 값, 3, 4엔이다. 일 년에 7, 8회 간다고"[101] 답하였다.

물론 모든 주민들이 이처럼 윤택한 문화 생활을 향수한 것은 아니겠지만, 적어도 현실의 오히나타 마을은 소설에서 묘사하고 있는 것과 같은 "음지마을"로서의 역사만을 걸어온 것은 아니며, 그 주민들도 단순히 "산 그림자에 갇혀 넓은 세상을 모르는 사람들"(p.234)이라고 단정할 만한 이들은 아니었다는 것은 분명하다.

이처럼 오히나타 마을의 산업이 양잠・제탄 등으로 자본주의에 종속되어 있었던 만큼, 1930년의 농촌공황이 이 마을에 얼마나 파괴적인 영향을 끼쳤을지는 쉽게 상상할 수 있다. 『오히나타 마을』은 농촌공황과 그 뒤에 일어난 오히나타 마을의 '전락'을 상세하게 묘사하고 있다.

> 도원(桃源)의 꿈이 부서진 것은 쇼와 5, 6년의 그 무시무시한 농촌공황 때문이었다. 공포의 폭풍은 평야를 휘몰아치고 산을 넘어, 이 골짜기를 뿌리째 뒤흔들었다. 누쿠이강의 토제(土堤), 현도까지 뽕나무를 심고 자신들이 사는 집보다도 높이 뽕나무를 무성하게 하여 기르던 누에는, 간 떨어지게 심각한 견가(繭価) 폭락을 맞아 생계 수단이 되지 못했다. 1관(貫)에 12, 13엔이던 누에가 겨우 2엔을 밑돌만큼 떨어졌던 것이다. 1표(俵)에 1엔 40전이었던 목탄은 겨우 40전으로 폭락할 정도였다. (pp.29~30)

---

101 위의 책.

누에고치 가격의 폭락으로, 양잠과 제탄에 특화된 경제 구조의 오히나타 마을 주민들은 "산으로 쇄도했다". 누에와 숯의 가격 저하로 인한 현금 수입의 격감이 그대로 생존에 직결되었기 때문이다. 하지만 마을 주민들이 온통 제탄에 집중하는 바람에, 수요 급증으로 촌유림(村有林)은 과벌(過伐) 상태에 빠진다.

이 상황은 "대지주이자 많은 산을 소유한 거상"인 아부라야(油屋) 때문에 더욱 악화된다. 촌유림의 과벌로 숯의 원목을 입수하기 어려워지자, 주민들은 제탄을 하기 위해 아부라야의 사유림에 입산해야만 했기 때문이다. 더구나 아부라야가 전국적으로 목재상을 경영하는 거대 중매업자이기도 했으므로, 얼마 안 되어 마을 전체가 착취에 신음하게 된다. 그 착취 구조는 다음과 같다.

마을 주민들이 비싼 입산료를 내고 사유림에 입산하여 얻은 원목으로 숯을 생산하면, 아부라야가 그 숯을 염가에 매입한다. 입산료는 현금으로 지불해야 하지만 아부라야는 숯의 판매 대금을 월말에 지불하는 전표로 지급하였다. 마을 사람들은 그 전표로 아부라야가 경영하는 생활잡화, 식료품 가게에서 다른 지역보다 비싼 생활용품을 구입한다. 결국 월말에 정산하면 마을 사람들에게는 원목값도 남지 않았고, 오히려 부채만 남아 "일하면 일할수록 빚이 늘어난다".(p.62)

이 착취의 구조는, 토지 소유만이 아니라 자원과 유통을 독점할 때 비로소 가능한 것이다. 이에 마을 주민들은 계속 증가하는 부채에 고통받았고, 빈곤층은 다른 현에 가서 제탄하기 위해 새벽 4시에 일어나 밤 9시에 돌아오는 가혹한 노동에 종사하지 않으면 생활을 유지할 수 없었다. 신임 촌장 취임 피로연 때 일어난 추락 사고는 바로 오히나타 마을의 경제 구조가 품고 있는 치명적인 문제성을 상징한다.

마을 주민 두 명이 비싼 입산료 때문에 마을의 사유림에 들어가지 못하고 이웃 군마현까지 가서 제탄을 하고 술에 취해 돌아오다가 다리 위에서 추락하여 사망한다. 갓 취임한 촌장은 사건 현장인 다리에서 사망자의 아내가 슬픔보다 격한 분노를 드러내는 모습을 목격한다.

> 한 덩어리로 뒤엉킨 사람들은 오사이(おさい)가 그 한가운데 있어, 좌우로 두셋이 그 팔을 잡고 팔에 손을 대 오사이의 전진을 막으려 하는 것이었다. 유난히 덩치가 큰 오사이는 마치 큰 곰이 좌우로 달려드는 개의 무리를 거들떠보지도 않고 아무렇지 않게 전진하듯이, 사람들을 질질 끌면서 앞으로 나아갔다. 다케마로(武麿)는 그때, 그 쉽사리 끌려가는 사람들 속에서 게이노신(啓之進)의 마른 잎새 같은 모습을 발견할 수 있었다.
>
> —아부라야는 왔나? 오사이는 가까워지자 큰 목소리로 떠들며 다리 위에 있는 사람들 얼굴을 하나도 남김없이 훑어보았다. —아부라야는 왔냐구? …와 주어도 되잖아! ……
>
> 거기까지 오사이가 고함을 쳤을 때, 긴고(金吾)의 시체를 짊어진 사람들이 다리에 이르러 그녀는 그 다음 말을 잇지 못했다. 마치 시체가 둘로 늘어난 듯이, 사람들은 긴고 뒤에서 울부짖는 오사이를 짊어지다시피 해서 다리를 건넜다.
>
> —젠장 젠장! 선향(線香) 정도는 피우러 오란 말이다!
>
> 나무 그늘의 어둠 속으로 사라진 사람들 속에서, 오사이의 외침은 또렷이 들렸다. (p.89~90)

오사이는 남편 긴고의 시체를 목격하고도 슬픔이나 충격보다 아부라야를 향한 격렬한 분노를 터뜨린다. 이 장면에서 긴고의 죽음은 단순히 불행한 사고가 아니다. 그는 매일 새벽 4시에 일어나 편도 3리(里) 반, 왕복 7리 거리의 산까지 가서 밤 9시까지 일했고, 가혹한 노동의 피로를 잊기 위해 습관적으로 술을 마셨다. 이 점은 1장의 촌장과 오사이의 대화에서, 또한 다케마로가 추락사고 소식을 들었을 때 "—4시부터 일어나 일을 하고, 지쳐서 다시 3리 반 길을 돌아오는 겁니다. 맨 정신으로 돌아갈 수 있겠습니까? 그래서 그 벌이는 모두 술값으로 사라지죠. 미즈보리(水掘) 부락에서 열 명 정도 갔는데, 지금은 아부라야의 삼나무 산에서 쫓겨나서 20명이 들어가지만, 열일고여덟 젊은이도 붉은 얼굴로 돌아옵니다"(p.83)라는 마을 청년의 설명으로 반복해서 강조된다.[102] 결국 긴고의 죽음은 그 개인의 불행만이 아니라 아부라야의 착취가 일으킨 최악의 결과인 것이다.

오사이의 절규는 아부라야에게 남편의 죽음에 대한 책임을 묻는 것이며, 죽음에까지 이르는 지독한 착취를 향한 분노의 외침이기도 하다. 유해를 옮기는 행렬을 따라가던 다케마로는 아부라야 사무실의 "그 근처를 위압하는 태세를 노려보고 입술을 깨문"다(p.91). 그날 밤, "대학 출신 회사원 아사카와 다케마로"는 "하룻밤만에 38세의 한창때인 사쿠(佐久)의 산사나이로 변신"했다(p.90). 이 비극을 계기로 『오히나타 마을』에서는

102 이 "매일 편도 3리(里) 반, 왕복 7리 거리에 있는 산까지 가서 새벽 4시에서 밤9시까지" 일한다는 묘사는 오히나타 마을의 가혹한 노동과 궁핍이 얼마나 심각했는지를 묘사하는 문구로서 당시 기록에 종종 등장한다. 예를 들어 "이 마을의 가장 중요한 생업인 숯 굽기도 새벽 4시에 나가서 밤 10시에 돌아와야만 하는 산속으로 몰려나 3리가 넘는 산길을 매일 다녀야만 했다"는 것이다. 長野県経済部, 『本県経済更生運動の実際』, 1939; 山田昭次, 앞의 책(1978), p.22.

아부라야의 착취에 대항하는 촌민이라는 구도가 형성되고, 신임 촌장을 착취당하는 촌민의 지도자로 내세운다.

그러나 『오히나타 마을』의 서사는 아부라야의 착취에 신음하는 마을을 '갱생'시키기 위해 아부라야와 정면으로 대결하는 대신, 마을의 빈곤과 부채의 해결책으로 갑자기 만주이민을 제시한다. 이는 아부라야를 비롯해 마을을 장악하고 있는 지주와의 갈등을 회피하기 위해서라고 추측할 수 있다. 하지만 만약 오히나타 마을에서 만주이민이 경제 갱생을 위해 꼭 필요하다고 한다면, 그 경제 및 사회적 배경을 고려해야 할 것이다.

지금까지 다른 만주이민의 국책문학 작품들에서 확인했듯이, 일본인 농민에게 만주이민의 최대 매력은 광대한 옥토의 획득 및 소유였다. 만성적인 토지 부족으로 고민하는 농민에게 20정보(町步)의 토지를 무상으로 얻을 수 있다는 선전은 충분히 매력적이었을 것이다.

그러나 앞에서 살펴보았듯이, 오히나타 마을의 경제 구조는 주민들이 대부분 경작이 아니라 양잠이나 제탄으로 생계를 꾸려 기본적으로 현금 수입에 토대를 둔 구조였고, 아부라야의 마을 내 "상업고리대자본(商業高利貸資本)"[103]이 생산 및 유통 과정을 독점하고 있었다. 이러한 상황에서 유효한 것은 토지 획득이 아니라 목탄 가격의 안정화 및 유통 과정에서 독점의 배제, 고리대금 규제 등을 통한 개선 정책일 것이다. 실제로 『오히나타 마을』에서 제시되는 아부라야에 대한 촌민의 조직적

103 야마다는 농업공황 시기에 오히나타 마을에서는 소작쟁의가 일어나지 않았다는 사실을 지적하고, 그 이유가 오히나타 마을의 "주요 계급모순"이 "중소지주 · 소작 빈농 대 상업고리대자본이라는 형태를 취했"기 때문이라고 추측하였다. 山田昭次, 앞의 책(2005), p.157.

인 저항은 목탄생산조합의 결성(1916)과 이를 모태로 하는 산업조합의 설립(1922)이었다.[104] 이러한 시도는 아부라야의 신탄상(薪炭商)으로서의 권력은 어느 정도 억제할 수 있었으나 아부라야가 목재상으로서 전국적인 규모로 번성하는 바람에 부분적인 성공에 그친다. "사람들은 아부라야에 의존하여 생계를 꾸리고, 아무리 벌어도 빚이 남는 것에는 변함이 없"는 것이다(p.64). 결국 『오히나타 마을』은 지역상업자본의 착취와 종속 문제를 사회적·경제적인 방법으로 해결하는 것은 불가능하다고 인정한다. 그 대신 신임 촌장이 제시하는 유일하고 강력한 해결책이 바로 만주이민인 것이다.

촌장에 취임한 다케마로는 촌정(村政)의 재건보다 오히나타 마을을 "둘로 찢어, 그 반을 그대로 대륙으로 옮"긴다는 막연한 "공상"에 빠진다(p.111). 촌장의 "은밀한 공상"이 구체화되는 것은 "미나미고도칸시나노(南五道崗信農) 마을의 제6차 이민이 착착 모집 성과를 내고 있다는

104 그 한편으로 갱생운동의 일환으로 부채 정리나 생산물 통제 등의 시도가 있었다는 사실이 『오히나타 마을』에서는 전혀 언급되지 않는다. 1931년 5월, 마을 사무소와 농회가 발표한 『오히나타 마을 경제갱신계획서(日向村経済更新計画書)』는 농촌의 자력갱생이 목표였는데, 그 구체적인 방침은 뽕나무밭(桑園) 축소, 그 경작지에 자급용 잡곡과 사료용 작물 재배, 양축(養畜)과 자급용 비료의 개량 및 증산, 생활용품의 자급과 판매를 위한 부업 창설이 있었다. 1932년, 오히나타 마을은 경제갱생지정촌이 되었고 촌회는 1933년 '오히나타 마을 경제개선위원회규정(大日向村経済改善委員会規程)'을 결정했다. 위원회 설립 목적은 ① 부채 정리와 금융 개선, ② 생산 증식과 판매 통제, ③ 소비 통제와 생활 개선, ④ 경제 개선 실행회 설치 장려와 통제였다. 특히 생산 증식과 판매 통제는 산업조합과 제탄이 결합하여 상업고리대자본의 수탈을 배제하려는 조치였다. 이 계획은 실행되었다. 특히 목탄생산에서는 1933년 9월, 제탄업에 종사하는 210호가 모여 제탄개선 실행회를 결성했다. 실행회가 산업조합에서 원목 구입비를 빌려 촌유림을 불하받았고 제탄업자가 목탄을 생산하면 실행회가 제탄 대금을 받았다. 생산된 목탄은 산업조합이 판매했다. 그러나 실행회에 출자할 수 없는 빈곤층은 그러한 보호를 받을 수 없다는 한계가 있었다. 따라서 야마다는 종합적으로 갱생계획은 잘 진척되지 않았고, 특히 빈곤층은 구제책에서 누락되었다고 평가했다. 위의 책, pp.159~160.

사실"이다(p.112). 그러나 그가 오히나타 마을 재건을 위해 열린 "사본주(四本柱)회의"[105]에서 촌민에게 내세우는 만주이민의 근거는 메이지 12년(1879)의 마을 개요이다.

메이지 12년의 낡은 기록에 의하면, 당시 총 호수는 약 240여 호였습니다. 아시겠습니까, 현재 406호에 240여 호였습니다. 이 호수에 비해 수전(水田)의 넓이는 지금보다도 4반보(反步) 많았는데, 오히려 4반보 많았다는 겁니다. 즉 현재의 49정(町) 8반(反)에 50정 2반이었던 겁니다. 밭으로 말하자면, 이쪽은 유감스럽게도 숫자는 알 수 없지만, 보리와 밀의 작물별 (재배)면적을 알고 있습니다. 보리와 밀의 작물별 면적은 현재의 8정보에 비해 실로 8배인 60정보(町步)나 있었던 겁니다.

—60정보나 있었나요?

늘어선 유지 속에서 목소리가 나왔다. 그것이 누구였는지는 알 수 없었지만, 어느 누구 할 것 없이, 그것은 그들 모두의 깜짝 놀란 목소리인 것만 같았다.

— 그렇죠, 60정보나 있었던 겁니다. 그것도 240여 호의 인구로, 더구나 산은 낮에도 어두컴컴할 정도로 나무가 울창했습니다. 겐로쿠(元祿, 1688~1704) 시절 선광사(善光寺)의 당우(堂宇)를 재건할 때 쓰인 목재가 우리 마을이 기부한 것이었다는 사실도, 이렇게 고문서로 알 수 있습니다. 실제로 본당 중앙의 대원주(大圓柱)는 우리 마을이 바친 노송나무입니다. 누가 어찌 생각하건, 이 마을에 400호라는 호수는 도저히 무리라고 봐야 합니다. 애초에

---

105 오히나타 마을의 사무소, 농회, 산업조합, 학교 임직원으로 구성된 갱생운동 집행부이다. 마을의 최고 방침을 결정하는 경제갱생 위원회는 이 집행부에 촌내 협력단체까지 포함하여 구성되었다. 하지만 실제 의안은 사본주회의에서 제출되었다. 山田昭次, 앞의 책(2005), p.165.

무리는 거기서 비롯된 겁니다.

—촌장님, 그렇다면 만약 호수가 그 시대처럼 240호로 줄어들었다고 가정하고, 그러면 마을이 재기할 수 있다고 생각하십니까?

산업조합 주임서기이자 군인분회 부회장인 고스다 산지로(小須田三次郎)가 질문했다.

—그렇게 되면 재기할거라는 건 뻔한 일이죠. (pp.115~116)

『오히나타 마을』에서 의욕에 넘치는 젊은 촌장이 주장의 논거로 삼은 "메이지 12년"은 그가 마을 사무소 창고에서 발견한 가장 오래된 기록이다.[106] 그러나 이는 특정 연도라기보다 이상적인 오히나타 마을 상(像)을 환기하기 위한 막연한 시기라고 보아야 할 것이다. 왜냐하면 그가 제시하는 메이지 12년의 오히나타 마을이 처한 상황이나 생활이 실제로 이상적인 것이었는지, 그 과거의 재현이 과연 가능한지를 검증할 수 없기 때문이다.[107]

당시에도 오히나타 마을의 분촌운동이 거의 실현 불가능한 갱생 목표에 기초했다는 점은 이미 지적되었다. 아사히신문사는 분촌이민의 전모

106 실제 오히나타 마을 분촌이민계획의 기초 자료가 된 것은 메이지 14년도의 「촌내개황조사서(村内概況取調書)」이며, 그 내용은 메이지 12년도의 것이었다. 東京帝国大学農学部農業経済学教室, 앞의 책, p.97.

107 도쿄대학 농학부 농업경제학교실은 메이지 12년도 수치를 다른 년도와 비교하는 통계적인 연구를 시도했으나 마을 사무소에 다른 참고자료가 존재하지 않았기 때문에 불가능하다는 결론을 내렸다. 노인들에게 당시 생활 상황 등에 관한 인터뷰 조사를 실시했으나 엄밀한 데이터는 얻을 수 없었다. 단 "현도(縣道)가 생기고(메이지 10년 이후) 쌀의 중개소처럼 되어서 번영했다, 12월쯤부터 3월쯤까지 일이 있었다, 미나미사쿠(南作久)에서도 오히나타 마을은 편하다는 소리를 들었다, 말(馬)로 하는 생활이 주였다"등의 증언을 근거로, 분촌이민운동 당시의 오히나타 마을과는 다른 상황에 있었다고 추측하였다. 위의 책, p.97・105.

를 밝히고 일반 대중의 이해를 얻기 위해 만주이민에 관련된 각 기관의 협력과 농림성의 여러 자료를 제공받아 분촌이민을 실시한 각 마을을 조사하여 『신농촌의 건설－대륙으로의 분촌대이동(新農村の建設－大陸への分村大移動)』(朝日新聞社, 1939)을 출판했다. 오히나타 마을의 조사원(마쓰다 노부카즈(松田延一, 농촌갱생협회), 가메이 구니히토(亀井邦人, 산업조합 중앙금고))은 "이 마을의 기초 자료는 메이지 10년대의 마을 상황인데, 이 계획의 목표를 당시 호수를 재현하는 것으로 삼았다. 그러나 나는 약 60년 전의 호수가 어떻게 기준이 될 수 있는지, 논리적으로는 우선 이 점에 의문이 생긴다. 왜냐하면 수십 년 전과 오늘날을 비교하자면 농가의 생활 수준도 향상되었고, 농가의 화폐 소유량도 증가하였기 때문이다. 앞으로의 생활 수준 향상을 고려하면, 결코 수십 년 전 인구의 재현이 이상적인 것이라고 볼 수 없다. 물론 농업 경영 방법의 개선, 기술 향상으로 단위면적당 수익도 증가하고 있고, 앞으로도 증가될 수 있다고 생각하나, 좀 더 현재 상황, 예를 들어 안정농가(安定農家)의 경영 면적 등을 고려할 필요가 있지 않을까 생각한다"[108]라고 지적했다.

그러나 『오히나타 마을』에서 촌장이나 그에 동조하는 사람들은 메이지 12년에는 마을에 240호밖에 없었지만, 더 넓은 토지를 경작했다는 사실에만 주목한다. 그들은 메이지 12년의 오히나타 마을이 어떤 사회적·경제적 환경에 있었는지 깊이 생각하지 않는다. 그들이 메이지 12년의 오히나타 마을을 일종의 무릉도원으로 간주하고 있음은 명백하다. 그 무릉도원으로 회귀하려면 마을을 메이지 12년의 상태로 돌

108 朝日新聞社, 앞의 책, pp.342~343.

이켜야만 한다. 즉, 현재의 400호가 240호로 감소하면 호별 경작지는 늘어나고 식량자급도 가능해지며, 촌유림 이용자도 절반으로 줄어들어 오히나타 마을을 재건할 수 있다는 것이다.

이 경제갱생 논리의 핵심은 분명 토지이다. 하지만 그것은 만주의 토지가 아니다. 오히나타 마을의 토지가 필요한 것이다. 『오히나타 마을』에서 토지 문제를 다룰 때는 어김없이 이민자가 남길 주택이나 경작지가 언급되는 것도 이 점을 뒷받침한다. 오히나타 마을의 촌민에게 욕망의 대상은 만주의 대지가 아니라 오히나타 마을의 토지이며, 그 토지를 손에 넣기 위해서는 과잉 인구인 150호를 촌외로 배출해야만 한다.

— 제군, 만주로 가려는 이는 없는가? 그것도 한 둘로는 안 된다. 이제 이곳에는 240호밖에 살 수 없다는 것을 알았다. 150호가 만주로 이주하여 만주에서 새롭게 오히나타 마을을 건설하려는 생각은 꿈인 것일까?

뜻밖에도 쥐 죽은 듯이 조용해질 것이라고 생각했던 기대와 달리, 다케마로가 말을 끝내자 즉각 고스다 산지로가 작은 몸집으로 용수철처럼 벌떡 일어났다. (p.121)

다케마로가 이야기하는 만주이민의 논리는 만주에 과잉 인구를 송출함으로써 '내지' 토지를 확보하고 경제갱생을 꾀하자는 것이다. 만주를 개척하기 위한 만주이민이 아니라, 과잉 인구를 배출하기 위한 만주이민인 것이다. 이는 명백히 '기민(棄民)'의 논리이다.

『오히나타 마을』에 등장하는 만주이민 추진파도 그 사실을 인식하고 있다. 만주이민에 찬성하는 오히나타 마을 청년들은 만주이민 추진의 최대 장애는 바로 주민들의 부채일 것이라고 예측한다. 한 청년은 "— 정말로 만주에 가고 싶어 하는 사람, 가야만 하는 사람, 마을의 재건이라는 입장에서 생각해도 무슨 일이 있어도 가야 하는 사람, 그런 사람들일수록, 우리도 실은 그 한 사람입니다만, 그런 사람들일수록 실은 갈 수 없는 겁니다"(p.131)라고 이야기한다. 여기서 주목되는 것은, "정말로 만주에 가고 싶어 하는 사람, 가야만 하는 사람, 마을의 재건이라는 입장에서 생각해도 무슨 일이 있어도 가야 하는 사람"이란 어떤 사람인가 하는 점이다. 부채 때문에 이주가 불가능하며, 마을 재건을 위해서라도 만주에 가야만 하는 사람이라는 조건을 고려하면, 이들은 주로 마을 빈곤층이라고 보는 것이 타당할 것이다.

— 맞는 말이다. 꼭 불만 없이 갈 수 있는 사람은 별로 갈 필요도 없는 사람이니까.

다케마로가 웃으며 말하자 요노키치(与之吉)가 분별 있는 척하며,

— 그런 사람들만 전부 가버리면, 이번에는 뒤에 남겨진 마을이 못 쓰게 될 테니까요.

— 그러니까 나는 말이지, 이렇게 생각해. 다케마로는 웃음을 감추고 진지한 얼굴을 하면서, — 그 150명은 꼭 모든 계급에서 선발하고 싶다고 생각하네. 가난뱅이만이어도 안 된다고 생각하고, 그래서는 이쪽은 좋아질지도 모르지만 저쪽 마을이 탄탄하지 못하게 될 테니까 말이지. 그렇다고 방금 말한 불만 없이 갈 수 있는 사람만 가면, 저쪽은 좋은 마을이 되겠지만 이쪽이 못 쓰게 되겠지. 따라서 이건 모든 계급에서, 지주도 자작농도 소작인도, 백성 노릇이고는 한 적이 없는 숯장이도, 모두 가야만 한다고 나는 생각하네. 이쪽이

나 저쪽이나, 양쪽 모두 좋은 마을로 만들어야 하니까. …… 나도 갈 생각인 데…… (p.132)

빚이 없는 사람만 만주로 갈 수 있다면 당연히 마을에는 빈곤층이 남는다. 그러면 설령 그들의 계획대로 토지가 남아도 마을을 재건할 수 없고, 반대로 빈곤층만 송출하면 만주의 마을이 발전할 수 없다는 것이다. 이러한 문제를 방지하고 이상적인 만주이민을 실현하기 위해서는, 모든 계급을 망라하는 진정한 '분촌이민'이어야 한다.

이 분촌이민의 논리는 일견 공평하고 이상적인 것처럼 보인다. 다케마로는 모촌과 만주의 자촌(子村)이 함께 번영하기를 바라며, 그러려면 "모든 계급에서, 지주도 자작농도 소작인도, 백성 노릇이라고는 한 적이 없는 숯장이도, 모두" 만주이민에 참가해야 한다고 주장한다. 하지만 모촌과 자촌의 관계는 결코 공평하거나 평등하지 않다. 모촌은 과잉인구를 만주로 송출하여 토지 및 산림 등 한정된 자원의 과잉 경쟁을 개선함으로써 마을이 갱생할 것을 기대할 수 있지만, 만주에서 건설할 자촌은 기초부터 새롭게 '개척'해야 하기 때문이다. 이 '분촌이민'의 논리는 송출되는 측에게 일방적인 희생을 요구한다.

『오히나타 마을』은 마을 주민들이 그러한 사실을 인식하고 있음을 묘사하고 있다. 예를 들어, 어떤 지주는 만주이민에 찬성하지만 빈농에게는 "― 그게 말이야, 만주로 갈 힘이 있는 사람은 가면 되지. 힘이 있는 사람은 말이야. 그리고 뒤에 남는 사람도 잘 된다. 그것도 진짜야. 뒤에 남는 사람은 잘 돼"(p.152)라는 말로 설득한다. 그는 이민자가 남길 토지로 경작 면적이 증가할 것을 기대하고 있으며, 그 본심은 "내게 빚이 있는 놈들은 가게 놔두면 안 돼! ……이놈들에게 1정보의 땅을 주고 벌게 해야 해"(p.159)라는 것이다. 이처럼 『오히나타 마을』에서 만주이민과 관련된 이해관계는 주로 마을 내부의 토지를 중심으로 이루어진다.

한편 만주의 토지는 넓은 평야, 옥토 등 막연한 이미지로 표상된다. 오히나타 마을 주민들의 눈에 "아직 대륙의 새로운 지평선은 닫힌 채"(p.110)이며, 만주는 먼 이향(異鄕)일 뿐이다.

> — 오후쿠(おふく) 씨는 밥을 먹을 수만 있다면 어디든 가겠다고 하시지만, 전 달라요. 여기서 밥을 먹을 수 없다면 나는 안 먹어도 돼요. 묘에는 바깥양반도 있으니까요. 나, 먹지 않아도 돼요. 이 나이가 되어서, 그런 데로 갈 수 있을지 없을지 생각해 보라고요! (p.147)

만주이민에 대한 이처럼 격렬한 저항감은 그들이 단순히 생존이나 타산만으로 움직이는 존재가 아니라는 사실을 보여준다. 주민들에게 오히나타 마을은 생활의 장(場)이자 그들의 선조나 가족의 묘가 있는 곳이며, 친숙한 고향이다. 그들의 삶은 그곳에 깊이 뿌리내리고 있다. 더구나 분촌이민은 단순히 타관벌이를 위한 이민도 아니다. '만주개척'에 모촌의 모든 계급으로 구성된 일본인 이민자를 송출한다는 것은 만주에 모촌의 사회 구조와 인간관계를 그대로 이식한다는 것을 의미하며, 그 최대 장점은 이민자가 안정적으로 정착할 수 있다는 점이다. 그들은 만주에 영주해야 하는 존재인 것이다.

이 모든 결점에도 불구하고 만주이민을 선택한다면, 그것은 만주이민에서 얻을 수 있는 이익이 손실을 뛰어넘는 경우일 것이다.[109] 특히 많은 마을 주민들이 "벌어서 조금이라도 여유가 생기면 그것은 묵은 빚으로 빼앗기고, 평생 벌어도 깨끗이 갚을 방법은 없으니, 무엇을 위해 벌고 있는지 알 수가 없다"(p.147)는 상황에 고통받고 있는 오히나타 마을에서 만주이민은 이러한 악순환에서 해방될 수 있는 기회이다. 이를 고려한다면, 역시 오히나타 마을의 만주이민 참가자는 빈곤층이 많을 수밖에 없다.

실제로 『오히나타 마을』에서 "이주자의 대부분은 빚이 있는 사람"이며, 그들은 대부분 재산과 빚이 "상쇄되어 아무것도 남지 않는"(p.277)다.[110] 결국 이 분촌이민은 "정말로 만주에 가고 싶어 하는 사람, 가야만 하는 사람, 마을의 재건이라는 입장에서 생각해도 무슨 일이 있어도 가야 하는 사람"인 빈곤층 중심의 과잉 인구 송출인 것이다. 이 소설에서 오히나타 마을의 빈곤층은 만주이민에 참여함으로써 보조금과 행정 협력을 받아 부채와 재산을 정리하고, 만주에서 자작농으로서 새 출발할 것을 선택한다.

이처럼 오히나타 마을 주민들은 분촌이민에 참여함으로써 유리한 조

---

109 조사자는 오히나타 마을의 분촌이민자의 경영 면적, 토지 소유 혹은 대차(貸借) 관계, 직업과 이동률의 관계를 "사경제, 혹은 촌내 개인 생활 전체에서 최적점(optimum point)이 존재하지 않을까 하는 것, 이 정도의 생활자는 모촌 생활과 만주 생활(물론 개개인의 의구심, 안정감, 위험성의 정도, 자기 현시욕의 만족 정도, 공공 참여에 관한 개인적 강약 등이 가제(加除)된다)에서 양자선택을 할 것이다"라고 보았다. 東京帝国大学農学部農業経済学教室, 앞의 책, p.83.

110 오히나타 마을의 분촌이민에서만 이러한 결과가 나온 것은 아니다. 오히나타 마을과 요미가키 마을을 비교한 당시 조사에서도 "하층으로 갈수록 이주율이 높은 점", 또한 "전호(全戶) 이주는 주로 하층에서 이루어지며, 분촌 참가에서는 상층과 하층 사이에 큰 차이를 발견하기 힘들다는 점, 중간층 및 상부 사람의 참가가 비교적 적은 것처럼 보인다"는 사실을 인정했다. 위의 책, p.87.

건으로 만주의 토지를 획득할 수 있다. 또한, 오히나타 마을의 분촌이민은 "모든 계급", 즉 "모든 계급에서, 지주도 자작농도 소작인도, 백성 노릇이라고는 한 적이 없는 숯장이도, 모두" 만주이민에 참여하는 것이 이상적이라고 본다. 하지만 어째서 '내지'에서는 농업에 종사하지 않았던 이민자조차 만주에서는 모두 자작농이 되어야 하는지에 대한 의문은 존재하지 않는다.

—선생님도 백성이 되실 겁니까?

요시하루(義治)는 명백히 의심스럽다는 표정이었다.

—그럼 뭘 하겠나?

—저는 역시 선생님을 하실 거라고 생각했습니다. 어쨌든 아이를 데려가는 집도 꽤 있으니, 역시 학교는 그 날부터 열어야 하겠지 싶어……

—나는 교사를 하러 가는 게 아니네! (p.197)

이 소설에서 마을 초등학교의 교사인 나카자와(中沢)는 스스로를 교사가 아니라 "가난한 농민(五反百姓)"이라고 인식한다. 그에게 만주이민은 부친의 빚을 갚기 위해 선택한 교사 생활에서 "발을 씻고, 진짜 생활"(p.199)로 돌아갈 기회이다. 왜냐하면 "생산(生産)의 한가운데 있으면서 그런 생활에 속하지 못하던" 그때까지의 생활은 "정말이지 허공에 붕 뜬, 마음이 안정되지 않는 생활"이었기 때문이다. 그는 교사로 일하면서도 "백성으로 돌아가고 싶다"고 이야기한다. 또한 옆 마을 학교에서 교직 생활을 했던 나카자와의 아내는 몸이 쇠약해져 사직하고 채 몇 년도 지나지 않았음에도 불구하고, 역시 "백성 자식이니까, 뭐든지

할 수 있어요"(p.203)라고 단언한다. 평생 교사로 살아온 부부가 만주이민으로 자신들의 본래 모습인 농민으로 돌아갈 수 있다고 믿어 의심치 않는다. 그들의 신념은 명백히 '생산하는 백성/농민'이야말로 가치 있는 존재라는 농본주의 이데올로기로 수렴된다.[111]

『오히나타 마을』에서 그것은 이 부부만의 신념이 아니다. 나카자와는 제자 니시카와 요시하루(西川義治)에게 그의 옛 동무도 만주이민에 참여한다는 소식을 전해준다. 요시하루는 지주의 아들인 그 친구가 중학교에 진급한 것에 자신이 소외감을 느끼고 친구 사이도 소원해졌던 일을 떠올린다. 나카자와는 "만주의 새로운 마을에서는 말일세, 그런 일은 없어질 거야. 새로운 마을에는 지주도 소작인도"(p.208) 없다는 말로 그를 설득한다. 만주의 새로운 마을에서는 "모두 협동해서 대지에 괭이를 꽂을 뿐"이므로, 지주나 소작인이라는 신분에 얽매이지 않는다는 것이다. 만주로 가면 "모든 계급에서, 지주도 자작농도 소작인도, 백성 노릇이라고는 한 적이 없는 숯장이도" '백성'으로 환원된다는 논리이다. 『오히나타 마을』에서 '백성'이란 벼농사에 종사하는 전업농민을 가리킨다. 즉, '내지'에서는 비참한 노동 조건하에서 장시간 중노동에 종사하며 인습에 얽매여 있던 마을 주민들이, 만주이민을 통하여 균질한 '백성/농민'으로 전환되는 것이다. 동시에 교사나 "백성 노릇이라고는 한 적이 없는 숯장이"였던 사람들의 경험이나 직업과 같은 차이는 모두 소거된다.

오히나타 마을의 모든 이주민이 '백성'이 되어야 하는 이유는, 마을

---

111 농본주의와 만주이민의 관계에 대해서는 제5장 참고.

이 분촌계획을 본격적으로 추진할 것을 결정한 두 번째 사본주회의에서 갑작스럽게 제시된다. 휴식 시간에 이민 추진에 적극적인 고스다 효고(小須田兵庫)가 마을 주민들에게, "우리 시나노(信濃, 현 나가노현 지방의 옛 이름)"는 옛날부터 겨울이 되면 돈을 벌기 위해 외지로 떠나는 사람이 많았고, 그 타관벌이 노동자들이 에도(江戸, 현 도쿄)에서 주로 도정(搗精, 쌀 찧기)에 종사했기 때문에 당시 에도에서는 정미를 "오시나(おしな)" 혹은 "오시낫포(おしなつぽう)"라 부르고, 멸칭으로 "시나노스케(信濃介)" 또는 "아사마사에몬(浅間左衛門)"이라고 불렀다고 이야기한다(p.179). 그는 이어서 "시나노스케"의 과도한 식탐을 풍자한 센류(川柳, 짧은 시)를 소개하는데, 웃음을 터뜨린 청중에게 이는 "우리 지방의 수치(國恥)"라고 평한다. 그러면서 만주이민은 그러한 타관벌이와 달리 "대륙개척의 제일선(第一線)에 서서, 섬나라 일본에서 대륙 일본으로 비상하는 크나큰 사명의 최전선으로 가는 정신대"이며 "오늘날의 아사마사에몬"은 바로 그 "크나큰 사명"을 짊어지고 있다고 강조한다(p.182).

고스다의 이야기는 촌장이 이야기한 메이지 12년의 오히나타 마을처럼, 그들이 속한 공동체의 과거를 선택적으로 기억하려는 시도라고 할 수 있다. 에도 시대의 "시나노"가 "기후 풍토가 심히 불우한 지방"인 탓에 예로부터 "지방에 머무르면 먹고살 수 없었"기 때문에 타관벌이에 나서야만 했다는 과거는 궁핍으로 고통스러운 오히나타 마을의 현재에 대응하며, 타관벌이의 전통은 만주이민을 정당화한다. 이는 한 지방의 역사와 지리, 기후 등의 조건에서 비롯된 빈곤을 이유로 노동자의 외부 송출을 필연적인 것으로 추인하며, 현재 국책으로 추진되고 있는 만주이민 참여를 자연화하는 담론이다.

그러나 만주이민은 단순한 타관벌이일 수 없다. "동해의 고도(孤島) 일본을, 대륙의 맹주인 대륙 일본으로 발전시키는 크나큰 사명"(p.182)의 수행은 오히나타 마을 사람들을 '일본인'의 내부로 포섭한다. 이때, 다시 한 번 "아사마사에몬"의 표상이 되살아난다. 나카자와는 고스다의 말을 받아 청중에게 "어째서 아사마사에몬이 모두 그렇게 대식가였는가"라는 질문을 던진다. 그는 "물자가 풍요롭지 않았던 우리 시나노인은 쌀만 먹지 못하고, 보릿가루나, 밤이나, 명물인 메밀이나, …… 이런 것이 명물이 될 만큼 쌀농사를 할 경작지가 없었던 것인데요, …… 그 밖에 피나 조 등, 즉 잡곡을 주로 먹고 있었"기 때문이라고 설명한다.

> 그런 잡곡으로, 즉 심각한 조식(粗食)을 하며 새벽부터 밤까지 일하니, 자연히 양으로 보충하려다가 대식가가 되는 건데요, 그래서 위가 늘어났죠. 자루처럼 큰 위장이 된 겁니다. 됫밥(一升飯)을 먹는다는 표현은 결코 형용이나 비유가 아닙니다. 실제로 한 되 분량을 먹었던 겁니다. …… 그렇게 이미 위가 자루처럼 늘어났으니 잡곡이 아니라 순수한 쌀밥을 먹는 단계가 되어도 날름 한 되나 먹게 되는 겁니다. 영양적으로 보자면 쌀밥은 잡곡밥보다 훨씬 적게 먹어도 괜찮겠지만, 이미 위가 늘어났으니 그럴 수도 없습니다. (…중략…) 즉, 시나노, 대식가, 위의 확장, 잡곡으로 늘어난 위장, 우리는 그런 슬픈 선조의 자손인 것인데요, 제군, 저는 제군에게 상담하고픈 것이 있습니다. 우리 선조는 모두 잡곡을 먹는 사람들이었습니다. 지금도 많은 사람들이 잡곡을 더 많이 먹고 있습니다. 그러나 우리나라는 예로부터 도요아시하라(豊葦原, 싱싱한 벼가 우거지는 나라), 미즈호(瑞穗, 이삭)의 나라입니다. 제군, 우리는 이제 잡곡을 먹는 것을 그만두어야 하지 않겠습니까! 우리는 순수한

> 쌀밥만 먹어야 하지 않겠습니까! 그래야 미즈호 나라의 국민인 겁니다. 미즈호의 나라 인민답게, 쌀밥을 먹자! 제군, 대륙의 옥야가 우리를 기다리고 있다! (pp.184~186)

"시나노, 대식가, 위의 확장, 잡곡으로 늘어난 위장"이 연결될 때 중요한 것은 "시나노인"이 저임금을 받으며 "새벽부터 밤까지" 혹사당했다는 사실이 아니다. 이 이야기의 초점은 그들의 선조가 잡곡을 주식으로 삼았기 때문에 "대식가"라고 웃음거리가 되었다는 점이다. 여기서 잡곡은 영양학적으로도 쌀에 뒤지는 것으로 서열화되고 있다. 결국 "시나노인"의 수치란 쌀을 지을 경작지가 없었다는 사실로 수렴되는 것이다.

앞에서 살펴보았듯이 『오히나타 마을』은 이미 경작지가 부족해서 주민들이 자급자족을 하지 못하고, 아부라야의 상점에서 상대적으로 비싼 식량을 구입하는 것이 부채 증가의 큰 원인이라고 묘사했다. 하지만 이 논리에 따르면, 문제가 되는 것은 아부라야의 상점이 식량을 부당하게 비싼 가격으로 판매하고 있다는 사실이 아니라 주민들이 '쌀농사'로 자급자족하지 못한다는 점에 있다. 여기에서는 오히나타 마을이나 "시나노"의 기후나 지리적 특성이 벼농사보다 잡곡 농사에 적절하다면, 잡곡을 주작물로 생산하고 소비하는 것이 자연스러운 일인 동시에 합리적인 선택이라는 관점은 존재하지 않는다. 왜냐하면 "우리나라는 예로부터 도요아시하라, 미즈호의 나라"이며 "시나노인"은 "미조호 나라의 국민"이기 때문이다. 이때 "시나노"의 지역성은 "미조호 나라의 국민"인 일본인이라는 관념 속으로 사라진다.

이러한 담론에서 오히나타 마을 주민들은 "시나노인"으로 포섭되지만, 동시에 '잡곡을 먹는다'는 열등함을 부여받는다. 이 열등함을 제거하지 못하는 한 그들은 "미즈호 나라의 국민"이 될 수 없다. 따라서 그들은 쌀을 생산하는 '백성/농민'이 되어야 한다. 하지만 오히나타 마을에는 벼농사를 지을 경작지가 부족하다. "미즈호 나라의 국민답게 쌀밥을 먹"기 위해서 그들은 "대륙의 옥야"로 '진출'해야만 한다. 이때 일본인이라는 아이덴티티는 혈통만이 아니라 만주에서 쌀을 생산하는 '백성/농민'이 되어야만 그 자격을 얻을 수 있다. 즉 오히나타 마을 사람들은 일본인이 되기 위해 먼 이향으로 이주해야 한다는 모순을 강요당하는 것이다. 이는 제국의 주변부에 위치한 농민을 중심으로 포섭하는 듯한 태도를 취하지만, 현실에서는 오히려 더욱 주변부로 밀어내는 논리이다.

"시나노"와 일본인 사이에서 일어나는 포섭과 배제의 반복은 이 소설이 어떻게 제국 주변부의 농민을 만주이민으로 동원하는 논리를 구축하는지 폭로한다. 벼농사와 백성이 제국일본의 어떤 '중심'이라는 환상을 만들어 마치 만주이민 참가가 자연스럽고 합리적인 선택인 것 같은 착각을 유도하는 것이다.

그러나 이러한 환상은 전업농가가 적고 현금 수입이 생활의 토대인 오히나타 마을의 현실과는 동떨어진 것이다. "미즈호 나라의 국민"이 되려면 만주이민에 참가해야 한다고 주장할 때, "여기서 밥을 먹을 수 없다면, 나는 먹지 않아도 좋"다는 민중의 솔직한 목소리에 응답하는 목소리는 존재하지 않는다. 이는 단순히 작가의 정치성으로 환원될 문제가 아니다. 오히려 '내지'의 농촌 문제를 토지, 특히 벼농사 경작지 부족에서 찾는 "관제(官製) 농본주의"[112]의 시각으로 보기 때문이다.

이 소설의 작가가 정확한 숫자와 정보를 갖고도 오히나타 마을, 혹은 오히나타 마을이 대표한다고 여겨지는 '내지' 농촌 문제를 분촌이민으로 해결할 수 있다고 굳게 믿어 의심치 않은 것은, 결국 오히나타 마을의 문제가 경작지가 부족해서 자급자족할 수 없는 가난한 "한촌"인 데 있다고 보기 때문이다. 오히나타 마을의 모델성이 오히나타 마을의 분촌이민을 개별적인 사례라기보다 보편적인 '내지' 농촌 문제의 해결책으로 보게 만들었기 때문에, 결과적으로 그 물리적 토대나 현재의 상황은 무시된 것이다. 분촌이민 정책을 추진하는 정부 당국도 오히나타 마을의 근본적인 문제가 경작지 부족 때문에 식량을 자급할 수 없는 것에 있다고 보고, 분촌이민의 모델 케이스로 삼기 위해 오히나타 마을을 '농림성 경제갱생특별조성촌(農林省経済更生特別助成村)'으로 선정하여 분촌이민 지원을 위해 23,000엔을 특별조성하고 45,000엔의 저리 자금을 융자(1938.2.8)하였을 뿐만 아니라, 이민지로 수전 경작이 가능하고, 편이성을 갖추고 산림을 보유한 '일등지'를 제공했다(1938.1.28).[113]

이처럼 오히나타 마을이 받은 대대적인 지원은 다른 마을은 바랄 수 없는 예외적인 것이었다. 당시 분촌이민 관계자들도 이미 그 사실을 인식하고 있었다.[114] 이는 오히나타 마을의 분촌이민에 부여된 '가치'와

---

112 이케가미 고이치(池上甲一)는 1937년 7월 무렵에는 오히나타 마을 광산 채굴이 재개되어 노동력 부족이 우려될 정도였고, 과잉 인구는 없었다고 지적한다. 그리고 "분촌이민에 고집한 것은 과잉 인구의 배출구를 어디까지나 농촌 내로 한정하고 농업분촌이민이어여만 한다고 (고집한) 관제 농본주의의 사고방식에서 비롯되었다"고 보았다. 池上甲一, 앞의 글, p.26.

113 위의 글.

114 예를 들어 조사자는 "다음으로 이 마을 사례를 어느 마을에나 적용할 수 없다고 생각하는 이유는 조성금이 많다는 점 때문인데, 이는 아마 다른 어느 마을도 바랄 수 없는 점이라 생각한다"고 지적했다. 朝日新聞社, 앞의 책, p.344.

직결된 것이기도 했다. 만약 오히나타 마을의 분촌이민이 나가노현의 일개 마을의 경제갱생이었다면 당국도 이처럼 파격적으로 지원하지 않았을 것이다.

『오히나타 마을』이 분촌이민을 장려하는 일련의 문화정책의 중심이었다는 사실은, 그 자체로 오히나타 마을의 모델성이 주지의 사실이었음을 입증한다. 그렇다면 『오히나타 마을』에 내재하는 여러 근본적인 모순은 바로 만주이민을 추진하는 정부 당국의 정책과 쇼와기 농본주의자의 벼농사・수전 중심의 사고방식에서 기인한다고 보는 것이 타당할 것이다. 오히나타 마을은 벼농사 경작지가 적은 "한촌"이며, 이를 갱생하려면 과잉 인구를 만주로 송출해야만 한다. 그리고 송출된 이민자는 만주에서 '백성'으로서 쌀을 생산해야만 한다는 것이다.

따라서 『오히나타 마을』의 서사가 구축하는 만주이민의 논리는 만주이민을 추진하는 실무자들에게는 주로 모촌의 경제갱생 논리와 나카자와가 표현한 바와 같은 "대륙의 맹주인 대륙 일본으로 발전시키는 크나큰 사명"을 내건 팽창주의, 나아가 그 사명을 실현하기 위한 농민상을 요구하는 농본주의라고 할 수 있다.

그러나 모든 이민 추진자가 모촌의 경제갱생, 팽창주의, 농본주의에 입각하여 만주이민을 추진한 것은 아니었다. 일부 만주이민 추진자는 그러한 정신주의적인 측면보다는 오히나타 마을의 빈곤층을 어떻게 아부라야 등의 착취에서 해방시켜 만주로 송출할 것인가에 집중하였다.

예를 들어, 호리카와 기요미(堀川清躬)는 일개 숯장이에서 출발하여 아부라야에 대항하는 목탄생산인조합(1916)을 조직하고 산업조합 전무이사가 된 실존 인물이다. 『오히나타 마을』에서 그는 빈곤층 출신이지만 "불굴의 생명력"(p.48)으로 많은 인망을 모은 인물로서 묘사된다. 그가 만주이민에 적극적으로 협력하는 이유는 주로 자신의 책임감 때문이다. 그는 빈곤으로 궁지에 몰린 주민들의 강한 요구를 못 이겨 윤벌(輪伐)을 지키지 못하고 입산을 허가하였고, 그 결과 황폐해진 촌유림의 상황에 깊은 죄책감을 느낀다.

> 모두, 내 책임이다! 산을 홀떡 벗겨버린 것은 다름 아닌 이 나야! …… 분명 그는 그렇게 말했다. 그러자 점차 탁 트인 듯한 마음이 되는 것이었다.
>
> 만주에는 나도 간다! (pp.163~164)

그의 만주이민은 일견 양심적인 지도자가 솔선하여 촌유림 황폐화의 책임을 지는 것처럼 보인다. 그는 젊은 촌장과는 달리 마을 빈곤층 출신이며, 오랫동안 아부라야의 착취에 앞장서서 대항한 인물이다. 그가 주도한 목탄생산인조합이나 산업조합은 주민들에게 촌유림을 제공함으로써 아부라야의 독점에 조직적인 저항을 꾀했다. 촌유림의 황폐화라는 상황 자체가 그가 주도한 저항이 실패했음을 의미하는 것이다. 그가 진정 책임을 느끼는 것은, 그날그날의 생활을 위해 촌유림을 "홀렁 벗겨버"릴 정도로 궁지에 몰린 빈곤층의 절박한 삶이다. 그에게 마을 빈곤층은 단순히 송출해야 할 과잉 인구가 아니다.

> — 저는 56세가 됩니다. 인간 50년이라고 하면 저는 벌써 5년을 벌었다는 소리가 됩니다만, 벌었다면 가능한 크게 벌고 싶다고 생각하고 있습니다. 저는 그 앞으로 벌게 될 세월로 만주에 건너가 일하고 싶다고 생각해 아내와도

상담하고, 제 처는 52세가 됩니다만, 둘이서 크게 벌자고 결심을 했습니다. (…중략…) 저는 다이쇼 11년(1922)에 산업조합이 생기고 쭉 그쪽에서 하오리(羽織)를 걸치거나 중고 양복을 입고 일했습니다만, 본래는 아시다시피 제탄 인부로서 새벽부터 밤까지 노동하던 인간입니다. 오랫동안 그런 노동을 하지는 않았습니다만, 저는 아직 쌀가마니도 들 수 있고, 인텔리 젊은이에게 지지 않는 힘을 갖고 있다고 생각합니다. 만주에 가면 젊은 여러분과 함께 개간을 하고 백성 일을 하고 싶다고 생각하니 기쁘기도 해 가슴이 설레고 있습니다. (…중략…) 설령 여러분이 한 명도 안 가신다 해도, 저는 아내와 둘이서 갈 겁니다. 먼저 가서 개간을 하며, 여러분이 한 명이라도 오실 때를 준비하고 있겠습니다. 그러나 실은 그건 거짓말이고, 이미 함께 가겠다고 상담한 사람이 꽤 있습니다. 앞으로도 그런 사람은 늘어날 거라고 생각하는데, 늘어나 백오십 명이 안 되면 이 오히나타 마을은 영원히 재건될 수 없다니, 저도 함께 갈 동행을 크게 모으려 합니다. (…중략…) 먼저 가면 여러모로 어려운 문제가 생기겠지만, 어쨌든 우선 사람을 모아야 한다고 생각합니다. 가겠다는 결의를 가진 사람은 물론, 사정상 그럴 수 없는 사람도, 사람 수를 모으는 데는 힘써 주시기 바랍니다.

사투리와 표준어가 뒤섞인, 순수한 표준어라는 것을 쓰지 못하는 기요미의 그런 말투가 오히려 진심을 전해 주었다. 벽두의 그 인사가 사람들에게 준 감격은 거대하여, 기침 소리 하나 내는 사람이 없었다. (pp.164~166)

기요미의 시선은 촌장과 달리 모촌이 아니라 만주의 새로운 마을을 바라보고 있다. 그는 솔선해서 만주로 건너가 “젊은 여러분과 함께 개간을 하고 백성 일을 하고 싶다”고 이야기한다. 그의 “순수한 표준어라는 것을 쓰지 못하는" 소박한 말은 논리보다 행동을 보여주며, 사람들의 호응은 그의 두터운 인망을 드러낸다.

『오히나타 마을』에서 묘사되는 이와 같은 인물상은, 역사적 사실과도 거의 일치하는 것으로 보인다. 앞서 살펴본 『신농촌 건설—대륙으로의 분촌대이동』(1939, 朝日出版社)에서는 "(호리카와) 씨는 제탄 기술이 뛰어나고, 종종 마을 사람들을 친절하게 가르쳤다. 촌민은 그를 친근하게 여기고 존경했다. 이 호리카와 씨가 현지를 시찰하고 모든 각도에서 마을 사람들에게 이민의 필요성을 설명하고, 이에 촌장을 비롯한 마을 간부가 열의를 가지자, 갑자기 이민 희망자가 나왔던 것이다. 촌민의 씨에 대한 신뢰가 두터운 것은 그의 자산이 마을에서 많은 편이 아니라는 점도 크게 영향을 끼쳤다"라고 설명하고 있다.[115]

실제로 이 책에 실린 좌담회에서 아사카와 촌장은 그의 "마음이 깊고 이미 마을 사람들의 마음에 파고들어 있었으므로 호리카와 씨가 가기로 하자 모두의 마음이 크게 움직였죠. 저는 호리카와 씨가 없었다면 아마 이 계획은 불가능하지 않았을까 생각합니다"라고 높이 평가하였다.[116]

야마다 쇼지(山田昭次)는 실존 인물로서의 호리카와가 "관념적이고 열렬한 우익사상가적인 성격의 인물이 아니라 상당히 현실적이고 실무가의 성격을 갖고 있었다"고 보았다. 그런 호리카와가 분촌이민운동에 적극적으로 협력한 것은 국책협력의 대의명분보다도 오히려 "'궁민(窮民)'이 '인간답게 사는 것'을 바란 인물이었"기 때문이었다는 것이다.[117] 야

115 위의 책, p.320.
116 「分村計画座談会」, 위의 책, p.73.
117 山田昭次, 앞의 책(2005), p.168.

마다는 『오히나타 마을』을 인용하여 "와다가 묘사한 호리카와 기요미 상(像)은 틀리지 않았"으나 "호리카와는 궁민 앞을 가로막은 상업자본의 수탈에는 대항해도, 그 배후에 숨어 있는 보다 거대한 적, 즉 국가나 독점자본은 보이지 않았"던 한계를 지적하였다.[118] 그런 한계 속에서나마 호리카와에게는 만주이민에 참가함으로써 국가의 지원을 얻어 마을 사람들을 상업자본의 착취나 궁핍에서 해방시키려 의도가 있었다는 점은 인정해야 할 것이다. 호리카와의 입장에서 보자면, 만주이민 참가는 현실적인 "궁민구제(窮民救済)"를 위한 수단이었다.

이 독특한 인물의 활약을 강조함으로써, 『오히나타 마을』의 서사에서 만주이민 추진의 논리는 촌장을 비롯한 만주이민 추진파가 휘두르는 과잉 인구 송출을 통한 모촌 갱생과 농본주의 외에 "궁민구제"라는 '실리'를 포함하게 된다. 그는 만주이민으로 제국일본의 이익과 '궁민'들의 이익이 일치한다고 믿었기에 오히나타 마을의 만주이민 추진에 포섭되었다. 그리고 『오히나타 마을』의 서사는 "궁민구제"라는 '실리'를 인정함으로써, 만주이민 추진을 도덕적으로도 정당화할 수 있게 되는 것이다.

실제로 텍스트에서는 그의 뒤를 이어 마을의 경제갱생위원회 33명의 반 이상이 솔선해서 만주로 가겠다는 서약을 한다(p.171). 분촌이민이 이민자에게 전가하는 부담과 희생은 그들과 같은 마을의 중심인물들이 만주로 함께 이동함으로써 은폐된다. 이처럼 만주이민 추진자들이 이민자로서 희생을 나눔으로써, 분촌이민의 논리는 보다 공평하고 이상적인

118 위의 책, p.169.

것으로 보인다. 그의 만주행은 만주에 가지 않는 모촌의 촌장 대신 사람들에게 신뢰감을 주고, 분촌이민의 논리적인 결점을 보완하여 보다 많은 주민들을 만주이민으로 끌어들이는 역할을 하는 것이다.

『오히나타 마을』에서 기요미가 다케마로의 "말(馬)", 즉 젊은 촌장의 지도에 따라 수족처럼 일하는 존재로 묘사되는 것도 그 때문이라고 생각할 수 있다. 두 사람을 연결시키는 것은 "한쪽은 대학 졸업, 한쪽은 소학교도 제대로 다니지 못한 전신(前身)은 숯장이, 전자의 교양에 후자의 경험과 숙련, 이상(理想)에 실행력, 과묵에 변설(弁舌), 모든 것이 서로의 부족한 부분을 보완하여 어느 쪽이건 다른 한쪽이 없으면 절대로" 분촌이민 추진에 성공할 수 없을 것이기 때문이다(p.113). 실제로 현실에서 오히나타 마을의 분촌이민은 아사카와 촌장이 현이나 정부와 교섭하고, 호리카와가 사람들의 마음을 만주이민으로 끌어들임으로써 추진될 수 있었다.[119] 물론, 이는 그들 개인의 인품이나 영향력만이 아니라 마을 행정을 담당하는 사무소와 최대 경제조직인 산업조합이 만주이민을 적극적으로 추진했다는 사실을 보여준다.[120]

설령 선구적인 분촌이민의 '모델 마을'로서 나가노현과 농림성의 후원을 받아도, 사람들이 움직이지 않으면 분촌은 성립될 수 없다. 따라

119 위의 책, p.167.

120 오히나타 마을 사무소, 농회, 산업조합, 학교 중 분촌이민의 중심은 사무소와 산업조합이었다. 사본주회의에서 마을의 산업, 경제에 관한 중요 사항의 원안이 작성되고 마을 경제갱생위원회에서 논의에 부친 뒤, 그 결정 사항은 갱생위원회에서 실행조합으로 전달되어 마지막으로 조합원에게 전달되었다. 이는 사본주회의에서 말단 조합원에 이르기까지 촌 내부의 각 단체를 총괄하는 의사전달 시스템이었다. 더욱이 산업조합은 "분촌계획의 경제적 중심"으로서 이주자의 재산처분, 부채 정리 등 중요한 역할을 맡았다. 朝日新聞社, 앞의 책, pp.306~307.

서 오히나타 마을의 이민이 진행될수록 인심을 견인하는 호리카와의 역할이 더욱 중요해진다. 『오히나타 마을』에서는 두 번째 사본주회의에서 분촌계획을 본격적으로 추진하기로 결정한 다음에도, "젊은 층 외에는 좀체 움직이려는 기색은 없"었다. 때문에 "직접적인 견문이나 조사로 사람들에게 호소"하기 위해 기요미가 약 한 달 동안 시찰여행을 떠난다(p.189). 그는 시찰의 성과로 현지에서 수집한 각 이민단의 "토양"과 "쌀을 비롯하여 보리와 밀, 조, 고량, 옥수수, 대두(大豆) 등을 알갱이만이 아니라 이삭째로, 혹은 이삭이 붙은 줄기째 행장에 가득 넣어 가져왔다"(p.232). 그는 이 "증거"를 가지고 이주자 모집을 위해 "부락상회(部落常会)"를 개최한다.

그 결과, "의심이 많고 사람이 술술 떠드는 것을 신용하지 않는 사람들이 실물을 보여 주며 하는 이야기는 의심하지 않았다. 정말 만주에서 쌀이 나느냐고 의심하던 사람들은 그 훌륭한, 마을의 논벼보다도 훨씬 알이 많은 벼 이삭을 보고 놀랐다. 어떤 남자는 그 낱알을 스스로 일일이 세어보고" 새삼스럽게 놀란다(pp.232~233). 실제 만주를 시찰한 경험자가 실물을 가지고 만주의 비옥함을 증언하는 것이다. 기요미는 "사람들이 너무 완벽한 이야기에는 오히려 끌리지 않는다는 것"을 이미 알고 있었기 때문에 "나도 함께 가니, 조금이라도 거짓말을 한 날에는 모두가 납득하지 않을 테니 말이야. (내가) 끌려갈 것이다 운운"하면서 청중의 마음을 사로잡는다(pp.233~234). 그의 인간적인 매력과 실물을 보여줌으로써 주민들의 불안과 의심이 불식되면서, 마을의 분위기는 만주이민 참가로 기울어진다. 그러나 이 "부락상회"는 단순히 만주의 비옥함만을 증언하는 자리가 아니다.

그것은 히라가와라(平川原) 부락의 상회 때였다. 구석 쪽에서 여자들 틈에 섞여 있던 77세 노파 이가와 구메(井川クメ)는 순서대로 돌아온 토양과 조이삭이 자기 손에 넘어오자 오랫동안 그것을 쥐고 다음 사람에게 넘기려 하지 않는 것이었다. 모두 오랫동안 쳐다보거나 쥐고 있어 좀처럼 다른 사람에게 넘기려 하지 않았지만 구메의 경우는 그 정도가 아니어서, 기요미는 이야기를 계속하면서도 기이하게 여기고 있었다. 구메는 그것을 만지작거리고, 가만히 들여다보나 하면 손에 쥔 채로 기요미의 이야기에 귀를 기울이고, 다시 생각난 듯이 들여다보며 흡사 다음 사람에게 넘기는 것을 잊은 것 같았다. 다음 사람이 기다리다 지쳐 들여다봐도, 구메는 그것을 넘기려 하지 않았다.

기요미의 이야기가 이윽고 일단락되었을 때, 구메는 아직도 그것을 손에 꼭 쥔 채로 말을 꺼냈다.

— 전무님, 전무님은 랴오양(遼陽)에 가 보셨나요?

기요미는 랴오양에는 가지 않았다고 무심히 대답하고 나서, 깨달았다. 나이 먹은 사람들은 구메의 그 말을 들은 순간 모두 눈치를 챘다. 많은 이들이 무심코 서로 얼굴을 마주 보았다.

— 랴오양에 가지 않았지만, 바로 근처까지는 갔어요. 랴오양은 큰 마을이라, 좋은 곳이에요.

기요미는 눈에 치밀어 오르는 것을 애써 참으며 온화한 얼굴로 구메를 바라보았다.

35년 전, 러일전쟁의 기억을 가지고 있는 사람들은 숨을 삼키고 침묵했다. 랴오양의 격전에서 구메의 장남은 코사크 기병(騎兵) 속으로 돌격하여 장렬히 전사했다. 나이 먹은 사람들은 순식간에 그 당시 일을 떠올렸던 것이다. …… 나도 한번 가보고 싶다고, 그 당시 40대의 한창 나이였던 구메는 랴오

> 양이라는 말을 입에 올리지 않는 날이 없었다. 우리 아들 뼈는 어떤 곳에 묻혀 있을까? 그곳에는 어떤 산이 솟아 있고, 어떤 강이 흐르고 있을까? 어떤 꽃이 피는 곳일까, 그녀는 매일 그런 말을 되뇌며 나날을 보내 사람들을 울렸다. 사람들은 그녀가 그 현실적인 거리를 모르고 그저 안타깝도록 한결같은 어머니의 마음으로 마치 그 땅을 그리워하는 듯이 입에 올리는 것을 듣고는 눈물겹다 여겼던 것이었다. (pp.234~237)

사본주회의가 만주이민을 추진하기 위해 마을 전체의 합의를 도출하는 자리였다면, "부락상회"는 만주이민에 소극적인 민중을 만주이민으로 끌어들이기 위한 자리이다. 정책 측이 만주이민을 농업이민으로서 추진하는 이상, 그 지원을 받는 이민자는 자작농이 되어야만 한다. 따라서 "부락상회"에서는 이민자를 모으기 위해 만주의 비옥함과 풍요로움을 강조한다. 그러나 정작 사람들에게 강한 인상을 주는 것은 러일전쟁 전사자의 모친이 "같은 대륙에서 가져온 한 덩이 흙을 쥐고 한 줄기 이삭을 계속 잡고 있는 모습"이며, 그 모습이 환기하는 "35년의 세월이 순식간에 줄어든 것 같은 착각"이다(p.237).

35년 전 전사자의 얼굴을 떠올린 기요미는, 그 어머니에게 "—구메 씨, 랴오양도 같은 만주에요. 이어진 땅이에요"라고 말한다. 이때 이어지는 것은 랴오양과 만주의 지리적인 거리만이 아니다. 러일전쟁과 만주이민, 그리고 35년 전 러일전쟁에 참전한 병사와 현재 만주이민에 참가하려는 농민 또한 연결되는 것이다.

『오히나타 마을』에서는 구메의 모정이 아들이 전사한 땅을 향한 맹목적인 애정으로 자연스럽게 전환된 것처럼 묘사된다. 그러나 노모의 만주이민 참가가 환기하는 것은 비단 러일전쟁에서 전사한 아들이 "잠들어 있는 토지를 향한 사모"(p.238)만이 아니다.

사실 노인의 만주이민 참여는 노동력으로서의 가치를 기대할 수 없다. 만주이민에 적극적인 교사 나카자와는 자신의 70세 노모의 만주이민 참여를 "사실 거치적거리게 될 테니 칭찬할 만한 일은 아니지만 말이야, 그러나 70이 된 노인이 자진해서 떠나려는 그 마음은 훌륭한 것이지. 그 마음이 마을 여자나 노인들의 마음을 조금이라도 움직인다면 의미가 있어"(p.204)라고 냉정하게 평가한다. 노년층의 만주이민 참여는 선전효과라는 측면에서만 가치를 인정할 수 있다. 마찬가지로 구메의 만주이민 참가는 마을 사람들에게 제국일본이 러일전쟁에서 치른 35년 전의 '희생'을 상기시키고, 만주가 '대륙진출'을 위한 인적 희생으로 획득한 토지라는 사실을 환기한다. 그들 자신의 '피'를 대가로 획득한 토지는 단순한 이향(異鄕)이 아니다.

구메는 아들이 잠든 토지의 산, 강, 꽃은 알고 싶어 하지만, 그 땅에서 살고 있는 사람들이나 문화에는 관심을 보이지 않는다. 중요한 것은 35년 전 러일전쟁의 결과 제국일본이 만주에 대한 권리를 획득했다는 사실이며, 그 연장선상에 만주이민이 존재한다고 인식한다는 점이다. 그녀는 기요미가 '만주'를 통해 아들의 죽음에 의미와 가치를 부여하는 것을 주저 없이 받아들인다. 이때 『오히나타 마을』의 서사는 35년 전의 러일전쟁에서 현재의 만주이민 정책에 이르는 제국일본의 '대륙진출' 정책의 연속성을 확보한다.

지금까지 확인한 『오히나타 마을』의 만주이민 추진 논리는 과잉 인구의 해결을 통한 '내지' 모촌의 경제갱생과 팽창주의, 농본주의를 기반으로 한 만주의 일본인 자작농 육성, 나아가 "궁민구제"이다. 그러나 노모가 기요미의 말을 받아 "같은 만주, 이어진 땅"이라고 이야기한 다음부터 『오히나타 마을』의 서사에서 만주이민은 노골적으로 제국일본의 '대륙진출' 정책에 대한 적극적인 협력으로 재편된다. 그 결정적인 계기는 바로 중일전쟁의 발발이다.

7월 8일, 20명의 선견대가 초등학교 악단과 마을 주민들의 노래와 만세 소리로 환송을 받으며 만주로 출발한다. 이 출발이 곧 "만주 오히나타 마을 건설의 첫 페이지"이다. "같은 날 밤", 오히나타 마을에 루거우차오(盧溝橋) 사건의 첫 보도가 도착한다(p.293).

루거우차오사건 이후 중일전쟁 발발 직전까지 양국의 긴장이 급격히 고조된다. 이렇게 바야흐로 "큰 전쟁"이 시작되기 직전, 촌장은 중일전쟁이 만주이민에 큰 영향을 끼칠 것을 우려한다.

> 이건 전쟁이 터질지도 모르겠다고, 그는 일찍부터 생각했다. 그리고 그는 전쟁이 터져 소집령이 날아와 마을에서 병사를 보내는 경우만 생각했었다. 속속 병사를 보내고, 그러면 노동력은 감소하고 경작지 문제는 완화되어 여유가 생길 것이다. 더구나 출정해야 하는 장년층이야말로 이민의 중견을 이루어야 하는 사람들이었다. 그런 현실에 입각한 사고방식이 무엇보다도 먼저 마음 한가운데 똬리를 틀기 시작한 것은 숨길 일도 아니었다.
>
> 그러나 그는 전쟁이 터져 사람들의 관심이 대륙으로 집중되는 격렬함도 생각할 수밖에 없었다. 막연히 먼 바다 저편이라 생각하던 대륙이 혹은 이를 계기로 손을 뻗으면 닿는, 심리적으로 바다가 메워져 누구나 땅으로 이어진 황야라고 생각하게 되지 않을까. 이가와 구메처럼 아들이나 형제가, 이웃이나 친구

들이 실제로 뛰어다니는 육지가 되면 어떨까, 공간적인 거리가 순식간에 사라지지는 않을까. 대륙은 이제 외국이 아니게 되지 않을까. (pp.307~308)

중일전쟁이 '내지' 농촌에 끼치는 최대의 영향은 징병으로 인한 노동력 부족이다. 오히나타 마을에서 만주이민의 최대 명분이 과잉 인구의 감소인 이상, 인구 감소로 경작지 문제가 완화되고 이민의 중견이 되어야 할 장년층을 군대에 빼앗기는 것은 심각한 문제일 수밖에 없다.

이와 동시에 그는 사람들의 관심이 중일전쟁 때문에 '대륙'에 집중되면 그곳이 더 이상 "먼 바다 저편의 나라"(p.286)가 아니라 보다 친근한 존재가 될 것이라고 기대한다. 이는 사람들에게 만주가 "손을 뻗으면 닿는", "바다가 메워져" "땅으로 이어진 황야"로 전환되면 민중의 심리적인 저항감이 해소되어 보다 적극적인 이민 참여를 호소할 수 있을 것이라는 기대이다. 러일전쟁에서 아들을 잃은 노모가 "같은 만주, 이어진 땅"이라며 만주이민에 참가했듯이, 중일전쟁으로 징병된 사람들의 "아들이나 형제가, 이웃이나 친구들"이 만주이민에 참가할 것이라는 것이다.

이때 『오히나타 마을』이 묘사하고 있는 것은 만주이민이 현실적인 기반을 상실함과 동시에 일본군의 '대륙진출'에 호응하는 일본민중의 '대륙진출'로 전환되는 과정이다. 과잉 인구를 감소시켜 모촌을 갱생하겠다는 만주이민의 목적이 그 정당성을 잃었음에도 불구하고, 만주이민을 전쟁 수행의 일환으로 간주함으로써 오히려 더욱 적극적으로 추진해야 한다는 것이다. 여기까지 『오히나타 마을』의 서사가 농촌 문제의 합리적 해결책으로서 만주이민 추진 논리를 제시했다는 점을 고려한다면, 이는 명백한 모순이다. 이제 『오히나타 마을』의 분촌이민은 단계마다 일본군의 '대륙진출'과 연관되어 진행된다. 8월 9일, 제2진인 선견대 17명이 출발한다.

> 북지(北支)에서는 그 전날인 8월 8일, 일본군이 베이핑(北平)에 입성해 있었다. 7월 28일을 기하여 중국군 제29군(廿九路軍)을 향한 총공격이 개시되고 있었던 것이다. 이미 이 산그늘 짙은 마을에서도 전쟁을 향한 열정이 솟아올라, 호외는 누쿠이강을 따라 방울 소리도 우렁차게 운반되고 있었다.
>
> 출발일과 같은 날, 상하이(上海)에서는 특별육전대의 오야마(大山) 대위 참살사건이 일어났는데, 선견대원들은 그 소식을 니가타(新潟)의 여관에서 접했다.
>
> 산그늘에서 사는 사람들이 보기에도 전화(戰火)는 이미 상하이까지 이르러 전쟁은 불가피한 듯 보였다. (p.330)

이윽고 선견대가 만주에 진입하기 직전에 중일전쟁이 발발한다. 선견대가 입식한 2월 11일, 오히나타 마을의 건국제에서는 식전 마지막에는 "난징(南京) 함락" 때와 동일한 깃발 행렬과 "출정군인 집 앞에서" 행해지는 만세 삼창이 선견대의 입식을 축하하여 "38명의 선견대원들 집 앞에서, 특히 그 만세를 삼창한 것이었다"(p.354). 이때, 선견대원들은 명백히 출정 병사에 준하는 대우를 받고 있다. 이러한 서술이 그 뒤에도 반복된다.

4월 11일, "남쪽 대륙에서 황군은 쉬저우(徐州)를 향해 진격을 개시하고 있었"지만, 오히나타 마을에서는 본대(本隊) 제1진이 출발한다(p.367).

5월 16일, 이어서 본대 제2진이 출발하는데, 이 본대에는 중일전쟁 전사자의 형과 동생이 참가했다. 전사자 중 한 명은 "부친이 안 계신 젊은 호주였는데 그 동생이 모친과 누나를 남기고 출발"했다. 또 한 명의 전사자는 차남이었는데 "그 형이 이윽고 자식이 잠든 대륙을 그리워하여 (역시 만주로) 떠나게 되는 양친과 여동생들을 잠시 남겨두고 먼저 출발했다." 이를 보고 "이가와 구메의 이야기에 눈물을 삼"켰던 마을 사람들은 그 "부모 마음이 가엾고도 장렬하게 느껴져, 그 형과 동생의 장행(壯行)에 소리 내어 울었다"고 묘사된다(p.368).

선견대 출발과 루거우차오사건, 선견대(2진) 출발과 "오야마 대위 참살사건", 선견대의 입식과 "난징 함락", 본대 출발과 일본군의 쉬저우 공격, 본대(2진) 출발과 전사자 유족의 "장행"이 짝지어 진행되고 있다. 이는 촌장이 기대한 바와 같이 병사의 "아들들이나 형제", "이웃이나 친구들"이 만주이민에 솔선수범하여 참여할 것이라는 바람이 실현된 모습이다. 그러나 분촌운동의 순조로운 추진에 고심하는 마을 청년은 중일전쟁이 가져온 변화를 민감하게 감지한다.

> 사람들은 전쟁 얘기만 하고 만주는 말하지 않게 되었다. 이민에 가장 적당한 청장년층에서 징병이 많이 이루어지고 앞으로도 이어질 것이라 예상되면서, 인구 과잉이 갑자기 완화된 것이다. 일찌감치 일꾼을 잃은 경작지는 이동하기 시작했고, 경작지가 없는 사람이 이에 덥석 뛰어드는 현상이 나타나기 시작했다. 그리고 뛰어드는 시기가 지나면 어떻게 될까. 만약 경작지 쪽이 남아돌게 되면 어떻게 될까. 그러면 어찌 될지? 멀리 만주 따위로 가는 사람은 아예 없어지는 것이 아닐까? (p.333)

오히나타 마을에서는 중일전쟁의 영향으로 과잉 인구와 경작지 부족 문제가 신속하게 해결되고 있었다.[121] 그는 이러한 상황 변화를 고려하여, 인구 문제가 해결되면 일부러 먼 만주까지 이주하려는 사람이 사라지지 않을까 우려한다. 이민의 필요성이 없어진다면 이민 그 자체도 소멸될 수 있다.

그러나 『오히나타 마을』에서 촌장을 비롯한 이민 추진자들에게 만주이민은 이미 농촌 문제를 해결하기 위한 수단이 아니다. 그들은 만주이민의 성공 자체가 목적이 되었기 때문에 상황의 '악화'를 염려하는 것이다. 그리고 중일전쟁에서 비롯된 노동력 감소로 무너지기 시작한 만주이민의 논리는 "북방의 서경선(鋤耕線)"도 "국책에 협력하는 전쟁"(p.332)이라는 신념으로 지탱된다. 이는 『오히나타 마을』이 유지했던 '위장', 즉 만주이민이 농촌이나 농민의 자발적인 요구로 진행된 운동이라는 주장의 허위성을 드러낸다.

만주이민이 그 정당성의 기초로 삼던 현실이 변화해도, 만주이민은 수행되어야만 한다. 이 사실은 만주이민의 수행 자체가 목적이며, 만주이민이 농촌의 현실이나 농민의 주체적인 입장을 반영하지 않는다는 사실을 증명한다. 전쟁 수행의 일환으로 편입된 만주이민은 이미 의문이나 회의의 대상이 아니다. 중일전쟁과 만주이민은 "국책의 양 날개"(p.334)로서, 전쟁 수행과 병행하여 추진되어야만 한다. 따라서 『오히나타 마을』에서는 "향토부대 남하 전진의 악전고투, 상하이의 장렬

---

121 전쟁의 영향은 징병만이 아니다. 실제로 이 시기 오히나타 마을은 군수 경기로 철광 채굴이 재개되면서 이민열이 점차 가라앉았다. 때문에 "전촌(全村)학교"를 열어 "모든 마을 사람의 정신적 긴장과, 시국화 되면 점점 더 만주이민이 필요하다는 점 등을 강조"했다. 長野県更生協会, 「大日向村計画の解説」, 1938; 山田昭次, 앞의 책(1978), p.252.

한 사투에 열광하고, 마음 아파하며, 격노하고 흥분하는 사람들 마음에 북쪽을 향한 관심을, 전쟁은 그곳에서도 또한 싸워 나가야만 한다는 것을 고무하"기 위해 "전촌(全村)학교"가 열린다.

만주이민을 적극적으로 추진하는 나가노현 지사를 비롯하여 보안과장, 현계획과원, 직업과원이 이 "전촌학교"에 참가하고, 농촌갱생협회와 만주이민협회가 파견한 강사가 주민을 대상으로 "만주이주의 역사적, 민족적 의미나 사명, 내지 농촌의 갱생 및 재건 입장에서 분촌의 의의"를 설명하는 공연과 강연회가 열린다(pp.339~340). 이는 이미 열의나 합리성을 잃은 만주이민을 "국책의 양 날개"나 "북방의 서경선"이라는 미사여구를 내세워 마을 주민들의 참가를 호소하려는 행정 측의 의도를 보여준다. 『오히나타 마을』의 분촌이민은 이제 중일전쟁의 장기화로 농촌의 현실이 빠르게 변화했음에도 불구하고 현이나 국가의 필요에 의해 추진되는 것으로서 묘사되고 있는 것이다.

이처럼 만주이민이 "국책에 협력하는 전쟁"이라면, 입식지에 선주민이 있다는 사실은 이미 문제성을 상실한다. 입식지에서 건설을 시작한 선견대는 현지 상황을 릴레이식 편지로 보고한다.[122]

> 다음으로 치안에 관해서는, 남쪽으로는 후쿠시마(福島)의 철도자경촌이민단(鉄道自警村移民団)이 있으며 동쪽 및 북쪽에는 도합 다섯의 제7차 이민단이 입식해 있으므로, 오히나타의 이주지는 절대 안전합니다. 또한 이 지방의 기존 이민단이 비적의 습격을 받았다는 예는 들어 보지 못했습니다. 이 점은

122 이 보고는 실제 보고서를 바탕으로 한 것으로 보인다. 위의 책, p.270 참고.

조금도 걱정이 없습니다.

현재 우리 오히나타 마을 지역 내에는 만인이 3,000명, 선인이 1,000명, 합계 4,000명의 주민이 22부락을 형성하고 있으므로 단의 잉여 토지를 소작하게 하거나 농업경영의 노동력 공급처로 삼는 등 마을 건설상 매우 유리합니다만, 장래 이들 만선인의 지도 및 그들과의 융합화합 등의 문제는 우리도 깊이 연구해야 한다고 생각하고 있습니다. (pp.360~361)

위의 인용에서는 분명히 명시되지 않지만, 굳이 "치안"을 보고하면서 "비습(匪襲)"에 이어 "만선인"을 언급하는 것은 의도적인 서술이라고 볼 수 있다. 일본인 이민자가 150호인 데 비하여 현지민의 수는 4,000명이다. 하지만 그들은 위협적인 존재라기보다 이민단이 고용할 소작인이나 노동력이라는 방식으로 이민촌 건설에 유리한 조건 중 하나로 간주되고 있다.

『오히나타 마을』의 이민자가 자신들이 입식하는 만주의 토지와 현지민이 어떤 관계에 있는지 완전히 무지했다고 생각하기는 어렵다. 선견대의 첫 보고는 "새로운 마을의 구역은 수전 약 1,400정보, 밭 2,600정보"에 "산림 4,080정보"라는 것인데, "다른 이주지에서는 입식한 뒤 개간을 시작하는 곳도 많다 들었습니다만, 이곳에는 이미 훌륭한 경작지가 만들어져 있다"고 흥분을 채 감추지 못하고 전하고 있다(p.357). 그들이 "기간지(既墾地)라고는 하나 오래된 것도 아직 겨우 3, 4년밖에 지나지" 않은 기경지에 입식하면서 그 기경지를 만든 것이 현지민이라는 사실을 인식하지 못했을 가능성은 희박하다.

선견대가 이민 훈련을 받기 위해 현립 미마키가하라 수련농장(県立御

牧ヶ原修錬農場)에 입소했을 때, 대원은 편지로 "땅은 만드는 것으로, 옥토나 양전(良田)도 어느 날 갑자기 생긴 것이" 아님을 배우고 있다고 보고한다. 그는 "땅은 만드는 것이다. 어느 날 갑자기 생긴 것이 아니다. 우리는 선조가 구슬땀을 흘리며 고생해 만든 땅에 마냥 기대기만 해서는 안 됩니다. 그것을 더욱 성장시켜, 또 새롭게 땅을 만들어야만 합니다(p.271)"라고 이야기한다. 그 토지가 "선조가 구슬땀을 흘리며 고생해 만든 땅" 즉 '내지'의 토지라면 누구나 쉽게 수긍할 수 있는 논리이다. 하지만 선견대원은 만주이민을 준비하기 위해 수련농장에 입소했다. 이 선견대원이 "이미 훌륭한 경작지"에 입식하면서도[123] 누가 그 토지를 "구슬땀을 흘리며 고생해" 만들었는지 고려하지 않을 뿐 아니라, 현지민을 예비 노동력이라 보고 그들의 존재가 단순히 일본인 이민자의 "건설"에 유리한 조건이라고 설명하는 것이다. 이처럼 토지를 소유하는 일본인 이민자와 저임금 노동자인 현지 주민 사이에는 확고한 권력 차가 존재하며, 그 권력의 차이가 지도하는 민족과 지도받아야 하는 민족으로 갈린다면, 그것은 계급과 착취의 문제 이상으로 민족의 문제가 될 수밖에 없다.

실제로, 만주 오히나타 마을이 건설된 뒤 호리카와 촌장은 「오히나타 마을 첫해 건설상황 보고서(大日向村第一年度建設狀況報告書)」의 "치안 및 현지민" 항목에 "지구 내에는 만선인 부락이 21개 있고, 만인 약

---

123 당시 보고서는 공통적으로 만주 오히나타 마을 경작지가 이미 훌륭한 기경지라는 점을 강조했다. 이 "지나치게 풍요로운 경작지"는 "평평한 평지의 훌륭한 숙지(熟地)"이며, 특히 수전은 "기경지라 해도 가장 오래된 것이 아직 개전(開田) 3년 정도이므로 앞으로 10년이나 15년은 무비료로 농사를 지을 수 있"다고 하였다. 또한 강 상류에서 연장 6리와 4리 반의 긴 수로가 두 개 깔려 있기 때문에 "관개도 매우 편리"했다. 長野県, 「滿洲農業移住地視察報告」, 1938;, 山田昭次, 앞의 책(1978), pp.282~283.

4,000, 선인이 약 2,000명이 거주하며, 만인은 밭에, 선인은 수전에서 각종 경작에 종사하고 있는데, 우리의 입식과 함께 점차 다른 지방으로 이전을 명령받아 그 대부분의 만선인이 2, 3년 뒤에는 해당 지구에서 퇴거할 운명에 놓여 있으니 그 처지에는 한 줄기 눈물을 흘리지 않을 수 없다"라고 썼다.[124] 일본인 이민단의 입식이 현지 농민의 몰락 및 배제로 이어지는 상황은 당시 일본인 이민자의 눈으로 보아도 명백한 사실이었던 것이다.

『오히나타 마을』에서도 이러한 현실에 대한 인식을 발견할 수 있다. 아직 입식지가 결정되지 않았던 시기, 촌장은 분촌이민단이 혹 미간지(未墾地)에 입식하지나 않을까 고심한다.

> 이제까지의 입식지는 우선 만주인의 기경지 속으로 말하자면 비집고 들어가는 형태였다. 즉 만인 부락이나 경작지를 다른 곳으로 이전시키고, 그 다음에 이민단을 들여보냈던 것이다. 이는 치안 관계나 그 밖의 여러 이유가 있었으나, 무엇보다도 내지 농민을 갑자기 철로에서 10리나 구석에 박힌 미간지, 아직 밥 짓는 연기 한번 난 적이 없는 처녀지, 무주지(無住地)로 들여보내는 것은 주저되었다. (p.342)

앞의 투룽산사건에서 살펴보았듯이, 일본인 이민단의 입식으로 인한 대규모 토지 매수 및 현지 주민의 강제적인 이동은 현지 주민의 불만을 부채질했다. 이러한 불만이 대규모 반만항일운동의 계기가 될 수 있다

124 長野県更生協会, 「大日向村第一年度建設状況報告書」, 1939; 위의 책, p.290.

는 사실은 만주이민 사업 초기부터 심각한 사회 문제였다. 일본인 이민단의 '만주개척'은 "처녀지, 무주지"가 아니라 "만인 부락이나 경작지를 다른 곳으로 이전시키"는 형태였기 때문에 현지이민의 반발과 저항에 직면할 수밖에 없었다. 앞에서 인용한 선견대의 보고에서 자연스럽게 치안과 현지 주민을 연결시키는 사고방식은, 이러한 현지의 상황을 반영한 것이라고 볼 수 있다.

그러나 분촌이민을 추진하려는 촌장이 입식지 선정에서 우려한 것은 현지 주민과의 갈등이 아니다. 그는 "제6차 중에서 미나미고도칸(南五道崗)과 기타고도칸(北五道崗)의 시나노 마을과 야마가타(山形)단"이 "안쪽의 순수한 처녀지, 무주지대"에 입식했다는 사실을 의도적으로 마을 주민들에게 밝히지 않는다. 분촌이민에서는 다른 "어디보다도 노인, 아이와 같은 노동력이 안 되는 인원이 많"으므로 분촌이민을 추진하는 측은 "생산을 본위로 생각"하거나 "처녀지, 무주지"로의 입식을 받아들일 수 없었다. 또한 미경지에 입식한다면 이민자 모집이 더욱 어려워질 것이라는 현실적인 문제도 있었을 것이다. 따라서 『오히나타 마을』에서는 촌장이 그 고충을 척무성과 만척에 호소하여 "입식결정에 정상참작을 청하"는 상담을 했다고 묘사된다(p.344).

한편 역사적 사실로서는 오히나타 마을 측이 벼농사(水稲作) 가능, 편리성, 산림 보유라는 구체적인 조건을 요구하였고, 오히나타 마을이 분촌이민의 모델이 될 것을 기대한 당국은 모든 조건을 갖춘 일등지인 시자팡을 입식지로 선정했다(1938.1.28).[125]

---

125 池上甲一, 앞의 글, p.26.

『오히나타 마을』에서 선견대는 이 일등지에 입식했을 때 "농경지 외 대부분의 경작지는 예전에 하던 대로 만선인이 소작합니다만, 그 소작료는 만주척식공사에서 만사 결정해 주게"(p.363) 되어 있다고 설명한다. 이주 관련 비용과 입식지 준비는 일본 정부가, 이주 지역의 소작료 등 교섭은 국책회사인 만척이 담당했다. 이들의 '개척'은 철저히 제국 일본의 사전 준비와 교섭 위에 성립된 것이었다. 『오히나타 마을』이 그려 내는 분촌이민에는 국가의 전면적인 지원이 반드시 필요하며, 그것을 감출 필요조차 없다.

이 소설이 만주이민을 중일전쟁과 동시에 진행하는 '대륙진출'로, 전쟁 수행으로 본다면 이러한 태도도 당연할 것이다. 『오히나타 마을』이 그리고 있는 일본인 이민자들은, 자신들의 '개척'이나 입식이 '침략'이라는 사실을 보지 못하는 것이 아니다. 하지만 전쟁에서 '정복'당한 토지에 현지 주민이 권리를 주장할 수는 없다. 앞에서 살펴보았듯이, 『오히나타 마을』의 마을 주민들은, 그리고 '내지' 농촌은 이미 두 개의 전쟁을 거치며 전사자를 배출했고, 중일전쟁을 수행하며 앞으로도 전사자가 나올 것이라는 사실을 분명히 인식하고 있다. 즉, 그들은 그 '정복'에 값하는 '희생'을 이미 지불했다고 인식하고 있는 것이다.

지금까지 『오히나타 마을』에 나타난 만주이민의 논리를 검토하였다. 이 작품에서 만주이민은 과잉 인구를 감소하고 토지를 확보함으로써 농촌을 갱생한다는 논리에서 출발하지만, 농본주의, "궁민구제"를 거쳐 중일전쟁 발발을 계기로 이윽고 전쟁 수행 및 협력의 일환으로 편입된다. 특히 중일전쟁과 분촌이민운동의 진행이 함께 쌍을 이루며 묘사되고, 만주이민의 가장 중요한 의의가 "국책전" 기여로 전환되었을 때,

『오히나타 마을』의 서사가 그때까지 쌓아 온 '만주개척'의 논리는 스스로 붕괴한다. 남은 것은 탐욕스러운 상업자본의 착취에서 벗어나기 위해 제국일본의 대대적인 지원을 발판으로 실질적인 식민지에서 착취하는 측으로 전환되는 이민자의 모습이다. 이는 분촌이민만이 아니라 만주이민 자체가 지닌 현실과의 괴리와 모순, 그리고 침략성을 노골적으로 드러낸다.

이러한 논리가 철저하게 제국일본 측의 논리였다는 사실은 중요하다. 정작 만주이민의 목적지인 만주국 측의 시각이 결여되어 있기 때문이다. 『오히나타 마을』에서 묘사되는 만주는 "주인이 없는 옥토"이며, 오히나타 마을이 이식될 이상적인 신천지이다. 『오히나타 마을』의 이민자에게서는 자신들이 만주국의 체제 내에 편입된다는 인식을 전혀 찾아볼 수 없다. 이러한 일본인 이민자의 태도는, 물론 '내지'에서는 아무런 문제가 되지 않았다. 하지만 만주이민의 목적지인 만주국 측으로서는 이러한 논리가 반드시 환영할 만한 것은 아니었다. 특히 소설 『오히나타 마을』이 커다란 반향을 얻어 연극이나 영화로 제작됨으로써 이러한 균열은 가시화되었다.

앞에서 살펴보았듯이, 와다의 장편소설 『오히나타 마을』을 원작으로 전진좌의 연극 〈오히나타 마을〉과 영화 〈오히나타 마을〉 등이 등장했다. 특히 영화(1940.10)[126]가 '내지'에서는 문부성 추천영화로 지정되어 전국적으로 상영된 것에 비하여, 만주국에서는 만인을 대상으로

---

126 영화 〈오히나타 마을〉은 본래 도호(東宝)가 전진좌에 영화화를 제안하여 제작이 시작되었으나, 영화화 위원회는 만주이주협회 주최로 농림성 경제갱생부, 척무성, 육군성, 문부성, 전진좌 등으로 구성되었다. 감독은 도요타 시로(豊田四郎), 각본은 야기 류이치로(八木隆一郎), 배역은 전진좌 공연과 거의 동일했다. 伊藤純郎, 앞의 글, p.8.

하는 만계 영화관 상영 금지 처분을 받았다는 점이 특히 흥미롭다.[127]

강태웅은 만주국 영화관의 반을 차지하는 만계 영화관에서 영화 〈오히나타 마을〉의 상영이 금지되었다는 사실을 지적했다.[128] 그의 연구에 따르면, 당시 만계 영화관에서는 "위장항일영화"라 불리던 상하이 영화도 검열을 받아 부분 삭제 후 상영이 허가되었고, 대중의 인기를 얻고 있었다.[129] 그러나 만계 영화관에서 유독 영화 〈오히나타 마을〉은 상영이 금지되었던 것이다. 강태웅은 그 이유로 만주국 홍보처 검열과 장이었던 기즈 안고(木津安五)가 일본영화 검열 기준의 하나로 민족협화를 방해하는 영화를 든 점에 주목하였다.[130]

기즈는 일본영화에는 "복합민족국가인 우리나라의 국정에 적절하지 않은 것, 나아가 동아공영권 확립에 악영향을 끼칠" 위험이 있는 작품이 존재한다고 지적하였다.[131] 그 주요 예는 "① 일본의 국력에 의심하게 만드는 점이 있는 것", "② 민족협화를 저해하는 점이 있는 것", "③ 그 외, 저속하고 경박한 시국편승" 영화였다.[132] 그는 특히 일본인 만주 이민자의 표상에 강한 우려를 드러냈다. 일본영화에서 만주로 이주하는 일본인은 "대개 일본에서 밥줄이 끊긴 자. 요약하자면 생활 실패자, 범죄 도피자, 전과자 등등"[133]으로 묘사된다는 것이다. 그러한 일본인

127 강태웅, 「만주개척단 영화 「오히나타 마을(大日向村)」을 통해 본 만주국의 표현공간」, 『한림일본학』 21, 한림대 일본학연구소, 2012.12, p.47.

128 1941년 당시 만주국 총 영화관 수는 150관으로, 일계 영화관이 76관, 만계 영화관은 74관이었다. 위의 글, p.58.

129 위의 글.

130 위의 글, pp.57~58.

131 木津安五, 「映画の特殊指導取締に就いて」, 『宣撫月報』 53, 1941. p.6, 34.

132 위의 글, pp.34~35.

133 위의 글, p.35.

표상은 만주국에서 "지도적 지위에 있는 재만 일본인의 소질을 오해하게 만들고, 신뢰를 희박하게 하는 것"[134]이었다. 특히 "소위 개척영화"는 "일본 만주개척의 진정한 의의를 오해하게 만들고 만주인이 일본인에게 공포감이나 혐오감을 느끼게 한다"[135]고 하여 크게 경계하였다.

'내지'에서는 큰 반향을 불러일으키고 정부 당국의 장려나 후원을 받은 영화 〈오히나타 마을〉이 정작 만주에서는 만주국 당국이 민족협화를 방해할 우려가 있다고 만인이 보지 못하도록 상영을 금지당한 것이다. 그 이유는 원작 소설 『오히나타 마을』에서 표현된 만주이민의 논리가 시종 제국일본 측의 논리를 재생산할 뿐 현지 사회나 이민족을 향한 관심이 철저히 결여되어 있었다는 사실에 비추어 보면 쉽게 추측할 수 있다. 영화 〈오히나타 마을〉에서도 만주를 비추는 장면은 단 두 장면뿐이며, 열차에 가득 찬 승객 외에는 단 한 명의 만인도 등장하지 않는다는 사실은 이미 지적된 바 있다.[136] 또한 만인 관객이 제국일본 농촌의 갱생이나 "궁민구제", 전쟁 수행에 공감하거나 지지했을 것이라고 생각하기는 어렵다.

이 사실은 그대로 소설 『오히나타 마을』이 그린 '만주개척'이 현지에서 어떤 의미였는지를 명징하게 드러낸다. 『오히나타 마을』의 서사는 오로지 '내지'의 일본인에게만 합리적인 만주이민을 이야기하고 있었던 것이다.

---

134 위의 글.

135 위의 글.

136 伊藤純郎, 앞의 글, p.10.

종장

국책문학의 한계와 가능성

이 책은 제국일본의 국책단체였던 농민문학간화회와 대륙개척문예간화회가 창작한 만주이민의 국책문학을 이데올로기를 축으로 구체적인 작품 분석에 기초하여 검토하였다. 제1장에서는 농민문학간화회와 대륙개척문예간화회의 국책단체로서의 성립경위를 통하여, 그것이 전향 작가의 압박감, 도쿄문단에의 반발이나 일본민족의 '대륙진출'로서의 만주이민을 향한 공감 등의 요소가 복잡하게 얽혀 협력 논리를 형성했다는 사실을 확인할 수 있었다. 또한 그 사회적 배경은 징병・군수산업・만주이민에 필요한 전시 인적 자원의 원천으로서의 '농촌'을 향한 관심이었다.

그러나 두 간화회가 국책협력에 매진했던 시기는 이미 만주이민이 농촌에서 현실적인 의미를 잃었던 때였다. 바로 현실에서 만주이민의 논리가 한계를 드러내기 시작하던 시기에 만주이민의 국책문학이 등장한 것이다. 두 간화회는 조선・만주・중국 동북부의 이민지・훈련소 등을 여행하고 관찰・연구함으로써 창작의 소재를 발견했다. 이러한 만주이민의 국책문학은 현실을 있는 그대로 묘사하는 보고문학으로 보였기 때문에, 이들에게서 만주이민을 정당화하는 이데올로기와 현실 사이에서 생겨나는 모순이나 착종을 읽어내려는 시도는 없었다.

그러나 제국의 국책단체를 맞이한 만주문단은 결코 단일한 존재가 아니었다. 재만 일본인 문학자들은 만주국의 독자적인 문학을 논하고, 그 일부는 식민자로서의 자의식에 따라 만주이민과 그를 찬양하는 국책단체・문학에 비판적인 시각을 드러냈다. 이는 만주이민을 일본민족의 '대륙진출'로서 긍정한 간화회의 입장에서는 이해할 수도, 용인할 수도 없는 식민지의 혼돈이었다. 간화회의 문학자들은 '내지'에서는 '이야기할 수 없는' 것을 내포하는 식민지 현실에 직면했던 것이다. 이 연구는 두 간화회가 초기에 간행한 작품집을 분석하여 만주에 관련된 이데올로기가 거의 등장하지 않는다는 사실을 확인할 수 있었다. 당시 만주국의 슬로건이었던 '오족협화'나 '왕도낙토'라는 말조차 정작 국책문학에서 찾아보기 힘든 것이다.

제2장에서는 두 간화회에 참가한 문학자의 작품에서 만주국 건국이데올로기가 거의 등장하지 않는 이유는 제국일본의 이데올로기 자체에 원인이 있다고 상정하였다. 구체적으로는 관동군의 만몽영유론, 건국이데올로기로서의 민족협화와 왕도주의가 만주국 건국 후 배제되는 과정, '팔굉일우'의 통합, 전후 일본에서 만주 체험자의 기억과 발화로 형

성된 이상국가 건설 시도로서의 만주상(像)까지 고찰했다.

제3장에서 제6장까지는 만주이민에 관한 역사학 및 사회학의 연구 성과를 반영하면서, 만주이민의 국책소설을 분석하여 다양한 측면에서 그 한계와 가능성을 추출하고자 시도하였다.

만주이민의 국책문학은 전향 작가나 농민 문학자가 문화 통제의 흐름에 한 발 앞서 국책에 협력함으로써 보호와 지원을 교환하려는 시도였다고 볼 수 있다. 그들 중에는 사소설이나 보고문학임을 내세워 국책문학의 틀에서 벗어나려는 작가들과 일본민족의 '대륙진출'에 진심으로 감동하고 적극적으로 관여하는 작가들이 공존하면서 다양한 양상을 보였다. 또한 문학적 소재를 '외지' 이민에서 발견하는 것은 당시 급속도로 강화되던 '내지'의 규제・통제를 회피하려는 의도를 내포하고 있었다. 그러나 그들이 만주이민의 목적지에서 발견한 것은 그들의 상상 이상으로 복잡하게 뒤얽힌 식민지의 현실이었다. 그것은 '내지'에서 규제를 회피하려던 국책단체의 월경(越境)이 역설적으로 만주문단의 독자성과 다양성 추구에 대한 통제를 선도하는 역할을 했던 당시의 아이러니한 상황을 통해 확인할 수 있다.

이는 문학에만 한정되는 것이 아니었다. 만주국 건국공작 과정에서 이미 '내지'에서는 실현할 수 없는 이상을 실현하고자 한 일본인은 군부의 중견 및 청년장교 혹은 대아시아주의에 경도된 청년지식인 등 제국일본의 소수파였다. 그들은 자신들의 이상이 만주국을 통해 제국의 국가개혁으로 '역류'하기를 바랐지만, 오히려 그들 재만 일본인을 매개로 만주국의 분리, 독립은 불가능해졌고 '대일본제국'과 '만주제국'은 천황과 만주국 황제의 "일심일체"로 불가분의 관계가 되었다.

이러한 변화는 제국일본의 국제연맹 탈퇴와 중일전쟁 발발 등 국제정치 상황의 변화에서 비롯된 것이었다. 또한 제국의 지배권에서 이데올로기를 통합하기 위한 것이기도 했다. 하지만 이는 무엇보다 제국일본이 정당정치와 자본주의 등 기존 체제의 변혁 혹은 혁신을 요구하던 일본인 세력을 통해 오히려 그들의 '실험장'이었던 만주국 자체를 제국의 기존 체제 내에 포섭하는 것이기도 했던 것이다.

이 포섭은 만주국의 중핵이자 지도민족이어야 할 야마토(大和)민족의 아이덴티티를 이용해 이루어졌다. 제2장에서 검토했듯이, 많은 재만 일본인들이 일본 국적은 이탈할 수 있어도 일본민족에서는 이탈할 수는 없다고 인식하고 있었다. 이때 재만 일본인이라는 개념은 국적보다 민족을 가리키는 것이다. 일본민족에게 독립 구상은 제국일본과 그 체제를 상징하는 천황 부정으로 이어질 위험을 내포할 수밖에 없다. 만주국의 사상통제가 황도로 귀결된 것은, 천황의 권위를 이용하는 것이 재만 일본인을 포섭하는 데 매우 유용했기 때문일 것이다. 제국일본은 재만 일본인의 국민국가와 민족을 동일시하는 경향을 교묘하게 이용했다. 지금까지 만주에 관한 담론에서 종종 관찰되는 주체의 혼동 역시 같은 이유에서 기인한다고 생각할 수 있다.

결과적으로 만주국의 건국이데올로기는 현실에서 끝내 소수지배민족인 재만 일본인 이외의 정치적・현실적 기반을 갖추지 못했고, 결국 황도 속에 수렴되어 소멸했다. 이러한 경위는 만주국 건설을 위해 창출된 이데올로기가 만주라는 외부의 '실험장'에서 성공한 뒤에는 제국으로 '역류'할 것이 기대되었다는 점을 고려하면 이데올로기 자체의 좌절이기도 했다. 재만 일본인에게서 배태된 민족협화와 왕도주의는 만주국 건국이데올로기로 부상하여 제국일본의 지배를 정당화하였으며, 전후에도 일본인 내부의 환상으로 남아 있다.

만주문단에서 일부 재만 일본인 문학자가 시도한 만주문학의 다양한 도전은 결국 만주국 측의 문화 통제로 압살되었다. 하지만 두 간화회의 '월경'은 역설적으로 일본문단과 만주문단, 만주국에서는 일계 문학과 만계 문학, 만주국의 정치와 문학, 현실과 이상 사이에 존재한 몇 겹의 '침묵'과 괴리, 모순을 폭력적으로 횡단함으로써 이들의 존재를 부각시켰다.

하지만 바로 그 지점에서 오늘날의 국책문학 연구가 갖는 의미를 발견할 수 있다고 생각할 수 있다. 만주이민의 국책문학은 분명 제국일본의 전쟁 수행에 협력했다. 하지만 그들은 보고문학으로서, 제국일본의 시선 아래에서 은밀하게 웅성이고 수런대던 사람들의 삶을, 그 작고 보잘것없고 세세한 목소리를 건져 올렸다. 물론 이는 만주이민의 국책문학이 그들, 즉 전쟁 수행을 위한 인적 자원의 공급을 요구받은 '내지' 농촌, 국책수행 지지를 요청받은 일본국민, 나아가 제국일본의 식민지에서 자발적인 협력과 이해를 끌어내는 것을 목적으로 했기 때문이다.

그러나 감히 오해를 두려워하지 않고 말하자면, 만주이민의 국책문학은 바로 만주이민에 동원된 사람들, 공명한 사람들, 여러 이유로 이에 반대한 사람들을 정면으로 직시하고 있었다. 국책문학은 제국의 이데올로기를 통해 만주이민의 동원대상으로서 막대한 지원의 수혜자인 동시에 현지 중국인・조선인 농민들에게는 식민자였던 일본인 이민자의 생을 구체적으로 묘사한다는 한계의 내부에서, 그들의 삶을 문학으로 형상화했다. 바로 그 지점에 국책문학의 한계와 가능성이 함께 존재한다고 생각할 수 있다. 이를 찾아내기 위해서는 이들 국책문학을 정밀하게 분석하고 재독해할 필요가 있다.

장혁주(張赫宙)의 『개간(開墾)』(1943)은 조선인 작가 장혁주가 자신의 문학적 뿌리라고 할 수 있는 완바오산(萬寶山)사건(1931)을 소설로 재구성한 작품이다. 『개간』에서 완바오산사건을 경험한 조선농민은 일본 영사관 경찰의 개입을 통해 제국일본의 '보호'에 감동하고, 그 질서가 지속되기를 바라게 된다. 하지만 그들은 만주국 건국이데올로기에 아무런 관심을 보이지 않는다. 이는 국책소설로서 매우 흥미로운 모순이다. 이 모순은 『개간』이 만주이민의 국책에 적극적으로 협력하는 개척소설이면서도 조선농민 입장에서 철저했기 때문에 생긴 모순이라고 생각할 수 있다. 『개간』의 서사는 독자가 조선농민을 같은 제국신민인 '일본인'이라고 인정했을 때에만 그 논리적 파탄을 회피할 수 있기 때문이다.

그러나 독자는 텍스트 내부에서는 조선농민이 만몽권익 확보를 위한 도구로 이용당하는 과정을, 외부에서는 만주국 현실의 민족 차별과 모순을 마주할 수밖에 없다. 만주국이 건국한 다음에는 재만 조선인의 '일제의 앞잡이'로서의 유효성은 사라지고, "보도"나 "자정"이 필요한 존재로 전락했기 때문이다. 실제로 『개간』이 발표된 1943년 당시, 제국일본의 '대륙진출'에서 재만 조선인의 역할은 거의 사라졌다. 하지만 장혁주는 그로부터 12년이나 이전의 '반도인 동포의 고난'을 그려 냄으로써 제국일본과 조선농민의 이해가 합치하던 시절의 기억을 되살리려 했던 것이다.

한편 유아사 가츠에(湯淺克衛)의 「선구이민(先驅移民)」(1938)은 제2차 일본인 무장이민단의 입식이 계기가 된 현지 주민의 반만항일무장투쟁인 투룽산(土龍山)사건(1934)를 그린 작품이다. 이 작품은 투룽산사건이 그 주요 소재이면서도 사건 발발의 주요 원인인 토지 문제를 직접적으로 다루지 않았기 때문에, 유아사의 국책영합을 드러내는 첫 작품으로 간주되었다. 하지만 만주이민 추진을 장려하고 지지하기 위해 쓰인 국책문학의 관점에서 보자면, 「선구이민」은 실패작이라 평할 수 있다. 왜냐하면 「선구이민」은 제2차 이민단의 만주 진입부터 투룽산사건까지의 과정에서 "무기 응소"가 상징하는 현지 주민과 일본인 이민자의 비대칭적인 관계가 이윽고 무력충돌로 비화하는 과정을 묘사하고 있기 때문이다. 이러한 점에서 보자면, 「선구이민」은 제국일본이 추진하던 만주이민이 폭력이라는 토대 위에 성립했다는 사실을 드러낸다.

유아사는 만주이민의 흐름이 본격화되던 시기에 「선구이민」에서 국책이민의 시초로서 무장이민으로 돌아가 무장이민의 '출정'을, 민족협화보다 이민족과의 충돌을 그렸다. 이 소설에서 떠오르는 '만주개척'의 논리는 일본인의 만주이민을 정당화하기보다 그 파탄과 모순을 역증(逆証)한다. 그것이 유아사가 의도한 바였는지 아니었는지를 판단하기는 어렵다. 하지만 적어도 「선구이민」에서 제국일본이나 만주국이 내건 이데올로기는 취재나 관찰을 통해 소설 속에 도입된 만주의 '현실'을 지탱하지 못하고 붕괴했다. 이 사실은 만주이민을 찬양하기 위해 쓰인 소설이 오히려 '만주개척' 이데올로기의 허위를 내부에서부터 와해시키는 계기가 될 가능성을 시사한다.

그에 비해 우치키 무라지(打木村治)의 『빛을 만드는 사람들(光をつくる人々)』(1939)은 「선구이민」과 거의 같은 시기에 이루어진 제1차 이민단

의 정착 과정을 그리지만, 투룽산사건은 암시하는 데 그치고 결국 반만 항일을 내건 비적은 토벌되며, 이민단은 '내지'에서 신부를 맞아들여 밝은 미래를 약속하는 결말로 끝난다. 때문에 이 작품은 전형적인 국책 소설인 것처럼 보인다.

우치키는 서문에서 『빛을 만드는 사람들』이 "제1차 만주농업이민으로서의 무장이민이 그 땅에 상륙하여 문자 그대로 피투성이 싸움 속에서 희망을 발견하고, 건설의 서광이 비쳐올 때 신부 일행을 맞이하여, 그 희망을 내일로 이어가기까지의 따스한 역사를 소설로 만든 것"이라고 설명하였다. 이 소설은 철저히 일본인 이민자의 시점에서 '만주개척'의 성공을 묘사한다. 일본인 남성 이민자의 '정복'과 일본인 여성 이민자의 '혼인'을 통해 만주이민이 성공하는 서사 구조는 매우 단순하다. "일본민족의 대이동"으로서의 만주이민이 이민자의 '동포'인 일본인 독자에게서 지지와 이해를 획득하는 데는 그 단순한 구조가 효과적이었을 것이다. 이 소설이 국책소설로서 성공을 거둔 데는 바로 그 점에 힘입은 바가 크다고 생각할 수 있다.

그러나 오직 일본인만으로 구성된 균질한 '만주개척' 서사에 현지 여성이 등장하면서 서사는 그 폐쇄성을 드러낸다. 소설의 결말에서 그녀는 자신의 언어를 잃고, 그녀의 감정과 의사는 배우자인 일본인 남성 이민자가 대변하며, 합동결혼식에서는 완전히 일본 이민자공동체에 포섭된 듯이 보인다. 만주국이 일만일덕일심(『회란훈민칙서』, 1935), 국가신도의 도입(『국본전정칙서』, 1940) 등을 거쳐 급속도로 제국일본에 포섭되고 있던 당시의 시대적 흐름 속에서 보자면, 이 작품에서 현지 여성의 '포섭'이 가지는 이질성을 깨닫는 것은 결코 쉬운 일이 아니다.

실제로 당시 만주와 이어진 한반도에서는 내선연애(内鮮戀愛)나 내선결혼(内鮮結婚)을 소재로 한 소설이 많이 창작되고 있었다. 이에 비하여 만주이민의 국책소설에서 현지 여성과의 연애결혼 및 혼혈아의 출생이 등장하는 것은 과문하나 이 작품뿐이라고 알고 있다. 그런데도 발표 당시에는 이와카미 준이치(岩上順一)가 "만인 농민과의 접촉도 단순히 연애결혼이라는 식으로 미래의 해결을 암시해버리고, 토지와 농업 방식 그 내부에서 만농(満農)과 맺어져야만 하는 필연적인 요인을 발견할 수 없었다"(「描かれる現実 文芸時評」, p.429)고 지적하는 데 그쳤을 뿐, 그 문제성이 발견되는 일은 없었다.

그러나 이민단의 합동결혼식이 상징하는 "밝은 미래"의 토대인 일본민족의 배타적 민족주의 논리에 따르면, 혼혈아는 결코 용인될 수 없는 존재였다. 만주이민 정책에서 야마토민족과 이민족의 혼혈은 철저히 배제되었기 때문이다. 제국일본의 만주국 지배는 '동화/포섭' 논리에, 만주이민 정책은 '순혈/배제' 논리에 따라 진행되었다.

이는 『빛을 만드는 사람들』에서도 동일하다. 이 작품은 초기 무장이민의 모습을 통하여 만주이민 정책의 성공을 '정복'의 서사로 묘사했다. 그리고 만주국의 장래에는 이민족과의 "혼혈융합"을 통한 '만주국 국민'의 창출이 실현된다고 암시한다. "혼혈융합"은 '정복'의 결과이자 타자 포섭의 상징으로서 서사에 편입되지만, 국책의 관점에서 본다면 이는 일본민족의 혈통을 오염시키는 행위에 불과하다.

실제로 『빛을 만드는 사람들』에서 만주이민의 표상은 제국일본의 국책에 완전히 수렴되지 않는다. 혼혈아의 존재를 긍정하는 구리타의 논리는 제국일본 전체의 지배와 통치의 논리와 만주의 현실이 복잡하게 착종하며 태어난 것이었다. 물론 이는 만주이민과 만주국의 존재를 용인한다는 한계 속에서 태어난 논리의 굴절이었다. 바로 그렇기 때문에, 이 작품을 국책소설이면서도 제국 이데올로기의 균열과 착종을 이야기하는 가능성을 가진 것으로서 재독할 수 있는 것이다.

지금까지 검토한 장혁주의 『개간』(1943), 유아사 가츠에의 「선구이민」(1938), 우치키 무라지의 『빛을 만드는 사람들』(1939)은 만주이민자가 만주에서 조우하는 고난에 초점을 맞추었고, 특히 초기 이민에 주목했다. 이 작품들에 비하여 도쿠나가 스나오(徳永直)의 「선견대(先遣隊)」(1939)와 와다 덴(和田伝)의 『오히나타 마을(大日向村)』(1939)은 철저히 '내지' 측의 논리로 일본인 만주이민을 다룬 작품들이다. 두 작품은 거의 동시기 작가의 만주시찰과 취재에 기초하여 창작되었으며, 분촌이민이라는 만주이민 정책의 변화에 매우 빠르게 반응한 작품이기도 하다.

두 작품은 소설이 집필된 시기와 소설의 소재인 제6차・7차 이민의 실행 시기가 매우 가깝다. 이 시기의 만주이민은 중일전쟁의 발발 때문에 전쟁 수행의 일부로 편입되었지만 이민 모집 실적은 정체되고 있었다. 따라서 두 작품은 합리성을 잃고 빠르게 전쟁 수행이라는 정신주의로 경도되고 있던 만주이민의 현실을 배경으로, 일본인 농민의 대량 이민을 가능하게 하는 분촌이민의 필요와 효과를 강조하고 그 중요성을 환기시킨다는 국책소설로서의 목적이 가장 뚜렷하게 나타난 작품이라고 할 수 있다.

도쿠나가의 「선견대」는 만주의 가혹한 환경에 적응하지 못하고 낙오한 제6차 이민단의 선견대원 청년이 '내지'로 귀환한 뒤에도 결국 활로를 찾지 못하고 분촌이민에 참가하는 모습을 그렸다. 와다의 『오히나타 마을』은 이민 당국이 분촌이민의 모델 케이스로 전국적으로 선전한 오히나타 마을의 분촌이민 과정을 재구성한 작품이다. 두 작품은 공통적으로 농촌 혹은 농민의 경제적 고난을 만주이민의 계기로 간주하고 있다.

이 작품들은 만주이민을 '내지' 농촌의 피폐와 농민의 궁핍이라는 문제의 해결책으로서 제시하고, 그것이 지극히 합리적인 대책이라는 인상을 주고자 한다. 즉, '내지' 농촌의 근본적인 문제는 토지 부족과 과잉 인구라고 주장하면서, 만주이민이 '내지' 농촌과 만주이민자 쌍방의 이익이 될 수 있다고 설득하려 한다. 그러나 이러한 논리의 구조는 중일전쟁의 장기화로 지속적인 인적 자원의 공급과 농업생산력 증가를 동시에 요구받고 있던 당시 '내지' 농촌의 현실에서 현실적이지 못했다. 때문에 기존 만주이민단의 중심인 청장년층만이 아니라 아이와 노인까지 포함한 '내지' 농촌을 그대로 만주로 이식하는 분촌이민이 고안된다.

이러한 만주이민 정책이 가지는 폭력성은, 도쿠나가의 「선견대」에서 가혹한 환경에도 불구하고 만주이민을 선택하는 선견대원의 모습을 통해 명확하게 드러난다. 이 작품에서 선견대의 청년은 일종의 적응장애인 둔간병에 걸린다. 그러나 결말에서 그는 분촌이민에 참가함으로써 다시 신뢰할 수 있는 일본인 이민자가 되어 만주로 돌아간다. 가족과 이웃, 친척과 함께 만주로 이주하는 분촌이민이 만주이민 안정화에 공헌할 것이라는 기대를 쉽게 읽을 수 있다. 그러나 「선견대」의 서사는 둔간병이 상징하는 만주의 가혹한 자연환경, 불안한 치안 상황, 먼 이

국으로의 이주에 대한 이민자의 심리적인 저항감을 완전히 해결하는 데 실패한다. 결과적으로 선견대원은 다시 만주로 떠나고, 남성 이민자와 신부의 행렬은 만주이민의 빛나는 성공을 약속하고 있는 듯 하다. 하지만 결국 만주의 엄혹한 환경이나 가혹한 여러 조건 자체는 아무것도 변하지 않았다. 또한 귀국한 그가 목격하는 고향의 풍경은 이미 전쟁을 수행하느라 노동력이 부족하다는 사실을 여실히 드러내며, 마을 주민들은 정부의 분촌이민 장려에 불안감과 거리감을 표현한다. 결국 소설 속 '내지' 농촌의 현실과 선견대원이 내세운 만주이민의 논리는 괴리된 채 끝나는 것이다.

한편, 와다의 『오히나타 마을』은 제7차 이민단인 나가노현 오히나타 마을의 분촌이민을 소설화한 작품이다. 작가가 스스로 이야기했듯이, 르포르타주처럼 사실과 허위를 교차시키며 오히나타 마을의 분촌이민 추진 과정을 묘사한 작품이다. 하지만 이 사실과 허위의 교차는 세세한 사실을 쌓아 올리면서도, 큰 틀에서는 제국일본의 농촌 재편과 "관제 농본주의"에 기초한 분촌이민을 통한 오히나타 마을의 재생이라는 신화를 재생산하는 데 그친다.

예를 들어, 이 『오히나타 마을』이라는 소설 때문에 현실의 오히나타 마을은 산골짜기의 한촌(寒村)이라는 이미지가 고착되었다. 하지만 텍스트에서도 확인할 수 있듯이, 오히나타 마을의 경제적 궁핍은 수전(水田) 부족에서 비롯된 것이 아니었다. 오히나타 마을의 빈곤은 농촌공황으로 견가(繭価)가 폭락하고 현금 수입이 격감하는 바람에 마을 주민들이 일제히 제탄에 집중하고, 이 틈을 노린 상업고리자본에게 착취당하면서 빚만 증가하는 악순환이 생겨났기 때문이었다.

하지만 『오히나타 마을』은 이 마을의 문제가 벼농사 경지 부족 때문에 자급자족이 불가능한 지리적 · 물리적 조건에 있다고 보고, 마을 사람들이 저임금으로 착취당하면서도 빚을 질 수밖에 없는 생활에서 해방되려면 국가의 지원을 얻어 만주이민에 참여해야 한다고 역설한다. 오히나타 마을의 분촌이민이 국가의 정책적 필요성이 아니라 부채에 고통받는 한촌인 오히나타 마을 자체의 요청으로 추진되었다는 듯이 위장하고 있다는 점에서, 이 소설은 결코 르포르타주가 아니다.

『오히나타 마을』에서 만주이민의 주체는 젊은 촌장을 중심으로한 만주이민 추진파이며, 마을 주민은 그들의 지도를 수동적으로 추종하는 존재이다. 그들은 숫자나 통계, 이론을 내세워 만주이민이 얼마나 합리적이고 이민자와 모촌에 유익한지를 소리 높여 외친다. 하지만 그들이 당당하게 외치는 목적이란 마을의 부담이 되는 과잉 인구를 만주로 송출하여 이민자가 포기하는 가옥이나 소작지, 토지를 손에 넣어 모촌이 갱생하는 것이다. 만주이민 추진파는 스스로 만주이민에 참가함으로써 이민자들에게 일방적으로 희생을 강요한다는 사실을 은폐하려 하지만, 결국 만주이민에 떠나는 사람의 대부분이 마을의 빈곤층이라는 사실을 인정한다.

이러한 추진파에 비해, 마을 주민들은 빚과 고된 생활에 신음하고 있을 따름이며, 만주이민에 적극적으로 찬성할 때조차 감정적이고 통제할 수 없는 존재로 묘사된다. 서술자는 명백히 오히나타 마을의 주민들을 올바르게 지도되어야 하는 대중으로 보고 있다. 그리고 텍스트에서 '내지' 농촌의 경제갱생이라는 만주이민의 목적은, 중일전쟁의 발발을 계기로 전쟁 수행으로 전환된다. 농촌의 궁핍을 해결하기 위한 수단이었던 만주이민 자체가 목적이 되고, 텍스트에서 오히나타 마을의 분촌이민은 중일전쟁과 정확히 겹쳐서 진행된다. 『오히나타 마을』에서 만주이민은 "대륙으로의 도양정신(渡洋挺身)"이 된 것이다.

이 두 작품은 철저하게 제국일본이 추진하는 만주이민 정당화의 논리를 독자에게 설득하고 공감하게 만들려 한다. 특히 『오히나타 마을』은 당시 베스트셀러가 되었고, 영화와 연극이 상연되어 분촌이민과 오히나타 마을을 전국적으로 유명하게 만들었다. 이 소설은 만주이민의 실제 모집 대상인 빈곤층 농민 이외의 국민에게도 널리 분촌이민을 소개하고 이해시키는 데 매우 중요한 매체였다. 이 매체는 분촌이민이 제국에 유익하며, 따라서 어떠한 희생을 치러서라도 추진해야만 한다는 주장이 국민적 이해와 지지를 획득하는 데 기여했다. 분촌이민은 일본인 대량 이민을 의미했고, 중일전쟁으로 많은 구성원이 병사로 징집되었음에도 불구하고 생산성을 증대할 것을 요구당하던 '내지' 농촌에 국책의 이름으로 더한 희생을 요구하는 정책이었다.

그러나 '내지'에서는 인기를 모으고 관람이 장려된 영화 「오히나타 마을」은 만주국 당국의 검열 때문에 만계 영화관에서는 상영되지 못했다. 이 사실은 역설적으로 만주이민에 대한 제국일본 측의 논리가 당시에도 만주의 민중에게는 결코 받아들일 수 없는 것이었다는 사실을 드러낸다.

도쿠나가의 「선견대」와 와다의 『오히나타 마을』은 문학 작품을 통해 동시대 국가 권력에 적극적으로 협력하고, 만주이민이 농민과 농촌에게 유익하다고 형상화했다. 그러나 이 작가들이 만주이민의 단순한 장애물, 혹은 농민의 무지함이나 어리석음, 교활함이라고 여겼던 것들이 그들의 작품에는 생생하게 흩어져 있다. 고향에 품는 애착이나 해외 이민에 대한 저항감은 정책 측의 단순한 이해득실의 타산을 뛰어넘어, 민중 내부에 갖가지 형태로 뿌리깊이 존재했다. 또한 만주이민에 관한 중소지주, 자작농, 소작농의 이해관계는 복잡하게 뒤얽혀 있었고, 정책 측의 이상과는 동떨어진 것이었다. 『오히나타 마을』에서 '내지' 농촌의 갱생이라는 서사 논리는 무너지고, 전쟁 수행의 일익(一翼)으로서 일본군의 '대륙진출'에 호응하는 것으로 전환된다. 이러한 논리의 파탄은 국책문학 자체의 한계를 드러낸다고 볼 수 있다.

지금까지의 작품 분석을 고려한다면, 만주이민의 국책문학이 단순한 '제국의 목소리'의 재생산이 아니라 일본과 만주 사이의 여러 층위에서 일어나는 다양한 삶과 담론을 문학 내부로 흡수하였고, 결과적으로 여러 균열이나 모순을 드러냈다는 사실을 확인할 수 있다. 농민문학간화회와 대륙개척문예간화회의 설립은 분명 문학자의 국가동원을 선취하는 것이었지만, 이 국책단체에 참가한 문학자의 작품이 반드시 국책에 수렴되는 것은 아니었다.

예를 들어, 많은 작품에서 초기 만주이민과 관동군의 밀접한 관계를 의도적으로 삭제한 점을 들 수 있다. 만주국 건국 직후에 개시된 일본인의 만주이민은 관동군의 무력을 배경으로 한 재향군인의 무장이민이었다. 가토 간지(加藤完治)와 함께 "만주이민의 아버지"라고 불린 관동군 장교 도미야 가네오(東宮鉄男)와 초기 무장이민단의 관계는 매우 긴밀했다. 그럼에도 불구하고 「선구이민」과 『빛을 만드는 사람들』에서는 관동군과의 관계가 거의 언급되지 않는다. 이들 작품에서 강조되는 것은, 관동군 병사가 그 본모습인 농민으로 돌아가 총이 아니라 괭이로 국가에 공헌할 수 있다는 주장이다.

이러한 사실은 문학자 측이 만주이민자를 '관동군/병사'와 '이민자/농민'으로 구분하는 데 자각적이었다는 사실을 증명한다. 본래 만주이민이 둔전병안에서 출발했다는 사실은 무장이민의 모집 때부터 명확했기 때문이다. 하지만 문학자 측은 무장이민단의 본질이 설령 군사적 정복이었다 해도, 그것은 이윽고 도달할 평화로운 미래에 해결될 수 있다고 보았던 것이다.

이러한 작가의 의도에도 불구하고, 두 간화회의 '월경'이 상징하듯이 일본인 농민의 만주이민은 결과적으로 일본 세력의 부식(扶植)으로서 추진되었다. 이는 독립국으로 위장한 만주국과 제국일본의 연결을 만주에 거주하는 일본민족을 매개로 영속화하기 위한 것이었다. 그러려면 일본인 만주이민자는 만주국 국민이 아니라 제국의 신민이자 일본민족이어야만 했다. '오족협화'라는 슬로건은 소수지배민족인 일본민족의 민족적 동일성이 유지된다는 전제하에서만 허용될 수 있는 것이었다.

하지만 재만 일본인 문학자의 예에서 확인했듯이, 일본인의 아이덴티티와 만주는 일찍부터 '고향상실'의 양상을 보이고 있었다. 그 당시 일부 재만 일본인 문학자는 민족협화를 명분으로 이민족과의 연대 가능성을 모색하기도 했다. 하지만 만주국 정부의 문화 통제는 그러한 가능성을 말살했다. 결과적으로 두 간화회는 만주이민이 제국일본의 내부에서 농촌 문제를 식민지에 전가하려 했던 것과 마찬가지로, 식민지의 문화 통제를 촉진시키는 역할을 했다고 할 수 있다.

동시에 만주이민의 국책문학은 제국 내부를 향해 대중동원이라는 희생을 요청하는 것이기도 했다. 이는 보수적인 농촌의 자발적인 협력을 끌어내기 위한 것이었지만, 오히려 국책의 이름하에서 추진된 전쟁 수행과 인적 자원 관리의 논리로 전개되었다. 이 지점에서, 지금까지 만주이민의 국책문학이 표현할 것이라고 간주된 정치적 의미의 역증으로서 국책문학을 재독하는 행위가 가능해진다. 즉, "국책의 선에 따라" 창작된 만주이민의 국책문학은 '제국의 목소리'를 재생산하면서 만주이민에서 무수한 '작은 목소리'를 기록했다. 이는 때때로 이민 정책을 향한 은밀한 비판이나 회의를 담아, 혹은 국책이민 정책의 노골적인 전쟁수행 논리와 배타적 민족주의를 노래하였고, 국책의 논리로 희생을 강요당하는 대중의 삶을 이야기했다.

작품 분석에서 구체적으로 검토했듯이, 제국의 문학이 식민지를 파악하고, 분석하고, 포섭하려는 서사의 이데올로기가 품고 있는 도착성을 발견하고자 하는 이 연구의 실천은 지금까지 거의 돌아보지 않던 국책문학의 시대를 보다 다양하게, 그리고 풍요롭게 바라보는 계기를 제공할 수 있다. 한국에서는 제국일본의 편의에 맞춰 '제국의 신민'으로서 포섭되는 한편으로 이민족으로서 배제되던 조선인의 유동적인 표상과 제국의 식민지 지배 담론에 관한 연구로서 공헌할 수 있을 것이다. 이 연구의 문제의식과 성과는 일본문학의 영역에서 홋카이도 개척문학에서 전후 귀환문학으로 이어지는 연속성 속에서 더욱 검토되어야 하는 문제로서 발전시킬 수 있을 것이다. 또한 이는 현재 급속도로 진행되고 있는 국제이동의 시대에 민족과 국민국가의 경계, 그리고 인간에 대한 고찰로서 새로운 의미를 가질 수 있다고 믿는다.

후기

이 책은 2014년 도쿄(東京)대학교에 제출한 박사학위 논문을 한국어로 번역한 것이다. 그 뒤로도 햇수로만 4년이 걸린 셈이다. 그동안 도쿄대학교의 학술성과 간행 조성금을 받아 졸저 『제국의 문학과 이데올로기－만주이민의 국책문학(帝国の文学とイデオロギー—満洲移民の国策文学)』(世織書房, 2016)이 간행되었다. 역시 박사학위 논문을 가다듬어 출간한 탓에, 그보다 늦은 이 책은 단순한 한국어 번역판처럼 보일지도 모른다.

하지만 지금 스스로의 마음을 돌이켜보면, 그렇게 설명하는 데 어딘가 미진함을 느낀다. 그것은 아마 한국인 유학생으로서 일본어로 집필한 박사논문을 두고 한국어 번역과 일본어 교정 및 가필을 동시에 진행해야 했던 과정 때문일 것이다. 지금도 나는 과연 스스로의 일본어 문장이 말하고자 하는 바를 넘치거나 모자라는 부분 없이, 일본어가 모국어인 독자에게 전해졌는지 불안함을 느낀다. 마찬가지로 이 책 또한 일본어로 집필한 내용을 적확하게 표현했는지, 무엇인가가 일그러지거나 흔들리지는 않았는지 자신이 없다. 어쩌면 이것은 배부른 투정일지도 모른다. 운 좋게 양국에서 각각 출간하는 기회를 얻어, 꼬박 4년에 걸쳐 번역, 교정, 수정, 보완에 매달렸다. 그동안 나는 언어와 번역, 표현에 관해 끊임없이 생각하고 고심할 수밖에 없었다. 이는 실로 얻기 힘든 경험일 터이다.

결국 자신감과 회의와 의심 속에서 끊임없이 흔들리는 와중에, 이 책이 일본에서 출간한 졸저와 매우 비슷하지만 또 다른 책이라 여기게 되었다. 번역이라는 행위에서 비롯되는 차이는 분명히 존재한다. 실제로 자신의 모국어가 한국어라는 사실을 새삼스럽지만 강하게 인식할 수밖에 없었다. 그럼에도 일본어로 생각하고 발화한 지점을 거슬러 올라가 한국어로 재구성하는 과정에서 생겨나는 온갖 여분의 불확실성과 오류를 때로는 헛되이 바로잡으려 애쓰고 때로는 숨기고자 했으며, 최종적으로는 끌어안을 수밖에 없다는 사실을 인정해야 했다.

바로 그렇기에, 나는 이 책의 출발점이 장혁주(張赫宙)의 『개간』(1943)이었다는 사실이 어떤 의미를 갖고 있었다고 생각한다. 그 출발부터 이중언어라는 무거운 짐을 져야 했던 식민지 작가를 향한 나의 관심은 『개간』이라는 작품을 통해 만주라는 근대 동아시아의 독특한 시공간에 흥미를 느끼게 만들었고, 그 관심은 조선민족이 고단한 삶을 살아야 했던 만주의 복잡한 현실로, 다시 제국일본의 만주 지배로 이어졌기 때문이다.

내가 이 책에서 시험해본 것은 지금까지 일본문학사가 간과해온 것들, 즉 제국일본이 문학자들을 전쟁 수행에 동원한 시대에 체제의 요구에 응하기 위해 양산된 시국영합의 국책문학을 당시의 정치적, 사회적 배경 속에서 면밀하게 재독(再讀)하는 것이다. 이는 곧 전후에 협력의 당사자들이 침묵함으로써 망각하고 그 책임을 회피하고자 했던 전쟁협력의 문학이 무엇을 이야기했는지, 그리고 무엇을 이야기하지 않았는지를 되살리려는 시도였다. 그러기 위해서는 우선 작가들이 만주에서 무엇을 보고 무엇을 생각했는지, 당시 제국일본에게 만주가 어떤 장소였는지부터 재구성해야 했다. 이와 같은 서장의 문제 제기에서 출발하여, 제1장은 국책문학이 어떤 식으로 형성되었고, 어째서 만주의 표상을 포섭하고자 하였으며, 어떤 식으로 다양한 균열과 모순을 드러냈는지를, 제2장은 제국일본의 사상과 정치, 경제, 군사, 인적 관계망 속에서 만주를 입체적으로 파악하고자 했다. 그리고 이러한 배경을 바탕으로 장혁주, 유아사 가츠에(湯浅克衛), 우치키 무라지(打木村治), 도쿠나가 스나오(徳永直), 와다 덴(和田伝)의 국책문학을 읽어내고자 하였다.

이러한 시도의 과정 속에서도 내가 만주이민의 국책문학에서 억지로 의미를 찾으려 하고 있는 것이 아닌가, 혹은 작품 외재적인 가치에 지나치게 경도된 것은 아닌가 하는 의심은 끈질기게 남아 있었다. 연구 대상을 들여다본다고 하면서 정작 자신이 보고 싶은 것만을 보고 있는 것은 아닌지 자계(自戒)하고자 했다. 만약 이에 실패했다면, 그것은 오롯이 나 자신의 한계이다.

그러나 만약 조금이라도 성공했다면, 그것은 어쩌면 나 자신이 일본 유학을 통해 이동과 월경(越境)을 자신의 감각으로써 체험할 수 있었기 때문일지도 모른다. 모국과 고향에 느끼는 끊을 수 없는 애착, 이질적인 환경과 언어 속에서 생활한다는 기묘한 감각, 이방인이자 타자라는 소소한 실감, 생활 속에서 피부로 느낄 수밖에 없는 미세한 위화감의 축적과 그것들이 무뎌지고 새롭게 생겨나는 애착은 가장 가까운 이들에게도 설명하기 어려운, 어떤 말로도 이야기하기 어려운 감각의 축적이었다.

그것을 가장 강하게 느낀 것은, 박사학위를 받고 귀국했을 때였다. 모국으로, 고향으로, 모교로 돌아왔지만, 유학을 떠나기 전의 자신으로 돌아갈 수는 없었다. 지난 4년은 자신이 변했다는 사실을, 그리고 그것이 이제 영영 돌이킬 수 없는 어떤 흔적을 남겼다는 사실을 깨닫는 시간이기도 했다. 물론, 유학 생활 동안 완전히 일본 사회에 동화되었던 것은 아니다. 유학생이 흔히 그렇듯이, 나는 일본 사회에서 아무런 책임도 의무도 없이 그저 부유하는 존재였다. 그럼에도 불구하고 일본 사회에서 생활하며 자신의 일부가 변화했음을, 그것이 변질이나 변용, 혹은 그 어떤 이름을 붙이더라도 불가역의 영역에 속한다는 사실을, 나는 이 책을 준비하며 되새겼다. 하지만 바로 이 경험이 있었기에, 만주이민의 국책문학이 그린 사소하고 보잘것없으며 때로는 미묘한 균열을, 그리고 만주국에서의 일본어문학이 갖는 복잡하고 모순적인 존재 방식에 조금 더 공감하고 이해할 수 있었다고 믿는다. 이 책을 세상에 내보내며 마지막으로 바라는 것은, 이러한 경험들이 부족한 책에 조금이나마 깊이를 더해 주었다면 하면 작은 바람이다. 그러한 공감과 이해 위에서 행해진 분석과 비판이 더욱 큰 의미를 가질 수 있노라고 믿기 때문이다.

그리고 지금 돌이켜 보면, 연구자로서의 정체성이나 현실의 삶, 그 어느 것이나 오롯이 고독하지 않았다는 사실을 새삼 깨닫는다. 한국과 일본, 두 나라에서 기꺼이 기회를 주지 않았다면 이 책들은 결코 빛을 보지 못했을 것이다. 도쿄대학교 종합문화연구과 여러 선생님의 지도, 학우들의 도움에 멀리서 감사를 보낸다. 돌아온 제자를 따뜻하게 맞아주신 숙명여자대학교 한국어문학부의 은사님들과 선배님들께 깊이 감사드린다. 미숙한 연구자를 받아주신 숙명여자대학교 인문학연구소 여러 선생님들께 이 책이 조금이나마 기대에 부응할 수 있는 것이기를 바라마지 않는다. 긴 원고의 교정을 기꺼이 도와준 친구들에게 감사한다. 4년이라는 긴 시간을 기다려주시고 훨씬 나은 책으로 만들어주신 소명 출판 여러분께 진심으로 감사를 표한다.

마지막으로 도쿄에서 길고 지루한 연구를 격려해 준 소중한 벗에게, 그리고 오랜 유학 생활에도 무정하기만 했던 딸을 늘 염려해주신 가족에게 이 책이 작은 선물이 되기를 바란다.

2018년 12월

안지나

참고문헌

1. 자료

秋原勝二, 「夜の話」, 滿洲文話会編, 『滿洲文芸年鑑 第2輯』(復刻版, 西原和海解題, 葦書房, 1993), 滿洲評論社, 1938.
荒木巍, 「北滿の花」, 大陸開拓文芸懇話会編, 『開拓地帯(大陸開拓小説集(一))』, 春陽堂書店, 1939.
伊藤永之介, 「燕」, 農民文学懇話会編, 『土の文学作品年鑑』, 教材社, 1939.
伊藤整, 「息吹き」, 大陸開拓文芸懇話会編, 『開拓地帯(大陸開拓小説集(一))』, 春陽堂書店, 1939.
井上友一郎, 「大陸の花粉」, 大陸開拓文芸懇話会編, 『開拓地帯(大陸開拓小説集(一))』, 春陽堂書店, 1939.
打木村治, 『光をつくる人々』(復刻版, 川村湊監修・解説, ゆまに書房, 2001)新潮社, 1939.
近藤春雄, 「渡滿部隊」, 大陸開拓文芸懇話会編, 『開拓地帯(大陸開拓小説集(一))』, 春陽堂書店, 1939.
佐藤民宝, 「峠のたより」, 農民文学懇話会編, 『土の文学作品年鑑』, 教材社, 1939.
大陸開拓文芸懇話会編, 『開拓地帯(大陸開拓小説集(一))』, 春陽堂書店, 1939.
張赫宙, 「氷解」, 大陸開拓文芸懇話会編, 『開拓地帯(大陸開拓小説集(一))』, 春陽堂書店, 1939.
_____, 『開墾』, 中央公論社, 1943.
徳永直, 「おぼこ様」, 農民文学懇話会編, 『土の文学作品年鑑』, 教材社, 1939.
_____, 「海をわたる心」, 大陸開拓文芸懇話会編, 『開拓地帯(大陸開拓小説集(一))』, 春陽堂書店, 1939.
_____, 「先遣隊」, 『先遣隊』, 改造社, 1939.
農民文学懇話会編, 『土の文学作品年鑑』, 教材社, 1939.
橋本英吉, 「朝」, 農民文学懇話会編, 『土の文学作品年鑑』, 教材社, 1939.
楠木幸子, 「米」, 農民文学懇話会編, 『土の文学作品年鑑』, 教材社, 1939.
湯浅克衛, 「先駆移民」(1938.12), 池田浩士編, 『カンナニー湯浅克衛小説集』, インパクト出版会, 1995.
_______, 「青桐」, 大陸開拓文芸懇話会編, 『開拓地帯(大陸開拓小説集(一))』, 春陽堂書店, 1939.

和田伝, 「土手の櫟」, 農民文学懇話会編, 『土の文学作品年鑑』, 教材社, 1939.
______, 『大日向村』, 朝日新聞社, 1939.

2. 단행본(일본)

ハナ アーレント, 大島通義・大島かおり, 『帝国主義』, みすず書房, 1981.
相庭和彦・陳錦・宮田幸枝・大森直樹・中島純・渡辺洋子, 『満洲「大陸の花嫁」はどうつくられたか』, 明石書店, 1996.
浅井茂紀, 『孟子の礼知と王道論』, 高文堂出版社, 1982.
青木実外編, 『満洲文芸年鑑 昭和12年版(第1輯)』(復刻版, 西原和海解題, 葦書房, 1993), G氏文学賞委員会, 1937.
浅田喬二, 『日本帝国主義下の民族革命運動』, 未来社, 1973.
________, 『日本知識人の植民地認識』, 校倉書房, 1985.
朝日新聞社, 『新農村の建設－大陸へ分村大移動』, 朝日新聞社, 1939.
厚木市立中央図書館編, 『和田伝 生涯と文学』, 厚木市教育委員会, 1988.
網野善彦, 『日本中世の百姓と職能民』, 平凡社, 1998.
________, 『網野善彦著作集』 第16巻, 岩波書店, 2008.
蘭信三, 『「満洲移民」の歴史社会学』, 行路社, 1994.
蘭信三 編, 『日本帝国をめぐる人口移動の国際社会学』, 不二出版, 2008.
________, 『帝国以後の人の移動－ポストコロニアリズムとグローバリズムの交錯点』, 勉誠出版, 2013.
池田浩士編, 『カンナニー湯浅克衛植民地小説編』, インパクト出版会, 1995.
池見猛, 『断種の理論と国民優生法の開設』, 巌松堂書店, 1940.
石井寿夫, 『孫文思想の研究』, 目黒書店, 1943.
犬田卯・小田切秀雄, 『日本農民文学史』, 農山漁村文化協会, 1977.
井上俊夫, 『農民文学論』, 五月書房, 1975.
井上久士, 『華中宣撫工作資料』, 不二出版, 1989.
岩崎正弥, 『農本思想の社会史－生活と国体の交錯』, 京都大学学術出版会, 1997.
伊藤整, 『伊藤整全集』 第14巻, 河出書房, 1974.
______, 『伊藤整全集』 第15巻, 河出書房, 1974.
尹東燦, 『「満洲」文学の研究』, 明石出版, 2010.
上野千鶴子, 『資本制と家事労働－マルクス主義フェミニズムの問題構制』, 海鳴社, 1985.
宇野豪, 『国民高等学校運動の研究 一つの近代日本農村青年教育運動史』, 渓水社, 2003.
浦田義和, 『占領と文学』, 法政大学出版局, 2007.

江口圭一,『十五年戦争少史 新版』, 青木書店, 1991.
王柯,『20世紀中国の国家建設と「民族」』, 東京大学出版会, 2006.
大江志乃夫・浅田喬二・三谷太一郎編,『岩波講座 近代日本と植民地5 膨張する帝国の人流』, 岩波書店, 1993.
大沼保昭,『戦争責任論序説』, 東京大学出版部, 1975.
岡田英樹,『文学にみる「満洲国」の位相』, 研文出版, 2000.
緒方貞子,『満洲事変－政策の形成過程』, 岩波書店, 2011.
小川和佑,『唱歌・讃美歌・軍歌の始原』, アーツアンドクラフツ, 2005.
荻野富士夫,『外務省警察史』, 校倉書房, 2005.
小熊英二,『単一民族神話の起源「日本人」の自画像の系譜』, 新曜社, 1995.
奥田晴樹,『明治国家と近代的土地所有』, 同成社, 2007.
尾崎秀実,『尾崎秀実著作集 第1巻』, 勁草書房, 1977.
尾崎秀樹,『近代文学の傷痕－旧植民地文学論』, 岩波書店, 1991.
笠原十九司,『日本軍の治安戦－日中戦争の実相』, 岩波書店, 2010.
加藤陽子,『満洲事変から日中戦争へ』, 岩波書店, 2007.
加藤豊隆,『満洲国警察小史－満洲国権力の実態について』, 元在外公務員援護会, 1968.
加藤敏・神庭重信・中谷陽二・武田雅俊・鹿島晴雄・狩野力八郎・市川宏伸編,『現代精神医学事典』, 弘文堂, 2011.
金井章次・山口重次,『満洲建国戦史』, 大湊書房, 1986.
萱野稔人,『カネと暴力の系譜学』, 河出書房新社, 2006.
川村湊,『異郷の昭和文学－「満洲」と近代日本』, 岩波書店, 1990.
_____,『文学から見る「満洲」－「五族協和」の夢と現実』, 吉川弘文館, 1998.
北一輝,『北一輝著作集 第一巻 国体論及び純正社会主義』, みすず書房, 1959.
小熊秀雄,『新版・小熊秀雄全集』第5巻, 創樹社, 1991.
国務院総務庁統計処編,『満洲帝国国勢 康徳4年版』, 国務院総務庁統計処, 1936.
小寺廉吉,『先駆移民団－黎明期之弥栄と千振』, 古今書院, 1940.
久保田義夫,『徳永直論』, 五月書房, 1977.
小森陽一,『ポストコロニアル』, 岩波書店, 2001.
小林弘二,『満洲移民の村－信州泰阜村の昭和史』, 筑摩書房, 1977.
小林啓治,『国際秩序の形成と近代日本』, 吉川弘文館, 2002.
駒込武,『植民地帝国日本の文化統合』, 岩波書店, 1996.
古屋芳雄,『国土・人口・血液』, 朝日新聞社, 1940.
_______,『日本民族は何処へ行く』, 日新書院, 1940.

近藤春雄,『大陸日本の文化構想』, 敞文館, 1943.
佐賀郁朗,『受難の昭和農民文学－伊藤永之介と丸山義二, 和田伝』, 日本経済評論社, 2003.
笠木良明,『青年大陣容を布地せよ』, 大亜細亜建設社, 1940.
坂部晶子,『「満洲」経験の社会学－植民地の記憶のかたち』, 世界思想社, 2008.
斉藤利彦・倉田喜弘・谷川恵一校注,『教科書啓蒙文集』, 岩波書店, 2006.
参謀本部編,『満洲事変作戦経過ノ概要 満洲事変史』, 巌南堂書店, 1972.
思想の科学研究会編,『共同研究 転向』(3), 平凡社, 2012.
清水元,『北一輝 もう一つの「明治国家」を求めて』, 日本経済評論社, 2012.
植民地文化学会編,『「満洲国」とは何だったのか』, 小学館, 2008.
白川豊,『植民地期朝鮮の作家と日本』, 大学教育出版, 1995.
白取道博,『満蒙開拓青少年義勇軍史研究』, 北海道大学出版部, 2008.
新東亜研究会編,『興亜ノート－新東亜の時事問題早わかり』, 国民図書協会, 1939.
鈴木善次,『日本の優生学』, 三共出版株式会社, 1983.
セジウィック, 上原早苗・亀沢美由紀,『男同士の絆－イギリス文学とホモソーシャルな欲望』, 名古屋大学出版会, 2001.
戦時下日本社会研究会編,『戦時下の日本』, 行路社, 1992.
大東亜省総務局調査課編,『調査資料第8号 満洲開拓政策関係法規』, 大東亜省総務局調査課, 1943.
田岡良一,『国際法上の自衛権 補訂版』, 勁草書房, 1981.
高坂正顕・西谷啓治・高山岩男・鈴木成高,『世界史的立場と日本』, 中央公論社, 1943.
高崎隆治,『文学のなかの朝鮮人像』, 青弓社, 1982.
高田保馬,『東亜民族論』, 岩波書店, 1939.
拓務省拓務局東亜課編,『満洲農業移民概況』, 拓務省拓務局東亜課, 1936.
竹内好,『日本とアジア』, 筑波書房, 1993.
竹中恵美子編,『新・女子労働論』, 有斐閣, 1991.
田中隆一,『満洲国と日本の帝国支配』, 有志社, 2007.
趙景達,『植民地期朝鮮の知識人と民衆－植民地近代性論批判』, 有志舎, 2008.
張伝傑・馮堤他,『日本略奪中国東北資源史』, 大連出版社, 1996.
綱沢満昭,『日本の農本主義』, 紀伊国屋書店, 1994.
角田順編,『明治百年史叢書 第18巻 石原莞爾資料(増補)－国防論策編』, 原書房, 1984.
東京帝国大学農学部農業経済学教室,『分村の前後』, 岩波書店, 1940.
東宮大佐記念事業委員会編,『東宮鉄男伝』, 東宮大佐記念事業委員会, 1940.
徳富正敬(徳富蘇峰),『満洲建国読本』, 日本電報通信社, 1940.

東洋経済編,『戦時経済法令集』第5輯(第七十五議会通過法律 全文並提案理由), 東洋経済新報出版部, 1940.
中島健蔵,『兵荒馬乱の巻 回想の文学4 昭和14年－16年』, 平凡社, 1977.
中根隆行,『「朝鮮」表象の文化誌－近代日本と他者をめぐる知の植民地化』, 新曜社, 2004.
長野県経済部,『本県経済更生運動の実際』, 1939; 山田昭次編,『近代民衆の記録』6－満洲移民, 新人物往来社, 1978.
中村光夫・臼井吉見・平野謙,『現代日本文学史』, 筑摩書房, 1967.
南富鎮,『近代文学の「朝鮮」体験』, 勉誠出版, 2001.
西村俊一,『日本エコロジズムの系譜－安藤昌益から江渡狄嶺まで』, 農山漁村文化協会, 1992.
日本学術振興会,『国民保健ニ関スル統計資料(本文)』, 日本学術振興会, 1937.
日本国際政治学会太平洋戦争原因研究部,『太平洋戦争への道 開戦外交史 新装版』, 朝日新聞社, 1987.
日本の土地百年研究会,『日本の土地百年』, 大成出版社, 2003.
農林省経済更生部編,『満洲農業移民ニ関スル地方事情調査概要 第十三回地方事情調査員報告』, 農林省経済更生部, 1937.
野口武彦,『王道と革命の間』, 筑摩書房, 1986.
野村浩一,『近代日本の中国認識－アジアへの航跡』, 研文出版, 1981.
朴永錫,『万宝山事件研究－日本帝国主義の大陸侵略政策の一環として』, 第一書房, 1981.
秦賢助,『農民魂』, 鶴書房, 1942.
浜口裕子,『日本統治と東アジア社会－植民地期朝鮮と満洲の比較研究』, 勁草書房, 1996.
林久治郎,『満洲事変と奉天総領事－林久治郎遺稿』, 原書房, 1978.
久松潜一他編,『現代日本文学大事典』, 明治書院, 1965.
ビリングズリー, 山田潤,『匪賊－近代中国の辺境と中央』, 筑摩書房, 1994.
深谷克己,『深谷克己近世史論集 第一巻 民間社会と百姓成立』, 校倉書房, 2009.
福田清人,『大陸開拓と文学』, 満洲移住協会, 1942.
藤野豊,『日本ファシズムと優生思想』, かもがわ出版, 1998.
文芸家協会編,『文芸年鑑 昭和十三・十四年版』, 復刻版, 文泉堂出版株式会社, 1939.
＿＿＿＿＿＿,『文芸年鑑 昭和十五年版』, 文泉堂出版株式会社, 1940.
幕内満雄,『満洲国警察外史』, 三一書房, 1996.
松永伍一,『日本農民詩史 下巻』(1), 法政大学出版局, 1970.
松本三之介,『近代日本の中国認識 徳川期儒学から東亜共同体論まで』, 以文社, 2011.
松本健一,『思想としての右翼 新装版』, 論創社, 2007.
松本ますみ,『中国民族政策の研究－清末から1945年までの「民族論」を中心に』, 多賀出版,

1999.
マルクス・エンゲルス, 大内力編,『農業論集』, 岩波書店, 1975.
満史会編,『満洲開発四十年史 上巻』, 満洲開発四十年史刊行会, 1964.
________,『満洲開発四十年史 補巻』, 満洲開発四十年史刊行会, 1965.
満洲青年連盟史刊行委員会編,『満洲青年連盟史』(復刻版, 原書房, 1968), 1933.
満洲国最高検察庁,『満洲国開拓地犯罪概要』, 1941; 山田昭次編,『近代民衆の記録 6－満洲移民』, 新人物往来社, 1978.
満洲回顧集刊行会,『あゝ満洲－国つくり産業開発者の手記』, 農林出版株式会社, 1965.
満洲開拓史復刊委員会,『満洲開拓史』(復刻版), 全国拓友議会, 1980.
満洲国通信社編,『満洲開拓年鑑 昭和16年版』(『満洲移民関係資料集成』第7回配本(第31巻～第35巻), 不二出版, 1992), 1941.
満洲国史編纂刊行会編,『満洲国史 総論』, 満蒙同胞援護会, 1970.
満洲文話会編,『満洲文芸年鑑』第2輯(復刻版, 西原和海解題, 葦書房, 1993), 満洲評論社, 1938.
__________,『満洲文芸年鑑』第3輯(復刻版, 西原和海解題, 葦書房, 1993), 満洲文話会, 1939.
三好行雄・山本健吉・吉田精一編,『日本文学史辞典近現代編』, 角川書店, 1987.
宮田節子,『朝鮮民衆と「皇民化」政策』, 未来社, 1985.
毛沢東, 藤田敬一・吉田富夫,『遊撃戦論』, 中央公論新社, 2001.
森田美比,『昭和史のひとこま－農本主義と農政』, 筑波書林, 1993.
文部省音楽取調掛編,『小学唱歌集』; 斉藤利彦・倉田喜弘・谷川恵一校注,『教科書啓蒙文集』, 岩波書店, 2006.
山口重次,『満洲建国と民族協和思想の原点』, 大湊書房, 1976.
山田昭次編,『近代民衆の記録』6－満洲移民, 新人物往来社, 1978.
_________,『植民地支配・戦争・戦後の責任－朝鮮・中国への視点の模索』, 創史社, 2005.
山室信一,『キメラ－満洲国の肖像－増補版』, 中央公論新社, 2004.
山本有造編,『「満洲国」の研究』, 京都大学人文科学研究所, 1993.
_________,『「満洲国」経済史研究』, 名古屋大学出版会, 2003.
山本秀夫,『橘樸』, 中公叢書, 1977.
山本武利,『宣撫月報』, 不二出版, 2006.
ルイーズ ヤング, 加藤陽子・川島真・高光佳絵・千葉功・古市大輔,『総動員帝国』, 岩波書店, 2001.
柳水晶,『帝国と「民族協和」の周辺の人々－文学から見る「満洲」の朝鮮人, 朝鮮の「満洲」』博士

論文, 筑波大学大学院人文社会科学研究科, 2009.
横山敏男, 『滿洲水稲作の研究』, 河出書房, 1945.
吉田松陰, 松本三之介・田中彰・松永昌三, 『講孟余話ほか』, 中央公論新社, 2002.
依田憙家, 『日本帝国主義と中国』, 竜渓書舎, 1988.
劉大年・白介夫編, 曽田三郎・谷渕茂樹・松重充浩・丸田孝志・水羽信男, 『中国抗日戦争史－中国復興への路』, 桜井書店, 2002.
若桑みどり, 『戦争が作る女性像－第二次世界大戦下の日本女性動員の視覚的プロパガンダ』, 筑摩書房, 1995.
渡辺忠司, 『近世社会と百姓成立－構造論的研究』, 仏教大学, 2007.
『回鑾訓民勅書』, 1935.5.2; 前川義一編, 『滿洲移民提要』, 滿洲拓殖委員会事務局, 1938.

3. 단행본(한국)

이해영, 『중국 조선족 사회사와 장편소설』, 역락, 2006.
오양호, 『한국문학과 간도』, 문예출판사, 1988.
_____, 『일제강점기 만주조선인문학 연구』, 문예출판사, 1996.
_____, 『만주이민문학 연구』, 문예출판사, 2007.
김영, 『근대 만주 벼농사 발달과 이주 조선인』, 국학자료원, 2004.
김재용 편, 『재일본 재만주 친일문학의 논리 4』, 역락, 2004.
_______, 『만보산사건과 한국 근대문학』, 역락, 2010.
시라카와 유타카, 『장혁주연구』, 동국대 출판부, 2010.
신승모, 『일본 제국주의 시대 문학과 문화의 혼효성』, 지금여기, 2011.
식민지 일본어문학 문화연구회, 『제국일본의 이동과 동아시아 식민지문학 2 대만 만주 중국 그리고 환태평양』, 문, 2011.
손춘일, 『"만주국"의 재만한인에 대한 토지정책연구』, 백산자료원, 1999.
최병우, 『조선족 소설의 틀과 결』, 국학자료원, 2012.
중국해양대 해외한국학 중핵대학 사업단, 『근대 동아시아인의 이산과 정착』, 경진, 2010.
_____________________________, 『문명의 충격과 근대 동아시아의 전환』, 경진, 2012.
한석정・노기식, 『만주, 동아시아 융합의 공간』, 소명출판, 2008.
윤휘탁, 『만주국－식민지적 상상이 잉태한 '복합민족국가'』, 혜안, 2013.

4. 논문(일본)

劉小林, 「第一次世界大戦と国際協調体制下における日中関係」, 中央大学人文科学研究所編, 『民国期中国と東アジアの変動』, 中央大学出版部, 1999.

劉含発, 「満洲移民の入植による現地中国農民の強制移住」, 新潟大学大学院現代社会文化研究科, 『現代社会文化研究』 21号, 2001.8.

劉建輝, 「「満洲」幻想の成立とその射程」, 『アジア遊学』(44), 2002.10.

呂元明, 岩崎富久男, 「中国における東北淪陥期文学の研究の現在」, 植民地文化研究会編, 『特集「満州国」文化の性格 植民地文化研究 資料と分析』, 不二出版, 2002.

M.G.M, 「文芸匿名時評 満人作家の作品検討」, 『文芸』, 1939.10; 池内輝雄編, 『文芸時評大系 昭和編 I』, ゆまに書房, 2007.

単援朝, 「在満日本人文学者の「満洲文学論」—『満洲文芸年鑑』所収の評論を中心に」, 『アジア遊学』 (44), 2002.10.

_____, 「同床異夢の「満洲文学」(1)—「満系文学」側の主張から」, 『崇城大学 研究報告』 第33巻第1号, 2008.

青木実, 「満人ものに就て」, 満洲文話会編, 『満洲文芸年鑑 第3輯』(復刻版, 西原和海解題, 葦書房, 1993)満洲文話会, 1939.

_____, 「概念的記述 島木氏の『満洲紀行』に就て」, 『満洲日日新聞』, 1940.6.14~15.

_____, 「文芸時評(一)不審の事項 文話会改組の批判(上)」, 『満洲新聞』, 1940.7.27; 池内輝雄編, 『文芸時評大系 昭和編 』, ゆまに書房, 2007.

_____, 「文芸時評(三)空念仏のおそれ西村真一郎氏の所論」, 『満洲新聞』, 1940.7.29; 池内輝雄編, 『文芸時評大系 昭和編 I』, ゆまに書房, 2007.

秋原勝二, 「故郷喪失」, 『満洲日日新聞』, 1937.7.

浅田喬二, 「満洲農業移民政策の立案過程」, 満洲移民史研究会編, 『日本帝国主義下の満洲移民』, 竜渓書舎, 1976.

浅見淵, 「大陸文学について」, 『文芸』, 1939.5.

有馬頼寧, 「農民文学懇話会の発会に臨んで」, 農民文学懇話会編, 『土の文学作品年鑑』, 教材社, 1939.

池上甲一, 「「満洲」分村移民の論理と背景—長野県大日向村の事例研究」, 『村落社会研究』 1巻2号, 1995.

池田浩士, 「解題 先駆移民」, 池田浩士編, 『カンナニ—湯浅克衛小説集』, インパクト出版会, 1995.

石原莞爾, 「国運転回ノ根本国策タル満蒙問題解決案」, 1929.7.5; 角田順編, 『明治百年史叢書』 第18巻 石原莞爾資料(増補)—国防論策編, 原書房, 1984.

_______, 「関東軍満蒙領有計画」, 1929.7; 角田順編, 『明治百年史叢書』 第18巻 石原莞爾資料(増補)—国防論策編, 原書房, 1984.

_______, 「講話要領」, 1930.3.1; 角田順編, 『明治百年史叢書』 第18巻 石原莞爾資料(増補)—

国防論策編, 原書房, 1984.
_______, 「満蒙問題解決ノ為ノ戦争計画大綱(対米戦争計画大綱)」a, 1931.4; 角田順編, 『明治百年史叢書』 第18巻 石原莞爾資料(増補)－国防論策編, 原書房, 1984.
_______, 「現在及将来ニ於ケル日本ノ国防」 b, 1931.4; 角田順編, 『明治百年史叢書』 第18巻 石原莞爾資料(増補)－国防論策編, 原書房, 1984.
_______, 「満蒙問題私見」(1931.5); 角田順編, 『明治百年史叢書』 第18巻 石原莞爾資料(増補)－国防論策編, 原書房, 1984.
_______, 「満蒙問題ノ行方」, 1931.12.2; 角田順編, 『明治百年史叢書』 第18巻 石原莞爾資料(増補)－国防論策編, 原書房, 1984.
板垣信, 「大陸開拓文芸懇話会」, 『昭和文学研究』 第25集, 1992.9.
板垣征四郎, 「満蒙問題について」; 稲葉正夫, 「史録・満洲事変」, 参謀本部編, 『満洲事変作戦経過ノ概要 満洲事変史』, 巌南堂書店, 1972.
伊藤永之介, 「農民文学の現状」, 『改造』, 1938.12, 文芸家協会編, 『文芸年鑑 昭和十三・十四年版』復刻版, 文泉堂出版株式会社, 1939.
伊藤純郎, 「語られた満洲分村移民, 描かれた大日向村, 満洲」, 信濃郷土研究会編, 『信濃』 62(2), 2010.2.
伊藤整・高見順, 「戦争と文学者」, 『文芸』 1956.8.
___________, 「満洲の印象」, 『東京朝日新聞』, 1939.6.21; 伊藤整, 『伊藤整全集』 14巻, 新潮社, 1974.
___________, 「身辺の感想」, 『早稲田文学』, 1939.9.1; 伊藤整, 『伊藤整全集』 14巻, 新潮社, 1974.
___________, 「私小説について」, 『早稲田文学』, 1941.8.28; 伊藤整, 『伊藤整全集』 15巻, 新潮社, 1974.
今井良一, 「満洲農業移民における地主化とその論理」, 蘭信三編, 『日本帝国をめぐる人口移動の国際社会学』, 不二出版, 2008.
任展慧, 「植民者二世の文学－湯浅克衛への疑問」, 『季刊三千里』, 1976, 春.
任秀彬, 「"満洲"・万宝山事件(1931年)と中国, 日本, 韓国文学－李輝英, 伊藤永之介, 李泰俊, 張赫宙」, 『東京大学中国語中国文学研究室紀要』 第7号, 2004.4.
弥栄村開拓協同組合編, 「弥栄開拓十年誌」(復刻版), 満洲事情研究所, 1942; 松下光男編, 『弥栄村史－満洲第一次開拓団の記録』, 弥栄村史刊行委員会, 1986.
岩上順一, 「描かれる現実」(文芸時評)『中央公論』 1939.10.1; 中島国彦編, 『文芸時評大系』 第16巻 昭和14年, ゆまに書房, 2007.
サンドラ ウィルソン, 「昭和恐慌と満洲農業移民－豊かさの獲得と国民国家への奉仕1931～33」, 西田美昭・アン ワズオ編,『20世紀日本の農民と農村』, 東京大学出版会, 2006.
植田謙吉,「満洲国ニ於ケル情報並ニ啓発関係事項担当官庁ノ構成等ニ関スル件」, 満洲国外交部, 1936.6.3.
臼井勝美,「朝鮮人の悲しみ－万宝山事件」, 朝日ジャーナル編,『昭和史の瞬間・上』, 朝日新聞社, 1974.
浦田義和,「徳永直と「満洲」－ルポルタージュの罠・文学大衆化論の罠」,『社会文学』31号, 日本社会文学会, 2010.
江夏由樹,「旧奉天省遼陽の郷団指導者 袁金鎧について」,『一橋論叢』100, 1988.12.
________,「奉天地方官僚集団の形成－辛亥革命期を中心に」,『一橋大学年報』31, 1990.5.
榎本了,「打木村治の文学について」, 打木村治,『打木村治作品集』, まつやま書房, 1987.
江原鉄平,「満洲文学と満洲生まれのこと」,『満洲日日新聞』, 1937.8.18～21.
大内隆雄,「満人の作家たちに就て」, 青木実外編,『満洲文芸年鑑 昭和12年版(第1輯)』(復刻版, 西原和海解題, 葦書房, 1993), G氏文学賞委員会, 1937.
大河節夫,「当為的と自然的－城・角田両氏の間隙へ」, 満洲文話会編,『満洲文芸年鑑』 第2輯(復刻版, 西原和海解題, 葦書房, 1993), 満洲評論社, 1938.
小川津根子,「大陸の花嫁」, 植民地文化学会編,『「満洲国」とは何だったのか』, 小学館, 2008.
大久保明男,「「満洲開拓文学」関連組織・雑誌について」(報告書),『平成14年度科学研究費補助金基盤研究(B)調査報告集中国帰国者の適応と共生に関する総合的研究(その1)』, 京都大学留学生センター, 2003.6.
岡部牧夫,「笠木良明とその思想的影響－植民地ファシズム運動の一系譜」,『歴史評論』295, 1974.11.
________,「移民政策の展開」, 植民地文化学会編,『「満洲国」とは何だったのか』, 小学館, 2008.
大谷健夫,「小説界概観」, 満洲文話会編,『満洲文芸年鑑』第2輯(復刻版, 西原和海解題, 葦書房, 1993), 満洲評論社, 1938.
大本達也,「日本における「詩」の源流としての「唱歌」の成立－明治期における「文学」の形成過程をめぐる国民国家論(7)」,『鈴鹿国際大学紀要 CAMPANA 16』, 2010.3.
荻野美穂,「資源化される身体:戦前・戦中・戦後の人口政策をめぐって」,『学術の動向』, 2008.4.
奥出健,「大陸開拓を見た文士たち－伊藤整を中心に」,『湘南短期大学紀要』, 1995.3.
小熊秀雄,「政変的作家一つの幻滅悲哀か」; 小熊秀雄,『新版・小熊秀雄全集』第5巻, 創樹社, 1991.
尾崎秀実,「支那論の貧困と事変の認識」, 1937.9; 尾崎秀実,『尾崎秀実著作集』第1巻, 勁草書房, 1977.
小都晶子,「満洲における「開発」と農業移民」, 蘭信三編,『日本帝国をめぐる人口移動の国際社会学』, 不二出版, 2008.

甲斐政治,「満洲事変前後」, 満洲回顧集刊行会,『あゝ満洲－国つくり産業開発者の手記』, 農林出版株式会社, 1965.
鍵山博史,「文学と政治の関係」, 農民文学懇話会編,『土の文学作品年鑑』, 教材社, 1939.
樫田五郎,「精神病学士より観たる遺伝と環境」,『廓清』, 1918.1; 鈴木貞美編,『近代日本のセクシュアリティ』第18巻 アンソロジー 優生学より見るセクシュアリティ, ゆまに書房, 2007.
片岡一忠,「辛亥革命時期の五族共和論をめぐって」,『中国近現代史の諸問題－田中正美先生退官記念論集』, 図書刊行会, 1984.
片倉衷他,「満洲事変・日華事変の頃－改題にかえて」(座談会), 橘樸,『大陸政策批判 橘樸著作集 第二巻』, 勁草書房, 1966.
加藤完治,「大佐と加藤完治氏」, 東宮大佐記念事業委員会,『東宮鉄男伝』, 東宮大佐記念事業委員会, 1940.
加藤博史,「国民優生法の成立思想－全体主義体制と法制定」,『社会福祉学』29(2), 日本福祉学会, 1998.
金川英雄,「満洲開拓団の「屯墾病」について」,『精神医学研究所業績集』42, 精神医学研究所, 2005.5.
加納実紀代,「満洲と女たち」, 大江志乃夫・浅田喬二・三谷太一郎編,『岩波講座 近代日本と植民地5 膨張する帝国の人流』, 岩波書店, 1993.
加納三郎,「幻想の文学」, 満洲文話会編,『満洲文芸年鑑 第2輯』(復刻版, 西原和海解題, 葦書房, 1993), 満洲評論社, 1938.
川崎賢子,「満洲文学とメディア－キーパーソン「木崎龍」で読むシステムと言説」, 20世紀メディア研究所編,『Intelligence』第4号, 2004.5.
川島真,「北京政府の対非列強外交－アジア・中南米・東欧との外交関係」, 中央大学人文科学研究所編,『民国期中国と東アジアの変動』, 中央大学出版部, 1999.
関東軍参謀部,「「満蒙ニ於ケル占領地統治ニ関スル研究」ノ抜粋」, 1930.9; 角田順編,『明治百年史叢書』第18巻 石原莞爾資料(増補)－国防論策編, 原書房, 1984.
上林暁,「外的世界と内的風景」(文芸時評),『文芸』, 1939.1.1; 中島国彦編,『文芸時評大系』第16巻 昭和14年, ゆまに書房, 2007.
岸信介,「序」, 満洲回顧集刊行会,『あゝ満洲－国つくり産業開発者の手記』, 農林出版株式会社, 1965.
岸田国士,「序」, 大陸開拓文芸懇話会編,『開拓地帯(大陸開拓小説集(一))』, 春陽堂書店, 1939.
菊池一隆,「万宝山・朝鮮事件の実態と構造－日本植民地下, 朝鮮民衆による華僑虐殺暴動を巡って」,『人間文化』22号, 愛知学院大学人間文化研究所, 2007.7.
菊池参治,「私の在満15ヵ年間の手記」, 松下光男編,『弥栄村史－満洲第一次開拓団の記録』, 弥栄村史刊行委員会, 1986.
木崎竜,「建設の文学」, 満洲文話会編,『満洲文芸年鑑 第2輯』(復刻版, 西原和海解題, 葦書房, 1993), 満洲評論社, 1938.
貴志俊彦,「近代天津の都市コミュニティとナショナリズム」, 西村成雄編,『現代中国の構造変動(3)ナショナリズムー歴史からの接近』, 東京大学出版会, 2000.
北原文徳,「生きたいか, いや, 生きたくない」, 富士見高原病院小児科, 1997.1.7; 加藤茂孝,「「結核」ー化石人骨から国民病, そして未だに」,『モダンメディア』55巻 12号, 2009.
木村幹,「総力戦体制期の朝鮮半島に関する一考察ー人的動員を中心にして」, 日韓歴史共同研究委員会編,『日韓歴史共同研究報告書』第3分科篇下巻, 日韓歴史共同研究委員会, 2005.
倉西聡,「満洲移民事業と伊藤整ーマイノリティーとしての立場からの転換」,『武庫川国文』65, 2005.
小池泰岳,「満洲開拓農民の現況」,『駒沢大学人文学会年報』6, 1939.6.
小泉京美,「「満洲」における故郷喪失ー秋原勝二「夜の話」」,『日本文学文化』10号, 東洋大学日本文学文化学会, 2010.
小林信介,「満洲移民研究の現状と課題」, 長野県現代史研究会編,『戦争と民衆の現代史』, 現代史料出版, 2005.
高媛,「租借地メディア『大連新聞』と「満洲八景」」,『ジャーナル・オブ・グローバル・メディア・スタディーズ』4, 2010.9.
上野凌嵱,「国策文学論」, 青木実外編,『満洲文芸年鑑 昭和12年版(第1輯)』(復刻版, 西原和海解題, 葦書房, 1993), G氏文学賞委員会, 1937.
________,「満洲文化の文学的基礎ー満洲文学とは何ぞや」, 満洲文話会編,『満洲文芸年鑑 第2輯』(復刻版, 西原和海解題, 葦書房, 1993), 満洲評論社, 1938.
紅野敏郎,「『新満洲』の「国策雑誌」の実体」, 宇野重明,『深まる侵略屈折する抵抗1930ー40年日・中のはざま』, 研文出版, 2001.
後藤晃,「ファシズム期における農村再編問題と満洲農業移民」,『商経論叢』26巻1号, 神奈川大学, 1990.9.
小林弘二,「『開拓』」, 小島麗逸編,『戦前の中国時論研究』, アジア経済研究所, 1978.
________,「解題」, 岡部牧夫編,『満洲移民関係資料集成 解説』, 不二出版, 1990.
子安宣邦,「橘樸における「満洲」とは何かー橘樸「満洲事変と私の方向転換」を読む」,『現代思想』, 2012.3.
近藤春雄,「大陸ペン部隊リレー通信 大陸開拓文芸懇話会第一回視察記 新京から哈爾浜」,『新満洲』第3巻第8号(復刻版, 満洲移民関係資料集成第2期, 不二出版, 1998), 1939.
嵯峨隆,「孫文の訪日と「大アジア主義」講演についてー長崎と神戸での言説を中心に」,『国際関係・比較文化研究』6, 2007.9.
笠木良明,「自治指導員服務心得」, 1931.11.4; 笠木良明,『青年大陣容を布地せよ』, 大亜細亜建設社, 1940.
________,「忠誠なる日本青年の世界的陣容布地の急務」,『大亜細亜』6巻11号, 1938.11; 笠木良明,『青年大陣容を布地せよ』, 大亜細亜建設社, 1940.
佐藤元英,「昭和陸軍と満蒙領有の構想」,『紀要 史学』52号, 中央大学文学部, 2007.3.
佐藤四郎,「満洲文学運動の主流」, 満洲文話会編,『満洲文芸年鑑 第2輯』(復刻版, 西原和海解題, 葦書房, 1993), 満洲評論社, 1938.
「謝文東語る(其ノ二)康徳六年(1939年)四月十二日佳木斯協和飯店に於いて, 通訳金徳厚」, 東宮大佐記念事業委員会,『東宮鉄男伝』, 東宮大佐記念事業委員会, 1940.
辛承模,「湯浅克衛文学における「移民小説」の変容」, 한국일어일문학회,『일어일문학연구』67, 2008.
島川雅史,「現人神と八紘一宇の思想－満洲国建国神廟」,『史苑』43(2), 1984.3.
島木健作,「国策と農民文学」,『朝日新聞』, 1938.11, 文芸家協会編,『文芸年鑑 昭和十三・十四年版』復刻版, 文泉堂出版株式会社, 1939.
島田三郎,「遺伝と環境に就て」,『廓清』, 1918.19.1; 鈴木貞美編,『近代日本のセクシュアリティ』第18巻 アンソロジー 優生学より見るセクシュアリティ, ゆまに書房, 2007.
城小碓,「満洲文学の精神」, 満洲文話会編,『満洲文芸年鑑 第2輯』(復刻版, 西原和海解題, 葦書房, 1993), 満洲評論社, 1938.
白戸健一郎,「近藤春雄のメディア文化政策論の展開」, Lifelong Education and Libraries・Graduate School of Education・Kyoto University,『Lifelong education and libraries』10, 2010.
曾根博義,「戦争下の伊藤整の評論－私小説観の変遷を中心に」,『語文』62, 1985.
孫文,「五族共和ノ真義」,『孫文主義 中巻』, 外務省調査部, 1936.
___,「五族聯合ノ効力」,『孫文主義 中巻』, 外務省調査部, 1936.
孫才喜,「張赫宙文学における連続と非連続－戦前から戦後にかけて」, クロッペンシュタイン・鈴木貞美編,『日本文化の連続性と非連続性1920～1970年』, 勉誠出版, 2005.
高見順,「異常とは何か4－筋と描写」,『中外商業新報』1939.2.4; 高見順,『高見順全集』第14巻, 勁草書房, 1972.
拓務省拓北局補導課,『女子拓殖指導者提要』, 広業館, 1942.
橘樸,「中国民族の政治思想」a,『満蒙』第5年第42冊, 1924.1; 橘樸,『中国研究 橘樸著作集 第一巻』, 勁草書房, 1966.
___,「中国を識るの途」b,『月刊支那研究』第1巻第1号, 1924.1; 橘樸,『中国研究 橘樸著作集第一巻』, 勁草書房, 1966.
___, 「支那はどうなるか－内藤虎次郎の『新支那論』を読む」, 『支那研究』 第1巻第3号, 1925.2; 橘樸, 『支那思想研究』, 日本評論社, 1936.
___, 「孫文の東洋文化観及び日本観－大革命家の最後の努力」, 『月刊支那研究』 第1巻第4号, 1925.3; 橘樸, 『中国研究 橘樸著作集 第一巻』, 勁草書房, 1966.
___, 「中国民族運動としての五四運動の思想的背景－学生運動の意義及効果」, 『月刊支那研究』 第2巻第3号, 1925.8; 橘樸, 『中国研究 橘樸著作集 第一巻』, 勁草書房, 1966.
___, 「五卅事件と日本の対華態度批判」, 『月刊支那研究』 第2巻第3号, 1925.8; 橘樸, 『中国研究 橘樸著作集 第一巻』, 勁草書房, 1966.
___, 「支那人の利己心と国家観念」, 『支那研究論叢 第一輯』, 亜東印画協会, 1927.
___, 「王道の実践としての自治」, 1931.11, 奉天の自治指導部での講演要旨; 『満洲評論』 第1巻15号, 1931.12,
___, 「満洲国家建国大綱私案」, 1931.12.10, 奉天で執筆, 『満洲評論』 第2巻1号, 1932.1; 橘樸, 『大陸政策批判 橘樸著作集 第二巻』, 勁草書房, 1966.
___, 「日本の新大陸政策としての満洲建国」, 『満洲評論』 第2巻第1号, 1932.1; 橘樸, 『大陸政策批判 橘樸著作集 第二巻』, 勁草書房, 1966.
___, 「日満ブロック趨勢と満洲国民の立場」, 『満洲評論』 第2巻第22号, 1932.7; 橘樸, 『大陸政策批判 橘樸著作集 第二巻』, 勁草書房, 1966.
___, 「国家内容としての農民自治」, 『満洲評論』 第3巻3号, 1932.7; 橘樸, 『大陸政策批判 橘樸著作集 第二巻』, 勁草書房, 1966.
___, 「満洲国建国諸構想批判」, 『満洲評論』 第3巻7号, 1932.8; 橘樸, 『大陸政策批判 橘樸著作集 第二巻』, 勁草書房, 1966.
___, 「帝制の是非を論ず」, 『満洲評論』 第4巻3号, 1933.1; 橘樸, 『大陸政策批判 橘樸著作集 第二巻』, 勁草書房, 1966.
___, 「日本の大陸政策と中国の農民運動」, 『満洲評論』 第6巻第1号, 1934.1; 橘樸, 『大陸政策批判 橘樸著作集 第二巻』, 勁草書房, 1966.
___, 「鄭総理の王道政策批判」, 『満洲評論』 第6巻8号, 1934.2; 橘樸, 『大陸政策批判 橘樸著作集 第二巻』, 勁草書房, 1966.
___, 「再び鄭総理への提言－自治から王道へ」, 『満洲評論』 第6巻12号, 1934.3; 橘樸, 『大陸政策批判 橘樸著作集 第二巻』, 勁草書房, 1966.
___, 「満洲国の独立性と関東軍指導権の範囲」, 『満洲評論』 第6巻18号, 1934.5; 橘樸, 『大陸政策批判 橘樸著作集 第二巻』, 勁草書房, 1966.
___, 「日本小農の満洲移民は経済価値なし」, 『満洲評論』 第6巻23号, 1934.6; 橘樸, 『大陸政策

批判 橘樸著作集 第二巻』, 勁草書房, 1966.
___,「満洲事変と私の方向転換」,『満洲評論』第7巻第6号, 1934.8; 橘樸,『大陸政策批判 橘樸著作集 第二巻』, 勁草書房, 1966.
___,「低調となつた建国工作－満洲事変三周年に寄せて」,『満洲評論』第7巻11号, 1934.9; 橘樸,『大陸政策批判 橘樸著作集 第二巻』, 勁草書房, 1966.
___,「編輯後記」,『満洲評論』第8巻1号, 1935.1.
___,「王道史概説」,『満洲評論』第9巻15~23号, 1935.10~12; 橘樸,『大陸政策批判 橘樸著作集 第二巻』, 勁草書房, 1966.
橘樸 他,「大陸政策十年の検討」(座談会), 1941.10.4; 橘樸『アジア・日本の道 橘樸著作集 第三巻』, 勁草書房, 1966.
山田武彦,「第一次満洲自衛移民輸送状況日誌」,『拓務時報』第21号, 松下光男編,『弥栄村史－満洲第一次開拓団の記録』, 弥栄村史刊行委員会, 1986.
田中益三,「「大日向村」という現象－満洲と文学」,『日本文学紀要』38号, 法政大学, 1987.
田中寛,「「東亜新秩序建設」と「日本語の大陸進出」－宣撫工作としての日本語教育」,『「文明化」による植民地支配』, 植民地教育史研究年報5号, 2003.
_____,「「満蒙開拓青少年義勇軍」の生成と終焉－戦時下の青雲の志の涯てに」,『大東文化大学紀要』42号, 2004.
田中隆一,「朝鮮統治における「在満朝鮮人」問題」,『未公開資料 朝鮮総督府関係者 録音記録(2)』」, 学習院大学,『東洋文化研究』3号, 2001.3.
_______,「研究ノート 朝鮮人の満洲移民」, 蘭信三編,『日本帝国をめぐる人口移動の国際社会学』, 不二出版, 2008.
田邊寿利,「後書」, 金井章次,『満蒙行政瑣談』, 創元社, 1943.
「断種法制定に対する賛否」,『社会事業研究』, 1936.10.1; 鈴木貞美編,『近代日本のセクシュアリティ』第18巻 アンソロジー 優生学より見るセクシュアリティ, ゆまに書房, 2007.
曺恩美,「「満洲」建国イデオロギーと張赫宙の「満洲」認識－『開墾』(1943年)を中心に」, 東京外国語大学大学院,『言語・地域文化研究』(17), 2011.
塚瀬進,「戦前, 戦後におけるマンチュリア史研究の成果と問題点」,『長野大学紀要』第32巻第3号, 2011.
都築久義,「国策文学について」,『国文学解釈と鑑賞』, 1983.8.
外村大,「日本帝国と朝鮮人の移動」, 蘭信三編,『帝国以後の人の移動－ポストコロニアリズムとグローバリズムの交錯点』, 勉誠出版, 2013.
角田順,「解題 石原の軍事的構想とその運命」, 角田順編,『明治百年史叢書』第18巻 石原莞爾資料(増補)－国防論策編, 原書房, 1984.

角田時雄,「滿洲文学について－城小碓氏の論を読んで」, 滿洲文話会編,『滿洲文芸年鑑 第2輯』(復刻版, 西原和海解題, 葦書房, 1993), 滿洲評論社, 1938.
坪内良博,「人口問題と南進論」,『戦時下の日本』, 行路社, 1992.
鶴岡聡史,「滿洲事変と鉄道復興問題－瀋海線を巡る関東軍・滿鉄・滿洲青年連盟」,『法学政治学論究』70, 2006.9.
中川与之助,「滿洲建国精神と協和会の使命」,『経済論叢』第47巻第5号, 京都帝国大学経済学会, 1938.11.
中島健蔵,「1939年5月25日」,『兵荒馬乱の巻 回想の文学4 昭和14年－16年』, 平凡社, 1977.
中西勝彦,「橘樸とファシズム」, 山本秀夫編,『橘樸と中国』, 勁草書房, 1990.
長野県開拓自興会滿洲開拓史刊行会,『長野県滿洲開拓史 総編』, 東京法令出版, 1984.
______________________________,『長野県滿洲開拓史 各団編』, 東京法令出版, 1984.
長野県更生協会,「大日向村計画の解説」, 1938; 山田昭次編,『近代民衆の記録 6－滿洲移民』, 新人物往来社, 1978.
長野県,「滿洲農業移住地視察報告」, 1938; 山田昭次編,『近代民衆の記録 6－滿洲移民』, 新人物往来社, 1978.
波潟剛,「伊藤整の大陸開拓－『滿洲の朝』とD・H・ロレンス」, 筑波大学文化批評研究会編,『多文化社会における「翻訳」』, 筑波大学文化批評研究会, 2000.6.
成田竜一,「「引揚げ」に関する序章」,『思想』955号, 2003.11.
アルノ ナンタ,「大日本帝国の形質人類学を問い直す－清野謙次の日本民族混血論」, 坂野徹・愼蒼建編,『帝国の視覚/死角』, 青弓社, 2010.
西田勝,「在「滿」日本人・朝鮮人・ロシア人作家の活動」, 植民地文化学会編,『「滿洲国」とは何だったのか』, 小学館, 2008.
西原和海,「滿洲国における日中文学者の交流」,『アジア遊学』(44), 2002.10.
_______,「「滿洲国」の出版－雑誌と新聞」, 植民地文化学会編,『「滿洲国」とは何だったのか』, 小学館, 2008.
西村真一郎,「植民地文学の再検討－植民地文学の一般論として」, 青木実外編,『滿洲文芸年鑑 昭和12年版』(第1輯)(復刻版, 西原和海解題, 葦書房, 1993), G氏文学賞委員会, 1937.
__________,「文芸評論界の概観」, 滿洲文話会編,『滿洲文芸年鑑 第2輯』(復刻版, 西原和海解題, 葦書房, 1993), 滿洲評論社, 1938.
__________,「東洋の猶太民族」, 滿洲文話会編,『滿洲文芸年鑑 第2輯』(復刻版, 西原和海解題, 葦書房, 1993), 滿洲評論社, 1938.
西村成雄,「日本政府の中華民国認識と張学良政権－民族主義的凝集性の再評価」, 山本有造編,『「滿洲国」の研究』, 京都大学人文科学研究所, 1993.

西村将洋, 「「満洲文学」からアヴァンギャルドへー「満洲」在住の日本人と言語表現」, 神谷忠孝・木村一信編, 『「外地」日本語文学論』, 世界思想社, 2007.
橋本明, 「わが国の優生学・優生思想の広がりと精神医学者の役割ー国民優生法の成立に関連して」, 『山口県立大学看護学部紀要』 創刊号, 1997.
平野健一郎, 「満洲事変前における在満日本人の動向ー満洲国性格形成の一要因」, 『国際政治』 43, 1970.12.
＿＿＿＿＿, 「満洲国協和会の政治的展開ー複数民族国家における政治的安定と国家動員」, 『日本政治学会年報政治学』, 1973.3.
＿＿＿＿＿, 「中国における統一国家形成と少数民族ー満洲族を例として」, 平野健一郎・岡部達味・山影進・土屋健治, 『アジアにおける国民統合』, 東京大学出版部, 1988.
福田清人, 「開拓文学」, 久松潜一他編, 『現代日本文学大事典』, 明治書院, 1965.
藤原辰史, 「稲も亦大和民族なりー水稲品種の「共栄圏」」, 池田浩士編, 『大東亜共栄圏の文化建設』, 人文書院, 2007.
古屋哲夫, 「「満洲国」の創出」, 山本有造編, 『「満洲国」の研究』, 京都大学人文科学研究所, 1993.
北条秀司, 「大陸の武装花嫁」, 『毎日新聞』(1940年); 松下光男編, 『弥栄村史ー満洲第一次開拓団の記録』, 弥栄村史刊行委員会, 1986.
堀井正子, 「和田伝「大日向村」の屈折」, 分銅惇作編, 『近代文学論の現在』, 蒼丘書林, 1998.
堀江泰紹, 「農民文学の歴史的展開と現代農民文学」, 『日本文学誌要』 32, 1985.
牧野克己, 「建国運動」, 満洲回顧集刊行会, 『あゝ満洲ー国つくり産業開発者の手記』, 農林出版株式会社, 1965.
松永伍一, 「認め合うことの惧れ」, 『日本農民詩史 下巻(1)』, 法政大学出版局, 1970.
徳永直, 「まへがき」, 徳永直, 『先遣隊』, 改造社, 1939.
松原陽子, 「日本ー戦後の優生保護法という名の断種法」, 米本昌平・松原陽子・橳島次郎・市野川容孝, 『優生学と人間社会ー生命科学の世紀はどこへ向かうのか』, 講談社, 2000.
丸山義二, 「後書」, 農民文学懇話会編, 『土の文学作品年鑑』, 教材社, 1939.
「満洲国建国宣言」, 稲葉正夫・小林竜夫・島田俊彦編, 『現代史資料(11)続・満洲事変』, みすず書房, 1965.
満洲国立開拓研究所, 「弥栄村総合調査」, 開拓研究所第20号, 1942; 松下光男編, 『弥栄村史ー満洲第一次開拓団の記録』, 弥栄村史刊行委員会, 1986.
『満蒙三題』, 満洲青年連盟史刊行委員会編, 『満洲青年連盟史』(復刻版, 原書房, 1968), 1933.
三田進, 「五月の満洲雑誌」, 『満洲評論』 第6巻第20号, 1934.5.
緑川貢, 「本年度満洲文学界回顧(1)ー目覚ましい躍進」, 『満洲日日新聞』, 1939.12.24; 池内輝雄編, 『文芸時評大系 昭和編 I』, ゆまに書房, 2007.

緑川勝子,「万宝山事件及び朝鮮内排華事件についての一考察」,『朝鮮史研究会論文集特集 明治百年と朝鮮』, 1967.
宮本百合子,「今日の文学と文学賞」,『懸賞界』1939年8月下旬号; 宮本百合子,『宮本百合子全集』第11巻, 新日本出版社, 1980.
三輪公忠,「1924年排日移民法の成立と米貨ボイコット－神戸市の場合を中心として」, 細谷千博編,『太平洋・アジア圏の国際経済紛争史－1922~1945』, 東京大学出版会, 1983.
武藤富男,「満洲国の文化政策－芸文指導要綱について」,『読書人』第2巻第9号, 1942.9.
村田雄二郎,「20世紀システムとしての中国ナショナリズム」, 西村成雄編,『現代中国の構造変動(3)ナショナリズム－歴史からの接近』, 東京大学出版会, 2000.
望月百合子,「満洲を訪れた文士たち」,『文芸』, 1939.9.
森熊男,「孟子の王道論－善政と善教をめぐって」,『岡山大学教育学部研究集録』50(2), 1979.
安田武,「創立期の翼賛運動－有馬頼寧」, 思想の科学研究会編,『協同研究 転向(3)－戦中編上』, 平凡社, 2012.
安田徳太郎,「断種法への批判」,『中央公論』, 1935.4; 鈴木貞美編,『近代日本のセクシュアリティ』第18巻 アンソロジー優生学より見るセクシュアリティ, ゆまに書房, 2007.
山川達雄,「分村後の耕地の処分に就いて」, 東京帝国大学農学部農業経済学教室,『分村の前後』, 岩波書店, 1940.
山畑翔平,「昭和戦中期における満洲移民奨励施策の一考察－移民宣伝誌を通じてみた満洲イメージとその変容」, 慶応義塾大学法学部政治学科ゼミナール委員会編,『政治学研究』第41号, 2009.5.
山室信一,「「満洲国」の法と政治－序説」,『人文学報』第68号, 京都大学人文科学研究所, 1991.3.
鑓田研一,「今後の農民文学」, 農民文学懇話会編,『土の文学作品年鑑』, 教材社, 1939.
梁禮先,「湯浅克衛年譜」, 池田浩士編,『カンナニ－湯浅克衛植民地小説編』, インパクト出版会, 1995.
柳水晶,「張赫宙の大陸開拓小説「氷解」を読む－主人公・作家・読者のエスニシティ」,『中国東北文化研究の広場「満洲国」の文学研究会論集』第一号, 2007.9.
吉永慎二郎,「墨家思想と孟子の王道論－孟子王道論の形成と構造」,『秋田大学教育学部研究紀要』53, 1998.3.
若松伸哉, 「「満洲」へ移される「故郷」－昭和十年代・大陸「開拓」文学と国内文壇にあらわれた「故郷」をめぐって」,『国語と国文学』第1000号, 2007.4.
和田伝,「後記」,『大日向村』, 朝日新聞社, 1939.

5. 논문(한국)

강태웅, 「만주개척단 영화 「오히나타 마을(大日向村)」을 통해 본 만주국의 표현공간」, 『한림일본학』 21, 한림대 일본학연구소, 2012.12.
김기훈, 「제국내 이민(intra－colonial migration) 정책의 유산」, 한석정・노기식, 『만주, 동아시아 융합의 공간』, 소명출판, 2008.
김재용, 「일제 말 한국인의 만주인식」, 김재용, 『만보산사건과 한국 근대문학』, 역락, 2010.
______, 「동아시아적 맥락에서 본 '만주국' 조선인 문학」, 중국해양대 해외한국학 중핵대학 사업단, 『문명의 충격과 근대 동아시아의 전환』, 경진, 2012.
김철, 「몰락하는 신생－'만주'의 꿈과 「농군」의 오독」, 『상허학보』 9, 2002.
김학동, 「장혁주의 『개간』과 만보산사건」, 『인문학연구』 34, 충남대 인문과학연구소, 2007.8.
고영란, 「제국 일본의 출판시장 재편과 미디어 이벤트－"장혁주(張赫宙)"를 통해 본 1930년 전후의 개조사(改造社)의 전략」, 『사이間SAI』 6, 국제한국문학문화학회, 2009.
박은숙, 「일제강점기 재만 조선인 문학과 조선인 사회의 모순 형식」, 중국해양대 해외한국학 중핵대학 사업단, 『근대 동아시아인의 이산과 정착』, 경진, 2010.
박광현, 「유아사 가츠에 문학에 나타난 식민2세의 조선」, 『일본학보』 61, 한국일본학회, 2004.11.
신승모, 「식민지기 일본어문학에 나타난 '만주' 조선인상－'만주'를 바라보는 동시대 시선의 제상(諸相)」, 『한국문학 연구』 34, 동국대 한국문학연구소, 2008.
______, 「'인양(引揚)' 후의 유아사 가츠에 론－연속해가는 혼효성(混淆性)」, 『일어일문학연구』 71, 한국일어일문학회, 2009.
쑨원, 유용태 역, 「대아시아주의」, 최원식・백영서 편, 『동아시아인의 '동양'인식－19~20세기』, 문학과지성사, 1997
이상경, 「일제 암흑기의 한국문학 : 이태준의 「농군」과 장혁주의 『개간』을 통해서 본 일제 말기 작품의 독법과 검열－만보산사건에 대한 한중일 작가의 민족인식 연구(1)」, 『현대소설연구』 43, 한국현대소설학회, 2010.
이원희, 「유아사 가츠에(湯浅克衛)와 조선」, 『일본학』 22, 동국대 일본학연구소, 2003.
이해영・장총총, 「만주국의 국가 성격과 안수길의 북향정신－안수길의 재만 시기 작품을 중심으로」, 중국해양대 해외한국학 중핵대학 사업단, 『문명의 충격과 근대 동아시아의 전환』, 경진, 2012.
유수정, 「장혁주의 「氷解」에서 보는 국책과 조선인－'빙해'를 중개하는 코레이(朝鮮人) 이야기」, 『일본학보』 75, 한국일본학회, 2008.5.
______, 「만주국 초기 일본어문학계의 '만주문학론'」, 식민지 일본어문학 문화연구회, 『제국 일본의 이동과 동아시아 식민지문학 2－대만, 만주 중국, 그리고 환태평양』, 문,

2011.
유숙자, 「만주 조선인 이민의 한 풍경—장혁주의 『개간』과 이태준의 「농군」 비교」, 김재용, 『재일본 및 재만주 친일문학의 논리』 4, 역락, 2004.
유필규, 「1930년대 초반 만주 지역 안전농촌의 설치와 성격」, 중국해양대 해외한국학 중핵대학 사업단, 『근대 동아시아인의 이산과 정착』, 경진, 2010.
조춘호, 「1930년대 초반 북간도 지역한인자치운동과 중국공산당 대응」, 중국해양대 해외한국학 중핵대학 사업단, 『근대 동아시아인의 이산과 정착』, 경진, 2010.
최일, 「신분(identity)과 역사서사(歷史叙事)—'万宝山事件'의 문학화를 중심으로」, 중국해양대 해외한국학 중핵대학 사업단, 『근대 동아시아인의 이산과 정착』, 경진, 2010.
와타나베 나오키(渡辺直紀), 「식민지 조선의 프롤레타리아 농민문학과 '만주'」, 『현대문학의 연구』 33집, 한국문학 연구학회, 2007.12.
____________________, 「장혁주의 장편소설 『개간』(1943)에 대해서」, 『현대문학의 연구』 36집, 한국문학 연구학회, 2008.10.

5. 논문(영어)

Matsumura, Janice, "Eugenics, Environment, and Acclimatizing to Manchukuo: Psychiatric Studies of Japanese Colonists", 『日本医史学雑誌』 56, 2010.

6. 신문(발행순)

「支那統一の鍵は不平等の条約撤廃」, 『中外商業新報』, 1924.11.25; 陳徳仁・安井三吉, 『孫文・講演「大アジア主義」資料集』, 法律文化社, 1989.
「旅順大連の回収そこ迄は考へてゐない」, 『東京朝日新聞』, 1924.11.27; 陳徳仁・安井三吉, 『孫文・講演「大アジア主義」資料集』, 法律文化社, 1989.
『大阪毎日新聞』 1924.12.3~6; 陳徳仁・安井三吉, 『孫文・講演「大アジア主義」資料集』, 法律文化社, 1989.
「悪血の泉を断って護る民族の花園研究三年, 各国の長をとった"断種法"愈よ議会へ 画期的な法の産声」, 『読売新聞』, 1936.12.13.
「"鍬の兵隊"入京」, 『読売新聞』, 1940.12.17, 夕刊, 2面.

초출 일람

「張赫宙の日本語小説『開墾』における満洲開拓イデオロギーの展開」, 『朝鮮学報』 220, 2011.7.

「湯浅克衛「先駆移民」論－満洲開拓イデオロギーの挫折」, 『社会文学』 37, 2013.2.

「「包摂」と「排除」の満洲移民－打木村治『光をつくる人々』論」, 『社会文学』 39, 2014.2.

「만주국 건국이데올로기의 균열과 변형－민족협화에서 오족협화로, 왕도주의에서 왕도낙토로」, 『만주연구』, 2014.12.

富士ゼロックス小林節太郎記念基金編, 『徳永直「先遣隊」における「屯墾病」の表象と「満州開拓」イデオロギー』, 富士ゼロックス小林節太郎記念基金, 2015.2.